Die Akte Rosenthal

Seelenfischer-Tetralogie
Band 4

Hanni Münzer

Teil 2 - Finale!

Thriller

DIE SEELENFISCHER-TETRALOGIE

Band 1: Die Seelenfischer
Band 2: Das Hexenkreuz
Band 3: Die Akte Rosenthal – Teil 1
Band 4: Finale – Die Akte Rosenthal – Teil 2

Weitere Bücher der Autorin:
„Honigtot" im Januar 2014

Deutsche Erstausgabe 2014

Bildnachweis/Gestaltung
© i-stock Photo
Lektorat/Korrektorat: Karla Schmidt
Korrektorat: HCM/M.W.T., Lux

Ausführliche Informationen finden Sie auf:
www.hannimünzer.de oder
https://www.facebook.com/hanni.muenzer
Zuschriften an:
mail@hannimuenzer.de

ISBN-13: 9781503353183
ISBN-10: 1503353184

HINWEIS DER AUTORIN

Dies ist eine fiktive Geschichte und frei erfunden. Ich schwöre!

Alle Namen, handelnden Personen und Begebenheiten sind daher ein Urprodukt meiner Fantasie. Sie allein ist schuld. Würde ich das Gegenteil behaupten, würde man mich verhaften.

Etwaige Personen- oder Namensähnlichkeiten bitte ich daher zu entschuldigen, diese lagen nicht in meiner Absicht.

Alles, was nicht erfunden ist, ist wahr.

VORWORT

Dieses Buch ist eine fiktive Geschichte. Und doch ist sie ganz nah an der Realität.

Ich selbst komme in diesem Buch vor, weil sich die Journalistin Rabea Rosenthal-Kennedy für meine Forschungen interessiert und mich um ein Interview bittet. Denn ich habe eine Vision: d*ie künftige Energieversorgung der Menschheit durch „Freie Raumenergie“*.

Mein Name ist Professor Albert Zweifels. Ich bin Physiker und Forscher und lehre Physik an der Rheinischen Hochschule für Angewandte Wissenschaften. Meine Forschungsarbeiten zur Nutzbarmachung der Nullpunktsenergie des Quantenvakuums, kurz *Raumenergie*, haben mich in Wissenschaftskreisen bekannt gemacht. Bereits 2009 wurde der theoretische und praktische Nachweis dieser neuen Energiequelle erbracht (siehe Links im Anhang). Meine Forschungen finanziere ich privat. Eine staatliche Förderung erfolgte bisher nicht. Eine einfache Erklärung, wie Sie sich die Natur der Raumenergie vorstellen können, finden Sie in diesem Buch (Forumsdiskussion: Beitrag *Manpower*).

Ich möchte Ihnen nun eine Frage stellen: Wenn Sie die Wahl hätten, zwischen a) konventioneller, teurer Energieversorgung wie Öl, Gas, Kohle und Atomkraft und b) einer Energie, die praktisch nichts kostet, die frei und unbegrenzt für alle Menschen zur Verfügung steht und weder Mensch, Tier noch Umwelt belastet, welche Möglichkeit würden Sie wählen? a) oder b)? Müssen Sie überhaupt überlegen? Nein.

Die gute Nachricht ist: **b) ist längst realisierbar!** Denn diese Energieform existiert, es ist eine saubere und günstige Alternative, wir müssten sie nur nutzen. Die Frage sollte daher lauten: Warum tun wir das nicht? Warum halten wir an der herkömmlichen Energieversorgung fest, beuten die Erde aus und zerstören damit unseren eigenen Lebensraum? Warum nehmen wir die Erderwärmung in Kauf, verwüsten ganze Landstriche bei der Gewinnung von Öl, Gas, Kohle, riskieren Katastrophen wie in Fukushima?

Die Antwort darauf ist die schlechte Nachricht. Es gibt vier Mächte, die die Gewinnung der Freien Raumenergie bis dato verhindern.

Die erste Macht: Das weltweite Geldmonopol – in der Hand einer kleinen Anzahl privater Banken, beherrscht durch wenige Superreiche. Diese Personen streben die vollkommene Kontrolle der Kapitalreserven der gesamten Welt an und damit die Verfügbarkeit (oder Nicht-Verfügbarkeit) aller Güter und Dienstleistungen – faktisch über das Leben aller Menschen. Das sind WIR.

Eine unabhängige Quelle allgemeinen Wohlstands, also Freie Energie für alle Menschen, würde die Pläne dieser Reichsten für immer zunichtemachen. Warum? Weil die Wirtschaft eines Landes durch Erhöhung oder Absenkung der Zinsen in Richtung Rezession oder Aufschwung gesteuert, sprich manipuliert werden kann. Gäbe es jedoch eine frei zugängliche, unabhängige Energiequelle, mit der jedes Unternehmen und jede Person Kapital innerhalb der jeweiligen Volkswirtschaft erzeugen könnte, ohne sich Geld/Kapital von einer Bank leihen zu müssen, wäre diese Form von zentral gesteuerter Manipulation kaum mehr möglich. Freie-Energie-Technologien verändern also den Wert des Geldes, was den Interessen dieser Superreichen widerspricht. Gier und das Streben nach der absoluten Kontrolle treibt sie an. Dabei berufen sie sich quasi auf ein göttliches Recht auf Herrschaft. Sie folgen der goldenen Regel, die sie selbst aufgestellt haben: Wer über das Gold verfügt, bestimmt.

Die zweite Macht: die Regierungen

Die Außenpolitik der meisten Länder funktioniert nach dem Motto: *Wie du mir, so ich dir.* Auf internationaler Ebene wird ständig um Einfluss auf das Weltgeschehen gerangelt. Die stärkste Partei setzt sich durch, das heißt jene, die die meisten schmutzigen Tricks beherrscht und bereit ist, sie auch einzusetzen.

So sieht die tatsächliche Polit-Arena aus: Keine Regierung will einer anderen Regierung einen Vorteil gewähren. Das käme einem politischen Selbstmord gleich. Vor diesem Hintergrund ist eine Freie-Energie-Technologie der schlimmste Albtraum einer Regierung, denn sie bedroht die nationale Sicherheit. Könnten Sie sich vorstellen, dass Japan es nicht als Bedrohung empfände, wenn China über eine billige und schier unerschöpfliche Energiequelle verfügte? Oder Israel stillsitzen würde, wenn der Iran Freie Energie besäße? Würden die USA tatenlos zusehen, wenn Al-Kaida in den Besitz von Freie-Energie-Technologien käme? Denken Sie darüber nach.

Die Nutzung der Freien Energie würde unweigerlich zu einer Verschiebung des Mächtegleichgewichts führen. Das ist auch der ersten Macht, den Oligarchen, bewusst. Darum setzen Lobbyisten in den Regierungen alles daran, diese Technologie so lange wie möglich zu verhindern, aufzuschieben, zu unterdrücken. Für den Selbsterhalt ist ihnen jedes Mittel recht, legal und illegal: Verhinderung der Vergabe von Patenten, das Schikanieren von Investoren mit Straftatvorwürfen, Steuerprüfungen, Abhören von Telefonaten, Verhaftung, Drohungen, Brandstiftung, Transportdiebstahl bis hin zu Mord und Mordversuch an Erfindern und Forschern.

Die dritte Macht: die Betrüger

Leider gibt es zu viele davon. Einige tun dies bewusst und staatlich gesteuert, um der Bewegung „Freie Raumenergie" zu schaden und sie zu diskreditieren. Auch mein Name wurde hierzu schon von Betrügern missbraucht. Es ist eine regelrechte Internet-Propaganda im Gange, um das Vertrauen der Menschen in diese Technologie zu erschüttern. Das Internet ist die neue Macht. Dabei birgt sie Gefahren und Chancen zugleich.

Die vierte Macht: Das sind wir, die Bürger und Menschen.

Noch sind wir zu sehr unserem eigenen Denken verhaftet. Wir erkennen scheinbar mit Leichtigkeit Selbstsucht, Neid und Gier in den anderen, doch die gleichen niederen Instinkte wirken auch in uns. Wollen wir nicht lieber andere kontrollieren, als selbst kontrolliert zu werden? Wie hoch müsste der Preis sein, damit wir unsere Prinzipien verraten?

Ich sehe die Freie Raumenergie als Ausdruck göttlicher Fülle. Sie könnte der Motor der Wirtschaft einer aufgeklärten Gesellschaft werden, in der das Verhalten der Menschen aus freien Stücken durch gegenseitigen Respekt und Toleranz geprägt ist – christliche Werte, menschliche Werte zu leben, die uns nicht neidvoll auf das Hab und Gut des Nachbarn schielen lassen. Das Aufkommen Freier-Energie-Technologien markiert den Beginn eines wahrhaft zivilisierten Zeitalters, *eines Zeitalters des Friedens*

Doch nichts fürchten die Gegner der Freien Raumenergie mehr, als dass eine Bewegung in Gang gesetzt wird, die anderen Gutes tut. Noch bleibt deshalb diese friedliebende Gesellschaft eine Utopie, aber durch Internet und soziale Medien haben wir, die vierte Macht, die Chance, den vereinten Anstrengungen der anderen drei Mächte entgegenzuwirken. Wir stehen unmittelbar vor der letzten großen Auseinandersetzung. Die Saat ist ausgebracht, werden Sie ein Teil dieser Bewegung! Für Ihre Kinder.

Fassen wir zusammen: Der Weltkapitalismus ist auf den schnellen Profit ausgerichtet. Er denkt kurzfristig, nicht nachhaltig. Nach außen hin geben sich diese mächtigen Reichen gottesfürchtig und bibelfest. Vermutlich handeln sie deshalb nach dem Motto: *Nach uns die Sintflut!* *

Falls Sie also zufällig einen altruistischen, nachhaltig denkenden Multimillionär kennen, der sich mutig der ersten und zweiten Macht entgegenstellt, sagen Sie ihm, er soll mich anrufen. Frau Münzer hat meine Nummer.

Prof. Dr. rer. nat. Albert Zweifels

P.S. http://de.wikipedia.org/wiki/Liste_der_gr%C3%B6%C3%9Ften_Unternehmen_der_Welt

Zum besseren Verständnis: Das ist die Liste der größten Unternehmen der Welt, Stand 2011. Wie viele Unternehmen finden Sie darunter, die NICHTS mit Energie oder Geld/Versicherungen zu tun haben? Die Top 100 entlarven zudem, warum Autos noch immer mit Benzin laufen. Die Energiekonzerne beherrschen die Welt.

*Zitate entnommen mit freundlicher Genehmigung des Urhebers Peter Lindemann: http://www.free-energy.ws

„Ein wenig Aufrichtigkeit ist eine gefährliche Sache, und viel davon ist tödlich."

Oscar Wilde

„Geld ist der Mist des Teufels."

Papst Franziskus

PROLOG

Bestimmung...

„Jetzt komm schon mit, Clemente. Diese Schamanin ist unglaublich. Du musst die Frage nur denken, und sie gibt dir darauf eine Antwort. Wenn ich es nicht selbst erlebt hätte, ich würde es nicht glauben."

Der Angesprochene schüttelte unwillig den Kopf. „Du weißt, Tommaso, ich habe mit solchem Humbug nichts zu schaffen!"

„Papperlapapp", erwiderte sein Freund unbeeindruckt und stellte seine Kaffeetasse ab. Die beiden jungen Priester saßen im Frühstücksraum des Hilton Hotel Bonaventure in Montreal. Der Bischof von Chicago, dessen Delegation sie während seiner zehntägigen Kanada-Rundreise angehörten, hatte ihnen heute freigegeben. Der Bischof litt an einer Magenverstimmung.

Tommaso hatte dies respektlos mit *der Gute hat sich schlichtweg überfressen* kommentiert und sich über den freien Tag gefreut. „Humbug ist so oder so Ansichtssache", fuhr er nun fort. „Sind wir nicht vom selben Fach? Wir wollen Leuten unseren Glauben nahebringen, ohne dafür einen direkten Beweis zu liefern. Jetzt gib dir einen Ruck, Clemente. Von hier nach Hogansburg ist es ein Katzensprung, kaum achtzig Meilen. Und die Gegend ist sehr schön. Außerdem heißt unser Hotel hier nicht von ungefähr *Bonaventure*, gutes Abenteuer! Das ist ein Zeichen. Also ich", Tommaso fuhr sich mit der Serviette über den Mund und erhob sich, „werde auf alle Fälle fahren. Der Wagen ist schon bestellt."

Clemente musterte seinen Freund und Kollegen scharf. „Dir geht es doch gar nicht um diese Wahrsagerin. Du willst nur im dortigen Casino spielen."

Tommaso fasste sich theatralisch ans Herz. „Getroffen! Ein Grund mehr, dass du mitkommst, Clemente. Oder willst du mich ganz allein dem Spielteufel überlassen?" Er lächelte entwaffnend.

Clemente warf seine Serviette mit einer resignierten Geste auf den Teller und stand nun auch auf. „Ehrlich, Tommaso, manchmal frage ich mich, warum du Priester geworden bist."

„Wieso denn? Gott hat uns erschaffen, wie er alles erschaffen hat, also auch das Vergnügen. Warum sollte ein Priester nicht das Leben genießen? Ich finde sogar, es gehört zu seinen Pflichten, seiner Gemeinde ein lebenswertes Leben vorzuleben."

„Dazu gehört aber sicher nicht, seinen Klingelbeutel im Casino zu verspielen."

„Ich bin froh, dass du nicht Kollekte gesagt hast. Kommst du nun mit?", wiederholte er seine Frage und sah seinen Freund auf eine Weise an, die selten ihre Wirkung verfehlte. Er und Clemente stammten aus demselben apulischen Dorf und waren als Nachbarskinder aufgewachsen. Von klein auf waren sie unzertrennlich gewesen, hatten alles gemeinsam unternommen. Am Tag, als Clemente verkündet hatte, dass er Priester werden wolle, war es für Tommaso selbstverständlich gewesen, seinem Freund auf dessen Lebensweg zu folgen.

Nach seiner Weihe wurde Tommaso eine Gemeinde in den Abruzzen zugeteilt, Clemente ging nach Rom. Und so hatten sich die beiden Freunde für eine Weile aus den Augen verloren.

Tommaso legte keinen übermäßigen Ehrgeiz an den Tag, ganz im Gegensatz zu seinem Jugendfreund. Clemente Finzi-Contini hatte bereits begonnen, sich in der Kirchenhierarchie nach oben zu arbeiten und fungierte seit einem Jahr als Privatsekretär des Bischofs von Chicago, der reichsten Diözese der USA. Vor drei Monaten hatte er seine Beziehungen genutzt und Tommaso aus Santo Stefano di Sessanio zu sich nach Chicago geholt. Auch wenn Tommaso nicht den gängigen Konventionen eines Priesters entsprach, so war er doch seinem Freund gegenüber hundertprozentig loyal. Das war es, was für Clemente zählte. Wenn er sein hochgestecktes Ziel erreichen wollte, dann musste er sich von Beginn an mit loyalen Mitstreitern umgeben.

„Du machst schon wieder dein Karrieregesicht", feixte Tommaso, der das Mienenspiel seines Freundes beobachtet hatte. „Vielleicht möchtest du der Schamanin eine ganz bestimmte Frage stellen, hm?"

Clemente sah Tommaso grimmig an. „Vergiss es."

„Ach komm schon. Ich weiß, du bist immer noch mit mir verschnupft, weil ich letzte Woche ausgebüxt bin."

„Ja. Weil ich wegen dir den Bischof anlügen musste. Ich habe dich nicht zu mir geholt, Tommaso, damit du mir Schwierigkeiten machst."

„Du hast doch gar nicht richtig gelogen, das war nur eine kleine Ausflucht zu aller Zufriedenheit."

Clemente seufzte. „Du bist so glatt wie die zugefrorene Hölle. Vielleicht solltest du lieber auf Politik umsatteln."

„Merkwürdig, und ich dachte, da wäre ich längst gelandet", scholl es unbekümmert zurück. „Sieh es so, Clemente. Hätte ich nicht diese kleine Fahrt unternommen, wäre ich niemals dieser unglaublichen Frau begegnet. Das war Fügung. Und wenn wir Priester nicht an Schicksal glauben, wer sonst?"

Zwei Stunden später parkte der Mietwagen der beiden Priester vor dem Akwesasne Mohawk Casino, und wiederum eine Stunde später hatte Pater Tommaso eine Audienz, wie er es nannte, bei der Schamanin erwirkt. Sie würde sie am frühen Nachmittag empfangen.

„Ich lasse dir den Vortritt", sagte Pater Tommaso, als es so weit war, und schob seinen weiterhin widerstrebenden Freund über die Schwelle des Blockhauses, das am Rande des Casino-Parks lag.

Unvermittelt fand sich Clemente in einem einzigen großen Raum mit bodentiefen Fenstern wieder, der so gar nicht seinen Vorstellungen der Örtlichkeit einer Wahrsagerin entsprach. Er musterte die Umgebung, als hoffte er doch noch Flitterkram, Räucherstäbchen und Kristallkugel zu entdecken. Stattdessen präsentierte sich der lichtdurchflutete Raum beinahe klinisch nüchtern. Eine weiße Ledercouch und zwei Sessel dominierten ihn, es roch angenehm nach Holz und frisch gebrühtem Kaffee. Einzig der eindrucksvolle Webteppich, der indianische Jagdszenen zeigte und die gesamte gegenüberliegende Rückwand einnahm, zeugte von der Herkunft seiner Gastgeberin.

Auch die Schamanin überraschte ihn. Ihre alterslose Erscheinung strahlte eine stille Würde aus, aber da war noch mehr. Clemente ertappte sich dabei, wie er sie anstarrte. *Hypnotisierte sie ihn etwa?* Tatsächlich waren ihre Augen ungewöhnlich, eines blau, das andere sienafarben. Er wandte den Blick ab, konzentrierte sich auf den türkisfarbenen Stein an ihrem Hals. Doch ihr Blick zog ihn erneut in seinen Bann. Er traf Clemente wie ein Schlag, der seltsam dumpf in seinem

Magen widerhallte. Es fühlte sich an, als würde sie in sein Innerstes schauen, seine Seele nach außen kehren. *Er sollte hier verschwinden!* Doch wie sähe das aus? Er, der gottesfürchtige Priester, floh vor dieser Cassandra? Er kämpfte den Drang geradeso nieder, indem er sich auf seine eigene Würde besann, rückte seinen Kragen zurecht, der ihm plötzlich zu eng erschien, und folgte ihrer eleganten Handbewegung, Platz zu nehmen. Ohne zu fragen, schenkte sie ihm Kaffee ein, reichte ihm die Tasse und setzte sich ihm gegenüber.

„Ich habe auf Sie gewartet“, eröffnete ihm die Frau in einem seltsam melodischen Englisch mit französischem Akzent. Dabei fixierte sie ihn weiter mit ihren markanten Augen. „Ich kenne Ihre Frage und die Antwort darauf, junger Priester. Darum frage ich Sie: Ist es Ihr freier Wille, sie zu hören? Hier und heute? Das Schicksal ist ein launisches Element, es ist weder männlich noch weiblich, *es ist*, und doch ist uns Seelen vom Moment der Zeugung an alles vorherbestimmt. Sein Schicksal zu kennen bedeutet nicht, es zu lenken. Der Stern folgt stets seinem eigenen Weg. Manchmal ist es besser, nicht zu wissen, wohin er uns führt.“

Nicht nur ihre Augen waren ungewöhnlich, stellte Clemente fest, sondern auch ihre Stimme. Sie war wie geschaffen, um die Sinne zu streicheln. *Oder um die Hölle zu verheißen*, dachte er weiter. Sein Unbehagen in Gegenwart dieser Frau wuchs. *Er hätte sich nicht von Tommaso überreden lassen sollen!* Eigentlich war er nur hierhergekommen, um seinem Freund zu beweisen, dass seine Begeisterung für die angeblichen Fähigkeiten dieser Cassandra Nonsens war, sein Freund schlichtweg Hokuspokus aufgesessen war. Er hatte das Weib entlarven wollen und sich vorgestellt, seine Kräfte mit den ihren zu messen, überzeugt davon, dass sein Wille stark genug sei.

Aber seit er die Türschwelle überschritten hatte, wusste er, dass er die brennende Frage seines Lebens – die eine Frage, die ihn umtrieb, seit er zum ersten Mal das Priesterseminar betreten hatte –, nicht vor ihr verbergen konnte. Er nickte ihr wie unter Zwang zu.

Und die Schamanin antwortete. Ihre Worte fügten sich wie zu einer kleinen Melodie zusammen, jene Harmonie, die sich Clemente erhofft hatte zu hören. Eine Antwort, die ihm sein großes Schicksal verhieß – das Lied von Macht und Einfluss.

ERSTES BUCH

Die Büchse der Pandora

„Schicksal ist nur ein anderes Wort dafür, dass Gott nichts erklären muss."
Rabea Rosenthal

KAPITEL 1

I-00120 Vatikanstadt

„Carlotta van Kampen ist tot."

„Halleluja! Was für eine wunderbare Nachricht." Unmittelbar darauf nahm das freudige Gesicht des Mannes einen salbungsvollen Ausdruck an, als hätte ein Regisseur ihm eine neue Rolle zugeteilt. Er bekreuzigte sich, faltete die Hände und sprach ein kurzes Gebet. Dann streifte er auch diese Rolle ab. Lauernd fragte er: „Wie?"

„Sie wurde vor ungefähr einer Stunde in Barcelona erschossen."

„Erschossen?" Der Mann fuhr von seinem Schreibtisch hoch. „Herrgott nochmal, was für ein Aufsehen! So geht das nicht. Was fällt unseren Leuten ein?", blaffte er sein Gegenüber an.

„Nein, nein, Eminenz", stieß der Mann hastig hervor, „ich versichere Euch, niemand von uns war in die Sache verwickelt. Es scheint eine ihrer eigenen Angestellten gewesen zu sein. Eine Brasilianerin. Mehr hat unser Kontakt in Spanien bisher noch nicht in Erfahrung bringen können."

„Wunderbar!" Der Kardinal rieb sich die Hände. Glück musste man haben. Da hatte ihm doch glatt jemand anderes die Arbeit abgenommen. „Das dürfte uns die Sache künftig erleichtern." Er hielt kurz inne, dann sagte er: „Unser Mann im Van-Kampen-Aufsichtsrat soll auf den Nachlassverwalter einwirken. Ich will endlich das Geschäft abschließen, und vor allem will ich die Dokumente zurück, die uns dieses Weib gestohlen hat", sagte er hart. Bis heute war es ihm ein Rätsel, wie die Holländerin es geschafft hatte, dem Kirchenstaat so viele Jahre erfolgreich die Stirn zu bieten. Die sorgfältig vorbereiteten Klagen, die er in den letzten Jahren gegen die van Kampen eingereicht hatte, waren bisher stets von den Gerichten abgewiesen worden. Niemals hätte er gedacht, dass die Frau über derart einflussreiche Verbündete verfügte. Sie reichten bis in die höchsten Regierungskreise. Leider saßen dort nicht wenige Kirchenhasser.

„Eminenz, ich fürchte, es ist ein zusätzliches Problem aufgetreten."

Der Kardinal sah seinen Sekretär scharf an. Für ihn gab es keine Probleme. Nur Aufgaben, die es zu lösen galt.

Der Sekretär bemerkte seinen Lapsus und berichtigte sich, wobei er ins Stottern geriet: „Ich meine, also…da ist…"

„Herrgott, Enzo! Was soll denn das? Ich habe nicht ewig Zeit. Ich muss gleich zu einem Konsistorium mit dem Heiligen Vater."

Pater Enzo gab sich einen Ruck. Diesmal sprudelten die Worte nur so aus ihm heraus. „Es gibt eine Erbin. Die Tochter der van Kampen. Sie ist verheiratet und hat einen Sohn."

„Was? Lucia van Kampen ist wieder aufgetaucht? Aber sie galt seit neun Jahren als verschollen. Pater Filiberto hat mir schon vor Jahren glaubhaft versichert, dass sie tot sei."

„Leider nein. Und da ist noch etwas. Sie ist mit Lukas von Stetten verheiratet. Er ist der Vater ihres Sohnes."

„Der Schützling dieses Verräters Bentivoglio? Der Ex-Jesuit?" Der Kardinal griff nach dem Kreuz auf seiner Brust. Die scharfen Kanten schnitten in sein Fleisch und halfen ihm, seine Gedanken zu ordnen. Er selbst hatte Pater von Stetten vor knapp zwei Jahren, nach dem Verschwinden von Carlotta van Kampen, als unwichtig eingestuft und angeordnet, ihn nicht weiter zu überwachen. Ein kapitaler Fehler – und nicht sein einziger in dieser Sache. Er hätte nicht auf Pater Filiberto hören sollen, als dieser vorschlug, keine weitere Zeit auf die Suche nach der Van-Kampen-Tochter zu verschwenden. Er ärgerte sich. Ab sofort würde er die Dinge wieder selbst in die Hand nehmen. Dabei hatte er schon genug andere Sorgen. Der neugewählte Papst sprühte geradezu vor utopischen Ideen. Ein lästiger und gefährlicher Mann. Erst kürzlich hatte er in einem Interview, das in sechzehn Jesuiten-Zeitungen erschienen war, behauptet, dass der Hof die Lepra des Papsttums sei! Natürlich hatten das weltweit alle Zeitungen nachgedruckt. Der Kardinal empfand die Aussage als empörend, ja, geradezu blasphemisch. Ebenso peinlich fand er den Ausspruch, dass Geld der Mist des Teufels sei.

Wer hatte denn all die Jahrhunderte die mühevolle Arbeit getan, die Gelder eingetrieben und dem Papst den Hof erhalten, damit er überhaupt Hof halten konnte? *Männer wie er.* Und jetzt bezeichnete er ihn und seine Vorgänger als Lepra? Wo wäre das Papsttum heute, ohne die Kurie und die verantwortungsvollen Entscheidungen, die diese über die Jahrhunderte hatten treffen müssen? Nirgendwo – weil es nämlich kein Papsttum mehr gäbe! *Was bildet sich dieser Mann ein,* ereiferte er sich innerlich weiter. *Fast zweitausend Jahre Papsttum einfach so vom Tisch wischen zu wollen wie lästige Krümel?* Nein, er würde sich sein Lebenswerk von diesem Mann nicht zerstören lassen! Der Kirchenstaat, der Erhalt seiner Institutionen und Traditionen waren sein Leben. Er wusste genau, woher der Wind wehte: Der Papst war treuer Jesuit und nahm der Kurie noch immer das Verbot seines Ordens von 1773 übel!

„Ja, von Stetten war vor Ort in Barcelona, als die van Kampen erschossen wurde. Mit seiner Frau", holte Enzo den Kardinal aus seinem inneren Monolog zurück. „Und da ist noch etwas." Enzo stockte und knetete seine Hände.

Der Kardinal sah seinen Sekretär auffordernd an, eine Zornesfalte wie ein großes V in die Stirn gegraben.

„Saul Kaschinski wurde in Nürnberg verhaftet."

Der Kardinal explodierte endgültig und schlug mit der flachen Hand auf den Schreibtisch: „Ja, bin ich denn nur noch von unfähigen Idioten umgeben! Wie konnte das passieren? Es hieß doch, er sei der Beste in seinem Fach."

„Kaschinski wird nicht reden, außerdem hat er alle Anweisungen anonym erhalten. Nichts in der Kommunikation weist auf eine Verbindung zu Rom hin", beeilte sich Enzo zu antworten. „Aber wir müssen eine Entscheidung treffen", ergänzte der Sekretär vorsichtig. Er mied Augenkontakt und schielte stattdessen auf die Statue einer betenden Madonna, die hinter seinem Dienstherrn auf einem Sockel stand.

Der Kardinal hatte verstanden. „Ihr meint wohl, *ich* muss eine Entscheidung treffen." Er lehnte sich in seinem Sessel zurück und überschlug seine Optionen wie ein Schachspieler. Entweder Kaschinski wurde so schnell wie möglich eliminiert, oder er sorgte dafür, dass der Mann Unterstützung erhielt. Rasch schob er die verschiedenen Konstellationen in seinem Kopf hin und her, erwog, auf welche Figuren er verzichten konnte, und fällte seine Entscheidung.

„Gut, sorgt dafür, dass Kaschinski heil aus der Sache herauskommt. Es zeigt ihm unsere Macht. Dann hol mir unseren Paulus hierher. Es wird Zeit, dass er wieder zum Saulus wird. Und ich will die Akte Lukas von Stetten auf meinen Tisch."

„Ich habe sie bereits hier, Eminenz." Enzo reichte ihm beflissen den Aktendeckel, den er unter den Arm geklemmt trug.

„Wenigstens habt Ihr einmal mitgedacht", sagte der Kardinal gönnerhaft. Er schlug die Akte auf, überflog sie kurz und zeigte dann mit einem sorgfältig manikürten Finger auf einen Namen:

„Das ist die Schwachstelle. Hier sollten wir ansetzen. Zeit für Plan B."

* * *

Zwei Stunden später pfefferte der Kardinal eine rote Projektmappe, auf der das Siegel des Papstes prangte, auf den Schreibtisch. Er fluchte, was das Zeug hielt, wobei sich die Worte „Dilettant", „Humbug" und „hirnverbrannt" noch als geradezu höflich ausnahmen. Sein Sekretär Enzo machte sich inzwischen so klein wie möglich und wartete, bis der Sturm vorübergezogen war.

„Enzooooo…!"

„Ich bin hier, Eminenz." Enzo trat mit einem goldglänzenden Tablett näher und stellte ein Gläschen Grappa nebst zugehöriger Flasche vor seinem Superior ab. Dann wappnete er sich für seine Rolle als Blitzableiter.

Der Kardinal stürzte das erste Glas im Stehen hinunter. „Unfassbar, jetzt will er eine Untersuchungskommission einberufen, die die Vatikanbank prüfen soll! Schon wieder! Kaum bin ich den einen losgeworden, fängt der nächste damit an. Wie soll man denn da noch in Ruhe arbeiten können?"

Enzo war klar, wer gemeint war: Es ging um den amtierenden Papst und dessen Amtsvorgänger, den emeritierten Papst. Natürlich wusste Enzo auch, dass die Spekulationen um den Rücktritt des Papstes, die jüngst durch die Presse gegeistert waren und hier und da immer wieder aufflackerten, lediglich die Spitze des Eisbergs waren.

Das zurückgetretene Kirchenoberhaupt hatte inzwischen die traditionelle päpstliche Sommerresidenz in Castel Gandolfo verlassen und war in das ehemalige Nonnenkloster Mater Ecclesiae in den Vatikanischen Gärten gezogen. Die ihm verbliebene Erdenzeit konnte er dort nur deshalb in Kontemplation verbringen, weil er zugestimmt hatte, auch da zu bleiben. Der ehemals mächtigste Mann des Kirchenstaates, zumindest nach Einschätzung der Öffentlichkeit, würde seine alte Heimat niemals wiedersehen. Er saß in seinem italienischen Käfig fest. Nur der Tod würde ihn von Rom scheiden.

Enzo verharrte stumm und reglos. Er wartete auf die weiteren Anweisungen seiner Eminenz. Sein Superior hatte sich inzwischen sichtlich beruhigt. Enzo sandte nicht zum ersten Mal ein Stoßgebet gen Himmel, um dem Erfinder des göttlichen Grappa zu danken.

„Also gut", sagte der Kardinal und ließ sich in seinen Louis-XVI.-Sessel hinter dem Schreibtisch fallen. Er faltete seine Hände mit großer Geste, als hätte er vor, zu beten, aber Enzo kannte seinen Brotherrn und wusste, dass er über seine nächsten Maßnahmen nachdachte. Er diente dem Kardinalstaatssekretär Finzi-Contini seit acht Jahren und bewunderte ihn sehr, denn der hatte, selbst wenn die Widrigkeiten sich noch so hoch auftürmten, stets eine Lösung gefunden. Das Leben eines Kurien-Kardinals war in der Tat beschwerlich, und Enzo war stolz darauf, ihn bei seinem harten Tagwerk unterstützen zu dürfen.

„Passt auf, Enzo. Zunächst holt Ihr mir Erzbischof von Elsterich an den Apparat." Enzo nickte. Ihm leuchtete ein, dass seine Eminenz mit dem Erzbischof über die Stiftung *Kind und Brot* konferieren musste.

„Dann möchte ich mich mit unserem deutschen Adeligen besprechen. Aber nicht telefonisch. Er soll hierherkommen, am besten noch heute Abend. Ja, das ist gut, laden wir ihn zum Essen ein. Sagt der Küche Bescheid, dass ich heute um 21:00 Uhr ein Menü mit Rinderfilet wünsche. Blutig. Der Deutsche liebt blutiges Fleisch."

Enzo nickte, er wusste das natürlich, es zu wissen gehörte zu seinen Aufgaben. Mit dem *Deutschen* war Kardinal Dieter von Unterberg gemeint, kommissarischer Leiter des Istituto per le Opere di Religione, kurz IOR. Enzo beschäftigte sich gedanklich viel mit dem IOR. Die Institution war dem Heiligen Stuhl 1887 von der italienischen Monarchie für den Verlust des Staatsterritoriums des Kirchenstaates zugestanden worden. Bis 1942 war die Existenz dieser Verwaltung nur wenigen Eingeweihten bekannt gewesen. Unter anderem erfolgte bis ins Jahr 1929, vor der Unterzeichnung der Lateranverträge, die Auszahlung der Papst-Apanage durch das IOR. Böse Zungen behaupteten, dass sich Mussolini mit den Lateranverträgen, die dem Vatikan politische und territoriale Souveränität zusicherten, die Zustimmung des Papstes für ein faschistisches Italien erkauft hatte. Angeblich versüßt mit einer Zahlung im heutigen Gegenwert von 1,5 Milliarden Euro – ein äußerst lukrativer Ablasshandel für das IOR.

Heute war die Institution der Allgemeinheit als Vatikanbank bekannt und allein dem Heiligen Vater unterstellt. Er war ihr einziger Aktionär, und sie war nicht der Kontrolle italienischer Aufsichtsbehörden unterworfen. Wohl deshalb war sie als solche ständiger Gegenstand der wüstesten Spekulationen und Behauptungen. So wurde behauptet, dass die Vatikanbank in Geldwäschegeschäfte mit der Mafia verstrickt sei, Korruption und Steuerhinterziehung fördere, Morde in Auftrag gäbe und terroristische Akte finanziere. Der Vatikan, in einem Atemzug genannt mit Terrorismus! *Ungeheuerlich!* Jedes Mal, wenn Enzo darüber nachdachte, überkam ihn Gottes Zorn, dem er aber selbstverständlich nicht nachgab.

Währenddessen war der Kardinal in seinen Instruktionen fortgefahren. Jetzt wirkte er listig. „Ich habe dem Heiligen Vater den Vorschlag gemacht, noch eine weitere Kommission ins Leben zu rufen: eine unabhängige Ethik-Kommission, die sich der Untersuchung von Missbrauchsfällen und Verschwendungssucht innerhalb des Klerus annehmen soll. Erstaunlich, wie sich alle gleich – sobald auch nur das Wort Ethik fällt –, in dessen Glanz sonnen. Seine Heiligkeit hat mir stante pede den Auftrag erteilt, eine Liste geeigneter Kandidaten zu erstellen. Es sollten mindestens sechs bis acht sein, der Heilige Vater hat zugestimmt. Mach dich gleich daran, Enzo. Hier“, der Kardinal kritzelte einige Namen auf einen Notizblock, „diese drei hier müssen unbedingt dabei sein, beim Rest ist Euer Kopf gefragt. Ach ja, es sollen ausschließlich weltliche Kandidaten herangezogen werden, kein Kardinal und kein Kurienangehöriger“, fügte er wie beiläufig hinzu. Dabei war das der Clou daran – *sein* Meisterstück. Den Einwand des Papstes hatte er mit einem einzigen Argument widerlegt: dass die Ethik-Kommission dadurch hundertprozentig unabhängig sein würde. Vor allem schloss dieser Schachzug aus, dass ihm jemand aus dem Klerus dreinreden könnte.

Enzo starrte indes verwirrt auf die Namen. Zwei davon waren ihm bekannt. Doch der dritte Name war es, der ihm völlig unverständlich erschien, ihn beinahe entsetzte. Einmal mehr konnte er dem Gedankengang des Kardinals nicht folgen. „Eine Frau, Eminenz?“, rutschte es schneller aus ihm heraus, als ihm lieb war.

„Aber natürlich, das ist ja der Sinn einer unabhängigen Kommission, Enzo. Gemischte Ansichten. Eine Kandidatin reicht auch nicht, ich stelle mir mindestens noch eine weitere vor.“ Der Kardinal lächelte und wirkte mit einem Mal sehr zufrieden. Er war wieder in seinem Element: dem Ränkeschmieden. Sein Vorschlag zur Ethik-Kommission war ein Schnellschuss gewesen, ein Befreiungsschlag als Gegengewicht zu der vom neuen Papst angeordneten Untersuchung der Geschäfte der Vatikanbank. Inzwischen aber trieben seine

Gedanken immer mehr Blüten, als er die Möglichkeiten erfasste, die ihm *seine* Kommission bot.

Er würde bei der Kandidatenliste genauso vorgehen, wie amerikanische Anwälte bei der Geschworenenauswahl in einem Gerichtssaal. Er würde Enzos Kandidaten noch ein paar Namen hinzufügen, alle eher untragbar, damit der Papst sie ablehnen konnte. Und dann würde er dafür Sorge tragen, dass allein seine Kandidaten zum Zuge kamen. Die Kommission würde nach seiner Pfeife tanzen, sie würde nur die Informationen erhalten, die er vorab abgesegnet hatte. Die Krönung aber war, wen er als Leiter für die Ethik-Kommission auserkoren hatte. Jemanden, den der Papst auf keinen Fall ablehnen konnte. Durch seine Wahl konnte er zwei Fliegen mit einer Klappe schlagen. Er war ein Genie! Er drehte sich zu dem an der Wand angebrachten Kreuz um, sprach ein kurzes Gebet und dankte Gott für seine Geistesgaben.

Sein Coup entschädigte ihn ein wenig dafür, dass er erneut nicht zum Papst gewählt worden war und das, obwohl seine Verbündeten Wort gehalten und ihm alle Stimmen der amerikanischen Kardinäle gesichert hatten.

Trotzdem wusste er, dass es ihm vorherbestimmt war, eines Tages den Fischerring zu tragen. Sogar diese absonderliche Schamanin hatte es ihm damals bestätigt – nicht dass er viel auf ihr Wort geben würde. Doch sein Tag würde kommen, etwas würde geschehen.

Mit Spannung wartete er daher darauf, was die Vorsehung für Lorenzo, den neuen, spanischen Papst bereithielt.

* * *

Am übernächsten Morgen verkündete Enzo mit kaum verhohlenem Triumph in der Stimme, dass Saul Kaschinski auf freiem Fuß und bereits mit einem sicheren Mobiltelefon ausgestattet sei. Er übergab dem Kardinal die Nummer.

Sobald der Sekretär sein Büro verlassen hatte, nahm der Kardinal einen Schlüssel von der Kette um seinen Hals und sperrte seine Schreibtischschublade auf. Darin lag sein geheimes, abhörsicheres Handy. Selbst Enzo musste nicht alles wissen. Er wählte die Nummer: „Ich bin es. Nein, danken Sie mir nicht, ich habe einen Auftrag. Es ist Ihre letzte Chance, sich zu bewähren. Finden Sie Massimo Trapano. Er ist das technische Genie hinter der Holländerin. Er ist genauso fanatisch wie dieses gottverdammte Weib und noch irgendwo da draußen. Ich übermittele Ihnen gleich die Daten, die ich bisher über ihn gesammelt habe. Wenn Sie ihn gefunden haben, holen Sie alles aus ihm heraus, was er über meine Dokumente weiß. Sichern Sie seine Unterlagen und PC-Daten. Ich will sie haben. Anschließend liquidieren Sie Trapano und stecken sein Labor in Brand. Es soll nichts von ihm übrigbleiben als graue Asche. Verstanden?“ Er sandte die vorbereiteten Daten ab, dachte kurz nach und tätigte noch einen Anruf. Zeit, sich wieder um Lukas von Stetten zu kümmern. Er gab seine Instruktionen durch, legte auf und lehnte sich zurück. Gleich hatte er noch einen Termin, aber danach würde er sich ein gutes Essen in seiner Lieblingstrattoria auf der Piazza del Popolo gönnen. Er hatte einen Bärenhunger. Intrigen machten ihn immer hungrig.

KAPITEL 2

NÜRNBERG/DEUTSCHLAND – ZWEI MONATE SPÄTER

„Unfassbar, dieser Sumpf.“ Lukas raschelte mit der Nürnberger Zeitung, hinter der er sich seit einer Viertelstunde verschanzt hatte.

Magali seufzte vernehmlich, entwand Matti das offene Glas Nusscreme und schraubte es zu. Auf dem Brot ihres Sohnes türmte sich bereits ein bedenklicher Berg davon, von seinen Fingern und Gesicht ganz zu schweigen. Doch ihr Seufzer galt nicht Matti, sondern ihrem Mann. Sie wusste, worüber er sich aufregte. Genau genommen kannte er seit Tagen kein anderes Thema; sie hoffte, dass wenigstens heute der Kelch an ihr vorübergehen und ihr ein neuerlicher Vortrag erspart bliebe. Vergeblich.

„Ich begreife nicht, wie das derart eskalieren konnte“, klang es erbost hinter der Doppelseite hervor. „Das Laimburger Bistum ist doch kein Hasenzuchtverein! Wenn der dortige Bischof Millionen verpulvert, um sich ein Luxusdomizil samt Privatkapelle hinzustellen, das noch dazu jeder Spaziergänger in jeder Bauphase begutachten kann, muss das doch irgendjemandem früher aufgefallen sein! Das ist gelebter Feudalismus. Bischof Titus von Elsterich schadet der Kirche ungemein. Was sage ich, das gesamte Ansehen der Kirche steht durch ihn auf dem Spiel“, ereiferte sich Lukas weiter. „Der neue Papst sollte hart durchgreifen und den Mann so schnell wie möglich von seinen Ämtern entbinden. Alles andere wäre nicht glaubhaft. Die Affäre füllt seit Wochen die Zeitungen. Weißt du, was ich glaube? Da steckt mehr dahinter. Der Bischof war das nicht allein. Er wurde gedeckt, wahrscheinlich sogar vom dortigen Kirchenrat.“

Magali ergab sich in ihr Schicksal. „Vermutlich hast du damit deine Erklärung. Die müssen sich erst einmal durch den ganzen Sumpf wühlen.“ Dann fiel ihr noch etwas ein. „Hieß es nicht in den Nachrichten, dass dieser Bischof unlängst nach Rom gereist wäre, um mit dem Papst zu sprechen?"

„Das ist es ja, was ich meine! Bischof von Elsterich sitzt dort seit Tagen fest und wartet auf eine Audienz beim Heiligen Vater. Bei allem Respekt für dessen Amtsgeschäfte, aber das dauert zu lange und schafft der Presse Raum für weitere Spekulationen." Endlich ließ Lukas die Zeitung sinken und nahm einen Schluck aus seiner Tasse. Er verzog das Gesicht. Der Kaffee war längst kalt geworden.

Magali unterdrückte den Impuls, ihm frischen nachzuschenken, obwohl die Thermoskanne direkt neben ihr stand. Schließlich vernachlässigte er das gemeinsame Frühstück seit einer geraumen Weile. Sie verstand zwar, dass es ihm wichtig war, und er sich zu Recht darüber aufregte, wie einfach es diesem Bischof möglich gewesen war, Kirchengelder zu verschwenden. Aber sie fand auch, dass es irgendwann einmal genug sein musste. Schließlich war Lukas kein Jesuit mehr, die katholische Kirche nicht mehr sein Arbeitgeber, und *ihrer* Meinung nach sollte er langsam mehr Abstand zu dem Ganzen bekommen.

„Findest du nicht, dass du dich zu sehr in die Sache hineinsteigerst?", sagte sie nun doch, während sie Matti erneut das Glas Nusscreme wegnahm und es außerhalb seiner Reichweite schob. Der Junge zog eine Schnute und murmelte: „Menno."

„Wieso denn? Das ist ein unfassbarer Skandal und…"

„Ich wünschte", fiel ihm Magali ins Wort, „die Öffentlichkeit hätte sich genauso laut, breit und lange echauffiert, als die Missbrauchsfälle durch den Klerus bekannt wurden. Mir kommt es so vor, als würde sich jeder nur noch für diesen verschwenderischen Bischof interessieren – als wäre Geld wichtiger als die armen Kinder." Magali sagte dies schärfer als beabsichtigt. Sie war zwar erst im vierten Monat, doch die Hitze der letzten Tage hatte ihr zugesetzt. Ihre Beine waren geschwollen und sie fühlte sich erschöpft. Lukas sah sie überrascht an. „Was ist los, Magali? Geht es dir nicht gut? Ist etwas mit dir oder dem Baby?", reagierte er besorgt auf ihren ungewohnt gereizten Ton.

„Alles gut, ich würde nur gerne wieder einmal mit meinem Mann frühstücken und nicht mit einer Zeitung. Ich vermisse unsere Morgengespräche." Magali lächelte schief. Sie konnte sich selbst nicht leiden, wenn sie angespannt war.

„Du hast recht, entschuldige. Ich bin kein guter Ehemann." Lukas zog eine zerknirschte Grimasse. „Ich werde mich künftig im Stillen aufregen und die Zeitung nach dem Frühstück lesen. Bekomme ich jetzt frischen Kaffee?"

Magali lächelte. Ertappt. Sie griff nach der Kanne und schenkte ihm nach.

„Worüber möchtest du reden?", fragte Lukas, nachdem er einen Schluck genommen und sich bequem im Korbstuhl zurückgelehnt hatte. Es war ein herrlicher Mittwochmorgen und sie genossen ihr Frühstück auf der Terrasse. Obwohl es erst kurz nach sieben Uhr war, besaß die Sonne schon viel Kraft.

„Zum Beispiel, wie es mit dem Angebot deines Vaters aussieht? Hast du dich entschieden?"

„Ah, ich verstehe." Lukas rollte mit den Augen. „Hat Mutter dich wieder angerufen und torpediert?" Er war am Abend erst spät von einer Lehrerkonferenz heimgekehrt und Magali hatte bereits geschlafen.

„Ja, gestern Nachmittag. Sie lässt nicht locker und will unbedingt, dass du den Vorsitz der Stiftung übernimmst. Die üblichen Argumente, dein Vater wäre 72 und sollte endlich anfangen, sich zu schonen. Darüber hinaus versteift sie sich in letzter Zeit immer mehr darauf, dass du als Lehrer nicht deine vollen Möglichkeiten ausschöpfst."

„Also die alte Leier."

„Genau."

„Ehrlich", Lukas schüttelte den Kopf, „ich frage mich noch immer, wie sie es überhaupt geschafft hat, Vater so weit zu bringen, tatsächlich abtreten zu wollen und mir auch noch seine Position anzubieten."

„Ich würde sagen, mit steter Hartnäckigkeit? Dieselbe Methode, die sie immer anwendet? Irgendwann wird man so zermürbt davon, dass das Nachgeben das kleinere Übel ist."

Lukas schmunzelte. „Ist wirklich alles mit dir in Ordnung? Plagen dich etwa Schwangerschaftshormone? So spitzzüngig kenne ich dich gar nicht."

„Nur eine Feststellung. Außerdem kennst du ihre Art besser als ich. Sie ist deine Mutter. Und sie ist wirklich unanständig hartnäckig, wenn sie etwas erreichen will. Leider hat sie mich als Verbündete gegen dich auserkoren. Immer wenn das Telefon in letzter Zeit klingelt, ist mit hoher Wahrscheinlichkeit sie am anderen Ende. Du weißt, ich mag sie und wir verstehen uns prima, aber inzwischen graut mir davor, an den Apparat zu gehen." Als hätte sie es damit heraufbeschworen, klingelte das Telefon. Lukas und Magali sahen sich in stillem

Einverständnis an. Keiner der beiden bewegte sich. Niemand rief sie um diese Uhrzeit an, außer Evelyn von Stetten…

„Ich gehe schon!“, rief Matti eifrig, sprang auf und rannte davon, gefolgt von den drei Hunden des Haushalts, die ihn selten aus den Augen ließen.

„Von Stetten“, rief er atemlos in den Hörer. So meldete sich sein Vater immer.

Die Person am anderen Ende stutzte kurz, ob der jungen Stimme. „Äh, mit wem spreche ich, bitte?“

„Na, mit mir! Wissen Sie denn nicht, wen Sie angerufen haben?“, wunderte sich Matti.

„Doch, ich…“

„Und wer sind Sieeee?“, fragte Matti gedehnt.

„Mein Name ist Pater Anton Gänserich und ich rufe aus Rom an…“

„Ah, Sie sind das. Stimmt, Gänserich. Das haben wir erst in der Schule durchgenommen.“

„Ah so?“ Der Mann wunderte sich etwas, aber bevor er sein Anliegen anbringen konnte, meinte Matti eifrig: „Sie wollen sicher meinen Papa sprechen. Papaaaa…“, brüllte er los, sodass der Mann am anderen Ende des Hörers zusammenzuckte.

„Es ist für dich.“

„Wer ist denn dran?“, rief Lukas fast genauso laut von der Terrasse zurück.

„Eine männliche Gans!“

Zehn Minuten später legte Lukas den Hörer auf. Er fand Magali in der Küche beim Ausräumen der Geschirrspülmaschine. Er wirkte fassungslos. Magali sah es sofort. „Ist etwas passiert? Wer war das?“

„Das war der Präfekt des Päpstlichen Hauses und gleichzeitig auch Privatsekretär des Papstes, Kurienbischof Gänserich.“

„Und was wollte er von dir?“

„Er hat mir angeboten, den Vorsitz einer unabhängigen Ethik-Kommission zu übernehmen, die Vergehen des Klerus untersuchen soll. Ziel ist es, das Ansehen und die Glaubhaftigkeit der Staatskirche in der Öffentlichkeit wiederherzustellen.“

Magali fühlte eine leichte Schwäche. Für sie stand sofort fest, was dies bedeutete: Die Kirche streckte erneut ihre gierigen Finger nach Lukas aus! Nach außen hin wirkte sie ruhig, aber innerlich zitterte sie. Vorsichtshalber stellte sie den Stapel Teller auf der Anrichte ab. Sie sah ihren Mann prüfend an, erkannte, wie es in ihm arbeitete, dachte an seine Bemerkungen zur Affäre von Elsterich und verkündete: „Du solltest es deinen Eltern sagen."

„Was meinst du?"

„Dass du dieses Angebot nicht ablehnen wirst, Lukas. Ich sehe es dir an. Einmal Jesuit, immer Jesuit. Deine Kirche ruft dich, sie braucht dich. Damit ist der Vorschlag deines Vaters vom Tisch. Das meine ich." Magali wandte sich von ihm ab. Tränen schossen ihr in die Augen. Was war nur heute mit ihr los? So kannte sie sich selbst nicht. Doch wenn sie ehrlich war, hatte sie bereits länger eine dunkle Ahnung, dass sich neuerliches Unheil über ihr zusammenbraute – genau genommen seit dem Tag vor zwei Wochen, als der Bote ihr das Kuvert des Schweizer Notars mit dem Schließfachschlüssel ihrer Mutter überbracht hatte. Sie hatte in einem ersten Impuls sofort Lukas angerufen, bei seinem späteren Eintreffen jedoch behauptet, den kleinen Schlüssel im Affekt die Toilette hinabgespült zu haben.

Sie hatte es auch wirklich vorgehabt, aber im letzten Moment war sie vor dieser endgültigen und vielleicht vorschnellen Entscheidung zurückgeschreckt. Stattdessen hatte sie den Schlüssel im Gartenhaus versteckt. Es war diese Lüge, die sie beschäftigte und zermürbte. Sie stand zwischen ihr und Lukas, und ganz offensichtlich ließ sie ihr schlechtes Gewissen nun an ihm aus. Sie war ungerecht.

Lukas war mit zwei Schritten bei ihr, drehte sie zu sich herum, sah ihre Tränen und zog sie fest in seine Arme. „Mein armer Liebling, was stellst du dir denn vor? Dass ich wieder in den Orden eintrete? Sicher nicht. Ich war Jesuit, ja, aber jetzt bin ich Vater und Ehemann. Wenn du mich so gut kennst, wie du sagst, dann müsstest du wissen, dass meine Familie das Wichtigste für mich ist. Niemals würde ich eine solch weitreichende Entscheidung ohne dein Einverständnis treffen." Lukas streichelte ihren Rücken. „Es ist das Baby und die Hitze, oder? Lucie hat mich gewarnt, dass dich Hormone plagen. Gar nichts ist entschieden, hörst du? Außerdem weiß ich selbst viel zu wenig über die Angelegenheit. Bischof Gänserich schickt mir die Projektunterlagen noch heute per Boten. Lass uns am Abend darüber sprechen. In Ordnung?" Magali nickte.

Lukas warf einen Blick auf seine Armbanduhr. „Es wird spät. Ich muss zum Unterricht." Er küsste sie und ging.

* * *

Hormone! Magalis irrationale Wut drängte erneut an die Oberfläche. Es waren weder die Hormone noch die Hitze, die ihr einen Streich spielten, doch sie ließ Lukas lieber in diesem Glauben.

Sie fuhr sich sachte über die leichte Wölbung ihres Bauches. Unwillkürlich drängte sich in ihr Gedächtnis wie sie nach Lukas' Heiratsantrag tagelang mit sich gehadert hatte. Obgleich sie ihn liebte, hatte sie gezögert. Ohne Frage war Lukas dabei schonungslos ehrlich zu ihr gewesen, er hatte keinen Hehl daraus gemacht, dass es ihm in erster Linie darum ging, dass sein Sohn Matti in geordneten Verhältnissen aufwuchs – und das bedeutete für ihn und sein konservatives Weltbild mit *beiden* Eltern.

Seine Vatergefühle in Ehren, aber welche Frau wollte nicht wiedergeliebt werden? In den letzten beiden Jahren hatte sich Magali so manches Mal gefragt, ob sie sich nicht selbst belogen, sich nicht alles schöngeredet hatte. Wie viel unerwiderte Liebe ertrug ein Mensch? War es ein Fehler gewesen, *ja* zu sagen, in dem Wissen, dass ihre Gefühle für Lukas eben nicht so abgeklärt waren wie die seinen? Letztendlich hatte Matti den Ausschlag gegeben. Wie jeder Junge hatte er sich nach einem Vater gesehnt und Lukas vom ersten Tag an vergöttert. Es war für sie wunderbar gewesen, ihren kleinen Sohn so glücklich zu sehen. Hatte sie das Recht, ihm ein Leben mit seinem Vater vorzuenthalten, nur um sich selbst zu schützen?

Seitdem hatte sie sich an den Gedanken geklammert, dass sie Lukas noch immer verlassen konnte, bevor sie an ihrer unerwiderten Liebe zerbrach – sobald Matti groß genug wäre, um auf eigenen Füßen zu stehen. Doch stattdessen hatte das launische Schicksal eine Unpässlichkeit ausgenutzt und sie ungewollt zum zweiten Mal schwanger werden lassen! Und Lukas ließ keine Gelegenheit aus, um ihr zu zeigen, wie sehr er sich auf das zweite Kind freute.

Sie hörte Matti auf seine unnachahmliche Art die Treppe herabrumpeln, gleich darauf stürmte er in die Küche. Sein Ungestüm riss sie aus ihren trüben Grübeleien. Sie sammelte sich, wischte sich kurz über die Augen und drehte sich mit einem Lächeln zu ihm um: „Na, du Krawaller? Hast du deinen Rucksack gepackt? Alle Bücher für heute dabei?"

„Klaro, Mami."

„Gut", sie reichte ihm eine blaue Plastikdose, „hier ist dein Pausenbrot, steck es ein. Aber diesmal isst du auch deinen Apfel auf und bringst ihn nicht wieder mit nach Hause, hörst du?"

„Klaro, Mami." Matti grinste quer über das Gesicht.

„Ich kenne dich, junger Mann. Ich sagte aufessen, nicht irgendwo wegwerfen. Woanders…"

„Ja ja, Mami", unterbrach Matti sie altklug, „woanders verhungern die Kinder. Ich weiß. Tschüüüüüß." Er stob davon, gefolgt von der bellenden Dreierbande. Gleich darauf fiel die Haustür ins Schloss. Die Hunde trotteten in die Küche zurück und bauten sich wie Orgelpfeifen vor Magali auf. Eine stumme dreifache Aufforderung.

Magali sah sie an, die beiden Shih-Tzus und den jungen Golden Retriever, den ihre Mutter ihrem Enkelsohn in Barcelona geschenkt und den Matti Pepe getauft hatte. Pepe war schon wieder gewachsen. Magali seufzte. Auch Matti wurde viel zu schnell groß.

„Na, ihr Rabauken? Wir gehen gleich spazieren." Drei Ruten wedelten. „Aber ich muss vorher noch telefonieren."

Wie an jedem Morgen und Abend wählte sie die eingespeicherte Nummer des Untersuchungsgefängnisses in Barcelona. So oft es die spanischen Behörden erlaubten, sprach sie mit Consulea. Heute hatte sie kein Glück. Sie hatte für ihre Ziehmutter die teuerste Anwaltskanzlei Spaniens engagiert und sie inzwischen zweimal im Gefängnis besuchen dürfen. Im September begann der Prozess. Sie würde alles dafür tun, um Consuela so schnell wie möglich aus dem Gefängnis zu holen.

Kurz darauf verließ sie mit den drei Hunden das Haus. Es fiel ihr nicht auf, dass sie dabei beobachtet wurde.

KAPITEL 3

Am Abend wälzte sich Magali schlaflos im Bett. Es war nicht nur das schlechte Gewissen wegen ihrer Schlüssel-Lüge, das sie wachhielt. Ihr war klargeworden, dass sie sich in den letzten Wochen, seit ihrer Rückkehr aus dem kleinen Landhaushotel in Tirol, in einer Art trügerischen Hoffnung gewiegt hatte – schließlich hätte es seither nicht besser zwischen ihr und Lukas laufen können.

Anfangs hatte es sie zutiefst beunruhigt, als sie von der Rückkehr seiner Jugendliebe Rabea erfahren hatte. Inzwischen war sie jedoch der Überzeugung, dass es das Beste war, was ihnen hatte passieren können.

Zwei lange Jahre hatte sich Lukas abgekapselt und einer nicht erfüllten Liebe nachgetrauert. Durch den vermeintlichen Tod der Journalistin hatte er nie die Chance erhalten, mit der Vergangenheit abschließen zu können. Lukas' Jugendliebe hatte auf diese Weise mehr zwischen ihnen gestanden, als wenn Rabea noch am Leben gewesen wäre.

Nachdem die Journalistin quicklebendig wieder aufgetaucht war, hatte Lukas schließlich doch noch die Möglichkeit erhalten, mit ihr ins Reine zu kommen. Und er hatte sich für sie, Magali, entschieden!

Zum ersten Mal überhaupt hatte Magali ihr Leben als perfekt empfunden: Sie hatte ein gemütliches Heim, einen Mann, den sie liebte, einen wunderbaren Sohn, und nun erwartete sie ihr zweites Kind. Sie würden ihre Kinder großziehen, ihnen ihre Werte vermitteln und sie auf ihr Erwachsenenleben vorbereiten. Erfüllung fanden sie in ihren Berufen als Lehrer und Kindergärtnerin. Das stille Glück, es war zum Greifen nahe gewesen.

Doch seit Heinrich von Stetten seinem Sohn angeboten hatte, die Von-Stetten-Stiftung alleinverantwortlich zu übernehmen, hatte eine schleichende Unruhe Besitz von ihr ergriffen. Mit jedem Tag, der verging, war ihr bewusster geworden, wie sehr sie darauf gehofft hatte, Lukas würde ablehnen. Er hatte es nicht getan, und darum hatte sie ihm unbewusst gegrollt. Sie kam nicht dagegen an. Magali war nicht stolz auf ihren Egoismus – aber die Wahrheit war, dass sie nicht wollte, dass sich ihr Leben erneut änderte – was unweigerlich der Fall wäre, wenn Lukas das Angebot annähme. Ihr Schwiegervater war ein Vollblut-Unternehmer, ein Mann, der sich nie gescheut hatte, mitunter harte Entscheidungen zum Wohle seiner Firma zu treffen. Ihr Lukas war anders. Sollte er sich der Herausforderung stellen, würde dies ihr Leben verändern. Was sein Vater allein entschied, würden Lukas und sie gemeinsam beratschlagen. Wie sie es bereits in den Fragen taten, die ihr eigenes Unternehmen betrafen, das Erbe ihrer Mutter. Lukas unterstützte sie sehr und er konnte das Gleiche von ihr erwarten. Doch sie fürchtete, all dem nicht gewachsen zu sein. Sie war keine Unternehmerin, so wie ihre Mutter es war. Und Lukas war nicht der Unternehmer, den sein Vater in ihm sehen wollte.

Das Erbe ihrer Mutter hatte sich längst wie eine dunkle Wolke über ihr Leben geschoben. Ginge es nach ihr, hätte sie sofort alles verschenkt. Abgesehen davon, dass dies eine utopische Vorstellung war, durfte sie bei ihrer Entscheidung nicht allein an sich denken, sondern musste auch die vielen Menschen, die für Van-Kampen-Enterprises arbeiteten, berücksichtigen. Weltweit waren es an die zwanzigtausend. Dieser Verantwortung konnte und wollte sie sich nicht entziehen. Sie würde auf einer weitgehenden Zusicherung bestehen, dass niemand seine Arbeit bei einem Verkauf verlor, weil Unternehmensteile zerschlagen oder weiterveräußert würden. Magali seufzte. Natürlich wusste sie, dass diese Vorstellung genauso unrealistisch war, wie alles zu verschenken. Mittlerweile wurde sie zunehmend vom Aufsichtsrat und den diversen Geschäftsführern bedrängt. Jeder schien etwas von ihr zu wollen, ihr E-Mail-Account quoll über und ihr Handy hatte sie deshalb die meiste Zeit abgeschaltet. Für ihre privaten Telefonate hatte sie sich deshalb ein zweites Handy angeschafft. Mehrere Interessenten hatten bereits Konzepte zur Anteilsübernahme vorgelegt. Doch noch waren ihr die Hände gebunden. Van-Kampen-Enterprises waren eine Aktiengesellschaft, ihre Mutter Mehrheitsanteilseignerin. Mit ihrem Tod und dem damit verbundenen Erbe musste der Wert des Unternehmens in aktuelle Zahlen aufgeschlüsselt werden, von der Berechnung des Börsenwerts bis hin zur Ermittlung des Verkehrswertes zur Festsetzung der Erbschaftssteuer. Es war alles furchtbar kompliziert. Ihr Schwiegervater hatte ihr sofort angeboten, sie zu unterstützen und ihr seinen langjährigen Justiziar und Freund, Karl Benrath, zur Seite gestellt.

In den letzten Wochen hatte sie zahllose Treffen mit Wirtschaftsprüfern oder Benrath selbst gehabt, die ihr eine Vielzahl an Dokumenten mit imposanten Überschriften vorlegten. Sie musste Schriftstücke unterschreiben, von deren Inhalt sie wenig verstand. *Aber sie wollte all das nicht!* Weder die Verantwortung, die auf ihr lastete wie ein Fels, noch die Erinnerungen, die durch das Erbe ihrer Mutter zum Leben erweckt worden waren. Alles, wonach sie sich sehnte, war, endlich mit der Vergangenheit abzuschließen und ihren ruhigen Lebensrhythmus wieder aufzunehmen. Sie hatte sich bisher an die Hoffnung geklammert, dass all ihre momentanen Sorgen, all die Verantwortung, die sie nicht wollte, nur eine vorübergehende Phase in ihrem Leben darstellten.

Sollte sich Lukas am Ende jedoch für das Angebot seines Vaters entscheiden, würden sich ihre Lebensumstände so oder so ändern. Der Gedanke daran, bei gesellschaftlichen Ereignissen repräsentieren zu müssen, behagte Magali überhaupt nicht. Bisher hatte sie die Öffentlichkeit weitgehend meiden können, die ihre Heirat in die Von-Stetten-Familie mit sich gebracht hatte – dank Lukas' Unterstützung. Und jetzt gab es ein zweites Angebot. So wie die Dinge lagen, hatte sie die Ambitionen ihres Mannes falsch eingeschätzt; er war nicht in jenem Zufriedenheitskokon eingesponnen, den sie meinte, geschaffen zu haben. Offenbar konnte er sich durchaus eine andere Perspektive vorstellen, als bis zu seiner Pensionierung als Lehrer am Melanchthon-Gymnasium zu arbeiten.

Sie hätte es wissen müssen, es entsprach dem Charakter ihres Mannes. Lukas besaß Ehrgeiz. Schließlich hatte er sich einmal zum Jesuiten berufen gefühlt und war den beschwerlichen Weg bis zur Priesterweihe gegangen. Sie hätte die Zeichen längst erkennen können, denn ihr Mann hatte kürzlich seine Arbeit an der in Rom abgebrochenen Promotion wieder aufgenommen.

Nun war ein altes Gespenst zurück: die katholische Kirche. Es hatte bereits ihre Kindheit überschattet, weil ihre Mutter Carlotta ihren manischen Hass auf die Kirche und ihre irdischen Vertreter über alles andere gestellt und ihrer einzigen Tochter diesen Hass mit der Muttermilch eingeflößt hatte.

Magali hatte sich dem verderblichen Einfluss ihrer Mutter erst spät entziehen können; dennoch war sie bisher davon überzeugt gewesen, sich von dieser Indoktrinierung befreit zu haben. Bis der gestrige Tag sie eines Besseren belehrt hatte.

Schon als Lukas sie in der Küche über den Inhalt des Telefonats mit dem Papstsekretär informierte hatte, hatte sie begriffen, wie unverbrüchlich ihre Mutter sie mit ihrem Hass auf die Kirche infiziert hatte, wie tief er in ihr verwurzelt war. Er glich einem konditionierten Reflex. Sie hatte dieses Gefühl unter Kontrolle gehabt, solange die Kirche keine Gefahr für sie darstellte. Doch jetzt streckte sie erneut ihre gierigen Finger nach Lukas aus. Weit mehr als das Angebot seines Vaters lockte ihren Mann jenes des Papstes. Lukas drängte es danach, nach Rom zu gehen, für die Kirche da zu sein und zu ihrer Rehabilitation beizutragen.

Die Erkenntnis traf Magali bis ins Mark. So wie sie sich nie gänzlich von den Einflüssen ihrer Kindheit freigemacht hatte, erging es auch Lukas, der, wie er ihr erzählt hatte, als Kind viel Zeit mit seinem Onkel, dem ermordeten Bischof von Bamberg, verbracht hatte. Ihre Kindheit hatte sie beide tief geprägt. Magali fragte sich nicht zum ersten Mal, ob sie ein Leben lang für ihre Mutter würde bezahlen müssen.

Sie starrte an die Decke und dachte an den zurückliegenden Nachmittag. Sie hatte den Umschlag mit dem vatikanischen Siegel entgegengenommen. Der Bote hatte ihn ihr erst ausgehändigt, nachdem er telefonisch Rücksprache mit seinem Vorgesetzten gehalten und sie ihm ihren Personalausweis gezeigt hatte. Die katholische Kirche und ihre verdammte Geheimniskrämerei! Es hatte sie sofort wieder wütend gemacht.

Bis zu Lukas' Heimkehr war sie um das Kuvert herumgeschlichen, das Symbol für die Rückkehr des Feindes in ihr Leben. Es war ihr natürlich klar, dass sie überreagierte. Aber sie kam nicht dagegen an, war seither zwischen Anspannung und Gereiztheit gefangen. Kein zuträglicher Gemütszustand für eine Schwangere und leider förderlich für Kurzschlusshandlungen – wie sie noch feststellen würde.

Lukas hatte zwei Stunden über dem Inhalt der Projektmappe gebrütet. Für Magali waren es die zwei längsten Stunden ihres Lebens gewesen. Nachdem sie Matti mit den üblichen abendlichen Querelen „Ich bin aber noch gar nicht müde, Mami!", zu Bett gebracht hatte, hatte sie sich zu Lukas gesellt und sich dem unerwarteten Vorstoß aus Rom gestellt. Am Ende war ihre Diskussion in ein hitziges Wortgefecht ausgeartet. Magali musste zugeben, dass sie Lukas zugesetzt hatte. Warum hatte er aber auch erneut ihre Schwangerschaftshormone ins Spiel bringen müssen? *Warum müssen Männer Frauen immer auf ihre Emotionen reduzieren?*, hatte sie ihn angefahren.

Am Ende hatte sie sich selbst überrascht und einen Entschluss gefasst, indem sie ihrem Mann quasi einen Freibrief ausstellte: „Ich werde dir nicht im Weg stehen, Lukas. Im Gegenteil, ich möchte, dass du das Angebot des Papstes annimmst. Es ist eine reizvolle Aufgabe, und ich kann gut verstehen, dass es dich dazu drängt. Was ich aber keinesfalls möchte, ist, dass du wegen mir darauf verzichtest und das irgendwann zwischen uns steht."

„Aber du bist schwanger, und…", hatte Lukas' Einwand gelautet.

„Wenn du jetzt noch einmal die Worte schwanger oder Hormone in den Mund nimmst, ich schwöre dir, Lukas, bekomme ich einen Schreikrampf."

Lukas lächelte schief. „Noch einen? Das werde ich sicher nicht riskieren. Ich wollte eigentlich sagen, dass ich dich während deiner Schwangerschaft nicht allein lassen will. Ich habe bereits die von Matti versäumt."

„Da hast du nicht viel verpasst und wirst du auch jetzt nicht. Ich werde jeden Tag dicker, unansehnlicher und damit unausstehlicher. Außerdem wäre es nur für ein halbes Jahr. Mit dem Flugzeug ist man in drei Stunden in Rom. An den Wochenenden kommst du entweder nach Hause, oder Matti und ich besuchen dich. Und zur Geburt wirst du ja wohl freibekommen. Ich rufe dich bei der ersten Wehe an, versprochen. Also, worauf wartest du? Auf nach Rom!"

„Du bist einfach unglaublich, Magali. Weißt du das?"

Endgültig entschieden hatte sich Lukas noch nicht. Zumindest behauptete er das, als er sie in seine Arme zog.

Dafür stand ihr eigener Entschluss fest. Sie würde in die Schweiz reisen. Magali war endlich klar geworden, warum sie den Schlüssel zum Schließfach ihrer Mutter behalten hatte.

KAPITEL 4

Berlin/Deutschland

Der Taxifahrer hatte es sich nicht nehmen lassen, Rabea Rollkoffer und Reisetasche bis vor ihre Wohnungstür zu tragen. Sie bedankte sich mit einem Extra-Trinkgeld und schloss die Tür auf.

Ihre neue Wohnung im Berliner Bezirk Pankow lag nur einen Straßenzug von ihrer alten Wohnung entfernt, die nach ihrem vermeintlichen Tod aufgelöst worden war. Jules hatte dafür Sorge getragen, dass ihre Möbel und Habseligkeiten unter falschem Namen eingelagert worden waren. Ihr neuer und alter Arbeitgeber, die Berliner Rundfunkanstalt, die sich neuerdings BBCo. – Berlin Broadcast Company – nannte, hatte ihr die Wohnung besorgt. Bereits vor ihrer Reise nach Washington hatte sie den Spediteur beauftragt, ihre Sachen an die neue Adresse zu liefern.

Da sie das Auspacken auf ihre Rückkehr verschoben hatte, sah es in ihrer Wohnung entsprechend aus. Überall standen wahllos Umzugskisten verteilt, und auf dem hellen Laminat wimmelte es von schmutzigen Schuhabdrücken. Rabea seufzte. Aufräumen und Putzen. Ihre absoluten Lieblingsbeschäftigungen… Zunächst aber brauchte sie einen *richtigen* Kaffee. Das dünne Gebräu, das man in der Touristenklasse einer amerikanischen Airline vorgesetzt bekam, verdiente diese Bezeichnung kaum.

Danach würde sie die Redaktionssekretärin anrufen. Gerda Pratschke sammelte nicht nur mit Leidenschaft Entenfiguren aller Art, sondern war, wie sich unlängst herausgestellt hatte, auch eine große Katzenliebhaberin. Frau Pratschke hatte sich sofort bereit erklärt, Rabeas kosmopolitisches Kätzchen, das bereits Tanger, London und nun auch Berlin bereist hatte, während Rabeas

Abwesenheit zu versorgen. Seit London besaß es auch einen Namen. *Hobbit.* Ryan hatte es so getauft. Weil es genauso klein war und eine beinahe so lange und gefährliche Reise hinter sich gebracht hatte wie Frodo und seine Gefährten. Die Erinnerung an den großen, durchtrainierten DIA-Agenten Ryan McKenzie, wie er bäuchlings auf dem Teppich lag und mit der winzigen Hobbit spielte, zauberte ein Lächeln auf Rabeas Gesicht. Unvermittelt fror ihr Lächeln ein. *Sie war nicht allein!* Aus dem Augenwinkel hatte sie eine Bewegung wahrgenommen. Jemand war in ihrem Schlafzimmer!

Blitzschnell kalkulierte Rabea ihre Möglichkeiten. Zurück zur Haustür konnte sie nicht, dazu müsste sie am Schlafzimmer vorbei, dessen Zugang sich links hinter ihr befand. Blieb als Fluchtpunkt das Wohnzimmer mit der integrierten Küchennische. *Küche! Messer!* Sie brauchte ein Messer! Dann fiel ihr ein, dass sie den Messerblock noch gar nicht ausgepackt hatte, und sie verfluchte ihre Nachlässigkeit. Aber sie könnte dennoch versuchen, die Wohnzimmertür zu verschließen, auf den Balkon zu flüchten und von dort aus Hilfe zu rufen. Ihr Handy steckte in der Jackentasche. Sie ließ sich nichts anmerken, machte einen Schritt auf das Wohnzimmer zu, hatte bereits die Schwelle erreicht, als eine männliche Stimme hinter ihr sagte: „Willkommen zurück. Ich hoffe, Sie hatten eine angenehme Rückreise, Frau Kennedy."

Rabea fuhr herum. In der Schlafzimmertür stand ein gedrungener Mann mit olivfarbener Haut und kahlem Kopf. Er trug einen eleganten Anzug mit Nadelstreifen, Seidenhemd und Hermés-Krawatte, an der Rabea sofort die goldene Nadel in Form eines Kamels bemerkte. Als Nächstes fiel Rabeas Blick auf seine Hände, die in schwarzen Lederhandschuhen steckten. Sie versteifte sich. Dieser Eindringling wollte keine Spuren hinterlassen. Gleichzeitig fragte sie sich, warum er dann so auffällig gekleidet war? Aus purer Eitelkeit?

Der Mann ließ ihr Zeit, um ihn zu sondieren. Dabei lächelte er höflich und wirkte so entspannt, als wären sie heute verabredet gewesen. Ein Profi, kaltblütig bis in die Fingerspitzen. Rabea ahnte, mit wem sie es zu tun haben dürfte. „Ich nehme an, Ihr Name lautet Yussuf?"

„Ah, ich sehe, unser gemeinsamer Freund Lafitte hat Ihnen bereits von mir erzählt. Ich hoffe, mit Rücksicht auf Ihre Gesundheit, dass es nicht zu viel war. Wollen wir uns setzen?" Er vollführte eine Geste in Richtung Wohnzimmer, als wäre er der Hausherr.

„Nein, ich stehe gern." Rabea sah keinen Grund, höflich zu sein. „Warum sind Sie hier? Was wollen Sie?"

Der Mann schüttelte in gespieltem Bedauern den Kopf. „Unhöflichkeit ist der Untergang des Abendlandes."

„Origineller Kalenderspruch, wirklich. Wie höflich ist es denn, in meine Wohnung einzubrechen? Aber da Sie scheinbar so viel Wert darauf legen... Dann sind Sie jetzt also so höflich und verschwinden. Ich bin müde und würde gerne einen Kaffee trinken. *Und zwar allein!*"

Der Mann lachte sichtlich amüsiert. „Sie sind sehr erfrischend, Frau Kennedy, oder darf ich Sie Rabea nennen?"

„Ich ziehe Rosenthal vor."

„Stolz auf die jüdische Herkunft?"

„Mein Arbeitsname als Journalistin. Also, was wollen Sie von mir?"

„Ich schätze es, wenn meine Gesprächspartner gleich zur Sache kommen. Ihrer Bitte, Sie zu verlassen, werde ich entsprechen, allerdings erst, wenn Sie sich kooperativ gezeigt haben und meine Frage beantworten. Wo ist Ihr Freund Lafitte?"

Jetzt war es an Rabea, Heiterkeit zu zeigen. „Damit beleidigen Sie seine Intelligenz. Sie glauben doch nicht im Ernst, dass er mir das verraten hat?"

„Vermutlich nicht. Aber Sie haben sicher eine Ahnung, wo er sich aufhalten könnte. Außerdem werden Sie etwas vereinbart haben, eine Art Code, wie Sie in Kontakt treten können. Ein toter Briefkasten, ein bestimmtes Kleidungsstück, das Sie tragen, oder eine Anzeige in einer Zeitung. Es gibt viele Möglichkeiten."

„Weder noch. Ich habe die letzten beiden Jahre isoliert verbracht. Das müssten Sie doch wissen." Rabea lächelte verbindlich.

Yussuf trat einen Schritt auf sie zu. Seine joviale Maske war verschwunden. Rabea widerstand dem Impuls, einen Schritt zurückzuweichen. Nach außen hin unbeeindruckt, hielt sie dem Blick seiner kleinen, fast schwarzen Augen stand, während sich ihr Herzschlag beschleunigt hatte. Sie würde keinesfalls den Fehler begehen, diesen Mann zu unterschätzen.

„Geben Sie mir Ihr Handy." Yussuf streckte seine Hand auffordernd aus. Rabea wich nun doch einen Schritt zurück.

„Nein."

Plötzlich hielt Yussuf eine Waffe mit Schalldämpfer in der Hand. Er musste den Taschenspielertrick lange geübt haben, die Geschwindigkeit, mit der dies geschehen war, grenzte an Zauberei. „Sie sind zu klug, um zu diskutieren. Sie wissen, dass Sie keine Wahl haben, als zu kooperieren. Es sei denn, Sie möchten hier und jetzt sterben. Möchten Sie sterben, Rabea?" Das letzte Wort klang sanft und lauernd zugleich.

Einen unausgeglichenen Moment lang war die rebellische Rabea in ihr versucht, ja zu sagen. Einfach, um zu sehen, wie Yussuf darauf reagieren würde. Sie glaubte nicht, dass er sie töten würde. Nicht sofort jedenfalls. Noch brauchte er sie. Sie war seine einzige real existierende Verbindung zu Jules. Aus Yussufs Sicht hatte Jules alles für sie riskiert und deshalb untertauchen müssen. Rabea verneinte nun seine Frage, indem sie stumm den Kopf schüttelte.

„Gut, gehen Sie voran ins Wohnzimmer und setzen Sie sich."

Rabea tat wie geheißen und ging mit gesenktem Kopf voraus. Dabei drehte sie sich gerade so weit, dass Yussuf hinter ihr nicht sehen konnte, wie sie mit der Hand unauffällig in die Tasche ihres Blazers fuhr und nach ihrem Handy tastete. Sie konnte so tun, als hätte die Sicherheitskontrolle am Flughafen ihr Mobiltelefon außer Gefecht gesetzt. Aber was sollte das bringen? Yussuf würde es mitnehmen; ein Mann wie er hatte zweifellos genug Leute an der Hand, die ihr Handy knacken konnten. Und wenn schon…Über Jules würde er ganz sicher nichts darauf finden. Jules würde auf eine andere Art mit ihr in Kontakt treten – falls er es wollte. Und natürlich hatte Yussuf Recht, es gab den geheimen Code. Dann durchzuckte ein Gedanke ihr Bewusstsein. Aber ja! Durch Yussufs Überfall war es ihr kurzzeitig entfallen. Sie hatte etwas, das sie gegen ihn einsetzen konnte! *Ihr zweites Handy.* Es steckte in ihrer linken Jackentasche. Es konnte funktionieren – solange Yussuf nicht auf die Idee kam, sie zu durchsuchen.

„Ihr Mobiltelefon, Rabea. Sofort." Yussuf wedelte herrisch mit der Hand. Er hatte einen Handschuh ausgezogen und ein protziger Siegelring mit einem schwarzen Stein blitzte an seinem Finger auf. Rabea sah, dass er sein eigenes Telefon auf den Tisch gelegt und ein USB-Kabel angeschlossen hatte. *Er wollte die Daten von ihrem Handy herunterladen? Wieso nahm er es nicht einfach mit?* Rabea wunderte sich, aber nur kurz. Dann fiel ihr Blick auf die Waffe, die demonstrativ daneben lag.

Angesichts der Geschwindigkeit, mit der der Mann damit hantiert hatte, unterdrückte Rabea den Impuls, sich darauf zu stürzen. Es wäre Selbstmord zu versuchen, ihn mit der eigenen Waffe zu erschießen – obwohl der Gedanke durchaus seinen Reiz hatte. Aber es würde allenfalls ihr momentanes, nicht jedoch Jules' Problem lösen. Yussuf war kein Einzelkämpfer. Er hatte ziemlich unangenehme Geschäftspartner und vier erwachsene Söhne. Jules hatte ihr das beim Abschied klar zu verstehen gegeben: „Ich würde die Welt liebend gern von diesem Mistkerl erlösen, Rabea, wenn es etwas bringen würde. Aber so einfach liegen die Dinge nicht. Alles, was ich damit erreichen würde, wäre, einen sinnlosen Rachefeldzug heraufzubeschwören, der unnötig Opfer fordern würde. Ich muss diese Angelegenheit anders lösen. Auf meine Weise."

Jules hatte es nicht ausgesprochen, aber Rabea hatte ihn auch so verstanden. Es ging Jules primär um die Opfer, die er vermeiden wollte. Was auch immer zwischen Jules und Yussuf vorgefallen war und Jules gezwungen hatte, unterzutauchen, ihr Freund hatte nicht mit ihr darüber gesprochen.

Ihr Blick wanderte jetzt von der Pistole zurück zu Yussuf. Widerstrebend zog sie das Smartphone aus der linken Tasche, entsperrte es und reichte es ihm. Mit ausdrucksloser Miene hantierte er damit. Nachdem er die Datenübertragung beendet hatte, wischte er ihr Handy mit seinem seidenen Einstecktuch ab. Zuletzt streifte er seinen Handschuh umständlich über und schob ihr das Mobiltelefon über den Tisch zu. *Er gab es ihr zurück? Einfach so?* Rabea vermutete sofort eine Hinterlist.

„Das war doch leicht, oder?" Yussuf lächelte überlegen. Rabea wäre ihm am liebsten ins Gesicht gesprungen. Wie so oft in brenzligen Situationen war ihre Wut größer als ihre Angst. Wut war ihre Rüstung. Dieser selbstherrliche, eitle Fatzke! An diesen Kerlen krankte die Welt. Sie musste an sich halten, um ihren Hass nicht offen zu zeigen, gleichzeitig spürte sie auch Befriedigung. Wenn Yussuf ihr das Handy zurückgab, konnte es dafür nur einen Grund geben: Er wollte nicht die Daten von ihrem Handy abrufen, sondern seine eigenen Daten aufspielen: Ein kleines Schadprogramm, dazu geschrieben, mit Yussuf Kontakt aufzunehmen, sobald Rabea ihr Handy nutzte. Sollte sie es mit ihrem Laptop und Tablet verbinden, konnte er vermutlich diese Geräte ebenfalls ausspionieren. Bei dieser Aktion ging es Yussuf einzig um den künftigen Zugriff. Nur deshalb hatte er auf sie gewartet und mit ihr geplaudert, anstatt sie lange mit Nachdruck *zu überreden*.

Was Rabea weit mehr ärgerte als ihr verseuchtes Handy war der Umstand, dass Yussuf sie offenbar für dämlich hielt. Es musste an seiner Kultur liegen. In seiner Welt war eine Frau ohne die Hilfe von Männern aufgeschmissen. Im Traum würde ihm in seiner beschränkten Sichtweise auf die Welt im Allgemeinen und auf die Frauen im Besonderen nicht einfallen, dass seine Rechnung nicht aufgehen würde. Sie hatte ihn ausgetrickst. Durch die Übertragung war sein eigenes Smartphone nun mit Bits and Bites infiziert, und diese waren so infektiös wie Ebola. Das Softwarepaket, welches sich soeben unsichtbar in den Tiefen von Yussufs Handy festsetzte, würde in Kürze die Herrschaft über sein Smartphone übernommen haben. Und niemand würde etwas merken. Weder Yussuf noch die Adressaten seiner Nachrichten. Nur einer würde es bald merken: *Jake.*

Jake war ihr eines Tages während ihres zweijährigen Exils im World Wide Web über den Weg gelaufen, und sie hatten sich miteinander angefreundet. Jake war ein Teil der virtuellen Welt. Nicht nur das, Rabea ging davon aus, dass er vor allem ein Teil der dunklen Seite des Netzes war, jener, die sich jeder Kontrolle entzog und eine virtuelle Gegenwelt bildete – in der es nichts gab, was es nicht gab. Virtuell oder physisch. Rabea kannte Jakes wahres Gesicht nicht. Dafür aber ein halbes Dutzend seiner Avatare und ebenso viele Websites, über die er Botschaften und Waren aller Art verbreitete. Jake war eine Spinne im riesigen Netz der Underground-Economy. Jakes viele Gesichter faszinierten Rabea, sie hätte ihn gern kennengelernt. Von daher war Jake mit ein Grund gewesen, warum sie nicht gezögert hatte, Ryans Einladung nach Washington zu folgen. Leider hatte es mit ihrem persönlichen Kennenlernen dann doch nicht geklappt. Jake blieb ihr Freund ohne Gesicht. Sie hatte feststellen müssen, dass er noch paranoider war, als es den Anschein gemacht hatte. Zu zwei vereinbarten Treffen war er nicht erschienen, sondern hatte ihr jeweils in letzter Sekunde per Instant Message abgesagt. Am letzten Tag hatte er ihr über einen Boten als Wiedergutmachung ein Geschenk ins Hotel gesandt. Eine Speicherkarte. Rabea hatte sie in ihr Handy eingelegt, und auf dem Display war Saurons Auge erschienen. Der Blick, der jede Mauer durchdrang. Ab diesem Moment würde Jake bei ihr sein, wann immer sie ihr Handy einschaltete.

Sie hatte sich ein Neues gekauft.

Über das Jake-Handy hielten sie seitdem Kontakt. Sie hatte sich schnell daran gewöhnt, mit ihm auf diese unkonventionelle Art zu kommunizieren.

Nun hatte Saurons Auge Yussuf im Blick. *Danke Yussuf, dass du meine Handydaten kopiert hast, einen größeren Gefallen hättest du mir nicht tun können.* Von nun an würde sie dafür sorgen, dass er nur die Daten erhielt, die sie ihm freiwillig lieferte. Da taten sich Möglichkeiten auf! Außer natürlich, er brachte sie um, bevor er ging. Was nicht wahrscheinlich war, schließlich wollte er sie ja noch ausspionieren. Rabea hoffte, dass er jetzt auch wirklich gehen würde. Leider tat er ihr den Gefallen nicht. Stattdessen lehnte sich Yussuf im Sessel zurück und sagte wie beiläufig: „Sie wissen, dass Lafitte nicht gay ist?“

Obwohl Rabea flink im Geist war, brauchte sie eine Sekunde, bis die Bedeutung des englischen Wortes *gay* in ihrem Verstand andockte. Vor allem die Bedeutung der Aussage. Was sollte das jetzt wieder? Was bezweckte Yussuf damit? Ein Test? Klar, der Typ war zur psychologischen Kriegsführung übergegangen und versuchte, einen Keil zwischen ihre Freundschaft mit Jules zu treiben! Sie spürte den lauernden Blick ihres Gegenübers und traf eine Entscheidung. Sie würde das Spiel mitspielen, aber nach ihren Regeln. „Das habe ich nie geglaubt.“

Yussuf beugte sich ihr entgegen. „Das bedeutet, Lafitte ist in Sie verliebt! Unverzeihlich für einen klugen Mann. Er neigt dann zu übereilten Handlungen und macht Fehler. Tödliche Fehler.“ Wieder dieser lauernde Blick.

Rabea reagierte nicht. Sie wartete, was die Yussuf-Show noch zu bieten hatte. Richtig, der nächste Akt folgte prompt.

„Dann wissen Sie ja auch, dass nichts an Ihrer ersten Begegnung vor zehn Jahren in Beirut Zufall gewesen ist, sondern von Ihrem Freund arrangiert worden ist.“ Yussuf machte eine Pause, bevor er den nächsten Satz aussprach: „Lafittes Auftrag lautete allerdings, sich nicht in Ihr Vertrauen, sondern in das einer anderen Person zu schleichen…“ Yussuf lächelte mokant und gab Rabea Zeit, um selbst ihre Schlussfolgerung zu ziehen.

„Ach, Sie meinen damit Lucie von Stetten?“ Rabea kämpfte gegen ihren Adrenalinpegel an. Dieser Scheißkerl sollte nicht merken, dass er sie getroffen hatte.

Yussuf neigte den kahlen Schädel. „Von Lafitte stammt auch die Idee, Ihre Freundin entführen zu lassen. Sie verstehen? Damit konnte er sich als ihr Retter betätigen. Der älteste Agenten-Trick der Welt. Geben Sie es zu, Sie sind beide auf ihn und seine Gay-Vorstellung hereingefallen. Er folgt ihnen nach Deutschland und eröffnet zur Tarnung einen Friseurladen. Von dort aus operiert Major Lafitte weiter im Auftrag seiner Regierung. Trifft sich mit Syrern, Iranern und Israelis. Lafitte hat viele Interessen bedient.“

„Für einen Geheimagenten sind Sie gefährlich gesprächig.“ Rabea imitierte Yussuf mokantes Lächeln. „Wenn bekannt war, wo Jules sich aufhält, warum haben ihn bisher alle Parteien am Leben gelassen?“

„Jetzt enttäuschen Sie mich! Es war natürlich seine Nähe zur Von-Stetten-Familie, die ihn geschützt hat. Er hat es sogar zu einer Art Pate des

Von-Stetten-Sohns gebracht! Als Muslim! Die Geheimnisse der Nürnberger Waffenschmiede, die Lenkwaffen-Software der Todes-Drohnen, mit der die amerikanischen Imperialisten meine Leute liquidieren, das war sein Auftrag! Aber er hat das Spiel zu lange ausgereizt, zu viele Leute verärgert. Die halbe Welt jagt ihn. Das ist der Grund, warum er sich abgesetzt hat. Nicht unsere kleine Meinungsverschiedenheit. Ich bin noch immer sein Freund."

Rabea glaubte ihm selbstredend kein Wort, hatte jedoch erstmalig Mühe, es sich nicht anmerken zu lassen. *Ruhig*, ermahnte sie sich selbst. Yussuf wollte ihr Misstrauen wecken, Zwietracht säen, sie wütend machen – alles in der Hoffnung, dass sie unvorsichtig würde, und er ihr etwas Unbedachtes entlocken konnte. Trotzdem sprangen ihre Gedanken zurück zu ihrem ersten Zusammentreffen mit Jules, dem Beginn ihrer Freundschaft und Lucies Entführung, die mit Jules' Hilfe ein glückliches Ende genommen hatte. Und zu Jules' Wunsch nach einem neuen Leben in einem neuen Land. Alles nur Täuschung, wie Yussuf behauptete? Mit Schrecken merkte sie, dass Yussufs böse Saat bereits zu keimen begann. *Nein!*, rief sie sich selbst zur Ordnung. *Vertraue deinem Instinkt! Jules ist dein Freund. Er hat dich beschützt und dein Leben gerettet. Hör nicht auf Yussufs Lügen!*

„Sie haben gesagt, was Sie sagen wollten", konterte Rabea kalt. „Wenn Sie also nicht vorhaben, mich mit Ihrem Spielzeug umzubringen", Rabea zeigte auf die Waffe auf dem Tisch, „dann leben Sie wohl." Sie stand auf. Für sie war das Gespräch beendet.

„Ihre Loyalität für Lafitte ehrt Sie. Der Prophet sagt: *Sprich die Wahrheit, auch wenn sie gegen dich ist, und sprich die Wahrheit, auch wenn sie bitter ist.*"

„Der Prophet sagt auch, dass Verleumdung schneller gegen den Glauben eines Muslims handelt als Lepra gegen den Körper eines Menschen."

Yussuf neigte beifällig den Kopf. „Ich sehe, Sie haben sich mit unseren Hadithen beschäftigt. Darum gebe ich Ihnen noch einen Rat unseres Propheten mit auf den Weg und bitte Sie, über meine Worte nachzudenken. Vor allem darüber, ob Lafitte Ihre Freundschaft wirklich verdient hat. Denn Muhammed spricht: *Der Mensch ist beeinflussbar durch den Glauben seiner Freunde. Deshalb sei vorsichtig, mit wem du verkehrst.*"

„Sehr gut", Rabea reichte es jetzt mit Yussuf, „diesen Rat nehme ich gerne an. Ich wünsche also, nicht weiter mit *Ihnen zu verkehren.* Und jetzt raus aus meiner Wohnung! Jules ist Ihr Problem, nicht meins. Und ich werde es ganz sicher nicht zu meinem machen. Ich habe auch einen Rat für Sie, Yussuf, oder besser, nennen

Sie es eine Prophezeiung: Blasen Sie die Jagd auf Jules ab, ansonsten werden Sie alles verlieren."

Ohne dass sie es vorausgesehen hatte, war Yussuf über ihr, hatte ihre Arme gepackt, stieß ein Knie zwischen ihre Beine und presste sie schmerzhaft in ihren Sessel. Ganz nah an ihrem Gesicht zischte er: „Du drohst *mir?* Willst *Yussuf* die Stirn bieten? Treib es nicht zu weit, Miststück. Es gibt viele Arten, freche Huren wie dich zu brechen." Mit seiner Zunge leckte er quälend langsam einmal von ihrem Ohr quer über ihre Wange und rammte ihr dann sein Knie in den Unterleib. Die Botschaft war eindeutig. Er ließ sie los, schnappte sich seine Pistole und steckte sie in den Hosenbund. Verächtlich sah er auf sie hinab. „Fühl dich nicht zu sicher, Weib. Wenn ich mit Lafitte fertig bin, bist du dran!" Endlich ging er.

Was für ein Arschloch! Angeekelt wischte sich Rabea über ihre Wange und stemmte sich aus dem Sessel hoch. Sie rannte ins Bad und ließ sich minutenlang Wasser übers Gesicht laufen. Sie zitterte, ihre Gedanken und Gefühle liefen Amok. Das bekamen auch Kaffeekanne und Geschirr zu spüren, es knallte in einer Tour, während sie damit hantierte, um sich den lange ersehnten Kaffee zu brühen.

Sie musste dringend ihre Gedanken ordnen. Rabea setzte sich auf ihr bisher kaum genutztes Sofa. Sie hatte damals nicht ein Möbelstück aus Nürnberg mitgenommen. Es sollte eine bewusste Trennung von ihrem alten Leben sein. Nichts sollte sie an ihre Zeit mit Lukas erinnern. Jäh wurde ihr bewusst, dass sie ihr Leben immer noch in zwei Abschnitte einteilte: *vor Lukas* und *nach Lukas*. Sie spürte jetzt nicht nur die Nachwirkungen von Yussufs Besuch, sondern zudem den Überdruss, erneut in ein Abenteuer hineingezogen zu werden, dessen Dimension sie nicht einmal annähernd überblicken konnte. Diesmal gänzlich ungewollt und nicht unmittelbar beteiligt. Jedenfalls nicht ganz…

Nach der zweiten Tasse Kaffee hatte sie sich so weit im Griff, ihre Ist-Situation rekapitulieren zu können. *Gebrauche deinen Verstand, Rabea!* Denke nach, nüchtern, logisch, mathematisch. Hatte das nicht schon Platon gesagt? Mathematik wäre das erste Erkenntnismittel? Welche Erkenntnisse ergaben sich aus Yussufs Besuch? Wie stand es mit ihr? In den letzten Wochen hatte sich ihr Leben eingependelt. Sie musste sich nicht länger verstecken und ein aufreibendes Nomadenleben führen. Sie konnte ihren Großvater und ihre Freunde sehen, wann immer sie wollte. Das hatte sie Jules zu verdanken. Nicht zu vergessen hatte sie in Ryan einen echten Freund gewonnen. Das Wort Liebe war zwar bisher nicht zwischen ihnen gefallen, aber sie war fast sicher, dass Ryan in sie verliebt war. Ebenso wie sein im Irak ermordeter älterer Bruder Patrick war Ryan ein ernsthafter Mensch. Er hätte sie nicht nach Washington eingeladen, wenn er nicht glauben würde, dass aus ihrer Verbindung mehr erwachsen könnte. Sie hatten zwei intensive Wochen zusammen verbracht. Ryan hatte ihr Washington und die Umgebung gezeigt und dabei jedes romantische Register gezogen. Ja, gestand sie sich ein, es war möglich, dass sie sich ernsthaft in Ryan verlieben könnte. Sie war in diesem Jahr dreißig geworden und ihre bisherige Lebensbilanz konnte eine Aufbesserung vertragen – obwohl der Gedanke an eine eigene Familie ihr noch fern lag. Das mit Lukas hatte sie damals gründlich in den Sand gesetzt. Andererseits glaubte sie daran, was sie im Londoner Hotel zu ihm gesagt hatte: dass es nicht ihr vorbestimmtes Schicksal gewesen war, dass sie zusammenkamen.

Als sie heute ihre Wohnungstür aufgeschlossen hatte, hatte sie sich tatsächlich zuversichtlich gefühlt, im Bewusstsein, ihre innere Balance gefunden zu haben. Und nun hatte es dieser vermaledeite Yussuf geschafft, erneut alles in Frage zu stellen. Rabea schnaubte. *Sie hätte Yussuf doch erschießen sollen!* Seine Warnung musste sie auf jeden Fall ernst nehmen. Von nun an würde sie sich vor ihm in Acht nehmen müssen. Was bedeutete, dass sie in Zukunft nicht mehr ohne ihre Waffe aus dem Haus gehen würde. Dabei hatte sie sich gerade erst daran gewöhnt, dass sie im Safe lag und nicht mehr auf ihrem Nachttisch. Was sollte sie tun? Jules zu warnen, machte keinen Sinn. Ihr Freund wusste selbst, in welchen Schwierigkeiten er steckte. Ihr wurde klar, dass ihr eigentliches Problem darin bestand, dass sie sich gerne mit ihm über Yussufs Anschuldigungen ausgetauscht hätte. Sie wollte aus Jules' eigenem Mund hören, dass Yussuf log. Selbstredend, dass sie diesem selbstverliebten arabischen Gockel kein Wort glaubte. Es ging ihr nur um die Klarstellung. *Scheiße, Rabea, reiß dich zusammen. Denk nicht zu viel darüber nach. Spiel diesem Yussuf-Blödmann nicht in die Hände!* Rabea spürte, wie ihr eigener Jagdtrieb erwachte. Sie würde selbst Nachforschungen anstellen. Machte es Sinn, nach München zu fahren und Jules' Wohnung zu durchsuchen? Sie besaß einen Schlüssel. Nein, geschenkt, denn Jules hätte niemals Spuren hinterlassen. Davon abgesehen hatte Yussuf dort mit Sicherheit zuerst gesucht. Wenn der nichts gefunden hatte, würde sie auch nichts mehr finden. Was konnte sie dann tun? Rabea fiel Jules' Mutter ein, Daria. Jules hatte ihr gesagt, dass es für ihn zu gefährlich wäre, sie zu besuchen und er sie deshalb seit Jahren nicht gesehen hätte. Da er befürchten musste, dass Yussuf seiner Mutter einen unangenehmen Besuch abstatten könnte, war zu erwarten, dass Daria ebenso verschwunden war wie ihr Sohn. Eine Sackgasse. Rabea fiel auf, dass sie im Grunde nicht viel über Jules wusste. Damit wenigstens hatte Yussuf recht. War Lafitte überhaupt Jules' richtiger Name oder nur ein Deckname? Auf jeden Fall würde sie zum Recherchieren in die Redaktion fahren und dazu nicht ihren Laptop benutzen. Sicher war sicher.

An diesem Punkt ihrer Überlegungen angelangt, fiel ihr wieder ein, was Lucie ihr berichtet hatte: dass Saul Kaschinski ähnliche Behauptungen über Jules aufgestellt hatte wie eben Yussuf. Der Söldner hatte beteuert, dass Jules weiter als Agent aktiv wäre und dem libanesischen Geheimdienst Informationen beschafft hatte. Viel schlimmer war allerdings seine Aussage gewesen, dass Jules *scharf darauf war, sich fünfzig Millionen Dollar zu verdienen, die für die Lieferung der Softwarecodes der Hawk-Eye-Serie von vST ausgesetzt wären.*

Laut Lucie waren Jules und Lukas vor dem London-Flug deswegen heftig aneinandergeraten, aber Jules hatte die Zweifel schnell ausräumen können. Lucie jedoch war entsetzt gewesen, wie leicht Lukas auf die *Schlange Kaschinski* hereingefallen war.

Rabea sah auf die Uhr. Kurz nach 16:00 Uhr. Es war verlockend, sich nochmals vor dem überfälligen Auspacken (und Putzen) zu drücken, in die Redaktion zu fahren und die Post auf ihrem Schreibtisch zu checken. Frau Pratschke würde sicher bald Feierabend machen, dann könnte sie mit zu ihr fahren und ihre Katze abholen. Nach der Begegnung mit Yussuf sehnte sie sich mehr denn je nach der kleinen, unschuldigen Hobbit.

Ihr eigenes Handy klingelte. Lucies Name leuchtete auf. Ihre Freundin hielt sich nach wie vor im Nordwesten der Türkei auf, bei Ausgrabungen in Hisarlik, dem Troja der Antike. Kurz schoss Rabea durch den Kopf, dass Yussuf jetzt ihr ganz persönliches Trojanisches Pferd auf den Speicher seines Mobiltelefons gezogen hatte. Rabea gestattete sich ein triumphierendes Lächeln. So ähnlich musste sich Odysseus damals gefühlt haben. Sie hoffte, ihre List würde Yussuf genauso zum Verhängnis werden wie das alte Holzpferd den Griechen. Die hatten ihre Mauern auch für unüberwindlich gehalten. „Hi Lucie!“, meldete sie sich.

„Gott sei Dank, du bist wieder da. Was ist mit deinem Handy los? Warum rufst du nicht zurück? Ich habe dir schon mindestens tausend Nachrichten auf der Mailbox hinterlassen."

„Stimmt, meine Mailbox ist voll. Entschuldige, ich bin vorhin erst zur Tür rein und konnte noch nicht alle Nachrichten abhören." Rabea schmunzelte in sich hinein. Es war ja nicht so, dass sie beide keinen Kontakt gehabt hätten, während sie in den USA weilte. Lucie hatte ihr mindestens jeden Tag eine Mail oder eine SMS geschrieben. Sie wollte auf dem Laufenden gehalten werden, was Rabeas Liebesleben anbetraf.

„Ich muss dir unbedingt etwas erzählen." Lucie legte eine feierliche Pause ein und Rabea wusste, was ihre Freundin gleich sagen würde. Richtig. „Ich habe mich unsterblich verliebt", tönte es aus dem Telefon.

„Schon wieder?" Angesichts der Häufigkeit, mit der Lucie seit ihrer Teenagerzeit in diesen Gefühlszustand geriet, fiel es Rabea schwer, den von ihrer Freundin geforderten Enthusiasmus aufzubringen. Stattdessen setzte sie nach. „Hat Fonton ihn schon durchleuchtet?"

„Böse Freundin. Und nein, ich habe dazugelernt. Diesmal halte ich schön meinen Mund, bevor mir Papa wieder seinen Wachhund auf den Hals hetzt. Manchmal glaube ich, er will nur einen Schwiegersohn, damit der die Firma übernehmen kann. Fonton, dieser fiese Brite, kann mir echt gestohlen bleiben."

„Im Ernst? Du bist also immer noch auf ihn sauer, weil er deine letzte Eroberung als verheirateten Mann mit zwei kleinen Kindern geoutet hat?" Rabea konnte ein Kichern nicht unterdrücken.

„Na ja, diesmal ist es schlimmer. Darum rufe ich an. Du musst mir helfen."

„Was meinst du damit, es ist diesmal schlimmer? Schlimmer verliebt?" Rabea schoss ein Verdacht durch den Kopf. Lucie klang wirklich überdreht. Sogar noch mehr als sonst. „Du bist doch nicht etwa schwanger?"

„Nein, wo denkst du hin." Lucie senkte die Stimme und verkündete dann dramatisch: „Es sind zwei. Beide sind absolut perfekt und fantastisch, und ich kann mich nicht entscheiden. Und solange ich so unsicher bin, kann und will ich auch mit keinem der beiden schlafen. Deswegen bin ich schon ganz wuschig. Prince Charming ist im Dauereinsatz. Ehrlich, ich stehe kurz vor einer Plastikallergie."

„Oh Mann, Lucie", prustete Rabea los, „deine Probleme möchte ich haben. Wie lange geht das schon so? Und warum hast du mir nicht früher davon erzählt?"

„Du warst doch erst in Berlin und dann in Washington. Und ich wusste nicht, wie ich das in einer Mail erklären sollte, wo ich doch selbst ganz durcheinander bin, und du bist ja auch irgendwie in einer ähnlichen Situation, mit Lukas hier und Ryan da, und überhaupt das ganze Gefühlschaos, und ich dachte, ich kriege das schon hin mit der Entscheidung, kann ja nicht so schwer sein, und dann stelle ich ihn dir vor, und du kannst mir sagen, was du von ihm hältst." Die ganze Erklärung schoss aus Lucie ohne Punkt, Komma und Atemholen heraus. Eben typisch Lucie, dachte Rabea. „Also gut, von vorne. Erst mal tief Luft holen, Lucie, atme. Und jetzt sag mir: Wann und wie genau hast du die beiden kennengelernt?"

„Den einen in Nürnberg, kurz nachdem du nach Berlin gereist bist, und den anderen gut zwei Wochen später hier in Istanbul, im Deutschen Archäologischen Institut."

„Zwei Männer in sechs Wochen, keine schlechte Ausbeute. Was hast du überhaupt in Istanbul gemacht? Hast du nicht erzählt, du buddelst den Troja-Hügel um?"

„Eben, ich habe gleich in den ersten Tagen etwas Interessantes gefunden, ein zerbrochenes Schwert mit einem fabelhaft erhaltenen Heft, und deshalb durfte ich mit Professor Hagedorn zur genaueren Analyse nach Istanbul fliegen. Du musst unbedingt kommen, Rabea, und dir Jonathan ansehen. Er ist ein erfolgreicher Geschäftsmann und engagiert sich mit seiner Stiftung zum Erhalt von Altertümern. Er hat der Universität von Tübingen viel Geld gestiftet, damit wir hier in Hisarlik weiterforschen können."

„Herrje, wie alt ist er denn?"

„Ich sagte, er unterstützt den Erhalt von Altertümern, das bedeutet nicht, dass er alt ist. Er ist Anfang dreißig. Ach, er ist einfach perfekt, charmant, zuvorkommend, klug…", schwärmte Lucie.

„Klingt, als hättest du dich schon entschieden."

„Ja, wenn da nicht Andrea wäre. Er ist Italiener und hat mir das Leben gerettet."

„Wie? Er hat dir das Leben gerettet?"

„Das war beim Friseur. Jules steht ja nicht mehr zur Verfügung, also musste ich in Nürnberg gehen."

„Aha, er ist also Friseur und hat dir das Leben gerettet? Mit was? Einer neuen Strähnchentechnik?"

„Ha, zweimal böse Freundin, du nimmst mich schon wieder auf die Schippe. Nein, im Ernst, als ich den Salon verließ, hätte mich beinahe ein Auto überfahren. Ehrlich, ich weiß nicht, wo das so plötzlich hergekommen ist. Auf jeden Fall hat Andrea schnell reagiert und mich mit einem Ruck von der Straße gezogen. Ansonsten hätte ich einen Salto mortale hingelegt! Mir war ganz schlecht. Er hat mich ins nächste Lokal geschleppt und mir einen Schnaps eingeflößt. So hat es angefangen." Lucie stieß einen Seufzer aus. „Er ist Witwer und hat eine kleine Tochter. Wir waren schon zusammen Eis essen. Er ist ein ganz wunderbarer Vater. Du solltest sehen, wie er mit der Kleinen umgeht."

„Aha, du hast also die Wahl zwischen einem sozial engagierten, reichen Wohltäter und einem lebensrettenden Witwer mit Kind und hohem Mitleidsfaktor. Da kann ich dir nur raten, wirf eine Münze."

„Nein, du bist meine Münze. Vorschlag: Ich bin gerade in Nürnberg angekommen und habe einige Tage frei. Mein Professor ist mal wieder in Sachen Geld eintreiben unterwegs, soll er ruhig allein machen. Übermorgen, also Samstag, treffe ich mich mit Andrea zum Abendessen. Bitte, du musst unbedingt hierherkommen und ihn kennenlernen. Ich brauche dich, Rabea, es geht um mein Glück. Ich musste fast zwei Jahre ohne dich auskommen. Lass mich nicht im Stich, bitteeee…" Listig fügte Lucie noch hinzu: „Ich habe dir auch schon einen Flug für morgen Abend rausgesucht. Das Ticket kostet keine hundert Euro. Außerdem kannst du dann auch deinen Großvater besuchen. Was sagst du?"

„Also gut, überredet. Ich komme", gab Rabea für ihre Verhältnisse schnell nach.

Lucies unbeschwerte Art war das richtige Gegengewicht für die neuen Sorgen in ihrem Leben. Hobbit würde sie einfach mitnehmen.

KAPITEL 5

ZÜRICH/HERRLIBERG/SCHWEIZ

Jules raste auf einer schwarzen BMW 1200 auf der A3 von Vaduz kommend in Richtung Zürich.

Seit dem Tag, an dem er von Beirut nach München übergesiedelt war, hatte er sich für den Tag gerüstet, an dem er sich Yussuf würde stellen müssen. Jahrelang hatte er getrickst und sich zwischen mehreren Fronten bewegt, hatte mit hohlen Informationen jongliert, die er von der einen Seite erhielt und an die andere weitergab, und sich so immer wieder durchlavieren können.

Im Nachhinein wunderte es Jules, dass er so lange hatte durchhalten können. Ihm war bewusst, dass es ohne die zunehmend instabile Lage im Mittleren Osten und zuvor dem Arabischen Frühling, der die Machtverhältnisse teilweise verschoben hatte, nicht möglich gewesen wäre. Der Arabische Frühling war verblüht, und die meisten seiner alten Gegner waren im Laufe der Zeit auf der Strecke geblieben. Auch seinen früheren Geheimdienst gab es in seiner ursprünglichen Struktur nicht mehr. Die alte Garde war hinweggefegt worden, nur wenige hatten überlebt, leider ausgerechnet auch Yussuf.

Die Auseinandersetzung mit seinem ehemaligen Weggefährten beim libanesischen Geheimdienst DGSG war längst überfällig gewesen. Tatsächlich hatte er selbst den Funken gezündet, indem er Rabea vor zwei Jahren in Sicherheit gebracht hatte. Seine Freundin hatte Yussufs Geschäfte empfindlich gestört und nach dessen Meinung trug sie auch die Schuld am Tod von Malik in Tanger. Yussuf sann auf Rache. Malik war sein Cousin gewesen. Rabeas Rückkehr ins Leben hatte den Stein endgültig ins Rollen gebracht. Seine Freundin war nur so lange vor Yussuf sicher, solange er, Jules, lebte und Yussuf nicht genau wusste, was Jules gegen ihn in der Hand hatte.

Aber Jules war vorbereitet auf die – wie er hoffte – letzte Konfrontation mit Yussuf. Er hatte einen Plan, indem er eine Kettenreaktion auslösen würde. Die Syrer und Iraner waren nicht gefährlich. Mit ihnen hatte er längst seine Vereinbarungen getroffen. Er hatte sich nur deshalb mit ihnen sehen lassen, um Yussuf aus der Deckung zu locken.

Jules' Gedanken kehrten unwillkürlich zu seiner ersten Begegnung mit Yussuf zurück. Sie war bald fünfundzwanzig Jahre her. Er selbst war damals noch keine sechzehn gewesen. Sein Vater, ein französischstämmiger Tuchhändler, war gerade gestorben. Der hatte seinen einzigen Sohn mit Gewalt in das väterliche Stoffgeschäft pressen wollen. Aber Jules fand diese Art der Arbeit einfach nur öde. Er träumte von Abenteuern. Dafür hatte er von seinem Vater das Talent zum Zeichnen geerbt. Anstatt Stoffdesigns zu entwerfen, fälschte Jules bald Geldscheine und Papiere.

Yussuf, damals schon ein hohes Tier bei der DSGS, war auf ihn aufmerksam geworden, als er jemanden mit von Jules' gefälschten Papieren in die Fänge bekam. Jules hatte keine Wahl, entweder er arbeitete von nun an für Yussuf oder er wanderte ins Gefängnis. Yussuf war nicht nur jemand, der zur damaligen Zeit alles an krummen Geschäften tätigte, was machbar war, er wurde außerdem Jules' Ausbilder beim DSGS. Deshalb kannte er Yussuf so gut. Und Yussuf ihn. Als sich der Libanon immer weiter spaltete, musste Yussuf gar nicht erst die Seiten wechseln. Er hatte sich längst nach allen Seiten hin abgesichert und seine Geschäfte ausgedehnt. Dabei machte es für ihn keinen Unterschied, ob seine Partner Muslime, Christen oder Juden waren, Hauptsache, die Währung stimmte. Die Grenzen zwischen Legalität und Illegalität hatten für ihn so oder so nie existiert. Mit seinem weitverzweigten Netzwerk mischte Yussuf im Drogen-, Waffen- und Menschenschmuggel mit und betrieb Geldwäsche im großen Stil, überwiegend in Europa. Nach wie vor war auch der Handel mit Informationen eine seiner Einnahmequellen, der Nährboden dafür war der internationale Terrorismus, den er förderte, wo er nur konnte. Selbst wenn das Ziel Libanon hieß…Seit der Terrorismus nach dem 11. September 2001 so richtig prosperierte, florierten auch Yussufs Geschäfte. Es war ihm dabei aber nie um den Islam gegangen, ihm ging es immer nur um das Geschäft. Trotzdem zählten für Yussuf, wie für jeden Muselmanen, seine Ehre und das Ansehen, das er bei seinen Leuten und seinem weit verzweigten Familien-Clan genoss, mehr als sein eigenes Leben.

Das war seine Schwachstelle, und darauf baute Jules' Plan auf. In den letzten Jahren war Yussuf zu gierig geworden und hatte sich mit zwei in seiner Welt als größte Feinde geltenden Parteien eingelassen. Er war ein Verräter. Das würde ihm zum Verhängnis werden. Jules hatte schon öfters mit dem Gedanken gespielt, Yussuf einfach zu töten. Doch es gab einen besseren Weg, ihn loszuwerden. Jules kannte die Wahrheit über ihn, wusste von Taten, von denen Yussuf nicht zulassen konnte, das sie jemals an die Öffentlichkeit gelangten. Im Gegensatz zu ihrem Vater waren seine Söhne fromme Diener Allahs. Das war Jules' Versicherung. Er musste nur dafür sorgen, dass gewisse Informationen in die richtigen Hände gerieten. Yussufs eigene Leute würden ihn richten, und er wäre frei – nach fünfundzwanzig Jahren. Aber dazu musste Jules erst die kompletten Beweise an sich bringen, die er sicher versteckt hatte. Gleichzeitig musste er die Amerikaner im Auge behalten, um ihnen nicht in die Quere zu kommen. Denn ein Teil der Beweise gegen Yussuf sähe auch die CIA ungern in den falschen Händen, und dann würde die Jagd von vorn beginnen. Es kam auf die richtige Dosierung an, damit die geplante Kettenreaktion nicht außer Kontrolle geriet.

Doch was wäre das Leben ohne ein wenig Risiko? Jules grinste in sich hinein. *Eines nach dem anderen…*

Er konzentrierte sich nun auf seinen Plan und ging ihn nochmals durch. Er hatte Schließfächer in mehreren europäischen Städten unter falscher Identität angemietet. Es galt, so viele falsche Spuren wie möglich zu legen, um von seinem eigentlichen Ziel am Tag X abzulenken. Der Inhalt in allen Verstecken war derselbe: Bargeld, falsche Ausweise, Dokumente und Protokolle über geheimdienstliche Aktivitäten. Er hatte die Verstecke im Laufe der Zeit sporadisch aufgesucht, zwar stets unter den gebotenen Sicherheitsmaßnahmen, aber doch so, dass Yussuf zumindest über einige im Bilde sein musste – falls der seinen Job richtig gemacht hatte. Die Verstecke waren der Köder für Yussuf. Jules wollte, dass möglichst viele seiner Leute mit der Observierung dieser Banken beschäftigt wären. Aus diesem Grund hatte sich Jules auch mehrere Wochen in seinem Versteck verschanzt und nicht vom Fleck gerührt. Niemand hielt eine wochenlange Observierung durch, ohne in seiner Aufmerksamkeit nachzulassen.

Sein erstes Reiseziel, Zürich, kam in Sicht. Im Grunde empfand er sogar Spaß an dem selbstinszenierten Katz- und Mausspiel. Und wenn am Ende Yussuf auf der Strecke blieb…

* * *

Am nächsten Morgen prüfte Jules sein Aussehen im Spiegel einer Pension in Herrliberg. Der beschauliche Ort lag ungefähr zwölf Kilometer südlich von Zürich am Ufer des gleichnamigen Sees.

Seine Papiere wiesen ihn als Schweizer Staatsbürger Siegbert Suter aus – dementsprechend war er vor seiner Anreise in dessen Haut geschlüpft. Das bedeutete blondgefärbte Haare, Wimpern und Augenbrauen sowie blassblaue Kontaktlinsen. Seine Schneidezähne hatte er wegen einer kleinen Lücke, seinem charakteristischem Erkennungsmerkmal, mit Keramik-Veneers überklebt. Gekleidet war er in eine schwarze Motorradkluft, dazu derbe Stiefel mit Spezialeinlagen, die ihm einige Zentimeter Körpergröße dazumogelten.

Jules verließ die Pension, stieg auf seine BMW und fuhr auf Nebenstraßen in Richtung Zürich. Sein Ziel war die Schweizer Kantonalbank in der Bahnhofstraße, die an die Börsenstraße grenzte. Gegenüber der Bank hatte er vor einiger Zeit eine Wohnung angemietet und ein Jahr im Voraus bezahlt. Vom Wohnzimmer aus hatte er eine optimale Sicht auf Eingang und Umgebung der Bank. Es war kurz vor 9:00 Uhr. In wenigen Minuten würde sie ihre Tore für den Publikumsverkehr öffnen.

Jules würde die Bank einen Tag lang im Blick behalten, um unliebsamen Überraschungen vorzubeugen. Er hatte nicht vor, Yussufs Leuten direkt in die Arme zu laufen. Falls noch jemand die Bank observierte, wäre er bald darüber im Bilde. Dann wäre das Eisen zu heiß und er musste zu Plan B übergehen. Eine Stunde verging und Jules registrierte nichts Auffälliges. Keine wiederkehrenden Spaziergänger oder Fahrzeuge.

Kurz nach zehn Uhr erlebte er jedoch eine saftige Überraschung: Eine vertraute Gestalt schob sich in sein Sichtfeld. Im ersten Moment glaubte er, einer Halluzination zu erliegen. Jules war selten verblüfft, nun war er es. Er sah, wie Magali auf die Bank zusteuerte und unmittelbar vor dem Eingang innehielt. Ein älterer Mann mit Trachtenhut und Spazierstock näherte sich ihr von der anderen Seite und wollte der jungen Frau den Vortritt lassen. Jules sah, wie Magali den

Kopf schüttelte und sich beinahe brüsk abwandte. Statt die Bank zu betreten, folgte sie der Straße entlang in Richtung Bürkliplatz und steuerte auf eine erhöhte, von einer Balustrade umgebene Parkanlage zu, die den Zürichsee überblickte. Sie stieg die wenigen Stufen hinauf und setzte sich auf eine freie Bank.

Jules war in den nächsten Raum geeilt. Vom dortigen Fenster beobachtete er Magali mit dem Fernglas. Sie saß reglos da, die Handtasche auf dem Schoß an sich gepresst. Davon abgelenkt, entging Jules die schwarze Limousine, die ebenfalls auf den Bürkliplatz einbog und sich in eine Parklücke schob.

Jules hatte nun zwei Objekte zu observieren. Magali und die Bank. Mehrmals eilte er von Zimmer zu Zimmer. Magalis Auftauchen in Zürich beschäftigte ihn. Ihr merkwürdiges Verhalten sowieso. Was wollte sie hier? Falls sich jemand von Yussufs Leuten hier blicken ließ, würde ihnen Lukas' Frau geradewegs in die Arme laufen! Zweifellos würden sie annehmen, dass sie in seinem Auftrag handelte. Was sollte er tun? Sie kontaktieren und auf einen bloßen Verdacht hin warnen? Jules beschloss, sich vorerst auf das weitere Beobachten zu beschränken. Bei Gefahr in Verzug konnte er noch immer eingreifen.

Nach einer Viertelstunde erhob sich Magali und ging erneut auf die Bank zu. Je näher sie ihr kam, umso mehr beschleunigten sich ihre Schritte. Im nunmehr zweiten Anlauf verschwand sie im Inneren des Gebäudes.

In diesem Augenblick entdeckte Jules den schwarzen BMW, der vom Bürkliplatz aus startete, langsam an der Züricher Kantonalbank vorbeifuhr und sich in der Bahnhofstraße in eine Parklücke schob, kaum achtzig Meter vom Eingang der Bank entfernt. Jules runzelte die Stirn. Die Scheiben des Wagens waren getönt, daher konnte er nicht erkennen, wer darin saß. Dass niemand das Fahrzeug verließ, war für Jules Indiz genug, dass der Wagen Magali tatsächlich gefolgt war. *Merde!*

KAPITEL 6

Im letzten Moment hatte Magali Angst vor der eigenen Courage bekommen. Als der ältere Herr ihr so freundlich die Tür der Kantonalbank aufgehalten hatte, hatte sie eine jähe Panik erfasst. Plötzlich hatte sie sich gefragt, was zum Teufel sie eigentlich hier tat? Doch anstatt sich sofort in ihr Auto zu setzen und nach Hause zu fahren, hatte sie die Richtung zum Züricher See eingeschlagen. Nicht einen Blick hatte Magali für das malerische Panorama des Sees übrig, dessen Oberfläche in der Mittagssonne glitzerte, als bestünde er aus Millionen von Diamanten. Ihre Hände hielten ihre Tasche krampfhaft umklammert, während zwei Stimmen in ihrem Kopf um die Oberhand stritten.

Die eine gehörte dem kleinen Engel des reinen Gewissens. Er forderte sie auf, sofort von ihrem Vorhaben abzulassen und heimzufahren. Das Vertrauen ihres Mannes stünde auf dem Spiel! Die andere Stimme gehörte dem kleinen Teufel der Neugierde, der ihr zuflüsterte, dass sie ja sowieso schon hier wäre und das Geheimnis des Schließfachs zum Greifen nahe sei. Was gäbe es also zu verlieren? Am Ende hätte sie immer noch die Wahl: Das zu tun, was ihre Mutter von ihr wollte – oder es eben nicht zu tun. Wer nicht wagt, hat schon verloren! Wenn sie das Schließfach öffnete, könne sie nur gewinnen. Falls es Beweise enthielte, die Lukas' Arbeit für die Kommission erleichtern und diese schneller zum Abschluss bringen würde, könnte er früher nach Hause zurückkehren. Wies das Schließfach nichts dergleichen auf, dann könnte sie die Angelegenheit endgültig ad acta legen und den Schlüssel an Ort und Stelle in den See werfen. Damit sie niemals wieder in Versuchung geriete. Entweder – oder…

Magali rang eine Viertelstunde mit sich. Wenn sie sich nicht bald entschied, würde sie zu spät die Heimreise antreten und ihren Lügen eine weitere hinzufügen müssen. Sie erhob sich und ging zurück zur Bank. Der kleine Teufel rieb sich zufrieden die Hände

Dieses Mal gab es kein Zögern. Sie trat durch die Tür und steuerte sofort auf einen leeren Schalter zu, hinter dem eine gepflegte ältere Dame saß. Magali brachte ihr Anliegen vor und zeigte ihr den Schließfachschlüssel. Dabei hoffte sie inständig, dass der Schlüssel als Legitimierung ausreichte, und unterließ es daher absichtlich, ihren Namen zu nennen. Je weniger Spuren sie hinterließ, umso besser. Die Angestellte sah sie aufmerksam an, stellte jedoch keine Fragen, sondern nahm den Hörer auf und telefonierte kurz.

Kaum zwei Minuten später querte ein Mann in einem dunklen Anzug die weitläufige Halle und stellte sich Magali als Friedrich Büttikofer, stellvertretender Bankdirektor, *zu ihren Diensten*, vor. Er bat Magali, ihm zu folgen, dabei winkte er einem der beiden anwesenden Security-Männer zu, der ihnen in kurzem Abstand folgte. Über eine Treppe ging es hinab in einen großen, schlecht ausgeleuchteten Vorraum. Dort wandte sich Herr Büttikofer Magali zu: „Wir waren sehr betrübt, als wir die furchtbare Todesnachricht erhalten haben, Frau von Stetten. Im Namen des gesamten Vorstands der Züricher Kantonalbank darf ich Ihnen zum Verlust Ihrer Mutter unser Beileid aussprechen. Sie war eine große Frau."

Magali erschrak bei seinen Worten und kam sich gleichzeitig schrecklich naiv vor. Warum hatte sie nicht bedacht, dass ihre Mutter eine gute Kundin dieser Bank gewesen sein musste? Da ihr jede Erfahrung über die Modalitäten bei der Öffnung von Schließfächern abging, war sie, seit sie die Dame am Empfang nicht nach ihrem Namen gefragt hatte, davon ausgegangen, dass tatsächlich alles anonym ablaufen würde – so wie sie es kürzlich in irgendeinem Film gesehen hatte. Soviel dazu, keinerlei Spuren zu hinterlassen. Jäh hatte Magali das Gefühl, nicht mehr richtig Luft zu bekommen – als hätte sich ein Strick um ihren Hals gelegt, der sich mit jeder weiteren Lüge fester zuzog.

Herr Büttikofer zog einen Schlüsselbund aus seiner rechten Hosentasche und sagte: „Hier entlang, bitte." Mit einem der Schlüssel öffnete er ein vergittertes Tor. Sie gingen hindurch und standen als Nächstes vor einer massiven Stahltür. Herr Büttikofer verdeckte Magali die Sicht und gab einen sechsstelligen Pincode ein. Die Diode sprang von rot auf grün, mit einem Klick löste sich Mechanismus der Tür, und Herr Büttikofer drückte sie auf.

Er und Magali traten ein, während sich der Security-Mann vor der offenen Tür aufbaute und hinter ihnen zurückblieb. Sie befanden sich jetzt im eigentlichen Schließfachraum, der zu beiden Seiten mit hunderten von Stahlfächern bestückt war. In der Mitte standen mehrere Tische, durch hohe Sichtschutzwände voneinander getrennt und einzeln bestuhlt. Auch diesen Raum durchquerte Magalis Begleiter. Am Ende befand sich eine weitere, weniger imposante Tür, die ebenfalls durch einen Zahlencode geschützt war. Herr Büttikofer öffnete sie. Der Raum dahinter war im Gegensatz zu dem davor sehr viel kleiner, dafür um einiges komfortabler ausgestattet. Auf dem Boden verschluckte ein dicker roter Teppich ihre Schritte, an der Decke hing ein kleiner Kristallleuchter, und der Tisch und die beiden Stühle waren Antiquitäten aus poliertem Mahagoni. An der gegenüberliegenden Wand befand sich ein barocker Schrank.

„Dieser Raum ist allein für unsere exklusiven Kunden gedacht. Möchten Sie etwas trinken, während Sie Ihr Fach sichten?"

Herr Büttikofer war auf den Schrank zugetreten, öffnete ihn und offenbarte Magali dessen Innenleben: eine gut bestückte Bar. Magali schüttelte den Kopf. Sie brannte jetzt darauf, das Schließfach zu öffnen und konnte ihre Ungeduld nur mühsam verbergen. Herr Büttikofer war die Ruhe selbst, doch er schien nun auch zu spüren, wie sehr seine Kundin unter Anspannung stand.

Er zückte einen weiteren Schlüsselbund, suchte umständlich den richtigen Schlüssel heraus, sagte: „Kommen Sie, Frau von Stetten", und ging ihr voran in den Schließfachraum zurück. Mit ihren beiden Schlüsseln öffnete sie gemeinsam das Schließfach. Herr Büttikofer wandte sich sofort diskret ab, meinte freundlich, dass sie auf den Knopf neben der Tür drücken solle, wenn sie fertig wäre, er käme sie dann abholen.

* * *

Endlich allein! Magali wartete noch ab, bis der Mann hinter der Tür verschwunden war, dann zog sie das längliche Stahlfach heraus und trug es nach nebenan in den Raum für exklusive Kunden. Sie stellte die Stahlbox auf dem Tisch ab und verschränkte mit einer vehementen Geste die Hände auf dem Rücken. Hatte es ihr eben nicht schnell genug gehen können, überfiel sie nun erneut die Angst vor dem Unbekannten. Was würde sie entdecken? Lautlos zitierte sie die Botschaft ihrer Mutter, die dem Schlüssel beigelegen hatte:

„Ich überlasse dir den Schlüssel zur Büchse der Pandora, Lucia. Denn du bist das Licht, in der die Kirche verbrennen wird. Führe unseren Kampf fort!"

Zu spät erfasste sie, wie gut ihre Mutter sie, Magali alias Lucia, gekannt hatte. Sie hatte damit gerechnet, dass ihre Tochter dieser Botschaft nicht würde widerstehen können. Wie oft hatte ihre Mutter ihr als Kind das Mantra vorgebetet, dass sie, Lucia, auserwählt war, gemeinsam mit ihr das Licht der katholischen Staatkirche zum Erlöschen zu bringen. Und hier stand sie nun, nicht zuletzt angetrieben durch ihre Neugierde, und ließ sich von ihrer Mutter sogar über deren Tod hinaus manipulieren.

Sie hatte Lukas belogen, um nach Zürich zu fahren. Lüge türmte sich auf Lüge. Irgendwann würde ihr Lügengebäude einstürzen und sie unter sich begraben. Magali verstand in diesem Augenblick selbst nicht mehr, wie sie es so weit hatte kommen lassen können. Warum hatte sie das Spiel ihrer Mutter nicht durchschaut? Wie früher ging sie ihr in die Falle. So war es immer gewesen. Sie wollte nicht tun, was ihre Mutter tat, aber am Ende hatte diese sich immer durchgesetzt. Nicht mit Gewalt, sondern indem sie ihre Tochter subtil dorthin manövrierte, wo sie sie haben wollte.

Ein leichter Schwindel erfasste Magali. Sie musste sich setzen. *Noch ist es nicht zu spät,* flüsterte ihr Gewissen. Sie konnte die Box zurückstellen, Herrn Büttikofer rufen, und die Bank unverrichteter Dinge verlassen. *Nein, das kannst du nicht – jetzt nicht mehr!,* zischte der kleine Teufel in ihrem Kopf. *Es ist zu spät, um umzukehren! Alles, was man bereut, sind die verpassten Gelegenheiten.* Magali nickte unmerklich. Es gab kein Zurück. Dieser Tag würde sonst ewig an ihr zehren. Sie war bis zu diesem Punkt gelangt, und nun würde sie sich Gewissheit verschaffen. Entschlossen wandte sie sich der Kassette zu und hob den Deckel an.

Obenauf stach ihr sofort ein Umschlag ins Auge, auf dem *Für meine Tochter* zu lesen war. *Typisch Mutter, diese nüchterne Anrede zu wählen*, dachte Magali. Sie kämpfte den Widerwillen nieder, ihn zu lesen. Sicher enthielt er die üblichen Ermahnungen und Instruktionen, mit denen ihre Mutter sie zeitlebens üppig bedacht hatte. Aber natürlich musste sie ihn lesen. Sie öffnete ihn:

Magali, wenn du diese Zeilen liest, bin ich tot. Unsere letzten Jahre waren schwierig, du hast mich ohne ein Wort verlassen. Trotzdem sind wir Mutter und Tochter und haben fast fünfzehn Jahre auf derselben Seite gekämpft. Ich habe dich nie belogen, du hast immer gewusst, dass sowohl ich als auch du die Frucht einer Vergewaltigung durch denselben Priester sind. Du hast mir in Barcelona vorgeworfen, ich wäre eine harte Frau. Aber du hast nicht erlebt, was ich und meine Mutter all die Jahre durchgemacht haben, du hast nicht erlebt, was uns hart gemacht hat. Aber es gab eine Zeit, in der du mich verstanden hast, eine Zeit, in der du Rache für deine Großmutter und mich geschworen hast. Ich kann meine Rache nicht mehr vollenden. Das musst jetzt du für uns beide tun. Ich bitte dich nicht darum, ich weiß, du wirst die richtige Entscheidung treffen. Denn sonst würdest du jetzt nicht meinen Brief lesen. Erinnerst du dich an die Telefonnummer von Q, die ich dir schon als Kind eingeschärft habe? Ruf sie an. Übergib Q die Unterlagen aus diesem Schließfach. Er weiß, was damit zu tun ist und wird dir helfen. Leb wohl, meine Tochter.

Deine Mutter

Magali schleuderte den Brief von sich, als wäre er plötzlich in Flammen aufgegangen. Unruhig lief sie einige Schritte in dem Raum umher. *Was hast du denn erwartet?*, fragte eine leise Stimme in ihrem Kopf, von der sie im Moment nicht wusste, ob sie dem Engel oder dem Teufel gehörte. Sie musste sich eingestehen, dass sie genau das vorgefunden hatte, was sie befürchtet und warum sie Lukas belogen hatte: eine letzte Intrige ihrer Mutter. Womit sie allerdings nicht gerechnet hatte, war, dass plötzlich die Erinnerung an Q wieder da war. Sie hatte jahrelang nicht an ihn gedacht. Sie hatte ihn gern gemocht. Alle paar Wochen war er bei ihrer Mutter aufgetaucht, und dabei hatte er ihr nicht nur Süßigkeiten mitgebracht, sondern immer auch ein raffiniertes Spielzeug, das er allein für sie angefertigt hatte. Mit sechs besaß sie eine Puppe, deren Stimme klang wie ihre, mit zwölf ein pinkfarbenes Fahrrad, dem man einen Motor zuschalten konnte, mit siebzehn hatte er ihr den vermutlich leichtesten Laptop der Welt präsentiert. Er nannte sich selbst Q – wie der Techniktüftler der James-Bond-Filme. Aber das war ihr erst viel später aufgefallen. Sie hatte sich nie für solche Filme interessiert. Ihre Mutter hatte Q als *ihr Genie* bezeichnet. Für Magali war er ein netter Mann gewesen, der ihre Mutter sehr verehrt hatte und ihr gefolgt war wie ein Hund seinem Herrn.

Was wohl aus ihm geworden war? Sie musste ihn nur anrufen, um es herauszufinden. Tatsächlich war seine Telefon-Nummer sofort aus den Tiefen ihres Bewusstseins aufgetaucht. Sie hatte nie darüber nachgedacht, dass auch Q in die Machenschaften ihrer Mutter verwickelt sein könnte. Was mochten das für Unterlagen sein, die sie ihm geben sollte? Sie mussten sich unter den kleinen Samtsäckchen verbergen, die die komplette Oberfläche des Behälters bedeckten.

Magali nahm eines davon in die Hand. Vermutlich waren darin Diamanten aus den Minen ihres früh verstorbenen Stiefvaters Jaap Leysieffer. Sie zog das Band auf und fand ihre Vermutung bestätigt. Unvermittelt blitzte eine Erinnerung in ihr auf, an einen Tag vor mehr als zwanzig Jahren. Ob *er* sich darunter befand?, fragte sie sich. Sie befühlte die Säckchen und tatsächlich, eines schien nur einen einzigen, großen Stein zu enthalten. Ihre Finger zitterten ein wenig, als sie die Verschnürung löste. Da war er: der *Lucia-Diamant.* Laut ihrem Stiefvater mit knapp viertausend Karat der vermutlich größte je gefundene Diamant der Welt.

Ihr Stiefvater hatte ihn damals für sie aus seinem Tresor geholt, zusammen mit einigen anderen. Sie erinnerte sich gut daran, wie die Diamanten im Tageslicht in den herrlichsten Farben geschillert hatten. Den ganzen Nachmittag hatte sie auf dem Teppich zu seinen Füßen mit den kostbaren Steinen gespielt, während Jaap Leysieffer zwischenzeitlich am Telefon seinen Geschäften nachging.

Sie war damals gerade sechs gewesen und wohnte erst seit kurzem bei ihrer Mutter und ihrem Stiefvater. Immer wieder hatte sie den rosa Diamanten gegen das Licht gehalten und sein sprühendes Feuer bewundert. Der rosa Diamant war auf geheimnisvolle Weise lebendig, das hatte sie bereits gespürt, als sie ihn das erste Mal berührt hatte. Es fiel ihr wieder ein, was ihr der Stiefvater über ihn erzählt hatte: wie er ihn einst als junger Mann gefunden hatte, am Tag des schlimmen Minenunglücks, bei dem viele Arbeiter gestorben waren und er selbst so schwer verletzt worden war, dass er seitdem an den Rollstuhl gefesselt war. An jenem Tag hatte der junge Jaap Leysieffer den rosa Diamanten in der Hand gehalten, all die langen Stunden, in denen er verschüttet gewesen war. Denn er habe gewusst, dass er, wenn er ihn nicht losließe, überleben würde. „Spürst du es, kleine Lucia?", fragte er sie an jenem Nachmittag und schloss ihre kleine Hand um den Stein. Dabei schien der Diamant durch ihre Hand hindurch zu funkeln. „Dieser Stein ist etwas ganz Besonderes. Er hat mich beschützt, und er wird auch dich beschützen. Er war mein Licht in der Dunkelheit. Ich schenke ihn dir. Er heißt wie du: der Lucia-Diamant. Aber verrate es niemandem! Es ist unser kleines Geheimnis, ja?" Magali erinnerte sich, wie er sie dabei angelächelt und ihr über ihren Kopf gestrichen hatte. Es war einer der seltenen Momente, in denen sie mit ihm allein gewesen war. Die meiste Zeit hatte er sich auf Reisen befunden.

Magali folgte einem spontanen Impuls und steckte den Stein in ihre Hosentasche. Von nun an würde der Diamant ihr Glücksbringer sein. Kein

Mensch würde glauben, dass ein Stein dieser Größe überhaupt echt sei. Irgendwann hatte sie ihren Stiefvater gefragt, warum er seinen schönsten Fund in seinem Tresor aufbewahrte. Er hatte ihr erklärt:

„Er war mein Licht im dunkelsten Moment meines Lebens. Einen Freund verkauft man nicht. Man schenkt ihn dem Menschen, den man am meisten von allen Menschen liebt.“

Wenige Monate danach war ihr Stiefvater tot, gestorben bei einem Autounfall, bei dem auch sein Fahrer und sein Leibwächter umgekommen waren. Er hätte den Stein nicht verschenken sollen…

Magali wehrte sich gegen die Tränen, die in ihren Augen brannten. Heute schien ein Tag der Erinnerungen zu sein, erst Q, und jetzt ihr Stiefvater. Ihr war nie bewusst gewesen, wie einsam ihr Stiefvater in seiner Beziehung mit ihrer Mutter gewesen war. Entschlossen wischte sie ihre Tränen fort und wandte sich wieder ihrem eigentlichen Vorhaben zu.

Sie holte die zahlreichen Schmucksäckchen und eine Lage Geldscheine aus der Kassette und legte sie auf den Tisch. Unter dieser ersten Schicht fand sie einen circa 30 Zentimeter langen Lederbehälter vor. Er verströmte den strengen Geruch von Ziegenleder. Sie hob ihn ebenfalls heraus und entdeckte darunter mehrere zusammengefaltete Blaupausen, wie Architekten sie verwandten, sowie ein verschnürtes, festes Stoffbündel. Das Gewebe fühlte sich merkwürdig kühl an und war vorne durch Druckknöpfe verschlossen. Sie löste sie und schlug den Stoff zurück. Es waren Dokumente, obenauf lag ein Foto. Magali griff danach mit zitternden Händen. Es zeigte Lukas' Vater, Heinrich von Stetten, mit einem ihr unbekannten, südländisch wirkenden Mann. Die beiden lachten in die Kamera und schüttelten sich die Hände. Es war ein sympathisch wirkendes Foto, und trotzdem jagte es Magali einen Schauer über den Rücken. Sie konnte nicht sagen, was sie an dem Foto so verstörte. War es der Umstand, dass sie es hier, an diesem Ort, fand? Wie kam ihre Mutter dazu, ein Foto ihres Schwiegervaters in ihrem Schließfach aufzubewahren? Und wer war der andere Mann?

Sie legte das Foto mit der Rückseite nach oben auf den Stapel Geldscheine. Es war albern, aber sie fühlt sich auf irrationale Weise von ihrem Schwiegervater ertappt. Sie wandte sich den Dokumenten zu. Ein Teil davon war alt und aus Pergament, andere waren jüngeren Datums, einiges davon wirkte sehr offiziell, mit roten Siegeln und Stempeln. Ein Stück Seidenpapier trennte jedes Dokument vom anderen. In einer Plastikhülle fanden sich auch einige vergilbte Artikel eines *Century Magazines* auf Englisch, verfasst von einem Nikola Tesla. Der Name sagte

Magali etwas, aber sie kam nicht drauf, woher. Sie stieß auf Patente, die auf den Namen jenes Mannes lauteten, aber auch auf weitere, alle jüngeren Datums, die auf ihr unbekannte Namen ausgestellt waren. Ob das alles Originale waren? Und wenn ja, was hatten die hier zu suchen? Mehr als die Patente interessierte Magali jedoch ein Aktendeckel, auf dem mit der schwungvollen Schrift ihrer Mutter ein einziges Wort geschrieben stand: *Dossier*.

Sie schlug ihn auf und entdeckte auf der Innenseite eine aufgeklebte, winzige MicroSD-Speicherkarte. Magalis Puls beschleunigte sich. Sie hatte sie also gefunden: *die Büchse der Pandora* – das Bündel Pfeilspitzen, die ihre Mutter ins Herz der Kirche jagen wollte. Eine MicroSD, mehr brauchte es nicht. Magali wusste nicht, wie lange sie gebannt darauf gestarrt hatte, als sie den Wachmann draußen niesen hörte. Sie zuckte zusammen, riss die Karte samt Klebestreifen ab und stopfte sie in die vordere Tasche ihrer Jeans. Ob der Inhalt identisch mit dem Dossier war?, schoss es ihr dabei durch den Kopf. Gleichzeitig kam ihr eine Idee. Sie zog ihr Smartphone aus der Handtasche und fotografierte die gut zehn Seiten des Dossiers hastig ab. Danach verstaute sie die Mappe wieder ganz unten in der Kassette. Auf diese Weise würde sie um das Problem herumkommen, die Dokumente vor Lukas zu verstecken. Stattdessen könnte sie sie von ihrem Smartphone auf ihren Laptop überspielen und dort genauer ansehen.

Magali blickte auf die Uhr. Die Zeit reichte nicht, um alle Dokumente aus dem Schließfach zu fotografieren. Sie wählte einige aus, darunter auch mehrere Patente von Nikola Tesla. Der Name hatte in ihr eine dumpfe Erinnerung an eine Unterhaltung zwischen ihrer Mutter und Q geweckt. Der Inhalt war für sie nicht mehr greifbar, es war zu lange her, aber irgendwie schien er wichtig zu sein.

Die Lederrollen und weitere, ältere Dokumente stufte sie als weniger relevant ein, und legte sie zurück in die Box. Sie konnte davon ausgehen, dass für die Ethik-Kommission alte Kirchengeheimnisse kaum von Interesse wären, da die Untersuchungen laut Lukas die jüngeren Machenschaften betreffen würden. Dann jedoch zog ein Dokument, das aus einem Umschlag gerutscht war, ihre Aufmerksamkeit auf sich. Es wies noch Spuren eines roten, gebrochenen Siegels auf, dessen Insignien ihr seltsam bekannt vorkamen. Die altertümliche Schrift darauf war von einmaliger Schönheit. Hastig strich sie es glatt und fotografierte auch dieses noch.

Am Ende verstaute sie alles zusammen in der Kassette, trug sie zurück und verschloss das Schließfach. Dann drückte sie den Knopf neben der Tür des Tresorraums.

Herr Büttikofer erschien fast sofort. Während er das Fach mit seinem Zweitschlüssel endgültig verschloss, erkundigte er sich, ob alles zu ihrer Zufriedenheit gewesen war, und lud Magali anschließend auf einen Kaffee in sein Büro ein.

Doch die junge Frau drängte es jetzt nach Hause.

* * *

Nachdem Magali in der Bank verschwunden war und er den schwarzen BMW entdeckt hatte, beschloss Jules das Risiko einzugehen, sich den oder die Insassen näher anzusehen. Er musste sich Gewissheit verschaffen. Einige von Yussufs Handlangern waren ihm bekannt. Allerdings wäre dazu ein wenig Ablenkung hilfreich. Jules wählte den Schweizer Polizeinotruf und meldete ein verdächtiges schwarzes Fahrzeug der Marke BMW vor der Züricher Kantonalbank. Dann griff er nach seiner Waffe, entsicherte sie und steckte sie ein. Einem Lederetui entnahm er einen winzigen Peilsender. Vielleicht bot sich ihm eine Möglichkeit, ihn am Wagen anzubringen. Er verließ die Wohnung. Zufrieden registrierte er, dass inzwischen ein Security-Mann, das Funkgerät im Anschlag, am Ausgang der Bank erschienen war und die Straße zu beiden Seiten absuchte. *Gut*, dachte Jules. Die Polizei hatte das Sicherheitsprotokoll verfolgt und zunächst die Bank verständigt. Hoffentlich war sie selbst auch losgefahren und wartete nicht erst den Bericht ab!

Der Wachmann hatte das gemeldete Fahrzeug entdeckt und näherte sich ihm vorsichtig, die Hand demonstrativ an sein Waffenholster gelegt. Der Wagen stieß daraufhin aus der Parklücke, fuhr um die Ecke und entschwand so aus dem Sichtfeld. Jules sah, wie der Wachmann in sein Funkgerät sprach. Offenbar erhielt er die Anweisung, seinen Posten nicht zu verlassen. Auch gut. Weitere Minuten vergingen. Der BMW tauchte nicht wieder auf, aber die Straße und der Platz waren jetzt um die Mittagszeit sehr belebt, einer der Männer konnte das Fahrzeug verlassen und sich irgendwo als Spaziergänger unter die Leute gemischt haben. Jules suchte die Straße nach verdächtigen Personen ab, aber es konnte im Grunde jeder sein, auch eine Frau. In der Ferne fiel ihm ein weiterer Wachmann auf, der soeben um die Ecke in die Börsenstraße verschwand. Etwas an dem Mann hatte Jules Aufmerksamkeit erregt, er konnte jedoch nicht sagen, was es genau gewesen war. Seine Augen schweiften zurück zur Bank und entdeckten nun Magali, die mit eiligen Schritten die Bahnhofstraße entlanglief. Gleich würde sie die Abzweigung erreichen und aus seinem Blickfeld verschwinden.

Merde! Wo blieb die verdammte Polizei?

KAPITEL 7

Nach der klimatisierten Kühle der Schalterhalle traf Magali die Mittagshitze wie ein Schlag. Obwohl sie das grelle Sonnenlicht blendete, schritt sie zügig aus. Sie wollte nur noch so schnell wie möglich weg von hier.

Sie bog in die Börsenstraße, in der sie ihren Audi geparkt hatte. Sie sah ihn bereits, und der Wagen kam ihr wie eine Zuflucht vor. Schon kramte sie in ihrer Handtasche nach dem Schlüsselbund, als sie plötzlich von hinten kräftig gestoßen wurde. Magali schrie auf und prallte gegen die Fahrertür. Als Nächstes spürte sie einen heftigen Ruck an ihrem Arm, der ihr fast die Schulter auskugelte.

* * *

Merde, merde, merde! In dem Moment, als Jules Magali aus den Augen verlor, sprintete er zu seinem Motorrad. Mit einem waghalsigen Manöver fädelte er sich in den dichten Verkehr ein, wurde böse ausgehupt, gab Gas, wurde von einem Fahrzeug geschnitten, verlor fast die Kontrolle und schlidderte mit quietschenden Reifen in die Börsenstraße. Dabei sah er gerade noch, wie ein Mann Magali die Handtasche entriss, mit einem Satz durch die geöffnete Beifahrertür in den BMW sprang, und der Wagen davonschoss.

Jules stoppte kurz, um nach Magali zu sehen. Sie stand schreckensbleich, aber offenbar unversehrt an ihr Fahrzeug gelehnt. Eine ältere Dame mit einem Hund an der Leine hielt bereits auf sie zu und würde sich um sie kümmern. Hier konnte er nichts weiter ausrichten. Er hatte bereits wertvolle Zeit verloren. Dafür würde er sich die Kerle in dem BMW schnappen. Sein eigenes Vorhaben musste warten. Während Jules durchstartete, kam ihm vom anderen Ende der Straße ein Polizeifahrzeug entgegen. *Na endlich!*

* * *

Der Fahrer warf einen nervösen Blick auf die Handtasche. „Sag schon, was hast du?"

Der Angesprochene wühlte wortlos in Magalis Handtasche und schüttelte lediglich stumm den Kopf. Dann wählte er eine Nummer auf seinem Mobiltelefon.

„Und?", meldete sich eine Stimme auf Arabisch.

„Wir haben ihre Tasche. Und ihr Telefon. Sie hatte sonst nichts bei sich, keine Dokumente, keine Steine."

„Habt Ihr die Frau durchsucht?"

Der Mann warf einen ängstlichen Blick auf seinen Kompagnon, bevor er zögernd antwortete. „Nein, Aga."

„Warum nicht?" Die Stimme am anderen Ende hatte jäh etwas Lauerndes an sich.

Hastig stieß der Mann hervor: „Wir mussten abbrechen. Die Polizei tauchte plötzlich auf."

Stille. Der Mann auf dem Beifahrersitz spürte, wie ihm ein Schweißtropfen die Schläfe hinabrann

„Wie lange war sie in der Bank?", kam die nächste Frage.

„Etwa eine halbe Stunde."

Es folgten weitere Sekunden des Schweigens am anderen Ende der Leitung, in denen die beiden Männer im Wagen unwillkürlich den Atem anhielten. Die Anspannung war greifbar. Die Sache war nicht so gelaufen wie geplant. Der Aga war unzufrieden. Jemand würde dafür zur Rechenschaft gezogen werden.

„Schickt mir die Daten vom Telefon. Ihr wisst, was ihr weiter zu tun habt. Entsorgt das Fahrzeug." Die Leitung war unterbrochen.

* * *

Magali stand unter Schock. Er hatte ihre Wahrnehmung seltsam verlangsamt. In ihren Ohren rauschte es und ihr war schwindelig. Sie taumelte und fasste sich erschrocken an den Leib. Jähe Angst flammte in ihr auf. Angst um ihr Kind. Könnte es zu Schaden gekommen sein? Was war überhaupt passiert? Die Erinnerung überwand ihr betäubtes Bewusstsein. Ihre Handtasche war gestohlen worden! Und der nächste Gedanke: Es war alles umsonst gewesen. Die Tasche war weg und mit ihr Handy, Geldbörse, Papiere und ihr Schlüsselbund, den sie nicht rechtzeitig hatte greifen können.

Alles entglitt ihr. Magali spürte die Tränen nicht, die ihre Augen füllten. Sie fühlte sich allein und schuldig, und vor allem fühlte sie erneut Wut auf sich selbst. Die Fahrt nach Zürich hatte sich als einziges Fiasko entpuppt. Warum hatte sie den Schließfachschlüssel nicht entsorgt, wie sie es vorgehabt hatte? Welcher Teufel hatte sie da nur geritten? *Warum auch musste ihr ihre Mutter diesen blöden Umschlag mit dem Schlüssel schicken? Die Büchse der Pandora* hatte sie dazu geschrieben. Und sie war ihr auf den Leim gegangen und hatte die Büchse geöffnet. Das hatte sie nun davon. *Nein, sei nicht ungerecht, Magali*, wies sie sich zurecht. Sie hatte falsch gehandelt und nun bekam sie dafür die Quittung. Erneut stieg Übelkeit in ihr auf. Instinktiv legte sie ihre Hände schützend auf den Bauch.

„Ist Ihnen nicht gut, junge Frau?" Eine ältere Dame mit einem Pudel an der Leine war vor ihr stehengeblieben und sah sie besorgt an.

Magali starrte die Frau verständnislos an. Die Frau musterte sie, während ihr Hund ungeduldig an der Leine zerrte.

„Soll ich einen Krankenwagen rufen?", fragte die Dame weiter.

Magali reagierte endlich und schüttelte stumm den Kopf. Sie wollte keinen Krankenwagen, sie wollte hier weg! Sie blickte sich um. Mit Ausnahme der Frau schien niemand auf sie aufmerksam geworden zu sein. Es war alles sehr schnell gegangen.

Dafür bemerkte Magali jetzt einen Polizeiwagen, der langsam die Straße entlangfuhr. Sie zögerte, den Polizisten zu winken, vielleicht, weil sich dann die Schlinge um ihren Hals endgültig zuziehen würde. Schon war der Wagen, und mit ihm die Gelegenheit, vorbei. Es wurde ihr bewusst, dass sie der besorgten Spaziergängerin antworten sollte. „Nein", wehrte sie mit rauer Stimme ab, „es geht schon wieder. Sehr nett von Ihnen, danke." Sie nickte der freundlichen Dame zu, atmete tief durch und schlug mit unsicheren Beinen die Richtung zur Bank ein. Sie musste dringend telefonieren.

Herr Büttikofer entdeckte sie, kaum, dass sie die Schalterhalle betreten hatte. Er unterbrach sein Gespräch mit einem Wachmann und kam ihr freundlich lächelnd entgegen. „Ich würde nun doch gerne auf Ihr Kaffee-Angebot zurückkommen, Herr Büttikofer", sprach Magali ihn an.

„Aber natürlich, sehr gerne. Kommen Sie, bitte." Er zeigte auf eine Tür wenige Schritte vor ihnen. „Nur noch ein kurzes Wort mit meinem Mitarbeiter", bat er sie, und an den Wachmann gewandt sagte er: „Wir waren ja soweit klar. Sie wissen, was Sie zu tun haben. In einer halben Stunde erwarte ich den Rapport."

Dann schritt er Magali voraus, öffnete die Tür und ließ ihr höflich den Vortritt. Magali fand sich in einem kleinen Vorzimmer wieder. Der Schreibtisch der Sekretärin war verwaist. Erneut ging Herr Büttikofer voran und führte sie in sein geräumiges Büro. Dort bat er Magali Platz zu nehmen und bestellte telefonisch Kaffee für zwei.

„Ich freue mich, dass Sie Ihre Meinung geändert haben, Frau von Stetten. Ihre Mutter war eine geschätzte Kundin unseres Hauses und hat uns ihre Geschäfte vorbehaltlos anvertraut. Ich hoffe, dass wir auch Ihr Vertrauen gewinnen und erhalten können. Bitte wenden Sie sich bei jeder Frage und jedem Anliegen an mich. Die Züricher Kantonalbank…"

„Entschuldigen Sie, Herr Büttikofer", unterbrach Magali das Verkaufsgespräch, „aber könnte ich vielleicht gleich ein Glas Wasser bekommen?" Magalis Augen waren zu einem Tablett im offenen Schrank geglitten, auf dem Softgetränke und Gläser bereitstanden.

„Selbstverständlich, wie nachlässig von mir! Ich hätte es Ihnen gleich anbieten sollen." Herr Büttikofer sprang auf, holte das Gewünschte und schenkte ihr ein. „Ich wollte Ihnen nicht zu nahetreten, aber Sie wirken in der Tat ein wenig blass auf mich. Kann ich sonst noch etwas für Sie tun?"

Er wirkte ehrlich besorgt und Magali hatte Mühe, gegen ihre erneut aufsteigenden Tränen anzukämpfen. Sie war heute verdammt nahe am Wasser gebaut. Sie öffnete den Mund, und beinahe hätte sie sich dazu hinreißen lassen, diesem freundlichen Mann ihr ganzes Dilemma zu beichten, als sich die Tür öffnete und eine Frau, die die Zwillingsschwester der Dame am Informationsschalter hätte sein können, ein Tablett hereinbalancierte, auf dem Kaffee und auch eine Etagere mit Gebäck stand.

Während die Frau alles mit flinken Griffen anrichtete, fing sich Magali wieder. Nachdem die Angestellte den Raum verlassen hatte, fragte sie: „Dürfte ich vielleicht einmal kurz bei Ihnen telefonieren? Der Akku meines Handys ist leer." Herr Büttikofer musterte sie kurz, sagte aber nichts. Aber Magali merkte auch so, dass ihm eben aufgefallen war, dass sie ihre Handtasche nicht bei sich trug. „Selbstverständlich. Hier, nehmen Sie meines." Er zog sein Telefon aus der Jackentasche und reichte es ihr. „Ich warte so lange im Vorzimmer."

Magali hielt das Smartphone krampfhaft umklammert. In ihrem Kopf herrschte ein fürchterliches Durcheinander. Schuldgefühle, Angst und alte Erinnerungen vermengten sich, sodass sie kurz Mühe hatte, Lukas' Handy-Nummer zu rekonstruieren. Sie vertippte sich, weil ihre Hände zitterten, begann von neuem mit der Ziffernfolge, nur um sich erneut zu vertippen. Erst im dritten Anlauf gelang es ihr. Das Freizeichen ertönte, einmal, zweimal, dreimal, dann setzte die Mailbox mit Lukas' Stimme ein. Hastig legte sie auf. Vom Display leuchtete ihr die Uhrzeit entgegen. Erst kurz nach elf Uhr! Natürlich, Lukas war noch im Unterricht; seit dem Diebstahl war kaum eine Viertelstunde vergangen.

Was sollte sie jetzt tun? Warten, bis ihr Mann erreichbar war, oder ihm gleich eine Nachricht auf der Mailbox hinterlassen? Die kleine böse Stimme, die ihr bereits auf der Parkbank zugesetzt hatte, nutzte den Moment ihrer Unentschlossenheit, um sich ungebeten zurückzumelden: *Du kannst es noch immer schaffen, dein Lügengebäude aufrechtzuerhalten*, flüsterte diese. Immerhin habe sie noch knapp sechs Stunden Zeit, bis Lukas nach Hause käme. Mit dem Zug wäre sie rechtzeitig in Nürnberg, vorausgesetzt, es führe gleich einer. Aber dann stünde ihr Audi immer noch hier. Gut, ein Problem nach dem anderen. Sagte das nicht Jules immer so? Magali seufzte. Geld für das Zugticket benötigte sie auch, was wiederum bedeutete, dass sie nochmals an ihr Schließfach musste. In derselben Sekunde fiel ihr ein, dass sich ihr Schließfachschlüssel auch in ihrer Handtasche befand. *Sie war ihn los!* Magali unterdrückte ein hysterisches Kichern. Gleichzeitig fühlte sie sich schäbig, weil sie weiter nach einer Möglichkeit suchte, ihren Kopf aus der Schlinge zu ziehen. Nein, sie war schuldig und es gab keinen Grund, das Telefonat aufzuschieben. Sie würde Lukas auf die Mailbox sprechen. Sie wollte die Nummer eintippen, als das Handy ihr einen Aufschub gewährte: Es klingelte. Sie war so wenig auf das Geräusch vorbereitet, dass sie das Telefon beinahe fallen gelassen hätte. Der Name einer Frau erschien auf dem Display. *Lucinda.* Unschlüssig starrte sie auf den Namen, dann ging sie zur Tür, hinter der Herr Büttikofer wartete, öffnete sie und sagte: „Ein Anruf für Sie, eine Lucinda."

„Oh, meine Gattin. Gestatten Sie." Er nahm das Telefon, hob ab, sagte, „Schatz, ich rufe dich gleich zurück", legte auf und fragte Magali dann: „Konnten Sie Ihr Telefonat erledigen?"

„Leider nein, aber ich würde es gerne nochmals versuchen."

„Natürlich." Er wollte ihr das Handy zurückgeben, doch Magali sagte: „Ich kann auch gerne Ihren Festnetzapparat im Büro nutzen, dann können Sie Ihre Frau gleich zurückrufen."

Der Anruf hatte Magali eine Gnadenfrist gewährt, und ihre Gedanken befassten sich kurz mit dem Schließfach. War es ein Wink des Schicksals gewesen, dass ihr der Schlüssel geraubt wurde? Sollte sie gerettet werden? Vor dem Vermächtnis ihrer Mutter, aus dem nur Unglück erwachsen konnte?

Plötzlich konnte sie klar sehen, wer ihre Mutter wirklich war, ein skrupelloses Monster, dem Menschen nichts bedeutet hatten, nicht einmal ihre eigene Tochter. Sie hatte für ihre Rache gelebt, hatte jeden für ihre Zwecke benutzt, und wer ihr im Weg gestanden hatte, war beseitigt worden. Hatte sie womöglich auch ihren eigenen Mann, Jaap Leysieffer, ermorden lassen?

Es war das erste Mal überhaupt, dass Magali diesen Gedanken zuließ. Oh Gott, und sie war die Tochter dieser Frau! Magali schwankte und stieß sich die Hüfte am Schreibtisch. Der kurze Schmerz versetzte sie zurück in die Wirklichkeit. Sie hasste sich für ihre Schwäche, aber momentan fühlte sie sich nicht stark genug, sich Lukas' Vorwürfen zu stellen. Sie brauchte Unterstützung, jemanden, mit dem sie reden konnte und der sie nicht sofort verdammen würde.

Sie nahm den Apparat ab, wählte eine Nummer, und als sich am anderen Apparat die gewünschte Person meldete, sagte sie: „Hallo Lucie, du musst mir helfen." In knappen Worten schilderte sie ihrer Schwägerin ihr Dilemma, verharmloste jedoch aus gutem Grund den Handtaschenraub, indem sie ihr erzählte, sie hätte sie kurz aus den Augen gelassen und dann wäre sie weg gewesen.

KAPITEL 8

ZÜRICH/SCHWEIZ

Jules war dem Wagen bis zu einem Parkhaus in der belebten Innenstadt gefolgt.

Das Gebäude entlockte ihm einen Fluch. Er kannte es, hatte es selbst bereits früher einmal ausgekundschaftet. Das Parkhaus verfügte über zwei Ausfahrten. Und er konnte sich nicht zweiteilen. Sie hatten damit gerechnet, verfolgt zu werden, und würden hier den Wagen wechseln. *Verdammte Profis.* Wer waren sie? Wenigstens wusste er jetzt, dass der Wagen tatsächlich nicht hinter ihm her gewesen war, sondern hinter Magali. Was irgendwie auch nicht beruhigender war, da er den Verdacht, dass Yussuf seine Hände im Spiel hatte, einfach nicht abschütteln konnte. Vielleicht stellte er die Frage falsch? Magalis Besuch in der Bank war der Schlüssel. Was wollte sie in der Bank? Eine Angelegenheit ihrer verstorbenen Mutter regeln? Jules hasste es, auf Spekulationen angewiesen zu sein.

Sein nächster Fluch galt dem Umstand, dass der Wagen offenbar mit einem speziellen Funkaufkleber ausgestattet war: Die Einfahrtschranke hatte sich automatisch gehoben, während sie vor Jules' Motorrad keinen Mucks getan hatte. Ihm blieb die Wahl, ein Ticket zu ziehen, und anschließend wertvolle Zeit beim Bezahlen zu verlieren, oder draußen vor dem Parkhaus auf eine Fifty-fifty-Chance zu hoffen, dass die Männer es dort verließen, wo er wartete. Um das Tausch-Fahrzeug zu erkennen, zählte Jules auf seine Erfahrung und seinen Instinkt.

Er entschied, die Einfahrt zu riskieren und den Männern durch das Parkhaus zu folgen, solange er den Wagen noch sehen konnte. Keine einfache Sache. Es war Freitagmittag und im Parkhaus herrschte ziemlicher Betrieb. Jules sah den BMW am anderen Ende um die Ecke biegen. Doch dann versperrte ihm ein ausparkendes Fahrzeug den Weg. Er stieg hart in die Bremse und das Quietschen der Reifen hallte im Parkhaus wider.

Nur wenige Meter von ihm entfernt erregte das Manöver die Aufmerksamkeit eines Mannes im Overall, der eben dabei war, die Abfallkörbe neben den Aufzügen zu leeren. Er starrte Jules böse an. Der beteiligte Wagen, ein betagter Mercedes mit einem noch betagteren Fahrer, parkte noch immer umständlich aus. Jetzt hatte der Fahrer auch noch den Motor abgewürgt. Jules setzte ein wenig zurück, um ihn links zu überholen. Er wollte gerade wieder Gas geben, als ihm jemand auf die Schulter klopfte. Der Arbeiter, ein älterer Mann mit Glatze, machte eine Bewegung à la *Nehmen Sie den Helm ab.* Jules dachte nicht daran, er drehte den Gasgriff durch und umrundete den Mercedes. Seine Augen scannten die Reihen der geparkten Fahrzeuge ab, doch der BMW war nicht zu sehen. Wo war er hin? Jules fuhr weiter, suchte die gesamte Parkhausebene ab. Er entdeckte den Wagen erst, als er unmittelbar daran vorbeifuhr. Er stand in der hintersten Ecke des Erdgeschosses an einer Wand. Links von ihm parkte ein weißer Sprinter, der ihn halb verdeckte. Kurz hoffte Jules, dass die Männer in den Sprinter umgestiegen waren, doch das Führerhaus war leer. *Merde!* Die Gesuchten waren längst über alle Berge, er hatte sie verloren. Aber vielleicht war es ihm möglich, einige Spuren im verlassenen Fahrzeug zu sichern. Allerdings würde er dafür nachts zurückkehren müssen, momentan war das Parkhaus zu belebt – vorausgesetzt, der BMW stünde dann noch an Ort und Stelle. Er konnte auch jeden Moment abgeholt und die Kennzeichen ausgetauscht werden. Jules fasste in seine Brusttasche und zog den GPS-Sender hervor. Wenn er schon das Tauschfahrzeug aus den Augen verloren hatte, würde er wenigstens den weiteren Weg des BMW verfolgen. Vielleicht ergab sich dadurch noch ein brauchbarer Hinweis.

Während Jules sein Vorgehen plante, bemerkte er zu seinem Verdruss im Rückspiegel den Mann im Overall, der sich auf ihn zubewegte. Sein Annähern glich einem Anschleichen, als hoffte er, Jules bei etwas Verbotenem zu ertappen. Was ja soweit zutraf. Zu allem Überfluss hielt der Mann beidhändig einen Besen umklammert, als handelte es sich um ein schottisches Breitschwert. Jules seufzte. Momentan konnte er es nicht riskieren, den Sender am BMW anzubringen. Er fuhr an und an der Schranke vorbei aus dem Parkhaus. Er würde wiederkommen, wenn der Glatzkopf Feierabend hatte.

Jules fuhr einmal um das Parkhaus und kundschaftete aus, ob er sich irgendwo so positionieren konnte, dass er beide Ausfahrten oder zumindest die Straße, die beide verband, im Blick behalten konnte. Leider ein Ding der Unmöglichkeit. Er hatte die Wahl: Ausfahrt Nord oder Süd. Er entschied sich für Süd.

Den BMW sah er nicht ausfahren, aber immerhin, gegen 17.00 Uhr verließ sein misstrauischer Freund das Parkhaus. Jules betrat das Parkhaus zu Fuß. Er hatte Pech, der BMW war verschwunden. Natürlich, Ausfahrt Nord. Er hatte heute nur seine Zeit verschwendet.

KAPITEL 9

Magali wartete auf Lucie. Knapp vier Stunden waren seit ihrem Telefonat vergangen. Seitdem harrte sie in dem Café mit Kamillentee aus und blätterte lustlos in den ausliegenden Illustrierten – wenn sie nicht gerade über ihre eigene Dummheit sinnierte. Magalis Gewissen hatte sie mit ganzer Wucht eingeholt. Hätte sie ihr Handy noch besessen, dann hätte sie Lukas längst angerufen und ihm alles gebeichtet. Aber so war sie dazu verurteilt, auf Lucie zu warten.

„Hallo, Schwägerin!“, begrüßte Lucie Magali mit einer Umarmung und setzte sich ihr gegenüber. „Na, du machst ja Sachen. Das war eine lange Fahrt mit Sorgen. Ehrlich, ich hätte nie gedacht, dass du so unvernünftig sein kannst“, schimpfte Lucie zunächst mit ihr. „Wie geht es dir und dem Baby? Du bist ganz schön blass um die Nasenspitze. Vielleicht sollte ich dich gleich zu einem Arzt bringen?“

„Nein, es geht mir so weit gut. Und ich sollte dir lieber gleich beichten, dass mir die Handtasche nicht entwendet, sondern auf offener Straße entrissen worden ist.“

„Was? Ein Raubüberfall? Bist du…“

„Schhhh, nicht so laut, Lucie“, zischte Magali.

„Mein Gott, wie furchtbar“, fuhr Lucie gedämpfter, aber kaum weniger erregt fort, „dir hätte alles passieren können. Warum hast du mir das nicht gleich am Telefon erzählt? Ich hätte Fonton mitgebracht.“

„Eben. Ich wollte nicht, dass du gleich mit der Kavallerie anrückst. Und du solltest dir auf der Herfahrt nicht zu viele Sorgen machen. Das mit der

Handtasche ist zwar ein Schreck gewesen, aber ich komme damit klar. Ich ärgere mich einfach nur über mich selbst, weil ich mich in diese blöde Lage manövriert habe. Aber noch mehr ärgert mich, dass ich so schrecklich feige bin. Tut mir leid, dass ich dich da mit reingezogen habe, Lucie. Ich hätte dich nicht anrufen dürfen, noch so eine blöde Kurzschlusshandlung von mir. Irgendwie mache ich in letzter Zeit alles falsch."

„Mensch, Magali, du bist schwanger! Wenn da nicht der ganze Organismus durcheinanderkommt, wann sonst? Die Schwangerschaftshor…"

„Oh bitte, Lucie", knirschte Magali, „schieb du es nicht auch noch auf die Hormone. Das macht Lukas schon ständig. Das macht mich wahnsinnig."

„Warum denn nicht? Ich habe dem großen H meine besten Eskapaden zu verdanken." Lucie grinste unbeeindruckt. „Ehrlich, wenn du nicht schwanger wärst, würde ich dir jetzt einen doppelten Grappa verordnen. Lukas schwört darauf. Jetzt atme erst einmal durch", Lucie gab ein tiefes „Ommmm" vor, „und denk daran, ich bin jetzt da! Wir zwei werden das Kind schon schaukeln."

„Nein, Lucie", wiegelte Magali kategorisch ab, „hier gibt es nichts zu schaukeln. Ich werde Lukas meinen Ausflug beichten. Er wird furchtbar von mir enttäuscht sein. Mit Recht. Das ist nach Barcelona schon mein zweiter Vertrauensbruch."

„Mein Moralapostel von Bruder muss ja nicht die ganze Wahrheit erfahren. Keine Sorge, ich habe mit ihm alles soweit geregelt und uns Zeit verschafft. Ich habe ihm von dir ausgerichtet, dass es bei dir am Abend später werden würde. Matti bleibt heute Nacht bei Mutter in der Villa. Er ist schon dort, 007-Fonton hat ihn selbst abgeholt. Wir müssen daher nicht gleich los. Puh, jetzt brauche ich aber einen Cappuccino", sagte sie, während ihr Blick Magalis leere Tasse streifte. Sie winkte der Kellnerin.

„Jetzt erzähl mal. Was genau hast du angestellt? Was treibst du in Zürich?"

Und Magali beichtete. Am Ende legte Lucie den Kopf schief und kommentierte in ihrer unnachahmlichen Art: „Meine Güte, da begibst du dich einmal auf Abwege, und dann kriegst du gleich so eine Quittung. Das ist Pech am Stück." Nachdenklich schleckte Lucie ihren Löffel ab, während Magali unglücklich in ihre Tasse starrte. „Sag mal, Magali, hat dein Ausflug vielleicht damit zu tun, dass Lukas diese Einladung aus Rom bekommen hat? Macht dir das zu schaffen?"

„Du weißt es schon?“, fuhr Magali verblüfft auf.

„Ja. Lukas kam mir ein wenig komisch vor bei unserem Telefonat. Ich habe gefragt, was los wäre. Zunächst vermutete ich, er würde vielleicht etwas wegen Zürich ahnen. Deshalb habe ich nicht lockergelassen, bis er es mir erzählt hat. Das ist ja ein Ding, der Papst bittet meinen Bruder um Mithilfe! Der Streber muss in seiner kurzen Jesuiten-Laufbahn ja mächtig Eindruck geschunden haben. Sei's drum, gut für uns, so ist er anderweitig beschäftigt. Das kriegen wir alles wieder hin, Magali. Hier ist mein Schlachtplan. Dein Audi ist kein Problem, ich habe wie aufgetragen den Ersatzschlüssel dabei. Und hier ist auch dein zweites Handy.“ Lucie zog beides hervor. „Bleibt die Sache mit der verschwundenen Handtasche. Wenn wir sie als gestohlen melden, gibt es ein paar Fragen zu viel. Darum lassen wir das. Allerdings musste ich wegen deiner Kreditkarten und dem Handy aktiv werden. Sei mir nicht böse, aber ich habe Fonton informiert. Er hat sofort in die Wege geleitet, dass deine Kreditkarten und dein Handy gesperrt werden und euer Schloss zuhause ausgewechselt wird, weil dein Schlüssel ja auch weg ist. Jetzt kommt es auf dich an. Entweder du sagst Lukas, dass du deine Handtasche verloren hast oder wir versuchen, das alles soweit zu deckeln, dass er es gar nicht mitbekommt. Eine ähnliche Handtasche und ein Telefon sind schnell besorgt. Am Ende würde nur ein verlorener Schlüsselbund übrigbleiben – denn wir brauchen einen Grund, warum Fonton heute bei euch die Schlösser austauscht. Was sagst du? Ist das ein Plan?“ Lucie sah ihre Freundin erwartungsvoll an.

Magali strich sich die schulterlangen blonden Haare hinter die Ohren und schüttelte den Kopf. „Nein, Lucie. Ich bin dir wirklich dankbar für deine Hilfe. Aber ich glaube, dass das, was heute passiert ist, ein Zeichen ist. Ich muss mit offenen Karten spielen. Wenn ich jetzt versuche, mein falsches Handeln zu vertuschen, mache ich damit alles nur noch schlimmer. Ich rufe Lukas gleich an und bringe es hinter mich.“

„Und wenn du dir wenigstens vorher ansiehst, was auf der MicroSD ist?“, hielt Lucie dagegen. „Ich meine, die ist ja der Auslöser für alles. Wenn da etwas Verwertbares drauf ist, etwas, das zur Aufklärung eines Verbrechens führen kann, dann hättest du wenigstens schon ein paar positive Karmapunkte auf deinem Konto gesammelt. Ich habe mein Tablet dabei. Wir könnten gleich nachsehen.“ Lucie kramte bereits eifrig in ihrem bunten Beutel und beförderte eine himmelblaue Tablet-Hülle hervor, auf der ein bekrönter Frosch klebte.

Magali musste trotz ihres deprimierten Zustands bei dem Anblick lächeln. „Ach Lucie. Deine Neugier bringt dich nochmal um."

„Komisch, wo habe ich das schon mal gehört?", murmelte Lucie, während sie das Tablet einschaltete. Sie stand auf und setzte sich zu ihr auf die Bank. Nachdem sie das Passwort aus ihrem PC-Safe einkopiert hatte, sagte sie resolut: „Jetzt her mit der Karte." Sie streckte die Hand aus.

Magali zögerte. „Bist du mit dem Netz verbunden?"

Lucie checkte kurz den Status. „Momentan nicht. Wieso fragst du?"

„Weil wir nicht wissen, was drauf ist. Meiner Mutter ist", Magali schluckte, „war alles zuzutrauen. Nicht, dass irgendetwas gleich davon im Netz landet, irgendwas aktiviert, was weiß ich", sagte sie nervös.

„Du hörst dich schon an wie Jules. Der ist auch so ein Geheimniskrämer. Keine Sorge, ich bin offline und ich speichere auch nichts ab. Mein Tablet bleibt blank wie ein Babypopo. Den Ton stelle ich auch auf leise."

Zwölf Minuten später, steckte Lucie ihr Tablet wieder in ihre Tasche. „Das ist ja ein Ding", meinte sie kopfschüttelnd. „Ich muss schon sagen, deine Mutter hatte es drauf. Ein Wunder, dass der Vatikan überhaupt noch steht. Am besten gefällt mir ja ihre Theorie, Jesus könnte ein zugewanderter Inder gewesen sein. Ganz großes Tennis! Was mir Rätsel aufgibt, ist die Aufteilung der Aufnahmen. Der Anfang passt nicht zum Ende. Sieht so aus, als hätte sie zwei verschiedene Filme aneinandergereiht. Und dann noch ihre Ansprache am Schluss. Was meinst du? Könnte es sich um…" Lucie unterbrach sich. Ihr war nicht entgangen, dass Magali ziemlich starr neben ihr saß. „Was ist los? Ist dir schlecht? Hier, trink noch einen Schluck Wasser." Lucie schenkte hastig aus der Flasche nach und schob ihr das Glas hin.

„Nein, schon gut. Die Aufnahme hat mich schockiert. Ich habe noch immer Mutters Stimme im Ohr. Sie klang so nah, so hasserfüllt." Magali leerte das Glas. Langsam kehrte wieder etwas Farbe in ihr Gesicht zurück.

„Besser?"

„Ja, danke. Das mit den zwei Filmen ist mir auch aufgefallen. Erst dieser ausführliche Streifzug durch die angeblichen Lügen der katholischen Kirche und dann der Schnitt, mit ihren komischen Andeutungen und Drohungen."

„Also, ich würde fast meinen, dass…" Lucie stockte, ungewohnt unsicher.

„Nur keine falsche Rücksicht", forderte Magali sie mit einem traurigen Lächeln auf.

Lucie holte Luft. „Also gut. Für mich sieht es so aus, als wäre jeder Teil für sich eine Art Erpresser-Video. Fragt sich nur, an wen die beiden Ansprachen gerichtet sind. Sag, was bedeutet denn dieses komische Hawalla oder so ähnlich, von dem sie faselte? Scheint irgendwas Wichtiges zu sein. Hast du schon einmal davon gehört?"

„Nein, der Name sagt mir gar nichts. Aber sprich bitte etwas leiser." Magali sah sich unsicher im Café um, ob jemand Lucie gehört hatte. Ihre Sorge war unbegründet, der Raum war voll besetzt, der Geräuschpegel hoch, und niemand achtete auf sie. Dafür entdeckte sie an der Bartheke, mit dem Rücken zu ihr, einen Mann in der Security-Uniform der Kantonalbank. Kurz weckte er ihre Aufmerksamkeit. Hatte er nicht nach ihr das Café betreten? Das würde bedeuten, dass er schon Stunden hier verbrächte, wie sie. Könnte Herr Büttikofer ihn ihr hinterhergeschickt haben? Aber warum? Aus Sorge? Aber vermutlich wechselten sich die Männer nur in ihrer Pause ab, überlegte sie weiter. In ihrer Uniform sahen sie ja irgendwie alle gleich aus. Außerdem beachtete der Mann sie überhaupt nicht, sondern war völlig in seine Zeitung vertieft.

„Schon gut", fuhr Lucie nah an Magalis Ohr fort und unterbrach deren Grübeleien. „Ich fand ja den verwackelten Film mit dem Experiment interessant. Was war das für eine merkwürdige Maschine? Sah aus wie ein Mini-Kraftwerk. Hoffentlich kein geheimes Atomprogramm. Irgendeine Ahnung?" Sie sah Magali fragend an.

„Nein, ich habe nie im Leben etwas Ähnliches gesehen."

„Verflixt aber auch, dass wegen der Schutzanzüge niemand darauf zu erkennen ist. Deine Mutter hat sogar den Ton abgeschaltet. Erst am Ende spricht sie jemanden direkt an. *Sie* haben sich angeblich mit dem Vatikan gegen wichtige Erfindungen von Einstein und Tesla verschworen und würden Orgon unterdrücken. Frage: Was ist Orgon? Ich meine, ich habe schon irgendwo etwas darüber gelesen. Vielleicht so was Ähnliches wie Kalte Fusion?" Lucie versuchte sichtlich angestrengt, sich daran zu erinnern. „Mist, ich komm jetzt nicht drauf. Noch ein Punkt auf meiner Rechercheliste. Keine Sorge, Magali, ich finde das heraus."

Ihr Jagdeifer entlockte Magali ein unglückliches Lächeln. Sie dachte an die zurückgelassene Notiz zu Q im Schließfach. Ein Anruf von ihr, und es würde keine Frage offenbleiben. „Ehrlich gesagt, *ist* das meine Sorge", sagte sie jetzt fest.

„Ich verstehe. Du willst es gar nicht wissen?" Lucie wirkte darüber nicht sonderlich überrascht.

„Nein. Die Fahrt nach Zürich war ein Fehler. Ich habe mich wie früher von meiner Mutter manipulieren lassen. Nachzuforschen würde bedeuten, dass ich in ihrem Sinne weitermache. Ich will das nicht mehr. Davon abgesehen ist es gefährlich. Mutter hat sich mit mächtigen Leuten eingelassen. Das sind Wölfe."

„Ich verstehe", wiederholte Lucie. „Und was wirst du jetzt tun?"

„Ich werde Lukas die Entscheidung überlassen, was mit dem Schließfach, beziehungsweise dem Inhalt, weiter geschehen soll. Das hätte ich schon längst tun sollen."

„Möchtest du ihn jetzt anrufen?", fragte Lucie behutsam.

„Nein, ich habe es mir anders überlegt. Ich werde es Lukas heute Abend von Angesicht zu Angesicht sagen. Alles andere wäre feige. Komm, wir fahren heim. Es ist gleich 16:00 Uhr." Automatisch wollte Magali neben sich nach ihrer Handtasche greifen – die nicht mehr da war. Mit einem entschuldigenden Lächeln sagte sie zu ihrer Freundin: „Du musst zahlen."

„Freilich." Lucie hatte die SD-Karte aus ihrem Tablet entfernt und hielt sie Magali mit spitzen Fingern hin. Magali wirkte eine Sekunde lang unschlüssig, dann sagte sie: „Nimm du sie, bitte, und zeig sie morgen Lukas. Ich möchte mir den Film kein zweites Mal antun. Und Lucie…?"

„Ja?"

„Danke, dass du gleich gekommen bist, ohne Fragen zu stellen oder mich zu verurteilen. Du bist die beste Freundin überhaupt."

„Na na, jetzt bloß nicht sentimental werden. Ist doch selbstverständlich. Nun, da ich weiß, dass Jesus womöglich ein eingewanderter Inder war, kann mich sowieso gar nichts mehr erschüttern. Herrlich, ich freu mich schon auf Lukas' Gesicht, wenn er das hört. Aber Schwägerin, noch ein kleiner Rat. Zuviel Moral kann auch zerstörerisch wirken." Lucie dachte dabei an ihre Freundin Rabea. „Wenn du dich mit meinem Bruder aussprichst, dann schieb es bitte auch auf die Hormone. Glaub mir, es ist besser so. Für euch beide…", ergänzte sie. Sie sah Magali durchdringend an, als überlegte sie, noch mehr zu sagen.

Magali rutschte unbehaglich auf ihrem Sitz hin und her. „Schon gut, ich weiß, ich hätte Lukas nicht belügen sollen", sagte sie niedergeschlagen.

„Das Wichtigste ist doch, du weißt es. Mit Reue kriegst du meinen Bruder immer. Er ist ganz groß im Verzeihen, glaub mir. Ich bin sowieso der Meinung, dass er entschieden einen Hang zu komplizierten Frauen hat, die gerne einmal impulsiv handeln. Vermutlich potenziert das sein eigenes Gefühl der Überlegenheit, weil er ja immer so furchtbar korrekt ist." Lucie steckte sich den Amarettino-Keks in den Mund, der auf ihrer Untertasse gelegen hatte.

„Bis auf die Anspielung auf deine Freundin Rabea danke ich dir für deine Aufmunterung. Du hast nicht zufällig ein Taschentuch?"

„Natürlich", Lucie kramte in ihrem Beutel und brachte ein zerknautschtes Päckchen zum Vorschein. „Hier. Und wenn wir gerade dabei sind, einige unbequeme Wahrheiten auszusprechen…Bitte nimm es mir nicht übel, Magali, dass ich dir das jetzt sage, aber deine Mutter scheint dich sehr zu beschäftigen. Offenbar wirst du das Trauma deiner Kindheit nicht so leicht los. Kein Wunder, du hast eine Überdosis Carlotta van Kampen abbekommen. Hast du schon einmal daran gedacht, dir Hilfe zu suchen?"

„Du meinst…so etwas wie eine Therapie?"

„Ja, warum nicht? Denk wenigstens einmal darüber nach. Manchmal ist es gut, mit einem völlig Fremden über seine Sorgen und Gedanken zu sprechen."

„Das tue ich, Lucie, versprochen."

KAPITEL 10

Nachdem sie bezahlt hatten, verließen sie das Café. Lucie begleitete ihre Freundin bis zu ihrem Auto. „Warte hier auf mich, wir fahren im Konvoi heim.

Keine fünf Minuten später winkte Lucie aus ihrem Fiat 500 Abarth Cabrio. Sie fuhr offen. Magali setzte sich hinter Lucie und sie bogen nacheinander in die Hauptstraße ein. Sie quälten sich im Feierabendverkehr durch die überfüllten Straßen und erreichten nach einer Weile aufatmend die Autobahn.

Lucie drehte das Radio auf volle Lautstärke. *It´s raining men* dröhnte aus den Lautsprechern. Lucie trommelte den Takt auf dem Lenkrad mit. Ein dunkler Porsche Cayenne überholte sie. Der Fahrer, Typ Discobesitzer mit verspiegelter Brille, blieb kurz auf gleicher Höhe mit ihr und versuchte, ihre Aufmerksamkeit zu erregen. Lucie ignorierte ihn. Ihre Benzinleuchte war eben aufgeblinkt. Über ihre Freisprecheinrichtung rief sie Magali an.

„Magali, ich muss dringend tanken. Was ist mit dir?"

„Ich habe heute kurz vor Zürich vollgetankt. Soll ich an der nächsten Tankstelle rausfahren?"

„Nein, fahr du ruhig weiter nach Hause. Ich ruf dich an, wenn ich in der Villa angekommen bin. Bis später!"

Lucie fuhr die nächste Raststätte an, tankte voll, und nahm sich noch einen Schokoriegel und einen Coffee-to-go mit. Eine Gruppe italienischer Fernfahrer wurde auf die *Signorina* aufmerksam und deckte sie mit Komplimenten ein. Das Hallo wurde noch größer, als Lucie ihnen auf Italienisch antwortete. Sie scherzte kurz mit den Männern und konnte sich am Ende nur mit Mühe wieder von ihnen loseisen. Es war bereits kurz vor 19:00 Uhr. Um 20:30 Uhr war sie mit Rabea verabredet, und eine knappe Stunde Fahrt lag noch vor ihr. Beim Verlassen der Raststätte warf sie einen besorgten Blick in den Himmel. Immer mehr dunkle Wolken zogen auf, drückende Schwüle hing in der Luft. Lucie schloss das Verdeck. Sie wollte sowieso einen Zahn zulegen. Mit knapp 180 PS unter der Haube war das kein Problem.

Sie stellte den Becher in die Ablage und fuhr los. Kurze Zeit später verdunkelte sich die Welt endgültig und die ersten Blitze durchzuckten den Horizont. Unmittelbar darauf brach sintflutartiger Regen über den kleinen Fiat herein. Selbst auf höchster Stufe konnten Lucies Scheibenwischer der Wasserflut kaum mehr standhalten. Sie drosselte ihre Geschwindigkeit rapide. Auf Verkehr und Wetter konzentriert, fiel ihr fast zu spät auf, dass ein Lämpchen aufblinkte. Ihr Motor war überhitzt! Der Zeiger war bereits im roten Bereich. Verdammte Scheiße! Sie musste nachsehen, hielt es aber wegen der schlechten Sicht auf dem Standstreifen für gefährlich. Ein Parkplatz musste her! Hatte sie nicht vorhin eine Ankündigung gesehen? Sie schaltete in den zweiten Gang herunter und rollte mit Warnblinkanlage und 20 km/h auf dem Standstreifen dahin. Endlich kam ein Parkplatz in Sicht. Wie ein lahmer Käfer kroch sie hinein. Bis auf einen einsamen Sattelschlepper am anderen Ende war die Parkbucht leer. *Toll, Lucie,* dachte sie, *stockfinstere Nacht und es regnet junge Hunde. Und ich stehe auf einem menschenleeren Parkplatz mit einem kaputten Auto. Und einen verflixten Schirm habe ich auch nicht dabei!* Sie überlegte gerade, ob sie einfach im Trockenen sitzenbleiben und Fonton anrufen sollte, als in ihrem Rückspiegel Autoscheinwerfer aufleuchteten. Anstatt sich zu freuen, überkam Lucie ein mulmiges Gefühl. Der Impuls, einfach Gas zu geben, egal, was passierte, überkam sie. Doch der Wagen hatte bereits hinter ihr angehalten. Im Licht der Scheinwerfer verfolgte sie, wie ein Mann in einer orangefarbenen Weste ausstieg. Lucie atmete auf. Vermutlich ein Mitarbeiter der Autobahngesellschaft. Sie fuhr ihr Fenster herab. Der Mann kam näher. Ihm lief das Wasser über das Gesicht. Erst als er sich direkt zu ihr hinabbeugte, erkannte ihn Lucie. Sie reagierte instinktiv und betätigte sofort den Knopf für das elektrische Fenster, während sie mit der anderen gleichzeitig den Zündschlüssel zur Verriegelung drückte. Zu spät, der Mann hatte ihre Tür bereits aufgerissen.

„Schön, dich wiederzusehen, Lucie“, sagte er mit einem anzüglichen Grinsen. „Wir werden viel Spaß miteinander haben.“ Er griff nach ihr. Lucie schrie auf, wehrte sich mit Händen und Füßen, versuchte, auf den Beifahrersitz zu gelangen, um über die dortige Tür zu flüchten. Doch der Mann packte sie an den Haaren und zerrte sie grob aus ihrem Fiat. Seine Hände fuhren in ihre Gesäßtaschen, pressten sie eng an sich. Sie spürte seine Erregung. Zuerst dachte Lucie, dass er sie vergewaltigen wollte, dann aber merkte sie, dass er in ihren Taschen umhertastete.

Die SD-Karte!, schoss es ihr durch den Kopf. *Er war hinter der Karte her!* Wieso wusste er davon? Er konnte sie nur im Café beobachtet haben! Lucie wehrte sich weiter aus Leibeskräften und schrie, in der Hoffnung, der Fahrer des Sattelschleppers würde sie hören. Doch der prasselnde Regen verschluckte jedes Geräusch. In Sekundenschnelle waren sie durchnässt. Ihr Angreifer hatte genug von Lucies Gegenwehr und schlug sie heftig ins Gesicht. „Halt still, Miststück", zischte er. „Wo ist der Speicherchip? Wenn du ihn mir freiwillig gibst, lass ich dich vielleicht am Leben."

Urplötzlich wurde der Mann von Lucie weggeschleudert. Im Scheinwerferkegel erkannte die junge Frau eine Gestalt, die sich auf ihren Angreifer gestürzt hatte und ihm einen Gegenstand, der aussah wie eine kleine Taschenlampe, an den Hals presste. Der Mann zuckte kurz auf und leistete dann keine Gegenwehr mehr.

Ihr Retter zerrte ihn sofort auf den Bauch und fesselte ihm mit Handschellen die Hände auf dem Rücken. Danach tastete er ihn gründlich ab und beförderte neben Mobiltelefon und Geldbeutel ein beachtliches Waffenarsenal zutage, unter anderem ein Schulterhalfter mit Pistole, eine zweite Pistole, die mit Klebeband am Rücken befestigte war, und noch ein Messer in einem Lederköcher am Schienbein. Verblüfft hatte Lucie die unwirkliche Szene verfolgt. Wer war der Fremde? Wo war er so schnell hergekommen? Sie drehte sich um und entdeckte schemenhaft ein Motorrad. Der Fahrer musste sich langsam genähert haben, die letzten Meter war er vermutlich ohne Licht ausgerollt. Der prasselnde Regen hatte sein Übriges getan und jedes andere Geräusch erstickt.

„Wer sind Sie?", fragte sie den Mann in der schwarzen Lederkombination. Unter seinem Helm lugten nasse blonde Haarsträhnen hervor.

„Alles in Ordnung mit Ihnen?", fragte der Mann jetzt mit dumpf klingender Stimme und mit starkem Schweizer Akzent. „Hat er Ihnen etwas getan oder Sie bestohlen?"

Lucie fasste in einer scheinbar verlegenen Geste in ihre vordere Hosentasche und tastete nach der winzigen Speicherkarte. Sie war noch dort, wie sie erleichtert feststellte. „Nein, Sie sind gerade zur rechten Zeit aufgetaucht. Dankeschön." Sie streckte ihm die Hand entgegen.

„Siegbert Suter", stellte er sich vor. „Sie müssen raus aus dem Regen. Setzen Sie sich so lange in den Wagen, während ich meine Kollegen rufe. Die kümmern sich dann um den Abschaum hier." Er schob den Taser unter die Achsel, um sein Smartphone hervorzuziehen.

„Ach, Sie sind Polizist?" Das erklärte sein beherztes Eingreifen.

Der Mann nickte vornübergebeugt, um sein Telefon vor dem Regen zu schützen.

„Übrigens", sagte Lucie weiter, „ich kenne den Mann. Sein Name lautet Saul Kaschinski."

„Ich weiß. Ich folge ihm schon seit einer geraumen Weile. Ein Rat: Wenn Sie nicht in die Sache hineingezogen werden wollen, setzen Sie sich in seinen Wagen, okay?"

Lucie sah ihren Retter zunächst überrascht an, dann nickte sie verstehend. „Verraten Sie mir wenigsten eins: Ist das wieder so eine verkackte Geheimdienstsache?"

Lucie konnte nicht sehen, dass die Mundwinkel des Mannes unter dem Helm zuckten und er sich kurz auf die Unterlippe biss, bevor er forsch antwortete: „Darüber kann ich keine Auskunft geben. Bitte setzen Sie sich in das Fahrzeug", wiederholte er und deutete auf Kaschinskis X6, „ich komme gleich nach."

Neben ihnen stöhnte Kaschinski. Mit Mühe wälzte er sich auf den Rücken und versuchte etwas zu sagen, doch er entrang seiner Kehle lediglich ein weiteres Stöhnen.

„Kann ich mir mal kurz den Taser ansehen? Vielleicht sollte ich mir auch so ein Ding anschaffen." Bevor Jules reagieren konnte, hatte Lucie ihm den Taser unter dem Arm hervorgezogen, war auf Kaschinski losgestürmt und verpasste ihm mit dem Gerät nochmals eine Ladung. Voll auf die Eier. „Hier", entlud sich ihre angestaute Wut, „da hast du deinen Spaß, du Schwein! Das ist für Barcelona!" Danach drückte sie Jules den Taser in die Hand und lief auf den X6 zu.

Jules folgte ihr kopfschüttelnd mit dem Blick. *Unglaublich, diese Lucie! Jede andere Frau wäre sofort schlotternd in den Wagen gestiegen.* Er tat so, als würde er ein Telefonat führen und den Fall melden.

Dann erst wandte er sich dem Söldner zu und stupste ihn mit dem Fuß an. „Na, Kaschinski, so schnell sieht man sich wieder." Kaschinski starrte ihn glasig an. Zwei volle Taser-Ladungen innerhalb kurzer Zeit steckte auch ein durchtrainierter 90-Kilo-Mann nicht so schnell weg.

Trotzdem ging Jules auf Nummer sicher. Er beförderte eine vorbereitete Spritze aus seiner Brusttasche und stieß sie Kaschinski in den Oberschenkel. Nach wenigen Sekunden erschlaffte Lucies Angreifer endgültig. Jules warf einen prüfenden Blick zu dem Sattelschlepper, doch dort rührte sich weiterhin nichts. Der Freitagsverkehr der Autobahn rauschte am Parkplatz vorbei und der Regen prasselte unablässig herab. Er packte den Bewusstlosen unter den Armen und zog ihn aus dem Blickfeld, hinter den Fiat und ein Stück weit in den Grünstreifen hinein. Falls sich ein weiteres Fahrzeug hierher verirrte, war Kaschinskis Gestalt kaum mehr zu erkennen. Er zog den Kühlwasserdeckel von Lucies Fiat, den er auf dem Rastplatz aus dem Abfall gefischt hatte, aus seiner Jackentasche, und holte eine Flasche Wasser aus dem Gepäckfach seines Motorrads. Während er das Kühlwasser nachfüllte, dachte er darüber nach, wie viel von Lucies Rettung dem puren Zufall zu verdanken war.

* * *

Nach der Rückkehr von seiner missglückten Parkhaus-Aktion war Jules ein Fiat Abarth auf dem Bürkliplatz aufgefallen. Anhand des Kennzeichens hatte er ihn sofort Lucie zuordnen können. Die Vermutung, dass Magali ihre Freundin Lucie um Hilfe gebeten hatte, lag nahe. Auf gut Glück hatte er die umliegenden Lokale abgesucht und durch das Fenster eines Cafés tatsächlich Magali und Lucie bemerkt, die mit dem Rücken zu ihm, die Köpfe eng beieinander, auf einen Tablet-PC starrten. Dabei war ihm ein großer Mann an der Bar aufgefallen. Irgendetwas an seiner Erscheinung kam ihm vertraut vor und ließ alle Alarmglocken klingeln. Jules umrundete das Cafe und spähte durch eines der Eckfenster, um sich den Mann im Profil anzusehen. Jetzt wurde es absurd. Es war Saul Kaschinski! Er trug die Uniform einer Schweizer Wach- und Schließgesellschaft.

Was machte der hier? Sollte der nicht in einem spanischen Gefängnis schmoren? Ihm war bekannt, dass der Söldner in Barcelona für jene einflussreiche Geheimorganisation gearbeitet hatte, die sich die *Sieben* nannte. Jules ging davon aus, dass diese ihre besonderen Beziehungen gebraucht hatten, um Kaschinski der spanischen Justiz zu entziehen. Leider bestätigte Kaschinskis Anwesenheit seinen Verdacht. Er wusste, dass Yussuf und Kaschinski schon früher zusammengearbeitet hatten.

Der Handtaschenraub ging also auf Yussufs Konto. Was wurde hier gespielt? Warum war Magali in der Bank gewesen? Wieder war er auf bloße Spekulationen angewiesen, aber im Grunde konnte er sich nur eine Erklärung vorstellen: Ihre Mutter hatte etwas in der Züricher Kantonalbank deponiert, das Kaschinskis und Yussufs Auftraggeber interessierte. Die Tatsache, dass Magali allein hier war, ließ ihn weiter vermuten, dass Lukas nichts von dem Schließfach oder Depot in der Schweiz wusste. Was wiederum darauf hindeutete, dass seine Frau sich ausrechnete, dass der Inhalt desselben dem familiären Haussegen wenig zuträglich war. Die Anwesenheit von Lucie anstatt Lukas schien seine Vermutung zu untermauern. Frage: Was war in dem Schließfach und wer hatte Interesse daran? War die Kirche noch immer auf der Jagd nach verschwundenen Dokumenten, die sie in den Händen Magalis, der Erbin Carlottas, wähnte? Beanspruchte sie Yussufs Dienste, um sie sich zu beschaffen? Jules war informiert, dass Yussuf bereits hier und da Aufträge für den Vatikan erledigt hatte – Hauptsache, er wurde gut dafür bezahlt.

Jules war Kaschinski gefolgt und hatte ihn auf dem Rastplatz dabei beobachtet, wie er sich an Lucies Wagen zu schaffen gemacht hatte. Lucie würde mit ihrem Wagen nicht weit kommen. Am liebsten hätte sich Jules Kaschinski schon auf dem Rastplatz geschnappt, aber es war zu belebt gewesen, um einen erwachsenen Mann niederzuschlagen und zu entführen. Jules wollte ihm unbedingt einige Fragen stellen. Anschließend hatte er wegen des heftigen Gewitters alle Hände damit zu tun gehabt, Kaschinski bei dem Regen nicht aus den Augen zu verlieren. Sonst hätte er Lucie rechtzeitig telefonisch gewarnt.

Innerhalb weniger Minuten war Lucies Wagen wieder fahrtüchtig. Er sah kurz noch einmal nach Kaschinski. Der Mann war weiterhin durch das injizierte Flunitrazepam ausgeknockt. Dazu die doppelte Ladung Elektroschocker. Sein Zustand würde noch Stunden anhalten. Er ging zum X6 und öffnete die Beifahrertür. „Sie können jetzt weiterfahren. Ihr Wagen ist wieder in Ordnung."

„Ich muss mich bei Ihnen bedanken, Herr Suter."

„Keine Ursache."

„Ich verstehe nicht, was Saul Kaschinski in Deutschland macht. Er müsste doch in Spanien im Gefängnis sitzen."

„Ja, da war er auch. Er ist ausgebrochen und wird seither mit internationalem Haftbefehl gesucht", improvisierte Jules. „Aber besser, Sie fahren jetzt. Meine Kollegen werden gleich hier sein. Noch etwas: Behalten Sie diese Episode für sich. Es würde uns einen Vorsprung verschaffen, wenn vorerst niemand von der Festnahme Saul Kaschinskis erführe."

Lucie nickte, bedankte sich nochmals bei ihrem Retter und stieg aus. Während der gesamten Heimfahrt ließ sie das Geschehene nicht los. Speziell wunderte sie sich darüber, dass Siegbert Suter zwar freimütig zugegeben hatte, dass es sich um eine *Geheimdienstkacke* handelte, sie aber merkwürdigerweise nicht danach gefragt hatte, was Kaschinski eigentlich genau von ihr gewollt hatte, außer, ob sie bestohlen worden war. Sie hatte ihm auch nicht ihren Namen genannt und er hatte nicht nachgefragt. Vermutlich kannte er ihn schon. Trotzdem... *Ein wirklich seltsamer Schweizer Polizist, der sich nicht für Geheimnisse interessierte.* Plötzlich fiel der Groschen. *Aber natürlich!* Der Mann war Schweizer und hatte vermutlich gar kein Recht, Personen als solcher auf deutschem Staatsgebiet festzunehmen! Darum hatte er auch die ganze Zeit über seinen Helm nicht abgenommen, damit sie ihn nicht wiedererkennen würde. Ihr konnte es nur recht sein. Sonst hockte sie jetzt womöglich auf irgendeinem Revier fest und müsste ihre Aussage zu Protokoll geben.

Siegbert Suter beschäftigte sie aber noch auf eine andere Weise. Etwas an ihm war ihr irgendwie bekannt vorgekommen, als wären sie einander schon einmal begegnet. Auf jeden Fall war sie ihm über die Maßen dankbar. Das war buchstäblich Rettung in letzter Sekunde gewesen. Und die SD-Karte hatte sie auch noch. Sie drehte wegen ihrer feuchten Kleidung die Heizung voll auf, legte eine CD von Rammstein ein und sang die Texte bis nach Hause mit.

Lucie erreichte die Villa kurz vor 20:30 Uhr, fegte in der Eingangshalle an ihrer Mutter mit einem „Ich muss gleich wieder los, Rabea wartet", vorbei, riss sich in ihrem Zimmer die Sachen vom Leib und fischte frische Jeans und eine weiße Bluse aus dem Schrank. Ein Blick in den Spiegel ergab, dass ihre Haare noch ordentlich genug aussahen. Sie fuhr kurz mit gespreizten Fingern hindurch. Jules würde ihre Frisur einen *Out-of-bed-Look* nennen und in seinem Salon zweihundert Euro dafür veranschlagen. Sie dachte mit einem Seufzer an ihren Freund. Sie vermisste ihn.

Zum Schluss schlüpfte sie in ihre Sneakers. Fertig. Und ab zu Rabea. Im letzten Moment fiel ihr wieder die kleine Speicherkarte ein. Sie steckte noch in ihren Jeans. Lucie fummelte sie heraus und überlegte, wo sie sie verstecken sollte, als ihre Mutter hinter ihr sagte: „Musst du wirklich noch einmal los? Ich dachte, wir machen uns einen gemütlichen Abend." Es klang vorwurfsvoll.

„Ist Papa noch in der Zentrale?" Lucie fragte nur deshalb, weil sie die Karte so unbemerkt in seinen Safe hätte schmuggeln können. Sie hatte vorgehabt, sie mit Klebeband an der oberen Wand festzukleben. Ohne gewolltes Abtasten würde sie so niemals auffallen. Es war ein Trick, den Jules einmal erwähnt hatte.

„Nein, er ist gerade gekommen, aber gleich wieder in seinem Arbeitszimmer verschwunden", informierte sie ihre Mutter.

Mist, dachte Lucie, damit konnte sie den Safe vergessen. Ihre Mutter machte keine Anstalten zu gehen, sondern setzte sich auf den Stuhl vor dem Schreibtisch. *Oh je, Mutter ist in Plauderstimmung.* Lucie schob die SD zurück in ihre Hose.

Was soll's, überlegte sie weiter. *Ich nehm sie mit, dann weiß ich wenigstens, wo sie ist.*

„Tut mir leid, Mama, aber ich muss wirklich los. Wir holen das nach, ja? Und morgen sehen wir uns sowieso zum Frühstück. Ich freu mich schon." Sie küsste ihre Mutter flüchtig auf die Wange und machte sich davon, bevor diese sie noch länger zurückhalten konnte.

KAPITEL 11

Jules hatte gewartet, bis Lucies Rücklichter nicht mehr zu sehen waren. Dann erst nahm er den Helm ab, streifte sich dünne Handschuhe über, sprang in den X6 und fuhr rückwärts an Kaschinski heran. Mit einer Taschenlampe überprüfte er dessen Pupillen und fühlte den Puls. Der Mann lag weiterhin in tiefer Bewusstlosigkeit. Er nahm Kaschinski die Handschellen ab, fesselte Arme und Beine mit Kabelbindern und beförderte den Mann in den Kofferraum des BMW. Eine schweißtreibende Angelegenheit.

Sein Motorrad musste er schweren Herzens zurücklassen. Er leerte das Gepäckfach und beförderte das wenige auf den Rücksitz des Wagens, neben Kaschinskis Reisetasche und Regenschirm. Er entfernte auch den Akku aus Kaschinskis Smartphone.

Kaschinski war ein Söldner, der für viel Geld jeden Job annahm. Dass er ihm in die Hände gefallen war, stellte für Jules einen Glücksfall dar. Er musste in Erfahrung bringen, für wen er arbeitete. *Bloß, wo konnte er ihn befragen?*, überlegte er, bevor er das Fahrzeug startete. Dazu benötigte er einen möglichst abgeschiedenen Ort. Wo befragt man einen Mann ohne Aufsehen und Zeugen? Jules besaß einen schalldichten Keller unter seiner Wohnung in München, dorthin konnte er aber bekanntlich nicht zurück. Mit Sicherheit würden Yussufs Männer ihn dort erwarten.

Die Lagerhalle in einem Industriegebiet in Berlin-Herzfelde war in diesem Fall zu weit weg. Er hatte nicht vor, Kaschinski stundenlang durch die Gegend zu karren. Blieb nur noch eine Möglichkeit. Er musste aus der Deckung kommen.

Es war ein kalkulierbares Risiko. Er hatte diesen Pfad in dem Augenblick eingeschlagen, als er Lucie gerettet hatte. Jules wählte eine Nummer.

Am anderen Ende meldete sich Sekunden später eine Stimme. „Ja?"

„Lafitte hier. Ich brauche Ihre Hilfe."

„Schießen Sie los", erwiderte Fonton. In seiner Stimme lag keine Überraschung.

„Ich habe Saul Kaschinski geschnappt."

„Wo?"

„Auf einem Parkplatz auf der A8."

„Davon abgesehen, dass der Mann eigentlich in Spanien inhaftiert sein sollte, was haben Sie beide dort ge…Verdammt!", entfuhr es Fonton, der richtig kombiniert hatte, „er war hinter den beiden Frauen her? Was ist mit Lucie und Magali?" Seine Stimme hatte an Schärfe gewonnen.

„Beide sind wohlauf und auf dem Rückweg. Für Lucie war es knapp, Kaschinski hätte sie fast erwischt. Sie sollten dringend die Überwachung der gesamten Familie verstärken."

„Ist bereits in die Wege geleitet. Ich habe heute Nachmittag mit Lucie telefoniert. Was wollte Kaschinski? Kidnapping und Lösegeld?"

„Möglich, aber ich denke, es steckt mehr hinter seiner Attacke. Darum rufe ich an. Ich benötige einen Ort, an dem ich ihn in Ruhe verhören kann."

„Gut, treffen wir uns auf dem Parkplatz Ost vor dem Hauptwerk. Rufen Sie nochmals an, kurz bevor Sie dort eintreffen. Ich fahre dann los. Bis gleich."

Bevor Jules endgültig startete, baute er das Navigationssystem aus und deaktivierte das GPS. Damit war der Wagen nicht mehr aufspürbar. Saul Kaschinski war vom Radar seiner Auftraggeber verschwunden.

Eine Stunde später griff Jules erneut zu seinem Telefon. „Ich bin gleich da, der schwarze X6", informierte er Fonton.

Jules traf kurz vor dem Briten auf dem verlassenen Parkplatz des Nürnberger Hauptwerks ein. Er blieb im Wagen sitzen. Die Scheinwerfer eines Fahrzeugs streiften ihn, kamen näher, und ein Landrover parkte unmittelbar neben ihm. Die rechte Scheibe fuhr herunter. Jules erkannte Fonton. Er öffnete sein eigenes Fenster. Fontons Miene veränderte sich nicht um einen Deut, als er Jules in seiner Siegbert-Suter-Tarnung erblickte.

„Danke", sagte Jules.

„Wofür?"

„Dass Sie nicht lächeln."

„Ich kann es mir nur knapp verkneifen."

Ein zweites Scheinwerferpaar flammte nun hinter ihnen auf und blendete dreimal auf und ab. Jules fuhr herum.

„Keine Sorge", sagte Fonton. „Das sind meine Männer. Reine Sicherheitsmaßnahme, falls Ihnen jemand gefolgt ist." Ungeachtet des weiterhin dichten Regens stieg Fonton zu Jules in den Wagen. Mit einer leichten Kopfbewegung deutete er nach hinten. „Kofferraum?"

„Ja. Wo kann ich Kaschinski befragen?"

„Hier", Fonton zog einen Schlüssel aus seiner Hose, „es ist nicht weit, zehn Minuten. Es ist eine selten genutzte Lagerhalle außerhalb des Hauptgeländes, keine Videoüberwachung." Er beschrieb ihm kurz den Weg. „Ich habe dafür gesorgt, dass sie die nächsten Tage nicht angefahren wird. Sie sind also vollkommen ungestört. Wie lange werden Sie brauchen?"

„Schwer zu sagen, aber vermutlich nicht allzu lange. Kaschinski ist keine harte Nuss. Das sind Söldner nie. Sie dienen dem Geld, nicht aus Überzeugung."

„Tauschen wir uns danach aus?"

„Natürlich."

„Was geschieht anschließend mit Kaschinski? Ich bin bereit, für den Schutz der Familie von Stetten sehr viel einzusetzen, aber Mord geht mir eindeutig zu weit."

„Wir kippen ihn vor das Nürnberger Polizeipräsidium. Hinter deutschen Gittern ist er noch am sichersten aufgehoben."

„Einverstanden. Ich nehme an, da dies eine Ad-hoc-Aktion war, verfügen Sie über keinerlei Vorräte?"

„Nein, nur ein paar Wasserflaschen. Das reicht."

„Nur Wasser? Ich bringe Ihnen morgen früh etwas vorbei."

Fonton stieg wieder in seinen Landrover. Jules startete ebenfalls seinen Wagen und fuhr zu der angegebenen Lagerhalle am Rande des riesigen Industrieareals der Von-Stetten-Produktionswerke. Die Halle stand tatsächlich etwas abseits, am Ende einer schwach beleuchteten Sackgasse und außerhalb des hohen Stacheldrahtzauns, der das restliche Gelände meterhoch eingrenzte. Er öffnete das Tor, fuhr hinein und schloss es wieder.

Zunächst sah er nach Kaschinski. Immer noch ausgeknockt. Er ließ den 1,90m-Mann vorerst, wo er war und durchstöberte dessen Reisetasche. Ungeniert bediente er sich an den trockenen Sachen. Kaschinski hatte scheinbar eine Vorliebe für Markenware; der gesamte Inhalt entpuppte sich als exklusiv und teuer. Selbst seine Socken waren aus Kaschmir, Größe 49. Nicht gerade Jules' Größe, aber er wollte nicht kleinlich sein. Die Ärmel und Hosenbeine schlug er einmal um. In der Reisetasche entdeckte er in einer Tüte ein Dutzend Sportlerriegel.

100 % Protein! Fördern Sie Ihren Muskelaufbau!, las Jules. Na dann…Er hatte Hunger, gönnte sich einen und stellte fest, dass sie wie Pappe schmeckten. „Pfui Teufel!" Er spuckte den Bissen aus. Da hungerte er lieber. Er inspizierte sodann seine Umgebung. Die riesige Halle bestand aus vier hohen Betonwänden, mächtige Pfeiler stützten das Dach. Bis auf halbe Höhe waren Paletten gestapelt, auf denen in Zellophan verpackte Kartons lagerten. Viele wiesen chinesische Schriftzeichen auf. Links vom Tor standen zwei plombierte Container, wie sie per Bahn und Schiff transportiert wurden, und direkt davor parkte ein Ungetüm von Gabelstapler. Weder gab es ein separates Büro noch eine Toilette.

Dafür entdeckte Jules einige Ballen Industrieputzlappen. Er schnitt die Zellophanhülle auf und zog einen Packen der 1x1 Meter großen groben Leinenlappen heraus. Mit ihnen richtete er an einem Betonpfeiler ein provisorisches Lager ein. Er fuhr den Wagen rückwärts heran, zerrte Kaschinski aus dem Kofferraum, überprüfte dessen Vitalwerte und stellte fest, dass die Wirkung des Flunitrazepams weiter anhielt. Er riss Kaschinski das Hemd auf, zog ihm die Hose herunter und Schuhe und Socken aus. Ein weiteres Mal unterzog er ihn einer gründlichen Leibesvisitation, prüfte jeden Quadratzentimeter seiner Haut, falls der Söldner irgendwo an seinem Körper eine SIM-Karte oder Ähnliches versteckt hielt.

Sich selbst richtete er ein zweites Lager vor dem X6 ein, und zwar so, dass er beim Sitzen Kaschinski im Auge behalten und sich gleichzeitig an den Wagen lehnen konnte. Jetzt hieß es warten, bis Kaschinski sich rührte. Jules drapierte neben dem, was er für die Befragung benötigte, Kaschinskis Sachen um sich herum: Reisetasche, Laptop, Schirm, Handy. Als Erstes nahm er sich den Schirm vor. Er war ein billiges Massenprodukt. Zunächst ließ er sich gar nicht erst öffnen. Jules wollte ihn schon weglegen, als genau das ihn stutzig machte. Irgendwie passte der Schirm nicht zu Kaschinskis Dandy-Geschmack. Jules nahm den

Schirm nun völlig auseinander und wurde im Griff fündig: eine Simkarte! Raffiniert. Vermutlich legte er sie nur ein, wenn er mit seinen Auftraggebern telefonieren wollte, oder einen Anruf erwartete. Jules steckte die Karte in seine Brieftasche und nahm sich nun Kaschinskis Handy und Laptop vor.

Mit einem USB-Stick bootete er den Laptop und spiegelte die Festplatte. Die meisten der Ordner waren, natürlich, verschlüsselt. Kaschinski war vorsichtig und seine Auftraggeber waren es auch. Er nutzte eine vollkommen neue Verschlüsselungstechnik. Jules erwog, dass es sich möglicherweise sogar um ESB handelte, ein Verschlüsselungsprogramm, das inzwischen die meisten amerikanischen Geheimdienste nutzten. Nach dem Skandal um den gehackten CIA-Direktor hatte die amerikanische Regierung alle eigenen Softwaresysteme überprüft und auf ESB umgestellt. Angeblich stand ESB für *The Empire Strikes Back*. Es galt derzeit als das sicherste Verschlüsselungssystem der Welt. Jules streifte der Gedanke, dass Kaschinski über seine Auftraggeber in Barcelona daran gekommen sein könnte: die *Sieben*. Decodieren war also nicht drin.

Er war allerdings zuversichtlich, dass Kaschinski ihm später alles verraten würde. Waterboarding oder ähnlich gelagerte Foltermethoden waren nicht Jules' Sache; er hatte eine effektivere Methode entdeckt, um einen Typen wie Kaschinski in kürzester Zeit kleinzukochen. Er benötigte dazu nur ein kleines Utensil. Es fiel gewissermaßen unter die Rubrik psychologische Kriegsführung.

Jules nahm sich als nächstes Kaschinskis Geldbörse vor. Sie enthielt knapp eintausend Euro und zweihundert Schweizer Franken sowie einen gefälschten Führerschein auf den Namen Hans-Christian Rothenberg. Das war alles, keine Kreditkarten, keine Quittung, kein Tankbeleg. Noch einmal filzte Jules Kaschinskis Reisetasche und tastete jedes Kleidungsstück einzeln ab, zuletzt das Jackett. Im Futter entdeckte er noch einen größeren vierstelligen Eurobetrag. Vielleicht brachten die Durchsuchung des Wagens und die Auswertung der GPS-Daten, die er Fontons Spezialisten überließ, etwas zutage, aber Jules glaubte nicht wirklich daran. Laut Fahrzeugschein gehörte der X6 einer Münchner Mietwagenfirma.

Er sah zu Kaschinski. Der Mann hatte sich bis dato nicht gerührt, von gelegentlichen, unkontrollierten Zuckungen abgesehen. Trotzdem überprüfte Jules erneut Fesseln und Zustand seines Gefangenen. Mit einem Aufwachen war frühestens in einigen Stunden zu rechnen. Jules machte es sich bequem, die Pistole griffbereit neben sich und gönnte sich selbst eine Mütze Schlaf. Er wusste, dass ihn seine jahrelang trainierten Reflexe bei der geringsten Veränderung oder Bewegung wecken würden. Er schlief zwei Stunden und wachte kurz nach 2:00 Uhr erfrischt auf.

Kaschinskis Zustand war ebenfalls unverändert. Gegen 05:00 Uhr ließ der Regen nach und hörte kurz darauf ganz auf.

Eine Stunde später vernahm Jules ein näherkommendes Motorengeräusch. Er ging zum Tor und spähte durch einen Spalt hinaus. Es war Fontons Landrover.

Jules öffnete ihm das Tor. „Sie sind früh dran", begrüßte er den Briten und nahm ihm den mitgebrachten Karton ab. Verführerischer Kaffeeduft kitzelte seine Nase. Fonton hatte auch abgepackte Sandwiches, Bananen und Wasserflaschen dabei. „Unser Mann schläft?" Fonton war nähergetreten und stieß Kaschinski mit der Schuhspitze an. „Was haben Sie mit ihm angestellt?"

„Flunitrazepam."

Fonton nickte. „K.o.-Tropfen."

„Dürfte aber nicht mehr lange anhalten. Was gibt es bei Ihnen Neues? Konnten Sie etwas über den X6 herausfinden?"

„Kaum mehr, als wir schon wussten. Ein Mietwagen."

„Wissen Sie, unter welchem Namen er angemietet wurde?"

„Hans-Christian Rothenberg, ein gefälschter Führerschein. Was ist mit Kaschinskis Handy und Laptop? Sollen sich meine Leute die vornehmen?"

„Bin schon selbst dran, ist allerdings alles verschlüsselt." Jules nahm einen Schluck Kaffee.

Hinter ihm gab Kaschinski zum ersten Mal ein echtes Lebenszeichen von sich. Er stöhnte laut.

Jules spritzte Kaschinski etwas Wasser ins Gesicht. Der Söldner öffnete den Mund, versuchte zu schlucken, hustete. Jules setzte sich neben ihn, hob seinen Kopf an und flößte ihm einige Schlucke ein. Kaschinski trank gierig, mit hüpfendem Adamsapfel.

Fonton sah auf die beiden Männer hinab. „Ich muss los. Herr von Stetten fliegt heute früh nach Caracas und will mich vorher sprechen. Ich erwarte, dass Sie mir alle Informationen, die die Sicherheit der Familie von Stetten betreffen, mitteilen."

„Das versteht sich von selbst. Danke für Ihre Hilfe, Fonton. Und für den Kaffee. Ich melde mich bei Ihnen." Er begleitete den Briten bis zum Tor und schloss hinter ihm ab. „Nun zu uns beiden", wandte er sich Kaschinski zu.

Kaschinski bewegte die Lippen, versuchte etwas zu sagen. Mühsam brachte er endlich einige verständliche Laute heraus.

„Wer sind Sie?"

„Jemand, der ein paar Fragen hat."

„Leck mich."

„Nett, aber nicht das, was ich von dir hören will." Jules ging neben Kaschinski in die Hocke und lupfte die Putzlappen-Decke. „Tss, tss. Deine Eier sehen echt übel aus, Saul. Es soll aber gute Prothesen geben, in jeder Größe." Er ließ die Decke los, bevor Kaschinski selbst einen Blick auf seine Hoden hatte werfen können. Die Bewegungen des Gefangenen wirkten unbeholfen, offenbar fiel es ihm schwer, auch nur den Kopf zu heben. Jules stand auf und holte seinen Kaffeebecher, den er auf dem Autodach abgestellt hatte. „Auch einen Schluck?"

Kaschinski wandte mühsam den Kopf ab. Sein Körper zuckte erneut unkontrolliert. Jules ließ ihm noch ein paar Minuten, um sicherzugehen, dass Kaschinskis Gehirn wieder vollends die Arbeit aufgenommen hatte. Dann schob er seine Arme von hinten unter Kaschinskis Achseln, zog den schweren Körper näher an den Betonpfeiler und lehnte ihn daran. Damit ihm der Mann nicht wegkippte, band er dessen Oberkörper mit einem Hanfseil, das in der Halle herumgelegen hatte, am Pfeiler fest.

Jules ging um ihn herum und betrachtete ihn. „Wie wäre es mit einem Foto für unsere gemeinsamen Freunde? Bist du auf Facebook, Saul?" Jules hob sein Smartphone und tätigte mehrere Aufnahmen.

„Du schwules Schwein", zischte Kaschinski.

Jules lächelte. Klarer Fall von Homophobie. Er lächelte über die Bemerkung hinweg und nahm ein kleines silbernes Etui auf, das er auf dem improvisierten Lager platziert hatte. Er kehrte zu Kaschinski zurück und ging erneut vor ihm in die Hocke. Vor seinen Augen öffnete er das Etui. Drei Spritzen, fest in grauen Schaumstoff verpackt, kamen zum Vorschein. Sie enthielten eine grünliche Flüssigkeit. „Weißt du, was das ist, Saul?"

Kaschinski grunzte verächtlich. „Interessiert mich nicht."

„Sollte es aber, vorausgesetzt, du legst Wert auf dein Gekröse."

„Halt's Maul."

„Das ist die falsche Einstellung. Kennst du Dr. Mengele?"

„Wird das jetzt ein Quiz oder was?"

„Nein, ich will dich nicht überfordern, Saul. Dr. Josef Mengele war ein KZ-Arzt, der sich selbst für einen großen Wissenschaftler hielt. Er war irre und hat diese kleine Teufelei zusammengemixt."

„Na und? Dann ist das Zeugs siebzig Jahre alt und Murks."

„Gut gerechnet, Saul. Wie ich sehe, arbeitet dein Gehirn wieder. Und du liegst falsch", sagte Jules betont sanft. „Im Gegensatz zum Dritten Reich haben Mengeles fiese kleine Freunde überlebt. Ein kleiner Piekser in deine Eier, und ich schwöre dir, Saul, deine Dinger schwellen in wenigen Minuten auf die Größe von Fußbällen an. Und dann platzen sie. Ungefähr so." Jules gab ein ekelhaft schmatzendes Geräusch von sich. „Tut höllisch weh. Danach ist dein Schwanz dran, die kleinen Biester zerfressen ihn regelrecht, nach ein paar Tagen fällt er ab. Ist wie Lepra." Jules schwenkte eine der Spritzen vor Kaschinskis Augen. „Also, wie ist es? Was ist dir wichtiger, dein Schwanz oder deine Auftraggeber?"

Jules behielt recht. Kaschinski sang wie ein Vogel.

Anschließend rief Jules James Fonton an. „Ich bin fertig. Er gehört Ihnen. Wann können Sie hier sein?" Er lauschte kurz. „In einer Stunde? Gut."

„Wer war das?", wollte Kaschinski wissen.

„Ich überlasse dich einem Freund. Keine Ahnung, was er mit dir vorhat", log Jules. Kaschinski sollte ruhig noch ein wenig im eigenen Saft schmoren.

Fonton erschien eine Stunde später. Jules öffnete das Tor und stieg zu ihm in den Wagen. Kaschinski brauchte nicht zu hören, was sie zu besprechen hatten.

„Und, was haben Sie erfahren? Was wollte unser Mann von Lucie?", erkundigte sich Fonton als Erstes.

„Er behauptet, dass das mit Lucie nicht geplant war. Er wäre gestern Magali nach Zürich gefolgt. Lucie hatte nur das Pech, auf dem Heimweg tanken zu müssen."

„Was wollte er von ihr?"

„Einen Speicherchip. Lucie hatte ihn von Magali."

„Und, was ist auf dem Chip?"

„Keine Ahnung. Kaschinski hatte keinen bei sich."

Fonton sah ihn prüfend an. „Oder haben Sie ihn jetzt?"

Jules deutete ein Lächeln an. „Nein, Fonton. Ich würde es Ihnen sagen. Wenn Lucie ihn hatte, hat sie ihn noch."

„Gut. Weiß Kaschinski, was drauf ist?"

„Nein. Er behauptet, er hätte keine Ahnung. Allerdings hatte er gehofft, darauf Hinweise auf Massimo Trapano zu finden."

„Wer soll das sein?"

„Das war sein Auftrag: den Mann aufspüren. Trapano soll der Stellvertreter Carlotta van Kampens sein."

„Wie ist Kaschinski überhaupt dem Gefängnis in Barcelona entkommen?"

„Durch seinen Auftraggeber. Der hat einen Wachmann gekauft, der ihn mit Papieren und Geld versorgt hat."

„Scheint, als wäre sein Auftraggeber gut organisiert. Hat Kaschinski einen Namen genannt?"

„Er behauptet, ihm nie begegnet zu sein. Seine Anweisungen erhielte er ausschließlich über Telefon. Er ist sich jedoch so gut wie sicher, dass der Anrufer aus Italien stammt, wahrscheinlich aus dem Vatikan…"

„Holy shit!", entfuhr es Fonton, der sofort richtig kombiniert hatte. „Soll das heißen, *die* sind noch immer hinter irgendwelchen Kirchendokumenten aus dem Hort der van Kampen her? Hört das denn nie auf? Ich danke Heinrich VIII. für die junge anglikanische Kirche", fügte Fonton sarkastisch hinzu. „Was ich nicht verstehe…Wenn Kaschinski hinter diesem Trapano her war, warum hat er sich dann an die Fersen von Magali von Stetten geheftet?"

„Weil unser Freund nach wie vor glaubt, dass Mutter und Tochter van Kampen gemeinsame Sache machten, und Magali Lukas von Stetten nur aus Kalkül geheiratet hat."

„Bullshit", stieß Fonton ungewohnt heftig aus.

„Natürlich, aber Kaschinski hoffte, dass Magali ihn direkt zu Trapano führen würde."

„Steckt er hinter dem Handtaschenraub?" Fonton zeigte mit dem Kopf in Richtung des gefesselten Kaschinski.

„Nein."

„Wer dann?"

Jules verzog das Gesicht. „Seine Komplizen, Yussufs Leute."

Fontons Augen verengten sich: „Das ist doch der Typ, der hinter Ihnen her ist?"

„Ja."

„Verdammt! Warum überfällt er dann Magali, wenn er hinter Ihnen her ist? Was wollten Sie in Zürich, Lafitte? In dieser Verkleidung?"

„Private Geschäfte“, antwortete Jules knapp.

„Wenn diese Geschäfte das Leben von Magali von Stetten gefährden, dann sind sie für mich nicht privat“, konterte Fonton hart.

„In Zürich ging es nicht um mich, Fonton. Die hatten keine Ahnung, dass ich da war. Yussufs Leute haben Magali gezielt observiert.“

Jules verfolgte, wie es hinter Fontons kräftiger Stirn arbeitete. „Der Vatikan engagiert ausgerechnet Yussuf und Kaschinski für die Sache? Typen, mit denen *Sie* sich schon früher rumgeschlagen haben! Finden Sie das nicht eigenartig?“

„Schon, aber ich kann nur spekulieren. Yussuf hat bereits früher für den Vatikan gearbeitet. Er weiß, dass ich der Familie von Lukas von Stetten nahestehe. Vermutlich hat er sich selbst für den Job angeboten. Zwei Fliegen mit einer Klappe.“

„Und Kaschinski?“

Jules zuckte mit den Achseln. „Er hat es nicht gesagt, aber er knabbert noch an Barcelona. Vielleicht denkt sein Auftraggeber, dass jemand mit Rachegefühlen besonders eifrig bei der Sache ist.“

„Wie sind Sie überhaupt auf den Australier gekommen? Damals, als sie ihn in Barcelona selbst angeheuert hatten?“

„Er wurde mir von einem früheren Kontakt empfohlen.“

„Wer?“

„Der Name tut nichts mehr zur Sache. Er ist tot. Vermutlich durch Kaschinski liquidiert.“ Jules machte Anstalten, auszusteigen.

„Was werden Sie jetzt tun?“

„Mich wieder meinen eigenen Angelegenheiten widmen. Machen Sie sich keine Gedanken wegen Yussuf. Ich werde mich um ihn kümmern. Passen Sie auf meine Freunde auf. Ich verlasse mich auf Sie.“

Fonton tippte sich an die Schläfe zum Zeichen, dass er verstanden hatte. „Was ist mit Kaschinskis Handy und Laptop?“, fragte er noch.

„Die nehme ich mit. Was dagegen?“

„Nein, es ist Ihre Beute, solange Sie mich auf dem Laufenden halten.“

„Das versteht sich von selbst. Ich melde mich bei Ihnen, wenn sich etwas Neues ergibt. Eine Sache wäre da noch. Ich brauche einen Wagen…“

„Sie können meinen Landrover nehmen“, bot Fonton sofort an. „Der Schlüssel steckt. Ich nehme den X6.“ Die Männer verließen das Fahrzeug.

Jules schnappte sich seinen Rucksack, warf ihn in den Wagen und brauste davon.

Der Brite wandte sich Kaschinski zu. „Nun zu uns beiden." Er hatte nicht vor, Kaschinski den deutschen Behörden zu überlassen. Er hatte etwas anderes mit ihm im Sinn.

KAPITEL 12

Berlin/Deutschland

Rabea sah auf die Uhr. Hoffentlich war die Redaktionskonferenz bald zu Ende. Ihr Thema war längst durch Stickler abgenickt. Sie hatte noch einige dringende Dinge zu erledigen, bevor sie heute Abend nach Nürnberg flog. Sie sah zu ihm. Der Chef vom Dienst der BBCo. schob einige Blätter vor sich her. Er schüttelte den Kopf, während er auf ein Blatt zeigte. „Mir gefällt die aktuelle Seite drei nicht. Da ist noch eine Lücke. Irgendwelche Ideen?“, fragte Stickler in die Runde, und als niemand antwortete: „Tempo, Leute, wir haben nicht ewig Zeit!“

Der Redakteur für Vermischtes meldete sich: „Wir haben schon länger nichts mehr zu unserem beliebtesten Online-Händler gebracht.“

„Stimmt, gute Idee! Der amerikanische Luzifer zieht immer. Was hast du?“

„Nichts Konkretes. Aber ich kann was aus dem Üblichen fabrizieren: Leiharbeiter, Streiks, Monopolismus, kulturelle Verblödung Deutschlands… Ich könnte diesen Agenten zitieren, Andrew W., ein großartiger Agitator. Sein Interview auf FAZ-online hatte eine enorme Anzahl an Abrufen.“

„Prima, gekauft. Und jetzt alle an die Tasten!“, beschloss Stickler das Meeting.

Rabea war als Erste draußen und eilte zurück an ihren Schreibtisch im Großraumbüro. Ihr Smartphone gab einen schnurrenden Laut von sich. Sie hatte Hobbits Schnurren aufgenommen und als Klingel-Ton aufgespielt. Rabea warf einen Blick auf die WhatsApp-Nachricht. Es war Jakes Spezial-Smiley! Er hatte für sie etwas Neues in die Cloud gepackt! Hoffentlich endlich etwas Substantielles über Yussufs Aktivitäten. Jake hatte die Nachricht selbst nicht kommentiert, es entsprach seiner wortkargen Art. *Just a Smiley…*

Bisher hatten sich Yussufs Nachrichten oder E-Mails als wenig ergiebig erwiesen. Entweder handelte es sich um knappe Anweisungen auf Englisch oder Französisch, oder sie waren gleich in Arabisch oder Persisch verfasst. Bei Persisch musste Rabea bis auf wenige Wörter passen. Hocharabisch hatte sie zwar rudimentär in den letzten Jahren während ihrer diversen Aufenthalte im Mittleren Osten gelernt, trotzdem konnte sie nicht viel mit den Texten anfangen. Ihr fehlte zu den Sprachkenntnissen vor allem auch der Kontext. Vermutlich könnte Jules mehr mit den Dateien anfangen, aber er war ja derzeit nicht greifbar. Um sich in die Cloud einzuloggen, musste Rabea nach draußen und die offene Handy-Internet-Verbindung nutzen, auf keinen Fall das WLAN der Redaktion. Sie warf einen prüfenden Blick auf die riesige Redaktionsuhr, die alle gängigen Welt-Zeiten anzeigte. Gleich Mittag. Noch eine gute Stunde, dann musste sie zu einem Interview und abends noch nach Nürnberg. Lucie wollte sie vom Flughafen abholen. Ihre Tasche lag gepackt im Auto, sie musste nur kurz noch zuhause vorbei und Hobbit einsammeln. Ihr Großvater freute sich schon sehr auf ihren Besuch. Aber ihr blieb nicht viel Zeit, sie verließ die Redaktion im Laufschritt. Draußen loggte sie sich sofort in die Cloud ein, scrollte die Ordner durch und rief den neuesten auf, der nach einer Telefonnummer benannt war. *Bingo!* Erstmals handelte es sich um eine richtig große Übertragung von Yussufs Smartphone. Sie schien mehrheitlich aus Bilddateien zu bestehen. Plötzlich stutzte Rabea und starrte aufs Display. Was sollte das? Es musste sich um einen Fehler handeln. Sie war so begierig gewesen, die Dateien aufzurufen, dass sie zunächst die Telefonnummer nicht richtig erfasst hatte. Sie kannte sie, hatte sie mehrmals auf Lucies Display aufleuchten sehen! Obwohl sich Rabea wegen der Nummer sicher war, checkte sie sie vorsichtshalber. Sie stimmte, auch wenn sie immer noch nicht so richtig daran glauben mochte – aber Yussuf hatte sich tatsächlich Zugang zu Magalis Handydaten verschafft und sie komplett kopiert! Unvermittelt zögerte sie, sich Magalis Daten anzusehen, und damit in ihre Intimsphäre einzudringen. Sie überlegte, wie sie sich dabei fühlen würde, wenn Magali ihre gespeicherten Daten einsehen könnte. Ihr eigenes Telefon stellte für Rabea so etwas wie eine Art Tagebuch dar. Neben den beruflichen und persönlichen Kontaktdaten von Freunden und Kollegen, den dokumentierten Terminen, Mails und gespeicherten Fotos – von denen mindestens die Hälfte Hobbit zeigten – nutzte sie häufig die Notizfunktion für ihre Artikel.

Ein klein wenig regte sich aber auch Rabeas kleiner *devil inside.* Ihre Gefühle gegenüber Magali waren äußerst ambivalent – vorsichtig ausgedrückt. Als sie vor vielen Jahren Magalis Brief unterschlagen hatte, hatte sie die Frau als Rivalin gehasst und in ihrer Eifersucht etwas sehr Hässliches getan. Es war falsch gewesen, und ihr schlechtes Gewissen wegen dieser unrühmlichen Tat würde sie auf ewig verfolgen – auch wenn Lukas ihr längst verziehen hatte, sie selbst konnte es sich nicht verzeihen. Sie war Magali nie begegnet, hatte aber nach ihrer Rückkehr aus London einen handgeschriebenen Brief an sie gesandt, und sich darin bei ihr entschuldigt. Eine Antwort hatte sie selbstredend nicht erwartet, und sie hatte auch keine erhalten.

Als sie damals von Jules erfahren hatte, dass Lukas und Magali geheiratet hatten, war kurzzeitig die alte Eifersucht auf die Mutter von Lukas' Kind in ihr aufgeflammt – obwohl ihr Verstand ihr gesagt hatte, dass es ein völlig irrationales und ungerechtfertigtes Gefühl war. Wochenlang hatte sie sich deswegen schlecht gefühlt. Inzwischen war sie aber davon überzeugt, dass alles genau so hatte eintreffen müssen. Das Schicksal hatte jedem von ihnen seinen Platz zugewiesen. Lukas hatte seine kleine Familie gefunden, und durch Lucie wusste sie, dass er mit Magali glücklich war und er sich auf sein zweites Kind freute. *Alles war gut.*

Und doch, wenn sie vielleicht entdecken könnte, dass Magali selbst nur ein winzig kleines bisschen Dreck am Stecken hatte…Wobei sie ihr Gewissen mit dem Hinweis beschwichtigte, dass sie, wenn sie wissen wollte, was Yussuf von Magali wollte, gar keine andere Wahl hatte. Sie scrollte sich durch die Unterordner. Sie fand nichts Auffälliges, der übliche E-Mail-Verkehr, gefüllt mit Belanglosigkeiten, harmlosen Kalendereinträgen und null Notizen. Magali schien ihr Smartphone tatsächlich zu 90% nur zum Telefonieren zu verwenden. Rabea zögerte, sich auch die Fotos anzusehen. Eigentlich verspürte sie keine Lust auf trautes Von-Stetten-Familienidyll mit Hund. So abgehärtet war sie nun doch wieder nicht. Doch ihre Neugierde überwog. Wie immer. Sie öffnete den Ordner mit den Bildern und stutzte. Was hatte Magali da fotografiert? Dokumente? Rabea vergrößerte die Schrift und las das Erste, das die Überschrift *Dossier* trug. Sie war plötzlich wie elektrisiert. Was für ein Fund! Leise stieß sie Jules' Lieblingsfluch aus: „Merde!" Wenn das Dokument hielt, was es auf den ersten Blick versprach, dann…Ein Hochgefühl machte sich in ihr breit. Sie war wieder da! *Danke, Carlotta, danke Magali!*

Sie klickte die übermittelten Fotodateien der Reihe nach an und prägte sie sich ein. Ihr Puls raste. Die teilweise altertümlichen Patente und wissenschaftlichen Abhandlungen gaben ihr Rätsel auf, mit ihnen würde sie sich später noch genauer befassen. Vorerst galt ihr ganzes Augenmerk dem Dossier. Unglaublich, was Yussuf ihr mit dieser Entdeckung in die Hände gespielt hatte. Wichtig wäre es jetzt zu wissen, wo diese Aufnahmen gemacht wurden. Die meisten Smartphones waren werksseitig bereits darauf eingestellt, dass beim Knipsen die Geo-Koordinaten des Standortes in den Metadaten des Bildes vermerkt wurden. Sie kopierte aus einem Bild unter *Details* die Geo-Daten in ihre Notizfunktion. Sie kehrte an ihren Arbeitsplatz in der Redaktion zurück und vergewisserte sich mit einem Rundblick, dass jedermann mit seiner eigenen Arbeit beschäftigt war und vor allem, dass Stickler in seinem gläsernen Büro saß. Dann gab sie die Geo-Koordinaten in ihren Computer ein und innerhalb von Sekunden wusste sie, dass sich Lukas' Frau, oder zumindest ihr Handy, zum Zeitpunkt der Aufnahmen in der Bahnhofstrasse in Zürich aufgehalten hatte. Rabeas journalistischer Instinkt sprang sofort darauf an. Sie wusste, dass sich die Zentrale des Van-Kampen-Konzerns in Rotterdam befand und keine Dependance in der Schweiz unterhielt. Magali wiederum war damals lange in der Schweiz, in Urnäsch, untergetaucht. Drei Fragen drängten sich Rabea dazu auf:

Erstens, was machte Magali in Zürich? Zweitens, warum interessierte sich Yussuf für sie und drittens, wie war er an Magalis Handy-Daten herangekommen? Hatte sein Interesse mit Magalis Mutter zu tun? Hatte Carlotta van Kampen den Mann gekannt und womöglich Geschäfte mit ihm getätigt? Laut Jules kam im Mittleren Osten kaum ein größerer Deal zustande, an dem Yussuf nicht irgendwie direkt oder indirekt beteiligt wäre. Auf jeden Fall musste er Magalis Telefon in die Finger bekommen haben. Anders konnte sich Rabea diesen Zugriff nicht erklären. Hatte er es womöglich gestohlen? Wie und wo? Oder hatte sich Yussuf auf die gleiche Weise wie bei ihr Zugang zu ihrem Telefon verschafft? Hatte er Magali genauso bedroht wie sie? Aber warum Magalis Telefon und nicht das von Lukas? Außer natürlich, Yussuf hatte auch das im Visier. Wenn, würde sie bald den nächsten Download zu erwarten haben. Sollte sie Lukas anrufen und warnen? Aber wie, ohne sich zu verraten? Wenn sie es tat, musste sie geschickt vorgehen, um etwas aus ihm herauszukitzeln. Oder war es sowieso schon zu spät? Sie kämpfte mit sich und starrte dabei auf ihr Smartphone, als stünde die Antwort auf ihre Fragen auf dem Display zu lesen.

„Na, Kollegin? Dein Feind, das Telefon? Oder eine kleine Beschwörung, weil *er* nicht anruft?"

Rabea zuckte zusammen. Verdammt, Hans Stickler, das Trüffelschwein! Sie hatte nicht bemerkt, dass er sich ihr genähert hatte. Sie legte ihr Telefon betont beiläufig beiseite und lächelte ihren Chef an. Er stand mit zwei dampfenden Kaffeetassen vor ihr und reichte ihr eine davon.

„Danke, Hans, du bist mal wieder meine Rettung." Rabea nahm einen Schluck und lehnte sich in ihrem Stuhl zurück. Sie vermied absichtlich Augenkontakt. Hans Stickler und seine Spürnase als Journalist waren legendär. „Stickler riecht einen Skandal schon bevor er sich ereignet", war ein geflügeltes Wort unter den Berliner Kollegen. In der Medienbranche kannte jeder seinen Wagen, einen 1955er Peugeot 403, denselben, den auch der berühmte Fernseh-Inspektor Columbo fuhr. Selbstredend, dass Sticklers Spitzname Columbo war. Es war schon vorgekommen, dass Kollegen von anderen Sendern diesem auffälligen Wagen spontan folgten – in der Hoffnung, Columbo-Stickler würde sie zu einem frischen „Skandal" führen. Sehr gerne wurde die Geschichte eines Kollegen kolportiert, der ihm in eben dieser Absicht gefolgt war und ihm bei Nebel hinten aufgefahren war und zwar, als Stickler in seiner Garage stoppte.

Vor allem aber war Stickler ein wandelndes soziales Netzwerk, das verbale Intranet der BBCo., in dem Nachrichten, Klatsch und Tratsch in Echtzeit umgesetzt wurden. Was in diesem Job eine Menge Synergie-Effekte freisetzte. Rabea jedenfalls verspürte keine Lust, zu Sticklers nächster „Sensation" zu mutieren. Ihrer Meinung nach nahm er seit ihrer Rückkehr unter die Lebenden überproportional Anteil an ihrem Tun, als ob er auf irgendetwas wartete. Manchmal hatte Rabea das Gefühl, als hielte er sie für seinen ganz persönlichen Fortsetzungsroman und hoffte darauf, dass sie weitere Seiten für ihn umblätterte. Eine Hans-Stickler-Studie. Andererseits hatte sie ihm ihre Wiedereinstellung zu verdanken. Von Frau Pratschke wusste sie, dass er sich bei der Geschäftsleitung wie auch der Chefredakteurin vehement für sie eingesetzt hatte.

Dass sie über amerikanische „Ressourcen" Zugriff auf die Daten des Kopfes eines weitverzweigten kriminellen Netzwerkes hatte, wäre ein gefundenes Fressen für ihn. Breaking News vom Feinsten. Rabea verlegte sich auf Unverfängliches. „Und, wie geht es deinem Enkel? Wieder gesund?"

Stickler nickte. „Ah, Smalltalk. Meinem Enkel geht es gut, war nur eine kleine Erkältung. Du willst mir also nicht verraten, woran du gerade arbeitest?"

„Aber das weißt du doch, Columbo." Rabea setzte ihr verbindlichstes Lächeln auf. „Die Geschichte der Evolutionslüge, sprich, die Artefakte-die-es-nicht-geben-dürfte-Ausstellung. Hattest du mir selbst übertragen, schon vergessen?"

„Wer´s glaubt...Ich kenne diesen Ausdruck in deinem Gesicht. Du bist an einer heißen Sache dran. Nicht ohne mich, verstanden? Ich habe dich im Auge, Rotschopf. Und halt dich an den Abgabetermin. Die gelten auch für Totgesagte." Stickler schlenderte mit seiner Tasse davon.

Rabea sah ihm nach, bis er in seinem Kabuff verschwunden war.

Gleichzeitig klingelte ihr Bürotelefon. Der Empfang. „Ja, bitte?", meldete sich Rabea. Sie sah auf die Uhr. In spätestens fünfzehn Minuten musste sie los.

„Frau Rosenthal, hier ist ein Bote für Sie mit einem Päckchen. Er besteht auf einer persönlichen Übergabe. Kann ich ihn raufschicken, oder kommen Sie nach unten?", leierte die Empfangsdame ihren Spruch herunter. Es kam oft vor, dass Redakteuren Material nur persönlich übergeben wurde.

„Schicken Sie ihn rauf."

Kurz darauf sah Rabea einen Mann in einem korrekten schwarzen Anzug die summende Schaltzentrale der BBCo. betreten. Auf den ersten Blick wirkte er auf sie wie ein Leichenbestatter. Wenn er sich nicht suchend umgesehen und dabei ein Päckchen vor sich hergetragen hätte wie das Krönungskissen, hätte Rabea in ihm kaum den avisierten Boten erkannt. Sie winkte ihm und er kam auf sie zu. Auch aus der Nähe betrachtet sah er aus wie ein Leichenbestatter. *Oder wie ein Priester.* Plötzlich hatte Rabea feuchte Hände. Der Bote machte einen Diener, was in dieser Umgebung noch absurder anmutete und vergewisserte sich: „Sind Sie Frau Rabea Rosenthal-Kennedy?"

„Ja. Wer will das wissen?"

Statt ihre Frage zu beantworten, sagte er: „Kann ich bitte eine Identifikation sehen? Ihren Ausweis oder Führerschein?"

„Bitte? Habe ich im Lotto gewonnen, oder was?" Rabea versuchte, einen Blick auf den Absender zu erhaschen, was jedoch unmöglich war, denn der Bote hatte das Päckchen jetzt unter den Arm geklemmt und ein Brillenetui aus der Anzugtasche gezogen. Während er seine Brille aufsetzte, sagte er. „Ich muss mich im Namen meiner Auftraggeber vor der Übergabe vergewissern, dass ich das Dokument dem richtigen Empfänger zuführe."

„Sie sind Notar, richtig?", meinte Rabea, während sie ihren Führerschein aus der Handtasche kramte. Der Leichenbestatter-Priester-Notar studierte den Führerschein ausgiebig, während seine Person wiederum von Rabeas Kollegen mit unverhohlener Neugierde in Augenschein genommen wurde. Rabea beschloss spontan, sich mit dem Päckchen in die Tiefgarage in ihren Dienstwagen zu verziehen – dem einzigen Ort im gesamten Gebäude, an dem sie derzeit hoffen konnte, vor ihren Kollegen sicher zu sein.

Der Bote nickte ernst, reichte Rabea ihren Führerschein zurück und zog nun ein offiziell aussehendes Dokument aus der Innentasche seines Jacketts. Weiterhin beförderte er einen silbernen Füllfederhalter zutage und legte beides vor Rabea auf den Tisch. Ein sauberer Fingernagel zeigte auf die Stelle, wo sie unterschreiben durfte. Rabea unterschrieb schwungvoll mit ihrem Namen, suchte auf dem Dokument vergeblich nach einem Hinweis, worauf sie sich mit ihrer Unterschrift einließ und durfte endlich das Päckchen entgegennehmen, das ihr feierlich überreicht wurde. Der Bote verabschiedete sich mit einem weiteren Diener und schritt würdevoll davon.

Rabea starrte den Absender an wie das Kaninchen die Schlange: Es war das Sancto Ufficio, das Büro des Papstes. Wenn das ein Scherz war, dann immerhin ein guter. Sie würde es herausfinden, aber nicht hier.

Hastig stopfte sie das Päckchen in ihre Krokotasche und warf Tablet-PC und Handy hinterher. Rasch vergewisserte sie sich, dass sie nichts Verdächtiges auf dem Tisch liegen gelassen hatte, das auf ihre letzten Aktivitäten hinwies, und machte sich vom Acker. Im Augenwinkel registrierte sie, dass die Kollegenwelle sich formiert hatte und bereits anrollte, auch Stickler hatte den Kopf aus seinem Büro gesteckt und witterte in ihre Richtung wie ein Jagdhund. Sie erwiderte alle Zurufe, Fragen und witzigen Bemerkungen, die wie feindlicher Beschuss auf sie einprasselten, mit einem Madonnen-Lächeln und verließ das Büro im Laufschritt.

Im Auto riss sie sofort das Päckchen auf und legte einen Umschlag und eine Projektmappe mit dem päpstlichen Siegel frei. Der Umschlag enthielt ein doppelseitiges Begleitschreiben des Kardinalstaatssekretärs. Es erklärte ihr in blumigen Worten das an sie herangetragene Anliegen, in dem die *sehr geehrte Signorina Rabea Rosenthal-Kennedy, wohnhaft in etc.... allerhöflichst ersucht wird, als Mitglied einer in der Konstitution befindlichen Ethik-Kommission mitzuwirken, um die bedauerlichen Vorkommnisse, mit denen sich die katholische Staatskirche in jüngster Zeit vermehrt konfrontiert sieht, zu untersuchen und somit dazu beizutragen, dass das Vertrauen in die Kirche und ihr guter Ruf wiederhergestellt, beziehungsweise bewahrt wird.* In diesem ausschweifenden, mit diplomatischen Phrasen gespickten Wortlaut, ging es noch eine ganze Seite weiter.

Rabea hätte am liebsten laut gelacht. Das war doch ein Scherz! Was warfen die denn ein? *Jesuspulver?* Wie in Gottes Namen kamen die dazu, ausgerechnet *sie* einzuladen? Obwohl der Gedanke, ganz offiziell in der Kirche herumschnüffeln zu dürfen, etwas ausgesprochen Verlockendes hatte.

In diesem Moment wurde ihre Fahrertür mit Schwung aufgerissen. *Verdammt, Trüffelschwein Stickler!* In der Eile hatte sie vergessen, ihr Auto von innen zu verriegeln.

„Na, kleine vorgezogene Mittagspause?" Sticklers forschender Blick huschte bereits über die locker ausgebreiteten Unterlagen aus dem Umschlag. „Irgendwas Besonderes?"

„Ja", meinte Rabea und stopfte Brief und Projektmappe zurück in ihre Handtasche. Sie musste das erst einmal in Ruhe studieren. „Sie kommen genau richtig, Chef. Heiße Sache. Könnte sein, dass ich demnächst offiziell nach Rom muss. Arrivederci, ich bin weg." Rabea entriss ihm die Tür, startete den Wagen und ließ Stickler einfach stehen.

Im Rückspiegel sah sie, wie er ihr den Mittelfinger zeigte, aber er grinste dabei auf eine bestimmte Weise. Rabea war klar, dass er darauf spekulierte, dass sie an einer brandheißen Sache dran war. Und natürlich erhoffte er sich von ihr einen Artikel, der die Auflage steigern würde.

KAPITEL 13

I-00120 Vatikanstadt

Anton Gänserich, Kurienbischof und Privatsekretär seiner Heiligkeit, starrte in seinem Büro nachdenklich vor sich hin. Die Ethik-Kommission machte ihm zu schaffen.

Er befürchtete, dass man hier den Bock zum Gärtner gemacht hatte, indem man Kardinalstaatssekretär Clemente Finzi-Contini weitgehend freie Hand ließ. Freilich war es dessen Idee gewesen, aber Gänserich, seit elf Jahren fester Bestandteil der Kurie, diente bereits dem zweiten Papst und glaubte, den Kardinal inzwischen gut einschätzen zu können. Dieser Mann hatte seines Erachtens noch nie etwas Uneigennütziges getan. Und es gab diverse Gerüchte. Allerdings blieb nie richtig etwas an dem Mann haften, sodass man Clemente Finzi-Contini inzwischen hinter vorgehaltener Hand mit dem Spitznamen „Lotusblüte“ bedacht hatte.

Aufgrund dessen hatte Pater Gänserich dafür Sorge getragen, dass sein Wunschkandidat dem neuen Leiter der Kommission als Assistent zur Verfügung gestellt wurde. Somit würde er über alles auf dem Laufenden gehalten werden. Natürlich war er schlau genug gewesen, es so einzufädeln, dass dem Sekretär des Kardinalstaatssekretärs, Pater Enzo, sein Kandidat von völlig anderer Stelle empfohlen worden war. Nun hatte er gerade erfahren, dass sich sein Mann beim Fußballspiel gegen die Mannschaft der Schweizer Garde einen komplizierten Wadenbeinbruch zugezogen hatte und die nächste Zeit mit einem Gips verbringen würde. Jetzt musste er von vorne beginnen, wenn es nicht schon zu spät war.

„Na, mein lieber Antonio? Warum blasen Sie denn derart Trübsal? Hat der FC Bayern ein Spiel verloren?“

„Eure Heiligkeit!“ Der Privatsekretär schoss aus seinem Stuhl hoch. Er hatte sich noch nicht an die unkonventionelle Art des neuen Papstes gewöhnt, der einfach in sein Büro spazierte, wenn er etwas brauchte, anstatt ihn zu sich zu rufen.

„Nein, nein“, beeilte er sich zu antworten, „ich war nur in Gedanken, das heißt, ich habe gerade tatsächlich eine betrübliche Nachricht erhalten. Pater Anselmo, der eigentlich dafür vorgesehen war, dem Leiter der neuen Ethik-Kommission als Verbindungsmann zu dienen und ihn administrativ zu unterstützen, hatte einen Sportunfall und steht für die nächste Zeit nicht mehr zur Verfügung.“

„Ein Sportunfall? Wie schlimm ist es denn?“

„Ein gebrochenes Bein, Heiligkeit. Nichts, was die Zeit nicht heilen könnte.“

„Gut, Antonio, senden Sie dem Armen auch in meinem Namen die besten Genesungswünsche. Sicher wird sich doch ein adäquater Ersatz für den Unglücklichen finden lassen?“

„Natürlich, ich werde mich darum kümmern.“ Sofort biss sich der Pater auf die Zunge. Denn es war ja überhaupt nicht seine Angelegenheit, er hatte sie nur heimlich zu seiner gemacht. War es seiner Heiligkeit aufgefallen? Papst Lorenzo schwamm zwar noch nicht lange in diesem Haifischbecken, das sich päpstlicher Hof nannte, aber er hatte schon einiges über die Spielregeln im Vatikan gelernt. Es gab alte Seilschaften, gegenseitige Verbindlichkeiten, gemeinsame Interessengruppen und gegenteilige Interessengruppen. Und ja, der Papst hatte es bemerkt. Forschend sah er seinen Sekretär an. Doch er sagte nichts, sondern wandte sich ab, um in sein eigenes Büro zurückzukehren. Sein Sekretär hielt ihn zurück: „Heiligkeit, hatten Sie einen besonderen Wunsch?“

„Oh ja, natürlich. Wo habe ich nur meinen Kopf? Ich wollte Ihnen mitteilen, dass morgen mein Neffe, Pater Josef Matuschek, hier in Rom eintreffen wird. Er ist Jesuit und hat erst kürzlich die Priesterweihen erlangt. Meine Schwester schickt ihn mir, ich konnte ihr leider noch nie etwas abschlagen.“ Der Papst seufzte. „Sie hat einen Österreicher geheiratet, aus Wien. Vielleicht könnten Sie zusehen, ihn irgendwo sinnvoll unterzubringen.“

Der Papst wollte sich schon abwenden, als ihm noch etwas einfiel: „Ach, da fällt mir ein…Wie wäre es, wenn mein Neffe die vakante Stelle als Assistent von Herrn von Stetten übernimmt? Ich hätte meine Schuldigkeit getan, und Sie wären Ihr Problem los. Der Kardinalstaatssekretär wird sicher nichts gegen meinen Neffen einzuwenden haben." Der Papst lächelte listig.

Pater Anton verstand. Er war ausgetrickst worden. Jetzt würden weder Pater Enzo noch er einen Mann bei der Ethik-Kommission unterbringen können. Ein Patt. Dafür hatte der Papst nun seinen Mann platziert. Obwohl er daran zweifelte, dass der Papst einen Nutzen daraus ziehen wollte.

Obwohl, dieser Papst lernte wirklich erstaunlich schnell…

KAPITEL 14

Nürnberg/Deutschland

Suchend sah sich Rabea im Ankunftsterminal des Nürnberger Flughafens um. Weit und breit keine Spur von Lucie. Ihr Flug aus Berlin war sogar fast eine halbe Stunde zu spät, reichlich Zeit für die notorisch unpünktliche Lucie, um rechtzeitig hier zu sein. Rabea stellte ihre Tasche ab und wählte Lucies Nummer. Sie meldete sich fast sofort. „Lucie, wo bist du denn?"

„Verflixt, Rabea, dich habe ich ja ganz vergessen!", scholl es ihr erschrocken entgegen.

„Nette Begrüßung, vielen Dank auch. Kommst du noch, oder soll ich ein Taxi nehmen?"

„Sorry, ich schaff's nicht." Lucie musste sich auf die Zunge beißen, um Rabea nicht zu verraten, dass sie sich gerade auf dem Rückweg von Zürich befand. „Was hältst du von einem späten Abendessen? Ich hole dich um halb neun bei deinem Großvater ab, okay?"

„Ist gut, dann habe ich noch Zeit für eine Partie Schach mit ihm. Er wird sich freuen. Bis dann. Und Lucie?"

„Ja?"

„Ich bin schon neugierig, was du wieder angestellt hast."

„Ich? Wie kommst du denn darauf?", kam es verdächtig schnell zurück.

„Vergiss nicht, ich bin der dritte Zwilling. Nicht nur du hast feine Antennen. Bis heute Abend, Freundin." Rabea legte schnell auf, bevor Lucie weitere Ausflüchte erfinden konnte. Dann ging sie nach draußen und nahm sich ein Taxi zum kleinen Reihenhaus ihres Großvaters.

Das Taxi hatte kaum gestoppt, als ihr Großvater aus der Haustür trat, ihr winkte und durch den kleinen Vorgarten entgegenkam. Erfreut registrierte Rabea, dass er ohne Stock lief und sein Schritt fest war. Sein schlimmes Bein schien ihm derzeit keine Schwierigkeiten zu bereiten.

„Kind, du bist da! Wie schön! Und die kleine Hobbit durfte auch mit." Er umarmte seine Enkelin, musterte sie eingehend, schien zufrieden und griff nach ihrer Reisetasche. Da sie nicht schwer war, ließ Rabea ihn gewähren. Sie hatte nur wenig eingepackt, da in ihrem alten Zimmer noch genügend Kleidung im Schrank hing.

„Ich mache uns gleich frischen Tee. Dazu gibt es den Apfelstreuselkuchen von Brunhilde nebenan, den du so magst. Und dann erzählst du mir, wie es in Amerika war." Auf der Eingangstreppe hielt er inne. „Ach sag, wollte dich Lucie nicht abholen und mitkommen?"

„Eigentlich ja, aber sie ist schon wieder auf Abwegen. Vermutlich jetzt noch ein dritter Mann." Rabea schmunzelte.

„Wie?" Der Rabbi sah verwirrt drein.

„Erzähl ich dir drinnen, Großvater."

Sie betrat nach ihm das Haus und sofort umfing Rabea die Geborgenheit ihrer Kindheit. Sie kam gerne hierher zurück. Während ihrer zwei Jahre währenden Flucht hatte sie sich fast jeden Tag danach gesehnt, noch einmal ihr Zuhause zu sehen. Irgendwie fühlte es sich für sie noch immer unwirklich an, dass sie ihr altes Leben zurückhatte. Dafür hatte Jules nun das gleiche Schicksal ereilt. Doch sie war zuversichtlich, dass es bei ihm nicht zwei Jahre dauern würde, bis er seine Angelegenheiten klären konnte. Als Erstes entließ sie Hobbit aus der Transportkiste, sorgte für Wasser und Futter und richtete das Katzenklo her. Hobbit ging sofort auf Erkundungstour. Rabea verstaute noch das wenige aus ihrer Tasche in Schrank und Schublade und betrat danach das Wohnzimmer, in dem sie ein liebevoll gedeckter Couchtisch erwartete. Ihr Großvater hantierte mit der geblümten Teekanne, aus der schon ihre Großmutter der kleinen Rabea eingeschenkt hatte, und stellte sie auf einem Stövchen ab.

Rabea ließ sich mit Schwung in die alte Couch fallen. „Einfach immer wieder schön, nach Hause zu kommen, Großvater."

Der alte Rabbi strahlte. Rabea tat es gut, ihn so glücklich zu sehen. „Und nachher spielen wir Schach, wie in alten Zeiten."

„Aber nur, wenn du mich nicht wieder ständig gewinnen lässt“, drohte er ihr mit dem Zeigefinger.

„Ich?“ Rabea riss in gespielter Entrüstung die Augen auf.

„Tu nicht so unschuldig, Kind. Ich mag alt sein, aber nicht begriffsstutzig. Ich merke es, wenn du anfängst, deine Taktik zu meinen Gunsten zu ändern.“ Er balancierte ein großes Stück Streuselkuchen auf ihren Teller und setzte einen Berg Sahne obendrauf. Rabea aß es mit Genuss. Es waren die kleinen Freuden, die das Leben lebenswert machten.

„Schön zu sehen, wie es dir schmeckt. Du bist auch nicht mehr so dünn und blass wie bei deinem letzten Besuch. Dieser Ryan scheint dir gut zu tun. Vielleicht lerne ich ihn auch einmal kennen? Ich wäre für Urenkel bereit.“

Rabea verschluckte sich an einem Streusel.

„Na, na“, ihr Großvater stand auf und klopfte ihr den Rücken. „Langsam.“

„Dito, Großvater, langsam“, sagte Rabea, als sie wieder Luft bekam. „Und selbst wenn, überleg doch mal, von einem Urenkel in Washington hättest du nicht viel.“ Rabea hatte die Worte wie selbstverständlich dahingesagt. Umso mehr verblüffte sie jetzt die Antwort ihres Großvaters: „Oh, einen letzten Umzug im Leben könnte ich mir schon noch vorstellen.“

„Wie bitte?“ Fast hätte sich Rabea erneut verschluckt. „Du würdest aus Nürnberg wegziehen, aus dem Haus, in dem du mit Großmutter so lange glücklich warst? Das ist jetzt nicht dein Ernst.“

Ihr Großvater sagte nichts, sondern beschäftigte sich eingehend mit seiner Teetasse.

„Großvater, was ist los?“

Er ließ von der Tasse ab und sah sie unglücklich an. „Es ist Brunhilde. Seit ihr Mann im letzten Jahr gestorben ist, meint sie, na ja, also…“, druckste er herum.

Rabea sah von ihrem Großvater zum Streuselkuchen und wieder zu ihm zurück. „Ich verstehe. Brunhilde ist also wieder auf Freiersfüßen?“

„Ja, aber sie ist gar nicht mein Typ.“

Rabea verkniff sich ein Lachen, da ihr Großvater ein derart trübseliges Gesicht machte. „Nicht dein Typ?“

„Ja, das sagt man doch heute so, oder? Dauernd kommt sie vorbei und drängt mir irgendwelches Essen und Kuchen auf, oder sie lädt mich zu den verrücktesten Sachen ein. Neulich wollte sie mit mir ins Kino! Sonntagvormittag! Sie hat mich einfach mitgezerrt. Meine Güte, ich war ewig nicht mehr im Kino, zuletzt mit deiner Großmutter vor vierzig Jahren, und da nannte man sowas noch Lichtspielhaus!"

Rabea kannte Brunhilde seit ihrer Kindheit. Sie war fast einen Kopf größer als ihr Großvater, mit ausladendem Busen und sehr resolut. Das Bild, wie sie den Rabbi mit sich zerrte, konnte sie sich lebhaft vorstellen. „Du bist also in Brunhildes mütterliche Fänge geraten und willst jetzt bis nach Washington vor ihr flüchten?"

„Ja, mach dich nur über mich lustig. Es ist ernst. Ich traue mich schon gar nicht mehr aus dem Haus, aus Angst, ihr über den Weg zu laufen."

Rabea kicherte jetzt doch. „Da kann ich dir nicht helfen, da musst du leider allein durch, Großvater. Andererseits, was spricht dagegen, wenn du ein wenig umsorgt wirst? Der Kuchen ist jedenfalls lecker." Rabea stibitzte sich ein paar weitere Streusel.

„Schon gut, ich sag ja nichts mehr. Also kann ich nicht so bald mit Urenkeln rechnen?" Der Rabbi legt den Kopf schief und versuchte es mit einem Blinzeln.

„Nein, ich kenne Ryan doch noch gar nicht so lange."

„Na und? Deine Großmutter und ich haben in weniger als acht Wochen nach dem Kennenlernen geheiratet."

„Das waren andere Zeiten, Großvater."

Der alte Rabbi nickte ernst. „Da hast du leider recht, Kind. Noch ein Stück Kuchen?"

„Gerne."

„So, und jetzt erzähl mir alles über Washington. Wie war es dort?"

Sie unterhielten sich bis Lucie, ein wenig neben der Spur, kurz nach halb neun Uhr abends bei ihnen eintraf. Zum Schach waren der Rabbi und seine Enkelin gar nicht erst gekommen. Zwischendurch hatte Rabea für ihren Großvater den Eintopf vom Mittag (ebenfalls ein Beitrag der rührigen Brunhilde) aufgewärmt.

Rabea und Lucie hatten ihn natürlich eingeladen, sie zum Abendessen zu begleiten, aber das war dem alten Rabbi dann doch zu spät. Außerdem wollte er dem „Mädchentratsch", wie er es nannte, nicht hinderlich sein. „Ihr habt euch doch sicher wieder die aufregendsten Dinge zu erzählen." Was Rabea nicht verneinte und Lucie zu einem geseufzten „Du kennst mich einfach zu gut, Großvater Rosenthal", veranlasste.

„Und jetzt leg los", forderte Rabea ihre Freundin auf, als sie bei ihrem Lieblingsitaliener in einer Nische saßen und ihre Bestellung aufgegeben hatten. „Was hast du heute angestellt und was ist das für eine Geschichte mit den zwei Männern? Du siehst wirklich ein wenig mitgenommen aus, als hättest du dich zuletzt heute Morgen gekämmt. Bist du schon schwach geworden, oder ist Prince Charming noch immer im Dauereinsatz?"

„Oh Mann, so beginnt ein typisches Rabea-Verhör." Lucie schüttelte sich in gespieltem Entsetzen. „Dafür siehst du gut aus, richtig proper. Du hast hübsch zugenommen, finde ich. Zu viele amerikanische Pies und Cheesecakes?"

„Danke, Freundin. Großvater hat das auch schon festgestellt, aber netter. Ist das etwa deine Umschreibung dafür, dass ich fett geworden bin?"

„I wo, das sind doch höchstens ein paar Kilo. Besser so. Bei dir hat man sich ja an den Rippen gestoßen."

„Noch was Nettes, Freundin?"

Der Keller brachte ihnen ihren Wein, zusammen mit einer kleinen Auswahl Bruschetti. Die jungen Frauen warteten, bis er wieder verschwunden war.

„Sag mal, hast du Fotos von den beiden? Die muss ich sehen!" Rabea nahm sich eine Bruschetta mit Tomaten und Knoblauch und biss herzhaft hinein.

Lucie nahm ihr Smartphone vom Tisch, tippte darauf herum und hielt es Rabea hin. „Hier. Der Dunkelhaarige ist Andrea, der Witwer, und…", Lucie scrollte weiter, „der Blonde ist Jonathan." Sie lächelte verklärt.

„Nicht schlecht gewählt, Lucie. Ups, du hast ja noch nicht gewählt."

„Nö, aber dafür habe ich ja dich. Morgen Abend ist Andrea dran. Wir gehen zusammen essen. Damit du dein Gewicht hältst", ergänzte sie.

„Aha. Und er ist damit einverstanden, dass du gleich bei einem eurer ersten Dates eine Freundin mitbringst?"

„Da muss er durch. Ich habe ihn auf ein Tribunal vorbereitet, und er hat gesagt, er kann das Kreuzverhör kaum erwarten."

„Schlagfertig scheint er ja zu sein." Rabea schob sich den Rest der Bruschetta in den Mund. „Und jetzt verrate mir, was du heute angestellt hast, dass du mich darüber vergessen hast", forderte sie ihre Freundin auf, während sie sich mit der Serviette einen Tropfen Olivenöl aus dem Mundwinkel tupfte.

Lucie versuchte zwar, sich nichts anmerken zu lassen, aber Rabea war das leichte Flackern in ihren Augen nicht entgangen. „Also doch. Mit wem warst du in der Kiste? Dunkel-Andrea oder Blond-Jonathan?“

„Menno, Rabea, dass du einem immer das Ohr abkauen musst“, wich Lucie ihr aus und schob sich selbst ein Stück Bruschetta in den Mund.

„Menno?“

„Daf fagt Matti imma“, erwiderte Lucie undeutlich.

„Meine Güte, nun zier dich nicht so. Oder…“, Rabea machte eine Kunstpause, „habe ich schon wieder was verpasst und es gibt längst einen lachenden Dritten?“ Gleichzeitig mit dem bösen Blick, der Rabea aus Lucies Richtung traf, kehrte auch ihr Kellner zurück. „Ihre Fettuccine al salmone, Signorine. Frisch und gut! Buon appetito“, sagte er schwungvoll.

Sie griffen beide zu ihrem Besteck. Bei Lucie sah es aus, als wollte sie sich damit bewaffnen – was wiederum Rabea darin bestärkte, dass Lucie interessante Details des heutigen Tages verschwieg und es ratsam war, nicht lockerzulassen. Bisher hatte sie ihrer Freundin über kurz oder lang noch jeden Wurm aus der Nase gezogen. Irgendwas war im Busch. Und es schien tatsächlich nichts mit ihrem doppelten Männer-Dilemma zu tun zu haben.

„Kann ich dir irgendwie helfen, Lucie? Gibt es vielleicht wieder ein Problem mit deinem Vater?“ Rabea war im Bilde, dass Heinrich von Stetten von Zeit zu Zeit gewisse Anwandlungen hatte, bei denen er versuchte, seine Tochter in das Von-Stetten-Unternehmens-Korsett hineinzuzwängen. Wie Rabea konnte er sehr hartnäckig sein.

Lucie schüttelte den Kopf und steckte sich eine Gabel Fettuccine in den Mund.

„Willst du nicht mit mir darüber reden, oder darfst du nicht?“

„Och Rabea, du bist wirklich die Pest.“

„Ich weiß.“ Rabea lächelte

„Und ich darf und möchte nicht darüber reden. Schluss und basta. Themawechsel, bitte.“

„Hat es etwas mit Lukas zu tun?“

„Hast du mir gerade nicht zugehört? Ich möchte nicht darüber reden. Das ist privat“, schnappte Lucie.

„Also hat es mit Lukas zu tun. Sag mal, war seine Frau heute in Zürich? Weißt du das zufällig?“

Lucies Reaktion war Antwort genug. Der Mund ihrer Freundin stand offen, die Hand mit der Gabel Fettuccine auf halbem Weg erstarrt.

Also doch, dachte Rabea im Stillen. Magali war heute in Zürich gewesen und Yussuf war dort irgendwie an die Daten ihres Handys gelangt. Und Lucie war irgendwie in die Sache involviert. Ob Magali bereits wusste, dass ihre Daten kopiert worden waren?

„Wie machst du das nur immer? Kannst du neuerdings auch noch hellsehen?“, echauffierte sich Lucie. Sie sah ein, dass es keinen Zweck hatte, zu leugnen. Ihre Freundin würde es ihr sowieso nicht abnehmen und weiterbohren.

„Natürlich nicht. Ich habe rein zufällig davon erfahren, und meine Frage war ein Schuss ins Blaue. Magali war also in Zürich und ich vermute, das soll Lukas nicht wissen. Hat bestimmt irgendetwas mit ihrer seligen Mutter Carlotta zu tun. Und da das für Lukas noch immer ein rotes Tuch ist…Schlussfolgerung: Du hast ihre Reise als gute Freundin gedeckt und jetzt hast du ein schlechtes Gewissen gegenüber deinem Bruder. Tja, eine Seite verliert immer.“

„Wem sagst du das. Du hast mit allem recht, aber in einem irrst du dich: Magali wird es Lukas erzählen. Wahrscheinlich tut sie das gerade.“ Lucie nahm einen Schluck aus ihrem Weinglas, ehe sie in unheilschwangerem Ton hinzufügte: „Denn in Zürich ist etwas passiert.“

Rabea hatte sich unwillkürlich vorgebeugt. Würde sie nun erfahren, wie Yussuf an Magalis Handydaten gekommen war? Gespannt wartete sie darauf, dass Lucie fortfuhr.

„Eigentlich wollte Magali nur etwas aus einem Bankschließfach holen“, begann Lucie umständlich und nestelte an ihrer Serviette herum. „Aber auf dem Rückweg zu ihrem Auto wurde sie überfallen und ihre Handtasche gestohlen.“

„Mein Gott, geht es ihr gut?“, entfuhr es Rabea erschrocken.

„Soweit schon, sie sagt, es war nur ein Schreck, jedenfalls wurde sie nicht verletzt. Aber sie hat Angst. Sie glaubt nicht, dass es ein Zufall war.“

„Natürlich war es kein Zufall. Jemand muss ihr gefolgt sein.“ Rabeas Verstand rotierte längst. *Yussuf ließ Magali verfolgen? Warum?* Wenn er nur ihr Handy hatte haben wollen, hätte er das auch in Nürnberg bewerkstelligen können.

Lucie sprach weiter. „Ja, sie fragt sich jetzt, ob der Mann ihr schon vorher gefolgt ist, was sogar bedeuten könnte, dass er vom Schließfach bei der Züricher Bank gewusst hat. Die andere Möglichkeit wäre, dass der Dieb sie nur aus der

Bank kommen sah und ihr die Handtasche auf gut Glück entrissen hat. Sie meinte, die zweite, zufällige Variante wäre ihr viel lieber."

„Verständlich. Aber ich glaube nicht daran. Sie ist Carlotta van Kampens Tochter." Rabea dachte an ihre unfreiwillige Unterhaltung mit der Holländerin zurück, als sie in den Katakomben ihrer römischen Residenz gefangen gewesen war. Auch wenn Magalis Mutter tot war, die angeblichen Beweise, die sie gegen den Kirchenstaat gesammelt hatte, waren noch irgendwo da draußen. Zumindest schienen das ihre Feinde zu glauben. „Habt ihr die hiesige Polizei wegen des Diebstahls informiert?", fragte sie jetzt.

„Nein, aber Fonzon ist schon an der Sache dran.

„Gut, sicher hat er auch den Schutz von Lukas' Familie nochmals verstärkt."

„Ja, wir können uns nicht mehr ohne einen Schatten bewegen. Meiner sitzt dort hinten am Tisch."

Rabea widerstand der Versuchung, sich nach Lucies Bodyguard umzusehen.

„Aber es ist nicht nur das. Magali ist sowieso schon völlig durcheinander. Erst will Vater meinen Bruder davon überzeugen, den Vorsitz der Von-Stetten-Stiftung zu übernehmen, und jetzt hat er noch eine Einladung vom Papst bekommen, die Leitung einer Ethik-Kommission zu übernehmen, um den Ruf der katholischen Kirche aufzupolieren. Das ist aber geheim und du weißt das nicht von mir. Obwohl es Magali verständlicherweise nicht gefällt, möchte sie trotzdem, dass er zusagt. Aber er hat sich noch nicht entschieden. Magali meint, er will sie nicht allein lassen, weil sie schwanger ist."

„Lukas hat noch gar nicht zugesagt?", rutschte es Rabea heraus.

Nun war es an Lucie, ihre Freundin interessiert zu mustern. Sie wirkte ehrlich verblüfft. „Wie jetzt? Ich hatte eigentlich eine spöttische Bemerkung zu Kirche und Ethik erwartet, ein *das schließt sich wohl gegenseitig aus* oder so. Stattdessen scheinst du nicht überrascht zu sein. Ich könnte glatt auf die Idee kommen, dass du schon Bescheid wusstest. Entweder du bist zur Meisterspionin mutiert oder du kannst wirklich hellsehen."

„Keins von beidem. Ich habe auch eine Einladung erhalten."

Lucie riss die blauen Augen auf. „Nein, die Marienkäfer fliegen rückwärts… Du nimmst mich jetzt doch auf die Schippe!"

„Tu ich nicht. Die haben mich wirklich eingeladen. Mit Brief und Siegel und dem ganzen Gedöns. Ich schwöre."

„Scheiße. Die wollen den Teufel wirklich mit dem Beelzebub austreiben?"

„Genau." Rabea grinste über das ganze Gesicht.

„Amen. Der neue Papst muss verrückt sein."

„Oder ehrlich. Vielleicht will er das für seine Kirche auch."

„Gott helfe ihm."

„Er hat ja die besten Beziehungen."

„Und, wirst du zusagen?" Lucie stoppte. „Warte, du sagst zu, wenn Lukas zusagt, oder?"

Rabea sagte nichts, sah ihre Freundin nur an.

„Teufelin!"

„Ich habe nie das Gegenteil behauptet."

KAPITEL 15

Im Wohnzimmer von Lukas und Magali herrschte angespannte Stille. Sie waren allein. Matti übernachtete bei seinen Großeltern, die drei Hunde hatte er mitgenommen.

Magali hatte Lukas eben ihren Ausflug nach Zürich gebeichtet. Sie zwang sich, tief durchzuatmen, während sie auf seine Reaktion wartete.

Lukas hatte ihr zugehört, ohne ihren Bericht einmal zu unterbrechen, obwohl sie ihm angesehen hatte, wie schwer es ihm gefallen war. „Das bedeutet, du hast mich angelogen und den Schlüssel behalten – mit dem Resultat, dass du heute in Zürich überfallen wurdest?", begann er relativ ruhig. Dann aber hob sich seine Stimme: „Mein Gott, du bist schwanger, Magali! Dir und dem Baby hätte sonst was passieren können. Wie konntest du nur? Das war absolut unverantwortlich!" Er war aufgesprungen, stand nun vor Magali und sah auf sie herab. In seinem Gesicht spiegelten sich die verschiedensten Empfindungen. Magali las neben seiner Wut Enttäuschung darin.

„Du hast ja recht, Lukas. Ich weiß das selbst. Es tut mir sehr leid, ich kann mich nur wiederholen. Aber bitte, setz dich wieder. Das war noch nicht alles."

„Wie, du hast noch mehr zu beichten?"

„Bitte setz dich zuerst, Lukas. So bekomme ich Nackensteife." Da war sie wieder, ihre Gereiztheit. Sie kam nicht dagegen an. Widerstrebend ließ sich Lukas auf den Sessel gegenüber sinken. Nicht neben sie, wie eben noch. Magali notierte die feine Nuance sehr wohl. Lukas ging auf Distanz. „Ich glaube nicht, dass der Überfall ein Zufall gewesen ist."

„Natürlich nicht. Der Dieb hat dich aus der Bank kommen sehen und auf gut Glück zugeschlagen."

„Nein, Lukas, ich gehe davon aus, dass der Dieb genau wusste, wer ich bin."

„Du meinst, dass er dir schon vorher gefolgt ist? Aber warum?"

„Weil ich Carlotta van Kampens Tochter bin. *Ihre Erbin.*"

„Stimmt, du hast dich ja heute als genau das erwiesen", kommentierte Lukas grimmig.

„Lukas…bitte", sagte Magali gequält.

„Schon gut", Lukas hob die Hände und sah seine Frau prüfend an. „Konzentrieren wir uns auf das Wesentliche, auf die Konsequenz aus dieser Erkenntnis. Was genau hast du in dem Schließfach gefunden? Ich nehme an, der Inhalt war der Grund, warum du die Schweizer Polizei nicht informiert hast?"

Magali senkte den Kopf. Der ursprüngliche Grund war gewesen, unangenehmen Fragen auszuweichen und damit der Versuch, ihren Ausflug zu verschleiern. Dieses nicht ganz astreine Motiv behielt sie lieber für sich.

Zum Glück hatte Lucie kühlen Kopf bewahrt und James Fonton eingeschaltet. Tatsächlich aber war es eine kluge Entscheidung gewesen, die Polizei nicht hinzuzuziehen. Nicht auszudenken, wenn der Vorfall zu den Medien durchsickerte und ihr Ausflug in der Boulevard-Presse als *Nürnberger Industriellenfrau in Zürich ausgeraubt* bekannt würde. Das hatte Lucie angemerkt, bevor sie sich in Zürich getrennt hatten und jeder in seinen eigenen Wagen gestiegen war.

„Ja", beantwortete sie jetzt Lukas' Frage. „Erinnerst du dich an die Begleitnotiz meiner Mutter zum Schließfachschlüssel?"

„Die Büchse-der-Pandora-Botschaft?"

„Es ist eine Art Dossier oder Exposé. Eine Ansammlung ziemlich kruder Verschwörungstheorien. Mutter wollte damit die katholische Kirche entweder bloßstellen oder sogar erpressen.

„Erpressung?" Lukas stieß die Luft aus. „Wie genau sollte die aussehen?"

„Keine Ahnung. Ich habe den Inhalt mehr oder weniger nur überflogen." Magali spürte, dass Lukas' Interesse geweckt war und fuhr beinahe hastig fort. „Es sind knapp ein Dutzend Seiten. Im Schließfach befinden sich noch mehr Dokumente, auch ältere. Dazu alles Mögliche, Patente, Blaupausen von Gebäuden und irgendwelchen Maschinen. Wenn du möchtest, fahren wir zusammen nach

Zürich, und du kannst dir den Inhalt in Ruhe ansehen. Womöglich findest du etwas darunter, das deine Arbeit für die Ethik-Kommission unterstützen könnte."

„Ich habe mich noch nicht entschieden, nach Rom zu gehen", antwortete Lukas verdächtig schnell.

„Oh doch, das hast du, schon nach dem Anruf dieses Papstsekretärs, und noch bevor das Päckchen mit den Unterlagen aus dem Vatikan eingetroffen ist. Dir fehlte nur der Mut, es mir gleich zu sagen." Urplötzlich entzündete sich ihr Hass auf den alten Feind, die Kirche. Dabei hatte sie Lukas längst ihren Segen gegeben, nach Rom zu gehen. Zusammen mit ihrem Hass hatte sich auch die kleine garstige Stimme eingestellt, die flüsterte: *Wäre Lukas die Ethik-Kommission nicht angetragen worden, dann wärst du nie nach Zürich gefahren und säßest jetzt nicht hier und müsstest die Enttäuschung in seinem Gesicht lesen.* Warum konnte die Kirche sie beide nicht einfach in Ruhe lassen? Warum musste sie sich erneut in ihr Leben einmischen?

„Nein, das stimmt nicht", wiegelte Lukas ab. „Ich habe mich wirklich noch nicht entschieden, und ganz sicher wäre ich nicht zu feige, es dir mitzuteilen." Unvermittelt sah sich Lukas in die Defensive gedrängt. Aber es stimmte, was Magali sagte. Er hatte sich längst *dafür* entschieden. Es war ihm nur bis zu diesem Augenblick selbst nicht bewusst gewesen.

Stattdessen sagte er: „Wir kommen vom Thema ab. Hatten wir nicht beschlossen, dass wir alles hinter uns lassen wollen, das Schließfach deiner Mutter ignorieren und den Schlüssel wegwerfen?" Dabei gestand er sich ein, dass seine Neugierde längst geweckt war. Offenbar war sie ansteckend. Und weil er sich darüber ärgerte, kehrte seine Wut auf Magali zurück. „Ich verstehe dich nicht. Warum hast du das hinter meinem Rücken getan und meine Schwester mit hineingezogen? Ausgerechnet Lucie!"

„Halt Lucie da raus. Das geht nur uns beide was an. Als Freundin hat sie mir helfen wollen."

„Als Schwester hätte sie ihren Bruder anrufen sollen", konterte Lukas.

„Jetzt schweifst du vom Thema ab. Willst du nicht wissen, was auf der Speicherkarte ist?"

„Welcher Speicherkarte?"

„Die Büchse der Pandora?"

„Ich dachte, das Dossier wäre die Büchse?"

„Nein, es gibt noch eine Micro-SD. Darauf ist ein Film."

„Hast du ihn dir angesehen?"

„Ja, noch in Zürich, zusammen mit Lucie. Ich hatte die SD-Karte in meine Jeans gesteckt, darum wurde sie nicht mit der Handtasche gestohlen."

„Kann ich den Film sehen?"

„Ja. Lucie hat die SD."

„Wieso hat Lucie die Karte?", fragte Lukas befremdet.

„Weil ich sie nicht behalten wollte und ich ihn mir keinesfalls nochmals ansehen kann", antwortete Magali leise.

Lukas musterte seine Frau aufmerksam, doch seine Wut schien verraucht. Mit einer müde wirkenden Geste fuhr er sich durch sein ohnehin wirres Haar. Absurderweise schoss Magali durch den Kopf, dass ihr Mann dringend zum Friseur musste. Nervös bearbeitete sie ihre Unterlippe. Was kam noch? Sie dachte an Lukas' Ausbruch in Barcelona, als er ihr mit Scheidung gedroht hatte und damit, ihr Matti wegzunehmen, weil sie eine Mutter war, die ihr Kind nicht verdient hatte. Hielt er sich zurück, weil sie schwanger war? Das wäre ihr nicht recht. Sie wollte keine falsche Rücksichtnahme, sie wollte seine Liebe. *Wie viel davon hatte sie heute aufs Spiel gesetzt?*

Und dann überraschte sie ihr Mann.

„Ich muss dir auch etwas gestehen, Magali. Als du mich vor zwei Wochen auf dem Schulparkplatz erreicht hast, um mir von der Botschaft und dem Schließfachschlüssel deiner Mutter zu erzählen, habe ich auf der Heimfahrt überlegt, ob ich stark genug wäre, der Versuchung zu widerstehen. Ich war ehrlich gesagt erleichtert, als du mir am Ende die Entscheidung bereits abgenommen hattest."

Magali presste das Kissen, das sie umklammert hielt, fest an sich. Verblüfft starrte sie ihren Mann an.

Lukas fuhr fort: „Ich gebe zu, in den letzten Tagen öfter bedauert zu haben, dass du den Schlüssel so schnell weggeworfen hattest. Mir erging es also nicht anders als dir. Ich kann dir daher nicht für etwas böse sein, das ich vermutlich selbst nicht geschafft hätte. Das wäre scheinheilig. Aber eines musst du mir versprechen, Magali: Lüge mich nie wieder an und tu so etwas nie mehr hinter meinem Rücken! Du hast dich und unser Baby damit unnötig in Gefahr gebracht. Wir sollten ehrlich zueinander sein, ohne Ehrlichkeit gedeiht keine Liebe. Also, von nun an keine Heimlichkeiten mehr. Versprichst du mir das?"

Magali nickte, sie zitterte jetzt. Lukas stand auf, ging zu ihr und schloss sie in die Arme. „Ist ja gut, es ist vorbei. Das muss heute ein furchtbarer Schreck für dich gewesen sein. Kann ich dich trotzdem kurz alleine lassen? Ich möchte Fonton anrufen. Versteh mich nicht falsch. Aber ab sofort lasse ich dich nirgendwohin mehr alleine hingehen oder -fahren. Noch einmal wird meine Frau nicht überfallen“, ergänzte er grimmig.

Magali hatte nur eines verstanden: Lukas hatte *meine Frau* gesagt. Sie gestand sich jetzt erst ein, dass sie sogar befürchtet hatte, dass er sie verlassen könnte. Völlig grundlos hatte sie sich in eine Hysterie hineingesteigert. *Verflixte Hormone*, dachte sie nun selbst. Sie brachten sie wirklich gehörig durcheinander. Lucie hatte recht, ihre Mutter hatte ganze Arbeit an ihr geleistet. Sie musste dringend an sich arbeiten, sie machte sich mit ihrem mangelnden Selbstwertgefühl nur das Leben schwer.

Lukas kehrte von seinem Telefonat zurück. „Hätte ich mir denken können, dass Fonton bereits alles in die Wege geleitet hat, nachdem Lucie ihn über den Überfall informiert hatte. Draußen parkt ein Fahrzeug mit zwei seiner Männer. Wir können also ruhig schlafen. Und die Villa ist sowieso eine Festung, Matti geht es gut. Komm, gehen wir ins Bett. Es war ein langer Tag, du musst erschöpft sein. Morgen früh fahre ich zu Lucie rüber und sehe mir die Speicherkarte an. Danach können wir immer noch entscheiden, ob wir zusammen nach Zürich fahren. Ich fürchte, solange wir nicht Gewissheit haben, wird uns deine Mutter bis in alle Ewigkeit verfolgen.“

KAPITEL 16

„Aufstehen!" Jemand rüttelte Lucie an der Schulter. Sie fühlte sich unsanft geweckt und weigerte sich, die Augen zu öffnen.

Gestern Abend war es spät geworden. Oder vielmehr früh, Rabea und sie hatten sich erst gegen vier Uhr morgens getrennt. Die Flasche Rotwein und die diversen Cocktails, die sie bei ihrem Streifzug durch das Nürnberger Nachtleben konsumiert hatten, erwiesen sich jetzt als Vitalitätsbremse, hatten aber gut geschmeckt.

„Es ist Samstag. Lass mich schlafen", murmelte sie und kuschelte sich fester in ihre leichte Decke.

„Nix da." Die Decke wurde von ihr weggezerrt.

„Mensch, Lukas, du Nervensäge." Lucie blinzelte zu ihrem Bruder hinauf, der breitbeinig neben ihrem Bett stand. *Oje*, dachte sie, *der sieht nach Hühnchenrupfen aus.* Magalis Beichte färbte auf sie ab. Damit war zu rechnen gewesen. Aber nicht jetzt. „Kann das nicht warten?" Lucie versuchte, nach ihrer Decke zu grabschen.

„Nein."

„Also gut, du Hüter von Sitte und Ordnung." Lucie gähnte herzhaft. „Dann schimpf mal tüchtig mit mir, weil ich Magali in Zürich geholfen habe, und dann verschwinde wieder."

„Ehrlich, Lucie, manchmal wünschte ich, ich wäre ein Einzelkind."

„Komisch, dasselbe habe ich auch gerade gedacht."

„Bist du nicht auf die Idee gekommen, mich anzurufen?"

„Nein, warum? Magali ist meine Freundin und sie hat mich um Hilfe gebeten.“

„Aber sie wurde überfallen und ist schwanger. Hast du daran gedacht?“

„Dass sie überfallen wurde, habe ich erst erfahren, als ich dort ankam. Und ja, du Schlauberger, ich weiß, dass sie schwanger ist. Akzeptiere einfach, dass es hier nicht nur um Freundschaft, sondern auch um Vertrauen geht. Magali hat sich mir anvertraut. Ich habe ihr geholfen. Basta. Und jetzt gib mir meine Decke zurück und hör auf, dich wie der Erzengel Gabriel aufzuführen“, schmetterte Lucie ihn ab.

„Ich gebe auf“, Lukas hob die Hände. „Mit dir zu diskutieren ist wie gegen eine Panzersperre zu treten.“

„Das sagt Papa auch immer.“

„Schön, dass wir uns wenigstens da einig sind. Also gut. Magali sagt, du hättest die Micro-SD aus dem Schließfach? Wo ist das Ding?“

„Ah“, Lucie tat so, als würde sie sich Luft zufächeln. „Rieche ich da plötzlich den Van-Kampen-Schwefel? Hat dich wohl auch benebelt, was?“

„Lucie…“

„Schon gut.“ Lucie fiel ein, dass die Karte noch immer in ihrer Jeans steckte, und ärgerte sich über ihre Nachlässigkeit. Eigentlich hatte sie sie heute Morgen bei ihrer Rückkehr im Safe ihres Vaters verstauen wollen, aber dann war sie doch zu müde gewesen. „Sie ist noch in meiner Jeans“, sagte sie ungewohnt kleinlaut.

„Und wo ist deine Jeans?“

Lucies Blick flog über den Boden. Wenn sie sich richtig erinnerte, hatte sie sich mitten im Zimmer ausgezogen und alles an Ort und Stelle liegengelassen. Wie immer. Doch da lag nichts. Hatte sie sich doch im Bad ausgezogen? Sie rappelte sich auf und trippelte barfuß ins Bad. Keine Spur von ihrer Kleidung. Sie sah im Wäschekorb nach. Leer. *Mist!*

Lucie riss die Tür auf und rief in einer Lautstärke, die Lukas zusammenzucken ließ, nach der Haushälterin, die Frau Gabler nach ihrem unglücklichen Tod abgelöst hatte.

Die Frau erschien kurz darauf. „Bitte, Frau von Stetten?“

„Frau Schmiedel, kann es sein, dass Sie meine Kleidung von gestern eingesammelt haben?“

„Ja, sie ist schon im Trockner. Ich bringe sie Ihnen gleich…Aber was haben Sie denn, ist Ihnen nicht gut?“

Lucie starrte die Frau an, hinter ihr erschien Lukas im Türrahmen. Er hatte mitgehört. Die Geschwister sahen sich kurz an und stürmten gleichzeitig los, die Treppe hinab, durch die Küche und in den dahinterliegenden Hauswirtschaftsraum. Der Trockner lief auf Hochtouren. Lukas stellte ihn ab. Ungeduldig warteten sie die Sechzig-Sekunden-Sperre ab. Dann zerrten sie alles heraus, fanden Lucies Jeans und tasteten sie ab. Nichts. Sie untersuchten die Trommel. Nichts. Daraufhin tasteten sie jedes einzelne Wäschestück einzeln ab, wieder ohne Ergebnis.

Frau Schmiedel, die ihnen gefolgt war, schüttelte den Kopf und fragte: „Was suchen Sie denn genau? Ich kontrolliere immer vor der Wäsche die Taschen."

„Eine Micro-SD, klein, schwarz, quadratisch, so groß wie ein Daumennagel."

„Oh, dann ist sie mir vielleicht entgangen. Aber sehen wir im Flusensieb nach."

Lucie zog es heraus. Keine Karte.

„Dann ist sie vielleicht noch in der Waschmaschine?", überlegte Frau Schmiedel weiter. Zwei Zwillingsaugenpaare schwenkten zu dem Gerät, das schon wieder in Betrieb war. Es schäumte in der Trommel. Offenbar hatte Frau Schmiedel heute ihren Großwaschtag.

„Das Kochwäsche-Programm dauert noch eine halbe Stunde", meinte die Haushälterin. „Wenn Sie möchten, lösche ich es aber gleich, ich muss dann aber noch das Wasser abpumpen." Sie sah nicht so aus, als würde sie es gerne tun.

„Ja, bitte, es ist wirklich wichtig, Frau Schmiedel. Sagen Sie bitte Bescheid, wenn es so weit ist", bat Lucie.

„Sie können ja so lange frühstücken, Frau von Stetten. Es ist alles bereit."

„Danke", sagte Lucie, und zu ihrem Bruder gewandt: „Bevor du mir den Kopf wäschst, upps, Kalauer, brauche ich zuerst einen Kaffee. Und ein Aspirin. Oder zwei. Das ist definitiv zu viel Aufregung für einen Morgen." Lucie rieb sich die Stirn, während sie sich an den Esstisch setzten.

„Warum hast du die Karte überhaupt in deiner Jeans herumgetragen? Warum nicht in deiner Tasche?"

„Hallo? Weil vielleicht Magali gerade erst ihre Tasche geklaut worden ist?"

„Und wieso hast du sie nicht gleich rausgenommen und sicher verwahrt? In Vaters Safe, zum Beispiel, oder wenigstens in deinem Schreibtisch?"

„Halt den Rand, Lukas, du hast ja recht. Dasselbe frage ich mich auch. Ich bin einfach zu schusselig. Erst die Geschichte mit Magali in Zürich, und dann hatte ich noch Rabea dazu überredet nach Nürnberg zu kommen und prompt vergessen, sie gestern vom Flughafen abzuholen. Wir waren am Abend zusammen unterwegs."

„Rabea ist hier?"

„Ja, bei ihrem Großvater. Sie fliegt Montag ganz früh zurück nach Berlin. Willst du sie sehen?" Lucie sah ihren Bruder forschend an.

„Ja, gerne. Ich möchte sie um etwas bitten. Ich rufe sie heute noch an."

„Aber bleib brav, ja?"

„Was hältst du von mir?" Lukas sah seine Schwester konsterniert an.

„Ich mein ja nur. Hormone und so. Wäre ja nicht das erste Mal." Lucie strich ausgiebig Honig auf ihren Toast.

„Was hat sie dir erzählt?" Lukas stellte seine Kaffeetasse so heftig ab, dass etwas Flüssigkeit über den Rand schwappte. Er bemerkte es nicht, er dachte an London und den Kuss. Viel hatte nicht gefehlt…

„Nichts, keine Bange. Wollte dich nur an deine Pflichten als Ehemann und Vater erinnern."

„Wäre schön gewesen, wenn du Magali gestern an ihre Pflichten als Ehefrau und Mutter erinnert hättest", retournierte Lukas scharf.

„Touché." Lucie grub ihre Zähne in den Toast.

„Wann ist diese verdammte Waschmaschine endlich fertig?", schimpfte Lukas los, um den Rest Verlegenheit abzuschütteln, die ihn mit Lucies Bemerkung befallen hatte.

„Sie ist fertig, Herr von Stetten." Frau Schmiedel stand mit verkniffener Miene in der Tür.

Lucie sah, wie ihr Bruder rot wurde. Sie lächelte in sich hinein. Fluchen war für ihn immer noch tabu. Eigentlich.

Lukas räusperte sich und stand auf. „Danke, Frau Schmiedel. Das war ein sehr guter Kaffee."

Lucie folgte ihm in den Hauswirtschaftsraum. Sie tasteten erneut jedes Wäschestück ab. Nichts. Frau Schmiedel legte inzwischen die Wäsche aus dem Trockner zusammen und suchte dabei ebenfalls nochmals alles ab.

„Sie ist nicht da", sagte Lukas. „Könnte es nicht doch sein, dass du die Karte aus der Jeans genommen hast? Vielleicht liegt sie ja irgendwo in deinem Zimmer. Oder sie ist dir beim Ausziehen aus der Tasche gerutscht?"

„Schlauer Bruder!“ Sie kehrten im Eilschritt in Lucies Zimmer zurück und suchten dort den Boden und jede erdenkliche Fläche ab. Erfolglos. „Du bist dir ganz sicher, sie nicht in Vaters Safe gelegt zu haben?“, mutmaßte Lukas am Ende.

„Ich hatte zwar gestern einen Schwips, aber daran würde ich mich bestimmt noch erinnern“, entrüstete sich Lucie.

„Na ja, deiner Fahne nach zu urteilen, muss es mehr als nur ein Schwips gewesen sein.“

„Ja, ja, kennen wir schon. Spar dir deine Predigt, du Kathole.“

„Kein Grund, schnippisch zu werden. Ich habe die Micro-SD schließlich nicht verschlampt.“

„Als wenn ich es mit Absicht getan hätte! Außerdem, was bist du jetzt auf einmal so wild darauf? Ich dachte, dich interessiert das Schließfach der ollen van Kampen nicht?“ Lucie funkelte ihren Bruder an.

Bevor sich die Geschwister endgültig in die Wolle bekamen, ertönte eine Stimme von der Tür her: „Ich glaube, ich habe gefunden, was Sie suchen.“ Die Haushälterin hielt ihnen auf ihrer Handfläche den Chip entgegen.

„Oje“, meinte Lucie, als sie sich über ihn beugte, „so ganz taufrisch sieht die aber nicht mehr aus. Irgendwie verwaschen...Wo haben Sie sie gefunden, Frau Schmiedel?“

„Im Waschmaschinenflansch.“

„Oje, gar nicht gut. Danke, Sie haben uns sehr geholfen.“ Lucie hatte sich die SD-Karte gegriffen, eilte an ihren Schreibtisch und klappte ihren Laptop auf.

„Wieso nicht gut?“, fragte ihr Bruder.

„Im Flansch ist immer auch Restwasser. Das heißt, sie wurde zweimal gewaschen, inklusive Kochwäsche und zum Schluss lag sie noch im Wasserbad. Mal sehen.“ Was passierte, war, dass die Speicherkarte nicht erkannt wurde.

„Das war's dann wohl.“ Lukas' Stimme klang vorwurfsvoll.

„Sei doch nicht immer gleich so pessimistisch. Ich rufe den finsteren Fonton an. Sicher können er oder ein Spezialist da noch was rausholen. Diese Dinger sind sehr stabil, glaub mir. Ist gar nicht so leicht, die Daten darauf völlig zu zerstören.“ Lucie hielt bereits ihr Smartphone in der Hand.

„Warte!“, rief Lukas und machte eine Bewegung, als wollte er ihr das Handy wegnehmen.

Lucie sah ihn kopfschüttelnd an. „Was hast du? Misstraust du jetzt Fonton?“

„Nein, natürlich nicht. Aber die van Kampen ist eine gefährliche Frau gewesen, die sich mit gefährlichen Männern eingelassen hat. Magali wurde vermutlich wegen dieser Karte überfallen. Je weniger Personen von ihrer Existenz wissen, umso besser. Ich habe ein merkwürdiges Gefühl bei der Sache. Ich will nicht noch mehr ins Rollen bringen."

„Deine Entscheidung. Wenn du sehen willst, was drauf ist, wirst du um Fonton nicht herumgekommen. Nach Jules ist er die beste Wahl. Ich nehme an, Magali hat dir erzählt, was darauf zu sehen ist?"

„Ja, aber nur andeutungsweise. Sie meinte, du könntest es mir besser schildern."

„Gut, ich kann dir gerne ein Gedächtnisprotokoll schreiben, was Magalis Mutter so abgesondert hat. Du wirst dich wundern. Schwieriger wird es bei dem Film ohne Ton und dem merkwürdigen Experiment. Wäre super, wenn Fonton die SD wieder so weit herstellen könnte. Vielleicht erkennt er, was das für ein Experiment sein soll. Neugierig wäre ich schon, was die van Kampen damit in der Hand hatte, wenn sie damit ganze Regierungen erpressen wollte. Du nicht?"

Lukas wirkte hin- und hergerissen. Er machte einen Schritt auf das Fenster zu und sah auf den gepflegten Park hinab. Eine Gärtnerin war damit beschäftigt, verblühte Pflanzen in den Rabatten durch frische zu ersetzen. Kurz wünschte sich Lukas, er könnte sich auch einer solch harmlos-unschuldigen Tätigkeit widmen – anstatt eine Entscheidung treffen zu müssen, die ihn womöglich ins nächste Abenteuer hineinzog. Aber eigentlich steckte er längst bis über beide Ohren darin. Carlotta van Kampen entpuppte sich als Fluch seines Lebens. Er musste seiner Zwillingsschwester beipflichten – er war neugierig und wollte wissen, was auf der verdammten SD und in dem verdammten Schließfach war. Erst danach würden er und Magali endgültig mit der Vergangenheit abschließen können. Das Vermächtnis ihrer Mutter war ihre letzte Prüfung. Er wandte sich von dem idyllischen Bild ab und Lucie zu. „Also gut, ruf Fonton an."

Lucie drückte die Kurzwahl. „Hi 007-James", begrüßte sie Fonton wie üblich. „Mein Bruder und ich brauchen Ihre Hilfe. Wir haben hier buchstäblich den saubersten Mikrochip der Welt und kommen nicht an seine Daten ran." Sie lauschte kurz. „Ja, das Speicher-Medium wird nicht erkannt. „Ja. Nein. Aha. Wo sagten Sie, sind Sie gerade? Hätte ich mir ja denken können. In Ordnung, wir kommen gleich rüber. Danke, Fonton."

* * *

Zwei Stunden später schüttelte James Fonton den Kopf. Sie saßen zu dritt um den Laptop in seinem Büro im vST-Hauptwerk, jeder eine Tasse kalten Kaffee neben sich. „Ich habe alles versucht", erklärte Fonton. „Das fast kochende Wasser und die Waschmittellauge sind nicht das Problem. Ich vermute allerdings, dass die Haushälterin noch irgendetwas hinzugegeben hat. Einen speziellen Fleckenlöser oder Ähnliches. Jedenfalls scheint die Platine verätzt worden zu sein."

„Das haben wir gleich", sagte Lucie und rief in der Villa an. „Hallo Frau Schmiedel, kurze Frage. Haben Sie außer Waschmittel noch etwas hinzugegeben? Wäschebleiche? Mist! Nein, nein, es ist nicht Ihre Schuld, Frau Schmiedel. Dankeschön!" Sie legte auf.

„Das erklärt einiges", Fonton nickte. „Wäschebleiche besteht aus Natriumhypochlorid plus Phosphoranteil. Zu aggressiv für die SD. Ich fürchte, die ist wirklich hinüber. Aber lassen Sie sie trotzdem mal da. Am Montag ist mein IT-Experte zurück. Vielleicht kann er hier noch etwas ausrichten. Datenrekonstruktion ist nicht mein Spezialgebiet." Seit Jules die SD erwähnt hatte, war Fonton selbst viel zu neugierig darauf, was sich auf der Karte befinden könnte, als dass er jetzt schon aufgeben wollte. Lukas setzte bereits an, gegen einen weiteren Mitwisser zu protestieren, als eine verwunderte Stimme sagte: „Was ist denn hier los? Lukas, Lucie, was macht ihr am Samstag im Büro?" Heinrich von Stetten war unerwartet hinter ihnen aufgetaucht. Seinen Sicherheitschef begrüßte er mit einem knappen „Fonton" und einem Nicken.

„Hallo Vater!" Lucie war aufgesprungen und gab ihm einen Kuss auf die Wange. „Fonton hat mir nur mit dem Computer geholfen. Wir sind aber schon wieder auf dem Sprung. Was machst du hier? Heute ist Samstag. Ich dachte, du wärst mit Mama und Matti in den Zoo gefahren?"

„Schon, aber ich habe einen Anruf aus Übersee erhalten. Ich musste schnell etwas in meinen Papieren nachsehen. Ich treffe die zwei später wieder zum Mittagessen. Aber wenn du schon mal hier bist, Lukas, auf ein Wort."

Lukas unterdrückte einen Seufzer und folgte seinem Vater in dessen Machtzentrale. Er ahnte, was er von ihm wollte. Die Antwort, die er für ihn hatte, würde ihm nicht gefallen.

Doch er irrte sich, denn das Erste, was sein Vater ihn fragte, betraf seine Familie. „Alles klar mit Magali und dem Baby?"

„Ja, warum fragst du?" Dann dämmerte es ihm. Fonton! Natürlich hatte er seinem Chef Bericht erstattet.

Wieder irrte er sich. „Ich bin froh, dass du und Magali eure Meinung geändert habt und endlich mehr Schutz für eure Familie akzeptiert und ihn nicht allein auf Matti beschränkt haltet. Eine kluge Entscheidung, zumal deine Frau schwanger ist." Offenbar hatte ihm Fonton die Episode in Zürich verschwiegen und den Fokus nur auf die Verstärkung der Überwachung gelegt.

Dann stellte ihm sein Vater die befürchtete Frage: „Und, mein Sohn? Hast du deine Entscheidung getroffen?"

„Ja, Vater", Lukas sah ihn ernst an. „Ich habe lange darüber nachgedacht und ich habe dein Angebot ehrlich in Erwägung gezogen." Er machte eine Pause.

„Aber…?"

„Ich gebe zu, du hast mich richtig eingeschätzt, was meinen Ehrgeiz betrifft. Anscheinend bin ich wirklich noch nicht dazu bereit, bis an mein Lebensende als Lehrer zu arbeiten. Tatsächlich habe ich ein weiteres Angebot erhalten. Aus Rom."

„Wie, aus Rom? Was in Gottes Namen willst du denn schon wieder in Rom?" Auch für Heinrich von Stetten war die katholische Kirche ein Stein des Anstoßes – jedenfalls seit dem Tag, an dem sich sein nunmehr einziger Sohn dazu entschlossen hatte, Jesuit zu werden. Der alte Patriarch hatte gehofft, dass Lukas nach seinem Austritt aus dem Jesuiten-Orden mit diesem Thema abgeschlossen hatte, und reagierte nun entsprechend konsterniert auf diese neuerliche Wendung.

„Der Papst möchte mir die Leitung einer in Gründung begriffenen Ethik-Kommission übertragen. Das Thema und die Aufgabe interessieren mich sehr. Ich werde zusagen." Es war das erste Mal, dass Lukas es aussprach. Er würde nach Rom gehen.

„Gibt es mal wieder dicke Luft, oder was?" *Lucie!* Sie stand mit in die Hüften gestemmten Armen in der Tür und schaute von einem zum anderen, jederzeit bereit, die Harmonie wiederherzustellen. Notfalls mit Gewalt.

„Nein, Lucie, du kannst deine Krallen wieder einfahren." Lukas lächelte ihr zu. „Vater und ich haben gerade über meine Zukunft gesprochen."

„Und? Wie sieht deine Zukunft aus?"

„Katholisch", antwortete sein Vater ungewohnt trocken.

„Kalauer, Paps. Wär ja mal ganz was Neues. Im Ernst: Was baldowert ihr beiden aus?"

„Es ist, wie ich sagte, Lucie. Dein Bruder hat sich entschieden, anstatt meines Angebots lieber ein Angebot des Papstes anzunehmen."

„Im Ernst? Du gehst auch nach Rom? Heilige Scheiße!" Noch gestern hatte sie sich mit Rabea köstlich über das Kabinettstückchen amüsiert, dass ausgerechnet Rabea eine Einladung aus dem Vatikan erhalten hatte. Da waren sie freilich schon etwas angeheitert gewesen. Im nüchternen Zustand fand Lucie es nicht mehr ganz so witzig. Tatsächlich hatte sie darauf gebaut, dass Lukas wegen Magalis Schwangerschaft absagen würde.

„Wieso? Wer geht denn noch?", fragte ihr Bruder verdutzt.

„Rabea."

Lukas zog einen Stuhl heran. Er musste sich setzen. Dabei fing er einen Blick seines Vaters auf. Der lächelte rätselhaft.

„Warum lächelst du?", fragte Lukas irritiert.

„Ich musste nur gerade an einen beliebten Ausspruch meines Bruders Franz denken."

„Der wäre?"

„Gottes Wege sind unergründlich, mein Sohn."

„Amen", ergänzte Lucie. Es klang nicht so frech wie sonst.

KAPITEL 17

Magali war dabei, ihre Einkäufe im Kühlschrank zu verstauen, als sie Lukas zurückkommen hörte.

„Ich bin hier“, rief sie. Lukas betrat die Küche. Lucie war bei ihm.

„Oh, du hast Lucie mitgebracht“, freute sich Magali. Dann sah sie das Gesicht ihrer Freundin. „Was ist los? Was habt ihr? Ist etwas passiert?“

„Das kann man so sagen. Meine glorreiche Schwester hat gestern vergessen, die Speicherkarte deiner Mutter aus ihrer Jeans zu nehmen. Frau Schmiedel hat die Jeans gewaschen, und zwar derart gründlich, dass das Ding zerstört wurde.“

Magali sah von Lukas’ strenger Miene zu Lucies betrübter. Ihr Mundwinkel zuckte zunächst, dann fing sie zu lachen an.

„Ich weiß nicht, was daran so komisch ist“, sagte Lukas gallig.

„Ihr beide!“, stieß Magali zwischen zwei Lachsalven hervor.

„Wieso denn?“ Lukas starrte Magali an, als ob er an der geistigen Gesundheit seiner Frau zweifelte. Vielleicht dachte er auch an eine spontane Hormonexplosion.

„Weil es das Beste ist, was uns passieren konnte“, keuchte sie und zwang ihre Stimme unter Kontrolle. „Wir sind den Chip los, und damit die Verantwortung. Es war ein Unfall, Lucie hat es nicht mit Absicht getan. Du warst doch Priester, Lukas. Warum siehst du es nicht als Gottesurteil an?“

Lukas setzte sich an den Küchentisch.

„Siehst du, Bruderherz, genau, wie ich es dir prophezeit habe. Magali ist froh, das Teil los zu sein“, meldete sich Lucie zu Wort.

„Und ich soll jetzt auch froh sein, oder was?“

„Nicht froh, Lukas.“ Magali setzte sich zu ihm. „Aber sieh es als Zeichen an, dass wir mit der Sache endgültig abschließen können. Das ist es doch, was du selbst auch wolltest.“ *Und was sie wollte*…Seit gestern drängte sich ihr ständig das Foto von Lukas' Vater auf. Magali konnte sich dessen Vorhandensein im Schließfach nicht erklären. Dahinter konnte nur eine weitere Teufelei ihrer Mutter stecken. Sie wollte nichts davon wissen. Wenn sie die Angelegenheit weiterverfolgten, fürchtete sie, würden ihnen noch mehr Schwierigkeiten daraus erwachsen. Dazu beunruhigte sie, dass Q irgendwo auf ihren Anruf wartete. *Damit sie den Kampf ihrer Mutter fortführte.* Niemals! Sie wollte alles nur noch vergessen, ihre Vergangenheit endgültig abschütteln.

Lukas nahm ihre Hand. Er schien ihre Unruhe zu spüren, er sagte: „Auch wenn du es behauptest, Magali, fühle ich, dass dem nicht so ist. Dich beschäftigt der Inhalt der Speicherkarte. Sie ist kein Abschluss, sie ist ein Anfang. Es ist noch nicht zu Ende. Deine Mutter mag tot sein, aber der Geist ihrer Rache lauert noch immer da draußen. Ich weiß es. Und du auch. Am Montag fahren wir nach Zürich und räumen das Schließfach. Endgültig. Die Wertsachen spenden wir, den Rest verbrennen wir, sofern es sich nicht um erhaltenswerte alte Schriften handelt. Wenn wir das nicht tun, wird uns der Inhalt des Schließfachs ewig verfolgen. Wir werden nie Ruhe haben, glaub mir.“

„Aber ich will nicht mehr in ihren Sachen wühlen.“ *Ich will nicht, dass du das Foto entdeckst. Und Mutters Notiz zu Q…*

„Das verstehe ich und das musst du auch nicht. Was hältst du davon, wenn wir zwar zusammen hinfahren, aber ich öffne das Schließfach allein? Du könntest in der Nähe warten.“

„Nein“, entfuhr es Magali etwas zu hastig. *Allein kam überhaupt nicht in Frage.* Sie war in eine Zwickmühle geraten. Schon wieder. Entweder, sie erzählte Lukas gleich von dem Foto, was sofort wieder Vermutungen und Spekulationen auslösen würde, oder sie unternahm vor Ort den Versuch, es irgendwie an sich zu bringen, ohne dass Lukas es bemerkte. *NEIN! Keine Heimlichkeiten mehr.* Magali holte tief Luft. „Lukas, ich…“

„Lukas hat recht“, sagte Lucie sanft und unterbrach sie damit. „Vermutlich ist es das Beste, was du tun kannst, um endgültig mit deiner Mutter abzuschließen. Dazu gehört auch, möglichst bald ihre Firmen abzustoßen. Ich hätte noch einen Vorschlag“, fügte sie hinzu. „Was hältst du davon, Magali, wenn wir beide uns jetzt gleich zusammensetzen und ein Gedächtnisprotokoll der Speicherkarte anfertigen? Vielleicht würde das Lukas helfen, wenn er am Montag das Schließfach sichtet. Eventuell ergänzt das eine das andere, und etwas davon ergibt einen Sinn. Zum Beispiel, was das für ein Experiment war, das wir gesehen haben. Das beschäftigt mich."

„Prima Idee, Lucie", pflichtete ihr Lukas bei.

„Gut", stimmte Magali zu. „Lass uns alles aufschreiben. Aber zuvor, Lukas, musst du noch etwas Wichtiges erfahren." Sie sah ihn fest an. „Im Schließfach lag auch ein Foto deines Vaters." Jetzt war es heraus.

„Ein Foto? Was für ein Foto?" Lukas sah verdutzt von seiner Frau zu seiner Schwester. Lucie zuckte kaum minder überrascht mit den Achseln.

„Die Aufnahme zeigt ihn zusammen mit einem weiteren Mann", erklärte Magali. „Sie schütteln sich die Hände. Es erinnerte mich an diese gestellten Politikerfotos in den Medien."

„Als würden sie ein Geschäft besiegeln?"

„Ja."

„Dieser andere Mann auf dem Foto…Hast du ihn schon einmal gesehen?"

„Nein, ich habe mir schon den Kopf zerbrochen, aber er ist mir unbekannt."

„Kannst du ihn beschreiben?"

„Jünger als dein Vater, ungefähr Anfang bis Mitte fünfzig. Er wirkte südländisch, trug aber eher orientalische Züge. Ich glaube, die beiden standen vor einem Café. Man sieht einen Teil des Schriftzugs."

„Umso mehr ein Grund, am Montag nach Zürich zu fahren. Ich werde Vater das Foto zeigen." Er sah Magali an, als wollte er noch etwas sagen, unterließ es aber. Vermutlich will er mich nicht vor Lucie tadeln, dachte Magali. Natürlich hatte Lukas durchschaut, dass sie ursprünglich nicht vorgehabt hatte, ihm davon zu erzählen. „Ja, ich weiß, ich hätte es dir früher sagen sollen. Den ersten Preis für Integrität verdiene ich nicht dafür", sagte sie mit einer Grimasse, „aber mich hat das Foto erschreckt. Irgendetwas hat meine Mutter ja damit vorgehabt. Nichts Gutes. Ich schämte mich für sie."

Lukas nahm ihre Hand. „Ich gebe zu, ich mag es, dass du nicht perfekt bist. Niemand ist das. Man liebt nicht *weil*, Magali, sondern *trotzdem*, weißt du? Ich habe es dir schon einmal gesagt, du kannst nichts für deine Mutter. Du hast alles getan, um unseren Sohn vor ihrem Einfluss zu schützen. Es bleibt für mich ein Wunder, wie du es geschafft hast, dich in jungen Jahren ihrem Einfluss zu entziehen und mit unserem Kind ins Ausland zu flüchten." Er lächelte sie an und Magali gab es ihm doppelt zurück.

„Ich will euch Turteltauben ja nicht stören, aber ich schlage vor, du, Lukas, machst uns einen Kaffee, und Magali und ich setzen uns gemeinsam an das Gedächtnisprotokoll und werfen unsere Erinnerungen in einen Pott, solange sie noch frisch sind. Ich habe heute Nachmittag eine Verabredung und muss bald weg."

„Nehmt meinen Laptop im Büro."

Eine gute Stunde, eine Kanne Kaffee und mehrere Diskussionen später präsentierten die Frauen Lukas das Ergebnis ihrer gemeinsamen Bemühungen.

Gedächtnisprotokoll

Auf dem Chip sind zwei Filme zu sehen. Zunächst erscheint Carlotta van Kampen (CvK) im Bild. Sie sitzt in einem Raum mit hellem Hintergrund, vor ihr ein großer Schreibtisch. Es sind keine anderen Möbel zu sehen. Das Ambiente wirkt wie in einem Nachrichtenstudio.

CvK trägt ein dunkelblaues Kostüm, am Revers eine große Diamantbrosche in Schmetterlingsform. Sie liest von einem Blatt ab. Der Text lautet ungefähr wie folgt: „Ich habe Sie gewarnt. Bisher haben Sie meiner Anweisung nicht Folge geleistet. Einen ersten Beweis habe ich bereits an… (Name wurde mit Piepton unkenntlich gemacht) gesandt. Sie haben sich sowohl persönlicher Verbrechen als auch Verbrechen an der Gemeinschaft schuldig gemacht. Sie haben wissentlich getäuscht. Mein Beauftragter wird Sie noch heute dazu kontaktieren. Sie kennen meine Forderung: Wenn Sie nicht innerhalb von sieben Tagen ab Erhalt dieser Nachricht meiner Anweisung Folge leisten, werden Ihre Verbrechen ans Licht der Öffentlichkeit gelangen. Ich bluffe nicht. Ich biete Ihnen hiermit ein letztes Mal die Möglichkeit, wenigstens Ihre Reputation zu retten – aus Respekt vor Ihrer wissenschaftlichen Lebensleistung."

Anmerkung: Es folgt eine lange Aufzählung der angeblichen Vergehen, für die CvK alle Beweise in Form der ursprünglichen Dokumente vorlägen: Unterschlagung von Original-Schriften von Jesus, seiner Jünger und seiner Frau Maria; vorsätzliche Geschichtsfälschung, da der Kirche Beweise vorlägen, dass Jesus ein aus Indien eingewanderter Prediger war; der Inhalt des Neuen Testaments wäre anhand eines minutiösen Protokolls des Konzils von Nicäa im Jahre 325 verfasst worden, mit dem Segen Kaiser Konstantins, der eigenhändige Notizen und Änderungswünsche angefügt hätte; Einbruch und Diebstahl wichtiger Notizen und Forschungsergebnisse von Galileo, Michelangelo, da Vinci, Newton bis hin zu Tesla und Einstein; Geldwäschegeschäfte durch die Vatikanbank u.a. als Handlanger der Mafia und einer global agierenden Geheimorganisation, Finanzierung und Agitation von Aufständen und Terrorismus.

Nach der Aufzählung klopft CVK auf die Mappe vor ihr und sagt: „Die Kopien der Beweise sind hier drin. Die Originale werden an einem sicheren Ort verwahrt.“ Ergänzt: „Ich bluffe nicht. Sie wissen, ich bin fest entschlossen. Ab heute haben Sie genau sieben Tage Zeit.“

Hier endet der erste Film, Schnitt, das Bild wechselt. Es folgt der zweite Film.

Er zeigt das Innere einer großen Fabrik. Darin ist alles voller Maschinen, Rohre und Kessel. Es ist kein Ton zu hören, nur Bilder zu sehen. Man sieht einen Mann in einem weißen Schutzanzug inklusive Haube und Schutzbrille. Er sieht aus wie ein Labormitarbeiter und scheint eine Art Experiment durchzuführen. Er drückt mehrere Knöpfe und Hebel. Dann schwenkt die Kamera an den Rand, und man sieht ein gutes Dutzend Personen, eng beieinanderstehend. Alle tragen die gleichen Anzüge und Schutzbrillen. Das eigentliche Experiment sieht man nicht. Aber es dauert nicht lange, die Zuschauer klatschen kurz darauf.

Hier endet der zweite Film.

Dann erscheint nochmals CvK im Bild, im gleichen Studio wie zuvor, diesmal jedoch in einem weinroten Kostüm. Sie trägt wieder die Schmetterlingsbrosche. Sie sagt: „Ich grüße Sie. Ja, ich habe Sie alle gefilmt. Hiermit ist klar erwiesen, dass das Projekt O funktioniert. Sie haben den Beweis gesehen und Sie haben Beifall geklatscht. Aber Sie haben sich mit den Regierungen dieser Welt und der Wirtschaftslobby verschworen, um dieses Projekt zu unterdrücken. Mit Hilfe der Vatikanbank wurden die Patente zu O aufgekauft. Dadurch, dass der Vatikanstaat und die Weltbank jeweils 50 Prozent der Patente halten, soll verhindert werden, dass sich eine der beteiligten Parteien einen Wettbewerbsvorteil schafft.

Es ist eine perfide, großangelegte Verschwörung gegen das Wohl der Allgemeinheit. Eine Verschwörung, die von der Gier nach Macht und Profit getragen und vom Vatikan unterstützt wird. Ich werde schweigen, unter einer Bedingung: Sie unterstützen meinen Feldzug gegen Nr. 6. Ansonsten werde ich die Weltöffentlichkeit über Ihre Verbrechen informieren. Stichwort: Ihre Hawala-Geschäfte. Sie erhalten noch heute meine Instruktionen. Sollten Sie erwägen, mich zu töten, wird jemand anderes meinen Platz einnehmen. Eine Kopie des Films befindet sich an einem sicheren Ort. Handeln Sie klug.“

Lukas ließ das Gedächtnisprotokoll sinken. Sein Gesicht drückte pure Abscheu aus. „Erpressung, was sonst“, murmelte er. Ihm fiel sofort die Aufnahme seines Vaters ein. Sollte auch sie einer Erpressung dienen? Er konnte der Vorsehung und Consuela, Magalis früherer Ziehmutter, nicht genug dafür danken, dass Carlotta van Kampen durch ihre Hand in Spanien umgekommen war, bevor die Frau alle ihre unseligen Pläne hatte umsetzen können. Obwohl, er korrigierte sich, eigentlich sollte man über niemandes Tod froh sein. Trotzdem war er es, und er stand dazu.

Er sah Magali und Lucie an. „Irgendeine Idee, wer Nr. 6 sein könnte?“ *Ein Mitglied der ominösen Sieben vielleicht?*, überlegte er.

„Ha, und ich dachte, du regst dich zuerst über den indischen Jesus auf“, meinte Lucie.

„Wenn es nicht so ernst wäre, bestimmt, Lucie“, sagte Lukas und quälte sich ein Lächeln ab. „Und diese Beweise finden wir alle in dem Schließfach?“, wandte sich Lukas direkt an seine Frau.

Magali hob die Schultern. „Möglich, aber genau kann ich es nicht sagen. Aber mit Sicherheit Pläne und Patente, alte Dokumente und sogar ein lederner Behälter, der vermutlich Schriftrollen enthielt. Er war schwer.“

„Du hast ihn nicht geöffnet?“ Lukas mochte es nicht glauben. Keine Macht der Welt hätte ihn daran gehindert, hineinzusehen.

„Nein, ich war ja in Eile. Ich habe nur einiges fotografiert, unter anderem das Dossier.“

„Du hast doch nicht etwa auch das Foto von meinem Vater abfotografiert?“, kam Lukas der Gedanke.

„Nein, natürlich nicht.“

„Gut, immerhin. Es reicht, dass einiges davon auf dem gestohlenen Handy ist. Euch beiden ist doch klar, dass wir mit niemandem“, Lukas zeigte auf die ausgedruckten Blätter, „darüber reden dürfen. Das ist gefährliches Wissen.“ Er sah dabei besonders Lucie an.

„Warum sagst du nicht gleich, dass ich meine vorlaute Klappe halten soll, Bruderherz? Soll ich schwören? Vielleicht auf die Bibel?“

„Halt die Klappe, Lucie“, sagte Lukas.

Lucie biss sich auf die Lippe. Für diese brüderliche Ermahnung war es nämlich längst zu spät. Sie hatte Rabea gestern bereits alles erzählt und ihre Freundin gebeten nachzuforschen, ob sie etwas über das mysteriöse Experiment herausfinden könne.

KAPITEL 18

„Keine Sorge, ich werde Rabea das ausreden. Sie wird dir in Rom nicht in die Quere kommen.“

Die Geschwister hatten das Werk verlassen und waren auf dem Weg zu Lukas’ Wagen. Fontons Männer warteten in ihrem eigenen Fahrzeug auf sie.

„Ich werde selbst mit ihr reden.“

„Gut, ich komme mit.“

Lukas verzog das Gesicht. „Was ist los mit dir? Wir brauchen keinen Anstandswauwau, Lucie.“

„Darum geht es nicht. Zu zweit haben wir mehr Chancen.“ Lucie dachte mit schlechtem Gewissen daran, dass sie gestern die Gelegenheit nicht gleich beim Schopf gepackt und Rabea das Angebot ausgeredet hatte. Tatsächlich hatten der fortschreitende Abend und der Alkohol bei den Freundinnen konträre Reaktionen hervorgerufen. Je mehr Lucie intus hatte, umso mehr war sie dafür gewesen, während ihre Freundin zunehmend unschlüssiger wurde, ob sie das Angebot annehmen sollte. Rabea hatte eingewandt, dass sie ungern an die Ereignisse in Rom, die durch den furchtbaren Tod Pater Simones ihren Höhepunkt gefunden hatten, erinnert würde. Auch, dass sie wenig Lust verspürte, sich mit katholischer Bürokratie, gepaart mit Frauenfeindlichkeit, herumzuschlagen.

„Mir ist dieser Kardinalstaatssekretär Finzi-Contini ein Begriff“, hatte sie erklärt. „Er ist als Traditionswächter bekannt und den Kirchendogmen verhaftet. Ein aalglatter Diplomat. Vermutlich soll ich ihm bloß als Alibi-Frau dienen. Nein, ich habe kein gutes Gefühl, wenn ich an Rom denke. Jedenfalls nicht in diesem Zusammenhang.“

„Umso mehr ein Grund, diesem Kardinal in die Parade zu fahren“, hatte Lucie ihre Für-Rom-Argumentation bekräftigt. Hätte sie bloß ihre große Klappe gehalten! Lucie hoffte, dass Rabeas Zweifel an der Idee auch im nüchternen Zustand anhielten und sie davon ablassen würde, sobald sie erfuhr, dass Lukas sich dafür entschieden hatte, die Kommission zu leiten.

Ha, da hatte sie schon ihr Argument! Sich Lukas unterordnen? Nein, nichts für ihre Freundin. „Ich ruf sie an“, sagte sie und drehte sich von ihrem Bruder weg. Rabea war fast sofort am Apparat. „Hi, Freundin. Was machst du gerade?“, fragte Lucie.

„Ich checke meine E-Mails. Danach lädt mich Großvater zum Mittagessen in den *Spießgesellen* ein. Willst du vielleicht mit? Er würde sich sehr freuen.“

„Nein, da kann ich nicht, aber wir könnten uns am Nachmittag in der Gelateria *Da Noi* treffen. Ich hole dich zuhause ab. 15:30 Uhr? Fein! Bis später. Grüß mir deinen Großvater.“

„Warum hast du nicht gesagt, dass ich mitkomme?“, erkundigte sich Lukas sofort.

„Wir kennen doch Rabea! Die zählt sofort eins und eins zusammen. Nein, besser, wir überraschen sie.“

„Als wenn das großartig was bringen würde.“

„Überlass das mir, kleiner Bruder!“

KAPITEL 19

Pünktlich betraten Lucie und Rabea am Nachmittag die Gelateria. Lukas erwartete sie bereits dort. Er hatte einen Nischentisch belegt. Rabea entdeckte ihn trotzdem fast sofort. „Das ist kein Zufall, oder?“, meinte sie an ihre Freundin gewandt.

„Nein, wir haben einen kleinen Anschlag auf dich vor.“

Lukas hatte sich erhoben und kam ihnen entgegen. „Hi, Rabea, schön dich zu sehen“, begrüßte er sie mit einer etwas steifen Umarmung. Sie hatten sich seit London nicht mehr gesehen, nur einmal telefoniert.

„Dito. Du siehst richtig gut aus, Lukas. Das Familienleben bekommt dir.“

„Dito, kann ich nur zurückgeben. Du siehst auch sehr gut aus. Du hast sogar zugenommen.“

„Scheint so. Bisher ist das nämlich noch jedem aufgefallen“, erwiderte Rabea mit einem Seitenblick auf Lucie. Sie setzten sich und bestellten eine Runde Eis.

„Also, worum geht es? Welcher Schuh drückt euch denn?“, kam Rabea gleich auf den Punkt.

Lukas räusperte sich. Dann zog er aus einer Mappe, die er neben sich liegen hatte, einen Brief, der Rabea sofort sehr bekannt vorkam. „Wie kommst du an diesen Brief?“ Sie griff danach. In der ersten Sekunde hatte sie geglaubt, es wäre ihrer. Sie hatte ihn mit nach Nürnberg genommen, um ihn ihrem Großvater zu zeigen, doch dann dämmerte es ihr. „Stimmt ja, du hast auch eine Einladung erhalten. Das ist ein echter Scherz, oder?“

„Ich wünschte, es wäre so.“

„Ich weiß ja nicht, was die sich dabei denken. Die kennen doch seit der Van-Kampen-Geschichte unsere Verbindung! Wenn es kein Scherz ist, dann ist es Absicht", sagte sie mit Nachdruck. Kurz überlegte Rabea, ob sie Lukas verraten sollte, was sie in London von Senator Whitewolf über den Verbleib des Jesus-Evangeliums erfahren hatte. Der Senator hatte es zwar nicht direkt gesagt, aber sie hatte ihn auch so verstanden: dass jemand im Sold des Vatikans vor zwei Jahren in die Wohnung von Simones Bruder eingebrochen war und sich das Jesus-Evangelium geholt hatte. Doch diese Information behielt sie für sich. Vorerst. Sie war sich nicht sicher, ob ihr Lukas das glauben würde – vor allem wollte sie keine Diskussion in die falsche Richtung provozieren. Jetzt ging es vordergründig um die Einladung an sie beide und das Warum. Welches Motiv steckte dahinter?

„Genau das sind auch meine Gedanken", sagte Lukas. „Warum lädt man ausgerechnet uns beide dazu ein?"

„Ich verstehe euch nicht", mischte sich Lucie ein. „Warum seht ihr beide das derart negativ? Wenn die Einladung vom Papst ausgeht, würde ich sagen, euer integrer Ruf eilt euch einfach voraus. Es scheint doch um eine gute Sache zu gehen, oder?"

„Mag sein, Lucie. Der Brief ist zwar vom Papst autorisiert, aber der Initiator dieser Ethik-Kommission ist eindeutig der Kardinalstaatssekretär Clemente Finzi-Contini", erklärte Rabea. „Ich habe mich gleich gestern noch bei unserem Korrespondenten in Rom über den Mann erkundigt. Das Gerücht, dass Finzi-Contini eine Ethik-Kommission ins Leben ruft, ist bereits bis zu ihm durchgesickert. Finzi brüstet sich damit."

„Aha, und was soll mir das sagen? Hat dieser Finzi-Contini einen Pferdefuß oder Hörner oder was?" Lucie gönnte sich einen großen Löffel Erdbeereis.

„Nein, aber dieser Kardinal unternimmt nie etwas ohne Kalkül. Es gibt noch ein weiteres Gerücht, das sich seit Jahren hartnäckig hält und hier und da immer wieder aufflackert: Finzi-Contini war angeblich vor Jahren in die Mafia-Machenschaften der Vatikanbank verstrickt, aber irgendwie kam er sauber aus der Geschichte raus. Plus: er soll auch seine Finger beim Rücktritt des Papstes im Spiel gehabt haben. Und was mehr ist als nur ein bloßes Gerücht: Finzi-Contini hat große Ambitionen, selbst Papst zu werden."

„Gut, dieser Herr ist also ein schlimmer Finger. Ich kann aber nicht sagen, dass ich jetzt schlauer bin. Da capo. Was hat das mit eurer Einladung nach Rom in diese Kommission zu tun?"

„Ganz einfach, Lucie", übernahm Lukas die Erklärung. „Kardinal Finzi-Contini sichert sich nach allen Seiten ab. Entweder, er will nur ein Vorzeigeprojekt, damit er sich das Schild *Ethik-Kommission* um den Hals hängen kann, oder, und da bin ich ganz Rabeas Meinung, er führt etwas Bestimmtes im Schilde."

„Und was, bitte?" Jetzt verschwand ein Berg Sahne in Lucies Mund.

„Wenn er selbst in die Machenschaften involviert war oder besser, noch ist, dann wird er alles daran setzen, dass nichts davon ans Licht kommt."

„Jetzt verstehe ich, worauf ihr hinauswollt. Ihr vermutet, er ruft selbst diese Untersuchung ins Leben, damit er sie steuern und kontrollieren und im Bedarfsfall eigene Aktivitäten verschleiern kann? Ich muss schon sagen, das wäre wirklich ganz schön ausgefuchst, sollte das zutreffen."

„Ich bin mir sogar ziemlich sicher, dass es in diese Richtung geht. Wir werden mit allerlei Schwierigkeiten zu rechnen haben", sagte Rabea. „Mir schwant, warum man ausgerechnet uns beide zusammen eingeladen hat. Sollten Lukas und ich zu viel nachbohren oder sogar etwas herausfinden, was dem Kardinal unbequem oder gar gefährlich werden könnte, dann…", Rabea nahm sich selbst einen Löffel Eis, „dann können Lukas und ich uns darauf einstellen, dass plötzlich Gerüchte über eine angebliche Liebschaft zwischen uns durch die Presse geistern werden. In Rom blüht der Gerüchtehandel, und wenn es um Amore geht, erst recht. Ich sehe die Schlagzeile schon von mir: *Ex-Jesuit betrügt schwangere Frau mit Journalistin.* Die prangern uns als unmoralisch an und wecken damit Zweifel an unserer Glaubwürdigkeit. Wer interessiert sich da noch für unsere eigentliche Arbeit oder etwaige Ergebnisse? Wer würde uns noch glauben?"

„Mensch Rabea, warum willst du dir das dann überhaupt antun? Ich dachte, du hast genug von Vatikanmachenschaften für zwei Leben? Gestern hast du noch gesagt, dass du kein gutes Gefühl bei der Sache hast. Bleib hier und sag ab. Lass Lukas das alleine ausbaden, wenn er sich dazu berufen fühlt." Lucie sah ihre Felle längst davontreiben, was ihre Hoffnung anbelangte, Rabea die Teilnahme an der Kommission ausreden zu können. Sie konnte es in Rabeas Augen lesen, bevor diese sagte:

„Doch, ich habe mich eben entschieden. Dafür. Jetzt erst recht." Sie lächelte Lukas zu. „Auf nach Rom, Bruder Lukas. Machen wir diesem Kardinal einen Strich durch die Rechnung!" Rabea tauchte ihren Löffel schwungvoll in den Becher. Das Eis schmeckte sehr gut, fast so gut wie in Rom…

KAPITEL 20

Nur wenige Stunden später, um acht Uhr abends, betrat Rabea das indische Restaurant in der Innenstadt, in dem sie sich mit Lucie und Liebeskandidat Nummer 1, Andrea, dem Lebensretter, treffen würde. Schon wieder ein Essen, dachte sie, dabei hatte sie am Nachmittag erst einen großen Eisbecher verputzt. Rabea stellte fest, dass sie wirklich Gefahr lief, dick zu werden. Dessen ungeachtet verspürte sie schon wieder Appetit, als die exotischen Düfte des Lokals ihre Nase kitzelten. Unterwegs hatte Ryan sie erreicht. Wenn sie wirklich verliebt in ihn war, dann verstand sie nicht, warum sie ständig Hunger hatte. Angeblich aßen Verliebte weniger. Aber vielleicht war es bei ihr ja umgekehrt. Jedenfalls fühlte sie sich gut dabei.

Sie entdeckte Lucie, die so vertieft in ihr Gespräch mit ihrem Tischnachbarn war, dass sie erst aufmerkte, als Rabea bereits vor ihr stand. Andrea sprang sofort von seinem Stuhl auf. Nach der gegenseitigen Vorstellung begann Rabea mit dem, was Lucie *Rabeas Verhör* nannte. „Was machen Sie beruflich, Andrea?"

„Ich bin Geologe und Mineningenieur."

„Ah, da kommen Sie sicher sehr viel in der Weltgeschichte herum."

„Stell dir vor, Rabea", mischte sich Lucie ein. „Er arbeitet derzeit für uns! Für den Verkauf von Magalis Minen in Afrika wurde eine Unternehmungsberatung hinzugezogen. Andrea arbeitete für die, er ist ihr Experte."

Rabea horchte auf. „Dann ist es kein Zufall, dass Sie in Nürnberg sind, Andrea?"

„Nein, ich stamme aus dem Tessin und wohne dort auch. Aber die meiste Zeit bin ich als Consultant für eine Schweizer Firma unterwegs."

„Dann sind Diamantminen ihr Spezialgebiet? Kannten Sie zufällig Carlotta van Kampen?“

„Rabea! Was soll denn das für eine Frage sein?“ Lucie starrte ihre Freundin misstrauisch an.

„Lass nur, Lucie. Die Frage ist berechtigt“, sagte Andrea lächelnd. „Ich bin Frau van Kampen nie persönlich begegnet, aber ich habe natürlich von ihr gehört. Meine Firma hat auch schon für sie gearbeitet. Die Minenwelt ist klein. Mein Spezialgebiet sind allerdings Seltene Erden.“

„Andrea berät Karl Benrath und Magali beim Verkauf ihrer Coltan-Minen“, erklärte Lucie.

„Oh, wer will die denn kaufen? Ihre Gesellschaft?“

„Nein, wir sind ja nur eine Beratungsgesellschaft und mit der Expertise beauftragt. Allerdings habe ich eine Vertraulichkeitsvereinbarung unterschrieben und darf den Namen unseres Klienten nicht preisgeben. Das verstehen Sie sicher.“

„Natürlich, aber darf ich wenigstens spekulieren?“

„Bitte sehr, spekulieren Sie.“ Andrea hob die Hände in einer offenen Geste.

„Hm, Sie sind also Schweizer, dann vermute ich entweder den Giganten Glencore dahinter oder aber die Chinesen. Es ist kein Geheimnis, dass der chinesische Staat sehr darum bemüht ist, den Coltan-Weltmarkt aufzukaufen.“ Rabea hatte Andrea während ihrer Worte genau beobachtet, ob er sich irgendwie verraten würde. Doch weder seine Augen noch seine Miene hatten sich verändert. *Pokerface. Offenbar befand er sich nicht zum ersten Mal in solch einer Situation. Merkwürdig eigentlich, für einen Geologen.* Allein diese Feststellung war schon interessant an sich, fand Rabea. Dabei war sie sicher, dass sie mit einer ihrer Vermutungen ins Schwarze getroffen hatte. Die Chinesen wären ihr als Käufer fast lieber. Sie waren zwar auch auf reine Ausbeutung aus, da Chinas Informationstechnologie-Sektor boomte, allerdings benötigen sie das Coltan auch, um ihr Umweltproblem zu lösen. Chinas Großstädte versanken im Smog, und Coltan wurde unter anderem für Umwelttechnologien wie Solar- und Brennstoffzellen benötigt.

Die Glencore-Unternehmensgruppe hingegen hatte einen schlechten Ruf und war bereits mit dem Negativ-Preis *Public Eye Swiss Award* ausgezeichnet worden. Es kursierten Gerüchte über Menschenrechtsverletzungen und Umweltverschmutzung. Rabea war der Vorwurf bekannt, dass Glencore in Kolumbien, wo die Gesellschaft mehrere Kohlebergwerke betrieb, massiv gegen

Gewerkschaftsmitglieder vorging. Desweiteren hatte sie von Anschuldigungen gehört, dass der Konzern gezielte Tötungen durch paramilitärische Milizen finanzieren sollte. Weltweit war Glencore die größte im Rohstoffhandel tätige Unternehmensgruppe, ihr Hauptsitz lag im schweizerischen Baar.

„Müssen wir über Geschäftliches reden?“ Lucie zerpflückte ihr Naan, ein Hefefladenbrot. „Können wir nicht über etwas anderes sprechen, zum Beispiel, ob ich Chicken Tika Masala oder doch ein Fisch-Curry essen soll?“ Sie wedelte mit der Speisekarte.

„Ich würde dir vom Tika Masala abraten, Lucie“, sagte Andrea, „das ist ein pseudo-indisches Essen, und meines Wissens hat das ein englischer Koch erfunden. Jedenfalls war das erste auf diese Art zubereitete Hühnchen zugleich meine letzte Erfahrung.“

Sie ließen sich schließlich vom indischen Kellner beraten und bereuten es nicht. Das Essen schmeckte ausgezeichnet. Sie unterhielten sich, bis das Lokal schließen wollte. Natürlich waren die indischen Besitzer viel zu höflich, sich diesbezüglich bemerkbar zu machen, aber irgendwann fiel den Dreien auf, dass sie seit geraumer Zeit die letzten Gäste waren. Andrea bat um die Rechnung.

Rabea fand an ihm auf Anhieb nichts auszusetzen. Andrea war ein kluger und charmanter Gesprächspartner, dessen Aufmerksamkeit wenig entging. Die Themen, die er anschlug, wurden nie langweilig, er hatte viel von der Welt gesehen und besaß eine humorvolle Art zu erzählen. Er war ein einnehmender Mann, und Rabea konnte verstehen, warum er Lucie gefiel.

Am Ende des Abends, als Lucie sich von Andrea verabschiedet hatte und ihm nachsah, wie er in seinem Geländewagen davonfuhr, fragte sie ihre Freundin: „Und, wie findest du ihn? Sag schon!“

„Nicht schlecht. Jetzt bin ich gespannt auf Kandidat Nummer 2.“

„Da wirst du noch eine Weile warten müssen. Jonathan ist zurzeit in Istanbul.“ Lucie seufzte.

„Aber du fliegst doch sicher bald zurück?“

„Ja, übermorgen, aber dann ist Jonathan nicht mehr da. Aber er hat angedeutet, dass er bald nach Berlin muss. Irgendwelche Verhandlungen und eine Charity-Gala, an der er teilnehmen muss. Vielleicht kann ich es einrichten, ihn dort zu treffen.“

„Na, deinen Job möchte ich haben. Arbeitest du auch irgendwann mal?“

„Von wegen, ich bin eine arme Archäologin, die sich von Auftrag zu Auftrag hangeln muss. Außerdem ist es ein gegenseitiges Nehmen und Geben. Ich kenne nun einmal viele Leute und beschaffe Spenden für unsere Ausgrabung. Mein Professor, oder besser die Uni Tübingen, ist ständig klamm. Ich muss nur zu meinem Professor sagen, dass ich eine Möglichkeit sehe, Gelder einzutreiben, und schwupps, bin ich beurlaubt. Und Jonathan hat sich schließlich schon einmal als gute Einnahmequelle erwiesen. Wenn ich sage, ich möchte nach Berlin, um ihn zu treffen, dann sagt Hubi höchstens: *Ran an den Speck!*“

„Wer ist Hubi?“

„Na, mein Professor, Hubert Hagedorn.“ Lucie gähnte, Rabea tat es ihr nach. Sie standen immer noch vor dem indischen Restaurant. „Ich glaube, wir gehören beide ins Bett“, sagte Rabea.

„Stimmt, wurde ja gestern auch spät. Wir sehen uns aber morgen nochmal, oder?“

„Klar, komm einfach zum Frühstück vorbei.“

„Ich stelle fest, du hast wirklich einen Hang zum Essen entwickelt, Bea. So kenn ich dich ja gar nicht.“

„Menschen können sich ändern.“

„Seit wann sonderst du Weisheiten ab? Apropos, heißt das, du wirst der Versuchung Rom widerstehen?“

„Nein, du weißt ja, was man über Versuchungen sagt.“

„Was denn?“

„Dass man ihnen nachgeben soll, wer weiß, ob sie wiederkehren.“

„Du bist eine echte Plage, Rabea. Darüber reden wir noch. Bis morgen.“

„Bis morgen. Ach, Lucie?“

„Ja?“ Ihre Freundin kramte in ihrem Umhängebeutel nach dem Autoschlüssel.

„Viel Spaß mit Prinz Charming.“

„Sag ich doch, du bist eine Plage!“

KAPITEL 21

Zürich/Schweiz

Zwei Tage nach dem Überfall auf Magali bezog Jules erneut seine Stellung in der Wohnung gegenüber der Bank. Diesmal würde es hoffentlich keine unangenehmen Überraschungen geben.

Als sich um kurz nach 10:00 Uhr Lukas und Magali in sein Blickfeld schoben, gefolgt von dem wachsamen Schatten James Fontons und einem weiteren Personenschützer, wunderte er sich nicht. Es war unvermeidlich gewesen. Wenn er je einen Menschen mit einem schlechten Gewissen gesehen hatte, dann war das Magali am Freitag gewesen. Offenbar wollte sie ihrem Mann zukünftig nichts mehr verheimlichen, und jetzt waren sie beide hier, um…

Hier verließ Jules sein Latein. Tatsächlich konnte er nur raten, was die beiden hier wollten. Doch was immer seine Freunde auch vorhatten, im Grunde spielte es keine Rolle. Er war hier, um zu sehen, ob die Luft rein war. Bis jetzt war sie es. Allerdings konnte er nicht riskieren, seinem Freund und dessen Frau in die Arme zu laufen. Insbesondere, nachdem er soeben erneut ein verdächtiges Fahrzeug entdeckt hatte. Dieses Mal handelte es sich um einen nachtblauen Audi. Magalis und Lukas' Verfolger waren hartnäckig. Heute aber verließ sich Jules ganz auf James Fonton. Der Brite verstand sein Geschäft. Wer auch immer in dem Audi lauerte, hatte keine Chance.

Inzwischen war sich Jules sicher, dass Yussuf nichts von seiner Anwesenheit in Zürich ahnte. Magali und das Schließfach waren sein Ziel. Dafür sprach auch, dass der Wagen vom Freitag erst nach Magalis Erscheinen aufgetaucht war. Genauso wie der Audi heute. Trotzdem erwog Jules kurz, ob eine weitere Partei ihre Finger im Spiel haben könnte. Falls er mit seinen Vermutungen richtig lag und Magalis und Lukas' Anwesenheit in Zürich mit Carlotta van Kampens Erbe zusammenhing, wäre alles möglich. Magalis Mutter hatte sich im Laufe ihres Lebens eine Menge Feinde gemacht. Doch seit er Kaschinski verhört hatte, war für Jules der Vatikan der wahrscheinlichste Auftraggeber. Immer noch fuchste ihn die Sache mit dem BMW. Hätte er die Männer nicht verloren, wüsste er vermutlich längst, zu welcher Gruppierung sie gehörten, und könnte Fonton eine Warnung zukommen lassen. Vor allem könnte er sich selbst wieder seinen eigenen Angelegenheiten zuwenden. Er hatte die Schnauze gründlich voll davon, sich zu verkriechen und Ewigkeiten damit zu verbringen, darauf zu warten, dass seine Feinde in die Falle tappten. Dabei erwischte er sich bei dem Gedanken, dem Audi zu folgen. *Nein!* Er durfte seine Mission nicht aus purer Langeweile und Neugierde gefährden! Er musste die Sache Fonton überlassen.

Der Brite trug ein Headset und behielt die Szene genau im Auge. Der Ex-SAS Mann sprach in ein Mikro und näherte sich dem verdächtigen Fahrzeug. Dem Fahrer des Wagens blieb dies nicht verborgen. Er gab Gas und fuhr an der Vierergruppe vorbei, die den Eingang der Bank eben erreicht hatte. Jules sah, wie ein weiteres Fahrzeug aus einer Parkbucht ausscherte, beschleunigte und sich hinter den Audi setzte.

Schnappt sie euch, Jungs!, dachte Jules.

Magali und Lukas betraten inzwischen die Bank. Fonton und sein Begleiter blieben vor dem Eingang stehen und behielten die Umgebung im Auge. Jules ließ sein Fernglas sinken. Solange Fonton so auffällig vor der Bank stand, würden Yussuf und seine Leute nicht mehr auftauchen. Egal. Jules hatte nichts gegen die erneute Unterbrechung seiner Observierungsroutine. Es war so langweilig wie eintönig, Leuten dabei zuzusehen, wie sie eine Bank betraten und wieder verließen. Im Gegensatz dazu hielten ihn seine Freunde ganz hübsch auf Trab. Dass er sie alle so bald wiedersehen würde…Fehlte eigentlich nur noch Rabea.

Irgendwie wurde Jules das Gefühl nicht los, dass auch sie seine Wege früher als erwartet wieder kreuzen würde. Jules glaubte an die verschlungenen Pfade des Schicksals, das trotz all seiner Wendungen dem Menschen vorherbestimmt war. Seines und Rabeas war längst miteinander verknüpft.

KAPITEL 22

Berlin/Deutschland

„Siehst du, ich bin die bessere Freundin. Ich habe dich nicht vergessen!“, empfing Rabea Lucie auf dem Berliner Flughafen Tegel.

„Was für ein erfrischendes Willkommen.“ Lucie erdrückte ihre Freundin beinahe mit ihrer Umarmung. „Wann wird eigentlich der neue Flughafen fertig? Ich habe irgendwo die Frage gelesen, ob es inzwischen nicht billiger wäre, Berlin abzubauen und neben einem funktionierenden Flughafen wieder aufzubauen.“

Rabea schnitt eine Grimasse. „Ja, wer den Schaden hat…Diese Häme haben sich unser eloquenter Bürgermeister und Konsorten verdient. Das Problem ist, dass die Leute zwar alle die besten Rechenprogramme bedienen können, aber dabei verlernt haben, ihren gesunden Menschenverstand einzusetzen.“

„Leuchtet mir ein. Ich kenn das auch. Ich kaufe mir ein neues Kleid und dann brauche ich unbedingt das passende Paar Schuhe. Ich bin so darauf fixiert, die zu finden, dass ich erst daheim merke, dass ich das richtige Paar bereits im Schrank stehen habe.“

Rabea dachte sofort an Lucies Regalwand, in der Schuhe in Regimentsstärke lagerten. Sie schmunzelte. „Das wundert mich gar nicht. Komm, wir fahren in meine Wohnung. Schön, dass du bei mir übernachtest und nicht im Adlon wie dein elitärer Freund Jonathan.“

„Ich bin ja keine Luxusschnecke. Und Jonathan muss da logieren, dort findet auch die Gala statt. Er muss das Prestige wahren.“

„Das sagt die Frau mit den tausend Schuhen. Aber schön formuliert, Lucie. Das Prestige wahren…herrlich.“

„Ja, mach dich nur über mich lustig, Freundin. Apropos Prestige. Hast du ein langes Abendkleid? Du kommst natürlich heute Abend mit! Jonathan freut sich schon darauf, meine beste Freundin kennenzulernen."

„Oh nein, dass ich dich heute begleite, habe ich nie gesagt. Ein gemütliches Treffen zu dritt, ja. Aber ich gehe sicher nicht auf so eine Promisause, bei der das halbe geliftete Berlin antanzt und seine Juwelen schaukelt."

„Menno, bist du wieder drastisch. Erstens ist es für einen guten Zweck und zweitens bist du Journalistin. Der Bürgermeister ist auch da. Du kannst ihn ja nach dem Flughafen fragen." Lucie zwinkerte frech.

„Okay überredet! Aber dann müssen wir gleich noch shoppen gehen. Mit einem langen Abendkleid kann ich nicht dienen."

* * *

Sieben Stunden später entstiegen sie der chromblitzenden Limousine, die ihnen Lucies Verehrer Jonathan geschickt hatte, und schritten über den roten Teppich ins hellerleuchtete Hotel Adlon – Lucie in einem himmelblauen, schulterfreien Seidentraum, der ihre schlanke Figur umfloss, Rabea in einem engen, smaragdgrünen Kleid, das einen reizenden Kontrast zu ihrer hellen Haut und ihren schulterlangen roten Locken bildete.

Blitzlichter flammten auf und Zurufe wie „bitte hierher sehen" wurden laut. Lucie sonnte sich kurz in der Aufmerksamkeit, aber Rabea hatte es eilig, aus dem Rampenlicht zu flüchten. Vor dem Ballsaal verteilten Kellner Champagner in langstieligen Gläsern. Lucie schnappte sich zwei und reichte eines an Rabea weiter. Lucies Glas war erstaunlich schnell geleert.

„Ich stelle Männer-Nervositis fest. So kenne ich dich gar nicht", sagte Rabea amüsiert.

„Ich habe Jonathan seit zwei Wochen nicht gesehen. Vielleicht hat er mich ja schon vergessen."

„Wo hast du gesagt, dass wir ihn treffen?"

„Gar nicht, er sagte, er findet uns."

„Immerhin hat er Stil. Der Limousine nach hat er dich nicht vergessen. Das war eine nette und spendable Geste. Da wird es für unseren Geologen-Kandidaten schwer, dagegen anzustinken."

„Wieso? Ich brauche keinen Luxus, um glücklich zu sein", tat Lucie die Bemerkung ab.

„Das sagt sich für dich leicht. Er ist für dich selbstverständlich, du bist damit aufgewachsen. Wenn du ohne ihn auskommen musst, wird er dir bald fehlen."

„Was wird das? Probst du schon für die Moral-Kommission?" Lucie schob ihren Ausschnitt zurecht.

„Nein, ich beziehe mich nur auf reichlich soziale Studien."

„Bah, ich pfeif auf deine Studien. Du solltest mal sehen, wie ich im Archäologen-Camp hause."

„Das mit dem *hausen* glaube ich dir aufs Wort. Unglaublich, wie schnell du meine Wohnung verwüstet hast."

„Böse Freundin. Das nächste Mal nehme ich dich nicht mehr mit."

„Wen nimmst du das nächste Mal nicht mehr mit?", fragte eine Stimme hinter Lucie.

Sie fuhr herum. „Jonathan!" Lucies gerade noch gereizte Miene erstrahlte in einem umwerfenden Lächeln. Ein hochgewachsener Mann in einem augenscheinlich maßgeschneiderten Smoking beugte sich zu Lucie hinab, zog sie an sich und küsste sie. Dabei streifte seine Hand auf eine Weise über Lucies Hüfte, die Rabea zeigte, dass Jonathan Valder ihre Freundin mitnichten vergessen hatte. Lucie löste sich sichtlich ungern von ihm. Eine verdächtige Röte lag über ihren Zügen, als sie leicht atemlos hauchte: „Rabea, darf ich dir Jonathan Valder vorstellen? Jonathan, das ist Rabea, meine beste Freundin."

„Freut mich, Sie kennenzulernen. Sie sind also die angekündigte *Inquisitorin.*" Seine Stimme war dunkel wie schwarzer Samt. Das letzte Wort sprach er aus, als läge darin eine verborgene Verheißung. Rabea blinzelte irritiert, während sie feststellte, dass Lucie nicht übertrieben hatte. Der Mann war äußerst attraktiv. Aber das wirklich Beeindruckende an ihm waren seine Augen. Intelligent, dunkelgrau, mit einem Stich ins Grüne. Unwillkürlich fragte sie sich, ob sie ihm schon einmal begegnet war.

Jonathan lächelte sie an und holte sie mit einer angedeuteten Verbeugung aus ihrer Überlegung: „Haben die Damen schon etwas gegessen?", fragte er mit einem Zwinkern, die seinen Worten die Steifheit nahm.

„Nein, wir sind am Verhungern", erwiderte Rabea an Lucies Stelle. Sie reagierte nämlich nicht. Rabea streifte sie mit einem belustigten Blick. Ihre Freundin war im Moment ein Totalausfall. Sie strahlte Jonathan verklärt an und nahm ihre Umgebung nicht mehr wahr. Rabea konnte es ihr kaum verdenken. Der Mann hatte wirklich etwas an sich.

„Sehr gut, ich habe für uns drei einen Tisch im Restaurant bestellt. Ich muss noch ein paar Leute begrüßen, stoße aber dann zu euch. Bestellt euch ruhig schon etwas. Die Veranstaltung beginnt erst in einer Stunde." Er nahm Lucies Hände und küsste ihre Finger, während er ihr tief in die Augen sah. „Ich freue mich, dass du hier bist, Lucie", sagte er mit seiner samtigen Stimme, die auch Rabea nicht kalt ließ. Lucie sah ihm nach, wie er in der Menge verschwand.

„Scheint, als ob du dich schon entschieden hast", sagte Rabea mit einem verstehenden Lächeln.

„Wie findest du ihn?", fragte Lucie prompt.

„Sehr attraktiv, und die Stimme sollte er sich patentieren lassen."

„Ja, die ist wie Schokolade, ich könnte darin baden", sagte Lucie mit echtem Besitzerstolz. „Und was meinst du sonst? Ist er nicht…" Lucie suchte noch nach dem passenden Superlativ, als Rabea etwas unwirsch zurückgab: „Meine Güte, Lucie, ich habe ihn vielleicht eine Minute gesehen. Wie soll ich mir da schon ein Urteil bilden?" Wobei sie an diesem Punkt nicht ganz die Wahrheit sagte. Sie hatte sich bereits ein Urteil gebildet, aber ihre angeborene Skepsis hielt sie zurück. Sie wollte sich nicht so leicht blenden lassen. Es stimmte, Jonathan war perfekt. Beinahe *zu* perfekt. Doch das konnte sie ihrer Freundin natürlich so nicht sagen.

„Aber du musst doch einen ersten Eindruck haben?", blieb Lucie beharrlich. „Ich verstehe dich nicht. Du hältst doch sonst nicht so mit deiner Meinung hinter dem Berg. Bei Andrea habe ich auch kaum etwas aus dir herauslocken können. Bisher bist du mir wirklich keine Hilfe", maulte sie.

Sie hatten inzwischen das Restaurant betreten. Ein eleganter Kellner führte sie zu ihrem Tisch. Mit den Bewegungen eines Dirigenten wies er ihnen ihre Plätze zu. Rabea nahm das kleine Schild zur Hand: „Reserviert für Jonathan Valder und Begleitung", las sie vor. „Schade, dass da nicht steht, „*…und Freundin*", dann müsste ich mir weniger den Kopf zerbrechen."

„Genau darum geht es ja, du zerbrichst dir überhaupt nicht den Kopf. Ich bin genauso schlau wie vorher!"

„Jetzt sei doch nicht so ungeduldig. Ich habe dir doch gesagt, dass ich erst dann meine Meinung sage, wenn ich beide Kandidaten näher kennengelernt habe."

„Ehrlich, du hörst dich an wie bei *Herzblatt*.

„Was soll das sein?“

„Eine alte Kuppelshow. Ach vergiss es.“ Lucie fummelte schon wieder an ihrem perfekten Ausschnitt herum. „Meinst du, er kommt bald?“

„Du bist reichlich nervös, Süße.“

„Klar, vor allem bin ich wuschig.“

„Ach, musste Prince Charming zuhause bleiben?“

„Spinnst du? Ich schlepp *den* doch nicht im Koffer mit! Irgendwie haben die Leute bei der Flugkontrolle einen Narren an mir gefressen und stets das Bedürfnis, in meinem Gepäck zu wühlen. Ich pack sowieso nur noch Funktionsunterwäsche ein.“

„Du bist doch sonst nicht prüde, Lucie.“

„Danke, das nehme ich als Kompliment. Eigentlich hatte ich gehofft, na ja, wenn du mir den Segen für Jonathan erteilst, dann…“ Lucie ließ den Rest des Satzes in der Luft hängen.

Rabea hatte ihre Freundin auch so verstanden. „Soso, du hattest gehofft, wenn ich sage, Jonathan wäre der Richtige, dann hättest du heute Nacht dein freiwilliges Zölibat beendet und wärst mit ihm in die Kiste gehüpft? Der arme Prince Charming, so schnell wird man ausrangiert.“

„Prince Charming wurde ausrangiert? Wer soll das sein? Habe ich etwas verpasst?“

„Oh, Jonathan, du bist schon da“, rief Lucie und brachte das Kunststück fertig, rot zu werden und gleichzeitig ihre Freundin anzufunkeln. Rabea bemühte sich, so unschuldig wie möglich dreinzusehen, obwohl sie am liebsten laut gelacht hätte. Jonathan Valder besaß ein gutes Timing. Ein weiterer Pluspunkt für ihn. *Er war Mr. Perfect.* Was Rabea gleichzeitig schon wieder störte. Soweit sie sich erinnerte, war er nach Lukas der erste Mensch, an dem sie in den ersten dreißig Minuten nach ihrer Begegnung nichts auszusetzen hatte – außer eben, dass er zu perfekt war. Allerdings war das ja kaum gegen ihn anzuführen. War Perfektion am Ende ein Makel? Weil perfekte Menschen einem die eigene Unzulänglichkeit vor Augen führten? Falls dies so war, sollte sie Lucie wirklich in seine Richtung hin ermuntern, denn ihre Freundin lief nicht Gefahr, neben Mr. Perfect zu verblassen. Außerdem schien es Lucie wirklich nötig zu haben…Sie benahm sich derzeit wie ein verliebter Teenager.

KAPITEL 23

Am späten Vormittag des nächsten Tages, einem Sonntag, klingelte es an Rabeas Tür. Es war Lucie, und sie strahlte wie tausend Glühwürmchen.

„Da bist du ja wieder!“, begrüßte Rabea sie. „Und wie du aussiehst…“

„Wie sehe ich denn aus?“ Lucie musterte sich sofort nervös im Spiegel über der Flurkommode.

„Wie Thelma, aus *Thelma und Louise*, nachdem sie von Brad Pitt eine Nacht lang so richtig durchgenudelt worden ist.“

„Danke!“ Lucie freute sich. „Ach, Jonathan war einfach nur toll. Zuerst hat er mir das…“

„Stopp, erspar mir bitte die Einzelheiten. Ich sehe Ryan frühestens in drei Monaten wieder. So eine Fernbeziehung bringt auch seine Defizite mit sich.“

„Soll ich dir Prince Charming leihen?“, bot Lucie sofort großzügig an.

„Danke, ich eigne mich nicht als Nebenfrau. Außerdem bin ich selbst versorgt. Du hast dich also entschieden. Wenn ich dir einen Rat geben darf, du solltest das möglichst bald deinem Andrea beibringen. Der hat vermutlich auch längst Defizite.“

„Das ist meine Freundin! Kommt sofort auf den Punkt. Davor graut mir, ehrlich. Andrea hat sich die ganze Zeit sehr anständig verhalten und mich nicht bedrängt.“

In diesem Moment meldete sich Lucies Handy. Sie sah den Namen auf dem Display, rief erschrocken „Kack, das ist *er*“, nahm ab, um als Nächstes allerliebst hineinzuflöten: „Oh, Andrea, wie schön, von dir zu hören. Wir, also Rabea und ich, haben gerade von dir gesprochen. Richtig, ich bin in Berlin. Du hast Fotos von uns in der Zeitung gesehen? Wo denn, die muss ich mir…Was? Wo bist du? In Berlin?“ Lucie sandte einen panischen Blick zu Rabea. Rabea formte lautlos die Worte „das hast du dir selbst eingebrockt“ und kehrte auf ihren Balkon zurück.

Zum ersten Mal in ihrem Leben hatte sie sich Pflanzen besorgt und war damit beschäftigt gewesen, die Blumenkästen zu bepflanzen, als Lucie geklingelt hatte. Sie entdeckte Hobbit, die in einem halbgefüllten Topf saß und eifrig dabei war, eine rote Geranienblüte zu zerfetzen. Zuvor musste sie sich in dem Topf gewälzt haben, ihr getigertes Fell hing voller Erdkrümel. „Pfui, Hobbit, du bist wirklich die schmutzigste Katze der Welt. Wenn du Grünzeug magst, dann besorge ich dir Katzengras.“ Hobbit sprang aus dem Topf, streckte sich majestätisch und versuchte dann, sich auf die nächste Geranienblüte zu stürzen. Rabea hatte mehr damit zu tun, ihre aufdringliche Katze abzuwehren, als dass sie zum Eintopfen kam.

Hinter ihr betrat Lucie den Balkon. „Scheint so, als schlüge die Stunde der Wahrheit noch heute. Andrea ist in Berlin und will sich heute Abend mit mir treffen.“

„Ist doch gut, dann hast du es hinter dir.“

„Aber ich wollte mich doch später mit Jonathan treffen.“

„Tja, meine Liebe. Selbst schuld. Zwei Männer sind einer zu viel.“

„Das sagt die Richtige. Du hast Ryan und willst trotzdem Lukas das Leben in Rom schwer machen.“

Rabea fuhr ehrlich betroffen auf. „Peng, das hat gesessen. Nur weil du dich in eine unangenehme Situation manövriert hast, Lucie, musst du das nicht an mir auslassen.“

„Tu ich doch gar nicht. Ich komme schon mit Andrea klar. Aber ich finde, dass du wirklich noch einmal über Rom nachdenken solltest. Ich dachte, du hättest deinen Frieden mit Kirche und Glauben gemacht?“

„Was hat das eine mit dem anderen zu tun? Ich habe nur mit dem Glauben Frieden geschlossen, Lucie, nicht mit der katholischen Staatskirche.“

„Trotzdem, warum willst du den kalten Kaffee denn aufwärmen? Findest du nicht, dass es Zeit für ein neues Leben ist? Du bist dreißig. Die Tatsache, dass Lukas ernsthaft in Erwägung gezogen hat, Papas Stiftung zu übernehmen, zeigt, dass er bereit für eine Veränderung ist. Die Leitung der Kommission ist für ihn ein Schritt in die Zukunft. Vermassele ihm das nicht.“

„Wie kommst du denn darauf, ich könnte es ihm vermasseln?"

„Weil du *du* bist."

„Bitte? So wie du das betonst, klingt das, als hieltest du mich für den Antichrist." Rabea wirkte jetzt belustigt.

„Ich will doch nur das Beste für Lukas."

„Du scheinst ihm aber nicht sehr viel Vertrauen entgegenzubringen."

„Natürlich tue ich das, aber ich kenne die Macht der Hormone, und ich kenne dich."

„Toll, der nächste Besenklopfer. Du scheinst auch mir nicht viel Vertrauen entgegenzubringen", bemerkte Rabea sarkastisch. „Ich verstehe dich nicht, Lucie. Lukas und ich folgen einer Einladung des Vatikans. Wir werden mit den anderen Kommissionsmitgliedern Sitzungen abhalten, Nachforschungen anstellen und nüchterne Berichte schreiben. Wir fahren getrennt nach Rom, um dort zu arbeiten, und nicht, um uns zu amüsieren, oder wie du das nennst, kalten Kaffee aufzuwärmen. Ich respektiere, dass Lukas eine Frau und demnächst zwei Kinder mit ihr hat. Wir sind beide übereinander hinweg, und das schon eine ganze Weile. Insofern gebe ich dir recht, wir haben beide ein neues Leben begonnen. Lukas und ich sind nur noch Freunde. Ende der Ansage."

„Wen hast du jetzt überzeugt. Mich? Oder *dich*?", bemerkte Lucie spöttisch. Sie hatte sich auf den einzigen Stuhl gesetzt und hielt den Kopf gesenkt, während sie Erdkrümel aus Hobbits Fell zupfte, die mit einem geschmeidigen Satz auf ihren Schoß gesprungen war. „Ich mache mir einfach Gedanken", hob sie erneut an, „es beschäftigt mich! Du warst bisher immer der Grund für die Wendepunkte in Lukas' Leben. Als du ihn verlassen hast, verschwand er gleich darauf ohne ein Wort nach Mallorca, Magali-One-Night-Stand inklusive – und als er zurückkam, trat er in den Jesuitenorden ein. Alles wegen dir."

„Du hast es gewusst?" Rabea hatte es zwar immer geahnt, aber bislang vermieden, mit ihrer Freundin darüber zu sprechen. Wozu auch? Sie wussten beide um ihre unrühmliche Rolle in diesem Drama. Sie hatte Lukas das Herz gebrochen.

„Natürlich, wenn nicht ich, wer dann? Du hast uns selbst einmal als Zwillings-Seismographen bezeichnet, die die Gefühlsbeben des anderen aufzeichnen. Und jetzt? Du bist noch keine drei Monate zurück, da spüre ich wieder, wie es in meinem Bruder arbeitet. Und als sei das nicht genug, zieht es ihn sogar nach Rom zurück."

„Aber dass er nach Rom geht, hat doch nichts mit mir zu tun, oder irgendwelchen alten Gefühlen." Rabea hatte sich vor Lucie hingekniet und zwang ihre Freundin, sie anzusehen. „Glaub mir, Lukas und ich sind vollkommen miteinander im Reinen, wir wissen beide, dass wir unsere Chance vergeben haben. Ich stehe hundertprozentig zu dem, was ich auch schon zu Lukas in London gesagt habe: Es ist nicht unsere Bestimmung, zusammen zu sein. Magali ist jetzt seine Frau, und ich halte sie für stark und mutig. Sie hat mit neunzehn ihre dominante Mutter verlassen, sich jahrelang vor ihr versteckt und ihr Leben als Alleinerziehende gemeistert. Sie hat Lukas nur einmal von dem gemeinsamen Kind geschrieben und dann nie wieder. Sie hat nie etwas für sich verlangt. Ich habe ihr und Matti sechs Jahre gestohlen."

„Ja, das verstehe ich immer noch nicht. Ausgerechnet du! Aber mein Bruder hat es dir trotzdem verziehen. Und *das* macht mich nervös!"

„Was für ihn spricht, aber *nicht* für mich." Rabea rang sich ein trauriges Lächeln ab. „Und du hast es gerade gesagt, das ist der springende Punkt: ausgerechnet ich. Ich habe mich selbst schäbig verhalten, habe Wasser gepredigt und Wein getrunken. Nein, ich werde ganz sicher nicht mehr zum Weinkelch greifen."

„Heißt das, du hast dir selbst die Buße auferlegt, auf Lukas zu verzichten?"

Rabea hatte sich erhoben und war zur Balkonbrüstung getreten. Doch ihr Blick war nach innen gerichtet, sie nahm das Häusermeer der Großstadt vor sich nicht wahr. Tief in ihr verborgen fühlte sie noch immer die Melancholie. Lukas und sie. Sie und Lukas. Das Echo einer unvergänglichen Liebe. *Vielleicht*, dachte sie, *gewährte ihnen das Schicksal im nächsten Leben eine Chance. Wenn es eines geben sollte*…Doch in diesem Leben hatte sie ihre Lektion gelernt. Ohne sich umzuwenden, antwortete sie ihrer Freundin: „Nein, denn das würde ja bedeuten, dass Lukas mich noch wollte. Aber das ist vorbei, Lucie." Sie drehte sich jetzt erst zu ihrer Freundin um. „Magali ist seine Frau, und er liebt sie." Sie hatte sich geschworen, Lucie nie von dem Moment der Schwäche zu erzählen, als Lukas ihr in London seine Liebe gestanden und sie beschworen hatte, ihnen eine zweite Chance zu geben. Damals hatte sie erkannt, dass nicht nur er, sondern auch sie sich viel zu lange etwas vorgemacht hatte. Es war vorbei – selbst wenn ein Teil von ihr es noch immer nicht wahrhaben wollte. Aber sie hatte Lukas im Hotel widerstanden, und genau das war für sie der erste wahrhaftige Schritt gewesen, um mit sich selbst ins Reine zu kommen.

Lucie wirkte trotzdem nicht überzeugt. Womöglich spürte ihre Freundin genau das: dass sie ihr etwas verschwieg. Doch sie musste nach Rom. Nicht wegen Lukas, sondern trotz Lukas. Aber sie wollte Lucies Segen, und daher sah sie sich zu einer weiteren Erklärung genötigt, die sie schon eine Weile umtrieb. Eigentlich hatte sie Lucie nicht damit beunruhigen wollen, aber anscheinend war es das kleinere Übel. „Erinnerst du dich, als du mich kürzlich scherzhaft gefragt hast, ob ich hellsehen kann?"

Jetzt hob Lucie doch den Kopf und blinzelte gegen die Sonne. Sie nickte.

„Es ist so: Irgendetwas zieht mich nach Rom. Seit ich die Einladung erhalten habe, weiß ich, dass ich gehen muss. Das, was vor knapp zwei Jahren in Rom begann, ist noch nicht zu Ende. Damals war nicht nur Carlotta van Kampen im Spiel, sondern noch eine zweite Macht. Darum habe ich mich zuerst auch gegen eine Zusage gesträubt, weil es ein Gefühl ist, das mir Angst macht. Oder nein, Angst trifft es nicht richtig, es verunsichert mich. Nenne es eine Warnung an mich selbst. Es geht auch um Lukas. Bitte verstehe mich nicht falsch, aber ich glaube, dass er dort in Gefahr sein könnte. Dieser Kardinal, der ihn zum Leiter der Kommission bestimmt hat, führt irgendetwas im Schilde. Darum muss und werde ich nach Rom gehen."

„Heilige Scheiße, Rabea, du bist wirklich die Pest. Warum habe ich, wenn ich mit dir diskutiere, am Ende immer das Gefühl, den Kürzeren zu ziehen, und dazu noch das Bedürfnis, mich bei dir zu entschuldigen? Im Klartext hast du mir gerade gesagt, dass du nur nach Rom gehst, um Lukas zu beschützen. Ich geb auf. Hast du ein Tuch da?"

„Wozu?"

„Um deinen Heiligenschein zu polieren."

Rabea lachte laut auf und warf mit dem Putzlappen nach ihr, den sie zum Trocknen über das Geländer gelegt hatte. Hobbit sprang sofort auf und versuchte, ihn sich zu schnappen.

„Deine Katze ist genauso verrückt wie du", meinte Lucie, als sie sah, wie Hobbit auf dem Lappen saß und gleichzeitig versuchte, ihn fortzubewegen.

„Heißt das, dass du wieder friedlich bist?"

„Nur, wenn du mir versprichst, dass Lukas gesund und munter nach getaner Arbeit zu seiner Familie zurückkehrt."

„Du bist wirklich unerbittlich. Versprochen, großes Indianerehrenwort. Apropos Hormone. Was hast du jetzt mit Andrea vor?"

„Wie meinst du das?“

„Ich frage nur, ob deine Entscheidung für Mr. Perfect, Jonathan Valder, eindeutig ist?“

„Ha, du nennst Jonathan Mr. Perfect?“ Lucies Miene drückte erneut pures Misstrauen aus. „Ich kenne dich. Was hast du an ihm auszusetzen?“

„Nichts, außer dass er mir eben fast zu perfekt rüberkommt.“

„So perfekt wie Lukas?“

„Das hättest du wohl gerne. Im Ernst, ich konnte keinen Makel an ihm entdecken. Er ist charmant, gut aussehend, hat sich sein Vermögen selbst erarbeitet, und er ist dazu ein Philanthrop, der sich nicht auf seinen Lorbeeren ausruht, sondern etwas an die Gesellschaft zurückgeben will. Seine Ausführungen zur Freien Raumenergie fand ich auch sehr spannend. Kurzum, ihr saht gestern aus wie das perfekte Paar.“

„Na endlich kommst du mal deinen Pflichten als gute Freundin nach. Was sagst du zu Andrea?“

„Oh nein, ich werde dir keine Argumente liefern, damit du ihn leichter abservieren kannst. Wenn du schon meine Motive in Zweifel ziehst und mir unterstellst, ich hätte in Rom nichts Besseres zu tun, als über Lukas herzufallen, dann fass dich auch an die eigene Nase. Du weißt selbst, was du zu tun hast.“

„Aber Andrea gefällt mir auch sehr gut. Als ich eben seine Stimme gehört habe…Verflixt, ich hätte nicht gedacht, dass es so schwer werden würde. Ich dachte eigentlich, nachdem ich mit Jonathan du weißt schon was, wäre es ganz einfach. Meinst du nicht, ich könnte vielleicht…bloß einmal?“, schob sie vorsichtig hinterher.

„Mensch, Lucie, das ist jetzt nicht dein Ernst! Das sind Männer und keine Autos, die man Probe fahren kann, also wirklich“, sagte Rabea entrüstet.

„Schon gut, blöde Idee. Aber du musst gerade reden.“

„Was meinst du?“

„Hallo London? Whirlpoolparty? Ryan und Logan?“

„Ha, ich wusste, dass mir das einmal um die Ohren fliegen würde. Danke, Freundin! Das war eine völlig andere Situation. Ich musste mich zwei Jahre verstecken, wusste nicht, ob ich Großvater oder euch je wiedersehen werde, war nach menschlichem Kontakt ausgehungert, und ich war vor allem sehr beschwipst. Ich wollte einfach nur das Leben selbst feiern. Und ich habe keinem der Männer was vorgemacht. Ich bin nicht stolz darauf, derart über die Stränge geschlagen zu haben, glaub mir."

„Schon gut, fahr die Krallen wieder ein. Du hast ja recht. War nur so dahingesagt."

„Außerdem bist du intelligent genug, um selbst auf das richtige Argument zu kommen."

Lucie musste nicht lange überlegen. „Du meinst, weil Andrea für die Unternehmensberatung arbeitet, deren Klient Magali zum Verkauf ihrer Coltan-Minen überzeugen will?"

„Schlaues Kind. Ja, das meine ich. Es könnte ein Interessenskonflikt entstehen."

„Aber das war nie ein Thema zwischen uns, und er hat mir doch vor dem Friseurladen das Leben gerettet!"

„Dafür kannst du ihm auch dankbar sein. Ich verstehe ja, dass du ihm gegenüber Schuldgefühle hegst, weil du ihn über Wochen hingehalten hast. Wie gesagt, deine Entscheidung. Hier endet mein Latein." Rabea setzte die letzte Geranie in den Topf, füllte Erde nach, klopfte sie fest und sagte schwungvoll: „Fertig."

KAPITEL 24

Während sich Lucie am Nachmittag mit Liebeskandidat Nummer 2, Andrea, traf, setzte sich Rabea an ihren Laptop und recherchierte über die angebliche Pseudowissenschaft *Freie Raumenergie.*

Mr. Perfect hatte gestern im Gespräch definitiv ihr Interesse daran geweckt. Er hatte die These aufgestellt, dass sie eine quasi unerschöpflich zur Verfügung stehende Energieform war, die alle gängigen Energieträger wie Erdöl, Kohle, Gas und Atomkraftwerke überflüssig machen würde.

Sie suchte den Namen der beiden Forscher, die ihr Jonathan Valder genannt hatte, Professor Albert Zweifels und Professor Szabó Ferency, und stieß sofort auf eine interessante Forumsdiskussion. Sie las die ersten Einträge:

Gandalf

@alle Interessierten, die sich nicht von der Energielobby belügen lassen wollen!

Die Massenmedien verbreiten, es gäbe keine Freie-Energie-Maschine. Glaubt das nicht! Sie existiert! Sie funktioniert! Alle Regierungen und Parteien, die sich (angeblich!) für Umweltschutz einsetzen, wissen, dass es eine saubere Lösung für das Weltenergieproblem gäbe. Es interessiert sie nicht! Der politisch-industrielle Komplex will keine dezentrale Energieversorgung. Die Energiekonzerne fürchten um ihr Energiemonopol, die Regierenden um ihre Machtposition. Sie kleben an der Macht. Darum wird dem Normalbürger, UNS, diese Jahrtausend-Entdeckung vorenthalten. Wie in allen Zeiten wird das Volk von den Mächtigen belogen und betrogen. Wir sind noch immer Leibeigene!

Schlawiner

@Gandalf

Herrje, noch so eine Internet-Ente für Leichtgläubige. Geh zurück nach Mittelerde! Diese Kraftwerke gibt es nicht. PUNKT! Es steht zu viel Unsinn im Web. Eine Maschine, aus der mehr Energie herausfließt, als man hineingibt? LÄCHERLICH! Jedes Kind lernt in der Schule, dass das nicht geht. Verschwörungstheorie, sonst nichts.

Gandalf

@Schlawiner

Und von welchem Konzern oder welcher Geheimbehörde wirst du bezahlt? Mordor?

Bube

@Gandalf

Sehe ich wie Sie. He, Schlawiner, es kann nicht sein, was nicht sein darf? Wenn alle so denken würden wie Sie, hockten wir heute noch wie Trolle in unseren kalten feuchten Höhlen. Oder sitzen Sie da noch?

Frieder

@Bundesregierung

Warum stellen Regierung und Staat kein Geld für die Erforschung von Raumenergie zur Verfügung? Im Internet gibt es Anleitungen zum Nachbau solcher Freie-Energie-Generatoren. Hat jemand Erfahrung damit? Funktioniert der Tesla-Bauplan?

Teutoburger Wald

@Frieder

Ich kann Ihnen sagen, warum es keine staatliche Forschung gibt. Seit 1945 wird die Freie-Energie-Forschung behindert, verzerrt oder verboten, Wissenschaftler werden ermordet. Von wem? Von den einstigen und immer noch aktiven Besatzungsmächten, die als Erfüllungsgehilfen des internationalen Finanzjudentums der deutschen Regierung befehlen. Die FED ist im Besitz von Multimilliardären – das Geld wird von den Banken aus dem Nichts geschaffen. Die Imperialisten bedrucken Papier! Dressierte Wirtschaftsjuristen dienen dem herrschenden System. Selbstständiges Denken unerwünscht! Das ist die Grundlage jeder Diktatur. Wir leben seit 1945 in einer Diktatur des Geldes. Merken Sie das nicht?

Fliegerass

@ Teutoburger Wald

Klarer Fall von Samenstau! Anders lassen sich deine geistigen Ergüsse nicht erklären. Du leckst schon an der Scheibe, oder?

Gandalf

@ Teutoburger Wald

„internationales Finanzjudentum?"

Da ist sie ja wieder! Die Zauberformel, mit der man jede vernünftige Diskussion sprengen kann: Man betreibt antisemitische Stimmungsmache! Sehr schlau, erst selbst die Verschwörung gegen die Freie-Energie-Wissenschaft anprangern und sich dann als verwirrter rechter Geist outen.

Fast ein Optimist

@alle

Durch ein Studium wird das Gehirn raffiniert indoktriniert. Wer falsch denkt, wird mit schlechten Noten bestraft. Wer richtig denkt, erhält gute Noten. Wir werden staatlich dressiert! Das war noch nie anders. Früher hat auch noch die Kirche mitgemischt. Bei den Mohammedanern ist das noch immer so.

Schlawiner

@Fast ein Optimist

Ich habe selbst zwei Studienabschlüsse. Die Internet-Ente vom „Freien-Energie-Kraftwerk" ist genau das: eine Ente! Unwissenschaftlich, wirr, quak, quak. Massenpsychose. Vermutlich glauben Sie auch an das Perpetuum Mobile. Meinen Sie, seriöse Wissenschaftler sind blöd? Wenn es so einfach, billig und ökologisch wäre, Energie ohne Erdöl, Gas, Kohle oder Atomkraft (nicht zu vergessen Wind und Sonne) zu gewinnen, hätten private Betreiber sich längst darauf gestürzt, anstatt sich mit angeketteten Atomkraft-Gegnern auf Schienennetzen auseinanderzusetzen? Das ist pseudowissenschaftlicher Quatsch und widerspricht dem ersten Hauptsatz der Thermodynamik. Man kann keine Energie aus dem Nichts herstellen!

Manpower

@Schlawiner

Sie übersehen, dass hier gar keine Energie hergestellt wird, sondern die Energie bereits im Quantenvakuum vorhanden ist. In Standard-Physiklehrbüchern wird sie als

„Nullpunktsenergie elektromagnetischer Wellen des Quantenvakuums" aufgeführt. Darin sind drei Begriffe enthalten, die alles erklären:

Elektromagnetische Wellen: *Ähnlich wie Licht sind auch die Wellen, die in der Raumenergie genutzt werden, einfache elektromagnetische Wellen.*

Bei Licht handelt es sich um den Quantenzustand n=1, bei Raumenergie um den Quantenzustand n=0.

Solarzellen nutzen also den Quantenzustand n=1. Raumenergie-Konverter den Quantenzustand n=0.

In diesem Sinne lassen sich die Wellen der Raumenergie als Bruder der Solarenergie veranschaulichen.

Nullpunktswellen: *Das Wort „Nullpunkt" vor dem Begriff „Wellen" drückt nichts weiter aus als den Quantenzustand n=0.*

Quantenvakuum: *Diese Nullpunktswellen sieht man, wenn man den Raum aus der Sicht der Quantenphysik betrachtet. Weil sie auch im leeren Raum vorkommen, spricht man nicht nur von Quantenphysik, sondern vom Quantenvakuum. Dabei ist es keine Bedingung, ein Vakuum zu erzeugen, sondern der Begriff Quantenvakuum drückt aus, dass die Nullpunktswellen sogar auch im bloßen Vakuum vorkommen. Wenn noch Materie vorhanden ist, verschwinden deshalb nicht die Nullpunktswellen.*

Die Erzeugung von Energie über Freie-Raumenergie-Konverter ist daher absolut umweltfreundlich, ohne schädliche Rückstände. Es ähnelt dem Prinzip, einen schwarz angemalten Topf mit Wasser in die Sonne zu stellen.

Diese Energiegewinnung ist billig, unerschöpflich, absolut unschädlich und risikolos Für Mensch, Tier und Natur.

Alexander, der Mazedonier

@Schlawiner, du Schulwissen-Depp

Welche Liga bezahlt dich? Die Ignorantenfraktion? Du betreibst Desinformation. Absichtlich! Dass die Maschinen nicht auf dem Markt sind, ist ein Indiz dafür, dass es nicht funktioniert? Tolles Argument!

Ziegenpeter

@alle

Achtung: Teslabauplan.com ist nicht seriös. Alles Schmu!

Hagen von Tronje

@alle Aufrechten!

Seit Nicola Tesla sind hunderte von Freie-Energie-Maschinen entwickelt worden. Auf Tesla wurden mehrere Anschläge verübt, viele mutige Wissenschaftler wurden ermordet. Sie sind Märtyrer, Opfer der Wirtschaftsmafia, den Verbrechern, die die Welt regieren, in der Hand des internationalen Finanzjudentums!

Walpurgis

@Hagen von Tronje

Klarer Fall von Herrenmensch-Fußpilz. Widerwärtig!

Platon

@Hagen von Tronje

Selten so einen Blödsinn wie „Freie Energie" gehört. Pseudo-Forscher vermengen Spinnereien von Einstein und Heisenberg, jubeln die „Erfindung" Tesla unter, et voilà, die Internet-Hörigen fallen darauf herein. Darum mag ich kein Internet. Jeder Gernegroß und Stammtischbruder kann sich hier gerieren!

Alexander, der Mazedonier

@Platon

Selber Blödmann! Wenn du kein Internet magst, dann zieh halt den Stecker. Auf dein Gefasel können wir verzichten. Geh scheißen!

Genervter User

@alle

Es heißt leerer Raum, weil der Raum l e e r ist! Aber das geht vermutlich nicht in eure leeren Köpfe! Für Strom braucht es Spannung und den kann man nicht aus dem Nichts pflücken! Aber bitte, geht ruhig weiter auf geistige Butterfahrt und lasst Euch Rheuma-Heizdecken aufschwatzen – mit Original friesischem Lammfell, made in China. Jeden Tag geht ein Dummer durchs Isartor…

Gandalf

@Genervter User

Ach ja? Und was ist mit dem Cern in Genf? Gottesteilchen? Schon mal gehört? Dort hat man das Nichts sichtbar gemacht! Jeden Tag geht ein Ignorant durchs Isartor…

Hagen von Tronje

@Platon

Da meldet sich die Unterschicht, die den jämmerlichen Judenpissern die Füße leckt!

Dipl. Ing. (FH) Theodor Hammerstein

@Hagen von Tronje

„Jämmerliche Judenpisser?"

Bitte? Was soll das? Das gehört nicht hierher!

Da ist er wieder, der alte, selbsternannte braune Adel!

Drachentöter

@Hagen von Tronje.

Ja, brauner Adel, braun wie Scheiße. Hagen, du geistig Kastrierter! Bist wohl auf beiden Augen blind. Dich sollte man im Rhein ersäufen. Oder lieber nicht, das wäre ja auch noch Umweltverschmutzung.

Hagen von Tronje

@Drachentöter, Schlawiner, Walpurgis, Hammerstein-Jude und der Rest des armen Deutschland

Ich stütze mich auf Fakten. Ihr seid bloß unflätiger Beschimpfungen fähig, wie sie einem beim Lügen erwischten Juden wohl anstehen!

Siegfried

@Hagen von Tronje

Die Umerziehung der Deutschen schreitet voran, darum sind Themen wie Holo-Leugnung und Freie Energie für die deutschen Umerziehungsopfer so schwer zu ertragen.

Hagen, guckst du hier? Bitte googlen: „Bestandteile der BRD: Die Lüge und Manipulation". **Quelle: siehe Anhang

Autsch, dachte Rabea. *Wo sind die Grünen, wenn man sie braucht?* Sie hatte genug wirres Zeug gelesen und klappte ihren Laptop zu.

Am Ende war die Diskussion also wieder bei der Holocaust-Leugnung angelangt – und täglich grüßt das antisemitische Murmeltier. Traurige

Wirklichkeit. Sie selbst war diesem Phänomen oftmals bei ihren Recherchen begegnet. Logisch, dass niemand das Thema *Freie Raumenergie* ernst nahm, wenn er dabei auf diese unwürdige Form von Forumsbeiträgen stieß. Jeder vernünftig denkende Mensch klinkte sich da sofort wieder aus. Recht viel schlauer war sie jetzt nicht, aber sie nahm sich vor, sich genauer mit den beiden Professoren, besonders mit dem deutschen Albert Zweifels, zu befassen. Einen ersten Blick auf dessen Webpage hatte sie bereits geworfen. Ihrem Eindruck nach war dieser Mann ein absolut seriöser Wissenschaftler. Rabea machte sich eine Notiz: *Professor Zweifels kontakten – Interview?*

Sie lehnte sich zurück und gähnte. Internetrecherche war immer ermüdend. Erst recht, wenn man derart viel Quatsch lesen musste. Wie am Stammtisch konnte da jeder seinen ungefilterten Mist verzapfen. Leider fanden diese Stammtischbrüder in den Tiefen des World Wide Web – im Gegensatz zu früher, wo es sich auf die paar Leute am Tisch reduziert hatte – weitaus mehr Gleichgesinnte. Und somit Bestätigung. Kein Wunder, dass sich der Umgangston immer mehr radikalisierte und vielfach an Sachlichkeit und Höflichkeit missen ließ, als würden die Leute Stacheldraht frühstücken.

Natürlich vertrat sie selbst oft und vehement ihre eigene Meinung, schwamm gegen den Strom und eckte an – aber immer unter der Prämisse, auch die Meinung der anderen gelten zu lassen, sie zu reflektieren und zu respektieren.

In Gedanken rekapitulierte Rabea jetzt das gestrige Gespräch beim Abendessen, das mit ihrer Frage an Jonathan, was er genau beruflich mache, begonnen hatte und das sie im Anschluss an die Spenden-Gala in einem Séparée des angesagten Berliner Clubs Cookies fortgesetzt hatten.

Anfangs war es Mr. Perfect fast unangenehm gewesen, als Lucie das Thema darauf gebracht hatte: „Jonathan spricht nicht gerne über sein Geheimprojekt", hatte sie unbekümmert verkündet.

„Vielleicht, weil es geheim ist?", hatte Rabea geschmunzelt. „Sie sollten sich lieber gleich mit dem Gedanken vertraut machen, Jonathan, dass bei Lucie nichts geheim bleibt."

„He, bist du meine Freundin oder seine?", hatte Lucie sie angepflaumt. „Außerdem lagen die Sachen ganz offen rum. Jetzt erzähl es ihr schon, Schatz. Das ist doch alles superinteressant. Außerdem würde Rabea sowieso nicht mehr lockerlassen. Stimmt doch, Rabea, oder?"

Rabea nickte, wobei sie ihr Inquisitionslächeln aufsetzte. „Stimmt!"

Jonathan gab sich mit einem Seufzer geschlagen. „Ich arbeite an einem Projekt zur Erforschung der Freie-Energie-Technologie“, setzte er zögernd an, wobei sein Augenmerk Rabeas Reaktion galt.

„Klingt interessant“, erwiderte Rabea. „Worum genau geht es dabei?“

„Eine Alternative zu herkömmlicher Energiegewinnung. Die Unabhängigkeit von Öl, Gas und Kernkraft!“, ergänzte Lucie und sandte einen bewundernden Blick zu Mr. Perfect. Den Hundertsten an diesem Abend, stellte Rabea fest. Sollte es mit diesem Projekt etwas Brauchbares auf sich haben, wäre Mr. Perfect tatsächlich eine Art Superheld. Was Lucie da angedeutet hatte, klang allerdings viel zu schön, um wahr zu sein.

Offenbar hatte Jonathan ihren Gedankengang erraten. „Die Idee dahinter ist weder von mir, noch ist sie neu. Schon der Physiker Nikola Tesla hat vor hundert Jahren die Freie Raumenergie erforscht.“

„Nikola Tesla?“ Rabea sagte der Name sofort etwas. Woher kannte sie ihn?

„Man könnte sagen, er war der Wegbereiter des Wechselstroms“, half ihr Mr. Perfect auf die Sprünge.

Rabea war es im gleichen Moment eingefallen. Ihr Herzschlag beschleunigte sich. Mindestens drei Patente im Tresor von Carlotta van Kampen lauteten auf seinen Namen! Und jetzt erwähnte ihn Lucies Freund! Das war innerhalb kürzester Zeit das zweite Mal, dass sie mit dem Namen Tesla konfrontiert wurde. Nur ein Zufall?

„Hatte der nicht irgendwelche Erfindungen gemacht?“, tastete sie sich vor, während ihre Gedanken um die Patente kreisten. Worum genau war es dabei gegangen?

„Ja, er hat eine Menge Erfindungen vorzuweisen und hielt an die 700 Patente“, bestätigte Mr. Perfect. „Und das, obwohl man sein Labor mehrmals abgefackelt hatte.“

„…und dessen Forschungsunterlagen konfisziert wurden, als er starb und die seitdem als verschollen gelten“, ergänzte Lucie. Mr. Perfect hatte definitiv ihr Interesse an dieser Wissenschaft geweckt.

„Wer weiß, wie viel dabei verloren ging. Die Bedeutung seiner Entdeckung wurde offenbar sofort erkannt“, erläuterte Jonathan weiter. „Kaum hatte er dazu etwas publiziert, wurden seine Forschungen auch schon behindert. Und er war beileibe nicht der Einzige, der mit solchen Schwierigkeiten zu kämpfen hatte. Auch andere Forscher wurden mundtot gemacht, sobald sie das Thema aufgriffen."

„Aber warum? Die Welt braucht Energie! Wer hätte ein Interesse daran, diese Forschungen zu boykottieren? Noch dazu zur damaligen Zeit? Das Maschinenzeitalter war da doch gerade erst angebrochen!"

„*Die*, die ihren Gewinn durch keine Alternative beeinträchtigt sehen wollten", erwiderte Mr. Perfect mit einem vielsagenden Ausdruck.

„Aber es muss doch auch einflussreiche Unterstützer gegeben haben? Nicht jeder Unternehmer wurde durch Erdöl reich. Sicher haben sich einige auch damals schon für Alternativen interessiert", hielt Rabea dagegen.

„Natürlich gab es die. Henry Ford war einer von ihnen. Er hatte sich anfänglich sehr für die Freie-Energie-Gewinnung interessiert. Vermutlich ein Resultat seiner Freundschaft mit Thomas Edison. Er experimentierte damals mit Elektroautos und Magnetautos. Sogar Albert Einstein forschte zu diesem Thema."

„Ich verstehe…Damit kamen sie der *Standard Oil Company* in die Quere, der Mutter aller Ölgesellschaften…"

Mr. Perfect nickte „Es wurde nie bewiesen, wer damals hinter der Behinderung zu dieser Forschung steckte, doch es ist naheliegend, dass die Rockefellers kein Interesse daran hatten, wenn jemand ihr Öl überflüssig machte."

Die Macht des Geldes, dachte Rabea bitter. Wer über ausreichend Mittel verfügte, konnte es sich leisten, seine Konkurrenten auszuschalten. Man bestach, bedrohte, diffamierte sie oder kaufte einfach ihre Patente für viel Geld auf. *War es Tesla so mit seinen Patenten ergangen? Waren sie ihm abgekauft worden und später in Carlottas Hände gelangt?* „Also machte die damalige Energielobby auch keinen Halt vor diesen prominenten Erfindern", fasste Rabea ihre Überlegungen zusammen.

„Ja, und damit verschwand die Idee auf Nimmerwiedersehen in einer dunklen Schublade", empörte sich Lucie. *Und teilweise in Carlotta van Kampens Schließfach,* ergänzte Rabea im Stillen.

„Im besten Fall", sagte Mr. Perfect. „Denn die Gegenmaßnahmen gingen so weit, dass auch vor Mord nicht zurückgeschreckt wurde – was wiederum den Effekt einer gewissen Abschreckung zur Folge hatte. In diesem Zusammenhang ist Tesla das beste Beispiel, um die Methoden der Gegner der Freien Energie zu demonstrieren. Sie ahnen, worauf ich hinauswill?"

Rabea nickte. „Ich denke schon. Sie vermuten, dass die Brände, die Teslas Forschungslabor mehrfach vernichtet haben, absichtlich gelegt wurden?“

„Ja, sie waren mitnichten eine Folge seiner Experimente, wie der Öffentlichkeit vorgegaukelt wurde. Man wollte Teslas Forschungsergebnisse auslöschen und gleichzeitig verhindern, dass er weitere Geldgeber und Unterstützer fand. Es funktionierte. Der Mann war am Ende vernichtet. Finanziell und psychisch. Tesla starb 1943 vereinsamt in einem New Yorker Hotelzimmer. Unmittelbar nach seinem Tod wurde sein Zimmer von Beamten der US APC, der Alien Property Custodian versiegelt und gründlich durchsucht. Die Männer beschlagnahmten sein gesamtes Eigentum, somit auch alle seine Notizen und Forschungsergebnisse zur Freien Raumenergie. Nichts davon ist je in Teslas Nachlass aufgetaucht!“

Erneut stieg Rabeas Puls, als sie an die Unterlagen dachte, die Magali fotografiert hatte. Konnte es sein, dass deren Mutter die konfiszierten Tesla-Unterlagen in ihren Besitz gebracht hatte? Wenn die Freie Raumenergie das war, was Jonathan behauptete, nämlich eine echte Alternative zur herkömmlichen Energie-Gewinnung, dann wäre der Wert der Patente unermesslich. *Ein Milliardengeschäft.* So ruhig wie möglich stellte Rabea ihre nächste Frage: „Und woher weiß man heute überhaupt von Teslas Forschung zu diesem Thema?“

„Aus vereinzelten Veröffentlichungen wie im *Century Magazine.* Außerdem sind einige Tagebücher von Tesla aus der Zeit um 1900 erhalten geblieben.“

„War die APC nicht die Behörde, die während der beiden Weltkriege verhindern sollte, dass Nicht-US-Bürger ihr Eigentum ins Ausland schaffen konnten?“, fragte Rabea, die mit diesem Thema vertrautes Terrain betrat.

Jonathan Valder nickte beifällig. „Sie sind gut informiert, Rabea. Die Wenigsten wissen, wer oder was sich hinter der APC verbarg und welche Funktion sie ausübte.“

„Rabea ist ein wandelndes Lexikon“, warf Lucie ein. „Kann manchmal auch verflixt lästig sein, glaub mir.“ Sie pickte eine Olive aus ihrem Salat.

Jonathan schenkte Lucie nur ein kurzes Lächeln und taxierte Rabea auf eine Art und Weise, die sie irritierte. „Und das ist die eigentliche Ungereimtheit“, kehrte er zum Thema zurück, „denn die APC überschritt mit dieser Aktion eindeutig ihre Kompetenzen. Sie war nicht zuständig. Nikola Tesla war nachweislich ein US-Bürger. Seine Erben hätten jedes Recht gehabt, über seine Unterlagen zu verfügen.“

„Was, glauben Sie, geschah mit den Tesla-Unterlagen?“

„Entweder sie wurden vernichtet, oder sie lagern in einem geheimen Safe. Auf jeden Fall wollte die APC verhindern, dass etwas von Teslas Arbeit die USA verließ. Es interessiert Sie vielleicht, dass die APC zum damaligen Zeitpunkt direkt Präsident Woodrow Wilson unterstand, geleitet hat sie wiederum ein Ex-Banker, der CEO der Federal Deposit Insurance Corporation."

„Ich verstehe, Sie spielen auf die übliche Verquickung von Politik und Finanzwesen an, in diesem Fall auf die Machtinteressen der Energiekonzerne?"

„Nicht der Energiekonzerne allein. Es hängen viele Wirtschaftszweige daran, auch die Börsen, die vielfach von den Energiepreisen beeinflusst werden. Es ist ein globales Problem, bei dem vor allem auch politische Interessen eine Rolle spielen."

„Also bis zu diesem Punkt konnte ich gut folgen", meldete sich Lucie. „Soll das heißen, dass keine Regierung es sich leisten kann, dass ihre Energiekonzerne überflüssig werden, da ansonsten ihr Wirtschaftssystem kollabiert? Weil es zu einer Massenarbeitslosigkeit führen würde, die Preise für Konsumgüter steigen ließe, die Bundesbanken daraufhin mehr Geld drucken würden, was wiederum eine Inflation zur Folge hätte – die, siehe Weimarer Republik, zu Revolution und politischen Umwälzungen führen würde?"

„Ganz so simpel ist es nicht, Lucie", antwortete ihr Rabea, „aber nah dran. Der Wegfall einer einzigen Branche bringt die Wirtschaft zwar ins Schwanken, weil die Wirtschaftszweige untereinander vernetzt sind, aber die großen Energiekonzerne sind global aufgestellt. Und im Verhältnis zum Kapital, das sie scheffeln, geben sie eher wenig in Form von Arbeitsplätzen an die Volkswirtschaft zurück."

„Ihr liegt beide nicht falsch", meinte Jonathan dazu. „Aber ich gehe noch einen Schritt weiter. Die Politik ist längst viel zu eng mit den Energiekonzernen vernetzt, die Politiker aller Länder handeln im Sinne der Konzerne."

„Ja, der zunehmende Lobbyismus ist die größte Gefahr überhaupt. Das schwappt immer mehr von den USA zu uns herüber. Ich verfolge schon länger, wie Politiker von Lobbyisten bedrängt und bedroht werden, entweder direkt oder indirekt über die Medien. Wir, und damit meine ich die Presse, lassen uns hier zu sehr von beiden Seiten instrumentalisieren."

„In den USA, aber auch immer mehr in Deutschland, sitzen zu viele Volksvertreter in den Aufsichtsräten." Echtes Feuer glomm jetzt in Jonathans Augen. „Die Energiekonzerne haben im Prinzip die absolute Macht über die

Menschheit. Warum? Weil sie über ein beinahe unerschöpfliches Kapital verfügen. Siehe die russischen Oligarchen! Die sind alle über die Energiewirtschaft reich geworden. Dieses Kapital ist nicht personengebunden, sondern extrem vernetzt."

„Und durch diese Vernetzung gewinnt es an Einfluss in nahezu allen Lebensbereichen", ergänzte Rabea.

„Kapiert", meldete sich Lucie. „Logisch, Geld und Macht verhalten sich proportional zueinander. Darum hat der russische Zar, upps, Präsident, auch den einen oder anderen Oligarchen entsorgt."

„Du bringst es auf den Punkt, Lucie." Jonathan lächelte ihr zu, aber es war ein Lächeln, das es nicht bis in seine Augen schaffte. „Das konsequente Ausmerzen echter Alternativen zu Öl und Gas hat das Monopol der Energiekonzerne so gefestigt, dass sie im Grunde machen können, was sie wollen."

„Gruselig! Das heißt, sie müssen unserer Kanzlerin nur andeuten, was passiert, wenn das Volk morgen im Dunkeln sitzt. Und friert…Aber wie konnte es überhaupt so weit kommen? Wenn ein Konzern ein solches Monopol erlangt, dann hat doch die Politik versagt, oder?"

„Nur, wenn es das ureigenste Anliegen der Politik wäre, das Volk zu vertreten, Lucie", antwortete ihr Rabea. „Doch das ist bei Politikern so gut wie nie der Fall – wenn sie erst gewählt sind. Ab da sind sie Hampelmänner der großen Konzerne. Es fließen Parteispenden, es herrscht Parteizwang, und Abweichler werden abserviert."

„Aber wenn ich Jonathan richtig verstehe, wäre die Freie-Raumenergie-Technologie die Lösung für das Weltenergieproblem, das Perpetuum Mobile für eine saubere, kostenlose und unerschöpfliche Energiequelle. Das ist doch für jedes Volk erstrebenswert! Alles andere wäre Verrat."

„Politik und Wirtschaft wollen aber diese Lösung nicht, Lucie. Sie torpedieren und verhindern sie, weil sie sonst um Macht, Einfluss und ihr Geld fürchten müssen."

„Ich könnte es nicht besser formulieren, Rabea." Jonathan leerte sein Glas in einem Zug.

„Fein, Sie haben mich am Haken. Ich bin interessiert. Wie wäre es mit einem Interview mit der BBCo.? Natürlich müssen Sie mir vorher genau erklären, wie diese Technologie funktioniert."

„Besser – ich kann Ihnen eine Vorführung anbieten. Ich habe ein Forschungslabor eingerichtet und eine Freie-Energie-Maschine bauen lassen. Im Grunde genommen ist es ein kleines Kraftwerk."

„Tatsächlich? Und es funktioniert?“, fragte Rabea überrascht, obwohl sie sich auch ein klein wenig über Jonathans zufriedenes Lächeln ärgerte. Geschickt hatte er sie zum Thema hingeführt, fast fühlte sie sich von ihm ein wenig manipuliert. Es gab nichts, was sie mehr hasste. Gleichzeitig war sie auch beeindruckt. Sie wollte unbedingt mehr über sein Projekt erfahren.

„Allerdings“, antwortete er schlicht.

Rabea bewahrte sich eine große Portion Skepsis. Es fiel ihr schwer zu glauben, dass die Lösung des Energieproblems so einfach sein sollte. „Ich würde es mir gerne ansehen“, sagte sie. „Wo steht es?“

„In Ungarn, in der Nähe von Budapest.“

„Ungarn? Warum so weit ab vom Schuss?“

„Ich arbeite mit Professor Ferency zusammen. Er ist einer der weltweit führenden Forscher auf diesem Gebiet. Ich habe auch bereits kleinere Kraftwerke in China, Indien, Pakistan und Marokko in Betrieb. Gerade in China steht man der Freien-Energie-Technologie weit offener gegenüber.“

„Was mich jetzt irgendwie nicht wundert. Bekanntlich verfügt China selbst über kaum Bodenschätze wie Öl oder Gas und ist daher auf teuren Import angewiesen.“

„Eben! Gleichzeitig hat das Land ein immenses Umweltproblem. Ich denke, jeder von uns kennt die Bilder der smogverseuchten Städte, in denen sich die Menschen nur mit Mundschutz auf die Straße trauen und die Kinder nur noch im Haus spielen dürfen. Mittlerweile ist auch die chinesische Regierung zu dem Schluss gekommen, dass etwas geschehen muss.“

„Hallo?“, war Lucie an dieser Stelle dazwischen gefahren. „Ich finde es toll, dass ihr beiden euch auf intellektueller Ebene so gut versteht, aber ich bin auch noch da.“ Sie schmollte ein wenig.

Mr. Perfect lachte und zog sie in einer versöhnlichen Geste an sich. „Das kommt davon, wenn du mir deine schlaue Freundin auf den Hals hetzt. Ich hoffe, ich habe den Test bestanden?“ Er sah Rabea an.

Die lächelte huldvoll und nahm einen Schluck aus ihrem Champagnerglas. „Sie schlagen sich soweit ganz gut. Aber erst will ich diese Wundermaschine in Aktion sehen.“

„Sie sind ein kritischer Verhandlungspartner.“

„Ich habe nie etwas anderes behauptet“, verkündete Lucie stolz und enthob Rabea damit einer Antwort.

Rabea kehrte in die Gegenwart zurück. Sie starrte auf ihren geschlossenen Laptop. Das Gespräch mit Mr. Perfect, ihre eigenen Recherchen, die Internet-Diskussion…Zur Freien Energie waren derart viele widersprüchliche Argumente im Umlauf, dass es schwierig war zu unterscheiden, was davon Verschwörungstheorie war und was nicht. Irgendwie fuhr hier jeder jedem an den Kragen, und die Befürworter in den diversen Foren hörten sich meist wie Ökospinner an. Und am Ende driftete es in den altbewährten Antisemitismus ab. Da wurde es schwer, sich ein eigenes Bild von der Materie zu machen. Und genau das, wusste Rabea, war die Intention dahinter. Offenbar wollte man – Rabea machte sich eine weitere Notiz, wer ist *man?* – genau das erreichen: Dass sich zu viele Personen dazu Gedanken machten.

Ihrer Meinung nach gab es noch einen gewichtigen Grund um die Freie-Raumenergie-Gewinnung zu verhindern: Keine Regierung dieser Welt konnte an einer dezentralen Energieversorgung interessiert sein. Warum? Es gefährdete die neue Form des Krieges, der künftig ohne Soldaten geführt werden würde: *den Cyberkrieg.*

Die erste Phase war mit der Erfindung des Internet durch Militär und Geheimdienst abgeschlossen, auch wenn man die Öffentlichkeit bis heute glauben machen wollte, das Internet wäre eine homogen gewachsene Entwicklung. Rabea wusste es besser. Die Geheimdienste hatten als Erste die Möglichkeiten erfasst, die ihnen das World Wide Web bot. Phase zwei war längst in vollem Gange: Speziell ausgebildete Soldaten saßen irgendwo in Amerika und inzwischen auch in Europa, sandten Drohnen aus, unter anderem ausgerüstet mit der vSt-Hawk-Eye-Technologie, und töteten mit einem Befehl ihres Joysticks.

Wenn sich aber jeder selbst mit Energie versorgen könnte, wäre Phase drei des Cyberkriegs gefährdet. Längst wurde alles nur noch über Computer gesteuert, Hacken war die neue Waffe. Das Infiltrieren von industriellen Steuerungsanlagen, zum Beispiel über Social Engineering, wie dem Phishing, stellte für einen talentierten Hacker keine große Herausforderung dar. Jake hatte es ihr in einer übermittelten Simulation anschaulich demonstriert. Es reichte eine harmlos wirkende E-Mail an einen einzelnen Angestellten mit einem PDF-Anhang, der nichts anderes war als eine getarnte Schadsoftware. Geöffnet, wurde sie aktiv. Auf diese Weise könnte man ganze Städte von der Wasserversorgung trennen, Mobilfunknetze stören, Bahn- und Schienenverkehr lahmlegen, und, der folgenschwerste Angriff, den Strom abstellen. Dann würde unter anderem das Wasser in den Atomkraftwerken nicht mehr gekühlt, sie würden überhitzen und explodieren. Natürlich war das ein überspitzt dargestelltes Endzeit-Szenario – Übertreibung war Jakes zweite Natur, aber nötig, um den Menschen die Gefahr bewusst zu machen, wie er behauptete. Werbung, Medien und Politik lebten ja ausschließlich von der Übertreibung. *Und Verschwörungstheoretiker,* hatte Rabea für sich ergänzt. Sie blieb zwar skeptisch, ob es so einfach wäre, die Infrastruktur einer Nation lahmzulegen. Allein in Deutschland gab es über hundert Telefonanbieter. Wenn man sich jedoch ansah, wer deren Hauptaktionäre waren und wer dazu die Infrastrukturen bereitstellte, lag es aber durchaus im Bereich des Möglichen. Jake behauptete, dass Cyber-Terroristen in aller Welt daran arbeiteten, Schadsoftware für genau dieses Endzeit-Szenario zu entwickeln. Tatsächlich nahmen in jüngster Zeit die Hackerangriffe mehr und mehr zu. Die neueste Meldung dazu lautete, dass inzwischen 9 von 10 Firmen betroffen waren. Die Unternehmen reagierten darauf und gingen vermehrt dazu über, den Internet-Anschluss der Angestellten vom Firmennetzwerk zu trennen.

Rabea dachte an Israel, das sich aus eben diesem Grund schon vor Jahren mit dem sogenannten Cyber-Iron-Dome gegen den Cyberkrieg gewappnet hatte – einem Schutz-Netz, das das ganze Land überzog. Israel galt weltweit führend in digitaler Verteidigung und bildete seine Soldaten dahingehend aus. Ihre Armee-Cyber-Einheit 8200 hatte 2010 die entscheidenden Infos für den Stuxnet-Angriff auf iranische Atomanlagen an die CIA geliefert. Stuxnet war ein Computerwurm, ein Schadprogramm, das generiert worden war, um das iranische Atomprogramm empfindlich zu stören. Tatsächlich war es in die Leittechnik zweier Produktionsanlagen eingespeist worden, vermutlich über einen simplen USB-Stick, und hatte zeitweise die iranische Uran-Anreicherung fast zum Erliegen gebracht. Deutschland hatte, was den Schutz ihrer Computertechnik anging, diesbezüglich noch viel Potential. Insofern war es gut, dachte sie weiter, dass aufgeflogen war, dass die Amerikaner ihren eigenen Bündnispartner Deutschland ausspionierten, und dabei auch vor der Kanzlerin nicht haltmachten. Von Ryan wiederum wusste sie, dass, wenn etwas wirklich geheim bleiben sollte, man innerhalb der Geheimdienste inzwischen auf die gute alte Schreibmaschine zurückgriff und die Nachricht anschließend mit einem Boten versandte. Verkehrte Welt.

Rabeas Überlegungen kehrten zur Freien Raumenergie zurück. Wenn diese Theorie nicht nur Theorie war, sondern die Kraftwerke in der Praxis funktionierten, wie Jonathan Valder behauptete, dann war es plausibel, dass diese Wissenschaft massiv unterdrückt und bekämpft, als Pseudowissenschaft beschimpft und mit Vorsatz in die Welt der Verschwörungstheorien gedrängt wurde. Als Journalistin hatte sie oft mit dieser Art der Informationsverbreitung zu tun und kannte die Mechanismen der Desinformation zur Genüge. Wenn sich Verschwörungstheoretiker mit ihren Gegnern zu einem Thema beharkten, so ihre Erfahrung, kam es nicht selten vor, dass jemand eingriff, um die öffentliche Meinung gezielt in eine bestimmte Richtung zu lenken. Die Natur der Wahrheit war fragil, und es war leicht, ihr Risse zuzufügen, durch die der Zweifel einsickern konnte.

Rabea war längst entschlossen, sich mehr in die Materie einzuarbeiten. Zunächst würde sie das Netz nach weiteren Informationen zur Freien-Energie-Technologie durchforsten und sich Lektüre dazu besorgen.

Neben ihren Internetrecherchen gab es noch einen Punkt, der sie zum Grübeln brachte. Auslöser war ein bestimmtes Kribbeln, das sie immer dann überfiel, wenn etwas nicht in Ordnung war. Es betraf Lucies neue Männerbekanntschaften: Es war schon ein ausgesprochener *Glücksfall,* einem Mr. Perfect zufällig über den Weg zu laufen. Und bei Lucie war dies gleich doppelt eingetreten. Wenn ihre Freundin daher nicht heimlich Kundin einer verzauberten Männerkonditorei geworden war und sich Andrea und Jonathan hatte backen lassen, dann hatte Lucie kürzlich den Jackpot der Liebeslotterie geknackt – vorausgesetzt, keiner der beiden Männer entpuppte sich als Niete. Gab es solche Zufälle? Rabea glaubte nicht daran. Doch wo saß der Haken? Irgendetwas schien sie noch zu übersehen, eine Querverbindung, eine Gemeinsamkeit…Mochte sein, dass sie nur Gespenster sah, aber es ging um ihre beste Freundin. Rabea beschloss, auf ihren Instinkt zu hören und die beiden Herzenskandidaten unter die Lupe zu nehmen. Wenn Lucie schon blind vor Liebe war, musste eben sie ihren Verstand einsetzen. Sie würde ihre bewährte Pro-und-contra-Methode anwenden. Einfach, aber effektiv.

Rabea holte ein Blatt Papier und zog einen Strich durch die Mitte. In die linke Hälfte schrieb sie Andrea, in die rechte Jonathan. Dann der Beruf: Andrea arbeitete als Berater für ein Unternehmen, dessen Klient Magalis Coltan-Minen aufkaufen wollte. Rabea klappte ihren Laptop wieder auf und gab *Coltan* in die Suchmaschine ein. Sie las:

Coltan als Seltene Erde spielt nicht nur für Kommunikationstechnologien und Rüstungsgüter eine Rolle, sondern wird auch für Umwelttechnologien wie Solar- und Brennstoffzellen, Hybridautos und Magnetmotoren genutzt.

Und weiter: *China hält das Weltmonopol für Seltene Erden, die Schätzungen liegen zwischen 95% und 97%. Die Chinesen produzieren jährlich zwanzig Millionen Elektrofahrräder und Mofas. Immer mehr davon werden mit einem Magnetmotor ausgestattet. Eine Batterie zum Starten ist nicht mehr nötig, ein einfaches Anschieben genügt.*

Interessant, wenn die Chinesen, wie sie vermutete, mitböten, dann hätte sie hier tatsächlich eine Verbindung zur Freien Energie, da laut Jonathan die Chinesen ein starkes Interesse an dieser Technologie hätten und sie angeblich bereits sporadisch einsetzten.

Jonathan Valder hatte sich als Experte für die Freie-Raumenergie-Technologie entpuppt und bezog sich hier unter anderem auf Nikola Tesla. Und wo hatte sie den Namen des Physikers erst kürzlich gelesen? Im Dossier von Carlotta van Kampen! Auch nur ein Zufall? Nein. Andrea, Jonathan, Freie-Energie, Coltan, Carlotta van Kampen, Magalis Reise nach Zürich, die von Yussuf gestohlenen Daten von Magalis Handy.

Rabea ordnete ihre Gedanken und setzte die jüngst erlangten Daten und Erkenntnisse in den Kontext mit dem, was sie über Carlotta van Kampen wusste. Immer wieder diese Frau! Magalis Mutter hatte für ihre Rache gelebt. Hatte sie womöglich einen Weg gefunden, diese noch über ihren Tod hinaus zu vollenden? Rabea traute es ihr zu. Was also hatte Carlotta geplant? Das Dossier war nur die Speisekarte, das Menü wurde von verschiedenen Köchen zubereitet. Die zentrale Frage lautete daher: Was befindet sich noch in ihrem Züricher Schließfach? Rabea war sich sicher, dass der Inhalt der Schlüssel zu allem war. Er verband alle Ereignisse miteinander, knüpfte ein Netz aus Machenschaften, die einander bedingten. Während ihrer Gefangenschaft in der Villa hatte ihr Carlotta erzählt, dass sie im Besitz einer ganzen Reihe von geheimen Kirchendokumenten wäre. Sie mussten in Zürich lagern, einen anderen Schluss ließ das Dossier nicht zu. Durch Magalis Aufnahmen wusste sie auch von mindestens drei Patenten Nikola Teslas im Van-Kampen-Besitz. Warum hatte Lukas' Frau es überhaupt fotografiert? Was wusste Magali? Ihr besonderes Augenmerk galt dem Vertrag auf Latein, aus dem sie nicht richtig schlau wurde. Leider hatte Magali nur die erste

Seite, und diese unvollständig, abfotografiert. Doch er trug eindeutig das Siegel des Vatikans, den Namen von Papst Pius XI. Es ging um eine treuhänderische Vereinbarung. Wofür? Ihr journalistischer Instinkt sagte ihr, dass er die beiden Stränge, Vatikanmachenschaften und die Verdrängung der Freien-Raumenergie, verband. Bloß wie? Sie würde es herausfinden! Sie überlegte, ob sie Jake bitten sollte, ihr bei der Recherche zu helfen. Gleichzeitig widerstrebte ihr der Gedanke, dass Jake dann womöglich auch im Privatleben ihrer Freundin herumschnüffeln könnte. Am Ende entschloss sie sich, ihm eine Nachricht zu senden, bat ihn aber, sich auf Informationen zu Jonathan Valder zu konzentrieren. Sie verließ sich dabei erneut auf ihren Instinkt; Jonathan erschien ihr im Gegensatz zu Andrea das interessantere Objekt zu sein. Dafür würde sie James Fonton auf beide Kandidaten ansetzen. Es war sein Job, für Lucies Sicherheit und Wohlergehen zu sorgen. Rabea seufzte und griff zum Hörer. Lucie würde sie vierteilen.

KAPITEL 25

Lucie kehrte am frühen Abend von ihrem Treffen mit Andrea zurück. „Ich habe nur eine Stunde Zeit, dann holt mich Jonathan ab“, rief sie Rabea kurz zu und verschwand sofort im Bad. Rabea hörte, wie sie die Tür absperrte. Das tat ihre Freundin sonst nie. Ihr war sofort alles klar.

Sie baute sich vor der Badezimmertür auf und rief: „Lucinda von Stetten, du Feigling! Du hast es ihm nicht gesagt.“

„Doch, das habe ich. Er war sehr verständnisvoll.“

„Was soll das heißen? Dass er nichts gegen eine Dreiecksbeziehung hat, oder was?“

„Ich muss mich etwas entspannen. Können wir das nachher besprechen?“, schrie Lucie, um das Rauschen des Badewassers zu übertönen, das sie eben aufgedreht hatte.

„Darauf kannst du wetten“, rief Rabea zurück.

Eine gute halbe Stunde später tauchte Lucie wieder auf, ein Handtuch wie einen Turban um ihren Kopf geschlungen. Ansonsten war sie nackt. Sie huschte vom Bad ins Schlafzimmer. Rabea und Hobbit folgten ihr. Nebeneinander verharrten sie im Türrahmen.

„Starrt mich nicht so an, ihr beiden.“ Lucie zog ein leichtes Sommerkleid aus ihrem Koffer und schlüpfte hinein.

„Was denn, keine Unterwäsche?“

Lucie blitzte Rabea an, grummelte etwas vor sich hin, das nach *Sittenwächter-Polizei* klang, und fischte einen weißen Stringtanga aus einem Kleiderhaufen auf Rabeas Kommode.

„Wie geht es jetzt mit Andrea weiter?"

„Wie ich schon sagte", Lucie schlüpfte in den Slip, „er war absolut verständnisvoll. Er hat mich gebeten, nichts zu überstürzen. Ich wäre seine Traumfrau, auf die er sein ganzes Leben gewartet hätte, und darum würde ihm ein wenig länger zu warten nichts ausmachen."

„Soll das heißen, Andrea hat dir offiziell erlaubt, Jonathan Valder *Probe zu fahren?*", fragte Rabea bissig. „Kein Wunder, dass dir das entgegenkommt. Wie weit bist du ihm denn entgegengekommen?"

„So wie du das sagst, klingt das irgendwie anrüchig."

„Lucie…", sagte Rabea streng.

„Oh bitte, nicht der Predigerton. Nur weil du wieder auferstanden bist wie Jesus, musst du dich nicht auch so aufspielen. Wir haben uns nur ein wenig zum Abschied geküsst, mehr ist nicht passiert. Zufrieden?"

„Ich muss nicht zufrieden sein, aber du solltest vorsichtig sein. Bisher ist mir noch kein Mann begegnet, der es freiwillig akzeptiert hätte, wenn ein anderer in seinem Revier wildert. Entweder ist Andrea ein Weichei und hat keinen Stolz – obwohl das dem Eindruck entgegenwirkt, den er in Nürnberg auf mich gemacht hat, oder…"

„Oder was?"

„Oder er bezweckt etwas Bestimmtes mit seinem Verhalten."

„Was soll das schon wieder heißen? Natürlich bezweckt er etwas damit: Er gibt nicht so schnell auf wie andere Männer."

Kurz war Rabea versucht, Lucie ihre Bedenken gegenüber den beiden Männern anzusprechen, doch bisher hatten ihre Recherchen zu Andrea und Jonathan nichts Ergiebiges geliefert, und Fonton würde sich vermutlich frühestens am Montag bei ihr zurückmelden. Nur zu behaupten, dass ihr journalistischer Instinkt auf die beiden Männer angesprungen war, erschien selbst ihr als Argument zu dünn. Darum zuckte sie jetzt mit den Achseln und meinte: „Ist ja gut, Lucie. Ich rate dir nur als Freundin, dich nicht zu tief in die Sache zu verstricken. Selbst wenn Andrea Jonathan als Rivalen gelten ließe, dürfte Jonathan darüber weniger erfreut sein. Dann könnte es passieren, dass er dir die Entscheidung abnimmt."

„Kack, Rabea, dass du immer alles gleich so analysieren musst. Denk doch einfach einmal weniger um die Ecke. Dann hast du auch mehr Spaß im Leben. Verdammt, wo sind meine weißen Sandaletten abgeblieben?"

„Da, wo du sie vorgestern hingepfeffert hast. Sieh unter dem Bett nach." Lucie kniete sich hin und zog beide hervor. „Super, ich bin fertig. In weniger als einer Stunde." Sie strahlte.

„Und was ist mit deinen Haaren? Gehst du heute orientalisch mit Turban?"

Lucie riss die Augen auf, rief: „Ach du grüne Neune, ich muss die ja noch föhnen. Das schaffe ich nie!" Sie stürmte ins Bad zurück.

„Ja, Hobbit", sagte Rabea zu ihrer Katze, die neben ihr mehrmals mit dem Schwanz auf den Boden klopfte, „so ist das mit unserer Freundin. Die bringt so richtig Leben in die Bude. Und weißt du, was wir beiden jetzt machen? Wir rücken unserem Energie-Professor auf die Pelle. Irgendwann wird er ja mal mit uns sprechen." Nachdem sie ihn am Freitag mehrmals nicht in der Hochschule erreicht hatte, hatte sie sich drangesetzt, die Mobilfunk-Nummer des Professors herauszufinden. Es war ihr gelungen. Sie wählte, und eine männliche Stimme meldete sich.

„Ja, bitte?"

„Professor Zweifels?"

„Ja?"

„Endlich erreiche ich Sie. Ich habe es schon mehrmals versucht, aber Sie waren nie da, und haben auch nie zurückgerufen."

„Wer spricht denn da, bitte?"

„Oh, Entschuldigung! Hier ist Rabea Rosenthal. Ich bin Journalistin und arbeite für die BBCo. in Berlin. Ich recherchiere für einen Artikel zur Freien-Raumenergie und bin dabei auf Sie gestoßen."

„BBCo., sagten Sie? Der gehört doch auch die BAZ. Meinen Sie Ihre hauseigene Serie, *Warum Ökospinner so gefährlich sind?*", fragte er durchaus nicht unfreundlich, vielmehr amüsiert.

„Eben, die Medien leben von Gegensätzen. Mich interessiert Ihre Sicht der Dinge. Sie haben kürzlich das Buch: *Freie Raumenergie – Vision einer preiswerten und demokratischen Energie* veröffentlicht. Wären Sie bereit, mir ein paar Fragen zu Ihren Forschungen zu beantworten?"

„Kommt darauf an. Zunächst, warum interessieren Sie sich dafür?" Die Verbindlichkeit war aus seiner Stimme gewichen. Jetzt klang er reserviert. *Aha, der Professor war vorsichtig.*

„Warum ist das für Sie relevant?“, stellte Rabea die Gegenfrage. Dabei ahnte sie die Antwort.

„Weil ich ordentlich bestellter Dozent an einer deutschen Hochschule bin und schon sehr viel Unsinn über mich und meine Forschungen verbreitet wurde. Das kann und will ich mir als seriöser Wissenschaftler nicht leisten. Ich bin dadurch gewissen Anfeindungen…“ Er stockte. „Sagen Sie, zeichnen Sie das auf?“

„Ja, natürlich. Das ist die übliche Praxis. Entschuldigen Sie, ich hätte das eingangs erwähnen sollen.“

„Das hätten Sie“, sagte der Professor mit Nachdruck und ergänzte: „Bitte streichen Sie meine Bemerkung zu den Anfeindungen.“

„Sehen Sie, genau dafür interessiere ich mich aber. Nicht nur als Journalistin, sondern auch als Mensch.“

Der Professor lachte verhalten. „Erklären Sie mir auch den Unterschied?“

„Gerne. Als Journalistin muss ich jede Nachricht auf ihre sensations-affine Verwertbarkeit abklopfen. So lässt sie sich am besten verkaufen.“

„Immerhin sind Sie ehrlich. Ich dachte, als Journalistin wären Sie der Wahrheit verpflichtet. Steht nicht in ihrem Pressekodex, dass die Achtung vor der Wahrheit, die Wahrung der Menschenwürde und die wahrhaftige Unterrichtung der Öffentlichkeit das oberste Gebot sind?“

„Fühlen Sie sich auf diese Weise von der Presse behandelt? Sie verbreitet also die Unwahrheit über sie?“, hakte Rabea sofort ein.

„Sehen Sie, das meine ich. Man sagt etwas Allgemeines und schon wird es wie eine Waffe gegen einen eingesetzt und als Nächstes lautete die Schlagzeile: *Professor Zweifels bezichtigt die Presse der Lüge!* Eine Unterhaltung macht keinen Sinn. Wenn Sie mich nun bitte entschuldigen…“

„Warten Sie, bitte. Möchten Sie nicht wissen, warum sich der Mensch Rosenthal für Ihre Forschungen interessiert?“

Drei lange Sekunden verstrichen. Dann sagte der Professor: „Also gut. Verraten Sie es mir.“

„Weil ich glaube, dass Ghandi recht hat.“

„Womit?“

„Er sagte einst: *Erst ignorieren sie dich, dann lachen sie über dich, dann bekämpfen sie dich, dann hast du gewonnen*. Ich denke, Sie stecken mitten in Phase 3. Ich möchte Sie unterstützen, Phase vier zu erreichen.“

Wieder ließ sich der Professor Zeit mit seiner Antwort. Dann sagte er: „Ehrlich *und* enthusiastisch, eine spannende Kombination für eine Journalistin. Ich fürchte, ich muss trotzdem ablehnen. Ich stecke mitten im Semester und muss noch einige Projekte abwickeln. So ein Artikel schlägt immer Wellen, ich weiß ja nicht, was Sie am Ende schreiben werden. Und schon kosten mich die Rechtfertigungen wieder Zeit, die ich nicht habe."

„Selbstverständlich können Sie Ihre Zitate vorher autorisieren."

„Ach, Frau Rosenthal, ich bitte Sie. Zitate ergeben nur den vom Verfasser gewollten Sinn, wenn sie in den richtigen Kontext eingebettet sind. Angebot: Schicken Sie mir Ihre Fragen und ich beantworte sie Ihnen schriftlich, wenn Sie mir vorher ebenso schriftlich versichern, dass Sie sie wortgetreu abdrucken."

„Ach, Herr Professor", sagte Rabea im gleichen Tonfall. „Es gibt nichts Langweiligeres als schriftliche Interviews. Da werden nur Politikerphrasen gedroschen."

„Und wessen Schuld ist das? Was sagten Sie eingangs? *Als Journalistin muss ich jede Nachricht auf ihre sensations-affine Verwertbarkeit abklopfen.* Kein Wunder also, dass kein Politiker noch ein klares Statement abgeben will und nur noch inhaltsleer Weichgespültes von sich gibt. Und falls er doch einmal etwas Kontroverses von sich gibt und es im Anschluss klar begründet, was passiert dann? Eine Zeitung mit großen Buchstaben druckt die Aussage ab, lässt aber die Begründung weg, und schon hat man wieder eine öffentlichkeitswirksame Diskussion. Alle anderen Medien springen auf und drucken nach. Ebenso unreflektiert."

„Darum sollten wir miteinander sprechen. Ich biete Ihnen eine Plattform für *Ihre* Wahrheit, Herr Professor."

„Andere Frage: Haben Sie mein Buch gelesen?"

„Natürlich. Und auch verstanden."

„Verzeihen Sie mir meinen Zynismus, aber da wären Sie der erste Journalist! Ich habe es oft genug erlebt, vielfach auch bei Kollegen aus anderen Fachbereichen, dass Ihre Zunft über Bücher schreibt, sie in eine bestimme Ecke stellt, ohne je mehr gelesen zu haben, als den Klappentext und die Kritiken."

„Ich weiß nicht, wie viele Journalisten sich mit Ihrem Buch beschäftigt haben, ich kann Ihnen aber versichern, dass ich alles sehr gut nachvollziehen konnte, nicht nur Ihre Vier-Mächte-Theorie, sondern auch Ihre technischen und physikalischen Ausführungen. Besonders hat mich dieser eine Satz von ihnen beeindruckt: *Wer nichts von Physik versteht, versteht auch nichts von Gott.* Herr

Professor, unser bisheriges Gespräch zeigt mir, dass wir einige Gemeinsamkeiten haben. Hätte ich nicht Journalistik studiert, wäre meine Wahl auf Mathematik und Physik gefallen. Vorschlag: Warum treffen wir uns nicht und lernen uns persönlich kennen. Dann können Sie sich immer noch dafür oder dagegen entscheiden. Ich könnte am Mittwoch zu Ihnen kommen."

Erneut ließ sich der Professor Zeit, bis er antwortete: „Sie sind wirklich sehr engagiert. Und jung. Darum gebe ich Ihnen einen Rat: Suchen Sie sich ein anderes Thema, über das Sie schreiben möchten. Vielleicht schauen Sie nochmals in mein Buch, Seite 142. Die Passage über *Velikovskys*. Machen Sie es gut und danke für Ihren Anruf, Frau Rosenthal. Ich muss jetzt in meine Vorlesung." Er legte auf.

Damit überraschte er sie. Sie hatte fest geglaubt, ihn so weit zu haben, sich mit ihr zu treffen. Nachdenklich starrte sie auf ihr Smartphone. Natürlich kannte sie Dr. Immanuel Velikovskys, den Autor von „Welten im Zusammenstoß". Er war Arzt und Psychoanalytiker gewesen. Bekannt wurde er jedoch durch seine physikalischen Forschungen, bei denen er kosmologische Ereignisse und deren Auswirkung auf die Geschichte der Menschheit analysierte. Nach der Veröffentlichung 1949 wurde er von Hochschulen und Universitäten zur Persona non grata erklärt und durfte sie nicht mehr betreten. Diese extreme Ablehnung und die fortwährenden Anfeindungen trieben ihn in eine schwere Depression. Kürzlich hatte sie in der *New York Times Book Review* gelesen, dass Velikovskys über sechzig Jahre alte Veröffentlichung gleich hinter der Bibel auf Rang zwei der meistverkauften Sachbücher rangierte. Einstein-Kenner und Physikstudenten wussten ohnehin, dass „Welten im Zusammenstoß" die letzte Lektüre war, der sich Albert Einstein gewidmet hatte. Nach seinem Tod fand seine Witwe das Buch aufgeschlagen auf dessen Schreibtisch, versehen mit zahlreichen handschriftlichen Notizen des Jahrtausendgenies.

Mit Velikovskys warnte sie der Professor vor Phase 3. Hatten die Anfeindungen seit seiner Veröffentlichung zugenommen? Fürchtete er um seinen Brotjob, seine Dozentur? Dafür sprach, dass er diese eingangs sofort erwähnt hatte. *Tscha, lieber Professor,* dachte Rabea, *mich zu warnen ist die falsche Methode. Jetzt habe ich erst so richtig Blut geleckt!*

KAPITEL 26

Am nächsten Morgen klingelte Rabeas Handy in aller Frühe. Es war Fonton. „Die Informationen, um die Sie mich baten, ich habe sie."

„Und, etwas Interessantes dabei?"

„Das kann man wohl sagen. Danke für den Tipp. Mündlich, oder soll ich sie Ihnen schicken?"

„Beides. Was haben Sie herausgefunden?"

„Gut, fangen wir mit Andrea di Fulvio an. Gebürtiger Tessiner, Jahrgang 1979. Schulischer Werdegang, Lizeum etc. Jetzt kommt´s. Nach dem Schweizer Abitur Wehrdienst in der Schweizer Bundesarmee und dann, ab 2000, hat er sich für zwei Jahre bei der Schweizer Garde verpflichtet."

„Andrea war Gardist unter Johannes Paul II.?"

„Ja, 2003 hat er sein Ingenieursstudium begonnen, Schwerpunkt Geologie."

„Fehlt da nicht ein Jahr? Was hat er 2002 gemacht?"

„Das versuche ich, noch herauszufinden. Vielleicht erfahre ich noch heute Abend etwas. Ich schicke Ihnen eine SMS. Ansonsten gibt es keine Auffälligkeiten. Di Fulvio ist geschieden, eine Tochter, Jala, die mehrheitlich bei der Mutter im Tessin lebt. Nach dem Studium war er zunächst zwei Jahre für die südafrikanische Transvaal Mining tätig gewesen, seit 2012 ist er bei Anderson-Clusky-Consulting beschäftigt und erstellt Gutachten, Schwerpunkt Seltene Erden. Anderson-Clusky hat schon mehrere Käufe für ein chinesisches Konsortium abgewickelt. Eine direkte Verbindung zu den Chinesen konnte ich bei di Fulvio nicht feststellen, jedenfalls sind seine Verbindungsnachweise nicht auffällig. Entweder er ist wirklich das, was er vorgibt zu sein, ein einfacher Berater, oder er ist sehr clever. Übrigens, Ihr Glencore-oder-die-Chinesen-Verdacht… beides könnte zutreffen."

„Wie? Ist Andrea eine Art Doppelagent, oder was?", rief Rabea verblüfft.

„Nein, aber ich habe ein Gerücht aufgeschnappt, dass sich die Chinesen kürzlich ein großes Aktienpaket von Glencore einverleibt haben. Da bahnt sich eventuell eine feindliche Übernahme an. Ich behalte das im Auge. Jetzt zu Jonathan Valder, gebürtiger Amerikaner, Atlanta 1984. Kein Fleck, nichts."

„Was soll das heißen, nichts?"

„Nichts, der Mann ist so sauber wie ein Baby. Hatte einen beinharten Start ins Leben und hat sich aus einfachsten Verhältnissen nach oben gearbeitet."

„Harter Start? Wie sah der aus?"

„Seine Mutter hat sich gleich nach der Geburt davongemacht und den Jungen beim Vater zurückgelassen, einem Säufer und professionellen Black-Jack-Spieler. Hat den Sohn quer durch Amerikas Casinos geschleift. Als der Junge sechs wurde, fand man den Vater tot in einer Gosse in Hogansburg. Nächste Station…"

„Moment!", rief Rabea dazwischen. „Ist etwas zu den Todesumständen bekannt?"

Kurze Pause, im Hintergrund raschelte Papier und Fonton erklärte: „Kein Mord, wenn Sie das meinen. Der Mann hat sich laut Polizeibericht klassisch totgesoffen." Rabea begnügte sich mit der Antwort, und Fonton las weiter aus seinen Notizen vor. „Nächste Station Waisenhaus, dann Pflegefamilie, die ihn später auch adoptiert hat. Sam und Rosa Valder, anständige Leute. Der Junge hat als Schüler jede Arbeit angenommen. Dann Informatik-Stipendium an der Universität Philadelphia, Mitglied im Eishockey-Team. Valder hatte sogar ein Profi-Angebot von den Philadelphia Flyers, das er ablehnte. Angeblich hat er auch ein Angebot vom MIT in Boston erhalten, das er ebenso ablehnte. Ich korrigiere mich an dieser Stelle selbst: Hier haben wir den Fleck auf der Weste, er hat eine Profisportler-Karriere und ein Studium an der Bostoner Eliteschmiede abgelehnt. Jeder normale Mensch würde ihn für verrückt erklären."

„Sie meinen, jeder normale Mann."

„Vielleicht wollte er mit fünfundzwanzig noch über eigene Zähne verfügen", fügte Fonton trocken hinzu. Er hatte selbst Eishockey gespielt und wusste, wovon er sprach.

„Gut, ich habe auch etwas recherchiert und bin auf einen interessanten Internet-Blog gestoßen." Sie konnte Fonton schlecht verraten, dass ihr Input von Jake stammte. „Darin steht, dass er Kryptospezialist ist. Im Anschluss an das Studium soll er vier Jahre bei Comcast in der Softwareabteilung gearbeitet haben. Angeblich soll er in gutem Einvernehmen gegangen sein, aber ich habe im Netz auch Andeutungen entdeckt, er hätte sich mit seinem Arbeitgeber überworfen." Insgeheim fand Rabea die erlangten Infos für Jakes Möglichkeiten mager. Es gab wohl wirklich nicht mehr.

„Dazu habe ich Folgendes", übernahm wieder Fonton. „2011 hat er an Comcast ein Softwarepaket verkauft und daraufhin seine eigene Software-Firma, JoVa, wie seine Initialen, gegründet. Er bietet integrierte Sicherheitskonzepte an. Börsengang vor knapp zwei Jahren, sehr erfolgreich. Sein Unternehmen hat derzeit einen Marktwert von einer knappen Milliarde Dollar. Gerüchten zufolge haben Microsoft und Google bereits Kaufangebote abgegeben. Valder lebt sehr zurückgezogen in Maine und war nie verheiratet. Er tritt nur in der Öffentlichkeit auf, wenn es um seine sozialen Projekte geht. Er unterhält eine Reihe von Stiftungen zur Förderung sozial benachteiligter Schüler und zur unabhängigen Forschung, unterstützt mehrere gemeinnützige Organisationen, setzt sich für den Erhalt von Altertümern in aller Welt ein und hat sich damit auch als Mäzen einen Namen gemacht. Kurzum, die Weste scheint wirklich weiß zu sein."

„Mr. Perfect", murmelte Rabea und setzte nach: „Ich kenne keine reichen Leute mit weißer Weste." Sie war nicht überzeugt und ging ihr Wissen zu Comcast durch. Comcast galt als die größte Telekommunikationsgesellschaft der Welt, war Amerikas größter Anbieter von privaten Netzwerken und drittgrößter Telefonbetreiber. „Eine Ahnung, was das für ein Softwarepaket war, das Valder an Comcast veräußert haben soll?" Selbst Jake hatte dazu nichts Genaueres herausfinden können.

„Ich wusste, Sie würden das fragen. Ich habe in der Kürze der Zeit nur wenige Informationen beschaffen können. Mein Kontaktmann behauptet, das wäre damals eine üble Sache gewesen. Angeblich hat es keinen Ankauf durch Comcast gegeben, sondern Valder wurde möglicherweise gezwungen, den Sourcecode seines Verschlüsselungsprogramms herauszugeben. Kurz vor seinem Abgang brannte seine Wohnung aus und sein Pflegevater wurde überfallen. Sam Valder hat nur knapp überlebt."

„Brand und Überfall waren also eine Warnung für den Sohn", stellte Rabea fest. „Es dreht sich alles um dieses Programm. Bitte sagen Sie mir, dass Sie noch mehr dazu haben, Fonton."

„Nur eine vage Theorie. Laut meinem Kontakt hält sich Comcast sehr bedeckt, was Valder betrifft."

„Wie lautet die Theorie?", fragte Rabea aufgeregt, da Fonton eine Pause machte. Ein Löffel klirrte gegen eine Tasse. Fonton trank Kaffee, während sie vor Ungeduld beinahe verging!

Fonton erbarmte sich ihrer: „Es soll sich um eine Anti-Spionage-Verschlüsselungstechnik handeln, die Comcast aber nicht für sich selbst behalten hat, sondern an die amerikanische Regierung weiterverkauft hat."

Rabea wurde längst von ihrem Instinkt getrieben. „Moment, die amerikanische Regierung setzt ein Anti-Spionage-System ein, das Comcast womöglich Valder *abgepresst* hat? Valders Technik wird von den amerikanischen Geheimdiensten eingesetzt?"

„Wie gesagt, nur eine Theorie, aber eine höchst interessante, in der Tat."

„Und eine Fülle an Möglichkeiten, Fonton! Wenn ich recht habe, dann lautet die Frage, warum Valder überhaupt noch lebt, da die Dienste haben, was sie wollten."

„Gute Frage. Entweder, der Mann hat noch ein Ass im Ärmel oder…"

„…er hat sich mit denen arrangiert und arbeitet für die!" Rabea überlegte fieberhaft, dass in diesem Fall Ryan etwas über Valder wissen könnte. Sie würde ihn fragen, konnte sich aber ausrechnen, dass ihr Freund sie mit der amerikanischen Allzweckwaffe *„Nationale Sicherheit"* abspeisen würde. „Können Sie noch mehr über Jonathan Valder und sein Programm herausfinden?", bat sie deshalb Fonton.

„Auch wenn ich mich damit wiederhole, aber ich wusste, Sie würden auch das sagen. Ich kann es versuchen."

„Danke, Fonton." Rabea wollte das Gespräch bereits beenden, als ihr noch etwas einfiel. „Seine Eltern, und auch die Pflegefamilie, in der er aufgewachsen ist, könnten Sie die noch mehr durchleuchten? Nur, um sicherzugehen? Vielleicht gibt es irgendwo eine Querverbindung, einen Namen. Wo liegt eigentlich dieses Hogansburg genau?"

„Im Staat New York, an der Grenze zu Kanada."

„Gut, ich nehme mir den Ort mal vor."

„Ich melde mich wieder“, erwiderte Fonton knapp.

Am Abend erhielt Rabea eine SMS von Fonton. Sie lautete:

2003: Andrea di Fulvio, Stipendium Gregoriana, Studium der Theologie, Philosophie und Kirchenrecht. Nichts Neues zu Valder. F.“

Rabea starrte nachdenklich auf die SMS. Was hatte das zu bedeuten? Hatte Andrea ursprünglich einmal vorgehabt, Priester zu werden und es sich dann anders überlegt? Plötzlich fiel ihr ein Satz ein, den Yussuf bei ihrer Begegnung hatte fallen lassen: „Der älteste Agenten-Trick der Welt. Man rettet jemandem das Leben und schleicht sich damit in sein Vertrauen.“ Laut Lucie hatte ihr Andrea das Leben gerettet, indem er sie vor einem heranrasenden Fahrzeug wegriss! So hatten sie sich in Nürnberg kennengelernt. Rabea lächelte wissend. *Du bist ein ganz Schlauer, Andrea, oder?*

„Und was ist mit dir, Jonathan?“, sagte sie laut, sodass Hobbit ihr Spiel mit der Wollmaus unterbrach und sie mit schief gelegtem Kopf ansah. „Welches Geheimnis verbirgst du, Mr. Perfect?“ Jonathans Leben hatte nicht sehr glücklich begonnen, mit einer Mutter, die ihr Kind nicht wollte und einem Vater, der keiner war. So fingen oft die größten Geschichten an. Welche Geschichte verbarg sich hinter Jonathan Valder?

KAPITEL 27

Einige Tage später klingelte mitten in der Nacht Rabeas Handy. Der Wecker zeigte kurz nach 1:00 Uhr an. Auf dem Display leuchtete ihr der Name von Hans Stickler entgegen. Schlagartig war Rabea wach. Etwas Großes musste passiert sein.

„Was ist los, Columbo?", meldete sie sich. „Eisenbahnunglück, Flugzeugabsturz? Oder wurde die Kanzlerin beim Fremdgehen mit Sigmar G. erwischt?"

„Weder noch. Schwing deinen kleinen Hintern hierher und du erfährst es."

„Komm schon, ein kleiner Tipp?"

Doch Stickler hatte bereits aufgelegt.

Als Rabea zwanzig Minuten später die Büroetage betrat, fand sie nur einen einsamen Nachtredakteur vor, der sie mit einem Gähnen begrüßte. Von Stickler keine Spur, sein Glaskasten war dunkel. „Wo ist Stickler?", fragte sie ihn.

Der Mann machte sich nicht die Mühe einer Antwort, sondern zeigte nur mit dem Daumen nach oben. Die Chefredaktion! Das bedeutete, dass nicht nur Stickler sich zu dieser nachtschlafenden Zeit im Gebäude aufhielt, sondern auch die Chefredakteurin, Friede Marquardt. Das war ungewöhnlich. Die BBCo. musste tatsächlich an einer großen Sache dran sein. Rabea fuhr die restlichen Etagen nach oben. Kaum hatte sich die Aufzugtür geöffnet, roch sie Zigarettenqualm. Auch für Friede Marquardt gab es ein Synonym im Haus: Marlboro-Oma. Sie war ein Urgestein im Nachrichtenwesen und sie rauchte wie ein Schlot.

Als Rabea ihr verräuchertes Büro betrat, stopfte die Marquart eben mit einer energischen Bewegung einen Stummel in den übervollen Aschenbecher und zündete sich sofort eine frische Zigarette an. „Da sind Sie ja endlich, Rosenthal!"

Stickler, der vor ihrem Schreibtisch stand, nickte Rabea zu. Auch er hielt eine glimmende Zigarette in der Hand.

„Rückfall, Stickler?", meinte Rabea zu ihm, da er eigentlich dabei gewesen war, es sich abzugewöhnen. Noch etwas hatte Rabea sofort bei ihrem Eintreten registriert. Nicht nur der Nikotingeruch schlug ihr entgegen, sondern auch jene Art von Erregung, die Journalisten befiel, wenn sie glaubten, der Story ihres Lebens auf der Spur zu sein. Schräg hinter sich nahm sie eine Bewegung wahr. Sie fuhr herum und entdeckte nun auch Heribert Westphalen, den Mehrheitsanteilseigner der BBCo. Holding, gleichzeitig war er Herausgeber der hauseigenen Tageszeitung. Eine illustre Runde. Bloß, was hatte sie hier zu suchen? Sie glaubte nicht, dass es mit der Ethik-Kommission zusammenhing. Das war alles längst geklärt.

Ihr Flug nach Rom war morgen für den frühen Nachmittag geplant. Für die Dauer ihrer Kommissionsangehörigkeit war sie von der BBCo. offiziell beurlaubt worden. Selbstverständlich hatte sie eine Vertraulichkeitsvereinbarung mit dem Vatikan unterschreiben müssen, die beinhaltete, dass nichts von den Informationen, die sie im Rahmen ihrer Tätigkeit erhalten würde, an die Öffentlichkeit gelangen durfte. Trotzdem wurde von ihr erwartet, dass sie Mittel und Wege fand, eine Artikelserie, die Stickler „Vatikan Inside" getauft hatte, zu liefern. „Notfalls drucken wir die unter anderem Namen", hatte sein Kommentar gelautet. Rabea hatte weder zugestimmt noch abgelehnt. Sie vertraute hier ganz auf ihren Erfindungsgeist.

„Was ist los? Worum geht es?", fragte sie jetzt. Drei Augenpaare ruhten auf ihr.

„Setzen Sie sich, Rosenthal", forderte Friede Marquardt sie mit ihrer kratzigen Stimme auf, „und lesen Sie das." Sie schob ihr einen leicht zerknitterten, handgeschriebenen Brief zu.

Es war nur eine Seite. Rabeas Augen wanderten sofort ans Ende. Schade, es gab kein P.S., das las sie immer zuerst. Auch die schwungvolle Unterschrift konnte sie nicht entziffern. Sie kehrte zum Anfang zurück.

Sehr geehrte Frau Chefredakteurin,

ich schreibe diese Zeilen, weil ich mich genötigt sehe, das öffentliche Bild, das von mir entstanden ist, zu berichtigen. Es sind Dinge über mich behauptet worden, die nicht der Wahrheit entsprechen. Ich werde massiv angegriffen und mit Morddrohungen konfrontiert, die nun auch auf meine Schwester und ihre Familie übergreifen. Diese Hexenjagd ist unerträglich. Ich bin nur ein Befehlsempfänger, der die Anweisungen der in der Hierarchie weit über ihm Stehenden ausgeführt hat. Ja, ich habe auch gesündigt, aber dies konnte nur geschehen, weil ich von meinen eigenen Vorgesetzten dazu verführt wurde. Sie haben mich mit ungeheureren Geldmengen, die durch meine Hände gingen, geblendet. Kurz habe ich mich selbst verloren, aber Gott in seiner unendlichen Güte hat mir den wahren Weg aufgezeigt. Die mir vorgeworfene Verschwendung war ein Hilfeschrei. Er ist gehört worden, doch niemand möchte die Wahrheit hören. Ich will der Welt meine Wahrheit erzählen. Bitte arrangieren Sie schnellstmöglich ein Treffen mit Ihrer Mitarbeiterin Rabea Rosenthal. Ich werde nur mit ihr reden. Bis der Artikel erscheint, muss ich auf höchste Geheimhaltung bestehen. Ich fürchte sonst um unser beider Leben. Frau Rosenthal soll mich nicht selbst kontaktieren. Das Telefon und das Internet sind nicht sicher. Wir können nur über persönliche Boten kommunizieren. Schicken Sie mir einen Mann Ihres Vertrauens. Er soll sich mit mir in Verbindung setzen unter der Prämisse, der Stiftung „Kind und Brot" eine größere Geldsumme spenden zu wollen.

Hochachtungsvoll

Ihr… (unleserliches Gekrakel)

Beim Lesen hatte Rabea wachsende Erregung verspürt. Der Inhalt des Briefes, die nächtliche Zusammenkunft, die spürbare Anspannung im Raum ließen sie bereits erahnen, um wen es hier ging. Sie betete darum, dass sie recht hatte. Wenn ja, war es kein Wunder, dass alle hier derart unter Strom standen. Ihr erging es genauso. Trotzdem versuchte sie, sich nichts anmerken zu lassen, als sie sagte: „Eindeutig Priestersprache, und wie es aussieht, leidet der Verfasser an schwerer Paranoia. Von wem stammt er?" Rabea hielt die Luft an. *Bitte lass es wahr sein!*

Die Marquardt gönnte sich nochmals einen tiefen Zug und gleichzeitig mit dem Rauch, verließ ihren Mund die Sensation: „Vom Erzbischof von Laimburg."

„Unsere diebische Elster will auspacken?" Rabea hatte Mühe, nicht sofort aufzuspringen und quer durch das Büro zu hüpfen.

„Ja. Woher kennen Sie ihn, Rosenthal?"

„Ich kenne ihn nicht. Jedenfalls nicht persönlich. Ich habe ihm in den letzten Wochen immer wieder einmal Bitten für ein Interview gesandt – wie vermutlich tausend weitere Kollegen auch."

„Hm, aber wie kommt er gerade auf Sie?"

„Vielleicht hat er den Namen ausgelost?", meldete sich erstmals Westphalen zu Wort. Rabea warf ihm einen schnellen Blick zu. Sie sah seinem Gesicht an, dass seine Bemerkung durchaus ernst gemeint gewesen war.

„Quark mit Käse, Heribert", kanzelte ihn die Chefredakteurin ab. „Nein, der hat sich was dabei gedacht. Vermutlich hat er sich über Sie informiert, Rosenthal. Ihr Ruf, integer und mutig zu sein, ist, spätestens seit dieser *Rosenthal-bezichtigt-Bush-der-Irak-Kriegslüge-YouTube-Clip* im Netz aufgetaucht ist, gefestigt. Er wird zwar immer wieder von unseren fleißigen Amis gelöscht, aber das Netz vergisst nichts. Nein, der hat sich Sie ausgesucht. Mit Vorsatz."

Rabea sah Friede Marquardt verblüfft an. Wenn sie sie richtig verstanden hatte, dann hatte sie eben fast so etwas wie Anerkennung für ihre Arbeit herausgehört.

„Finden wir es heraus", mischte sich nun Stickler ein. „Arrangieren wir das Treffen."

„Sie nehmen mir das Wort aus dem Mund. Sie, Rosenthal, fahren sofort los und quartieren sich in der Nähe von Laimburg ein. Ich will keine verdammte Minute verschwenden. Wir machen es genauso, wie der Bischof es haben will, kein Handy, kein Internet. Höchste Geheimhaltung, Kommunikation nur per Boten. Niemand außer uns vier hier im Raum weiß Bescheid."

„Ich kann den Boten spielen", sagte Stickler rasch.

„Machen Sie sich nicht lächerlich, Stickler. Sie sind bekannt wie ein bunter Hund mit Ihrem dämlichen Auto und haben gleich die eigene Meute am Hals."

„Ich nehme einen anderen Wagen..."

„Ich verstehe ja, dass Sie auch was vom Pulitzer-Kuchen abhaben wollen, Stickler", schnitt ihm seine Chefin das Wort ab. „Aber das ist die Show des Bischofs. Apropos Show! Rosenthal, verdecken Sie Ihre verdammten roten Haare und machen Sie sich sonst so klein wie möglich, verstanden? Hier", sie öffnete eine Schublade und zog einen Autoschlüssel und ein Bündel Geldscheine heraus, „für Sie. Das sind zweitausend Euro. Zahlen Sie immer bar und benutzen Sie keine Kreditkarte. Quittieren Sie hier." Rabea unterschrieb den Empfang des Geldes. „Der Schlüssel gehört zu einem grauen Golf", erklärte ihre Chefin weiter. „Er steht in der Tiefgarage, Platz 27. Er ist nicht in unserem Fuhrpark registriert. Ihren Wagen lassen Sie stehen. Was Sie benötigen, besorgen Sie sich unterwegs. Haben Sie Ihr Laptop dabei?"

Rabea nickte.

„Und schreiben Sie den Artikel offline, nicht ein Wort darf vorher durchsickern. Ich will diese Story exklusiv. Das ist Ihre große Chance, Rosenthal, vermasseln Sie es nicht. Und jetzt ab mit Ihnen."

Rabea überkam kurz das merkwürdige Gefühl, salutieren zu müssen. Sie war schon halb zur Tür raus, als Friede Marquardt noch etwas sagte, während sie sich eine neue Zigarette anzündete: „Und passen Sie verdammt nochmal auf sich auf, verstanden? Risiko ja, aber kein unnötiges."

KAPITEL 28

DIEZENBACH AN DER LAHN/DEUTSCHLAND

Rabea kam gegen 7:00 Uhr am Samstagmorgen nach einer gut sechsstündigen Autofahrt in der kleinen Stadt Diezenbach an. Sie lag einige Kilometer östlich von Laimburg.

Sie hatte sich entschieden, nicht in Laimburg Quartier zu beziehen. Dort hielten sich zu viele ihrer Reporter-Kollegen auf. Laut Homepage hatte Diezenbach knapp 12.000 Einwohner, das größte ansässige Hotel hieß *Zum Nassauer*, mit gut sechzig Betten.

Ein Schild im Eingangsbereich informierte Rabea, dass der „Bund deutscher Nachlasspfleger e.V." eine Tagung im Haus abhielt. Das Hotel war fast ausgebucht, nur eine Junior-Suite stand noch zur Verfügung – wogegen Rabea nichts einzuwenden hatte, ihr Sender zahlte. „Wie lange planen Sie Ihren Aufenthalt in unserem Haus?", fragte die junge Dame am Empfang.

„Zunächst für eine Nacht. Kann ich bei Bedarf verlängern?"

„Ja, die Suite wäre frei. Ich gebe Ihnen gerne Bescheid, wenn eine Anfrage bestehen sollte." Rabea bedankte sich und hoffte, dass Stickler das Treffen mit dem Bischof noch heute würde arrangieren können. Wenn nicht, würde sie ihre morgige Reise nach Rom verschieben müssen. Das Interview hatte in jedem Fall Vorrang. Mit ihrem Zimmertelefon rief sie sofort Stickler in der Redaktion an und informierte ihn, wo der Bote sie finden würde.

„Gut, ich habe meinen Mann bereits in Marsch gesetzt. Er müsste ebenfalls in Kürze eintreffen. Er wird den Kontakt mit deinem Interviewpartner herstellen und dir alle Instruktionen persönlich übermitteln."

„Hoffentlich kein Kollege", warf Rabea ein.

„Bin ich meschugge? Herbert ist Detektiv und ein alter Kumpel von mir. Zuverlässig und verschwiegen. Hat schon oft für mich die Drecksarbeit erledigt."

„Nette Bezeichnung, in diesem Zusammenhang."

„Bitte sehr." Stickler legte auf.

Rabea kehrte in die Lobby zurück und überlegte, ob sie es riskieren konnte, jetzt gleich ihre Besorgungen zu machen. Zu Standardausrüstung gehörten zwar Handy und Laptop, aber weder Zahn- noch Haarbürste. Außer der Kleidung, die sie sich bei Sticklers Anruf hastig übergestreift hatte, hatte sie nichts dabei. Rabea beschloss, besser im Hotel zu warten, aber die freundliche Empfangsdame half ihr auf ihre Frage immerhin mit Zahnbürste und einer kleinen Tube Zahnpasta aus. „Wo kann ich bitte einen Kaffee bekommen?"

„Wir haben einen Automaten im Basement, Sie können aber auch gerne frühstücken." Sie zeigte auf eine offene Flügeltür, die einen Ausschnitt des Restaurants zeigte. Stimmengemurmel drang zu ihnen herüber. Rabea wollte lieber nicht zu vielen Leuten begegnen. „Kann ich das Frühstück auch auf meinem Zimmer bekommen?"

„Selbstverständlich." Die junge Frau griff zum Hörer.

Zehn Minuten später wurde es ihr in die Suite gebracht. Das Tablett sah fast wie ein Mini-Frühstücksbuffet aus. Rabea stürzte sich hungrig darauf.

Während sie an ihrer zweiten Tasse Kaffee nippte, klappte sie ihren Laptop auf und ignorierte den Impuls, das WLAN-Passwort des Hotels einzugeben, das ein Schild auf dem Schreibtisch auswies. Sie überlegte sich, wie sie das Interview aufbauen würde. Natürlich hing das davon ab, was der Bischof ihr erzählen würde, aber sie wollte ihre wichtigsten Fragen vorformulieren. Sie schrieb den Entwurf der Einleitung zum Interview und notierte sich einige passende Aufmacher dazu für die Titelseite. Sobald feststand, wann und wo sie sich mit dem Bischof treffen würde, wollte sie sich an das Gäste-Terminal des Hotels setzen, das sie in einer Nische der Lobby entdeckt hatte, und recherchieren, ob es seit gestern Nachmittag im Netz neue Einträge über Titus von Elsterich gab.

Nach zwei Stunden wurde Rabea ungeduldig. Sie rief Stickler an. „Was Neues?", fragte sie.

„Nein. Ich warte auch."

„Kannst du diesen Herbert nicht anrufen?"

„Was glaubst du, was ich gerade gemacht habe?"

„Ja, und?"

„Das Handy ist abgeschaltet."

„Was soll das heißen?"

„Spreche ich Suaheli? Abgeschaltet heißt abgeschaltet."

„Warum schaltet er sein Handy ab?"

„Frag ihn doch selbst." Stickler klang genervt.

„Für einen alten Nachrichten-Haudegen bist du ganz schön nervös, Hans."

Stickler lachte auf. „Erwischt. Das ist eine Jahrhundertstory. Geldwäsche im Vatikan! Vatileaks! Und die BBCo. ist exklusiv und live dabei. Die Konkurrenz wird sich grün ärgern." Etwas ruhiger fügte er hinzu: „Lassen wir meinen Freund seinen Job machen, Rabea. Er weiß, was er tut. Der Bischof wird nicht zuhause hocken und auf unseren Boten warten. Vermutlich hält er Gottesdienst, trinkt Messwein, tauft, was weiß ich. Was Bischöfe halt so machen. Unser Bote muss von Elsterich allein erwischen und kann nicht einfach auf den Klingelknopf drücken und sagen: *Hallo, hier bin ich*. Die Kirche, das Haus und das ganze Areal werden nach wie vor von unseren Kollegen belagert. Die Presse lebt!" Es klang wie ein Schlachtruf.

„Schon gut, ich übe mich in Geduld."

Endlich, kurz vor Mittag, Rabea überlegte bereits, ob sie sich erneut etwas zum Essen aufs Zimmer bestellen sollte, klopfte es an die Zimmertür. Es war Herbert. Sticklers Freund war weit über fünfzig, klein, aber drahtig und hatte dichtes graues Haar. Auch seine Augen waren grau. Er begegnete Rabeas prüfendem Blick mit gleicher Intensität. Sie bat ihn herein.

„Frau Rosenthal", sagte er, als sie sich am Couchtisch gegenübersaßen, „Sie treffen sich mit dem Bischof noch heute, um 17:00 Uhr in der Wieskirche. Er hat detaillierte Anweisungen erteilt und mir diese Landkarte gegeben." Er hatte sie aus der Innentasche seines Sakkos gezogen und faltete sie auf. „Hier", er zeigte auf einen umkreisten Punkt, „das ist die Wieskirche, der Treffpunkt. Laut Bischof wird sie nur einmal im Monat für den Gottesdienst genutzt. In der Regel ist sie abgeschlossen, aber der Bischof hat mir verraten, wo ein Schlüssel versteckt ist. An der linken Kirchenecke führt eine Dachrinne bis zum Boden. Sie finden den Schlüssel in der Öffnung. Sie müssen unbedingt pünktlich sein! Der Bischof wird erst nach Ihnen die Kirche betreten."

„Ganz schön ausgefuchst, dieser von Elsterich. Behält Kirche und mich im Auge, um festzustellen, ob mir jemand bis dorthin gefolgt ist. Da komme ich mir fast schon vor wie im Irak, wenn ich mich mit meinen Informanten getroffen habe. Jede Wette, der Bischof sieht in seiner Freizeit amerikanische Agentenserien."

„Der Mann hat Angst, Frau Rosenthal, Todesangst, er dünstet sie geradezu aus. Seien Sie vorsichtig. Wenn Sie möchten, komme ich mit."

Rabea schüttelte den Kopf. „Nein, ich will nicht riskieren, dass der Bischof Sie sieht und womöglich das Treffen abbricht."

„Haben Sie wenigstens eine Waffe?"

„Sie meinen tatsächlich, ich könnte eine gebrauchen?", stellte Rabea die Gegenfrage.

„Sicher ist sicher. Ich lese Zeitung. Dieser Bischof hat Millionen verschwendet und wird öffentlich gegrillt. Jetzt will er sich unter ausgeklügelten Sicherheitsmaßnahmen mit einem Medienvertreter treffen. Er will auspacken und Hintermänner nennen. Die Presse ist sein Schutz. Hier geht es um sehr viel Geld, Frau Rosenthal, Interessen stehen auf dem Spiel. Ich tippe auf Veruntreuung oder Geldwäsche. Mit diesen Leuten ist nicht zu spaßen."

Rabea nickte. Ihr fiel ein, dass auch Friede Marquardt ihr mitgegeben hatte, keine unnötigen Risiken einzugehen. Nach Yussufs Überfall war sie sowieso wieder dazu übergegangen, ihre Pistole ständig bei sich zu tragen. „Ja, ich habe eine Waffe."

„Gut, ich bleibe trotzdem in der Nähe." Er sah Rabeas zweifelndes Gesicht. „Keine Sorge, ich werde Ihnen nicht bis zur Kirche folgen. Aber Hans hat mich gebeten, auf Sie aufzupassen und hierzubleiben, bis Ihr Treffen über die Bühne gegangen ist. Hier ist meine Handy-Nummer, für alle Fälle. Also 17:00 Uhr, es gilt. Viel Glück." Er verabschiedete sich. Rabea blieben noch knapp fünf Stunden Zeit. Sie beschloss, jetzt gleich ihre Besorgungen zu machen, unterwegs etwas zu essen und sich anschließend eine Mütze Schlaf zu gönnen, obwohl sie null Müdigkeit verspürte. Das Adrenalin hielt sie wach.

Nach dem Treffen mit von Elsterich würde sie sich sofort an den Artikel machen, sich anschließend in ihren Wagen setzen und zurück nach Berlin in die Redaktion fahren. Dort würde sie den Artikel nochmals redigieren und dann Marquardt und Stickler vorsetzen. Dann könnte der Artikel noch am Sonntag online gehen und gleich am Montag in der hauseigenen Tageszeitung erscheinen. Und sie würde immer noch locker ihren Flug nach Rom schaffen. An Schlaf war bis dahin kaum zu denken.

***

Gegen 16:40 Uhr gelangte Rabea bereits bei der kleinen Kirche an.

Sie stand einsam und malerisch mitten auf einer mit Gänseblümchen und Löwenzahn gesprenkelten Wiese, Wald umrahmte sie von zwei Seiten. Ein schmaler, drei Kilometer langer Feldweg hatte Rabea zu ihr geführt. Seit sie die asphaltierte Straße verlassen hatte, war ihr keine Menschenseele mehr begegnet.

In der Ferne konnte Rabea eine Herde Kühe grasen sehen. Bis auf die Tiere wirkte die Gegend vollkommen verlassen. Es war eine friedliche Atmosphäre, die Stille eines Sommertags, in der nur Vogelgezwitscher und das Summen von Insekten zu hören waren. Sie parkte den Golf etwas abseits und fotografierte zunächst Kirche und Umgebung. Dann suchte und fand sie den Schlüssel – ordentlich geschützt durch einen verschließbaren Gefrierbeutel – in der Regenrinne, sperrte auf und betrat die Kirche. Das Innere war recht einfach gehalten, ohne großen Pomp wie vergoldete Altäre oder Tabernakel, dafür prunkten Decke und Wände in wunderschön leuchtenden Farben. Rabea machte weitere Aufnahmen. Sie schritt durch die wenigen Reihen Gebetbänke hindurch, blieb auf halbem Weg stehen und drehte sich um die eigene Achse. Hinter ihr befand sich eine kleine Empore. Sie stieg die enge, knarzende Treppe hinauf. Bis auf eine schmucklose Orgel und die Sitzbank davor war sie leer.

Sie stieg wieder hinab, durchmaß das kurze Kirchenschiff und entdeckte hinter dem Altar eine winzige, kaum acht Quadratmeter große Sakristei. Im Gegensatz zur Kirche wirkte sie schäbig und düster. Rabea suchte und fand den Lichtschalter. Eine nackte Glühbirne, die an einer Leitung von der Decke baumelte, flammte auf. Rabea sah sich gründlich um und schoss weitere Fotos mit ihrem Handy. Außer einem zerkratzten Einbauschrank gab es noch einen wackeligen Tisch und zwei Stühle. Rabea nahm sich vor, den Bischof später an genau diesem Tisch zu fotografieren. Es wäre ein spannender Kontrast – der verschwenderische Bischof, der den Luxus liebte, in diesem ärmlichen Rahmen. Die hintere Wand war von einem staubigen Vorhang bedeckt. Rabea zog ihn beiseite. Dahinter verbarg sich eine Tür. Sie drückte die Klinke. Abgeschlossen, natürlich. Rabeas Augenmerk richtete sich auf den glänzenden Zylinder. Er fiel auf, da er im Gegensatz zur wurmstichigen Tür neu wirkte, vermutlich war er erst kürzlich eingesetzt worden Ihre Uhr zeigte acht vor fünf an, leider blieb ihr keine Zeit, um sich genauer mit dem Schloss zu beschäftigen. Es war ihr klar, dass sie hier mit ihrer Haarnadel nicht weit kommen würde – obwohl ihr die Möglichkeit eines zweiten Ausgangs behagte. Sie zog den Vorhang wieder an Ort und Stelle. Als Nächstes blieb ihr Blick am Einbauschrank hängen. Er war mit einem rostigen Vorhängeschloss gesichert. Dafür reichte die Zeit. Sie zog ihre Spezialhaarnadel hervor, ein kurzes Fummeln, und das Schloss sprang auf. Neugierig öffnete sie die Tür.

Der Inhalt war enttäuschend. Bis auf ein Messgewand, das die Motten längst für sich entdeckt hatten, war der Schrank mit Büchern gefüllt. *Bibeln!* Rabea nahm die Oberste heraus und blätterte kurz darin. Sie versuchte es noch bei einer zweiten, dritten und sogar vierten. Aber sie bargen kein Geheimnis, bis auf das christliche Mysterium. *Typisch,* dachte Rabea, *sperren ihre Bibeln weg, als ob die jemand stehlen würde.* Sie verschloss den Schrank wieder. Noch drei Minuten.

„Na dann", murmelte sie, trat zum Tisch und musterte die dicke Staubschicht darauf. Mit einem Taschentuch schaffte sie Abhilfe. Sie zog Laptop und Notizbuch aus ihrer Krokotasche. Beim Anblick des blutroten Futters fiel ihr auf, dass dies ihr erstes größeres Interview war, bei dem sie nicht ihre roten hochhackigen Pumps trug, sondern Turnschuhe.

Rabea hob jetzt den Kopf und lauschte. Sie glaubte, ein leises Motorengeräusch wahrgenommen zu haben. Richtig, es kam näher. Es hörte sich wie ein Moped an. Das Geräusch wurde rasch lauter, dann stoppte es abrupt. Sie hörte das Einrasten des Ständers ganz nah, kurz darauf einen Schlüssel, der sich im Schloss drehte, und schon bewegte sich der dunkle Vorhang und wurde von einer sehr weißen Hand zur Seite geschoben. Eine schmale Gestalt in Jeans, gemustertem Hemd und Helm auf dem Kopf schob sich fast in Zeitlupe in ihr Blickfeld.

Rabea war unwillkürlich einen Schritt zurückgewichen. Der Neuankömmling nickte ihr zu, dann nahm er den Helm ab. Rabea erkannte ihr Gegenüber und atmete aus. Der Bischof kam die zwei Schritte auf sie zu, vollführte einen altmodischen Diener und begrüßt sie etwas gestelzt: „Titus von Elsterich, es ist mir eine Ehre, Sie kennenzulernen, Frau Rosenthal. Danke, dass Sie sich hierher bemüht haben. Ich weiß, die Umstände sind ungewöhnlich. Bitte setzen Sie sich doch." Er zeigte auf den Holzstuhl hinter ihr, als wiese er ihr den Platz auf einem Thron zu. Rabea registrierte die kultivierte Stimme, die formvollendeten Umgangsformen, die sparsame, aber elegante Gestik. Ja, Titus von Elsterich war alter Adel. Und doch konnte sie das Gleiche spüren wie zuvor Herbert, der

Detektiv: Hinter von Elsterichs gefasster Fassade verbarg sich nackte Angst. Der Bischof zog nun ein Taschentuch hervor und wischte sich damit über die Stirn. „Es ist sehr heiß heute“, sagte er mit einem verlegenen Lächeln und setzte sich.

„Darf ich?“, fragte Rabea, immer noch stehend, mit gezücktem Smartphone. Ohne eine Antwort abzuwarten, machte sie rasch mehrere Aufnahmen von ihm. Der Bischof blinzelte, sagte aber nichts. Rabea nahm nun ebenfalls Platz. Der Bischof musterte den Tisch. „Kein Aufnahmegerät?“

Rabea deutete auf ihr Smartphone. „Läuft bereits.“

„Oh, sehr gut. Also, möchten Sie etwas Bestimmtes wissen oder soll ich einfach anfangen?“

Am liebsten hätte Rabea ihn gefragt, wovor oder besser, *vor wem* er so große Angst hatte, aber sie fürchtete, ihn mit dieser Frage noch mehr zu verschrecken. Stattdessen sagte sie: „Ich habe vor, das Interview in zwei Themenschwerpunkte zu gliedern. Ich möchte zum einen Sie, als Menschen, hervorheben; Ihr Weg zum Bischofsamt und Ihre Arbeit für Ihre Gemeinde. Natürlich sprechen wir auch darüber, was diese Affäre für Sie persönlich bedeutet und welche Auswirkungen sie auf Sie und Ihre Familie hat. Der zweite Themenschwerpunkt wäre, wie es zu Ihrer Situation kommen konnte. Ihre Sicht der Dinge. Natürlich interessiert mich besonders die Stiftung *Kind und Brot*, Ihre Rolle innerhalb der Stiftung und ob Sie auf Anweisung gehandelt haben. Ich benötige Zahlen und Fakten: wie viele Spendengelder über die Stiftung geflossen sind, wer Zugriff auf die Konten hat, ob es mehrere Konten gibt und bei welchen Banken. Dann natürlich die Rolle des Laimburger Kirchenrats beim Bau Ihrer Residenz, etc. Sie erzählen, und ich stelle zwischendurch bei Bedarf meine Fragen.“

Der Bischof nickte. Er hatte aufgehört seine Hände zu kneten, stattdessen hielt er sie krampfhaft verschränkt, als hätte er vor, zu beten. Auf seiner Stirn hatten sich erneut Schweißperlen gesammelt. „Ich denke, über meine familiären Verhältnisse, woher ich stamme und so weiter, muss ich Ihnen nicht viel erzählen, das dürfte Ihnen durch Ihre Recherchen bekannt sein. Nur so viel, ich bin behütet aufgewachsen, in einer großen Familie und habe ein enges Verhältnis zu ihr. Meinen Urlaub verbringe ich meist mit der Familie auf dem Anwesen meiner Schwester. Umso mehr schmerzt es mich, wie meine Familie unter diesen unsäglichen Anschuldigungen leiden muss. Die Presse belagert nicht nur mich, sondern…

„Entschuldigen Sie, Herr Bischof", unterbrach ihn Rabea. „Ich kann mir vorstellen, dass das für Ihre Familie sehr unangenehm ist, aber soll das heißen, dass die Anschuldigungen gegen Sie nicht gerechtfertigt sind? Sie haben also den Bau des neuen Bischofsitzes selbst nicht gewollt?"

Der Bischof verzog das Gesicht. „Doch natürlich, aber ich hatte niemals erwogen, dass der Bau diese Ausmaße annimmt. Irgendwie bin ich da hineingerutscht. Alle sagten, der Bau solle Laimburg und seine Diözese repräsentieren. Ich solle mir wegen der Kosten keine Gedanken machen, es stünde ein ausreichendes Budget zur Verfügung."

„Wer ist *alle*?"

„Der Kirchenrat, der Vermögensverwaltungsrat, die katholische Frauenvereinigung, der Architekt. Die kamen auch ständig mit neuen Ideen, so viele Entscheidungen, ich wusste nicht mehr, wo mir der Kopf stand – zumal die Stiftung rasant wuchs und mich immer mehr in Anspruch nahm. Irgendwann wurde es mir zu viel und ich sagte zu den Verantwortlichen: Machen Sie nur, Hauptsache, ich habe ein Dach über dem Kopf. Aber dann habe ich mich doch gewundert, weil das ganze Bauprojekt irgendwie immer pompöser wurde. Ich habe den Vorsitzenden des Kirchenrats auf die Kosten angesprochen. Aber er hat mich beruhigt und gemeint, es wäre alles innerhalb des Budgets. Trotzdem begann ich nachzuforschen. Ich hatte mich schon früher gewundert, wie viel Geld über die Stiftung *Kind und Brot* hereinkam. Das waren Millionenbeträge."

Rabea spürte, dass sie dem Kern der Wahrheit näherkamen. Ob der Bischof tatsächlich nur ein gutgläubiges Opfer war oder es jetzt bloß so hindrehte, interessierte sie weniger.

„Das heißt, die Stiftung *Kind und Brot* war nicht Ihre Idee?"

„Nein, die Anweisung zur Gründung kam direkt aus dem Palazzo di Propaganda Fide in Rom."

„Dem Sitz des Jesuitenkollegs der Vatikanstadt?"

„Nein, von der *Kongregation für die Evangelisierung der Völker*. Die sitzt da auch und ist für alle Stiftungsbelange zuständig." Bischof von Elsterich wischte sich mit einer nervösen Bewegung erneut über die Stirn.

Rabea beugte sich erregt vor. „Von wem kam die Anweisung? Haben Sie einen Namen?"

„Nur den eines Mittelsmanns, aber ich habe natürlich einen prägnanten Verdacht, wer es…" Er stockte und sprang auf. „Was war das?"

Rabea hatte es auch gehört. Das Kirchenportal hatte sich mit einem leisen Knarzen geöffnet. „Haben Sie denn die Tür nicht wieder abgeschlossen?", wisperte von Elsterich kreidebleich.

„Nein, ich wollte Sie nicht aussperren. Ich konnte ja nicht wissen, dass Sie einen zweiten Eingang nutzen. Bleiben Sie hier. Ich sehe nach."

„Nein!", entfuhr es dem Bischof panisch. Er wich bis an den Rand des Vorhangs zurück, es sah aus, als wollte er sich dahinter verkriechen.

„Immer mit der Ruhe." Rabea zog ihre Pistole aus ihrer Handtasche und entsicherte sie, während der Bischof beim Anblick der Waffe einen erschrockenen Laut von sich gab.

„Ich bin gleich wieder da", raunte Rabea. Vorsichtig öffnete sie die Tür der Sakristei und schlich sich hinaus. Sie duckte sich hinter den Altar, fest entschlossen, ihr Leben für diese Story aufs Spiel zu setzen. Schritte kamen näher. Vorsichtig hob sie den Kopf, um über den Altar zu spicken, als gleichzeitig eine junge Stimme sagte: „Du hattest recht, Tommy, das ist voll geil hier. Ich habe es noch nie auf einem Altar getrieben." Ein Mädchen kicherte albern.

Puh. Rabea stieß erleichtert die Luft aus und schob die Waffe zurück in den Hosenbund. Der Bischof hatte sie mit seiner Paranoia infiziert. Es handelte sich lediglich um ein junges Paar im Hormonrausch! Sie wollte die beiden auf sich aufmerksam machen und hinausscheuchen, als der Motor eines Mopeds aufheulte. Sie wusste sofort, was das bedeutete. Der Bischof hatte die Nerven verloren und machte die Biege! *Verdammter Feigling!,* fluchte Rabea innerlich. Wie ein Schachtelteufel schoss sie hinter dem Altar hervor, spurtete auf den Ausgang zu und rannte dabei beinahe das verblüffte Pärchen um. Sie stieß das Kirchenportal auf und sah den Bischof, der an ihr vorbei die Ecke mit Vollgas genommen hatte. Mit gekrümmten Rücken preschte er den Feldweg entlang.

„Halt", schrie sie, ruderte mit beiden Armen und lief ihm hinterher. Doch der Bischof sah nicht zurück, sondern entfernte sich, wurde immer kleiner, bis nur noch eine Staubwolke übrig blieb.

„So eine verdammte, verquirlte Scheiße!" Rabea war außer sich vor Wut. Schwungvoll kickte sie einen Kieselstein weg.

Hinter ihr erschien das Pärchen Hand in Hand. „Sorry“, sagte der Junge, als sie auf die beiden zuhielt. Er konnte kaum älter als sechzehn sein und grinste breit. „Heißt das, wir können die Kirche jetzt für uns haben?“

Rabea sandte ihm einen derart bitterbösen Blick, dass das Mädchen unwillkürlich die Hand aus seiner löste und einen Schritt zur Seite wich.

„Fick dich“, sagte Rabea zu dem Jungen und stapfte an ihm vorbei, zurück in die Kirche. Sie zog den Schlüssel aus ihrer Hosentasche und sperrte die Tür demonstrativ von innen ab. Das hätte sie vorher schon tun sollen. Als ob der Bischof nicht auch hätte anklopfen können!

Die größten Katastrophen erwachsen immer aus den kleinsten Nachlässigkeiten. Das betete Stickler ständig herunter. Scheiße, sie musste ihn anrufen! Und Herbert. Der Detektiv-Bote musste unbedingt ein zweites Treffen mit dem Bischof arrangieren. Trotzdem wartete Rabea noch eine weitere Stunde ab, bevor sie die Schlappe beichtete. In der Zwischenzeit kehrte sie in die Sakristei zurück und öffnete ihr Notizbuch. Sie stutzte. Sie hatte einen Eintrag entdeckt, der nicht von ihr stammte. Es waren nur wenige, ungelenk hineingekritzelte Buchstaben. Der Bischof musste sie ihr unmittelbar vor seiner Flucht hinterlassen haben:

„Kind + Brot/vST“

Rabea las die Nachricht mehrmals. Beinahe sofort war sie sich sicher, dass mit *vST* das Von-Stetten-Unternehmen gemeint sein musste. Warum aber hatte von Elsterich diesen Namen mit der Stiftung *Kind und Brot* verknüpft? Oder meinte er vielleicht nur den alten Patriarchen selbst, Heinrich von Stetten? Oder sogar Lukas? Kannte der Bischof Lukas aus seiner Jesuitenzeit? Oder wusste er von ihrer besonderen Verbindung zur Familie von Stetten, respektive zu Lukas? Hatte er deshalb darauf bestanden, das Interview nur mit ihr zu führen? War das ein Hinweis, sich an Lukas zu wenden? Fragen über Fragen. Das Rätsel versetzte sie in Aufruhr. Irgendwie driftete die ganze Angelegenheit immer mehr ins Absurde ab. Der Bischof benahm sich konspirativer als ein Geheimagent, deutete eine Verschwörung an, hinterließ seltsame Botschaften und flüchtete sich dann in seine Bischofsburg.

Obwohl, insgeheim hoffte Rabea noch, dass der Bischof am Waldrand angehalten und die Szene vor der Wieskirche beobachtet hatte. Dann müsste er gemerkt haben, dass es sich bei den Eindringlingen nur um ein harmloses

Teenager-Paar handelte, und nicht um gedungene Meuchelmörder. Vielleicht wartete er eine Weile dort ab und kehrte noch einmal zurück.

Nach einer Stunde sah Rabea ein, dass sie vergeblich auf ihn warten würde. Die Angst hatte Bischof von Elsterich vollkommen in ihrer Gewalt.

* * *

„Was soll das heißen, er hat es sich anders überlegt?“ Rabea hatte Mühe, ihre Stimme unter Kontrolle zu halten.

Es war inzwischen 21:00 Uhr und sie hatte die meiste Zeit mit ungeduldigem Warten in ihrem Hotelzimmer verbracht. Zwischendurch hatte sie fruchtlose Recherchen am Internet-Terminal des Hotels angestellt. Sie war frustriert.

Endlich war Herbert wieder bei ihr aufgetaucht. „Genau das, was ich gesagt habe. Ich soll Ihnen vom Bischof ausrichten, es wäre ein Fehler gewesen, mit der Presse zu reden, er wünsche keinen weiteren Kontakt. Er hat sogar von mir verlangt, dass ich ihm seinen Brief an die Redaktion wiederbeschaffe. Er war geradezu panisch, als er merkte, dass ich ihm hier nicht weiterhelfen konnte.“

„Meinen Sie, er wurde zwischenzeitlich bedroht?“

„Gut möglich. So oder so hat seine Angst wieder die Oberhand gewonnen.“

Rabea überlegte kurz. „Wenn er tatsächlich bedroht wurde, könnte das bedeuten, dass jemand von dem Interview weiß. Haben Sie jemand Verdächtiges in der Umgebung des Hotels bemerkt?“

„Nein. Ich habe extra die Augen offengehalten. Berufskrankheit. Mir ist zwar jemand vor der Bischofsresidenz aufgefallen, aber das war vermutlich nur einer Ihrer Pressekollegen.“

„Hier“, Rabea übergab ihm einen USB-Stick. „Für alle Fälle. Darauf ist eine Kopie des Gesprächs mit dem Bischof. Bringen Sie den Stickler. Er weiß Bescheid. Wenn Sie jetzt gleich fahren, sind Sie vor mir dort.“

„Und Sie?“

„Ich packe, checke aus und fahre ebenfalls heute Nacht noch nach Berlin zurück. Morgen geht es weiter nach Rom.“ *Wo sie auf Lukas treffen würde*, ergänzte sie in Gedanken weiter – und ihn nach der rätselhaften Botschaft des Bischofs fragen würde. Sie hatte lange überlegt und am Ende beschlossen, Marquardt und Stickler von Elsterichs Eintrag in ihr Notizbuch zu verschweigen. Sie musste erst selbst herausfinden, was es für eine Bewandtnis damit hatte, bevor sie unnötig Lukas' Familie in den Fokus ihrer Vorgesetzten rückte.

„Rom? Gleich in die Höhle des Löwen? Journalisten brauchen wohl keinen Schlaf, was?"

„Die Reise war schon vor dem Bischofs-Interview geplant. Melden Sie sich bei mir, wenn Sie in Berlin angekommen sind?", bat Rabea ihn.

Ihr Gegenüber schmunzelte. „Sie meinen, wenn ich Ihren Stick sicher bei Hans abgeliefert habe? Aber klar doch." Er verabschiedete sich an der Tür mit den Worten: „War interessant mit Ihnen. Falls Sie mich mal brauchen sollten, Sie haben ja meine Karte."

Sechs Stunden später, kurz vor Berlin, klingelte ihr Handy. Sie rechnete mit Herbert, dem Detektiv, dabei war es Stickler. „Wo bist du?"

„Kurz vor der Tiefgarage der BBCo. Ich muss noch den Wagen tauschen. Was ist mit…"

„Die Marquardt will dich sehen. Ab in den Aufzug", unterbrach Stickler sie und legte auf.

Na super, Stickler und Marlboro-Oma am frühen Morgen nach einer sechsstündigen Autofahrt! Das hat mir noch gefehlt. Außerdem knurrte ihr der Magen. Sie hatte das Abendessen ausfallen lassen und unterwegs nur angehalten, um sich einen Kaffee zu holen. Jetzt brauchte sie erst einmal etwas zwischen die Zähne. Um die Ecke der BBCo. gab es eine Bäckerei. Sie öffnete offiziell zwar erst um 6:00 Uhr, aber wenn man gegen das Fenster klopfte, hatten die Leute in der Backstube ein Einsehen mit notleidenden Journalisten. Rabea bekam ein noch warmes Brötchen und frischen Kaffee. Während sie das Brötchen verschlang, versuchte sie Herbert zu erreichen und landete in der Mailbox. Sie hinterließ keine Nachricht.

Mit dem Pappbecher in der Hand verließ sie den Aufzug und prallte dort sofort auf Stickler. „Wo bleibst du denn so lange?" Vorwurfsvoll starrte er auf ihren Becher. „Die Marquardt qualmt, und damit meine ich nicht ihre Zigaretten."

„Was ist mit Herbert?", fragte ihn Rabea.

„Richtig! Was ist mit Herbert? Wo ist er?"

„Wie bitte? Er ist mindestens eine halbe Stunde vor mir losgefahren, um den USB-Stick bei dir abzuliefern."

Stickler zückte sein Smartphone. „Wehe, er zischt irgendwo ein Bierchen!" Er wählte, und Rabea hörte die Mailbox-Ansage. „Scheiße, Herbert! Wo bist du? Ruf mich an!", brüllte Stickler als Nachricht.

Sie sahen sich unbehaglich an. „Sicher gibt es eine einfache Erklärung. Eine Panne, ein platter Reifen…?“, überlegte Rabea laut.

„Stickler, Rosenthal, wo bleiben Sie denn?“ Die Marquardt war im Korridor aufgetaucht und winkte ihnen herrisch zu.

Wortlos schob sich Rabea an Stickler vorbei und betrat, gefolgt von diesem, das Büro der Chefredakteurin.

„Endlich. Was haben Sie für mich?“, wurde sie barsch in Empfang genommen.

„Ihnen auch einen guten Morgen“, erwiderte Rabea demonstrativ. Sie zog einen USB-Stick hervor. Die Marquardt riss ihn ihr beinahe aus der Hand, steckte ihn in den Drive, rief die Datei auf und verfolgte das Material gespannt auf ihrem Bildschirm, Stickler an ihrer Seite. Rabea hatte die von ihr geschossenen Fotos bereits in ihren Audio-Kommentar eingebunden und ließ im Anschluss das abgebrochene Interview laufen. Nachdem die gesamte Datei abgespult war, sagte die Marquardt zu Rabea: „Da haben Sie uns ja eine schöne Pleite beschert, Rosenthal.“

Rabea hatte zwischenzeitlich unaufgefordert vor dem Schreibtisch Platz genommen. Sie hatte nicht vor, sich in die Rolle des Schuldigen pressen zu lassen. Es war einfach Pech gewesen.

„Was soll dieser Mist?“ Die Marquardt zeigte auf den Bildschirm. „Wir schicken Sie los, damit Sie eine Enthüllungsstory über den Bischof und seine Hintermänner schreiben, und was liefern Sie mir? Eine rührselige Litanei à la *Ich bin es nicht gewesen, ich habe das nicht gewollt.*“ Die Stimme der Chefredakteurin troff vor Sarkasmus. „Der Bischof als Opfer? Wer will das hören?“

„Niemand. Das war die Einleitung. Ich habe den Bischof reden lassen. Er musste das loswerden, bevor er zum Wesentlichen kommen konnte.“

„Und wo ist das Wesentliche?“

„Wir wurden von einem Geräusch unterbrochen. Der Bischof geriet in Panik und ist Hals über Kopf abgehauen. Was hätte ich machen sollen? Ihn festbinden?“

„Jetzt werden Sie mal nicht frech, Rosenthal.“ Doch die Marquart klang jetzt ruhiger. Ihre Augen ruhten aufmerksam auf ihrem Gegenüber. Sie aktivierte die Datei erneut. Die Stimme des Bischofs setzte ein:… *Trotzdem begann ich, nachzuforschen. Ich hatte mich schon früher gewundert, wie viel Geld über die Stiftung „Kind und Brot“ hereinkam. Das waren Millionenbeträge.* “

„Das heißt, die Stiftung „Kind und Brot" war nicht Ihre Idee?"

„Nein, die Anweisung zur Gründung kam direkt aus dem Palazzo di Propaganda Fide in Rom."

„Dem Sitz des Jesuitenkollegs der Vatikanstadt?"

„Nein, von der „Kongregation für die Evangelisierung der Völker". Die sitzt da auch und ist für alle Stiftungsbelange zuständig

„Von wem kam die Anweisung? Haben Sie einen Namen?"

„Nur den eines Mittelsmanns, aber ich habe natürlich einen prägnanten Verdacht, wer es…„Was war das?…Haben Sie denn die Tür nicht wieder abgeschlossen?"

„Nein, ich wollte Sie nicht aussperren. Ich konnte ja nicht wissen, dass Sie einen zweiten Eingang nutzen. Bleiben Sie hier. Ich sehe nach."

„Nein!"

„Immer mit der Ruhe…Ich bin gleich wieder da."

Das Band lief weiter, bis Rabea zurückgekehrt war und den Stopp-Knopf gedrückt hatte. Es war noch darauf zu hören, wie der Bischof mehrmals „Oh mein Gott, oh mein Gott", vor sich hinmurmelte, eine Tür zuschlug, gefolgt vom Aufheulen eines Mopeds.

„Eine schöne Memme, dieser Bischof", sagte die Marquardt verächtlich und griff nach ihrer Zigarettenschachtel. Mit der Kippe im Mundwinkel sagte sie: „Das mieseste Timing aller Zeiten. Wie in einer dieser absurden Telenovelas. Er wollte gerade auspacken. Beichte in einer Kirche. Das passt, wie der Faust aufs Gretchen." Sie klopfte auf den Bildschirm, der ein Standbild des Bischofs zeigte. „Wenigstens sind die Aufnahmen vom Bischof gut. Warum haben Sie diese verdammte Tür nicht abgesperrt? Wer kam da?"

„Niemand, ein junges Pärchen im Liebesrausch", antwortete Rabea nur auf die zweite Frage. Die erste erklärte sich durch die Aufzeichnung. Sie sah keine Veranlassung, sich zu wiederholen. Außerdem ärgerte sie sich selbst schon genügend darüber.

Ihre Chefin nahm einen tiefen Zug und blies Rabea den Rauch entgegen. Rabea verzog keine Miene. Die Marquardt schwieg und dachte nach. Niemand sprach. Sie rauchte zu Ende, und während sie den Stummel ausdrückte, sagte sie: „Diese *Kind-und-Brot-Stiftung* ist der Angelpunkt. Machen Sie vor Ort weiter. Angeln Sie!"

„In Rom?" Es war genau das, was Rabea vorgehabt hatte.

„Wo denn sonst? Ich will alles über diese ominöse Stiftung wissen. Die Hintermänner sitzen in Rom, meine geräucherte Lunge darauf. Der Bischof deutete es ja selbst an. Und *die* scheinen sich nicht gerade durch Sanftmut auszuzeichnen, ansonsten würde sich unser Bischof nicht derart in die Hose pissen. Sie, Stickler", sie zeigte mit dem Finger auf ihn, „kümmern sich um den Vermögensverwaltungsrat und diese katholische Dingsbums-Vereinigung. Wer mit wem verheiratet, verwandt und verschwägert ist oder sonst wie pimpert. Nehmen Sie Laimburg auseinander."

Stickler war kurz verwirrt. Daran recherchierten längst die Kollegen der Konkurrenz. Hier und da hatte es bereits Andeutungen gegeben, dass der Bischof nicht allein aus dem fetten Trog gefressen hatte. „Heißt das, ich soll entlastendes Material für den Bischof finden?", fragte er nach.

„Ja, aber wir werden das nicht veröffentlichen. Wir versuchen, den Bischof damit zu ködern. Wenn du fündig geworden bist, soll dein Detektiv ihn nochmals kontaktieren. Wenn von Elsterich sieht, dass wir ernsthaft bemüht sind, ihn zu entlasten, spricht er vielleicht nochmals mit uns."

Rabea hielt den Blick gesenkt. Das war nicht ganz koscher, und ihr war auch nicht richtig wohl bei der Sache. Aber so funktionierte nun mal der Journalismus. Es war ihr Beruf. Informationsbeschaffung um jeden Preis.

KAPITEL 29

Costa Erez/Bretagne/Frankreich

Carlotta war tot.

Die Nachricht hatte ihn in einen Abgrund der Trauer gestürzt, dann, Tage später, war die Wut gefolgt. Inzwischen beherrschte ihn nur noch ein Gedanke: Rache.

Dabei konnte er sich noch genau an den Tag erinnern, an dem alles begonnen hatte, auf seltsame Weise schiefzugehen.

Er hatte damals mit dem Vollstrecker – *er hoffte, der gelackte Hurensohn schmorte auf ewig in der Hölle!* – in seinem Übertragungswagen gesessen und die Wohnung des Pfaffen in Rom abgehört. In der folgenden Nacht hatte Gabriel die Hundebesitzerin abgemurkst. Er selbst hatte danebengestanden, gleichermaßen abgestoßen wie fasziniert, und zugesehen, wie die Alte gestrampelt und unter sich gemacht hatte. Ihr Gesicht war ganz blau angelaufen, und er hatte keinen Finger gerührt. *Er hatte es nicht verhindert!* Der Tod war hässlich und seine Fratze suchte ihn seitdem oft heim. Gabriel, dieses Schwein, hatte ihm seine Unschuld genommen! Und nun war auch Carlotta tot, erschossen von diesem verdammten brasilianischen Drachen. Er hatte diese Frau nur wenige Male getroffen, aber er hatte gleich gespürt, dass etwas Böses von ihr ausging.

Als er die Todesmeldung im Internet entdeckt hatte, hatte er es zuerst nicht glauben wollen, es konnte sich dabei nur um einen Irrtum handeln. *Sie* konnte nicht einfach tot sein. Carlotta war für ihn immer unverwüstlich gewesen, eine überirdische Erscheinung, die er in seinem Kampf gegen die Teufel im liturgischen Gewand unterstützen durfte.

Seit drei Jahrzehnten hatten sie Seite an Seite gestanden. Sie hatte ihn aus dem Waisenhaus geholt, in dem er gequält worden war, und ihm eine Heimat geboten. Sie allein hatte ihn verstanden und sich von Anfang an für seine Forschungen interessiert, wenn andere ihn als Spinner ausgelacht hatten. Er verdankte ihr alles – sie war seine Retterin, und für eine kurze Zeit, zu Beginn ihres gemeinsamen Weges, hatte er sogar ihr Liebhaber sein dürfen.

Die letzten beiden Jahre waren seine schönsten gewesen. Carlotta hatte sich eine Zeitlang bei ihm versteckt gehabt. Zusammen hatten sie alles für den großen Tag ihrer Rache vorbereitet. Er war ihr engster Mitarbeiter, ihr Vertrauter, ihr Freund.

Seit Rom hatte er sich auf der Insel verkrochen, die sie ihm vor Jahren geschenkt hatte. Sie lag vor der schwer zugänglichen, zerklüfteten Westküste der Bretagne, umringt von unzähligen Inseln und Granitformationen, die wie steinerne Finger aus dem Atlantik ragten.

Er liebte alles an seiner kleinen Insel, das Rauschen der Meeresgischt, das Heulen des Windes und die Rufe der Möwen. Am meisten aber liebte er die Einsamkeit. Nur in letzter Zeit setzte sie ihm zu. Wochenlang hatte er darauf gehofft, dass Carlottas Tod eine Falschmeldung wäre, eine von ihr ersonnene Finte, und *sie* unvermittelt mit ihrer unglaublichen Präsenz sein Labor betrat.

Noch immer hörte er ihre Stimme in seinem Kopf, die sagte: „Bald ist es so weit und wir werden unsere Rache vollenden, zusammen! Dann kommt deine Zeit! Wir werden deine Erfindung der Welt präsentieren, und dafür wird sie dich als größten Wissenschaftler aller Zeiten feiern!“

Er hatte sich schon in Stockholm gesehen, während er unter donnerndem Applaus und Carlottas stolzen Blicken den Nobelpreis für Physik entgegennahm.

Vorbei der Traum. Er würde sich niemals erfüllen. Es war alles aus. Niemals zuvor hatte er sich so einsam und verlassen gefühlt. Er war allein.

Sein Blick fiel auf die Wand hinter seinen Computerterminals. Dort hing, hinter Glas und auf scharlachrotem Samt, die Diamantbrosche mit der winzigen Kamera, die er speziell für sie angefertigt hatte und die durch seine Speziallegierung jedem Detektor trotzte. Carlotta hatte ihm das Schmuckstück bei ihrem letzten Besuch geschenkt und ihm versichert, dass es sich als ihre wirksamste Waffe erwiesen hatte. Er nahm die Brosche aus dem Behälter und wog sie in seiner Hand. Die Diamanten, die sich im Licht brachen, entzündeten einen neuen Willen in ihm, als teilte sich ihm die Kraft Carlottas durch die Steine mit. Auf der Rückseite klebte die kleine Micro-SD. *Carlottas und seine Versicherung.*

Er straffte sich. Nein, es war noch nicht zu Ende. Carlotta hätte niemals aufgegeben. Und er auch nicht!

Plötzlich wusste er, was er zu tun hatte. Seine Freundin mochte tot sein, doch ihre gemeinsame Sache lebte! Er würde auch jene Person nicht vergessen, die an allem schuld war, und die Carlotta am meisten von allen gehasst hatte.

Langsam reifte in ihm ein Plan heran.

KAPITEL 30

Berlin/Tegel

„Jetzt nimm ihn schon." Lucie griff energisch nach Rabeas Krokohandtasche und stopfte den Schlüssel samt Froschanhänger hinein. „Ehrlich", schimpfte sie, „diese Tasche ist doch mindestens so alt wie Methusalem, und das rote Futter ist irgendwie gruselig. Ich habe dir doch schon mindestens drei neue Taschen geschenkt. Warum nimmst du nicht die, sondern schleppst immer noch dieses Ungetüm mit dir rum?"

„Weil sie von meiner Großmutter stammt, das habe ich dir oft genug erklärt. Ich liebe diese Tasche. Sie ist ein Stück Heimat auf Reisen. Und bitte hör auf, mir weitere Taschen zu schenken. Hier", Rabea hatte den Schlüssel für die Wohnung in der Via dei Coronari wieder hervorgefischt, „ich brauche ihn wirklich nicht. Ich sagte dir doch, ich habe eine Buchungsbestätigung für ein Gästehaus des Vatikans."

Lucie wollte erneut protestieren, aber gerade wurde Rabeas Flug nach Rom/Fiumicino aufgerufen. Ihre Freundin würde selbst in wenigen Stunden nach Istanbul fliegen und zu ihrer archäologischen Ausgrabungsstätte zurückkehren.

Die Berliner Gala, bei der Rabea Jonathan Valder kennengelernt hatte, war gerade erst eine Woche her. Rabea hatte noch am Montag darauf der Einladung des Vatikans zugesagt. Plötzlich war alles sehr schnell gegangen. Noch am selben Tag hatte sie den Anruf eines Pater Josef Matuschek erhalten, der alle Reise- und Unterkunftsmodalitäten mit ihr geklärt und sie gebeten hatte, sich am siebzehnten August im Vatikan an der übermittelten Adresse einzufinden. Erneut hatte ihr ein Bote alle erforderlichen Dokumente, einschließlich ihrer Akkreditierung, überbracht.

Lucie wiederum war auf Bitten ihres Professors bis Dienstag in Berlin geblieben und hatte ihn auf ein Treffen mit dem Direktor der Abteilung Istanbul des Deutschen Archäologischen Instituts begleitet. Danach war sie nach Nürnberg geflogen, um ihren Koffer neu zu packen. Am Freitag war sie nach Berlin zurückgekehrt, weil ihr umtriebiger Professor sie erneut kurzfristig gebeten hatte, an einer Ausstellungseröffnung auf der Museumsinsel teilzunehmen. Rabea hatte dazu angemerkt, dass ihr Professor Lucie ganz schön für seine Zwecke einspannte.

„Vor allem treffe ich am Freitag Jonathan", hatte Lucie strahlend erklärt. „Er ist einer der Geldgeber. Zwei Fliegen mit einer Klappe. Was will Frau mehr."

„Eigentlich sind es ja sogar drei Fliegen. Du hast auch für mich noch ein paar Stunden deiner wertvollen Zeit abgeknipst", hatte Rabea geantwortet. Da Lucie den gesamten Samstag und auch die Nacht mit Jonathan verbracht hatte und erst Sonntagmittag wieder bei Rabea aufgetaucht war, hatte sie vom Ausflug ihrer Freundin nach Laimburg nichts mitbekommen.

Jetzt schieden sich die Wege der beiden Freundinnen für eine längere Zeit. Das Vatikan-Projekt, wie Rabea es getauft hatte, war laut Beschreibung für mindestens sechs Monate angelegt. Hobbit hatte sie für diese Zeit glücklich bei ihrem Großvater untergebracht. Die beiden waren ein Herz und eine Seele.

Rabeas Sinne waren längst in Alarmbereitschaft. Was würde sie über die Stiftung herausfinden? Was bedeutete die Notiz des Bischofs zu vST? Und was wusste Lukas darüber?

Was sie ebenso schwer beschäftigte, war das ungeklärte Schicksal von Herbert, dem Detektiv. Er war irgendwo zwischen Laimburg und Berlin spurlos verschwunden, auch sein Fahrzeug war bisher nicht wieder aufgetaucht. Stickler war von der Polizei als letzter Auftraggeber vernommen worden, hatte es aber bewerkstelligt, Rabeas Namen aus der Sache herauszuhalten. Es war unklar, ob der USB-Stick mit dem Von-Elsterich-Interview mit Herberts Verschwinden zu tun hatte, oder ob es um eine ältere Geschichte ging. Laut Stickler hatte Herbert kürzlich im Berliner Rotlichtmilieu ermittelt und war mehrmals bedroht worden.

Eine letzte Umarmung ihrer Freundin, dann griff sich Rabea ihr Handgepäck und betrat die Fluggastkontrolle.

Rom wartete auf sie.

ZWEITES BUCH

ALLE WEGE FÜHREN NACH ROM

„Rom wurde auch nicht an einem Tag erbaut, und Gott benötigte sieben Tage für die Erde. Das müssten wir auch schaffen.“

Rabea Rosenthal

KAPITEL 31

Rabea

I-00120 Vatikanstadt

„Was soll das heißen. Sie haben kein Zimmer für mich? Aber hier steht es doch schwarz auf weiß.“ Rabea tippte auf ihre Bestätigung. „Ich habe mich schließlich nicht selbst eingeladen.“ *Das fängt ja gut an,* dachte sie. Waren das bereits die antizipierten Schwierigkeiten?

„Es tut mir wirklich sehr leid, Signora Rosenthal. Ein bedauerlicher Fehler unserer Administration, aber das Gästehaus ist überbucht. Sie haben sicher von der anstehenden Heiligsprechung zweier früherer Päpste gehört. Aus diesem Grund gibt es im Augenblick keine verfügbaren Betten mehr. Selbstverständlich werde ich mich bemühen, Ihnen schnellstmöglich adäquaten Ersatz zu besorgen. Es dauert nur ein wenig. Sie sehen ja, was hier los ist.“ Mit einer typisch italienischen Geste deutete er auf die Schlange hinter ihr, die Sitzbank und Stühle, belegt mit müde aussehenden Reisenden, mit einschloss. „Wie Sie sehen, gibt es noch weitere Personen, die ich anderweitig unterbringen muss. Vielleicht gehen Sie zuerst etwas essen und kehren am frühen Abend zurück? Bis dahin habe ich etwas für Sie gefunden. Ihr Gepäck können Sie selbstverständlich so lange hier stehenlassen.“

Rabea schüttelte den Kopf. Das Letzte, was sie tun würde, wäre ihr Gepäck innerhalb der Vatikanischen Mauern aus den Augen zu lassen. „Bemühen Sie sich nicht. Ich suche mir besser gleich selbst eine Unterkunft.“ Sie war sowieso unschlüssig gewesen und hatte bereits überlegt, ob es tatsächlich eine so gute Idee wäre, sich innerhalb des Vatikans einzuquartieren; sie wäre dort leichter „unter Kontrolle". Eigentlich reichte es vollkommen aus, wenn Lukas hier untergekommen war.

Laut Lucie war er bereits gestern angereist. Rabea tastete in ihrer Tasche nach dem Handy, um ihn anzurufen. Vielleicht konnte er helfen. Statt des Handys fühlten ihre Finger etwas anderes. War das nicht…? Sie zog den Gegenstand hervor. Tatsächlich! Es war der Schlüssel zur Wohnung in der Via dei Coronari. Der grüne Froschanhänger lachte sie mit kussrotem Mund an. *Lucie!* Sie musste ihn ihr bei ihrer letzten Umarmung wieder hineingeschmuggelt haben. Rabea überlegte, ob Lucies Hartnäckigkeit ein Zeichen war. Sie hatte die Wahl: Entweder sie scheuchte Lukas auf, ihr bei der Quartiersuche zu helfen, oder sie suchte sich selbst ein Hotelzimmer. *Oder aber sie nutzte den Schlüssel…*

Bisher war ihr Tag alles andere als nach Plan verlaufen. Erst hatte sich ihr Flug wegen eines technischen Defekts um zwei Stunden verzögert, die sie auf der Rollbahn in einem unklimatisierten Flugzeug mit ungeduldigen Mitreisenden verbracht hatte, und nun war ihr bestätigtes Zimmer nicht verfügbar. Der andauernde Schlafmangel machte sich nun bemerkbar, sie verspürte Kopfschmerzen, die sich vermutlich zu einer Migräne auswachsen würden, und sie war verschwitzt – kein Wunder bei 37 Grad Celsius Außentemperatur. Sie sehnte sich nach einer Dusche, allein der Gedanke daran ließ sie aufseufzen. Was sprach also dagegen, zumindest die erste Nacht in der Wohnung zu verbringen? Sie nahm ihren Rollkoffer auf, hängte sich ihre abgewetzte Reisetasche um die Schulter und verließ den Vatikan durch das Santa-Anna-Tor. Sie winkte ein Taxi heran. Kurz darauf betrat sie die weitläufige Wohnung. Sie hatte sich nicht verändert. Der Flur sah noch genauso aus wie vor zwei Jahren und der vertraute Geruch der alten Möbel rief sofort Erinnerungen in ihr wach. Ein paar schwarze Herrenschuhe standen neben der Kommode. Einer der letzten Bewohner musste sie hier zurückgelassen haben.

Von Lucie wusste sie, dass ab und zu ein Geschäftspartner der vST hier übernachtete, und erst kürzlich hatten Heinrich von Stetten und seine Frau ein Wochenende hier verbracht, um an einem Fundraising-Dinner der familieneigenen Stiftung teilzunehmen. Rabea bildete sich sogar ein, dass sie noch den leichten Hauch von Kaffee wahrnahm. Sicher, weil sie so Lust darauf hatte. Aber zuerst einmal lechzte sie nach einer Dusche.

Sie zog ihren Koffer herein. Dann betrat sie Lucies früheres Schlafzimmer, schlüpfte aus ihren roten Ballerinas und zog sich das verklebte schwarze T-Shirt über den Kopf. Komisch, dachte sie und hielt inne. Das klang, als würde Wasser rauschen. Es kam wohl von nebenan. Sie überlegte, wer die Wohnung der ermordeten Contessa übernommen haben mochte, während sie sich auch ihrer Jeans und Unterwäsche entledigte. Handtücher hatte sie keine eingepackt, aber im Bad würde sie sicher welche vorfinden.

Nackt durchquerte sie den Raum und öffnete die Tür zur angrenzenden Ankleide, die direkt mit dem Bad verbunden war. Im selben Moment hörte das Wasserrauschen auf. Es war nur die Toilettenspülung von der Wohnung über ihr gewesen. Rabea erinnerte sich, wie Lucie sich einmal darüber beschwert hatte, wie derart dicke Mauern gleichzeitig so hellhörig sein konnten. Im Schrank hing ein einsames Hemd. Ohne lange darüber nachzudenken, fuhr sie mit der Hand darüber. Sie war sicher, dass Lukas es vor zwei Jahren getragen und es hier vergessen hatte. Versehentlich stieß sie dabei an den Stahlbügel und er krachte auf den Marmorboden. Sie bückte sich danach und im selben Moment wurde die Verbindungstür aufgerissen.

„Was zum Teufel…", erklang eine Stimme. Rabea schreckte hoch. *Lukas!* Er stand tropfnass und nur mit einem knappen Handtuch um die Hüften vor ihr. Sie ließ den Bügel ein zweites Mal fallen und schlüpfte hastig in das Hemd.

Beiden entfuhr es gleichzeitig: „Was machst du denn hier?" Dann sahen sie sich sekundenlang an. Plötzlich verzog sich Rabeas Mund zu einem breiten Grinsen: „Also, wenn das kein Déjà-vu ist, dann weiß ich auch nicht." Lukas wirkte, als könnte er sich nicht zwischen Heiterkeit und Verlegenheit entscheiden.

„Meine Fresse", meinte Rabea weiter, „das hat der Finzi-Contini aber gut hingekriegt, oder? Stell dir vor, der erwischt uns beide hier so, mit fast nichts an – du nass, ich verschwitzt…", kicherte sie, wobei ihr kurz Lucies Standpauke in Berlin durch den Kopf schoss. *Lieber der Finzi als Lucie,* flüsterte ihr einsetzendes Gewissen. *Oder Ryan,* schob sie schnell nach.

„Ja, wir sollten vielleicht James Fonton kommen und hier alles nach Kameras absuchen lassen", sagte Lukas, der seine Stimme gerade so unter Kontrolle hatte.

„Ja, das hatten wir doch schon mal, oder?" Dann holte sie der Ernst wieder ein. „Vielleicht keine so weit hergeholte Idee. Vielleicht sollten wir das wirklich?" Sie hob den Arm und deutete zur Decke. Das ohnehin knappe Hemd rutschte noch ein Stück höher und bot Lukas freie Sicht. Auf alles! Sie bemerkte es in dem Augenblick, als sie ihn schlucken hörte. Lukas musste sich förmlich zwingen wegzusehen. Das war eindeutig ein Déjà-vu zu viel für ihn. Freundschaft hin oder her, er war immer noch ein Mann. Nervös zupfte er an seinem Handtuch, zog es noch enger um sich. Rabea tat so, als wäre es ihr nicht aufgefallen.

„Äh, vielleicht ziehst du dir zuvor erst einmal etwas an?“ Lukas’ Stimme klang verdächtig belegt.

„Eigentlich wollte ich duschen.“ Rabea gab sich verdächtig harmlos.

„Bitte sehr.“ Lukas drückte sich eng an die Schrankwand und zeigte auf die Tür. „Die Dusche ist frei.“

Rabea fixierte ihn mit ihren Katzenaugen und schob sich dann seitlich an ihm vorbei. Jäh lag Verlegenheit in der Luft.

„Na, das kann ja heiter werden“, hörte sie Lukas hinter sich murmeln.

KAPITEL 32

Eine halbe Stunde später saßen sich Rabea und Lukas am Küchentisch gegenüber. Ihre kurze Befangenheit war verflogen. Dafür kannten sie sich einfach zu lange und zu gut. Beide hatten sie eine Zukunft ohne den anderen gewählt. Lukas hatte für sich akzeptiert, dass das Überwinden einer großen Liebe nur mit kleinen Schritten bewältigt werden konnte. Es gab kein Zurück. Sie waren Freunde.

„Du kannst gerne in der Wohnung bleiben, ich suche mir ein Hotel", bot er an.

„Wieso bist du überhaupt hier und hast nicht im Gästehaus des Vatikans eingecheckt?"

„Weil nichts mehr frei war. Angeblich ein Computerfehler der Administration. Außerdem herrscht Überbelegung durch die Heiligsprechung der beiden Päpste, Johannes XXIII. und Johannes Paul II. Der Beamte hat mir unsere Privatwohnung selbst vorgeschlagen."

„Er kannte sie? Woher? Hast du nachgefragt?"

„Nein. Wenn dein Verdacht gegenüber dem Kardinal zutrifft und es von Anfang an ein abgekartetes Spiel ist, hätte er mir dann die Wahrheit verraten?"

„Dein Pragmatismus war noch selten hilfreich, Lukas", sagte Rabea spitz.

Lukas tat ihre Bemerkung achselzuckend ab. „Wie war es bei dir? Du hattest doch auch eine Bestätigung?"

„Dito, keine Zimmer mehr frei, und natürlich war der Computer schuld. Dabei ist der immer nur so doof wie sein Anwender. Glaubst du das?"

„Dass ein Computer immer nur so dumm ist wie sein Anwender? Sicher."

„Nein, das meine ich nicht. Da steckt doch echtes System dahinter, oder? Beide bekommen wir kein Zimmer, und wo landen wir? Hier! Was ich schon im Eiscafé angedeutet habe…Da weiß jemand sehr genau über uns Bescheid und manipuliert kräftig hinter den Kulissen. Dieser jemand *wollte*, dass wir hier gemeinsam stranden."

„Schwer einzuschätzen, Rabea. Womöglich siehst du auch Gespenster? Woher sollte der Beamte wissen können, dass dir Lucie ihren Wohnungsschlüssel aufdrängt?"

„Stimmt, Manipulation ist keine Konstante, es ist eine Gleichung, die von mehreren Variablen beeinflusst wird. Diesmal ist sie aufgegangen. Eine weitere Variante hätte sein können, dass ich dich anrufe, mich beklage, dass *die* kein Zimmer für mich haben und du mich hierher einlädst. Glaub mir, die haben dich nicht umsonst in die Wohnung geschickt. Nein, das war genau so geplant. Wir haben es mit demselben Feind wie damals zu tun. Punkt."

„Ich wünschte, du würdest die Kirche nicht immer als Feind betrachten, Rabea", sagte Lukas gedämpft.

„Solange sie sich danach verhält? Außerdem ist nur das eingetreten, was wir schon in Nürnberg befürchtet haben: dass diese Kommission eine Farce ist, ein Aushängeschild für Presse, Gläubige und Gutgläubige. Derjenige, der sie ins Leben gerufen hat, will, dass wir scheitern. Er sägt bereits an unserem Ruf. Ich gehe jede Wette mit dir ein: Diese Wohnung ist nicht sauber und wir werden abgehört. Vermutlich wurden wir beide bereits beim Betreten des Hauses fotografiert, und morgen früh folgt ein weiteres Foto, wenn wir gemeinsam die Wohnung verlassen."

„In einem kann ich dich beruhigen, Rabea: Abhören ist nicht. Ich weiß von Fonton, dass er entsprechende Störsender in die Wohnung eingebaut hat. Außerdem hat er die Räume vor zwei Wochen, als Vater und Mutter hier nächtigten, gründlich durchgecheckt."

„In zwei Wochen kann viel geschehen. Ich werde trotzdem die Schlafzimmer filzen."

„Alte Pessimistin! Du denkst wirklich an Kameras? Ich fürchte, dafür ist es zu spät." Lukas konnte ein leises Schmunzeln nicht unterdrücken. Das Bild ihrer nackten Begegnung würde ihn sicher noch lange verfolgen.

„Ich bin keine Pessimistin, nur vorsichtig. Außerdem denke ich hier an *deinen* Heiligenschein, Bruder Lukas. Ich habe nämlich keinen Ruf zu verlieren, aber du bist verheiratet. Überleg doch, wie würde das für die Öffentlichkeit aussehen, der Leiter einer Ethik-Kommission, der jede Moral missen lässt und sich mit seiner Jugendfreundin in Rom amüsiert, während zuhause seine schwangere Frau wartet?"

Lukas sah sie betroffen an. Offenbar hatte er es noch nicht von dieser Warte aus betrachtet. Er stand auf, schob den Stuhl energisch zurück und sagte: „Gut, lass uns nach Kameras suchen!"

Fünfzehn Minuten später betrat Lukas durch die Verbindungstür zum Bad ihr Zimmer und verkündete: „Nichts. Wie sieht es bei dir aus?"

„Auch nichts. Was aber nicht bedeutet, dass da keine sind. Die Dinger sind inzwischen so verdammt klein." Rabea blies sich eine feuchte Strähne aus der Stirn. Sie balancierte barfuß auf dem Bett und tastete auf Zehenspitzen den Bilderrahmen ab, der darüber hing. Unter der Zimmerlampe stand eine kleine Trittleiter. Lukas klappte sie zusammen und stellte sie zurück in die Ankleide.

„Puh, jetzt brauche ich fast noch eine Dusche. Eure Putzfrau hat einige staubige Stellen übersehen."

„Tu dir keinen Zwang an. Ich hole uns inzwischen etwas zum Essen aus der Pizzeria um die Ecke. Der Kühlschrank ist leider leer. Auf was hättest du denn Lust?"

„Egal, Spaghetti oder Pizza, du weißt ja, was ich mag. Und ein Tiramisu. Ich habe Lust auf was Süßes." *Auf jeden Fall würde sie auf diese Weise ihr Gewicht halten…*

Rabea duschte ein zweites Mal, bändigte das feuchte, wildgelockte Haar mit einigen Klammern, schlüpfte in den Bademantel, der an der Tür hing, und schlenderte anschließend in die Küche zurück.

Lukas hatte bereits den Tisch gedeckt. „Hübsch." Rabea hielt eine bunte Serviette in der Hand, auf der ein Herz in viele andere Herzen zersprang. Im größten Herz saß ein Frosch und warf ihr eine Kusshand zu.

„Ein Andenken von Lucie", meinte Lukas. „Ich weiß auch nicht, woher ihre Manie für Frösche stammt."

„Ja, der froschbekrönte Duschvorhang ist wirklich entzückend."

„Sogar Vater hat sich letzthin über das Frosch-Ungetüm im Badezimmer aufgeregt, und dem fällt sowas eigentlich nie auf."

„Ach, man muss Lucie einfach lieben."

„Ja, sie ist sehr präsent", meinte Lukas trocken. Er hatte das Essen ausgepackt und stellte einen Teller Spaghetti vor Rabea hin.

„Oh, Spaghetti Vongole. Lecker!“ Rabea griff nach der Gabel. Auch Lukas machte sich gleich an seine Pizza.

„Nur ein Tiramisu als Dessert?“, fragte Rabea anschließend verwundert und hielt die Schüssel hoch.

„Ich wollte keine zwei Portionen bestellen. Die Spaghetti gehen als erster Gang durch.“

„Ich denke, die Sorge kommt zu spät. Wenn uns jemand beobachtet hat, dann hat er auch gesehen, wie ich das Haus betreten habe.“

„Sicher, aber ich habe einen Plan.“

„Lass hören!“

In diesem Moment klingelte es an der Tür. „Erwartest du noch jemanden?“, fragten sie gleichzeitig den jeweils anderen. Beide zögerten. Plötzlich füllte Unbehagen die Küche.

„Vielleicht sollten wir einfach nicht aufmachen?“, meinte Rabea. Es klingelte erneut. Und noch einmal. Lukas zuckte mit den Achseln. „Ich gehe. Vielleicht ist es nur ein Nachbar, der mich begrüßen will.“

Rabea hörte, wie er die Tür öffnete und mit jemandem sprach. Sie zog das Tiramisu heran und gönnte sich einen Löffel. Lukas kehrte zurück. Er war nicht allein. Hinter ihm betrat ein Mann die Küche. Er hielt einen Umschlag in der Hand.

„Verdammte Scheiße, was machst du denn hier?“, entfuhr es Rabea und sprang auf.

„Hallo Rabea, ich freue mich auch, dich zu sehen“, sagte Ryan. Mit einem Blick hatte er Rabeas feuchtes Haar, ihre nackten Füße und den zu großen Bademantel erfasst. Heiß fiel Rabea ein, dass sie darunter nur einen knappen Slip anhatte. Lukas trug auch nicht mehr: ein weißes Unterhemd und Boxershorts.

„Störe ich?“, fragte Ryan gedehnt.

„Natürlich nicht!“ Rabea fasste sich, ging zu ihm und küsste ihn auf die Wange. Ryan hielt sie fest, indem er den Arm um ihre Taille schlang und sie sekundenlang fest auf den Mund küsste. Eine Demonstration. *War ja wohl klar*, dachte Rabea, *Ryan musste gleich sein Revier markieren*. Sie schielte an ihm vorbei und fing Lukas' Blick auf. Seine Miene wirkte gleichmütig. Rabea löste sich von Ryan. „Komm setz dich und dann erzähl, was dich nach Rom führt.“

„Tut mir leid, Rabea, aber ich bin dienstlich hier und muss mit deinem Freund unter vier Augen sprechen.“

„Dienstlich? Wieso dienstlich?"

„Wie gesagt, das geht nur mich und von Stetten etwas an. Würdest du uns alleine lassen, Rabea? Bitte", fügte er hinzu.

Rabea wollte weiter protestieren, als Lukas sagte: „Sie können ruhig offen sprechen, McKenzie. Ich habe keine Geheimnisse vor Rabea."

„Ich fürchte, das ist nicht möglich", beharrte Ryan und zeigte das, was Rabea sein Agentengesicht nannte.

„In diesem Fall fürchte ich wiederum, dass es mich nicht interessiert. Sie können mich nicht zwingen, mit Ihnen zu reden. Auf Wiedersehen." Jäh lag Testosteron in der Luft.

Rabea sah beinahe amüsiert von einem zum anderen. „Wisst ihr was, ihr zwei? Ich lasse euch alleine." Sie war neugierig, was Ryan von Lukas wollte und überzeugt, dass sie es ihm hinterher sowieso aus der Hüfte leiern konnte. Nur nicht, wenn Lukas Ryan vorher aus der Wohnung warf.

„Kommt nicht in Frage, Rabea. Du bleibst", sagte Lukas ungewöhnlich bestimmt und an Ryans Adresse gerichtet: „Ich wüsste nicht, was ein DIA-Agent Geheimnisvolles mit mir zu besprechen hätte." Rabea fing jetzt nicht nur die Testosteron-Schwingung auf, sondern da lief noch etwas auf einer tieferen Ebene ab. Fast schien es, als ob Lukas sehr wohl wusste, was Ryan von ihm wollte. Wollte er sie deshalb dabei haben, als Rückendeckung?

„Schickt dich Director Clayton?", mischte sie sich nun doch ein. Ryan versuchte, sich nichts anmerken zu lassen, aber er sah nun etwas gequält drein. Rabea genügte es als Bestätigung. „Was will die DIA von Lukas? Um was geht es hier?" Sie spürte, wie sich Lukas neben ihr versteifte, während Ryan noch immer zögerte. Lukas wurde das Warten zu lang. „Entweder Sie gehen jetzt, oder Sie sagen, was Sie wollen, McKenzie."

„Also gut", gab Ryan nach, „setzen wir uns. Alle drei." Er sah Rabea eindringlich an. „Damit wir uns klar verstehen, was ich jetzt sage, ist streng vertraulich und keine Angelegenheit für die Presse. Nichts davon verlässt diesen Raum. Kann ich mich auf dich verlassen?"

Rabea beeilte sich zu nicken. In diesem Moment hätte sie alles versprochen. Ryan zog daraufhin ein kleines Gerät hervor und aktivierte es.

„Was soll das werden? Wollen Sie unser Gespräch etwa aufzeichnen", fragte Lukas barsch.

„Im Gegenteil, das ist ein Störsender, damit wir nicht abgehört werden können", erklärte Ryan ruhig. „Es geht um den Van-Kampen-Speicherchip", eröffnete er ihnen dann.

„Woher wissen Sie davon?", fuhr Lukas auf.

„Durch Ihren Sicherheitschef, James Fonton. Ein von ihm hinzugezogener IT-Experte konnte einen kleinen Teil der Daten auf der SD rekonstruieren. Fonton erkannte die Brisanz und zog mich ins Vertrauen."

„Wieso hat James Fonton sich ausgerechnet an Sie gewandt? Er arbeitet für uns", sagte Lukas misstrauisch.

„Das geht nur Fonton und mich etwas an." Es war Ryans Miene anzusehen, dass er nicht näher darauf eingehen wollte. „Sie sind in eine gefährliche Sache verwickelt, von Stetten. Mit diesen Leuten ist nicht zu spaßen. Sie sind in Schwierigkeiten." Er sah dabei besonders Rabea an. Sie verstand, dass er sich auch Sorgen um sie machte. Trotzdem reagierte sie verärgert: „Wir sind ganz sicher in Schwierigkeiten, wenn inzwischen die halbe Welt von dem Chip weiß."

„Woher weißt überhaupt *du* davon? Ach so, alles klar. Meine Plaudertasche von Schwester konnte mal wieder nicht ihre Klappe halten", sagte Lukas genervt. „Dabei hatte ich es ihr extra eingeschärft."

„Ich kann Sie beruhigen, von Stetten. Bis auf die Genannten weiß niemand davon. Auf James Fonton dürfte Verlass sein, und der IT-Experte wurde für alle Fälle an einen sicheren Ort gebracht."

„Sie haben ihn eingesperrt?"

„Nein, Herr von Stetten, wir sind nicht die Bösen. Er hat selbst darum gebeten."

„Du sagtest *rekonstruiert*. Wie viele Daten habt ihr?", fragte Rabea.

„Nur ein winziger Teil, aber der ist für die DIA ausreichend, um aktiv zu werden."

„Welcher Teil?"

Ryan zögerte. Es war ihm anzusehen, wie schwer es ihm fiel, diese Information preiszugeben. „Es geht um Hawala-Konten."

„Warum sind die so wichtig?" Lukas hatte zwar die Passage im Dossier gelesen, sich aber nicht näher damit auseinandergesetzt. Sein Augenmerk hatte in erster Linie den Kirchendokumenten im Schließfach gegolten.

„Hawala ist ein informelles Überweisungssystem", kam Rabea Ryan zuvor. „Die frühen mittelalterlichen Handelsgesellschaften des Orients haben es bereits genutzt." Rabea sah zu Ryan, der einen leisen, anerkennenden Pfiff ausgestoßen hatte. „Willst du übernehmen?", fragte sie ihn.

„Nein", winkte der ab, „ich staune nur über deine Kenntnisse. Erklär du es ihm."

Rabea konzentrierte sich auf Lukas. „Die Geschäftspartner werden Hawaladare genannt. Stell dir das so vor: Person A, der Kunde, übergibt eine Summe an Hawaladar X. Der steht mit Hawaladar Y in Verbindung, der einer Person B die vereinbarte Summe aushändigt. Hawaladar X hat nun Schulden bei Hawaladar Y; diese werden bei anderen Transaktionen verrechnet. Eine Hawala-Filiale kann überall eingerichtet sein, in einem Café, einem Geschäft oder sogar in einem Wohnzimmer. Hawala funktioniert simpel. Die Partner vereinbaren einen Code zur Authentifizierung. Ab diesem Zeitpunkt kann das Geld von A nach B fließen, und zwar weltweit. Alles basiert auf einhundert Prozent Vertrauen. Vertraulich bleiben die Transaktionen auch deshalb, weil es keine Kontoauszüge gibt, wie wir sie kennen."

Lukas runzelte die Stirn. „Soll das heißen, Absender und Empfänger sind für Außenstehende nicht nachvollziehbar?"

„Ja", bestätigte Rabea. „Hawala-Banking entzieht sich jeder Kontrolle. In den meisten islamischen Ländern wurde es inzwischen verboten. Trotzdem liegt die geschätzte jährliche Summe, die über das Hawala-System abgewickelt wird, bei gut zweihundert Milliarden Dollar. Korrekt, Ryan?"

„Die Dunkelziffer dürfte weitaus höher liegen. Hawala wird in der Regel von Muslimen in Ländern genutzt, in denen kein eigenes Bankensystem zur Verfügung steht. Wie zum Beispiel der Irak, da gibt es seit Jahren keins. Auch deutsche Firmen oder internationale Hilfsorganisationen nutzen in diesen Fällen Hawala für Geldtransfers. Allerdings müssen sie ihr Vorhaben bei ihrer Bankenaufsicht anmelden, damit es legal ist. Ähnliche Geldtransfersysteme gibt es in Asien und in Lateinamerika. Im letzteren Fall nennt es sich *Kolumbianisches System.*"

Rabea hatte aufgehorcht, als Ryan das Hawala-System in Zusammenhang mit internationalen Hilfsorganisationen erwähnt hatte. Daran hatte sie bei ihren eigenen Recherchen bisher nicht gedacht. War das die gesuchte Verknüpfung zwischen *Kind und Brot* und der *vST-Stiftung*, die maßgeblich Hilfsprojekte in Lateinamerika finanzierte? Nutzte eine, oder beide Parteien, die lateinamerikanische Variante von Hawala?

Rabea konzentrierte sich jetzt wieder auf das Gespräch. Lukas sagte gerade zu Ryan: „Was ich nicht verstehe…Wenn dieses Hawala-Banking ohne Aufzeichnungen funktioniert, dann ist doch Betrug Tür und Tor geöffnet?“

„Nein, wenn ein Hawaldar betrügt, spricht sich das schnell herum. Der Geldhändler wird fortan von seinen Kollegen geächtet und verliert seine Reputation innerhalb der religiösen Gemeinschaft. Keine Aufträge, keine Lebensgrundlage. Hawala funktioniert, weil sich alle an diesen Ehrenkodex halten.“

„Könnte man es als eine muslimische Variante der Western Union verstehen?“

„Korrekt.“

„Dieses System basiert also rein auf Vertrauen und Ehrlichkeit?“ Lukas überlegte. Sein Kopf ruckte plötzlich herum und er schlug mit der Handfläche auf den Tisch. „Es geht um Geldwäsche, oder? Darum sind Sie hier. Sie vermuten, dass meine verstorbene Schwiegermutter Carlotta Kenntnis über illegale Hawala-Transaktionen hatte.“ Lukas überflog im Kopf Dossier und Gedächtnisprotokoll. Carlottas elektronische Aufzeichnungen deuteten auf eine mutmaßliche Erpressung hin, doch wer war der Erpresste? Wollte er das jetzt noch wissen? *Nein!* „Sie haben die Reise umsonst gemacht, McKenzie. Ich kann Ihnen nicht weiterhelfen. Wir haben mit den Machenschaften meiner Schwiegermutter nichts zu tun. Ich lass mich auch von Ihnen in nichts hineinziehen. Irgendwann muss Ruhe sein.“

„Stimmt das, Ryan? Darum bist du hier? Weil du von Lukas mehr über die Speicherkarte und die Hawala-Konten zu erfahren hofftest? Spinnst du?“, fuhr sie ihn an. „Ich gebe Lukas recht. Einmal muss Schluss sein.“ Dabei war Rabea längst in einem Zwiespalt gefangen. Sie war Ryan gegenüber im Vorteil, da sie die Dateien von Magalis Handy besaß. Zu diesem Zeitpunkt wollte sie sie ungern teilen, sie steckte selbst noch mitten in ihren Recherchen. Magalis Fotodateien waren ihre Nachrichtenbeute. Wegen Ryans überraschendem Besuch war sie auch noch nicht dazu gekommen, Lukas nach der geheimnisvollen Kind-und-Brot/vST-Botschaft des Bischofs zu fragen. Es war ihr klar, dass auch Lukas etwas verschwieg. Er kannte das Dossier. Ryan nicht. Allerdings waren Lukas’ Motive ein Stück hehrer als ihre: Ihrem Freund ging es darum, seine Familie zu schützen. Rabea fragte sich, was Lukas noch in dem Züricher Schließfach gefunden hatte. Was hatte Magali *nicht* fotografiert?

Genau diese Frage stellte Ryan jetzt: „Sie waren mit Ihrer Frau vor einer Woche in Zürich, bei der Kantonalbank. Ich gehe davon aus, Sie haben ein Schließfach Ihrer Schwiegermutter geöffnet. Was haben Sie gefunden?"

„Was soll das? Verfolgen Sie mich? Unsere Reisen gehen Sie nichts an. Das Gespräch ist hiermit beendet. Bring deinen Freund zur Tür, Rabea. Du kannst mitgehen oder bleiben. Das liegt ganz bei dir." Lukas hatte seine Stimme unter Kontrolle, sein angespannter Körper und die geballten Fäuste vermittelten einen anderen Eindruck.

Rabea war klar, warum er aufgebracht war. Je mehr Ryan ihn mit Fragen bedrängte, umso mehr würde Lukas lügen müssen. Er hasste es, zu lügen. Darum wollte er Ryan schnell loswerden.

„Sie entschuldigen mich jetzt", sagte Lukas, „aber ich habe Wichtigeres zu tun, als sinnlose Fragen zu beantworten. Ich muss noch ein Wort mit James Fonton reden."

„Hier, nimm mein Handy." Rabea schob es ihm zu.

„Den Anruf können Sie sich sparen", sagte Ryan hastig. „Das geht auf meine Kappe. Fonton wollte Sie gestern gleich anrufen, aber ich habe ihm versichert, dass ich das übernehmen würde."

„Woher weißt du überhaupt von der Wohnung?", hakte Rabea ein.

„Von deiner Freundin Lucie. Ich hatte dich telefonisch nicht erreicht, auch nicht über die Dienststelle des Vatikans. Darum rief ich sie an – ich weiß ja, wie oft ihr miteinander telefoniert." Ryan erlaubte sich ein Lächeln. „Sie gab mir die Adresse."

„Ach ja, und da bist du gleich schnurstracks hierhergefahren. Schon mal was von SMS oder Mailbox gehört?" Sie funkelte ihn an. Ihr war klar, dass er auch *sie* hatte überraschen wollen.

Ryan hob in einer Friedensgeste die Hände. Wieder an Lukas gewandt, sagte er: „Natürlich habe ich Sie nicht verfolgt. Ich mache nur meinen Job. Es geht nicht allein um Geldwäsche – sondern darum, dass dieses Geld terroristischen Gruppierungen zufließt. Weltweit werden damit Anschläge finanziert. Alles, was ich will, ist die Hintermänner zu schnappen und weitere Anschläge zu verhindern. Die Kernfrage lautet: Wen wollte Carlotta van Kampen erpressen? Was wusste sie? Was wissen *Sie*? Es geht bei der Sache um Menschenleben!", sagte Ryan eindringlich.

Lukas war während Ryans Plädoyer aufgestanden. Er lehnte jetzt an der Küchentheke und sah Rabea an. „Verdammt, dein Freund ist genauso hartnäckig wie du, wenn er etwas will. Ihr passt zusammen."

„Heißt das, du hast etwas gefunden, was Ryan weiterhelfen könnte?" *Was mir weiterhelfen könnte?*, echote es in ihr.

„Nein, ich habe nichts gefunden. Tut mir leid, ich weiß nichts, McKenzie."

„Kann ich die Unterlagen im Schließfach einsehen? Vielleicht findet sich darin ein versteckter Hinweis? Etwas, das Sie übersehen haben?", bohrte Ryan weiter.

„Nein. Wir haben den gesamten Inhalt des Schließfachs vernichtet." Eine weitere Lüge. Rabea spürte es sofort. Ryan offenbar auch.

„Das glaube ich Ihnen nicht."

„Es ist mir völlig egal, was Sie glauben, McKenzie. Noch einmal zum Mitschreiben", sagte Lukas bissig. „Weder will ich etwas von den Machenschaften meiner Schwiegermutter wissen, noch mit jenen konfrontiert werden. Die Frau ist tot. Basta. Ich wünsche Ihnen einen guten Heimflug."

„Sie wissen, dass ich nicht einfach so gehen kann. Wenn Sie damit nichts zu tun haben wollen, gut. Dann geben Sie die Unterlagen entweder mir oder der Polizei. Immerhin besteht ein Anfangsverdacht wegen Erpressung. Sie machen sich strafbar, wenn Sie das nicht anzeigen. Das betrifft auch Ihre Frau."

„Lassen Sie meine Frau da raus", knurrte Lukas.

Rabea suchte die Situation zu entspannen. „Immerhin ist Ryans Vermutung nicht ganz von der Hand zu weisen, Lukas. Was wäre, wenn Carlotta tatsächlich von Anschlägen gewusst hat, womöglich selbst Geld via Hawala-Transaktionen geschleust hat?" Seit Ryan das kolumbianische Hawala-System erwähnt hatte, überlegte Rabea, ob er es mit Absicht ins Spiel gebracht hatte. Sie würde Ryan dazu unter vier Augen aushorchen. „Apropos Hawala…Was ist mit eurer vST-Stiftung in Südamerika, Lukas? Wäre es möglich, dass ihr dort das kolumbianische System genutzt habt?" Es war ihr klar, dass sie sich damit weit aus dem Fenster lehnte. Und wurde belohnt. In beiden Augenpaaren las sie Verblüffung. *Volltreffer, sie hatte es gewusst!* Lukas wie Ryan schienen noch nicht alle ihre Karten auf den Tisch gelegt zu haben. „Komisch", sie schaute von einem zum anderen, „ihr zwei seht gerade wie ertappte Jungs aus. Ich schlage vor, ich mache uns allen einen Espresso, und dann legen wir unsere Informationen zusammen."

Noch während sie an der Maschine hantierte, platzierte sie ihre nächste Frage. Wenn sie etwas aus Ryan herauskitzeln konnte, würde Lukas vielleicht nachziehen. Sie würde alle ihre verdammten raffinierten Register ziehen. „Wie viel hast du von der SD rekonstruiert, Ryan? Kann ich es sehen?"

„Es ist codiert und kurz." Ryan verstummte. Rabea sah ihn auffordernd an, die rechte Augenbraue hochgezogen. Ihre Haltung suggerierte eindeutig, dass er schon viel zu viel gesagt hatte und er ihr getrost den Rest auch noch verraten konnte.

„Also gut", gab er nach. „Ich zitiere:…*vom Vatikan unterstützt wird. Ich werde schweigen, unter einer Bedingung: Sie unterstützen meinen Feldzug gegen Nr. 6. Ansonsten werde ich die Weltöffentlichkeit über Ihre Verbrechen informieren. Stichwort: Ihre Hawala-Geschäfte. Sie erhalten noch heute meine Instruktionen. Sollten Sie erwägen, mich zu töten, wird jemand anderes meinen Platz einnehmen. Eine Kopie des Films befindet sich*…Das war's, Zitatende."

„Oje, das nenne ich perfide. Vatikan, eine unbekannte Nr. 6, Erpressung, Hawala-Konten, ein Van-Kampen-Platzhalter und eine versteckte Kopie. Kein Wunder, dass die DIA rotiert. Und, hast du eine Vermutung, wen Carlotta da erpresst hat?" Rabea hatte längst ihre eigene.

Ryan zögerte kurz und sagte dann: „Sehr wahrscheinlich handelt es sich um Mitglieder einer Geheimorganisation."

Rabea nickte. „Du sprichst von den *Sieben*, oder?"

„Moment! Wer sind die *Sieben*?", rief Lukas dazwischen.

„Eine geheime Wirtschaftsmafia, die weltweit überall ihre Finger im Spiel hat. Kaschinski hat in Barcelona versucht, meine Irak-Akte für die zu stehlen. Habe ich dir doch in London erzählt", erklärte Rabea. „Diese Leute manipulieren Börsen, kontrollieren Banken und Politiker und nehmen massiv Einfluss auf Regierungen. Mit anderen Worten, sie diktieren der Menschheit ihre Kriege. Mit Letzterem scheffeln die das meiste Geld."

„Eisenhowers Gespenst? Der militärisch-industrielle Komplex? Deine Akte Rosenthal? Eine Verschwörungstheorie? Schon wieder?", sagte Lukas gedehnt. Skepsis zeichnete sein Gesicht.

„Der militärisch-industrielle Komplex existiert", bekräftigte Ryan. „Denken Sie an den Halliburton-Skandal und den amerikanischen Vizepräsidenten. Wir konnten diesen Leuten bis dato viel zu wenig nachweisen."

„Seltsam…“ Lukas lächelte spöttisch. „Dabei sind die USA und ihre Geheimdienste doch führend darin, der Welt ihre Kriege aufzuzwingen. Was war mit Korea, Vietnam, Afghanistan und Irak? Der Aufklärungsbedarf der USA dürfte hier eher marginal sein. Oder wollen Sie den Ast absägen, auf dem die Verteidiger der Demokratie sitzen, McKenzie?“

Rabea versuchte Ryans Blick einzufangen und ihm zu signalisieren, keinen Streit vom Zaun zu brechen.

Ryan ignorierte sie absichtlich. „Nicht zu vergessen, Iran.“ Es klang gleichmütig, doch Rabea konnte seine Anspannung fühlen; die Luft in der Küche war jäh aufgeladen wie vor einem Gewitter.

Um die Stimmung aufzulockern, sagte Rabea: „Sehr interessant, Lukas. Ich scheine negativ auf dich abzufärben. Deine Bemerkung hätte glatt von mir stammen können.“

Doch Lukas ignorierte sie genauso wie Ryan. Die beiden Männer waren nur aufeinander fixiert. „Raus mit der Sprache, McKenzie. Sind Sie hier, um gegen diese ominöse Wirtschaftsmafia zu ermitteln, oder geht es Ihnen vielmehr um Schadensbegrenzung?“

Rabea hielt die Luft an. Jetzt war sie beeindruckt. Lukas übernahm tatsächlich ihren Part. Genau das hatte sie seit der Erwähnung der Speicherkarte auch umgetrieben. Sie sah zu Ryan. Wie würde er reagieren? Überraschend ehrlich, denn er sagte: „Beides.“

„Wie darf ich das verstehen?“, setzte Lukas nach.

„Das kommt auf Ihre Kooperation an.“

„Das ist keine Antwort auf meine Frage.“

Ryan trommelte mit den Fingern auf sein Knie. Rabea kannte die Geste, ihr Freund überlegte, wie viel er noch preisgeben konnte. Sie beschloss, ihm auf die Sprünge zu helfen. „Warum spekulieren wir nicht gemeinsam? Zunächst die Fakten. Fakt 1: Carlotta van Kampen gehörte zu den *Sieben*. Fakt 2: Sie hat offenbar ihre eigenen Kumpane erpresst. Fakt 3: Sie erwähnt den Vatikan auf dem Chip. Das heißt, der Kirchenstaat hat den *Sieben* als Handlanger gedient. Ich sage nur: *Vatikanbank*. Fakt 4: Die van Kampen hat zeit ihres Lebens alles daran gesetzt, der katholischen Staatskirche zu schaden. Fakt 5: Damit hat sie einen Interessenskonflikt heraufbeschworen, denn die *Sieben* fördern einen stabilen Kirchenstaat. Fakt 6: Sie verfügte über Beweise zu Hawala-Transaktionen. Fakt 7: Die DIA ist an diesen Beweisen interessiert. Warum? Sie könnten kompromittierend für die aktuelle Regierung sein. Sonst wäre Ryan nicht hier. Liege ich soweit richtig, Ryan?"

Ryan sagte nichts, wirkte aber nicht sonderlich erfreut über ihre Schlussfolgerungen. Damit wusste Rabea für eine Zivilperson (und Journalistin!) eindeutig zu viel. Sein Mienenspiel entlockte Rabea ein Lächeln. „Verdammt, Ryan. Weißt du, wie du aussiehst? Als ob du überlegst, ob du mich jetzt erschießen musst."

„Auf den Gedanken könnten durchaus andere kommen. Du darfst auf keinen..."

„Mich interessiert, wie die DIA hier ins Spiel kommt", fiel ihm Lukas ins Wort. „Lautet Ihr Ressort nicht Massenvernichtungswaffen?"

„Meine Behörde ist auch zuständig für organisiertes Verbrechen und Terrorismus."

„Ach ja? Ich wüsste trotzdem nicht, was ich damit zu tun habe." Lukas verschränkte die Arme. Rabea war nicht entgangen, dass sich sein Ton um eine weitere Nuance verschärft hatte.

„Verkaufen Sie mich nicht für dumm! Ihre verstorbene Schwiegermutter war Mitglied einer Geheimorganisation, die in Geldwäsche und terroristische Verbrechen verstrickt ist. Die SD beweist, dass van Kampen die *Sieben* erpresst hat oder es vorhatte. Die Frage lautet daher, womit? Gibt es die Beweise und wenn ja, wo sind sie? In dem Züricher Schließfach? Darum bin ich hier. Noch ist alles rein inoffiziell, ich sagte es bereits, ich setze auf Ihre Kooperation."

„Kooperation? Ich verstehe. Da kann meine Familie ja froh sein, dass Sie sich nicht auf den Patriot Act berufen, uns schwarze Kapuzen übergestülpt und einfach in einen Van gezerrt haben."

Ryan lächelte gequält. „So stellt es höchstens Hollywood dar."

„Korrigiere, Ryan." Jetzt hatte sich auch Rabeas Ton verschärft. „Du vergisst, dass ich bereits das Innere einer schwarzen Kapuze kennengelernt habe. Hallo Tanger, hallo London? Na, klingelt es?" Ryans kurzes Gedächtnis ärgerte sie.

Wenigstes war Ryan so ehrlich, ihr einen entschuldigenden Blick zuzuwerfen – und ohne sich auf die Kollegen der CIA herauszureden. „Warum hast du Lukas deinen Besuch nicht angekündigt, sondern platzt einfach so herein? Oh, ich vergaß, du wolltest uns ja überraschen!", setzte sie einen drauf.

Ryans Gesicht spiegelte ihren Verdacht wider. Weil ihm nichts anderes einfiel, schob er den Umschlag, den er bei seinem Eintreffen in der Hand gehalten und verkehrt herum auf dem Küchentisch abgelegt hatte, in Richtung Lukas. „Das ist übrigens Ihrer."

„Was ist da drin?" Lukas nahm ihn auf und wendete ihn. Der Umschlag enthielt weder Absender noch war er abgestempelt. In Druckbuchstaben war nur sein Name darauf vermerkt.

„Keine Ahnung. Als ich geklingelt habe, stand plötzlich ein Junge neben mir. Er wollte ihn gerade hier abgeben."

„Und das sagen Sie erst jetzt?" Lukas riss den Umschlag auf. Ein USB-Stick fiel heraus, sonst nichts. „Was soll das sein?", wunderte er sich.

„Sehen wir nach", schlug Ryan vor. Niemand protestierte. Alle spürten, dass diesem USB-Stick etwas Unheilvolles anhaftete. Ryan hatte eingangs seine Schultertasche mit dem Laptop neben sich auf dem Boden abgestellt. In Sekundenschnelle stand es geöffnet auf dem Tisch. „Verflixt, der Akku ist bald leer." Ryan zog sein Netzkabel hervor und sah sich suchend in der Küche um.

„Du brauchst ein Verlängerungskabel", sagte Rabea. „Ich hole meines. Bis dahin bleibt jeder in seiner Ecke, verstanden?"

Als sie zurückkehrte, herrschte in der Küche das gleiche Schweigen wie beim Verlassen. Lukas hielt die Arme verschränkt. Abwehrhaltung, diagnostizierte Rabea. *Männer!*

Ryan hatte inzwischen die Datei auf dem Stick geöffnet. Eine gedrungene Person mit einer schwarzen Maske wurde sichtbar. Mit elektronisch verzerrter Stimme sagte sie: *„Hier spricht Alpha. Dies ist eine Nachricht für Lukas von Stetten. Ich befehle Ihnen, mir in drei Tagen nach Erhalt dieser Nachricht den gesamten Inhalt des Schließfaches Nummer 144 der Züricher Kantonalbank zu übergeben. Uhrzeit und Ort der Übergabe erfahren Sie zu gegebener Zeit. Sollten Sie meinen Anweisungen nicht Folge leisten, wird dieses Foto Ihres Vaters"*, der Mann hielt eine vergrößerte Aufnahme zweier Männer ins Bild, verdeckte jedoch das zweite Gesicht, *„an die Presse gehen, zusammen mit dem Ort der Aufnahme und dem Namen des Mannes, der mit darauf zu sehen ist. Es wäre nicht im Sinne Ihres Rufes – und noch weniger dem Ihres Unternehmens –, dass die Identität des Geschäftspartners Ihres Vaters der internationalen Öffentlichkeit bekannt wird."* Der Mann lachte, als würde ihm das gefallen. *„Ihr Ruf und der Ihres Unternehmens wäre ruiniert."* Er legte eine Pause ein, um seine Worte wirken zu lassen. *„Noch etwas sollte Ihnen klar sein: Keine Polizei! Sonst bekommen Ihre hübsche Frau und Ihr kleiner Sohn Besuch. Es wäre auch jammerschade um Ihre drei Hunde, ich mag nämlich Hunde."*

Der Bildschirm wurde schwarz, dann erschien eine digitale Uhr, die von 72 Stunden an rückwärts zählte.

„Scheiße, Lukas. Ein häusliches Leben als Lehrer sieht anders aus", kommentierte Rabea sarkastisch. „Ganz ehrlich, für mich klingt dieser Alpha eher nach einem durchgeknallten Idioten mit Überwertigkeitskomplex als nach einer echten Bedrohung."

„Immerhin ein Idiot, der sich auf Psychoterror versteht", urteilte Ryan. „Es hat begonnen, von Stetten. Ich bin nicht der Einzige, der sich für das Schließfach interessiert. Was wissen Sie über dieses Foto? Leugnen ist zwecklos, Sie kennen es, haben es schon gesehen! Wer ist der zweite Mann darauf? Ihr Erpresser?", setzte er sofort nach.

Lukas kniff die Lippen fest zusammen, seine Kiefermuskeln zuckten; die Körpersprache war unmissverständlich: Ryan war ihm lästig.

Ryan betrachtete Lukas mit eisiger Miene. „Sie werden erpresst, von Stetten. Wenn es nur um Sie ginge, wäre es mir egal, wer Ihnen das Hirn wegbläst. Aber hier geht es auch um Ihre Familie, Ihre Frau, Ihren Sohn. Da werde ich nicht tatenlos zusehen." Seine Stimme wurde eine Spur dunkler, als er hinzufügte: „Das ist eine Nummer zu groß für einen *Lehrer*..."

Lukas funkelte ihn zornig an. „Die Sache geht Sie nichts an, McKenzie. Ich kläre das mit meinem Vater. Wir werden uns selbst darum kümmern!"

„Ja sicher...", schnaubte Ryan verächtlich. „Wie wollen Sie das anstellen? Sie haben doch keine Ahnung, mit wem Sie sich da einlassen! Wer auch immer unter der schwarzen Kapuze steckt, handelt vermutlich im Auftrag der *Sieben*. Er ist gefährlich und hat einflussreiche Komplizen. Ich rate Ihnen, geben Sie die Leitung der Kommission ab und kehren Sie nach Nürnberg zurück. James Fonton kann dort wenigstens für Ihren Schutz sorgen. Und Sie sind bei Ihrer Familie!"

Lukas sah Ryan an. Die letzte Bemerkung hatte ihn getroffen. Wut und Vernunft kämpften in ihm. Rabea sah es. Sie wollte Lukas die Zeit geben, sich zu sammeln und fragte Ryan: „Sag, bist du allein hier?"

„Ja", antwortete er knapp, ohne sie dabei richtig anzusehen. Kurz hatte sie den Eindruck, als wollte er noch etwas hinzufügen, doch dann konzentrierte er sich wieder auf Lukas: „Ich kann Sie natürlich zu nichts zwingen. Aber vermutlich würden Ihre Familie und Ihr Vater Sie auch lieber in Nürnberg wissen."

„Selbstverständlich würden sie das", stieß Lukas hervor. Mit einem Seitenblick auf Rabea fügte er hinzu: „Ich kann natürlich verstehen, dass Sie auf meine Rückkehr nach Nürnberg pochen." Er sprach es nicht aus, doch die Worte hingen auch so in der Luft: *Es geht dir gegen den Strich, dass Rabea und ich monatelang am selben Projekt arbeiten werden.*

Ryan blieb stumm, doch sein zorniger Blick verriet ihn. Immerhin verpackte der Amerikaner seine Eifersucht nicht sonderlich geschickt. Lukas fühlte eine grimmige Zufriedenheit. Andererseits konnte er die Reaktion nachvollziehen. Er fing Rabeas Blick auf, der nachdenklich auf Ryan ruhte. Dachte sie gerade dasselbe? „Ich rufe Vater an", sagte er jetzt. „Er ist in Caracas. Da ist früher Nachmittag."

Heinrich von Stetten war leider nicht erreichbar und Lukas hinterließ eine Nachricht auf der Mailbox.

Rabea machte sich inzwischen am Kühlschrank zu schaffen. „Hat jemand Lust auf etwas Härteres? Hier ist noch eine angebrochene Flasche Grappa", bot sie an.

„Den könnte ich jetzt wirklich gebrauchen", gab Lukas zu.

„Ich würde sagen, wir lassen auch die Förmlichkeit sein", sagte Rabea mit einer Fröhlichkeit, die sie nicht empfand. Doch sie war fest entschlossen, die aufgeheizte Stimmung abzukühlen. Die Situation war zu ernst. Sie konnte nicht zulassen, dass die beiden Männer einander noch an die Gurgel gingen, nur um sich selbst zu beweisen, was für harte Jungs sie waren. Es war Zeit für die Friedenspfeife. Oder den Friedensgrappa. „Wie wäre es, wenn ihr euch mit Lukas und Ryan anredet?", schlug sie mit ihrem strahlendsten Lächeln vor.

Die beiden Männer sahen sich an, nickten zögerlich und mit sichtbarem Widerwillen. „Damit eines klar ist, Ryan", sagte Lukas zu ihm, „das ist nur eine temporäre Waffenruhe, und nur, weil du Rabeas Freund bist."

Eine Stunde später war die Flasche geleert, aber die Stimmung hatte sich nicht besonders gelockert. Ryan hatte nochmals versucht, Lukas zu überreden, nach Nürnberg zurückzukehren, Lukas hatte erneut abgelehnt, daraufhin hatte Ryan Lukas seine Erfahrung und Unterstützung wegen der Erpressung aufdrängen wollen und Rabea hatte ihr Glas gehoben und „Prosit" gesagt. Zusätzlich zur angespannten Lage, Morddrohung und Erpressung inklusive, hatte sie zwei angetrunkene Männer am Hals und war noch immer nach Kräften bemüht zu verhindern, dass sie sich am Ende gegenseitig an die Gurgel gingen. Wobei Lukas sich ziemlich gut im Griff hatte, während sich Ryan nach dem anfänglichen Kuss ihr gegenüber auffällig zurückhaltend verhielt. Kein Wunder, er wartete immer noch auf eine Erklärung, warum er sie spärlich bekleidet bei Lukas angetroffen hatte. Sie seufzte kaum merklich. Besser, sie brachte es hinter sich.

Die Situation war auch irgendwie vertrackt. Warum war Ryan auch derart hartnäckig? Wie sollte sie weiter vorgehen? Vorschlagen, dass sie und Ryan sich ein Hotelzimmer suchten, während Lukas allein in der Wohnung blieb? Es erschien ihr das Vernünftigste, um die Situation zu entschärfen. Sie wollte eben ihren Vorschlag anbringen, als Lukas aufstand und zu Ryan sagte: „Es ist spät. Wie es aussieht, werde ich dich heute nicht mehr los. Da du schon mal da bist, kannst du auch hierbleiben." Lukas schlenderte hinaus, gleich darauf hörten sie, wie er die Tür zu seinem Zimmer schloss. Rabea wirkte verdutzt. *Sieh an*, dachte sie, *Lukas macht Nägel mit Köpfen.*

Ryan sah kaum minder verblüfft drein; dieser kampflose Sieg hatte ihn überrumpelt. Er erhob sich langsam: „Dann hole ich mal meine Tasche aus dem Auto…" Es klang unsicher, beinahe wie eine Frage, als erwarte ein Teil von ihm, dass Rabea ablehnen und stattdessen Lukas nachlaufen würde.

Rabea spürte es, sie hatte sich schnell gefasst. „Gut, Ryan. Wie wäre es anschließend mit einem weiteren Espresso? Ich nehme an, du möchtest reden?"

„Allerdings."

Die paar Minuten allein in der Küche nutzte Rabea, um den Ablauf der letzten Stunde nochmals durchzugehen. Warum hatte Lukas so plötzlich das Feld geräumt? Er hatte sich nicht mehr blicken lassen, obwohl sie sicher war, dass er mitbekommen hatte, dass Ryan die Wohnung kurzzeitig verlassen hatte. Anscheinend fiel es nicht nur ihr schwer, ihre Vereinbarung von London einzuhalten. Verdammte Gefühle! Warum gehorchten sie nie der Vernunft? Der Umstand, dass sie sich so nah waren, in der gleichen Wohnung in Rom, in der sie sich nach vielen Jahren erstmals wiedergesehen und festgestellt hatten, dass ihre Liebe noch genauso heftig brannte wie zuvor, machte es auch nicht leichter.

Ryan kehrte zurück und setzte sich zu ihr an den Tisch. Viel zu beiläufig sagte er: „Interessanter Mann, dieser Lukas von Stetten."

Rabea ging nicht darauf ein, sondern wartete, was Ryan mit dieser Bemerkung bezweckte. Sicherlich keine Komplimente zu verteilen.

„Und? Wer von euch hat die Sache beendet? Du oder er? Sie ist doch beendet…?"

Rabea wich Ryans Blick aus. *So* wollte sie das Gespräch nicht führen. Nicht jetzt. Und vor allem nicht *hier*. „Es kann dir egal sein, wie und warum es zwischen

Lukas und mir vorbei ist", sagte sie steif. „Die Betonung liegt nämlich klar auf *vorbei.* Aber gut, dass du gleich auf den Punkt kommst. Dann ist das schnell geklärt. Was willst du sonst noch wissen?"

„Ah, eine Variante der FBI-Verhörtechnik." Es sollte beiläufig klingen, doch es misslang. Rabea merkte Ryan die Anspannung an, als er weitersprach: „Fragen, statt erklären. Stimmt, du hast einen Profiler-Kurs bei meinen Kollegen absolviert."

„Ja, ich weiß, dass du meine Akten studiert hast. Also, worüber möchtest du sprechen, außer über Lukas?"

„Wie würdest du denn reagieren, wenn du überraschend bei mir vorbeikommst und mich mit einer halbnackten Frau im Bademantel erwischst?", brauste er auf, seine Selbstbeherrschung für einen Moment verlierend.

„Wie jetzt, halbnackt oder im Bademantel?"

„Weich mir nicht aus, Rabea, antworte einfach. Sag, wie würdest du reagieren?"

„Ich würde der Frau vermutlich die Augen auskratzen." Rabea lächelte ihm zu. Sie fand, dass das bislang ganz gut lief. Ryan war eindeutig ein vernünftiger Mann. Oder er hatte sich einfach nur gut unter Kontrolle. Immerhin hatte es keine Prügelei gegeben…

„Du kannst froh sein, dass ich Berufliches und Privates trenne. Andernfalls hätte sich dein Jugendfreund heute eine blutige Nase geholt." *Na toll*, dachte Rabea. Da bedachte sie den Mann mit Vorschusslorbeeren, und jetzt ließ er doch die Muskeln spielen. „Warum müsst ihr Männer euch immer gleich schlagen?"

„Vielleicht, weil das die männliche Variante von *Augen auskratzen* ist?"

„Also gut. Würdest du mir glauben, dass *nichts* passiert ist, wenn ich dir die ganze Geschichte erzähle?"

„Ich bin für alles offen." Ryan lehnte sich mit verschränkten Armen zurück.

„Lukas und ich wurden heute eindeutig Opfer von Murphys Law." Rabea breitete alles vor Ryan aus, einschließlich der Suche nach den Kameras, allein die „nackte Begegnung" unterschlug sie. Sie wollte sein Verständnis nicht überstrapazieren.

Am Ende ihres Berichts lehnte sich Ryan vor und sagte: „Und ihr denkt beide, dass euch dieser Kardinal an der Nase herumgeführt hat? Das sind ja Abgründe." Ryan lachte auf.

„Heißt das, du glaubst mir, dass nichts passiert ist?"

„Ja, ich glaube dir. Komm her." Rabea stand auf und Ryan zog sie auf seinen Schoss. Er vergrub seinen Kopf an ihrer Brust und murmelte: „Ich habe dich viel zu sehr vermisst, um dir jetzt böse zu sein." Seine Hand fand ihren Weg unter den Bademantel. Rabea erschauerte. Seit der Begegnung mit Lukas' ‚Handtuch', hatte sie hier und da der Gedanke an Sex gestreift. Sie war nicht abgeneigt. Trotzdem, Lukas lag nebenan einsam in seinem Bett. „Bist du nicht im Dienst?", startete sie ein Ablenkungsmanöver.

„Ich habe mich bis morgen früh abgemeldet. Wir haben genügend Zeit. Aber zuerst, wo ist die Dusche?"

Rabea pustete sich eine vorwitzige Locke aus der Stirn. Da war nichts zu machen. Außerdem hatte Lukas schließlich ihren Freund selbst eingeladen, über Nacht zu bleiben.

„Komm mit." Rabea führte Ryan ins Badezimmer. Während Ryan duschte, suchte Rabea Bettwäsche und bezog die Betten.

Ryan kehrte mit feuchtem Haar und mit einem Handtuch um die Hüften – *Déjà-vu, Déjà-vu* – zu ihr zurück. Rabea warf ihre Gedanken an Lukas endgültig über Bord.

Rom war ein neuer Anfang.

KAPITEL 33

Kardinal Clemente Finzi-Contini

„Euer Plan ist vorzüglich aufgegangen, Eminenz. Unser Mann hat mir berichtet, dass der Ex-Jesuit und die Journalistin der Versuchung nicht widerstehen konnten“, berichtete ihm sein Sekretär. „Erlaubt mir aber die Frage, warum ihr die beiden überhaupt für die Kommission vorgeschlagen habt, da ihr doch scheinbar schon im Vorfeld Vermutungen über deren mangelnde Integrität angestellt hattet?“

Kardinal Finzi-Contini verzog das Gesicht. Enzo war ein guter und stets loyaler Mitarbeiter, der seine Befehle getreulich ausführte und niemals Zweifel an den guten Absichten seines Dienstherrn hegte. Aber der Schlaueste unter Gottes Kindern war er nicht. Genau dafür schätzte er ihn. Enzo überließ ihm das Denken, er führte nur aus.

„Jeder sollte eine Chance bekommen und sich in Prüfungen bewähren können, Enzo. Ich verfolge die Karriere des jungen von Stetten schon länger, genau genommen, seit er als Jesuit hier in Rom weilte. Schon damals wurde er mir von höchster Stelle als integrer Mann mit ausgeprägten moralischen Ansprüchen empfohlen. Durch seine Initiative, die Schatzkarte von Paititi dem peruanischen Volk zurückzugeben, genießt er bis heute einen hervorragenden Ruf in der Öffentlichkeit. Und wir sollten keine voreiligen Schlüsse ziehen, Enzo. Ich bin überzeugt, dass unser Mann der Versuchung widerstanden hat. Die Tatsache, dass sich zwei Jugendfreunde eine Wohnung teilen, sollte nicht überbewertet werden. Trotzdem sollte dieses Wissen unter uns bleiben. Die Mehrheit der Leute denkt gerne schlecht.“ Er lächelte huldvoll. Die Saat war gelegt. Sicher würde Enzo irgendwo beim Mittagessen mit einem der zahllosen Sekretäre einen

Schwatz halten. Egal, um welche Machenschaften es sonst auch gehen mochte, Enzo hielt den Mund. Aber sobald Frauen und Sex ins Spiel kamen – Enzo hielt beides für Ausgeburten des Teufels –, war Enzo ein Garant für Tratsch. Der Kardinal kannte den Grund für Enzos Abneigung nicht, es interessierte ihn auch nicht. Hauptsache, sie diente seinem Zweck. Dank Enzo käme das Rad von allein ins Rollen. „Wie kommen wir mit Plan B voran?", erkundigte er sich weiter.

„Der Erstkontakt wurde hergestellt. Der Bericht liegt auf Eurem Schreibtisch, Eminenz. Es sieht positiv aus", schnarrte Enzo eifrig herunter. Damit stockte sein Redefluss und er zögerte auf eine Art, die dem Kardinal verriet, dass dem Positiven noch etwas Negatives folgen würde. Der Kardinal hob fragend eine Augenbraue und Enzo fasste sich ein Herz: „Irgendetwas stimmt nicht mit Saul Kaschinski. Erst meldet er sich nicht zum vereinbarten Zeitpunkt, und plötzlich ruft er zweimal hintereinander an. Er klang irgendwie anders, aber vielleicht lag es auch nur an der Verbindung. Sie war ziemlich schlecht, ein ständiges Rauschen."

„Warum erfahre ich erst jetzt davon?" Der Kardinal klang gefährlich ruhig. Enzo schluckte. „Weil ich von einer Störung ausging. Aber jetzt, da ich eine Weile darüber nachgedacht habe…"

„Sie hätten nicht darüber nachdenken sollen, Enzo, sondern es mir sofort mitteilen sollen. Kaschinski ist sowieso überfällig. Und er ist unfähig. Seit Wochen liefert er null Ergebnisse." Finzi-Contini ärgerte sich. Um Kaschinski bei den spanischen Behörden auszulösen, hatte er mehrere Gefallen einfordern und Geld und Geschick einsetzen müssen, damit man dort die Verhaftung *vergaß*. Wenn Kaschinski geschnappt wurde oder die Seiten gewechselt hatte, wäre das bitter. „Was hat er am Telefon gesagt?"

„Nicht viel. Bloß, dass er den Mann endlich aufgespürt hätte und…"

„Wo hat er ihn aufgespürt?", bohrte Finzi-Contini nach.

„Das hat er nicht gesagt."

„Haben Sie denn nicht gefragt?"

„Doch, aber er wollte erst ganz sicher gehen. Er wäre auf dem Weg dorthin und würde sich sofort melden, wenn er ihn dort gefunden hätte."

„Wann genau fand das letzte Telefonat statt?"

„Vor vier Tagen."

Er erstarrte. „Vier Tage? Und damit kommen Sie mir erst jetzt?", blaffte er. „Meine Güte, Enzo, wo ist Ihr Verstand? Niemand braucht vier Tage, um einen Ort auf dieser Welt zu erreichen, selbst wenn es sich um den patagonischen

Dschungel handelt. Vernichten Sie sofort den Chip. Kaschinski können wir vergessen. Sie können gehen, Enzo.“

Sein Sekretär verließ das Büro mit gesenktem Kopf.

MONTAG

TAG 1

KAPITEL 34

„Gut geschlafen?", fragte Lukas.

„Seh ich so aus?" Rabea war barfuß im Türrahmen zur Küche aufgetaucht. Kaffeegeruch hatte sie aus dem Bett gelockt.

Lukas registrierte dankbar, dass sie einen einigermaßen züchtigen Schlafanzug trug und nicht einen von Lucies verflixten Babydolls. „Was ist mit Ryan?"

„Spielt mit dem Laptop."

„Kaffee oder Cappuccino?"

„Espresso, doppelt bitte." Rabea gähnte, zog einen Korbstuhl heran und setzte sich an den Küchentisch. „Woher kommen denn die frischen Cornetti?", meinte sie mit einem Blick auf den mit italienischen Hörnchen gefüllten Korb.

„Habe ich vorhin mitgenommen, als ich mit Ryan vom Laufen kam."

„Streber, alle beide – dabei ist es gerade mal sieben Uhr. Oh, danke, du bist meine Rettung." Lukas hatte ihr den Espresso gereicht. Rabea gab reichlich Zucker dazu und schlürfte ihn dann mit geschlossenen Augen.

„Deine Tischmanieren haben sich nicht gebessert." In Lukas' Mundwinkel lag ein Lächeln.

Rabea öffnete ein Auge und sagte: „Ich bin noch nicht ganz wach, ich habe so gut wie nicht geschlafen. Diese verdammte Hitze schafft mich."

Oder Ryan, dachte Lukas. Er hatte nicht vor, Rabea auf die Nase zu binden, dass auch er kein Auge zugemacht hatte. Darum war er bereits um fünf Uhr Joggen gewesen und hatte anschließend kalt geduscht. Das einzig Wache war seine Fantasie. Leider war auch Ryan schon auf gewesen und hatte sich ihm unaufgefordert angeschlossen. Der Amerikaner war wirklich aufdringlich.

„Bist du wenigstens soweit anwesend, um dir anzuhören, was ich mir ausgedacht habe, damit man uns beide nicht dasselbe Haus verlassen sieht?"

Rabea öffnete nun auch ihr zweites Auge. „Was denn?"

„Sicher erinnerst du dich, dass der Palazzo einen zweiten Ausgang hat. Ich werde das Haus durch die Vordertür verlassen, und du nutzt wenig später den Ausgang durch den Keller im Nebenhaus, denselben, den ich damals benutzte, als ich Hausarrest hatte. Wir treffen uns erst wieder bei der heutigen Sitzung. Wenn wirklich jemand unten auf ein gemeinsames Foto lauert, dann wird er vergeblich warten."

„Aha, die Rache des kleinen Mannes. Ich habe eine bessere Idee: Ryan und ich verlassen knutschend das Haus und freuen uns über ein Foto in der Presse. Vermutlich ist der Fotograf derart darauf fixiert, uns zu erwischen, dass er vermutlich gar nicht merkt, dass Ryan nicht du bist."

„Auch keine schlechte Idee. Ihr könnt es ja versuchen." Lukas wirkte leicht verkniffen. „Übrigens, das Angebot steht. Du kannst mit Ryan hierbleiben. Ich werde mir ein Hotel außerhalb des Vatikans suchen. Es ist besser, nicht völlig unter der Aufsicht unserer Auftraggeber zu stehen."

„Sehr klug, genau das waren auch meine Gedanken. Du hast dazugelernt, Bruder Lukas."

Lukas überging ihre Bemerkung. „Auf jeden Fall bin ich gespannt, wer noch bei der Kommission dabei sein wird."

„Ja, schon komisch, dass wir bis dato so wenig darüber erfahren haben. Weder wie groß die Runde sein wird, noch wer dabei ist, außer uns beiden."

„Das wurde doch im Begleitbrief erklärt. Wir wurden um Stillschweigen und Verständnis gebeten, dass im Vorfeld nichts über die Kommission und ihre Teilnehmer bekannt werden soll, um *Pressespekulationen vorzubeugen* und *eine freie Gewissensentscheidung treffen zu können.*"

„Stimmt, der Text war derart schwülstig, dass ich mich kaum auf den Sinn konzentrieren konnte. Wir sollten aber auf noch etwas gefasst sein, Lukas."

„Was?"

„Dass mindestens eines der Mitglieder falsch spielen wird."

„Ich bin sicher", erwiderte Lukas lakonisch, „wenn es ein faules Kardinal-Ei gibt, wirst du es als Erste riechen."

Hinter ihr betrat Ryan die Küche. Er gab Rabea einen Kuss, schnappte sich das Glas Orangensaft, das Lukas eigentlich für Rabea gedacht hatte, und trank es mit großen Schlucken leer. Wortlos schob ihm Lukas den Korb mit den Cornetti zu. „Kaffee?“

„Gerne.“

Rabea sah amüsiert zu. „Ihr seid ja schon richtig *ziemlich beste Freunde.* Fast schade, dass ich eure neue Harmonie stören muss.“

„Was meinst du damit?“, fragte Lukas misstrauisch, während Ryan sein Cornetto vertilgte. Seine Erfahrungen mit Rabea waren noch nicht so tiefgreifend wie die von Lukas.

„Mir geht eine Passage von Carlottas Speicherkarte nicht aus dem Kopf.“

„Welche?“, fragte Lukas und köpfte ein Ei.

„Die, in der Carlotta Unterstützung für ihren ‚Feldzug gegen Nummer 6‘ fordert. Ich glaube, dass der Feldzug, oder besser, die Erpressung, bereits stattgefunden hat. Ich denke, ich weiß, wer Nummer 6 ist. Jedenfalls keiner der *Sieben*.“

Lukas und Ryan hielten zeitgleich inne, die Mienen skeptisch. „Und wer?“, fragte Lukas fast schon vorsichtig.

„Sixtus, der VI. Der ist zurückgetreten.“

Lukas fiel der Eierlöffel aus der Hand. Fassungslos stierte er Rabea an. „Was hast du gerade gesagt? Das ist jetzt nicht dein Ernst!“

„Wieso? Es ist der erste Rücktritt eines Papstes seit wie vielen Jahren? Achthundert? Schon eine merkwürdige Koinzidenz, oder?“

„Ich finde, es ist zumindest ein interessanter Ansatz, den wir ins Auge fassen sollten“, bemerkte Ryan, und angelte sich ein weiteres Hörnchen.

„Ist schon klar, dass du das so siehst“, erwiderte Lukas bissig, „damit ergibt sich eine neue Spur. Willst du etwa den emeritierten Papst als Zeugen vernehmen?“ Er musterte Ryan und las genau diese Absicht von seinem Gesicht ab. „Na, dann wünsche ich der amerikanischen Regierung viel Erfolg bei ihrem Gesuch. Daraus ergeben sich bestimmt interessante diplomatische Verwicklungen.“

„Immerhin geht es hier um die Aufklärung eines oder mehrerer Verbrechen. Gehen wir mal davon aus, Rabeas Vermutung trifft zu, dann kann das nur eines bedeuten: Jemand hat den Papst zum Rücktritt *gezwungen!* Der Papst war erpressbar! Die Frage lautet daher: Womit kann man einen Papst erpressen?“

Ja, das frage ich mich auch, dachte Rabea. Wenn ihre Vermutung zutraf, hatte Carlotta die *Sieben* erpresst, Sixtus VI. war Geschichte und die Frau selbst war tot.

Jetzt wollten die *Sieben* ihr belastendes Material zurück. *Es war noch da draußen! Wo? In Magalis Schließfach?* Aber warum wurde dann Lukas erpresst und nicht Magali? Inwiefern spielte hier das Foto von Heinrich von Stetten eine Rolle? Gab es einen Zusammenhang mit Hawala-Geldströmen? Was wusste Lukas' Erpresser, was sie nicht wussten? Wer war er? Gehörte er zu den *Sieben* oder gehörte er zu Carlottas Dunstkreis? Es würde ein ganz neues Licht auf die Sache werfen – denn es würde bedeuten, dass sie es mit *zwei* Gegenspielern zu tun hatten!

Dieselbe Schlussfolgerung zog Ryan: „Es gibt noch einen Beteiligten, der von der Papst-Erpressung weiß. Wenn es Alpha ist, hätten wir das Motiv: diese Unterlagen. Es braucht Anschuldigungen von enormer Tragweite, wenn ein Papst zurücktritt. Womit wir wieder bei dem Foto wären. Wer ist der zweite Mann darauf? Womit ist dein Vater erpressbar, Lukas?"

„Warum fragst du nicht einfach, ob ich dieses belastende Material habe?"

„Und, hast du es?"

„Nein." Das war nicht einmal gelogen. Er hatte es nicht. Jedenfalls nicht mehr. Er hatte es noch in Zürich vernichtet. Jener Teil der Unterlagen, die den Papst zum Rücktritt gezwungen hatten, hatten die Züricher Kantonalbank niemals verlassen.

Ryan sah Lukas durchdringend an, als wollte er die Lüge hinter dessen Worten entlarven. Die Blicke der beiden Männer prallten wie Klingen aufeinander.

Unerwartet bekam Lukas Schützenhilfe von Rabea: „Interessant, jetzt mischt sich die amerikanische Regierung schon in kircheninterne Angelegenheiten ein…"

„Wenn es um Terrorismus geht, ist es unsere Pflicht." Die Worte hatten etwas von einer Drohung. Rabea wusste, worauf Ryan anspielte: den Patriot Act. Der amerikanische Freibrief dafür, sich in ALLES einzumischen – sobald die Worte *internationaler Terrorismus* fielen.

„Eine amerikanische Antwort." Lukas hatte die Anspielung ebenso verstanden. Er stand auf, stieß den Stuhl zurück und gab sich keine Mühe, seinen Groll zu unterdrücken: „Ich verstehe durchaus, dass Amerika unter dem 9/11-Trauma leidet, aber Amerika ist nicht überall. Das hier ist ROM! Wir haben einen neuen Papst und alle Welt scheint damit zufrieden. Dem Altpapst geht es gesundheitlich nicht gut, kein Wunder, er ist fast neunzig! Aus dem Vatikan ist durchgesickert, dass er längst mit einem Rücktritt geliebäugelt hatte. Eure Erpressungs-Theorie ist genau das: reine Spekulation! Daher, tu uns allen einen

Gefallen, Ryan, und flieg nach Hause. Mein Vater und ich sind durchaus in der Lage, unsere Angelegenheiten selbst zu klären."

Ryan schüttelte den Kopf. „Ich bleibe. Ich habe einen Auftrag, ich habe eine Spur, und du wirst erpresst. Es ist noch nicht zu Ende."

„Ich habe aber keine Lust, dass du mir auf Schritt und Tritt folgst!"

„Das lässt sich nicht vermeiden, solange du mir nicht verrätst, was du vorhast", beharrte Ryan.

„Was *wir* vorhaben. Mein Vater hat gestern Abend noch zurückgerufen. Unser Plan steht fest."

„Weihst du mich ein?"

„Es ist kein Geheimnis. Wir warten, bis sich der Erpresser wieder meldet, ich lasse mich zum Schein auf die Übergabe ein und die Polizei schnappt sich den Mann."

„Und wenn er einen Komplizen hat, der das Foto an die Presse schickt?"

„Wir haben auch darüber gesprochen. So weit wird es hoffentlich nicht kommen, und wenn doch, will mein Vater das Risiko eingehen. Es ist nur ein Foto und beweist gar nichts. Ich habe ihm die Forderung per Mail geschickt. Er glaubt, dass der Erpresser die Situation falsch einschätzt."

„Was glaubst du?"

„Das tut nichts zur Sache."

„Das heißt, dein Vater setzt die Reputation eures Unternehmens aufs Spiel?"

„So verbissen, Ryan? Worum geht es hier? Um unsere Reputation oder um die Reputation der Amerikaner, die mit uns Geschäfte machen?"

Ryan zuckte die Achseln. „Ehrlich gesagt, zerbreche ich mir darüber nicht den Kopf." Diese Bemerkung und die Art, wie Ryan es sagte, ließen Rabea aufhorchen. Etwas daran machte sie stutzig. Plötzlich kam ihr ein neuer Verdacht.

„Gut, ich akzeptiere deine Entscheidung", sagte Ryan jetzt. „Aber ich werde an der Sache dranbleiben. Der Erpresser könnte über Informationen zu terroristischen Aktivitäten verfügen. Ich werde bei der Übergabe dabei sein."

„Von mir aus. Was du hinterher mit den italienischen Behörden verhandelst, ist mir egal." Lukas zuckte mit den Achseln.

„Wie geht es jetzt weiter?"

„Wie soll was weitergehen?"

„Bleibst du in Rom?"

„Natürlich. Ich werde heute die Leitung der Kommission antreten. Oder meinst du, ich sitze hier herum und warte, bis sich der Erpresser wieder meldet?"

„Ich finde, du wirkst zu ruhig für einen Mann, der gerade erpresst wird."

„Ich kann dir versichern, dass ich keineswegs ruhig bin. Allerdings ist dies nicht meine erste Erpressung. Hier geht es nur um ein paar Dokumente und ein Foto. Beim ersten Mal waren meine Frau und mein Sohn entführt worden."

„Du vergisst die Drohung von Alpha gegen deine Frau und deinen Sohn!"

„Ich vergesse gar nichts!", fuhr Lukas nun doch aus der Haut. *So viel zum Ruhe bewahren…*„Ich habe mehrmals mit Vater und Fonton telefoniert. Meine Familie ist sicher, es wird *alles* zu ihrem Schutz getan. Fonton und seine Leute sind keine Amateure! Und die Nürnberger Polizei sorgt für zusätzlichen Schutz."

Rabea stand auf. Sie hatte keine Lust, erneut den Puffer zu spielen. „Frühstückt ihr mal schön zu Ende oder schlagt euch meinetwegen auch die Köpfe ein. Ich geh ins Bad." Sie brauchte ein wenig Zeit für sich, um in Ruhe nachzudenken. Wegen Ryans Anwesenheit hatte sie Lukas erneut nicht die Frage nach dem Kind & Brot/vST-Hinweis des Bischofs stellen können.

KAPITEL 35

Zwei Stunden später, kurz vor 09:00 Uhr, fand sich Lukas in der Casina Pius IV. ein, in der die Mitglieder zur konstituierenden Sitzung der Ethik-Kommission zusammenkommen sollten.

Die Casina, zu Deutsch Häuschen, war alles andere als das: Vielmehr handelte es sich um ein bezauberndes kleines Sommerschloss innerhalb der Vatikanischen Mauern, das Papst Pius IV. im Jahr 1553 in Auftrag gegeben hatte. Es befand sich im ältesten Teil der Vatikanischen Gärten, am Ende eines kleinen Waldes, das den Garten beschloss, und beherbergte die Päpstlichen Akademien der Naturwissenschaften und der Sozialwissenschaften. Der Akademie gehörten eine Reihe renommierter Wissenschaftler an, die hier als Beratungsgremium des Papstes ihre Tagungen abhielten.

Rabea traf verspätet dort ein. Selbstredend, dass sie der Gelegenheit, sich quasi ungehindert innerhalb des Vatikans bewegen zu können, nicht hatte widerstehen können. Sie hatte sofort eine erste kleine Erkundungstour unternommen, und ihre Neugierde war belohnt worden.

Rabea war an den imposanten Wänden der Peterskirche vorbei zum Campo Santo Teutonico gelangt, dem deutschen Friedhof. Ihr Großvater hatte ihr gesagt, dass sie am Grab des Schriftstellers Stefan Andres vorbeischauen müsse, dessen Werk er sehr verehrte. Andres war 1933 mit seiner jüdischen Frau Dorothea Freudinger aus Nazi-Deutschland ins italienische Positano geflüchtet. Rabea hatte unterwegs sogar einen kleinen Blumenstrauß besorgt. Beim Niederlegen bemerkte sie im Augenwinkel einen schmächtigen Mann in einer Mönchskutte. Er huschte zwischen den Gräbern hindurch. Sein Gesicht konnte sie nicht sehen, weil er die Kapuze hochgeschlagen hatte. Auch die verstohlene Art, mit der er sich fortbewegte, vermittelte Rabea, dass dieser Mann in geheimer Mission unterwegs war. Ihr Jagdinstinkt regte sich. Spontan schlich sie ihm bis zu einem abgeschiedenen Wasserfall nach, der sich in einen kleinen See ergoss.

Ein Mann in einem schwarzen Priesteranzug, der von einem Bein aufs andere trat, erwartete ihn dort bereits voller Ungeduld. Die beiden blieben im Schatten der sie umgebenden Vegetation. Rabea konnte nicht mehr als ihr Halbprofil sehen, aber der ältere Priester kam ihr vage bekannt vor. Wo hatte sie ihn schon einmal gesehen? Gut dreißig Meter trennten sie von den Männern. Sie konnte nicht näher heran, ohne zu riskieren, von ihnen entdeckt zu werden. Aufgrund des Wasserfallgetöses war es ihr unmöglich, ein Wort der offenbar hitzig geführten Diskussion zu verstehen. Sie zeichnete trotzdem alles mit ihrem Smartphone auf – vielleicht gelang es ihr später, etwas Sinnvolles herauszufiltern. Sie tätigte auch mehrere Aufnahmen. Anhand der Körpersprache hatte der Mann im Priesteranzug eindeutig das Sagen. Er gestikulierte raumgreifend und schien den Mönch zur Minna zu machen. Der hatte von Beginn an eine devote Haltung eingenommen und entsprach ganz dem Bild eines reuigen Sünders. Rabea sah, wie sein Gegenüber etwas aus seiner Tasche zog – ein Brief oder ein Foto, Rabea konnte es nicht erkennen – und es dem Mann zeigte, worauf der deutlich zusammenzuckte. Nach zehn Minuten war die Standpauke beendet und der Priester verschwand mit großen Schritten auf einem Pfad hinter dem Wasserfall, wohin Rabea ihm nicht folgen konnte, ohne dem Mönch aufzufallen, der denselben Weg zurückging, den er gekommen war. Sie zog sich noch tiefer hinter einige Pinienbäume zurück. Der Mönch passierte sie nur wenige Meter entfernt. Dabei lüpfte er kurz die Kapuze, um sich Luft zuzufächeln. In diesem Moment erkannte ihn Rabea.

* * *

Sie erspähte Lukas sofort, nachdem sie die Treppe zur Casina hinaufgeeilt war. Ihr Freund befand sich im Gespräch mit einem ungefähr gleichaltrigen Mann, der zu seinen Jeans ein kurzärmeliges dunkles Hemd mit Kollar trug. Die beiden Männer standen am Brunnen des elliptischen Platzes, vor der Casina, die auf Rabea mit ihrer Stuckfassade wie eine Hochzeitstorte wirkte. Mehrere

Nebengebäude umgaben das Sommerschloss, unter anderem ein Nymphäum und ein Pavillon.

Der junge Pater wurde nun durch ein Zeichen von Lukas auf Rabea aufmerksam gemacht. Er empfing sie mit den Worten: „Frau Rosenthal-Kennedy! Wie schön, dass Sie da sind. Ich freue mich sehr, dass Sie dem Ruf seiner Heiligkeit gefolgt sind, und darf Sie auch im Namen seiner Eminenz, Kardinalstaatssekretär Finzi-Contini, hier in Rom begrüßen."

Rabea registrierte sofort den feinen österreichischen Akzent. Ihr Gegenüber stellte sich als Pater Josef Matuschek, S.J., vor, und erklärte, dass er für alle ihre Belange im Rahmen der Kommission zuständig wäre. „Ich muss mich gleich bei Ihnen entschuldigen", fuhr er fort, „aber gestern ging hier alles drunter und drüber, ein richtiger Pallawatsch, wie ich gehört habe. Leider war ich nicht da, mich ereilte eine dringende Nachricht, die mich nach Castel Gandolfo rief. Daher konnte ich mich nicht persönlich um Ihre Unterkunft kümmern. Herr von Stetten hat mir von Ihren diesbezüglichen Schwierigkeiten erzählt. Es ist mir unerklärlich, wie das passieren konnte. Ein wirklich merkwürdiger Tag gestern. Alles ging verkehrt. Wie sich herausstellte, war ich auch völlig umsonst in Castel Gandolfo, niemand wusste Bescheid, dass ich hinbestellt war", sprudelte es weiter aus dem Pater heraus. Die Art, wie er nicht zu bremsen war, erinnerte Rabea ein wenig an Lucie. Sie tauschte einen kurzen, aber beredten Blick mit Lukas. Offensichtlich war der Pater gestern absichtlich abgezogen worden – was ihre Vermutung bestätigte, dass ihr Einquartierungsproblem nicht dem Zufall entsprungen, sondern bewusst herbeigeführt worden war.

Der Pater winkte nun die übrigen Personen in die Casina. Rabea zählte außer sich und Lukas fünf weitere Teilnehmer, vier Männer und eine Frau. Bevor Rabea eintrat, drehte sie sich nochmals um und nahm das eigentliche Objekt ihrer Begierde innerhalb des Machtzentrums der katholischen Kirche in Augenschein. Wie stets war sie gut vorbereitet und hatte nachgelesen, dass man von der Casina Pius IV. aus die Rückseite des Gebäudes sehen konnte, das die größte und älteste Bibliothek der Welt beherbergte: die Vatikanische Bibliothek mit dem Päpstlichen Geheimarchiv, la Biblioteca segreta – Trägerin der Mysterien der christlichen Welt. So wie sich die meisten Frauen gerne einmal über Nacht in einem Einkaufszentrum einsperren lassen würden, wäre es Rabeas größter

Wunsch, eine Nacht in der Biblioteca segreta zu verbringen. Allein natürlich. Mit einem Schlüssel für alle Türen und Schränke. Und einer Kamera.

Mit einem sehnsüchtigen Seufzer wandte sich Rabea ab und betrat als letzte die Casina. Im Vestibül war es kühl. Sie folgte den anderen in einen nüchtern eingerichteten Konferenzraum unter einer hohen Stuckdecke. Wasser, Softgetränke und Kaffee standen auf dem langen Tisch bereit, um den sich die Gruppe versammelte.

Pater Matuschek verkündete, dass es keine bestimmte Sitzordnung gab und ergänzte: „Seine Eminenz, Kardinalstaatssekretär Clemente Finzi-Contini, wird in Kürze zu uns stoßen, um Sie alle persönlich zu begrüßen. Ich schlage vor, dass wir uns erst einmal gegenseitig bekannt machen und sich jeder mit ein paar kurzen Worten vorstellt. Seine Eminenz hat Lukas von Stetten als Leiter dieser Kommission vorgeschlagen, und dieser hat freundlicherweise zugestimmt. Ich werde ihm als persönlicher Sekretär dienen, aber natürlich stehe ich auch für Sie jederzeit mit Rat und Tat bereit. Wenn Sie also Fragen haben oder irgendetwas benötigen, wenden Sie sich gerne an mich. Meine Visitenkarte werde ich im Anschluss an die Sitzung an Sie verteilen. Bitte, Herr von Stetten“, trat Pater Matuschek das Wort an Lukas ab.

Nachdem sich Lukas kurz vorgestellt hatte, übergab er an Rabea. Als Nächstes stellte sich ein dicklicher Juraprofessor vor, es folgten zwei Wirtschaftswissenschaftler, die vom Aussehen und Auftreten her kaum unterschiedlicher hätten sein können, der eine blass und vergeistigt, der andere solariumgebräunt und sehr von sich überzeugt, weiter ging es mit einem Psychiater mit leiser Stimme und nervösen Händen und als Letzte kam eine forsche Soziologin an die Reihe, deren Haar so blauschwarz glänzte, dass es unmöglich ein Werk der Natur sein konnte. Rabea und Lukas waren die einzigen deutschen Mitglieder. Der Juraprofessor war Brite, die Wirtschaftswissenschaftler stammten aus Italien und den USA, der Psychiater war Ire und unter ihnen der einzige Geistliche, die Soziologin stammte wie Pater Matuschek aus Österreich.

Nach der Vorstellungsrunde, die Konferenzsprache war Englisch, verteilte der Kommissionssekretär rote Projektmappen, auf denen das vatikanische Siegel prangte. „Ich möchte Sie nun bitten, sich in diese Unterlagen einzulesen. Sie beinhalten im Detail die Aufgabenstellung und Ziele dieser Kommission.“ Rabea als Schnellleserin war die gut zwanzig Seiten bald durch und genehmigte sich einen Kaffee, um den Ärger hinunterzuschlucken, der sich beim Lesen eingestellt hatte. Auch Lukas wirkte befremdet. Diese Beschreibung glich kaum mehr jener, die der Einladung beigefügt gewesen war. *Was sollte das? Wollten die sie verarschen?*

Die Soziologin war Rabeas Beispiel gefolgt und hatte sich ebenfalls einen Kaffee eingeschenkt. Sie saß Rabea gegenüber, deutete ein Gähnen an und raunte ihr viel zu laut zu: „Das hätte man auch kürzer formulieren können." Pater Matuschek sah irritiert zu ihr hinüber. In diesem Augenblick öffnete sich die Tür, und seine Eminenz hielt vornehm Einzug. Er hatte zwar den einfachen schwarzen Priesteranzug mit dem Kardinalsrock getauscht, doch Rabea hatte den Mann sofort wiedererkannt. Vor einer knappen Stunde hatte sie ihn am Wasserfall gesehen, zusammen mit dem Mann, der sich als Mönch verkleidet hatte. *Der Zufall ist doch der beste Helfer des Journalisten!* Alle waren sofort aufgesprungen, bis auf Rabea und die Soziologin. Die Frau wurde ihr immer sympathischer.

Rabea spürte jetzt Lukas' Blick, eine einzige stumme Aufforderung. Sie zuckte mit den Schultern und erhob sich aufreizend langsam; die Soziologin rollte zwar mit den Augen, stand aber ebenfalls auf.

Der Kardinal bedankte sich für den warmen Empfang und bat alle mit einer Geste, die der Urbi-et-Orbi-Segensspendung glich, sich wieder zu setzen: „Meine Damen, meine Herren, ich darf Sie im Namen seiner Heiligkeit, Papst Lorenzo, in unserer Heiligen Stadt Rom begrüßen. Ich freue mich, dass Sie dem Ruf unserer Kirche gefolgt sind. Sie alle sind hier, weil Ihnen eine bedeutende Aufgabe übertragen wurde: Das Vertrauen in die Integrität der Kirche wiederherzustellen. Ich…"

Er sprach noch eine ganze Weile weiter, doch Rabea schaltete bereits nach den ersten Sätzen ab, da der Kardinal im Grunde nur sich selbst und die Kirche lobte. Stattdessen konzentrierte sie sich darauf, den Mann zu beobachten, den sie für den Feind hielt. Er war genauso, wie sie ihn sich vorgestellt hatte. Aalglatt, mit einem falschen Lächeln. Gut, sie war vielleicht ein wenig voreingenommen, aber sie vertraute hier auf ihre Menschenkenntnis. Seit dem Auftritt des Kardinals beschäftigte sie mehr denn je der Gedanke, warum man sie nach Rom eingeladen hatte. Für sie stand endgültig fest, diese Kommission war eine Farce.

Der Kardinal kam zum Schluss seiner Rede. „Ich darf mich nun von Ihnen verabschieden und überlasse Sie Ihrer wichtigen Arbeit. Wir werden uns ab sofort jeden Freitagmorgen hier zu einem Jour fixe treffen. Wenden Sie sich in allen Belangen an Pater Matuschek. Selbstverständlich steht Ihnen auch mein Sekretär, Pater Enzo, jederzeit zur Verfügung." Er zeigte auf einen jüngeren, unscheinbaren Mann, der nach dem Kardinal den Konferenzraum betreten hatte und sich im Hintergrund hielt. „Auf eine gute und erfolgreiche Zusammenarbeit."

Finzi-Contini schickte sich an, den Konferenzraum zu verlassen. Rabea sah zu Lukas. Er war der Kommissionsleiter. Sollte er den Kardinal nicht wegen der abgeänderten Projektbeschreibung zur Rede stellen? Der schüttelte kaum merklich den Kopf, seine Lippen formten deutlich das Wort: *später*. Rabea hatte keine Lust zu warten. Sie würde sich diesen Kardinal gleich vorknöpfen. „Kardinal Finzi-Contini, entschuldigen Sie, aber wenn Sie noch kurz einen Moment Zeit hätten? Es geht um die Projektbeschreibung. Scheinbar liegt hier ein Missverständnis vor."

„Ja, meine Liebe?" Der Kardinal sah fragend zu seinem Sekretär, der sofort bei ihm war und ihm etwas ins Ohr flüsterte. Rabea vermutete ihren Namen, allerdings war sie sicher, dass das nur Theater war. Mit Sicherheit kannte der Kardinal ihn, wollte ihr aber damit das Gefühl vermitteln, er wäre zu beschäftigt gewesen, um sich ihren Namen zu merken. Dafür waren die Sekretäre da Der Kardinal sah sie jetzt durchdringend an. Rabea gönnte sich zwei lange Sekunden, in denen sie seinen Blick erwiderte. Der Kardinal beendete das stumme Duell. „Sie haben eine Frage an mich, Frau Rosenthal-Kennedy?"

„Ja, wie es aussieht, gibt es zwei Versionen zur Aufgabenstellung unserer Kommission. Diese hier", Rabea hatte aus ihrer Handtasche den Umschlag, der ihr in die Redaktion zugestellt worden war, hervorgezogen und schwenkte ihn, „und diese zweite hier", sie zeigte auf die rote Mappe mit dem Siegel. „Ich will ehrlich sein: Hätte ich die zweite Version zuerst gesehen, wäre ich Ihrer Einladung nach Rom nicht gefolgt."

„Was mich persönlich sehr betrübt hätte. Bitte verraten Sie mir auch, was genau für Unterschiede Sie festgestellt haben wollen? Das, was Sie als Version 1 bezeichnen, enthielt lediglich eine stichpunktartige Beschreibung der erforderlichen Aufgabenstellung. Die zweite Version ist wesentlich ausführlicher gestaltet und beinhaltet auch die Ziele, die wir, ich spreche von Kurie und Papst, anstreben, um Image und Bild unserer katholischen Kirche nach außen hin zu stärken."

„Das meine ich, Eminenz. Version 1 liest sich so, als sollten wir hier etwas zur Aufklärung der jüngsten Skandale beitragen. Jetzt lautet die Aufgabenstellung, Marketingstrategien für die Kirche zu entwerfen, um ihr Image aufzupolieren. Tut mir leid, aber das verwirrt mich." Rabea hatte sich bei den letzten Worten wieder gesetzt. Die Tatsache, dass Lukas nicht versucht hatte, sie zu stoppen, zeigte Rabea, dass er einen ähnlichen Eindruck gewonnen haben musste.

Der Kardinal hatte ihr mit stoischem Gesichtsausdruck zugehört. Nun lächelte er gewinnend. „Ich verstehe natürlich, dass eine renommierte Journalistin wie Sie stets den Anspruch hat, investigative Recherchen zu betreiben. Darüber hinaus kann ich Ihre Bedenken nicht nachvollziehen. Die katholische Staatskirche ist die älteste Institution der Welt. Diese Kommission wurde gegründet, um sie für die Zukunft fit zu machen. Seine Heiligkeit, Papst Lorenzo, ist längst zum Symbol für den Aufbruch in die Moderne avanciert. Unsere Kirche soll nicht nur zukunftsfähig werden, sie soll es bleiben. Dafür braucht es einen Plan und neue Regeln. Darum sind Sie alle hier: diesen Plan und diese Regeln auszuarbeiten, um Papst Lorenzo bei seiner schwierigen Aufgabe zu unterstützen. Natürlich geht es dabei auch vorrangig darum, das Ansehen meiner Kirche, das durch einige bedauerliche Skandale gelitten hat, wiederherzustellen. Wir müssen unseren Gläubigen unsere Werte neu vermitteln, das, wofür wir stehen, unsere Kirchenethik. Das entstandene Missverständnis bedauere ich persönlich zutiefst", sagte er abschließend und sah dabei nicht aus, als hätte er je irgendetwas bedauert. *Außer vielleicht, dass du nicht Papst geworden bist!,* schoss es Rabea durch den Kopf.

Lukas riss die Situation an sich, er fand, der Kardinal hatte fürs Erste genug Bekanntschaft mit Rabea gemacht. „Haben Sie Dank für Ihre ausführliche Erklärung, Eminenz", meldete er sich zu Wort. „Ich würde an dieser Stelle vorschlagen, dass wir die unterschiedlichen Interpretationen der Aufgabenstellung intern mit den anderen Mitgliedern der Kommission diskutieren." Er sah in die Runde, alle nickten.

Bis auf den Kardinal. Pater Matuschek indes wirkte, als litte er an jähen Zahnschmerzen. Der Kardinal verabschiedete sich nun. Kaum hatte sich die Tür hinter ihm und seinem Sekretär geschlossen, meinte Rabea, während sie sich Luft zufächelte: „Puh, Teflon ist nichts gegen den Kardinal. Und ich staune über seinen modernen Wortschatz, *Jour fixe, fit machen, avancieren*…Nicht schlecht."

„Nun, das lief doch eigentlich ganz gut", sagte Pater Matuschek, dessen Gesicht eine leichte Röte zierte. Offenbar war ihm gerade klar geworden, dass er zwischen Baum und Borke gelandet war.

„Machen Sie sich nichts draus, Pater Josef", wechselte die Soziologin kurz ins Deutsche und übertrieb dabei ihren Kärntner Akzent, „wenn Welt und

Kirche aufeinanderprallen, ist es noch selten ohne Schrammen abgegangen.“ Sie lachte unanständig laut. „So, und jetzt brauche ich eine Zigarette. Noch jemand?“ Der sonnengebräunte Wirtschaftswissenschaftler sprang auf. Angesichts seines Eifers befiel Rabea der Eindruck, dass hier durchaus Potential für ein amouröses Abenteuer bestand.

„Gut, kurze Pause“, verkündete Lukas reichlich spät, da die Hälfte der Kommissionsmitglieder längst dem Ausgang zustrebte. Rabea war ebenfalls auf den Beinen. „Komm, Lukas, folgen wir dem Beispiel der anderen. Frische Luft schadet nie, außerdem spüre ich hier drin noch den Hauch der Selbstbeweihräucherung seiner Eminenz. Ich würde mir liebend gern dieses neckische Nymphäum anschauen. Die haben wirklich reizende Bauten im Vatikan.“

„So viel Zeit haben wir nicht.“ Lukas klang unwillig.

„Wieso? Du bist doch hier der Boss, oder? Vielleicht sollten wir dir noch einen kleinen Hammer besorgen, mit dem du auf den Tisch klopfen kannst.“

„Sehr witzig.“

„Jetzt komm schon, wir haben immerhin eine Zigarettenlänge. Und die Chemie zwischen unseren beiden Nikotinsüchtigen reicht vermutlich noch für mehr.“ Bevor Rabea Lukas aus dem Raum zog, schielte sie noch kurz zu Pater Matuschek hinüber. Interessanterweise hatte er sich nicht geregt, sondern schien in die Lektüre der roten Projektmappe vertieft. Neben ihm lag ein weiteres Dokument, bestehend aus mehreren losen Blättern. Sie konnte beobachten, wie Zeigefinger und Blicke zwischen den beiden Unterlagen hin und her wanderten. Rabea machte Lukas durch eine Geste auf seinen eifrigen Sekretär aufmerksam und nickte beifällig. Sie verließen den Konferenzraum, ohne dass Pater Matuschek aufgemerkt hätte. Eigentlich wollte Rabea kurz mit Lukas allein sprechen. Aber kaum, dass sie durch den Ausgang getreten und ihre Augen dem gleißenden Sonnenlicht angepasst hatten, das der weiße Platz und die umgebenden Gebäude zusätzlich reflektierten, sahen sie die Soziologin, den gebräunten Wirtschaftswissenschaftler wie ein Hündchen im Schlepptau, auf sich zukommen.

„Interessante Truppe, die unser Kardinal da zusammengewürfelt hat, finden Sie nicht?“ Die Frau zog an ihrer Zigarette und schnippte ihre Asche auf den makellosen Platz. Rabea verzog das Gesicht und subtrahierte insgeheim wieder einige Sympathiepunkte.

„Ich finde besonders seine Ausführungen interessant. Er hat nicht einmal ansatzweise versucht zu verschleiern, dass er uns an der Nase herumgeführt hat", erwiderte sie.

„Ach, so würde ich es nicht nennen. Täuschung liegt diesen Leuten im Blut. Sie glauben grundsätzlich alles selbst, was sie so verzapfen, und merken gar nicht, wenn sie sich selbst widersprechen. Stoisch in ihren Traditionen, wendig im Geiste. Christliche Fähnchen im Wind." Die Frau sah sich hilfesuchend um, wo sie ihren Zigarettenstummel loswerden konnte, entdeckte einen Blumentopf und stopfte ihn hinein. Rabea verkniff sich ein Grinsen. „Ich stelle fest, Sie halten mit Ihrer Meinung nicht hinter dem Berg. Wie zum Teufel sind Sie in diese nicht untersuchende Untersuchungskommission geraten?", erkundigte sie sich.

„Sie sagen es, meine Liebe. Scheinbar hat mich der Teufel eingeladen. Was ist mit Ihnen? Sie machen auch nicht gerade einen kirchenphilen Eindruck." Sie fischte in ihrer Hosentasche, holte ein zerknautschtes Päckchen hervor und zündete sich eine zweite Zigarette an. Ihr Begleiter zückte beflissen das Feuerzeug. Sie machte sich nicht die Mühe, sich zu bedanken, sondern nahm einen tiefen Zug und blies einen eleganten Rauchkringel in die Luft.

„Offenbar denken die hier mathematisch. Zweimal negativ ergibt positiv. Was ist mit Ihnen, Dr. Murray? Was sagen Sie zu unserer Kommission", wandte sich Rabea an den Sonnengebräunten.

Der zuckte mit den Achseln. „Ich habe mir noch kein Bild gemacht, muss ich auch nicht. Als Wirtschaftswissenschaftler interessieren mich in erster Linie Zahlen und Statistiken. Ich denke rational und bin es gewohnt, Spekulationen auszuklammern. Da es sich jedoch abzeichnet, dass ich vermutlich keine Bilanzen prüfen soll, werde ich ganz einfach Rom genießen." Dabei sah er die Soziologin an. Die beachtete ihn jedoch nicht, sondern konzentrierte sich auf Lukas. „Was meint denn unser Kommissionsleiter zu dem Ganzen?" Sie schenkte ihm ein gewinnendes Lächeln.

Rabea verspürte einen kleinen Stich von Eifersucht. Es war nicht zu übersehen, dass die Frau Lukas eher als ihre Kragenweite ansah als ihren Zigarettenfreund. *Viel Vergnügen, meine Liebe, aber hier wirst du dir die Zähne ausbeißen,* dachte sie.

„Ich muss mir zunächst einen genaueren Überblick verschaffen", antwortete Lukas ausweichend. Er hatte Pater Matuschek entdeckt, der den Kopf aus der Tür steckte. „Am besten, wir gehen wieder hinein und besprechen das gemeinsam."

Lukas setzte sich in Richtung Eingang in Bewegung und winkte den anderen zu, die sich, um den Brunnen gruppiert, unterhielten. Als alle wieder am Konferenztisch saßen, ergriff Lukas das Wort. Er drückte es zwar nicht so drastisch aus wie Rabea, doch auch er erklärte, dass ihn die Projektbeschreibung und die Ausführungen des Kardinals irritiert hätten. Daraufhin entspann sich eine relativ lahme Debatte, einzig der Jurist fand einige harsche Worte, aber Streitlust gehörte ja zu seinem Beruf, vermutlich folgte er einem natürlichen Reflex. Die Soziologin gab sich mehrheitlich amüsiert und glänzte mit einigen sarkastischen Bemerkungen, der Sonnengebräunte sah desinteressiert aus und schien nur auf die nächste Zigarettenpause zu warten, der zweite, italienische Wirtschaftswissenschaftler sagte gar nichts, sondern kritzelte nur ständig irgendwelche Zahlenkolonnen in seinen Block, der Psychiater wollte sich auf gar nichts festlegen, ließ aber durchblicken, dass er sich schon immer auch für Marketing und dessen psychologische Auswirkungen auf den Menschen interessiert hätte, und Pater Matuschek wirkte nach wie vor unglücklich und schwieg zu allem.

Die Soziologin hat recht, wir sind wirklich ein kurioser Verein, stellte Rabea bei einem Blick in die Runde fest. Mittlerweile waren ihr die Aufgaben der Kommission herzlich egal. Sie interessierten allein die Hintergründe, warum sie überhaupt einberufen worden war. Was bezweckte der Kardinal damit? Warum hatte er gerade diese sieben Personen ausgewählt? Unauffällig hatte sie ihr Smartphone gezückt und nacheinander die Namen gegoogelt. Sie hatte dabei festgestellt, dass alle fünf einen glänzenden Ruf auf ihrem speziellen Gebiet genossen. Das bestätigte die Vermutung, dass sie seiner Eminenz lediglich als Aushängeschild dienen sollten. *Seht, wir haben die besten Leute hierfür engagiert!*

Der guten Ordnung halber gab sie auch den Namen von Pater Matuschek ein, landete aber keinen Treffer. Sie sah jetzt, dass er sie beobachtete. Der Jurist beendete stehend sein Plädoyer, von dem Rabea nur den Satz: „Der Kardinal ist uns eine Erklärung schuldig" behalten hatte. Dann setzte er sich und fragte Pater Matuschek: „Wann gibt es eigentlich Mittagessen. Wie sagt der Italiener? Pranzo?"

Pater Matuschek war eifrig aufgesprungen. „Jessas", rief er, „es ist ja schon nach zwölf. „Wenn Sie möchten, führe ich Sie gleich ins Casino des Vatikans. Der Heilige Vater speist stets dort, sofern es ihm seine vielfältigen Pflichten erlauben. Vielleicht haben wir Glück und können einen Blick auf ihn erhaschen." Er wirkte, als ob er froh wäre, endlich etwas Positives zum Tag beitragen zu können. Vielleicht hoffte er auch, dass seine Schutzbefohlenen mit vollem Magen leichter zu handhaben wären. Rabea mochte ihn, trotz des Umstands, dass er diese mehr als dubiose Kommission moderierte und zu Lukas' Sekretär bestellt worden war. Allein das machte ihn schon verdächtig, so, wie die Dinge derzeit lagen. Doch sie fand in seinen Augen keinerlei Verschlagenheit, keinen Hinweis, dass er eine Rolle spielte, so wie der Kardinal es ihrer Meinung nach getan hatte. So unwahrscheinlich dies anmutete, aber dieser Pater schien eine ehrliche Haut zu sein, ein Fisch, der sich in das falsche Becken verirrt hatte.

Die ganze Gesellschaft machte sich auf, und erneut bekam Rabea keine Gelegenheit, mit Lukas ein paar Worte unter vier Augen zu sprechen. Es war wie verhext. Die Soziologin und Pater Matuschek nahmen sie in die Mitte und belegten sie die ganze Pause über mit Beschlag. Am Nachmittag folgte eine weitere fruchtlose Debatte, was denn nun ihre eigentliche Aufgabe wäre. Pater Matuschek, dem nicht entgangen war, dass niemand so richtig Elan zeigte, die vom Kardinal gestellte Aufgabe in Angriff zu nehmen, wirkte geradezu erleichtert über den Vorschlag, eine weitere Pause einzulegen.

Die Gruppe zerstreute sich schnell in Raucher und Nichtraucher, und Rabea konnte endlich einige ungestörte Worte mit Lukas wechseln. Sie hakte ihren Freund unter, zog ihn mit sich auf einen gekiesten schmalen Weg und achtete darauf, dass keiner ihnen folgte oder in Hörweite war. Dann erst sagte sie: „Wenn du mich fragst, ist hier was faul."

Lukas seufzte. „Warum habe ich genau diesen Satz erwartet?"

„Weil du das Gleiche denkst. Hör zu, heute Morgen ist mir zufällig unser Kardinal über den Weg gelaufen. Rate mal, mit wem er sich getroffen hat."

„Dem Papst?"

„Spaßvogel. Nein, mit der Bischofselster Titus."

„Titus von Elsterich? Er ist immer noch hier?"

„Eher schon wieder. Jedenfalls hat Finzi-Contini den Bischof abgekanzelt wie einen Schuljungen."

„Wie kommst du darauf? Hast du sie etwa belauscht?" Lukas hatte unwillkürlich die Stimme zu einem Flüstern herabgesenkt. Rabea registrierte mit Genugtuung, dass er weniger missbilligend als vielmehr neugierig klang.

„Hätte ich gerne", gab Rabea freimütig zu, „aber die beiden unterhielten sich an einem kleinen See mit Rauschebrunnen, gekrönt von einem Geier. Sehr symbolisch."

„Der Geier ist ein Adler, daher wart ihr am Adlerbrunnen. Wenn du nichts gehört hast, wie kommst du dann darauf, die beiden hätten sich gestritten?"

„Körpersprache und Gestik, hallo? Die haben irgendeine geheime Sauerei am Köcheln, und der Bischof hat voll Mist gebaut."

„Streiten und Konspirieren ist nicht dasselbe, Rabea. Natürlich hat der Bischof, wie du es ausdrückst, Mist gebaut. Vielleicht hat ihm der Kardinal einfach nur die Leviten gelesen."

„Ach, und dazu schleichen die beiden sich in eine Ecke der Vatikanischen Gärten, der Bischof getarnt als Bettelmönch mit Kapuze, um ja unerkannt zu bleiben? Wenn es um die Bischofsresidenz gegangen wäre, hätte Finzi-Contini von Elsterich doch einfach in sein Büro bestellen können. Anbrüllen mit offiziellem Anstrich wäre doch überhaupt kein Problem."

„So vorsichtig können sie auch nicht gewesen sein, wenn sie dich übersehen haben."

„Ich kann noch besser schleichen als die."

„Das glaube ich sofort! Aber solange wir nicht wissen, was die zwei zu besprechen hatten, bleiben wir im Bereich der Spekulation."

„Danke für das Wir, Lukas. Trotzdem glaube ich, dass es zwischen den beiden eine Verbindung geben muss. Dieser Titus von Elsterich ist Kuratoriumsmitglied von *Kind und Brot*, stimmt doch, oder?"

„Korrekt. Inzwischen ist bekannt geworden, dass die Stiftung in den Fokus der Untersuchungen geraten ist. Vermutlich hat der Bischof von dort ebenfalls Gelder für seinen Prunkbau abgezweigt. Warum fragst du?"

„Weil mir eingefallen ist, schon früher einmal etwas in einem anderen Zusammenhang über die Stiftung gelesen zu haben. Ich glaube, darin wurde auch unser Kardinal erwähnt und auch eure familieneigene Stiftung." Rabea hatte beiläufig geklungen. Tatsächlich war es ein Testballon. Ihr Instinkt hatte gestern schon in der Küche aufgeschrien, dass Lukas mehr wusste, als er bereit war zuzugeben. Spontan beschloss sie, ihre Taktik zu ändern und nicht direkt nachzufragen, sondern sich langsam an die rätselhafte *Kind-und-Brot/vST-Botschaft* heranzutasten.

Offenbar hatte sie damit einen weiteren Volltreffer gelandet. Lukas wirkte mit einem Mal angespannt. *Er wusste etwas!* „Was hast du?“, setzte sie sofort nach. Jetzt bloß nicht lockerlassen.

Doch Lukas hatte sie genauso durchschaut. „Verdammt, Rabea, was führst du im Schilde?“, entfuhr es ihm nicht gerade leise.

Pater Matuschek, der inzwischen auf zwanzig Schritte herangeschlendert und in ein Gespräch mit dem Juristen und dem Psychiater verwickelt war, wurde auf sie aufmerksam. Er blinzelte zu ihnen herüber. Rabea winkte dem Pater freundlich zu, nahm Lukas am Arm und zog ihn auf dem Kiesweg weiter. Er gabelte sich kurz darauf und führte rechts in den Schatten mehrerer Pinien, unter denen eine Bank stand. Sie waren nun außer Sichtweite der anderen. Trotzdem vergewisserte sich Rabea, dass ihnen niemand gefolgt war. Sie drückte Lukas auf die Bank und setzte sich neben ihn.

„Gut, Karten auf den Tisch“, sagte sie leise. „Ich war vorgestern in Laimburg und habe mich mit Bischof von Elsterich getroffen, und zwar auf seinen ausdrücklichen Wunsch hin.“

„Der Bischof hat dir ein Interview gegeben?“ Lukas’ Miene schwankte zwischen Misstrauen und Fassungslosigkeit.

„Ja, er hat sich direkt an die Redaktion der BBCo. gewandt. Er wollte unbedingt seine eigene Version der Geschichte loswerden.“

„Was hat er dir erzählt?“

„Nicht viel, wir wurden gleich zu Anfang gestört. Der Bischof bekam Panik und hat die Beine in die Hand genommen. Warte…“ Sie holte ihren Tablet-PC hervor, entsicherte ihn mit ihrem Passwort, rief eine Datei auf und reichte ihn an Lukas weiter. „Lies mein Protokoll. Am Ende findest du noch ein Foto mit einer Notiz des Bischofs.“

„Was ist das?“

„Lies es einfach.“

„Merde“, entfuhr Lukas am Ende Jules’ Lieblingsfluch. Er starrte auf die JPG-Datei mit der Abbildung „*Kind + Brot/vST.*“

Rabea tippte mit dem Finger darauf. „Diese Notiz hat mir der Bischof hinterlassen, kurz bevor er verschwand. Warum hat er das aufgeschrieben? Was ist daran so wichtig? Was hat vST mit seiner Stiftung zu tun?“, schob Rabea nach.

„Wie viel weißt du?“

„Ich habe zuerst gefragt.“

„Nein, so geht das Spiel nicht, Rabea. Du willst etwas von mir. Ich frage dich. Du hast recherchiert, was hast du herausgefunden?"

„Also gut", gab Rabea nach. „Nicht viel. *Kind und Brot* hält sich sehr bedeckt. Ich konnte nur die offiziell zugänglichen Daten einsehen, wie zum Beispiel, dass die Stiftung vor knapp zwei Jahren durch die Kongregation der Evangelisierung der Völker gegründet wurde, fast zeitgleich mit der vST-Stiftung deines Vaters. Außerdem habe ich eine alte Aufnahme aufgetrieben. Sie zeigt unseren verehrten Kardinal F-C mit Bischof von Elsterich in trautem Gespräch – aus einer Zeit, als die beiden weder Kardinal noch Bischof waren. Die müssen sich schon länger kennen. Du hast die Gesprächsaufzeichnung gelesen. Ich vermute stark, dass es Finzi-Continis Name war, den mir von Elsterich in der Sakristei nennen wollte. Sein Ruf, sein Geschäftssinn, sein Einfluss und vor allem die Bekanntschaft mit von Elsterich sprechen dafür. Und, besonders interessant und aufschlussreich F-C fungierte bis vor zwei Jahren selbst als Leiter der Kongregation der Evangelisierung der Völker, die der Stiftung *Kind und Brot* vorsteht. Es ist davon auszugehen, dass er die Gründung selbst angeregt hat – er unterhält ausgezeichnete Beziehungen zur Kongregation, sein Nachfolger gilt als enger Vertrauter. Aber wo ist die Verbindung zu vST? Warum diese Notiz? Mehr habe ich nicht. Du bist dran."

Nun war es an Lukas, sich mit einem Rundblick zu vergewissern, dass sie nicht belauscht wurden. Leise sagte er: „Mein Vater hält sich derzeit in Venezuela auf und weiht unser neuestes Kinderdorf ein. Waisenhaus, Schule mit Internat, Wohngebäude für die Lehrkräfte, Einrichtungen für landwirtschaftliche Projekte; ein Vorzeigeprojekt. Gestern war großer Bahnhof vor Ort, mit Politprominenz und Presse. Ursprünglich hatte unsere vST-Stiftung das Land dort nur gepachtet gehabt. Aber vor einigen Monaten kam der Verpächter auf Vater zu und hat angeboten, das Land an unsere Stiftung zu verkaufen."

„Wer war dieser Verpächter?"

„Die katholische Kirche oder vielmehr, die Stiftung *Kind und Brot.*"

„Und, habt ihr gekauft?"

„Natürlich, denn im Grunde handelte es sich um eine Schenkung. Die haben uns das Land für einen einzigen, symbolischen Bolívar überlassen. Das Foto…" Lukas stockte. Rabea verstand, dass er abwog, wie viel er ihr erzählen konnte. Doch sie hatte längst richtig kombiniert. „Das Foto deines Vaters wurde da geschossen? Als er den Bolívar bezahlt hat? Dann könnte es also von Anfang an eine gezielte Falle gewesen sein? Wer ist der zweite Mann auf dem Bild?"

„Einer der meistgesuchten Terroristen der Welt. Die Information stammt von James Fonton."

„Verdammte Kacke."

„Du sagst es. Der erste Geier ist ja schon dran, wie wir gestern erfahren haben."

„Fragt sich bloß, auf welcher Seite dieser Geier steht."

„Wie meinst du das?"

„Ich glaube nicht, dass es im Sinne der Kirche wäre, wenn bekannt würde, dass sie einen Top-Terroristen mit ihren Geschäften betraut hat."

„Warte! Du glaubst, dass beide Parteien hereingelegt werden sollten? Die Kirche und mein Vater?"

„Ja, dein Vater und damit auch du. Deine Familie sollte getroffen werden. Zwei Fliegen mit einer Klatsche! Und wohin führt uns das wieder? Zu unserem holländischen Mörderweib!"

Lukas sah Rabea einigermaßen verblüfft an. Damit hatte seine Freundin seine brennendste Frage beantwortet: warum Carlotta van Kampen das Foto in ihrem Schließfach aufbewahrt hatte. Also steckte sie hinter der Falle! Aber sie war tot. Wer war dann der Erpresser?

„Warum guckst du so bedröppelt, Lukas? Ist doch nicht abwegig, oder? Was sagt denn dein Vater zu dem Ganzen?"

„Er hat es ziemlich cool hingenommen. Er sagte, wenn die Amis wegen eines dämlichen Fotos keine Geschäfte mehr mit ihm machen wollen, soll es ihm recht sein. Wortwörtlich meinte er, *er hätte sowieso genug davon, sich bei seinen Geschäften von den Amerikanern gängeln zu lassen und eine Million Auflagen erfüllen zu müssen.* Außerdem meinte er, er habe sich seinen Ruf in Jahrzehnten erarbeitet. *Soll dieser Erpresser das Bild doch veröffentlichen – wer glauben möchte, dass er Geschäfte mit Terroristen mache, wäre sowieso nicht ernst zu nehmen. Ihm wäre das noch nicht einmal eine Klage wegen Rufmord wert. Und erpressen ließe er sich deswegen schon zweimal nicht.*"

„Alle Achtung, das ist wirklich cool. Hätte ich deinem alten Herrn gar nicht zugetraut. Ein Hauch von Altersweisheit?"

„Oder Altersstarrheit. Er hat *mir* die Entscheidung überlassen, entgegen dem Rat von Karl Benrath."

„Was hat denn Benrath geraten?"

„Streng nach Protokoll vorzugehen. Mit unseren Hawk-Eye-Verträgen haben wir uns gegenüber den Amerikanern verpflichtet, jede Bedrohung oder

Erpressung anzuzeigen. Wir hätten sofort gestern, nach Eingang des USB-Sticks, unseren amerikanischen Kontaktmann im Pentagon darüber in Kenntnis setzen müssen. Vater hat das strikt abgelehnt. Er wollte sein Haus nicht voller *verdammter Militärs, Geheimdienstler und weiterem Gedöns haben.*"

Rabea ließ es sich nicht anmerken, aber soeben hatte sie eine Bestätigung für ihren Verdacht erhalten. Lukas selbst war es noch nicht aufgefallen, aber genau *das* hätte längst passieren sollen – wenn Ryan Meldung gemacht hätte – wie es seine Pflicht wäre! Das hatte er aber nicht. Das bedeutete, Ryan hatte sie angelogen, was seinen offiziellen Auftrag betraf. Es gab keinen! Der drehte sein eigenes Ding! Dafür konnte es nur einen Grund geben. *Na warte*, dachte Rabea, *der kann sich auf etwas gefasst machen…*

„Streitbar und riskant", kehrte sie ins Gespräch zurück, „aber ich verstehe ihn. Und? Wie sieht deine Entscheidung aus?"

„Ich schließe mich Vater an. Wir lassen den Erpresser ins Leere laufen. Sollte das Foto an die Presse gelangen, können wir immer noch die Kirchenstiftung ins Boot holen, schließlich hat sie die Schenkung initiiert. Wie du vorhin sagtest, die Verbindung zu diesem Mann kann auch die Kirche nicht gutheißen. Wir könnten eine gemeinsame Erklärung verfassen, dass er sich unter falschem Namen als Geschäftsmann ausgegeben hat, vST jedoch kein direktes Geschäft mit ihm getätigt hat. Letztendlich wurde nur ein Bolívar übergeben."

Rabea dachte nach. „Sag, Lukas, hast du dich schon mal nach dem Grund gefragt, warum der Kardinal ausgerechnet dich zum Leiter der Kommission gemacht hat?", wagte sie sich auf sensibles Terrain.

„Ungefähr tausend Mal", Lukas lächelte humorlos. „Und ja, die vST-Stiftung hat durch die Schenkung profitiert. Die Presse könnte es durchaus als Interessenkonflikt hinstellen." Ihr Freund fuhr sich durch die Haare, ein Zeichen, dass er sich nicht ganz wohl in seiner Haut fühlte. „Meiner Meinung nach sieht mein Vater das Foto viel zu locker. Ich habe versucht, es ihm klarzumachen, auch Karl Benrath, aber er hat es abgetan und gemeint, *er hole den Feuerlöscher erst raus, wenn es brenne.* Aber das da unten ist Lateinamerika – für die Medien das Synonym von Korruption. Es reicht schon, wenn *Kind und Brot* in Verruf gerät, um vST da mit reinzuziehen."

„Ach, und ich dachte immer, der pessimistische Part wäre meiner", sagte Rabea leichthin, obwohl sie sich freute, dass Lukas denselben Gedanken verfolgte wie sie.

„Ich bin nur realistisch. Titus von Elsterich ist Kuratoriumsmitglied der Stiftung. Es müsste schon mit dem Teufel zugehen, wenn er sich tatsächlich nicht daraus bedient hätte. Ich habe auf jeden Fall Karl Benrath darauf angesetzt, alle unsere Geschäftsbeziehungen zu durchleuchten."

„Bist du sicher, dass du die Leitung der Stiftung nicht doch übernehmen willst? Du bist ganz schön engagiert dabei, finde ich."

Lukas, der eben noch eine Hummel in einer Blüte beobachtet hatte, zuckte zusammen. Er starrte Rabea sekundenlang an, als wäre ihm eben ein Licht aufgegangen.

„Ich fasse es nicht, dieser alte Fuchs", entfuhr es ihm. Trocken lachte er auf. „Tut so, als ginge ihn das alles nichts an, poltert ein wenig herum, verharmlost, und lädt ganz nebenher die Verantwortung auf mich ab. Und ich Naivling falle darauf herein."

„Willkommen in der Welt des strategischen Denkens und der Manipulation, Lukas. Man leitet kein globales Unternehmen ohne ein paar psychologische Taschenspielertricks."

„So oder so muss ich eine Lösung finden, es zu Ende bringen. Schließlich wird auch meine Familie bedroht. Ich will endlich aus diesem Teufelskreis raus, in den uns Carlotta van Kampen katapultiert hat."

Rabea dachte an die Aufnahme von Lukas' Vater. War die vST-Stiftung das Glied, das alles miteinander verband? Vatikan – van Kampen – die *Sieben*? Carlotta van Kampen war tot. Doch auf der SD-Karte hatte sie selbst von einem Platzhalter gesprochen. Die Frage lautete also: Welcher Partei drohte die meiste Gefahr durch den Inhalt des Schließfachs? „Zwei Möglichkeiten, Lukas. Die erste: Wenn Carlotta die Falle mit dem Foto gestellt hat, dann wandelt ihr Erpresser in ihren Fußstapfen."

„Du meinst, dieser Alpha führt ihren Feldzug gegen die Kirche fort? Deshalb will er die Unterlagen aus dem Schließfach?"

„Ja. Der Typ würde doch absolut zu Carlotta passen. Allein der Name. *Alpha!* Der hat womöglich den gleichen Sprung in der Schüssel wie damals dieser Vollstrecker."

Lukas verzog das Gesicht, von jähem Schmerz gezeichnet.

Rabea biss sich auf die Lippe. „Verzeih, Lukas. Ich hätte ihn nicht erwähnen sollen." Sie nahm seine Hand. Beide gedachten Pater Simone, den diese mörderische Bestie auf dem Gewissen hatte. Vorsichtig setzte Rabea wieder an.

„Oder aber…?“ Sie legte den Kopf schief – sie wollte, dass Lukas es selbst aussprach.

„Ich ahne es schon. Du verdächtigst Kardinal Finzi-Contini, ebenfalls ein Motiv zu haben?“

„Ja, überleg doch! Bis heute wissen wir nicht, wer damals in die Wohnung eingebrochen ist und das Jesus-Evangelium gestohlen hat. Was ist, wenn es der Kardinal war, und jetzt ist er wieder aktiv, weil er weitere Kirchendokumente in Carlottas Nachlass wähnt? Seit ihrem Tod muss er sich doch fragen, was deren Tochter entdeckt haben könnte, und ob du darüber Bescheid weißt! Womöglich hat er dich aus diesem Grund nach Rom geholt. Er hofft, dass du dich irgendwie verrätst.“

„Ich kann nicht sagen, welche Variante mir weniger schmeckt. Ein Verrückter, wie meine Schwiegermutter, oder ein Mann der Kirche. Aber nach allem, was wir bisher erlebt haben, wundert mich gar nichts mehr.“ Lukas seufzte, dann hob er den Kopf und sah Rabea durchdringend an. „Dann ist die Theorie, dass die ominösen *Sieben* dahinterstecken, aus dem Rennen?“

„Ich denke schon. Bei ihren Möglichkeiten hätten die längst zu drastischeren Mitteln gegriffen. Vergiss nicht, die haben im Irak einen ganzen Konvoi in die Luft gejagt, um Ryans Bruder Patrick wegen der *Akte Rosenthal* zum Schweigen zu bringen und danach noch per Scharfschützen einen Zug amerikanischer Soldaten erledigt.“

„Ich weiß nicht, ob mich das jetzt beruhigt“, sagte Lukas sarkastisch.

„Nein, aber…“

„Ach, hier haben Sie sich also versteckt. Wir planen gerade, was wir heute Abend unternehmen sollen.“ Rabea war so sehr in ihre Spekulationen eingesponnen, dass sie Mühe hatte, nicht aufzuschrecken. Sie sah hoch und musste zunächst gegen die Sonne anblinzeln. Sie erkannte die Soziologin vor sich, die obligatorische Kippe zwischen den Fingern, mit dem Sonnengebräunten und dem zweiten Wirtschaftswissenschaftler im Gefolge. Rabea fing erstmalig einen direkten Blick des älteren Italieners auf. Er hatte sich bisher fast schon auffällig unauffällig verhalten. Die restlichen Kommissionsmitglieder waren nirgendwo in Sicht.

Dafür kam Pater Matuschek nun mit schnellen Schritten auf sie zugeeilt. Lukas stand auf, Rabea stopfte ihren Tablet-PC in ihre Tasche und erhob sich ebenfalls. Sie verspürte keine Lust, den Abend mit der dauerqualmenden Frau und ihrem Anhang zu verbringen und war sicher, dass Lukas ihre Haltung teilte.

Pater Matuschek erkundigte sich nun, ob sie noch irgendwelche Fragen an ihn hätten, aber die einzige, die an ihn gerichtet wurde, war, wo man in Rom gut zu Abend essen könne. Daraufhin gestand er ein, dass er selbst erst seit Kurzem in Rom weilte, sich aber bis morgen dazu umhören würde. Daraufhin wünschte er allen einen schönen Abend und verabschiedete sich mit den Worten, er freue sich, sie morgen um 09:00 Uhr wiederzusehen. Rabea sah ihm nach. So richtig zu freuen schien sich der Pater nicht.

„Also, was machen wir Hübschen heute Abend?", knüpfte die Soziologin an ihre Frage an. Sie sah dabei Rabea direkt an, und diese sah sich genötigt, zu antworten: „Bedauere, aber ich muss passen. Ich bin heute Abend schon mit meinem Freund verabredet."

Die Frau sah zu Lukas, als wüsste sie genau, dass sie ihn mit *Freund* meinte.

Lukas fand nicht, dass er irgendetwas richtigstellen müsste. Höflich sagte er: „In der Nähe der Fontana di Trevi gibt es eine Trattoria da Gino. Die kann ich Ihnen sehr empfehlen."

Rabea erinnerte sich daran, dass die Trattoria früher das Lieblingsrestaurant Pater Simones gewesen war, und verspürte einen neuerlichen Hauch von Wehmut. Sie hatte Lukas' Freund gern gehabt. Sie konnte so herrlich mit ihm streiten.

„Wenn Sie uns nun entschuldigen würden, wir haben noch einen Termin. Bis morgen und einen schönen Abend." Lukas nickte allen zu und entfernte sich gemeinsam mit Rabea.

„Ich muss sagen, deine neue Autorität gefällt mir. Es hat was von: *Gib einem Mann eine Uniform oder Funktion, und du erkennst seinen wahren Charakter.*"

Lukas schmunzelte. „Vielen Dank auch. Außer dir kenne ich niemanden, der ein Kompliment gleichzeitig in eine Rüge verpacken kann."

„Gern geschehen." Rabea hantierte mit ihrem Smartphone. „Ich rufe Ryan an, dass wir schon fertig sind. Er kann uns helfen."

„Bei was?"

„Finzi-Contini, Titus von Elsterich? Die Vatikan-Connection?"

„Das weiß ich selbst, aber warum willst du ihn da mitreinziehen?"

„Weil Schnüffeln sein Beruf ist. Wir müssen richtig tief graben, und eine weitere Schaufel kann nur von Nutzen sein."

KAPITEL 36

Ryan erwartete sie in Freizeitkleidung an der offenen Wohnungstür. Er zog Rabea an sich und küsste sie. „Hi, du!“ Er machte keinen Hehl aus seiner Verliebtheit.

Lukas gestand sich erstmalig ein, dass er Ryan wider Willen sympathisch fand. Zunächst konnte er das darauf folgende Gefühl von Erleichterung nicht einordnen, bis er merkte, dass er sich darüber freute. Er empfand es als weiteren Schritt, sich von der Liebe zu Rabea abzunabeln und ihr ein eigenes Glück zuzugestehen.

Noch immer steckte ihm seine Reaktion auf Rabea in dem Londoner Hotelzimmer in den Knochen. In jenem schwachen Moment war er bereit gewesen, alles für sie zu opfern, auch seine Familie. Er hätte nie gedacht, dass er so viel Egoismus in sich hatte, und ein Teil von ihm schämte sich noch immer dafür. Ja, er hatte Grund, Ryan zu mögen.

„Ich schlage vor, wir bestellen uns eine Pizza und halten Kriegsrat“, sagte Rabea bestimmt, nachdem Ryan ihren Mund wieder freigegeben hatte.

„Ja, General.“ Ryan salutierte.

Rabea ignorierte ihn. Sie fühlte sich nicht wohl in ihrer Haut. Das lag weniger an Ryans Kuss, obwohl es sich für sie ein Stück weit unwirklich anfühlte, vor Lukas einen anderen Mann zu küssen. Nein, es lag an dem Entschluss, den sie auf dem Weg hierher gefasst hatte. Sie und Lukas hatten unterwegs Eis gegessen und dabei weiter über Finzi-Continis Absichten spekuliert. Durchaus hitzig. Rabea war dabei immer bewusster geworden, dass sie gestern den richtigen Zeitpunkt verpasst hatte, ihren Wissensvorsprung Ryan gegenüber offenzulegen, den sie durch die Daten auf Magalis Handy hatte. Allerdings konnte sie nicht zugeben, wie sie sie genau erlangt hatte. Sie würde eine geheime Quelle zitieren. Das war für eine Journalistin immer noch der glaubwürdigste Vorwand. Das würde ihr auch Lukas vom Hals halten. Sie spekulierte darauf, dass ihr die beiden dann von sich aus noch mehr verraten würden. Falls da noch mehr war…Zuvor aber gönnte sie sich noch einen kleinen Aufschub. „Ich will mich erst frischmachen. Es klebt zu viel Vatikan an mir. Ihr beiden seid bitte so lange friedlich, ja?" Sie sah durchdringend von einem zum anderen. Ryan und Lukas tauschten einen Blick, als ob sie nicht wüssten, wovon sie sprach. „Am besten, Lukas, du…"

„Ja ja, du hättest dann gerne einen Espresso", fiel er ihr ins Wort. „Kein Wunder, dass du bei deinem Kaffeekonsum ständig unter Strom stehst."

Das brachte ihm ein grünes Funkeln ein. „Ich wollte eigentlich sagen, du baust schon einmal deinen Laptop auf." Sie verschwand im Schlafzimmer. Zehn Minuten später war sie wieder da, in Shorts, Top und Flipflops. Das schulterlange Haar hatte sie zu einem kecken Pferdeschwanz gebunden. Ihren Laptop hatte sie mitgebracht.

„Wow", entfuhr es Ryan. „Ich kenne keine Frau, die so schnell im Bad ist."

Rabea stürzte sich sofort auf den doppelten Espresso, den ihr Lukas reichte. Mit der Tasse in der Hand beobachtete sie die beiden Männer. Ryan wirkte äußerlich ruhig. Bei Lukas hingegen konnte sie unterschwellige Nervosität spüren. *Warum?*, fragte sie sich. Es schürte ihre eigene. Sie setzte die Tasse ab. Bevor sie selbst den Korbstuhl heranziehen und Platz nehmen konnte, waren sowohl Lukas als auch Ryan an ihrer Seite. Lukas trat einen Schritt zurück. Eine beinahe symbolische Geste. Ryan rückte Rabea den Stuhl mit einem Lächeln zurecht. Ob er sie in zehn Minuten noch genauso anlächeln würde, wagte Rabea zu bezweifeln. Sie öffnete ihren Laptop. Lukas zog unter seinem eigenen Laptop einen Schnellhefter hervor, den Computer selbst öffnete er nicht. Ein weiterer Laptop, Ryans, parkte geschlossen auf der Küchentheke und spiegelte sich im Edelstahltoaster wider.

Es folgten mehrere Sekunden absolute Stille, nur das Surren von Rabeas Laptop war zu vernehmen.

„Ich muss euch etwas sagen", hoben plötzlich Rabea und Lukas gleichzeitig an. Verblüfft starrten sie sich an. „Was hast du gerade gesagt?", erklang erneut ihr zweistimmiger Chor.

„Klingt interessant. Was habt ihr beiden denn ausgefressen?" Ryan sah kurz zu Lukas, dann blieben seine Augen auf Rabea haften. Sie lachte verlegen.

Damit hatte sie nicht gerechnet. Ihre eigene Nervosität war wie weggeblasen. Jetzt bestand sie nur noch aus Neugierde. „Du zuerst", schoss es aus ihr heraus. Lukas nickte ergeben. Im Gegensatz zu ihr wollte er es hinter sich bringen. Er hob den Hefter hoch. „Ich habe hier die Kopie eines Dossiers, das ich letzte Woche dem Schließfach meiner Schwiegermutter entnommen habe." Rabea hielt unwillkürlich die Luft an.

Ryan war sofort auf den Beinen. „Sie haben die geheimen Unterlagen der van Kampen hier? Verdammt, und das sagen Sie erst jetzt?" Ryan war derart aufgebracht, dass er vergaß, dass er Lukas längst duzte. Er entriss ihm die Mappe, las darin, überflog die Passagen und blätterte hektisch weiter.

Lukas fiel nicht gleich auf, wie ruhig sich Rabea verhielt, doch sie spürte die jähe Wandlung in seinem Verhalten, als er sich schließlich doch fragte, warum sie sich nicht mit Ryan um das Dokument riss. Rabea setzte ihr Pokerface auf. Sie hatte wieder Oberwasser. Sie besaß selbst auch nicht mehr als das Dossier und einige Handyfotos. *Halt, Rabea, das stimmt nicht ganz!* Sie hatte mehr, viel mehr. Sie wusste von den Patenten Teslas, seinen verschollenen Forschungs-Unterlagen und den Verschwörungstheorien, die sich darum rankten. Außerdem war da dieser Vertrag mit dem Papst aus dem Jahre 1940. Sie hatte sich intensiv damit beschäftigt, konnte sich aber weiterhin keinen richtigen Reim darauf machen. Ihr fehlte der Bezug. Dabei war sie sich fast sicher, dass es sich um das wichtigste Dokument von allen handelte. Der Baustein, der alles verknüpfte. Sie war nah dran, Lukas danach zu fragen, entschied sich aber dann abzuwarten; sie wollte erst sehen, wie sich die weitere Diskussion entwickelte.

Ryan hatte seine Lektüre beendet. Er setzte sich mit dem Dossier in der Hand ans andere Ende des Tisches. „Ziemlich dünn. Das liest sich mehr wie die Inventarliste der gängigen Verschwörungstheorien. Ohne Beweise ist das nur Papier."

„Kann ich das auch einmal sehen?" Rabea besann sich rechtzeitig ihrer Rolle. Sie nahm es Ryan übel, dass er zögerte, ihr das Dossier zu überlassen. „Komm schon, ich kenne die meisten der Spinnereien unserer Carlotta sowieso. Sie hat mich vor zwei Jahren damit zugedröhnt. Leider konnte ich ihr nicht entkommen, ich war gefesselt – nicht von ihren geistigen Ergüssen, sondern mit Handschellen." Ryan hielt das Dossier noch kurz fest, dann zuckte er mit den Schultern. Rabea tat so, als würde sie sich sofort darin vertiefen, dabei spitzte sie die Ohren.

„Also, was haben Sie noch im Schließfach gefunden, und wer weiß von dem Dossier?“, fragte Ryan.

„Außer mir nur meine Frau und jetzt du und Rabea“, wich Lukas auf die zweite Frage aus.

„Bist du allein nach Zürich gefahren?“

„Nein, Fonton und einige seiner Männer haben uns begleitet.“

„Interessant, das hat James völlig vergessen zu erwähnen, als wir über die SD-Karte sprachen. Das war nicht sehr kooperativ.“ Ryan klang jetzt wie der Agent, der er war. Das Gespräch driftete in Richtung Verhör ab. Rabea überlegte, dass sie dringend die Grappa-Vorräte auffrischen sollte.

Lukas war der neue Ton ebenfalls nicht entgangen. Aufsässig erwiderte er: „Warum sollte er? Fonton wird von uns bezahlt und nicht von der DIA.“

„Das heißt, auch Fonton weiß von dem Dossier?“

„Das heißt, Fonton weiß, dass ich einige Papiere aus dem Schließfach geholt habe und sonst nichts.“

„Interessant. Gestern hieß es doch noch, du hättest alles vernichtet“, sagte Ryan bissig. „Was sind das noch für Papiere? Hast du sie hier?“ Ryans Miene war angespannt. Auch Rabea horchte auf.

„Nein.“

„Um welche Papiere handelt es sich?“

„Sie haben nichts mit dem Dossier zu tun. Sie gehören der Kirche. Ich werde sie ihr zurückgeben“, antwortete Lukas. Er hatte deshalb einige Tage mit sich gehadert. Wie er mit den Schriftrollen und dem Pamphlet gegen den Altpapst zu verfahren hatte, war ihm sofort klar gewesen. Es war der Rest des Inhalts, der ihm zu schaffen machte. Was davon betraf die Kirche, was nicht? Einige der Schriftstücke schienen wie ein Zahnrad ineinander überzugreifen, verbanden das eine mit dem anderen. Es ging dabei nicht nur um alte und neue wissenschaftliche Dokumente, sondern auch um Geschäfte, die die Kirche getätigt hatte. Darum war er Samstagmittag vom Flughafen Rom aus nach Mergo gefahren, in das Heimatdorf des im Auftrag seiner Schwiegermutter ermordeten Generaloberen der Jesuiten, Ignazio Bentivoglio. Er war dort bestattet worden. An dessen Grab hatte er lange Zwiesprache mit ihm gehalten.

„Du hast die Kirchenmunition der van Kampen gefunden?“, riss ihn Rabea aus seinen Gedanken. „Was ist es? Noch mehr versteckte Evangelien?“ Rabeas Sommersprossen glühten. In ihrem Eifer erkannte Lukas das kleine Mädchen wieder, in das er sich als Junge verliebt hatte. Er lächelte sie an. Rabea missverstand es. „Oh nein, Bruder Lukas, so leicht kommst du mir nicht davon. Raus mit der Sprache. Was ist es?"

Lukas hob die Hände. „Langsam, Rabea. Nein, es ist nicht so spektakulär wie das *Evangelium der Liebe.* Es sind einige Schriftrollen, unter anderem zwei Briefe an die Apostel Thomas und Thaddäus. Sie könnten aber aus der Hand Jesu stammen, mit der Betonung auf *könnten.* Mir blieb wenig Zeit, alles zu studieren oder zu verifizieren. Sie sind auf Aramäisch verfasst. Wie du weißt, sind meine Kenntnisse hierin eher rudimentär. Ich werde allerdings vor der Übergabe einige Bedingungen daran knüpfen, unter anderem möchte ich den Inhalt erfahren, sobald die Papyri professionell ausgewertet worden sind."

Rabea sah kurz aus, als wollte sie protestieren, überlegte es sich jedoch anders. Zwar hätte sie die Schriftrollen gerne gesehen, aber sie konnte sich kaum vorstellen, dass es etwas Überwältigenderes geben konnte als das bereits entdeckte *Evangelium der Liebe.* Es war Lukas' Entscheidung. Darüber hinaus war sie längst mehr an den Machenschaften Carlotta van Kampens, der *Sieben* und deren Geschäften mit dem Vatikan interessiert. Das war die Story. „Du musst wissen, was du tust, Lukas, aber mach dir wenigstens Kopien von den Unterlagen."

„Natürlich. Ich habe dazugelernt."

„Mein Stichwort. Hast du das Dossier auf deinem Laptop gespeichert oder irgendwelche anderen Unterlagen aus dem Schließfach?", brachte sich Ryan wieder in das Gespräch ein.

„Nein. Ich wollte die Dokumente zwar einscannen, aber Fonton riet mir davon ab. Er sagte, egal, wie sehr man einen Computer auch schützt, sobald man online geht, bietet man eine Angriffsfläche."

„Dem muss ich zustimmen. In den USA ist es schon lange Sport, dass sich die Dienste gegenseitig ausspionieren. Ich vermute, dass du die Kirchendokumente aus Geheimhaltungsgründen nicht im Flugzeug transportieren wolltest, beim Dossier hattest du diese Bedenken nicht. Warum?"

„Warum auch?", mischte sich Rabea ein. „Wenn man den Verschwörungskram streicht, bleibt viel zu wenig übrig, aus dem man schlau werden könnte." Rabea hatte das mit Absicht gesagt. Vielleicht konnte sie Ryan damit aus der Reserve locken. Wie viel wusste er?

Ryan überging ihren Einwurf, er hatte erneut Lukas ins Visier genommen: „Es sei denn, dein Freund hat die dazugehörigen Beweise ebenfalls im Schließfach gefunden. Dieses Dossier ist nur die Spitze des Eisbergs. Was hast du noch?“ Er hatte sich Lukas entgegengebeugt.

„Es stimmt, ich habe außer den Kirchenunterlagen noch mehr gefunden. Das Problem ist nur, einige der Unterlagen sind nicht vollständig und schwer zuzuordnen. Darum habe ich sie behalten. Vorerst.“

„Woran genau hast du erkannt, dass etwas fehlt?“

„Einiges ist durchnummeriert, und es fehlt jede zweite Seite, jede gerade Zahl. Entweder gibt es ein zweites Schließfach, oder es gibt einen weiteren Mitspieler, jemanden, dem die van Kampen vertraut hat.“

„Ihre Tochter?“, vermutete Ryan.

„Magali?“, sagte Rabea.

Lukas sah unglücklich aus. Dieselbe Schlussfolgerung war ihm auch durch den Kopf gegangen. Trotzdem hatte er Magali diese Frage nicht gestellt. Es hätte bedeutet, dass er ihr immer noch nicht vertraute. Er aber wollte endlich Klarheit. Darum hatte er das Dossier offenbart. Sollte sich Rabeas Freund um die kruden Geistesirrungen von Magalis toter Mutter kümmern. Er hatte seinen Beitrag geleistet. Sobald der Erpresser gefasst war, würde er dafür sorgen, dass die Dokumente zurück in die Hände des Vatikans gelangten und er wäre die Verantwortung endgültig los. Es war das, was er wollte: sein Leben ordnen.

„Hast du das gesamte Schließfach geräumt?“, hakte Ryan nach.

„Ja, ich habe es anschließend gekündigt.“

„Wo sind die Unterlagen jetzt?“

„Fonton hat alles in seinem Safe in der vST-Zentrale deponiert.“

„Verdammt, und ich war erst gestern dort.“ Ryan ärgerte sich über die Zeitverschwendung. Er verwettete seinen Arsch darauf, dass der Mann einen Blick in die Unterlagen riskiert hatte. Natürlich hatte er nichts gesagt. *Verdammter Brite, verdammte Loyalität!* Ryan atmete einmal tief durch, um sich zu beruhigen. „Gut, lassen wir die Kirchendokumente mal außen vor. Was ist mit dem Rest? Der Erpresser fordert den gesamten Inhalt des Schließfachs. Wie kommen die Dokumente hierher? Angebot Ich hole sie persönlich in Nürnberg ab und bringe sie dir her.“

Lukas war natürlich klar, dass Ryan die Unterlagen sichten wollte, und zwar so schnell wie möglich. Was sollte er tun?

Ryan dauerte es zu lang. „Am besten, du rufst Fonton an und sagst ihm, dass ich morgen die Dokumente aus dem Schließfach abhole", forderte Ryan ungeduldig. „Ich hole meine Sachen."

Er verließ die Küche, ohne Lukas' Einverständnis abzuwarten. Rabea sah ihrem Freund belustigt nach. Sie hatte vollstes Verständnis. Genauso benahm sie sich, wenn sie auf Nachrichtenbeute aus war. Lukas wirkte weit weniger amüsiert. Ihm missfiel, wie selbstverständlich Ryan ihm das Heft aus der Hand genommen und die Situation an sich gerissen hatte.

„Tscha, mein Lieber. Willkommen in der Welt des Big Business." Rabea überlegte, ob sie Ryan folgen und ihn zur Rede stellen sollte. Zunächst hatte sie aber wegen der Dokumente eine bessere Idee. „Warum so umständlich? Du könntest auch James Fonton anrufen, und ihn bitten, die Unterlagen hierherzubringen. Dann wären sie noch schneller da."

Lukas sah sie schief an, er hatte sie durchschaut. „Und Ryan würde es den Vorteil nehmen, die Unterlagen vor dir einzusehen. Weiß der Mann eigentlich, worauf er sich mit dir eingelassen hat?"

„Lass ihm doch den Spaß. Sagst du es ihm, oder soll ich?"

Lukas schüttelte den Kopf. „Du bist sowas von einem Biest. Gut, ich sag's ihm. Gönnen wir dem Mann noch eine Weile seine Illusionen."

„Du hältst Liebe für eine Illusion?"

„Liebst du Ryan?", stellte Lukas die Gegenfrage.

„Wenn ich es herausfinde, bist du der Erste, der es erfährt."

Ryan reagierte ziemlich sauer auf die Planänderung.

„Das war deine Idee", fuhr er Rabea kurz darauf im Schlafzimmer an.

„Ich will dich nur vor einer Dummheit bewahren."

„Welcher Dummheit?"

„Ach komm schon, ich weiß Bescheid."

„Worüber weißt du Bescheid."

„Über deinen *Auftrag*."

„Ich verstehe nicht…?"

„Oh doch, du verstehst sehr gut. Du hast mich angelogen. Du bist mir ausgewichen, als ich dich nach Director Clayton gefragt habe und du hast aus deinem Dienst-Handy den Akku entfernt, damit man dich nicht positionieren kann. Stattdessen nutzt du ein Prepaid-Handy. Denkst du, sowas fällt mir nicht auf? Es gibt keinen offiziellen Auftrag, Ryan. Du bist auf eigene Faust hier."

„Tatsächlich, das schließt du daraus? Einfach so?"

„Nein, ich weiß es! Ich denke nämlich das Gleiche wie du: Die *Sieben* haben den Mord an deinem Bruder Patrick im Irak befohlen. Du willst Rache."

KAPITEL 37

Pater Enzo

Rom/Vatikanstadt

Enzo sah von dem Schriftstück auf, das er gerade für den Kardinal vorbereitete. Ein Schatten war auf ihn gefallen. Vor seinem Schreibtisch stand Prälat Tommaso Buonpane. Er hatte ihn nicht hereinkommen hören. Das war ungewöhnlich. Den Prälaten hörte man meist schon auf dem Flur lärmen. Noch ungewöhnlicher war, dass er nicht lachte und ihn auch nicht wie sonst begrüßte, sondern fast flüsternd fragte: „Ist er da?" Enzo hatte den Prälaten noch nie verzagt erlebt. Mit einem Blick auf die Telefonanlage antwortete er: „Ja, seine Eminenz telefoniert gerade. Ist Ihnen nicht wohl, Prälat? Ein Glas Wasser vielleicht, oder einen Espresso mit einem Spritzer Zitrone darin?", fragte er besorgt.

„Nein, nein, Enzo, keine Mühe. Sagen Sie mir nur, wenn er fertig ist. Ich warte so lange draußen."

Verblüfft starrte ihm Enzo hinterher. *Was war nur heute mit dem Freund des Kardinals los?* Keine Seine-Heiligkeit-Scherze und auf ihr übliches Schwätzchen verzichtete er auch? Unwillkürlich fragte er sich, ob der Arme einen persönlichen Verlust erlitten hatte. *Aber ja, das musste die Erklärung sein!* Sicher wollte der Prälat seine Trauer zunächst nur mit seinem Freund teilen. Er behielt deshalb die Telefonanlage im Auge, um dem Prälaten unnötige Wartezeit zu ersparen. Einige Minuten darauf war es soweit. Wiederum einige Minuten später hatte er noch mehr Anlass, sich zu wundern. Denn nebenan war es gar nicht mehr still. Im Gegenteil, nachdem er anfänglich nur ein monotones Murmeln vernommen hatte – und das, obwohl er sein Ohr an die Verbindungstür gepresst hielt –, erschrak er, als der Kardinal plötzlich sehr laut ausrief: „Du hast was?", und dann tobte sein Superior eine ganze Weile wie von Sinnen und bedachte den Prälaten mit jedem Schimpfwort, das Enzo kannte, und einigen mehr, die er nicht kannte.

Nein, das hörte sich ganz und gar nicht nach Kondolenz an. Danach war es hinter der Tür wieder stiller geworden und Enzo verstand erneut kein Wort der gedämpft geführten Unterhaltung. Anschließend war der Prälat grußlos an dem verdutzten Enzo vorbeigeeilt, als könnte er diesen Ort nicht schnell genug verlassen. Dabei platzte Enzo beinahe vor Neugier. Als er vorsichtig den Kopf bei seiner Eminenz hineinsteckte, in der Hoffnung, mehr zu erfahren, hatte dieser ihn mit einer herrischen Geste sofort wieder hinauskomplimentiert. *Was hatte Prälat Tommaso bloß getan, das seine Eminenz derart in Rage gebracht hatte,* fragte er sich ratlos.

* * *

Über eben diese Taten dachte seine Eminenz nach, nachdem sein Jugendfreund gegangen war. Er hatte Tommaso genaue Instruktionen erteilt. Jetzt galt es, Schadensbegrenzung zu betreiben und den Kreis der Mitwisser kleinzuhalten. Der Kardinal schnaufte ärgerlich. Tommasos verdammte Spielsucht würde ihnen allen noch das Genick brechen. Was hatte seine Mutter selig immer gesagt? *Der Teufel macht die Töpfe, aber nicht die Deckel.*

In einem seltenen Anfall von Einsicht erkannte Clemente, dass es seine eigene Schuld gewesen war. Er hatte Tommaso auf einen Topf voll Gold gesetzt. Kein Wunder, dass sein Freund nicht hatte widerstehen können. *Er hatte die Augen zu lange davor verschlossen.* Er sah sich selbst auch als Spieler an, allerdings ging es ihm nicht um profanen Reichtum, er spielte das Spiel der Macht. Mit dem großen Ziel vor Augen hatte *er* den Versuchungen stets widerstanden. Alles, was er in den letzten Jahren getan hatte, hatte er für *seine* Kirche getan, für ihre Größe und ihr Ansehen in der Welt.

Um jetzt dieses Ansehen zu schützen, galt es zunächst, die unmittelbaren und möglichen Folgen von Tommasos Vergehen zu kalkulieren. Am Ende kam er zu dem Schluss, dass Tommaso ein verkraftbarer Rückschlag war. Doch er musste sich neu aufstellen und jeden seiner nächsten Züge genau überlegen. In seiner ersten Wut hatte er befürchtet, er wäre schachmatt. Doch er hatte lange vorgesorgt. Carlotta van Kampen konnte ihm nicht mehr gefährlich werden. Die einzige Unbekannte in diesem Spiel blieb der Inhalt ihres Schweizer Schließfachs. Das Wenige, was ihm Yussuf bis dato geliefert hatte, war zwar aufschlussreich, aber seiner Einschätzung nach zu vernachlässigen. Was auch immer diese Heimsuchung von einer Frau in ihrem vermaledeiten Schließfach zusammengerafft haben mochte, er war selbst mit nichts davon in Verbindung zu bringen. Und um die Tragweite des 75 Jahre alten Treuhandvertrages zu verstehen, fehlte von Stetten das Hintergrundwissen. Unwahrscheinlich, dass der Mann überhaupt etwas damit anfangen konnte. Er hatte ihn bei ihrem heutigen Treffen beobachtet. Von Stetten wirkte nicht feindselig. Er kannte diesen Typ Gutmensch, der Mann war zu arglos, um sich zu verstellen. Nein, von dieser Seite drohte ihm keine Gefahr.

Blieb die rothaarige Journalistin. Sie war ihm schon vor zwei Jahren ein Dorn im Auge gewesen. Daher war er zunächst hocherfreut gewesen, von ihrem Tod zu erfahren. Es war mehr als ärgerlich, dass dies offenbar eine Finte gewesen war. Ein Grund mehr, sie dabei zu haben. Einerseits könnte er so in Erfahrung bringen, wer hinter ihrem strategischen Ableben steckte, und andererseits sollte sie sein Köder sein. Der Fallstrick für von Stetten. *Die Mohrrübe für den deutschen Esel.* Er schmunzelte still über seinen kleinen Witz, wurde aber gleich wieder ernst. Im Gegensatz zu von Stetten hatte die Frau sehr wohl feindselig gewirkt. In ihrem Blick hatte etwas gelegen, eine stumme Anklage, die ihn aufmerken ließ. Als wüsste sie mehr, als sie sollte. Was natürlich nicht der Fall sein konnte. Der Kardinal war sich sicher, dass sie nur bluffte. Trotzdem überlegte er, ob er seine sizilianischen Freunde auf sie ansetzen sollte. Er mochte ihren aufsässigen Blick nicht. Vielleicht wäre es eine gute Idee, wenn ihr ein ähnlicher „Unfall" zustieße, wie seinerzeit der Sekretärin des IOR-Vorstands Calvis, die so unglücklich aus dem Fenster stürzte. Die hatte sich auch eingebildet, zu viele Fragen stellen zu können. Oder wie wäre es mit einem *Espresso con Atropa belladonna*, wie bei Sindona?

Er hob sich die Entscheidung für später auf – er wollte erst einmal Ruhe in die Kommission bringen. Die Rothaarige war lästig, ja, aber er hatte Wichtigeres zu tun. Am besten, er gab den Leuten erst einmal etwas, womit sie sich eine Weile beschäftigen konnten. Noch eine Mohrrübe, nach der sie schnappen konnten. Ihm schwebte auch schon etwas Bestimmtes vor.

Wer sich allerdings zu einem *echten* Ärgernis auswuchs, war Bischof Titus. Dieser impertinente und undankbare Mensch war nicht nur unerlaubt in Rom aufgetaucht, nein, er hatte ihn überdies am Morgen geradezu zu einem Gespräch *genötigt*. Selbstverständlich hatte er ihn sofort zurückgeschickt. Sobald im Verlauf des heutigen Tages die letzte Überweisung eingetroffen wäre, musste der Mann aus dem Weg geräumt werden. Drohungen allein hielten ihn nicht mehr im Zaum, nicht einmal das Schicksal dieses Detektivs. Er hatte ihm ein Foto der Leiche gezeigt, das seine Freunde von ihm gemacht hatten, bevor sie sie auf Nimmerwiedersehen hatten verschwinden lassen. *Aber immer der Reihe nach*. Zunächst musste er zusehen, wie er den Tommaso-Karren aus dem Dreck bekam. Es war eine weitere Herausforderung, er würde sie meistern. Wie immer.

„Enzo!", rief er seinen Sekretär zu sich, „verbinde mich mit dem Deutschen." Es verstand sich von selbst, dass Enzo wusste, dass damit der Interimsleiter der Vatikanbank gemeint war.

Eine knappe Viertelstunde später war Kardinal Dieter von Unterberg in der Leitung. „Bitte entschuldige die Verzögerung, Clemente, ich war noch in einer Sitzung, sonst hätte ich mich früher gemeldet. Das Geld ist schon da. Alles."

„Gut! Aufteilung wie immer. Ich brauche noch etwas."

„Wie viel?", kam es wie aus der Pistole geschossen zurück.

„Nein, kein Geld diesmal. Hör zu…"

Dienstag

Tag 2

KAPITEL 38

„Einen wunderschönen guten Morgen wünsche ich“, begrüßte Pater Matuschek die eintrudelnden Teilnehmer vor der Casina. Die Soziologin schlenderte zuletzt mit dem sonnengebräunten Wirtschaftswissenschaftler heran, beide mit der unvermeidlichen Zigarette. Pater Matuschek verzog unglücklich das Gesicht, als er beobachtete, wie sie ihre Kippen wieder in den Blumentopf stopften.

Er betrat hinter ihnen den Konferenzraum und nahm einen Stapel gebundener Mappen aus seiner Aktentasche. Während er sie verteilte, erläuterte er: „Das ist der vorläufige Geschäftsbericht 2014 der IOR-Bank. Er ist bereits ins Englische übersetzt. Ich muss wohl nicht extra betonen, dass dieser vertraulich zu behandeln ist. Seine Eminenz, Kardinal Finzi-Contini, hat ihn mir heute Morgen mit folgendem Wortlaut, den ich Ihnen vortragen darf, überbringen lassen. Er entfaltete den Briefbogen mit großer Geste und las:

„*Sehr geehrte Kommissionsmitglieder,*

Ihre Argumente haben mich gestern überzeugt. Mein Anliegen ist es, das Ansehen der Kirche zu bewahren und sie in die Moderne zu führen. Dazu ist Transparenz nötig. Anbei darf ich Ihnen als Vertrauensbeweis eine Kopie des vorläufigen Geschäftsberichts des Istituto per le Opere di Religione (IOR) überreichen. Mit Freude und Interesse sehe ich unserem nächsten Treffen entgegen. Gezeichnet, Kardinal Clemente Finzi-Contini.“

Pater Matuschek sah mit einem Sehen-Sie-alles-wird-gut-Lächeln in die Runde. Die Versammelten blätterten bereits im Geschäftsbericht, noch während Lukas vorschlug, sich einen Überblick darüber zu verschaffen. Der italienische

Wirtschaftswissenschaftler begann sofort, sich Notizen zu machen und war bis zur ersten Pause nicht mehr ansprechbar.

Als es so weit war, checkte Lukas seine Mailbox. Rabea wollte ihm folgen, wurde jedoch im Foyer von dem Italiener abgefangen. „Haben Sie einen Moment, Frau Rosenthal?" Er sprach mit gesenkter Stimme und sah sich dabei verstohlen um.

Rabea wollte sich eigentlich mit Lukas austauschen, aber der Mann wirkte auf sie, als wollte er etwas Wichtiges loswerden.

„Um was geht es, Signore Scarletti?" Sie sprachen nach wie vor englisch.

„Gehen wir nach draußen. Ich weiß nicht…", er machte eine raumgreifende Geste und rollte die Augen in Richtung Decke. Rabea verstand, dass er fürchtete, dass sie abgehört wurden. Offenbar teilten sie dieselbe Paranoia.

Als sie sich weit genug von den anderen entfernt hatten, brach es aus dem Mann heraus. „Ich muss einfach mit jemandem reden! Sie mögen diesen Kardinal doch auch nicht! Er ist ein furchtbarer Mann. Ich bin Italiener und ein treuer Diener des Papstes, aber das hier, das hier…", er zog den Geschäftsbericht unter dem Arm hervor und fuchtelte damit herum, „ist eine Schande."

Rabea staunte nicht wenig über sein unerwartetes Temperament. Bisher hatte sich der Mann bekanntlich durch Zurückhaltung und Schweigen ausgezeichnet: „Wow, Sie legen aber los! Welche Schande meinen Sie?"

„Zuerst müssen Sie mir versprechen, dass Sie niemandem verraten, dass ich über ein fotografisches Gedächtnis verfüge. Nur wenige Eingeweihte wissen davon. Heutzutage wird man schnell zum Autisten abgestempelt, wissen Sie."

„Natürlich", beeilte sie sich ihm zuzusichern.

„Ich habe alle IOR-Geschäftsvorgänge der letzten Jahre", er tippte sich mit dem Finger gegen die Stirn, „hier abgespeichert."

Rabeas Puls hatte sich beschleunigt. Weniger wegen Scarlettis Behauptung, sondern weil ihr bekannt war, dass die IOR erstmalig 2013 überhaupt eine Bilanz öffentlich gemacht hatte. Entweder dieser Mann besaß wertvolles Insiderwissen, oder er war das von Kardinal Finzi-Contini eingeschleuste faule Ei. Sie beschloss, so zu tun, als wüsste sie über den Veröffentlichungsmodus nicht Bescheid. „Etwas stimmt mit dem Geschäftsbericht nicht? Was ist es?"

„Er wirkt hastig zusammengestellt. Es fehlt an Sorgfalt. Selbst wenn er nur vorläufig ist, meine ich, dass darin Zahlen frisiert worden sein könnten."

„Und das konnten Sie in der Kürze der Zeit feststellen?"

„Ich verstehe Ihre Zweifel. Selbstverständlich muss ich das alles noch einer genaueren Prüfung unterziehen. So einfach ist das auch nicht zu erklären. Ich prüfe seit bald dreißig Jahren Geschäftsberichte. Da erwirbt man sich im Laufe der Zeit auch ein Gefühl für Manipulationen, verstehen Sie?“

Rabea nickte. Auch sie vertraute häufig ihrem Instinkt. Warum sollten Wirtschaftswissenschaftler nicht auch darüber verfügen – vorausgesetzt, der Mann war echt und nicht Finzi-Continis Mann.

„Es ist besonders schwierig, weil es eine Unmenge an Bilanzierungsposten ist. Der Vatikanstaat ist ein monströses Konglomerat von Firmengeflechten. Nehmen Sie den Immobilienbesitz im Ausland. Wussten Sie, dass die Kirche weltweit der größte Grundbesitzer ist? Und erst das Inland! Der Vatikan besitzt in und um Rom 24.000 Immobilien, davon allein 10.000 Hotelbetten, die jährlich einen Ertrag von 700.000.000 Euro erwirtschaften. Und er muss dafür nicht einmal Steuern an den italienischen Staat abführen.“ Er stieß einen verächtlichen Laut aus. „Keine Steuern und Immobiliengeschäfte! Verstehen Sie? Es geht einfach zu viel Geld durch die Hände des Klerus. Kein Wunder, dass die Veruntreuungsrate in den Diözesen bei 85% liegt. Kennen Sie die Geschichte der Insolvenz der Diözese Milwaukee?“

„Ich habe davon gehört. Es war die größte der USA. Sie konnten deshalb die Missbrauchsopfer nicht entsprechend entschädigen.“

„Bei der Untersuchung kam heraus, dass die Diözese unmittelbar vor der Insolvenz knapp 60.000.000 USD in einem Friedhofsfonds versteckt hatte. Natürlich, als das öffentlich wurde, hieß es, alles wäre ganz legal abgelaufen, der Finanzrat der Diözese hätte dazu die Bewilligung des Vatikans erhalten. Die haben sich abgesprochen. Aber die Intention dahinter war klar. Ihr Geld in Sicherheit bringen!“ Scarletti fuhr sich mit einem Taschentuch über die Stirn. „Scusi, ich schweife ab, aber es erregt mich einfach zu sehr! Zurück zum Geschäftsbericht. Was ich zum jetzigen Zeitpunkt fast schon sicher sagen kann, ist, dass bei den Zahlen zur *Kongregation der Evangelisierung der Völker* ein peinlicher Fehler unterlaufen ist.“

Rabea war wie elektrisiert: „Die verwaltet doch die Missionswerke und Stiftungen und auch die Geschäfte mit der Vatikanbank?“

„Richtig.“

„Hieß es nicht, Papst Sixtus VI. hätte da gründlich aufgeräumt? Die Finanzaufsicht und alle Kardinäle bis auf einen ausgetauscht?“

Der Italiener spuckte auf den Boden. „Allein 2013 wurden schon wieder über einhundert verdächtige Transaktionen bekannt. Und das ist nur die Oberfläche. Die Bank hat knapp 20.000 Kunden und verwaltet jährlich über 6 Milliarden Euro. Das sind die offiziellen Zahlen. Aber das wahre Vermögen der Kirche bleibt im Dunkeln. Niemand weiß, wie reich die Kirche wirklich ist. Überhaupt, dieser Rücktritt. Ich verrate Ihnen was: Am Tag des Rücktritts des Papstes wurden alle Geldautomaten im Vatikan abmontiert. Ein ebenso seltsamer wie bezeichnender Vorgang. Bestimmten Personen sollte der rasche Zugriff auf ihr Konto verwehrt werden.“

„Das klingt wirklich alles sehr faszinierend, aber das sind durchgängig öffentlich zugängliche Informationen und mir bekannt.“ Rabea zog ihr Prepaid-Smartphone und betätigte den Aufzeichnungsknopf. „Was mich vor allem interessiert, ist, was genau mit der Bilanz nicht stimmt? Haben Sie Beweise, Herr Scarletti?“, bohrte sie nach. Sie war unsicher, ob sie dem Mann glauben konnte, dass er wirklich die Zahlen im Kopf hatte, oder sie vielmehr von einem Insider erhalten haben könnte – wie seinerzeit der Journalist Gianluigi Nuzzi durch den Geistlichen Renato Dardozzi. Nuzzi hatte 2003 Dardozzis Geheimarchiv in der Schweiz geerbt. 2009 war dazu sein Buch *Vatikan AG* erschienen. Rabea hatte es natürlich genau studiert.

Der Mann sah von ihr zu ihrem Smartphone: „Verstehen Sie mich nicht falsch, Frau Rosenthal. Ich weiß, dass Sie Journalistin sind, aber das hier ist kein Interview. Schalten Sie das ab.“ Wieder sah er sich um, als ob er sich vor fremden Lauschern fürchtete.

„Gut.“ Rabea ging sofort darauf ein und steckte ihr Handy weg. Sie wollte den Mann nicht verschrecken, dessen anfängliche Wut verflogen war. Darunter kam nicht viel Mut zum Vorschein. „Einigen wir uns darauf, dass es sich um den Austausch zwischen zwei Kommissionsmitgliedern handelt. Einverstanden?“

Ihr Gegenüber nickte. „Ich habe keine konkreten Beweise. Noch nicht. Aber ich bin sicher, dass ich meine These mit entsprechenden Nachforschungen beweisen kann.“

„Dann erklären Sie mir Ihre These.“

„Erst, wenn ich eine genaue Analyse gemacht habe. Nur so viel: Ich glaube, dass hier jemand Beträge im größeren Stil…“ Er brach ab, schaute an ihr vorbei und sagte: „Da kommt Herr von Stetten.“ Rabea hörte Schritte hinter sich.

„Ich hoffe doch, ich störe nicht?“, fragte Lukas.

Eigentlich schon, dachte Rabea, während der Wirtschaftswissenschaftler sagte: „Nein, wir haben uns nur ein wenig unterhalten. Ich bin schon weg.“ Rabea sah ihm nach.

„Aha, ich *habe* gestört. Was wollte Scarletti von dir?“

„Mit mir über den Geschäftsbericht sprechen.“

„Keine schlechte Idee.“ Lukas folgte dem Weg einige Schritte bis zu einer Bank.

„Willst du die Pause ausdehnen?“ Rabea war ihm gefolgt.

Lukas setzte sich und streckte die Beine. „Sagtest du nicht, ich wäre der Boss der Truppe?“

„Sieh an, du hast dich schnell an deine neuen Befugnisse gewöhnt.“

„Nein, aber ich muss nachdenken. Dieser Gesinnungswandel unseres Kardinals…Was hältst du davon?“

Rabea zuckte mit den Achseln. „Wäre nicht der erste frisierte Geschäftsbericht.“

„Genau die Antwort, die ich erwartet habe.“

„Du kennst mich zu gut. Sprechen wir heute Abend darüber.“ Rabea wollte erst versuchen, ob sie im Laufe des Tages noch mehr aus Scarletti herauslocken könnte. „Was ist mit Fonton? Schon von ihm gehört?“

„Ja, er hat mir eine Nachricht geschickt. Er wird gegen 15:00 Uhr mit Vaters Maschine landen. Ich treffe ihn heute nach der Sitzung in seinem Hotel. Das hält mir deinen aufdringlichen Freund vom Leib.“ Rabea war klar, dass er damit auch sie daran hindern wollte, die Dokumente zu Gesicht zu kriegen. „Soll mir recht sein.“ Sie zuckte mit den Schultern. „Du hast mir immer noch nicht verraten, wem du später, wenn die Erpressergeschichte über die Bühne ist, die Kirchendokumente übergeben willst. Wenn ich mich richtig erinnere, hat Ignazio Bentivoglio niemandem getraut. Posthum hatte er damit recht. Wir haben schließlich erlebt, was mit dem *Evangelium der Liebe* passiert ist. Es wurde gestohlen, und Carlotta van Kampen hatte es nicht. Fragst du dich nicht, was mit den Dokumenten geschieht, wenn du sie weggibst?“

„Spricht da die Journalistin oder die Idealistin?“

„Ich plädiere nur dafür, sie nicht aus der Hand zu geben.“

„Diese Diskussion hatten wir doch gestern schon in aller Länge, Rabea. Unsinnig, sie zu wiederholen. Ich will diese Verantwortung nicht alleine tragen. Gib also endlich Ruhe. Wie sagst du immer? Basta!"

„Schon gut, reg dich ab. Bleibt trotzdem die Frage, wem du sie anvertrauen willst."

„Ich hatte an den Privatsekretär seiner Heiligkeit gedacht. Er ist Deutscher."

„Kurienbischof Anton Gänserich? Ich weiß nicht. Hast du nicht erzählt, er hätte dich wegen der Kommission angerufen? Wenn er nun gemeinsame Sache mit Finzi-Contini macht? Vergiss nicht, die Bischofselster ist auch Deutscher. Zum Schluss hängen alle in der Brot-und-Kind-Sache drin."

„Du traust wohl jedem alles zu, oder?"

„Bisher habe ich es selten anders erlebt, Lukas", erwiderte Rabea ruhig.

„Ich habe keine andere Wahl. Ich werde wohl kaum eine Privataudienz ohne Angabe von Gründen beim Papst erwirken. Zumal das Treffen zwischen uns beiden geheim bleiben sollte. Bischof Gänserich bleibt die beste Wahl. Was war das?" Lukas hatte lauschend den Kopf gehoben. Auch Rabea hatte das Geräusch gehört. Es hatte wie ein unterdrücktes Niesen geklungen. Sie lief um die Bank herum, tauchte zwischen die engstehenden Bäume ein und fand hinter einem Stamm den verschreckten Pater Matuschek, eine halbgerauchte Zigarette zwischen den Fingern. „Ich wollte wirklich nicht lauschen", sagte er hastig. „Aber sie waren plötzlich da und ich…"

„Sie wollten nicht, dass wir sehen, dass Sie heimlich rauchen", unterbrach ihn Rabea liebenswürdig. „Ich nehme an, Sie haben alles mitgehört?"

„Ja, also, ich meine, will sagen, ich glaube…"

„Schon gut, Pater Matuschek", beschwichtige ihn Rabea. „Wir haben nur ein wenig spekuliert. Trotzdem möchten wir Sie bitten", sie sah zu Lukas, der zu ihnen getreten war, „dass Sie das Gesagte für sich behalten."

„Ja, selbstverständlich…, aber, verzeihen Sie, Pater von Stetten, äh, Herr von Stetten. Ich selbst bin auch Jesuit, und mir ist Ihre Geschichte mit unserem verstorbenen Pater General Ignazio Bentivoglio bekannt. Ich habe gehört, dass Sie eine vertrauliche Audienz bei seiner Heiligkeit benötigen. Ich kann Ihnen helfen!"

Lukas lächelte. Bei aller Volksnähe des neuen Papstes Lorenzo konnte er sich nicht vorstellen, dass ein einfacher Jesuit unter Umgehung des Privatsekretärs eine geheime Audienz bei diesem erwirken konnte. „Vielen Dank für Ihr freundliches

Angebot, aber ich möchte Sie nicht überstrapazieren. Wir werden um Bischof Gänserichs Hilfe nicht herumkommen."

„Doch, das geht. Ich bin sein Neffe."

„Bischof Gänserichs Neffe?", fragte Rabea verblüfft.

„Aber nein. Papst Lorenzo ist mein Onkel." Pater Matuschek lächelte breit.

KAPITEL 39

Fredericksburg/Virginia/USA

Die *Sieben*, die tatsächlich nur noch sechs zählten, tagten. Drei Mitglieder der geheimen Wirtschaftsallianz waren im abhörsicheren Raum im Untergeschoss versammelt, die übrigen drei per verschlüsseltem Videokonferenzsystem dazugeschaltet. Der Gastgeber begrüßte die vor Ort und via Live-Schaltung Anwesenden mit einigen knappen Worten und eröffnete die Sitzung.

„Ich hoffe, diese außerordentlichen Sitzungen machen keine Schule, Donald", tat einer der Video-Teilnehmer seinen Unmut unverzüglich kund. „Das ist die Zweite innerhalb eines Quartals. Müssen wir überhaupt ein neues Mitglied berufen? Die Holländerin war das schwächste Glied unseres Kreises. Warum sollten wir sie ersetzen?"

„Es geht nicht darum, sie zu *ersetzen*, Ramírez", entgegnete der Angesprochene unwirsch. Er legte eine bedeutungsvolle Pause ein, ehe er fortfuhr: „Sie hat uns benutzt."

„Soll heißen?", fragte Ramírez mit verengten Augen.

„Das soll heißen, sie hat ihr eigenes Ding gedreht", gab Donald zurück.

„Umso besser, dass die Hure tot ist", sagte Ramírez laut und erntete damit zustimmendes Gemurmel.

„So einfach ist das nicht, Ramírez, meine Herren." Donald sah ernst in die Runde. „Sie hat uns ein Erbe hinterlassen, das sich als Problem erweisen könnte. Das *Orgon*-Projekt."

„Das ist doch geklärt", mischte sich via Bildschirm der Russe ein. „Das Internet ist unter unserer Kontrolle und die Patente sind vom Markt. Projekt *Orgon* gibt es offiziell nicht."

„Sie irren sich, Boris Michailowitsch", sagte eine zackig klingende Stimme, die zu einem Mann mit asiatischen Gesichtszügen gehörte. Er saß in einem korrekten schwarzen Anzug links neben Donald am Tisch. „Donald hat dazu weitere Informationen für uns." Er nickte dem Amerikaner kurz zu.

„Danke, Takeshi-san. Meine Herren", Donald sah ernst in die Runde, „die Orgon-Patente wurden der Vatikanbank gestohlen."

„Wer sagt das?", dröhnte der Russe und übertönte damit alle anderen.

„Mein Kontakt im Vatikan. Im Tresor der IOR lagern lediglich gefälschte Duplikate."

„Sind Sie sicher, Donald? Es ist *Ihr* Mann", sagte Ramirez gedehnt. „Vielleicht will er nur mehr Geld herausschlagen?" Sein Ton stellte klar, dass sich niemand etwas dieser Art bei ihm erlauben würde.

„Nein, sein Mittelsmann hat die Patente an Carlotta van Kampen verkauft. Er ist spielsüchtig. Mein Kontakt kann verhindern, dass die Fälschungen publik werden, aber nur, solange er im Amt ist. Sollten die Originale jedoch auftauchen und in die falschen Hände geraten..." Er ließ den Satz unvollendet.

„Wo ist die Gefahr? Das Verräterweib ist doch tot", meinte Ramírez verächtlich.

„Es gibt eine Erbin, ihre Tochter. Wir wissen noch nicht, wie viel sie weiß."

„Wenn die Tochter Ärger macht, wird sie beseitigt. Was ist mit dem gekauften Mittelsmann? Wurde er inzwischen liquidiert?"

Donald verzog das Gesicht. „Wir sind hier nicht in Mexiko, Ramírez. Hören Sie auf, alle Welt um die Ecke bringen zu wollen. Carlotta ist eine Fanatikerin gewesen. Fanatiker haben stets einen Hang zur Selbstzerstörung. Ihr einziges Motiv war Rache, und wir waren Teil ihres Planes. Ich sage es klar, unsere Tarnung könnte in Gefahr sein."

„Aha! Wir kommen zum Kern unseres Treffens. Was wissen Sie?", forderte der Russe lautstark ein.

„Vor zwei Wochen hat die Van-Kampen-Erbin ein Schließfach ihrer Mutter geöffnet."

„Was war drin?"

„Alles, was *Orgon* betrifft. Die Patente, die Tesla-Unter..."

„Wo ist das Zeug jetzt. Hier?“, fiel ihm der Russe rüde ins Wort.

„Nein, aber wir haben Fotografien vom Smartphone der Frau. Die Original-Dokumente muss sie noch haben.“

„Was ist mit den *Orgon*-Patenten bei der Weltbank?“, warf der Asiate scharf ein.

„Die sind dort sicher, Takeshi-san, mein Wort darauf. Noch etwas: Carlotta hat sich auch den Treuhänder-Vertrag erkauft, den unsere Organisation 1940 mit Papst Pius XI. abgeschlossen hat. Und sie hat ein brisantes Dossier hinterlassen. Es beweist die Erpressung von Nummer 6.“

„Selbst wenn…“, Ramírez spielte mit einem Taschenmesser, „wen interessiert das noch?“

„Uns. Eine Textpassage im Dossier betrifft *uns*. Meine Herren“, Donald sah ernst in die Runde, „es existiert ein Film, indem wir und Orgon eine Hauptrolle spielen.“

„Ein Film? Mit uns? Unmöglich“, meldete sich erstmalig der Mann zu Wort, der an Donalds rechter Seite saß. Mit seinen dreiundachtzig Jahren war der Medienmogul das älteste Mitglied. Bis dato hatte er sich auffällig still verhalten. „Wenn wir uns treffen, geben wir unsere Telefone ab und marschieren durch einen Detektor. Niemand von uns kann irgendetwas aufzeichnen.“

„Sicher hast du recht, Rupert. Trotzdem ist das Dossier alarmierend. Hier ist es.“ Donald drückte einen Knopf und wandte sich zur Projektion um, die hinter ihm auf der Leinwand erschien. *Dossier* stand darauf. „Ich habe es übersetzt und das nicht Relevante entfernt. Lesen Sie.“

Kurz darauf waren ärgerliche Ausrufe zu hören. Am Ende rief Ramírez: „Puta mierda! Erst die Schlappe mit dieser Natter Whitewolf. Und jetzt das!“

„Mich interessiert vor allem eines, Donald. Du wusstest seit zwei Wochen von der Existenz des Dossiers. Warum erfahren wir jetzt erst davon?“, fragte Rupert misstrauisch. Die Augen aller waren auf Donald gerichtet.

„Weil ich erst vor einem Tag durch meinen Kontaktmann im Vatikan davon unterrichtet wurde.“

„Ich verstehe…“, antwortete Rupert gedehnt. „Er wollte verschleiern, dass sein IOR-Mann gekauft wurde. Dein Mann hat versagt und wir sollen es jetzt richten.“

„Korrekt, Rupert“, sagte Donald. „Wir sollten gegensteuern, bevor die Sache aus dem Ruder läuft. Ich will die Unterlagen aus dem Schließfach.“

„Du erwähntest vorhin, es gäbe Aktivitäten“, erinnerte ihn der Medienmogul. „Welche?“

„Massimo Trapano ist aus seinem Loch gekrochen.“

„Massimo Trapano? Carlottas Spucknapfträger? Der, der für mich das Raumenergie-Kraftwerk gebaut hat?“, warf Takeshi-san ein.

„Eben der. Offenbar ist er fanatisch genug, nach Carlottas Tod ihre Pläne weiterzuverfolgen.“

„Wie?“

„Er erpresst den Mann der Van-Kampen-Erbin. Die Kirchendokumente und die Papst-Beweise sind mir scheißegal, aber wir können nicht zulassen, dass Trapano der Rest in die Hände fällt.“

„Womit wird der Mann erpresst?“

„Mit der Aufnahme seines Vaters in Caracas.“

„Cojones! Trapano hat einen Abzug?“, entfuhr es Ramírez. Er hatte seinerzeit den Kontakt hergestellt und die Aufnahme veranlasst – auf Carlottas Anregung hin.

„Ich habe von Anfang an von dem Plan abgeraten“, sagte der Medienmogul. Sein Einwurf klang mehr als nur ungehalten.

„Ja, Rupert, wir erinnern uns alle sehr gut an deine Einwände. Der Plan wurde ja deshalb auch nicht weiterverfolgt.“

„Wir sollten uns nicht mit verpassten Möglichkeiten aufhalten, sondern überlegen, wie wir die Krise lösen“, mischte sich eine neue, melodisch klingende Stimme in die Diskussion. Sie gehörte Sheikh Zayed bin Raschid, einem dunkelhäutigen Mann mit feinen Gesichtszügen und weißer Kufiya, der traditionellen arabischen Kopfbedeckung. Innerhalb der Allianz war es ein offenes Geheimnis, dass ihn und den Hausherrn, Donald, einzig die gemeinsamen geschäftlichen Interessen verbanden. Donald konnte nur mit Mühe die bissige Bemerkung zurückhalten, *wann ein Araber je an einer Krisenlösung interessiert gewesen wäre*. Genau diesen Satz hatte Sheikh Zayed kürzlich in einem Interview mit dem einflussreichsten Sender der arabischen Welt, Al-Dschasira, von sich gegeben – mit einem Unterschied: Er hatte das Wort *Araber* mit *Amerikaner* ersetzt. Donald nahm ihm den Satz nach wie vor sehr übel.

Der Sheikh sprach weiter: „Das Weib hat uns betrogen, weil sie einen *Kreuzzug* gegen die *christliche* Kirche führte. Mir kann das egal sein", der Sheikh lächelte maliziös, „aber sie hat einen Nachfolger, Massimo Trapano. Und eine Tochter. Beweise für Geldwäsche oder zu Hawala-Konten gibt es nicht. Das ist mein Revier. Alle Spuren sind längst verwischt. Trapano hat nur dieses Foto. Er ist ein Amateur", sagte er verächtlich, ehe er Donald einen scharfen Blick zuwarf: „Lösen Sie das Problem mit der Tochter!"

„Interessanter Vorschlag, *mein Freund*", antwortete Donald und zahlte ihm das Lächeln mit gleicher Münze zurück. „Ich habe natürlich Vorkehrungen getroffen, um uns nach allen Seiten abzusichern. Aus diesem Grund habe ich heute einen *besonderen* Gast eingeladen", Donald konsultierte kurz seine Uhr, „er müsste in den nächsten Minuten eintreffen." Bevor jemand fragen konnte, ließ Donald die Bombe platzen: „Senator Whitewolf."

Sofort wurden reihum aufgeregte Stimmen laut. Worte wie „das hätten Sie nicht tun dürfen!" und „Verräter" fielen.

„Meine Herren!", rief Donald in die Runde und hob beschwichtigend die Hände. „Hören Sie mir zu."

Am Tisch und auf dem Splitscreen wurde es wieder still. „Ob es uns passt oder nicht, Senator Whitewolf wird mit großer Wahrscheinlichkeit unser nächster Präsident werden. Er denkt klug und strategisch, und die Zukunft seines Landes ist ihm wichtig. Darum sollten wir nicht gegen das Unvermeidliche ankämpfen, sondern daran arbeiten, ihn von der Brisanz von Orgon zu überzeugen. Wir brauchen ihn, allein schon wegen seiner speziellen Verbindung. Der Mann hat ein natürliches Gespür für Macht. Bevor der Senator eintrifft, möchte ich Ihre Aufmerksamkeit auf ein weiteres Problem lenken. Es geht um Yussuf. Er wird zu gierig."

„Er war immer gierig", dröhnte der Russe.

„Yussuf hat bis jetzt immer gute Arbeit geleistet", ergänzte der Sheikh brüsk. Er hatte einst den Kontakt hergestellt.

„Sicher, soweit es um die Beseitigung von *menschlichen Problemen* ging. Aber das können auch andere."

„Ja, amerikanische Drohnen…", steuerte der Sheikh lächelnd bei.

Donald tat sich selbst den Gefallen und ignorierte die Bemerkung. „Sobald diese Krise vorüber ist, sollten wir uns von Yussuf trennen."

„Sie wollen ihn nach fünfundzwanzig Jahren liquidieren lassen?", wandte ausgerechnet Ramírez ein.

„Nein, Ramírez, wir werden ihn nicht liquidieren. Zumindest nicht direkt.“ Donald atmete tief durch. Im Vergleich zu Ramírez waren seine Gefühle für den Sheikh beinahe freundschaftlich zu nennen. Ramírez war gefährlich, weil er sich zu oft von seinen Ressentiments leiten ließ. Doch er war wichtig für die Allianz. „In der arabischen Welt sind wir der Feind.“ Donald sah kurz auf den Splitscreen zum Sheikh, der ein unverbindliches Gesicht machte, und sprach weiter: „Wir bringen ein paar Dinge ins Rollen. Ich habe veranlasst, dass in den nächsten Tagen gewisse Informationen in die Computer seiner Söhne eingespeist werden.“

Es folgte eine kurze Stille, dann sagte der Medienmogul: „Es lebe der Cyberkrieg.“ Doch seiner Stimme mangelte es an Enthusiasmus.

* * *

Nach der Sitzung, als sie Senator Whitewolf verabschiedet hatten und sich anschickten, in ihre von Indexes dominierte Welt zurückzukehren, kam es zu einem weiteren vertraulichen Gespräch zwischen zwei Mitgliedern der Geheimorganisation.

„Auf ein Wort, Donald. Es betrifft Ihren Kontakt im Vatikan. Er stört meine Kreise.“

Donald stieß hörbar die Luft aus. „Um was geht es diesmal?“

„Er versucht zusammen mit Glencore, ein Geschäft an Land zu ziehen.“

„Was interessiert ihn genau?“

„Das Van-Kampen-Coltan.“

„Ich werde mich darum kümmern, Takeshi-san.“

Im Vorraum sammelten alle ihre Smartphones und Tablets ein. Donald checkte sofort seine neuen Nachrichten, stutzte und las die E-Mail nochmals. Yussuf war tot? Einfach so? Er stieß einen Pfiff aus. Wie es aussah, war ihnen jemand zuvorgekommen. Umso besser! Manche Probleme lösten sich von selbst. Er rief seinen Assistenten an.

„Ich schick dir gleich einen Namen. Sieh zu, ob du mehr über die Todesumstände herausfinden kannst, und behalte Al-Dschasira im Auge. Ich möchte sofort informiert werden, wenn etwas über den Mann berichtet wird.“

KAPITEL 40

I-00120 Vatikanstadt

Durch die geschlossene Tür drang die wütende Stimme seines Superiors. Er telefonierte. Kurz darauf hörte Pater Enzo einen dumpfen Aufschlag, gefolgt von einem scheppernden Geräusch. Der Kardinal ließ seinem Temperament wieder einmal freien Lauf. Enzo zog den Kopf ein und hoffte, der Kelch ginge an ihm vorüber. Sekunden später zerstob die Hoffnung.

„Enzooooo…“, wurde nach ihm gebrüllt. Enzo war gewappnet: *Eucharistie speciale* für seine Eminenz. Er schnappte sich das bereitstehende Tablett mit dem Grappa, betätigte die hohe Klinke mit dem Ellbogen und schob die schwere Tür mit seinem Hinterteil auf. Wortlos stellte er das Tablett auf dem Schreibtisch ab und wollte sich wieder in sein Büro verdrücken. Nach einem Wutgewitter benötigte der Kardinalstaatssekretär seine Ruhe. Beim Hinausgehen registrierte Enzo auf dem Marmorboden den massiven goldenen Becher, auf dem das edelsteinverzierte Siegel der Familie Finzi-Contini prangte. Er musste ihn gegen die Wand geschleudert haben. Der Becher erlitt dieses Schicksal nicht das erste Mal, er wies diesbezüglich bereits Blessuren auf. Enzo seufzte innerlich, bedeutete dies doch, dass er, sobald der Kardinal am Abend sein Büro verlassen hatte, auf Knien den Boden absuchen musste, um einmal mehr die aus der Fassung gesprengten Edelsteine aufzulesen. Für den Augenblick jedoch trachtete er danach, sich außerhalb der Reichweite seines verstimmten Herrn zu begeben. Es wäre nicht das erste Mal, dass dem Goldbecher weitere Gegenstände folgen würden…Beinahe hatte er das rettende Vorzimmer erreicht, als die dröhnende Stimme des Kardinals ihn zurückhielt: „Einfach unfassbar, was man sich alles gefallen lassen muss, nur weil man seine Arbeit tut.“ Enzo seufzte ein zweites Mal.

Zwar hatte sein Brotherr sich nicht die Mühe gemacht, ihn direkt anzusprechen, doch wenn dieser in Plauderstimmung war, gebührte seinem Sekretär die Rolle des Zuhörers. Ob er nun wollte oder nicht. Was wiederum bedeutete, dass ihm ein ellenlanger Monolog bevorstand. Er setzte ein angemessen interessiertes Gesicht auf und wandte sich um.

Der Kardinal hatte sich schon einen Grappa genehmigt und lief jetzt mit dem leeren Glas in der Hand vor seinem Schreibtisch auf und ab. „Die Welt ist *gierig*, Enzo! Sie wird beherrscht von Neid und Missgunst!“ Er hielt inne, schenkte nach und gönnte sich einen weiteren großzügigen Schluck, ehe er mit unheilvoller Stimme fortfuhr: „Aber ich werde nichts vergessen. *Nichts!* Hörst du, Enzo!“ Der zornige Blick des Kardinals verharrte auf seinem gehorsamen Diener, der ihm mit stummem Nicken Beifall zollte. Finzi-Contini nahm seine Wanderung um den Schreibtisch wieder auf. „Wenn ich erst den Fischerring trage, dann wird abgerechnet!“ Dieser Satz galt mehr ihm selbst als seinem Diener.

In dieser Tonart ging es noch eine ganze Weile weiter. Enzo hatte längst gelernt, innerlich abzuschalten und bis auf ein gelegentliches, zustimmendes Nicken seinen eigenen Gedanken nachzuhängen. Er wusste, was den Kardinal in seiner Aussage so zuversichtlich, ja geradezu sicher machte. Der Prälat Tommaso hatte ihm vor Jahren unter dem Siegel der Verschwiegenheit von der Prophezeiung der Schamanin gegenüber dem jungen Priester Clemente Finzi-Contini erzählt. Enzo mochte den Prälaten. Der Jugendfreund des Kardinals war so ganz anders als sein Herr. Dabei hatte er durchaus wichtige Aufgaben zu erledigen, gehörte er doch der vom vorherigen Papst gegründeten Finanzaufsichtsbehörde AIF an und überwachte als deren Direktor die Geldgeschäfte der Vatikanbank.

Er kam häufig vorbei, mindestens ein- bis zweimal die Woche, und musste sich dazu nie vorher anmelden. Der Prälat zeigte dann auf die Verbindungstür und erkundigte sich mit einem Lächeln: „Ist *Seine Heiligkeit* da?“ Er war der Einzige, der sich solche Frechheiten gegenüber dem Kardinal herausnehmen durfte. Der Monolog seines Superiors hielt an. Verstohlen sah Enzo auf die Uhr. Er hüstelte. Beim zweiten Mal konnte er damit Aufmerksamkeit erregen: „Es ist Zeit, Eure Eminenz. Die Messe zu Ehren von…“

„Ja, ja.“ Der Kardinal wedelte ungeduldig mit den Händen. „Geht!“

Kurz darauf erschien Enzo wieder im Türrahmen. Über dem Unterarm trug er den frisch gereinigten, violetten Kardinalsrock, noch umhüllt von einer Plastikfolie.

Der Kardinal folgte ihm in den Nebenraum, der ihm als Ankleide und gelegentlich auch als Schlafraum diente, wenn es zu spät wurde, seinen feudalen Palazzo aufzusuchen, den er sich am Rande des Parks der Villa Borghese hielt. Er schlüpfte aus seinem schwarzen Jackett. Enzo kämpfte noch mit der Plastikhülle. Der Kardinal hatte sich vor dem Standspiegel aufgestellt, sah aber nicht sich selbst darin, sondern Papst Lorenzo. Er machte sich keine Illusionen über die Sympathien, die der Spanier für ihn hegte. Der Mann mochte ihn nicht. Was auf Gegenseitigkeit beruhte – doch leider saß Papst Lorenzo am längeren Hebel. Ganz im Gegensatz zu seinem Vorgänger, Papst Sixtus VI., hatte er für Finzi-Contini kein offenes Ohr. Früher war er bei seiner Heiligkeit ein- und ausgegangen – ohne vorherige Anmeldung. Der neue Papst zeigte ihm diesbezüglich die kalte Schulter. Natürlich sahen sie sich zu den turnusmäßigen Sitzungen, die die Amtsgeschäfte der Kurie mit sich brachten, schließlich war er der Kardinalstaatssekretär. Wenn er jedoch um einen Termin unter vier Augen ersuchte, musste sein Sekretär Enzo förmlich darum betteln. Nicht selten wurde der Termin dann auch noch kurzfristig abgesagt.

Finzi-Contini war sicher, dahinter steckte die Absicht, ihn zu demütigen. Er hatte den Spanier durchschaut – das neue Oberhaupt der Kirche tat nichts ohne Kalkül. Und wie immer entging den aufmerksamen Augen der Kurie nichts. Schon wurde in den Fluren gemunkelt, der Kardinalstaatssekretär Finzi-Contini wäre in Ungnade gefallen. Es gab nicht wenige, die sich darüber freuten. Der Kardinal wusste, dass seine Position derzeit nicht die beste war, womöglich stand sogar sein Amt als Kardinalstaatssekretär auf dem Prüfstand. Kürzlich hatte er das Gerücht aufgefangen, dass Papst Lorenzo einen seiner engsten Vertrauten, den Bischof von Toledo, in den Kardinalsstand erheben und in die Kurie des Kirchenstaates berufen wolle. Womöglich erwuchs ihm in diesem Bischof ein Rivale um sein Amt.

„Wenn Ihr so freundlich wäret, Eure Eminenz…“ Enzo hatte zwischenzeitlich den Kampf gegen die hartnäckige Hülle gewonnen und stand abwartend da, während der Kardinal sein Kollar ablegte. Er streifte ihm zunächst die spitzendurchwirkte weiße Chorkleidung über, es folgten der scharlachrote Talar und der kurze Schulterumhang, die Mozetta. Während Enzo mit verbissenem

Gesicht das Zingulum, das Gürtelband, entwirrte, kehrten Finzi-Continis Gedanken zurück zum Morgen des verlorenen Konklaves. Es war aber auch zum Mäusemelken. Kaum hatte er eine Schwierigkeit überwunden, baute sich die nächste vor ihm auf. Unwillkürlich fragte er sich, wie oft Gott ihn noch prüfen wollte, bevor er ihn des höchsten Amtes für würdig erachtete. Aber solange die Amtszeit des Spaniers noch lief, musste er gute Miene zum bösen Spiel machen. Zeit, die Spielregeln zu verschärfen. Er lächelte seinem Spiegelbild zu.

„Fertig, Eure Eminenz“, sagte Enzo und setzte ihm zuletzt das seidene rote Scheitelkäppchen, den Pileolus, auf. Von seinem Arm baumelte die schwere goldene Kette mit dem Kreuz aus Rubinen.

„Wenn Eure Eminenz den Kopf neigen würde…“

„Bist du verrückt, Enzo?“, fuhr er ihn an. „Der Papst hält uns zu Bescheidenheit an! Ich folge seinem Beispiel. Gib mir das einfache Kreuz, das aus Silber.“

Mittwoch

Tag 3

KAPITEL 41

„Bischof Titus von Elsterich ist verschwunden", informierte Stickler Rabea. Er erreichte sie am Morgen, kurz bevor sie die Casina betrat. „Das ist jetzt nicht dein Ernst!", rief sie erschrocken. Sie zog sofort eine Parallele zu Herbert, der weiter als vermisst galt. Stickler schickte ihr jeden Morgen ein Update zur Suche.

„Leider doch", antwortete ihr Chef vom Dienst.

„Seit wann? Ich habe ihn noch Montagmorgen auf dem Deutschen Friedhof im Vatikan gesehen."

„Tot oder lebendig?"

„Ha, ha, *sehr witzig*! Der Bischof hatte ein geheimes Tête-à-Tête mit einem hohen Tier aus der Kurie." Rabea rückte absichtlich nicht mit der Information über Finzi-Contini heraus.

„Warum erfahre ich das erst jetzt?"

„Weil ich die beiden nur gesehen habe, aber kein Wort ihrer Unterhaltung aufschnappen konnte. Ich recherchiere noch."

„Dann recherchiere schneller."

„Machst du heute einen auf Komiker oder was? Erzähl mir lieber, woher du weißt, dass der Bischof verschwunden ist. Ich nehme kaum an, dass das Laimburger Bistum eine Vermisstenanzeige aufgegeben hat."

„Nein, aber die suchen ihn. Angeblich wollte er am Montag seine Schwester auf ihrem Gutshof besuchen und am Nachmittag zurück in Laimburg sein. Ich habe mich bei den Kollegen umgehört, die dort auf gut Glück herumlungern. Kein Mensch hat ihn dort seitdem gesehen."

„Das bedeutet, er hat gelogen und der Besuch bei seiner Schwester war nur ein Vorwand, um seine Reise nach Rom zu verschleiern."

„Das ist einen Artikel wert: *Bischof von Elsterich inkognito in Rom.* Du hast doch wenigstens Fotos von der Begegnung?"

„Ich bin doch kein Amateur."

„Gut, hau sie mir rüber, ich fabriziere dann was."

„Nein."

„Nein? Was soll das heißen?"

„Nein heißt nein. Die Story ist noch nicht reif."

„Die ist so reif wie Limburger Käse. Soll sie noch mehr stinken?"

„Oh ja, und wie sie das soll. Gib mir noch ein paar Tage Zeit, ich bin einer ganz heißen Sache auf der Spur."

„Wer ist das hohe Kurien-Tier, mit dem sich der Bischof getroffen hat? Der hängt mit drin, oder?", kombinierte Stickler als alter Hase.

„Sag ich dir nicht."

„Du bist gefeuert, Rosenthal."

„Dir auch einen schönen Tag, Hans." Rabea legte auf. Ihr war leicht übel. Verdammt, wo war der Bischof? Was sollte sie tun? Finzi-Contini mit den Fotos konfrontieren, die sie von der Begegnung am Adlerbrunnen geschossen hatte?

Kurz darauf klingelte ihr Telefon erneut. Diesmal war es Lucie.

„Hi Rabea, ich bin´s. Hast du gerade Zeit?" Ihre Freundin klang bedrückt.

„Natürlich, Lucie. Wo brennt es denn?" Sie entfernte sich ein wenig von den anderen, die ebenfalls vor der Casina eintrudelten. „Ich glaube, Andrea hat mich gerade abserviert", klärte Lucie sie auf.

„Ist nicht wahr. Wie?"

„Per SMS."

„Auch die feine Art. Lies vor."

„*Liebe Lucie, es war eine schöne Zeit mit dir. Ich habe begriffen, dass es dir nicht ernst mit mir ist. Ich wünsche dir viel Glück. Andrea.*"

„Kurz und knackig und ziemlich feige. Sieh es so: Jetzt musst du keine endgültige Entscheidung mehr treffen. Außerdem hast du ja Mr. Perfect."

„Stimmt schon, aber etwas daran ist eigenartig. Ich habe gleich versucht, ihn anzurufen, weil seine Feigheit ein paar Takte verdient hätte. Aber sein Handy ist abgemeldet. Da war er ganz schön fix, finde ich. Zuerst habe ich angenommen, dass der fiese 007-Brite wieder seine Hände im Spiel gehabt hat. Fonton neigt ja manchmal zu Übereifer. Daher habe ich Karl Benrath kontaktiert und gefragt, ob er noch eine Nummer von Andrea hätte. Weißt du, was er mir erzählt hat?"

„Nein?"

„Dass er gerade ein Schreiben der Consulting-Firma Clusky-Anders-schießmich-tot erhalten hat, mit dem deren Mandant das Angebot für Magalis Minen zurückgezogen hat. Das war fast zeitgleich mit der SMS von Andrea."

„Und jetzt fragst du dich, ob beides zusammenhängt?"

„Natürlich. Wir hatten ja schon über den Interessenkonflikt gesprochen. Meinst du, er hat sich nur deshalb an mich herangemacht, weil er sich davon geschäftliche Vorteile erhofft hatte?"

„Das klingt zwar traurig, aber plausibel. Es wäre schließlich nicht das erste Mal, Lucie, oder? Das mag zwar kein Trost für dich sein, aber umso lockerer kannst du die SMS nehmen."

„Und ich doofe Kuh habe mir die ganze Zeit Gedanken gemacht, dass ich Andrea verletzen könnte. Ich glaube, ich bitte den fiesen Briten doch, Jonathan unter die Lupe zu nehmen. Langsam habe ich keinen Nerv mehr für solche Überraschungen."

„Sehr vernünftig, Lucie."

„Ich muss ihn nur noch auftreiben. Er ist schon wieder mal auf geheimer Mission. Habe ihn nur kurz am Telefon erreicht, und er sagte, er riefe zurück. Wir kommen übrigens nach Rom", wechselte Lucie abrupt das Thema.

„Wer ist wir?"

„Na, Jonathan und ich. Am Wochenende. Er hat einen Privatjet, wusste ich gar nicht. Er hat für uns im *Hassler* an der Spanischen Treppe gebucht. Halt dir den Samstagabend frei, wir gehen alle zusammen essen. Ciao, ich muss los. Umarmung." Lucie hatte aufgelegt, bevor Rabea noch etwas erwidern oder sie auf ihr inkonsequentes Handeln hinweisen konnte.

„Guten Morgen, Frau Rosenthal", wurde sie in diesem Moment von Pater Matuschek angesprochen, der hinter ihr aufgetaucht war. „Verspätet sich Pater von Stetten, äh, Herr von Stetten heute?"

„Nein, ich muss ihn entschuldigen. Es geht ihm nicht gut."

„Oh, ich hoffe doch, es fehlt ihm nichts Ernstes?"

„Nur eine kleine Unpässlichkeit. Morgen ist er sicher wieder auf dem Damm." *Vorausgesetzt, der Erpresser meldet sich und die Übergabe verläuft nach Plan.*

KAPITEL 42

Die Übergabe verlief nicht nach Plan.

Der Erpresser, der sich selbst Alpha nannte, hatte sich erst am späten Mittwochnachmittag wieder bei Lukas gemeldet. Als Übergabeort hatte er einen kleinen Park ausgewählt. Er lag dem ehemaligen Anwesen von Carlotta van Kampen genau gegenüber. Für Rabea und Lukas war die Villa mit traurigen Erinnerungen verknüpft: Gemeinsam mit Pater Simone war Rabea vor zwei Jahren in deren weitläufigen Kellerräumen gefangen gehalten worden. Bekanntlich hatte das Abenteuer für den armen Simone tödlich geendet. Rabea empfand die Wahl des Ortes deshalb als schlechtes Omen.

Damit Lukas nicht selbst bei der Polizei in Erscheinung treten musste, hatte er gleich am Dienstag mit einem Anwalt namens Carlo Pierangeli Kontakt aufgenommen und ihn über alle Vorgänge bezüglich der Erpressung informiert. Der kleine italienische Anwalt hatte schon vor zwei Jahren die Kautionsverhandlungen für ihn geführt und ihn den Händen eines ehrgeizigen Commissarios entrissen, der Lukas des Mordes am Jesuitengeneral Bentivoglio verdächtigt hatte. Nach den unangenehmen Erfahrungen von damals waren mit seinem anwaltlichen Rat die italienischen Behörden frühzeitig in den aktuellen Fall eingeschaltet und entsprechend von ihm gebrieft worden.

James Fonton hatte vier seiner Männer nachkommen lassen. Sie waren gegen 17:00 Uhr in der Wohnung der Familie von Stetten eingetroffen und hatten im Wohnzimmer ihre Kommandozentrale eingerichtet. Die italienische Polizei würde den Einsatz vor Ort leiten, aber Fonton wollte nichts dem Zufall überlassen. Dem vST-Firmenjet am Nachmittag war auch Lukas' Vater Heinrich entstiegen. Lukas war die Überraschung über seine Anwesenheit anzumerken. „Sieh mich nicht so an, mein Sohn. Du wirst erpresst, und die Ursache sind meine Geschäfte. Denkst du, das wäre nicht wichtig für mich?“

„Natürlich, entschuldige. Ich hatte einfach nicht mit dir gerechnet.“

„Wo ist Rabea?“

„Sie hält die Stellung in der Ethikkommission.“

„Na, da ist sie ja mal gut aufgehoben. Und wer sind Sie?“, wandte sich Heinrich von Stetten fragend an Ryan. Dieser trat einen Schritt vor und streckte die Hand aus: „Ryan McKenzie.“

„Ah, der amerikanische Freund von Rabea.“

„Du hast schon von ihm gehört?“, fragte Lukas verblüfft.

„Natürlich. Wer wäre je dem Informationsfluss deiner Schwester entkommen. Gibt es etwas Neues?“, erkundigte sich der alte Patriarch als Nächstes.

Fonton hatte es gehört, unterbrach sein Gespräch mit seinem Stellvertreter und kam auf sie zu. „Gerade ist noch eine zweite Nachricht eingegangen.“ Er hielt Lukas' Smartphone in der Hand, das er ihm überlassen hatte, damit Fonton es mit einem Programm versah, das zielgenauer als das übliche GPS arbeitete. Die SMS des Erpressers war kurz: *Nicht ungeduldig werden, es könnte etwas später werden.*

Die erste Nachricht war ausführlicher gewesen und hatte neben Ort und Uhrzeit nochmals die Warnung enthalten, keine Polizei einzuschalten. „Wie lautet der Plan?“, richtete Lukas seine Frage an den Sicherheitschef.

„Die italienische Polizei hat ein halbes Dutzend Leute zur Verfügung gestellt. Sie sind in Zivil unterwegs und bleiben vorerst im Hintergrund“, berichtete Fonton. „Sobald der Erpresser vor Ort Kontakt mit Ihnen aufgenommen hat, wird das Diplomatenviertel komplett abgeriegelt. Niemand kommt mehr hinein oder heraus. Unser Vorteil ist, dass dieser Bereich der Stadt extrem gut überwacht ist. So können wir zum Beispiel auf eine fast flächendeckende Videoüberwachung zurückgreifen.“

„Mit anderen Worten, der Erpresser hat schlechte Karten.“

„Sehr schlechte Karten. Es müsste mit dem Teufel zugehen, wenn wir ihn nicht schnappen sollten.“

„Dann hoffe ich, dass der Teufel heute Nacht anderweitig beschäftigt ist“, erwiderte Lukas.

* * *

Kurz vor Mitternacht nahm Lukas, wie vom Erpresser in seiner ersten Nachricht angewiesen, seinen Platz auf der Bank unter einer Platane im Park ein.

Er hatte sich seinen Weg mit einer Taschenlampe suchen müssen, nachdem plötzlich um 23:45 Uhr im gesamten Viertel der Strom ausgefallen war, und sich auch das Wetter mit dem Erpresser verbündet zu haben schien: Zum ersten Mal seit Wochen war der Himmel über Rom bewölkt.

Da saß er nun, steif vor Anspannung, und umklammerte eine mit gefälschten Kopien gefüllte Aktentasche. Der unermüdliche Fonton hatte die Fälschungen erstellt und Lukas mit der Versicherung ausgehändigt, dass die Fälschungen einer ersten Überprüfung standhalten würden. Da die Originale kostbar waren, insbesondere die Pergamente aus dem Lederbehälter, hatte Lukas angeregt, das Dokumentenpaket in Plastik einschweißen zu lassen. Es war davon auszugehen, dass der Erpresser über den Wert im Bilde war und alles andere seinen Argwohn wecken würde.

Lukas fingerte nervös an der Tasche herum. Seine Erfahrung mit der italienischen Polizei hatte sein Vertrauen in sie nachhaltig erschüttert, auch wenn der derzeitige Einsatzleiter, ein Mann in den späten Fünfzigern, einen kompetenten Eindruck hinterlassen hatte. Der Stromausfall machte nicht nur ihn nervös, sondern auch die Einsatzkräfte. Kein guter Start. Wie zu erwarten hatte Fonton an alles gedacht, auch an Nachtsichtgeräte, sodass er und seine Männer Lukas trotz der widrigen Umstände im Auge behielten.

Die Zeit verstrich. Nichts geschah. Lukas checkte sein Ziffernblatt. Mittlerweile war es zehn Minuten nach Mitternacht. In der Ferne konnte er die Geräusche der nächtlichen Hauptstadt hören, während um ihn herum beinahe gespenstische Stille herrschte. Die Dunkelheit verstärkte seine Beklemmung. Lukas wollte die Begegnung endlich hinter sich bringen. Fünf endlose Minuten später vernahm er ein leises, brummendes Geräusch. Es näherte sich ihm, aber es fiel ihm schwer, die Richtung auszumachen. Mit einem Mal begriff Lukas, dass das Geräusch direkt über ihm war. Er hob ungläubig den Kopf. Unvermittelt schrammte eine Art Fühler oder Fuß schmerzhaft über seine Wange. Das Gerät surrte an ihm vorbei und setzte neben ihm auf der Bank auf. Im Kegel der Taschenlampe erkannte er verblüfft eine Art Drohne. Bevor Lukas realisierte, was dies zu bedeuten hatte, erklang eine verzerrte Stimme: „Zu schade, dass Sie jetzt Ihr Gesicht nicht sehen können", sagte diese. „Wie ich sehe, sind Sie nicht allein gekommen. Das habe ich erwartet. Sie dachten wohl, Sie können Alpha hintergehen? Her mit den Unterlagen", befahl die Stimme drohend, während sich gleichzeitig eine Klappe öffnete und eine Art Schublade aus der Drohne fuhr. Lukas legte wie befohlen die verpackten Unterlagen in das Fach. Die Schublade fuhr sofort ein und die Drohne hob ab. Innerhalb von Sekunden hatte der nächtliche Himmel sie wieder verschluckt. Das Ganze hatte nicht länger als eine Minute gedauert.

Vor ihm tauchte Ryan auf, gefolgt von Fonton. Beide trugen Nachtsichtgeräte. „Was war das? Eine Drohne?", rief Ryan und drehte sich mit in den Nacken gelegten Kopf im Kreis.

„Sieht so aus."

„Unglaublich." Fonton riss sich das Gerät herunter, ebenso wie Ryan. „Das Ding war damit nicht zu erkennen, es sonderte null Wärmestrahlung ab. Es muss über eine Spezialabschirmung verfügen. Verdammt, wer ist dieser Kerl?"

„Der Kerl heißt Massimo Trapano", sagte plötzlich eine weitere Stimme. Lukas fuhr herum. Diese Stimme kannte er! Aus der Dunkelheit trat ein Mann zu ihnen, dicht gefolgt vom italienischen Einsatzleiter.

„Jules? Was machst du denn hier?", rief Lukas fassungslos aus. Er starrte seinen Freund wie einen Geist an. Sie umarmten sich kurz, während Jules antwortete: „Ich habe einen Tipp gekriegt und bin dem Mann gefolgt. Hab ihn leider verloren."

„Sind Sie sicher, Lafitte, dass Trapano der Erpresser ist?", vergewisserte sich Fonton. Lukas fiel auf, dass der Brite – im Gegensatz zu ihm – nicht sonderlich überrascht über Jules' Auftauchen schien.

„Ja, Trapano war das Genie hinter Carlotta van Kampen. Er zeichnet auch für den Stromausfall verantwortlich."

„Und du hast ihn verloren?", wunderte sich Lukas.

„Ja, kommt mit. Ich habe Trapanos Wagen entdeckt, er parkt außerhalb des Viertels. Der Einsatzleiter, Capitano Fossili, ist informiert, seine Männer bewachen den Van."

„Trapano ist zu Fuß geflüchtet? Dann dürfte es nicht schwer sein, ihn zu schnappen", meinte Fonton. „Um diese Zeit sind in dieser Gegend wenig Fußgänger unterwegs."

„Warten Sie ab, Fonton, so einfach ist es nicht", erwiderte Jules. Am Rande des Parks erwartete sie ein Polizeiwagen. Sie stiegen zu fünft ein, der Capitano fuhr selbst. Nach kurzer Fahrt erreichten sie einen weißen, zerbeulten Fiat-Kastenwagen, auf dem in Großbuchstaben *Lavanderia Rossi* stand. Zwei

Einsatzfahrzeuge parkten ihn ein, mehrere Polizisten standen daneben, rauchten und wirkten nicht besonders wachsam.

Jules zog Latexhandschuhe an und zog die hintere Tür auf. Er stieg ein, der Einsatzleiter kletterte ihm hinterher. Damit es nicht zu eng wurde, blieben Lukas, Ryan und Fonton draußen stehen und sahen durch die offene Tür zu. Der Wagen war mit Bildschirmen und jeder Menge elektronischer Messgeräte überfrachtet, der Boden mit Müll übersät. Bis auf eine Stelle in der Mitte. Jules griff nach einem Schraubenzieher. Damit fuhr er in eine Schlaufe und hob eine kreisrunde Luke an. Der Einsatzleiter beugte sich darüber. Darunter gähnte die dunkle Leere eines offenen Kanaldeckels. Wassergeräusche waren zu hören, es roch faulig. „Maledetto!", entfuhr ihm der Fluch. „La Cloaca Maxima!"

Lukas und Fonton quetschten sich nun doch mit eingezogenen Köpfen in den Wagen. „Verdammt", wiederholte Fonton auf Deutsch den Fluch des Capitanos, „Trapano ist in die Cloaca Maxima getürmt."

„Ja, und vermutlich hat er damals van Kampen auf diese Art zur Flucht aus der Villa verholfen", ergänzte Jules. „Der Mann ist clever."

„Dieses Genie wird nicht lange brauchen, um festzustellen, dass er nur Kopien erhalten hat", sagte Lukas resigniert. „Meine Frau und mein Sohn sind doch sicher, Fonton?", wandte er sich besorgt an ihn. Er war erschreckend blass geworden.

„Natürlich, Herr von Stetten. Die Villa ist eine Festung, meine Leute sind in Alarmbereitschaft. Auch die Polizei patrouilliert regelmäßig. Machen Sie sich keine Sorgen. Mein Stellvertreter hat alles im Griff. Wir sind in ständigem Kontakt."

„Rufen Sie ihn bitte gleich an und informieren Sie ihn über die aktuelle Lage", wies Lukas ihn an. Er selbst entfernte sich einige Schritte von den anderen und telefonierte mit Magali. Er wusste, dass sie neben dem Telefon wachte, und beruhigte sie. Sie selbst versicherte ihm, dass in Nürnberg alles ruhig war.

„Capitano Fossili", wandte sich Jules inzwischen an den Einsatzleiter. Er erklärte ihm kurz die Zusammenhänge mit den früheren Ereignissen und äußerte den Verdacht, dass sich der Erpresser in die Villa geflüchtet haben könnte. Er schlug vor, die Katakomben der Villa nochmals gründlich zu durchsuchen. Capitano Fossili fand die Erklärung plausibel und versprach, die Erlaubnis der Stiftungsleitung für eine Durchsuchung der Kellerräume einzuholen.

Im gleichen Moment gingen alle Lichter wieder an.

„Sie sind rechtzeitig zurück", nahm Ryan überraschend Jules zur Seite. Sie entfernten sich einige Schritte von Lukas und Fonton, die sich leise berieten.

„James Fonton sagte mir, Laptop und Handy Saul Kaschinskis wären in Ihrem Besitz. Wie weit sind Sie damit?"

„Die DIA interessiert sich für den Mann? Wurde aber auch Zeit."

„Wir hatten uns gemeinsam mit den kanadischen Behörden in Spanien um eine Auslieferung bemüht, aber jemand ist uns zuvorgekommen", sagte Ryan indigniert.

„Dann vermute ich, Sie haben ihn jetzt? James Fonton hat Ihnen den Mann übergeben?"

„Das habe ich, in der Tat", sagte Fonton hinter Jules. Er und Lukas waren zu ihnen getreten.

„Darum warst du in Nürnberg", kombinierte Lukas, „um Kaschinski abzuholen."

„Korrekt, von der Speicherkarte habe ich erst vor Ort von James Fonton erfahren. Er kannte die Zusammenhänge und zog mich ins Vertrauen."

„Jetzt verstehe ich Sollte ich ins Visier des Gegners geraten, dann auch Rabea. Deshalb bist du nach Rom gekommen, Ryan? Aus Sorge um Rabea?"

„Nicht nur, aber auch", bestätigte Ryan.

„Vielleicht hättest du das früher erwähnen sollen, hätte uns eine Menge Geplänkel erspart."

Ryan nickte und wandte sich wieder Jules zu. „Ich muss Sie bitten, mir Kaschinskis Sachen auszuhändigen. Außerdem benötige ich Zugriff auf Ihre bisherigen Erkenntnisse."

„Wussten Sie, dass Kaschinski das gleiche Verschlüsselungsprogramm wie die NSA benutzt? Wie kommt er daran?", fragte Jules zurück.

„Sagen Sie jetzt nicht, Sie hätten das Programm geknackt! Das ist unmöglich."

„Nein, das nicht."

„Was soll daran so Besonderes sein?", fragte Lukas und blickte ratlos von einem zum anderen.

„Das Programm gilt derzeit als das sicherste System seiner Art. Die Amis haben nach der Petraeus-Schlappe ihre gesamte Net-Kommunikation umgestellt, fast alle ihre Dienste laufen inzwischen darüber. Das Besondere daran ist jedoch:

Nicht eine Horde hochbezahlter IT-Experten hat es entwickelt, sondern ein junges Computergenie."

Fonton nickte. „Und dieses Genie ist seit kurzem mit Lucie von Stetten liiert. Jonathan Valder."

„Merde", entfuhr es Jules. „Warum weiß ich nichts davon?"

„Vermutlich, weil du keine Klatschspalten liest", erklärte Lukas spitz. „Wir müssen sofort meine Schwester warnen."

„Das übernehme ich", sagte Fonton knapp, ohne zu erwähnen, dass er längst ein Auge auf beide hatte – nicht zuletzt dank Rabeas Tipp. Es würde ihr kleines Geheimnis bleiben. Bis dato war nichts an Jonathan Valder auffällig gewesen, das ein sofortiges Eingreifen gerechtfertigt hätte.

„Nein, ich spreche selbst mit ihr", widersprach Lukas.

„Sie ist schlechte Nachrichten von mir gewohnt, Herr von Stetten", sagte Fonton in seiner trockenen Art.

„Das entscheiden wir morgen früh, nicht um 1:00 Uhr nachts, Herr Fonton. Gönnen wir meiner Schwester noch ein paar ruhige Stunden."

„Fragt sich nur, warum sich dieser Valder an sie herangemacht hat. Was will er? Informationen?" Jules nahm Ryan ins Visier. „Ich glaube, Ihre Dienste haben ein Problem. Valder und Lucie von Stetten, das ist kein Zufall. Einmal angenommen, Valder arbeitet wie Kaschinski für die *Sieben*, dann sollten Sie davon ausgehen, dass sich in ESB ein Spy-Rootkit verbirgt, das es den *Sieben* ermöglicht, die Kommunikation der amerikanischen Dienste abzuhören."

„Das wäre einmal eine gepfefferte Ironie. Die NSA wird selbst abgehört", kommentierte Fonton, während Ryan aussah, als hätte er gerade die fetteste Kröte seiner Karriere geschluckt. „Das ist absolut unmöglich", wehrte er entschieden ab. Aber er griff nun seinerseits zu seinem Smartphone, steckte den Akku hinein, den er noch in Nürnberg herausgenommen hatte, aktivierte es und wählte eine Nummer. „Director Clayton? Hier spricht Ryan McKenzie."

„Wurde auch Zeit, dass Sie sich melden, verdammt", bellte es ihm für alle hörbar entgegen.

* * *

Endlich ließ man Rabea durch die Absperrung vor dem Park. Sie war knapp davor gewesen, verhaftet zu werden, weil sie die Polizisten nicht nur bedrängt, sondern zweimal versucht hatte, sich heimlich hindurchzuschmuggeln. Wie von einer Bogensehne abgeschossen, schnellte sie auf die kleine Gruppe zu. Sie sah noch, wie Fonton sich entfernte und in einen bereitstehenden Wagen stieg, während ihr Ryan, Lukas und Jules entgegenkamen. Als sie Jules erkannte, stieß sie einen Schrei aus und flog ihm in die Arme. „Geil, es hat geklappt, du wandelst wieder unter uns Normalsterblichen."

„Ja, dank deiner Hilfe", sagte Jules, dessen Gesicht ein breites Grinsen zierte.

„Welche Hilfe?", fragten Lukas und Ryan fast gleichzeitig.

„Kleine Cyberattacke. Erklären wir euch später", antwortete Rabea. „Los, bringt mich auf den neuesten Stand. Wie ist es gelaufen?"

Jules und Lukas wechselten sich mit dem Bericht ab. Zuletzt kamen sie auf Lucies Freund Jonathan Valder zu sprechen und bestätigten mit ihren Ausführungen Rabeas Verdacht Sie war im Nachhinein froh, dass sie Fonton so früh hinzugezogen hatte. Zunächst trieb sie aber eine weitere Sorge um. „Mein Gott, Lukas, du Gefühlstrampel", fuhr sie ihn an. „Wie kannst du nur zulassen, dass Fonton Lucie über Jonathan informiert. Ich muss Lucie sofort anrufen. Hoffentlich ist es noch nicht zu spät."

„Langsam, Rabea. Es war sein eigener Vorschlag. Wir wollten das sowieso erst morgen früh entscheiden."

„Nein, ich rufe Lucie jetzt gleich im Camp an", beharrte Rabea. Sie ärgerte sich hauptsächlich über sich selbst. Sie hätte längst mit Lucie über Jonathan Valder sprechen sollen. Aber Lucie war so offensichtlich verliebt in den Mann, dass sie es bis dato nicht übers Herz gebracht hatte, ihr die Illusion zu rauben – zumal sie sich darauf verlassen konnte, dass Fonton über ihre Freundin wachte. Und, sie musste es ehrlich zugeben, auch sie war dem Charme von Mr. Perfect gegenüber nicht unempfänglich gewesen.

„Es ist fast 1:30 Uhr nachts, Rabea. Lass Lucie noch die paar Stunden. Wir fahren jetzt in die Wohnung und gönnen uns selbst eine Mütze Schlaf. Einverstanden?" Obwohl Lukas schon jetzt wusste, dass er aus Sorge um seine Familie kein Auge zutun würde. Auch er würde morgen früh gleich mit Magali und Matti telefonieren. „Lukas hat recht, Rabea. Du kannst Lucie auch morgen noch wecken", unterstützte ihn Jules.

„Also gut, ausnahmsweise beuge ich mich der Stimme der Vernunft."

KAPITEL 43

Massimo

Cloaca Maxima

Wütend stapfte Massimo durch das knöcheltiefe Wasser. Seine Wut absorbierte alles, die Kälte, die Nässe, den Gestank. *Beinahe hätte ihn dieser schwule Von-Stetten-Freund erwischt!* Er hasste Schwule für all das, was sie ihm als Kind angetan hatten. Er verstand nicht, wie der Mann ihm auf die Schliche hatte kommen können. Das war ihm noch nie passiert. Er hatte alles akribisch geplant, keine Spuren hinterlassen, und trotzdem befand er sich jetzt auf der Flucht. Seinen Wagen hatte er auch verloren. Wenigstens hatte er sich die Dokumente aus der Drohne schnappen und den Packen in sein Hemd stopfen können. Er war begierig darauf, ihn zu sichten, aber hier unten war das Risiko wegen der Feuchtigkeit zu groß.

Heftiges Seitenstechen ließ Massimo innehalten. Er war es nicht gewohnt, viel herumzulaufen, und in den letzten Jahren hatte er einiges Fett angesetzt. Er lehnte sich an die Mauer und stützte seine Hände auf die Knie. Mit dem nachlassenden Schmerz setzte auch sein Verstand wieder ein. Massimo rief sich den Verlauf der Cloaca ins Gedächtnis. Er hatte die verzweigten Abwasserkanäle aus dem 6. Jahrhundert vor Christus vor Jahren mit Hilfe seiner kleinen Drohnenfreunde kartographiert. Dabei hatte er mehrere Zugänge entdeckt, die in Fundamenten und Keller von Privathäusern endeten, von denen die Besitzer selbst nichts ahnten.

Seine größte Entdeckung war jedoch ein Zugang gewesen, der ihn direkt in die Nekropole unterhalb des Petersdoms geführt hatte. Er hatte ihn stolz Carlotta gezeigt, und sie war sehr angetan davon gewesen, einen eigenen geheimen Zugang in den Vatikanstaat zu besitzen, mitten hinein in sein Herz, den Petersdom.

Doch jetzt war er auf dem Weg in sein Labor, das er sich vor drei Jahren tief unter Carlottas Villa eingerichtet hatte. Es besaß ebenfalls einen Zugang zur Cloaca, der es ihm seinerzeit ermöglicht hatte, der verletzten Carlotta zur Flucht zu verhelfen. Die italienische Polizei hatte natürlich alles abgesucht, aber sein Labor nicht gefunden. *Laien!* Auch die neuen Besitzer der Villa, eine Kirchenstiftung, ahnte nichts von ihrem heimlichen Untermieter. Massimo hegte den Verdacht, dass der Vatikan Carlottas Anwesen nur aus einem Grund gekauft hatte: Sie hofften, darin noch irgendwelche versteckten Dokumente zu finden. *Idioten!* Als wenn Carlotta oder er solche Kostbarkeiten dort gelagert hätten! Das Anwesen wurde nachts durch eine Alarmanlage und Videoüberwachung geschützt – ein Kinderspiel für ihn, beides zu deaktivieren und die Bilder der Kameras zu überbrücken. Sobald der letzte Mitarbeiter nach Hause gegangen war, konnte er in der Villa umherspazieren, wie es ihm beliebte.

Vorsichtig näherte er sich seinem Ziel. Die Cloaca machte hier einen leichten Knick. Er blieb stehen und horchte. Doch nur das Gurgeln des Wassers war zu hören und das stete Plopp-Plopp von Tropfen, die sich von der Decke lösten und in die Rinne plumpsten. Keine Stimmen oder Lichter, die durch die Dunkelheit irrten, niemand, der nach ihm suchte. Massimo überwand die letzten fünfzig Meter. Seine Augen suchten und fanden den Einstieg unter der Decke in der Wand, nicht mehr als eine blinde Nische. Da sich die felsige Mauer darunter etwas nach außen wölbte, lag sie fast völlig verborgen – besonders, wenn man nicht wusste, wonach man suchte.

Massimo zog ein kleines Gerät hervor und aktivierte eine Funkfrequenz. Aus dem dunklen Zugang klang ein Surren, dann fuhr eine Leiter heraus, neigte sich um 180 Grad und senkte sich zu ihm herab. Massimo ergriff sie, kletterte schwerfällig hinauf und in das Loch hinein. Eine Tür, die wie ein Felsen aussah, hatte sich wie von Geisterhand vor ihm geöffnet. Kaum war er hindurch, fuhr die Leiter ein und die Tür schloss sich hinter ihm. Von außen wirkte der Zugang wieder wie eine blinde Nische. Massimo lächelte stolz. Er war gestern schon hier gewesen, alles funktionierte einwandfrei, das Licht ging automatisch an und die

Systeme fuhren hoch. *Er war ein Genie!* Inzwischen hatte sich seine Wut etwas gelegt. Immerhin hatte er die Dokumente und er war in Sicherheit. Zunächst aber verspürte er einen Mordshunger, gepaart mit einem leichten Schwindel. Er war überzuckert und brauchte dringend eine Spritze.

Er zog das Paket aus dem Hemd und legte es auf der Konsole vor der Bildschirmwand ab. Einem Lederetui im Kühlschrank entnahm er eine Insulinspritze und verabreichte sich seine tägliche Dosis. Seine Vorräte hatte er gestern schon aufgefüllt. Er griff nach einem in Cellophan verpackten Tramezzino und schenkte sich ein Glas Orangensaft ein. Als er den Tetrapack zurückstellte, streiften seine Augen den silbernen, luftdichten Mini-Koffer, in dem er seinen Spezial-Sprengstoff aufbewahrte, dessen Zusammensetzung sein Geheimnis war. Er verschlang die Reste seines Sandwichs, wischte die Finger an seiner Hose ab und setzte seine Lesebrille auf.

Sodann widmete er sich der Plastikfolie, die er vorsichtig von den Dokumenten löste. Endlich lagen sie offen vor ihm. Schon nach wenigen Minuten stutzte er. Er holte sich ein Vergrößerungsglas, blätterte hektisch durch das Konvolut, und seine Augen blieben schließlich auf einem der Patente haften. Wie von der Tarantel gestochen schoss er hoch. *Unglaublich, der Pfaffe hatte ihn mit Fälschungen abgespeist!* Es war einfach nicht zu fassen. Dieser von Stetten verarschte ihn nach Strich und Faden!

Massimo wusste nicht mehr wohin mit seinem Zorn. Mit voller Wucht trat er gegen einen Mülleimer, der rumpelnd gegen die Wand knallte und seinen Inhalt auf dem Boden verteilte. Ihm folgte ein Monitor, noch ein zweiter, dann ein Multifunktionsdrucker, den er mit Massimo-Extras bestückt hatte. Schwer atmend hielt Massimo schließlich in seinem Zerstörungswerk inne. Sein Kopf schmerzte, als wollte er zerbersten. Ein einziger Gedanke beherrschte ihn: *So ließ er nicht mit sich umspringen!* Tief in ihm drin hallte noch immer das Gelächter der Kinder im Waisenhaus nach, die sich über ihn lustig gemacht hatten, und nun mischte sich auch noch das Gelächter des Von-Stetten-Pfaffen darunter. *Das darf er nicht! Niemand durfte ihn so behandeln, ihn, Massimo Trapano, das Genie!* Er ließ sich in seinen Ledersessel sinken. Er musste nachdenken. Carlotta hatte ihm versprochen, dass, sobald sie ihre gemeinsame Rache an der Kirche vollendet hatten, er mit seiner Erfindung an die Öffentlichkeit gehen durfte. Sie hatte ihm den Nobelpreis versprochen! Und seine Freundin hatte immer gehalten, was sie versprochen hatte. Aber Carlotta war tot. Er musste sich daher selbst zu seinem Recht verhelfen. Er wollte endlich die Anerkennung, die ihm seit vielen Jahren zustand. Massimo verharrte noch eine ganze Weile in seinem Sessel, bis der stechende Schmerz in seinem Kopf nachließ und sich auf ein dumpfes, rhythmisches Pochen reduzierte. Endlich erhob er sich.

Er wusste jetzt, was er zu tun hatte und begann mit seinen Vorbereitungen.

Donnerstag

Tag 4

KAPITEL 44

Lucie

Hisarlik/Türkei

Wären da nicht die Erpressung und die Sorge um ihren Bruder und seine Familie gewesen, die sie belasteten, nichts hätte Lucies Glück trüben können.

Gleich am frühen Morgen hatte Jonathan sie im Camp mit einem Frühstück überrascht! Gegen sieben Uhr, kurz vor dem allgemeinen Wecken, hatte Geschirrklappern sie geweckt. Noch ganz verschlafen war sie aus dem Zelt gekrochen, das sie sich mit Wiebke, einer jungen Studentin, teilte, und hatte ihren Freund neben einem opulent gedeckten Tisch entdeckt.

Staunend betrachtete sie das Arrangement auf silbernen Platten: eine große Kanne Kaffee, frische Brötchen und Croissants, Wurst, Käse, Eier, exotisches Obst – nichts fehlte. Lächelnd reichte ihr Jonathan ein Glas Rosé-Champagner. „Guten Morgen, meine Wunderschöne! Ich hoffe, du hast gut geschlafen?"

„Ich glaube, ich bin noch gar nicht aufgewacht und träume gerade einen umwerfenden Traum!" Lucie rieb sich die Augen. Hinter ihr tauchte Wiebke im Zelteingang auf. „Wow, das nenne ich Liebe! Dann lasse ich euch zwei Turteltauben mal allein."

„Du kannst gerne mit uns frühstücken, Wiebke. Das reicht sowieso für eine ganz Kompanie", bot Lucie ihr sofort an.

„Nein, es ist deine Überraschung, Lucie. Genieß es. Aber lasst mir gerne was übrig. Ich geh jetzt duschen, solange es noch heißes Wasser gibt." Wiebke schnappte sich Kulturbeutel und Handtuch und schlenderte davon.

Jonathan rückte Lucie einen bequemen Korbsessel zurecht.

Wo kam der denn her? „Sag mal, wie hast du das ganze Zeugs hierher transportiert?"

„Mit dem Hubschrauber." Jonathan zeigte zum Fuß des Hügels.

„Du bist verrückt."

„Ja, verrückt nach dir." Er beugte sich zu ihr und küsste sie ausgiebig.

„Mr. Perfect, du sagst immer die richtigen Sachen." Lucie löste sich von ihm und gönnte sich einen Schluck Champagner. Über den Bergen ging soeben die Sonne in einem flammenden Rausch der Farben auf. Das Leben war herrlich! Leider störte ausgerechnet jetzt das Klingeln ihres Handys diesen magischen Augenblick. *Sie ging einfach nicht ran!* Dann fiel ihr ein, dass es Lukas sein könnte. Sie hatte die ganze Nacht seine Unruhe spüren können und nur wenig geschlafen. Sie lief ins Zelt und holte ihr Handy. Es war nicht ihr Bruder, sondern Rabea. *So früh?* Sie hob ab. „Hi Rabea. Bist du aus dem Bett gefallen?" Danach hörte sie eine ganze Weile nur zu, während sie Jonathan ansah und ihr Blick zunächst ungläubig und dann immer finsterer wurde. Mehrmals warf sie Sätze ein wie „das ist jetzt ein Scherz" oder „bist du dir da ganz sicher?" ein.

Jonathan hatte längst begriffen, dass etwas Ungewöhnliches vor sich ging. Er hatte sich erhoben und drehte das Champagnerglas in seinen Händen. Lucie sagte mit zusammengepressten Lippen: „Nein, überlass das mir, Rabea. Ich kümmere mich selbst darum. Danke für alles. Ich hab´ dich lieb." Sie legte auf und musterte Jonathan aus schmalen Augen.

„Was ist los, Lucie? Ist etwas passiert? Deine Familie?", tastete sich Jonathan voran. Dabei war ihm klar, dass Lucie wütend war und nicht besorgt.

Lucie schüttelte den Kopf, nahm ihm das Glas aus der Hand und leerte es in einem Zug.

„Sachte, Lucie, du hast noch nichts gegessen", warnte Jonathan sie.

„Sag mir eines, Jonathan, und sei jetzt ehrlich: Ist es wahr, dass du ein Programm namens ESB entwickelt hast?"

„Aha, darum geht es also." Jonathan war plötzlich auf der Hut. „Es stimmt, ich habe ESB entwickelt. Kryptoprogramme sind mein Beruf, Lucie. Aber meine Urheberschaft wird nicht an die große Glocke gehängt. Wenn deine Freundin das herausgefunden hat, bedeutet dies, dass sie über gute Quellen verfügt. Wo ist das Problem?"

„Sie hat gesagt, dass du das Programm an die amerikanische Regierung verkauft hast."

„Ich bin Geschäftsmann, ich lebe davon, die Software zu verkaufen, die meine Mitarbeiter und ich entwickeln. Es ist Daily Business."

„Ach ja? Rabea sagt auch, dass vor dem *Deal* deine Wohnung brannte und dein Adoptivvater überfallen wurde. Wenn so dein *Daily Business* aussieht, frage ich mich, wo deine Leibwächter sind?" Lucie zeigte auf Fontons Mann im Hintergrund, mit dem Jonathan gleich bei seinem Eintreffen Bekanntschaft gemacht hatte. Sie beobachtete Jonathan genau. Sein Wangenmuskel zuckte. Lucie wartete nicht auf eine Antwort: „Ich hatte dich gerade noch gebeten, ehrlich zu antworten, Jonathan, aber soeben hast du mich angelogen. Du hast dieses Programm nicht aus freien Stücken verkauft."

„Und jetzt schlussfolgert ihr beide, du und deine Freundin, dass ich für *die* arbeite? Richtig?", fragte Jonathan leise.

„Ehrlich!", explodierte Lucie, „mich interessiert nicht die Bohne, für wen du arbeitest! Das ist mir sowas von scheißegal!" Lucie musste erst einmal tief Luft holen, bevor sie weitersprechen konnte. „Also gut. Alles, was ich hier und jetzt von dir wissen muss, Jonathan, ist das: Sind wir uns in Istanbul nur zufällig begegnet, oder war das Treffen von dir geplant? Ich warne dich, ich werde es fühlen, wenn du mich anlügst. Also, war unsere Begegnung ein Zufall?"

Jonathan betrachtete seine Fußspitzen. Dann hob er den Kopf und sagte leise: „Nein."

„Oh, du verdammter Scheißkerl!" Lucie dachte an Andrea, der sie ebenso benutzt hatte, und sah rot. Sie griff sich ihr eigenes Glas Champagner und warf es nach Jonathan. „Verschwinde aus meinem Leben, ich will dich nie mehr wiedersehen!", schrie sie „Und nimm deinen ganzen verdammten Mist hier mit!" Außer sich vor Wut stieß sie den Tisch um. Die ganze frische Herrlichkeit ergoss sich über den lehmigen Boden Hisarliks. Ihr blauer Blick traf ein letztes Mal auf den von Jonathan. Er fand Wut darin, aber noch sehr viel mehr, Enttäuschung und ein tiefer Schmerz, der sich direkt in sein eigenes Herz bohrte. *Er hatte sie verloren. Und es war allein seine Schuld.*

Lucie wandte sich von ihm ab und lief davon. Die Tränen stellten sich erst sehr viel später ein.

KAPITEL 45

Ort: Zwischen Himmel und Hölle

Der Anruf erreichte Rabea am späten Nachmittag. „Ich bin´s. Kannst du mich abholen?"

„Was rauscht denn da so, Lucie? Wo bist du?"

„Im Flieger nach Rom. Papa hat ihn mir geschickt. Ich bin völlig fertig, ich wollte nur noch weg, und Rom hat mir bei Liebeskummer schon einmal geholfen. Ich brauche dich und Lukas zum Ausheulen. Und ich glaube, Lukas braucht mich auch. Ich kann fühlen, wie sehr ihn die Erpressung belastet. Hätte er es mir nicht verboten, wäre ich schon viel früher gekommen. Also, holst du mich ab? Ich lande gegen 19:30 Uhr in Fiumicino."

„Klar komme ich, meine Süße. Ich freue mich auf dich."

Zwei Stunden später schloss Rabea ihre Freundin im Ankunftsterminal in die Arme. Sie gingen zu Rabeas Mietwagen. Als sie ihn startete, ertönten im Radio die Weather Girls.

„Hör mal, dein Lieblingslied! *It´s raining men.* Geil!", rief Rabea enthusiastisch und drehte den Ton lauter. Lucie beugte sich vor und stellte das Radio ab. Schmallippig sagte sie: „Ja, und ich hoffe vor allem, sie schlagen hart auf. Sehr hart."

„Och nee, Lucie, so schlimm?" Rabea biss sich auf die Lippe, um sich jeglichen Anflug eines Lächelns zu verkneifen. Lucie und die große Liebe waren scheinbar ein Oxymoron. „Vielleicht beschränkst du dich das nächste Mal wieder nur auf einen Mann? Ich meine, auch, um den Überblick nicht zu verlieren?"

„Du hast gut reden, Freundin! Als ob du es bisher besser auf die Reihe bekommen hättest", konterte Lucie.

„Touché! Aber ich arbeite daran. Ryan ist übrigens auch hier in Rom. Er ist überraschend aufgetaucht."

„Das hast du mir ja noch gar nicht erzählt." Lucie rutschte kaum merklich etwas tiefer in den Sitz.

„Du hast mir ja auch nicht erzählt, dass du ihm gesagt hast, wo er mich finden könnte. Du kleines raffiniertes Aas", fügte sie hinzu.

„Ich lerne von der Besten!", verteidigte sich Lucie. „Apropos, das muss ich dir erzählen, bevor ich es vergesse...Weißt du, wer vorhin auch mit Privatflieger gelandet ist? Dein spezieller Freund! Dieser Häuptling, der Präsident werden will. Wie hieß er noch?"

„Was? Senator Whitewolf?", reagierte Rabea verdutzt. „Bist du dir sicher? Was sucht der in Rom?"

„Woher soll ich das wissen? Du kennst ihn doch. Irre ich mich, oder versetzt dich das in Unruhe?"

„Ich weiß nicht, irgendetwas sagt mir, dass er nicht zufällig hier aufgekreuzt ist. Aber das ist jetzt nicht wichtig. Du bist wichtig. Wie geht es dir mit allem?"

„Wie soll es mir schon gehen? Ich komme mir halt sehr töricht vor. Irgendetwas stimmt nicht mit mir, wenn ich immer wieder auf den gleichen Typ Mann hereinfalle."

„Das würde ich in diesem speziellen Fall nicht sagen." Rabea setzte den Blinker, um einen LKW zu überholen. „Vermutlich hat dich Jonathan vorab studiert, um deiner Vorstellung des Traumprinzen zu entsprechen. Du hattest gar keine Chance. Und zu deiner Ehrenrettung sei gesagt, dass vermutlich jede Frau dieses Planeten auf sein Aussehen und seinen Charme hereingefallen wäre – mich eingeschlossen."

„Jetzt schwindelst du wegen Jonathan! Du wärst ihm sicher nicht auf den Leim gegangen, aber nett, danke. Erzähl mir lieber, was du noch alles über meine Ex-Lover herausgefunden hast. Du hast am Telefon erwähnt, das wäre ein einziges riesiges Jonathan-Andrea-Komplott. Mach mich richtig wütend auf die beiden Scheißkerle. Das hilft mir, mich besser zu fühlen."

Zwanzig Minuten später, sie fuhren gerade am Kolosseum vorbei, rief Lucie: „Erbarmen, Rabea, das ist alles so verwirrend. Die olle van Kampen hat Magali nicht nur ihre Coltan-Minen, sondern noch mehr geheimes Dokumenten-was-auch-immer-Gedöns hinterlassen, weswegen mein Bruder schon wieder erpresst wird. Jules wiederum legt sich mit Yussuf und Konsorten an, die gemeinsame Sache mit dem Vatikan machen, und irgendwer will sich alle Freie-Energie-Maschinen-Patente unter den Nagel reißen – nur damit die Wirtschaft normal weiterlaufen kann, alle daran verdienen können und Mutter Erde noch viele Jahrzehnte von der Fossil-Lobby unterjocht wird? Wir haben also die Chinesen, die Katholen und überhaupt die ganze Wirtschaftsmafia gegen uns aufgescheucht? Und darum habe ich gleich zwei falsche Lover am Hals? Wofür halten die mich? Stehe ich für die am Ende der Nahrungskette oder was?"

„Nein, Lucie, im Gegenteil. Du warst für sie der Dreh- und Angelpunkt. Die haben mit Jonathan und Andrea versucht, jemanden im inneren Kern der Familie zu platzieren, um an zeitnahe Informationen zu kommen. Spione gehen so vor."

„Und ich falle doppelt auf die herein. Jedenfalls weiß ich, wie ich mir zukünftig diese unliebsamen Überraschungen ersparen kann."

„Wie denn?" Rabea umrundete halb die Via Nazionale und bog in die Via del Corso ein. Der dichte Verkehr im Centro Storico erforderte ihre volle Konzentration.

„Ich werde in Zukunft einen großen Bogen um jeden Mann machen."

„Du entsagst der Liebe?"

„Nein, ich entsage den Enttäuschungen. Was ist? Glaubst du mir etwa nicht?"

„Ich versuche es. Aber…"

„Aber was?"

„Da könntest du genauso sagen, dass du dir nie mehr neue Schuhe kaufen willst."

„Das war gemein." Lucie verschränkte die Arme und schob ihre Unterlippe vor. Just in dem Moment passierten sie ein Schuhgeschäft. Lucie kniff sofort die Augen fest zusammen.

Freitag

Tag 5

KAPITEL 46

Wohnung/Via dei Coronari

Rabea lief ungeduldig in der Küche auf und ab. „Dieses Warten macht mich noch verrückt."

„Dein Gezappel macht es nicht besser. Kannst du dich nicht einmal für eine Minute hinsetzen?", pflaumte Lukas sie an. Auch er war nervös. Er hielt sein Smartphone in der Hand und warf alle paar Sekunden einen Blick darauf. Er hatte gegen 18:30 Uhr eine Instant Message des Erpressers erhalten. Rabea und er sollten um Punkt 19:15 Uhr in der Wohnung sein und dort auf neue Anweisungen warten.

Lukas hatte entschieden, dass beim zweiten Versuch weder die Polizei noch sein Vater, respektive Fonton, involviert werden sollten. Er wollte es dieses Mal alleine durchziehen und hatte sie deshalb nicht informiert. Dass der Erpresser auch Rabea erwähnt hatte, bereitete jedoch allen Anwesenden Kopfzerbrechen. „Lukas hat recht", sagte Ryan sanft. Jules und er saßen am Tisch, ihre Laptops vor sich, und versuchten, die Nachricht zurückzuverfolgen. Lucie saß zwischen ihnen und verfolgte ihr Tun. Jules leise Flüche zwischendurch ließen erkennen, dass sie bisher keinen Erfolg damit hatten.

Punkt 19:15 Uhr traf die angekündigte Nachricht bei Lukas ein:

Halten Sie die ORIGINAL!!!-Unterlagen bereit. Ihre Schwester und Ihre Freunde sollen verschwinden. Alle, bis auf die Rothaarige! JETZT!!! In dieser Sekunde, sonst passiert was."

Jules hatte sein und Ryans Handy längst mit dem von Lukas und Rabea verbunden. Sie würden damit alle ihre Nachrichten erhalten und das weitere

Geschehen verfolgen können. Wie gefordert verließen die drei deshalb die Wohnung und begaben sich in die Pizzeria um die Ecke, keine drei Gehminuten entfernt.

„Warum will der Erpresser Rabea dabeihaben? Was bezweckt er damit?", stellte Ryan bereits im Treppenhaus die Frage. Lucie und die beiden Männer spekulierten den kurzen Weg bis zur Pizzeria darüber. Das Lokal war um diese Zeit noch leer. Obwohl keiner von ihnen Appetit verspürte, hatten sie etwas zum Essen bestellt.

„Vermutlich ein Machtspiel", sagte Jules. „Ich bin kein Psychologe, aber die bisherigen Nachrichten deuten darauf hin, dass er ein Aufmerksamkeitsdefizit hat. Was sagt das DIA-Profiler-Handbuch dazu?"

Ryan verzog das Gesicht. „Dass das nicht zu weit hergeholt ist. Der Mann scheint sich selbst für ein Genie zu halten, vermutlich wurde ihm bis dato aber jede öffentliche Anerkennung verwehrt."

„Beste Voraussetzung also für einen Soziopathen", konstatierte Lucie.

„Bleiben wir bei dem Gedanken", meinte Ryan. „Rabea ist Journalistin. Was ist, wenn er sich die öffentliche Anerkennung jetzt durch sie verschaffen will?"

„Du meinst, er will sie dabeihaben, damit sie das ganze Geschehen dokumentiert?", fragte Lucie.

„Ja, als eine Art persönliche Biographin."

„Würde ins Bild passen. Wenn er sich da nur nicht verrechnet hat." Jules schmunzelte.

„Wie meinst du das?"

„Du kennst Rabea noch nicht so lange wie ich. Es könnte für ihn ausgehen wie das Hornberger Schießen."

„Hornberger Schießen? Ich verstehe nicht…"

„Man könnte auch sagen, *Viel Lärm um nichts*", erklärte Lucie.

„Ah, Shakespeare!"

„Auf jeden Fall haben wir eine Fifty-fifty-Chance, wenn er sich mit Rabea auf eine Diskussion einlässt. Entweder er gibt auf oder er erschießt sie."

„Vielen Dank, Jules. Du bist sehr beruhigend", mäkelte Ryan, der zwischendurch immer wieder auf seine Uhr gesehen hatte. Er konnte seine Nervosität kaum mehr zügeln. „Es ist bereits kurz nach halb acht. Ich simse Rabea an, ob sich der Erpresser schon gemeldet hat." Er griff nach seinem Smartphone.

„Das kannst du dir sparen. Schon vergessen, ich bekomme die gleiche Nachricht auf…“

„Rabea hat gesimst!“, rief Ryan und zeigte Jules die Nachricht, die dieser jedoch im selben Moment auch auf dem Display erhielt: *„Nichts Neues, wir warten. R.“*

„Wir auch“, murmelte Jules.

„Mir reicht es jetzt“, rief Ryan, nachdem eine weitere Viertelstunde ohne Nachricht vergangen war. Er warf seine Serviette auf die unberührte Pizza. Der Kellner war deshalb schon mehrmals beunruhigt um ihren Tisch geschlichen. „Ich habe ein komisches Gefühl bei der Sache.“

„Ich auch“, sagte Lucie.

„Wir sehen jetzt nach“, bestimmte Ryan. Er hatte damit gerechnet, dass Jules ihn zurückhalten würde, stattdessen sagte der: „Du hast recht. Irgendwas ist da faul.“ Er warf ein paar Scheine auf den Tisch. „Wir schleichen uns durch den Nebeneingang.“

Wenige Minuten später standen sie in der leeren Wohnung.

KAPITEL 47

ROM/QUESTURA DI ROMA/POLIZEIPRÄSIDIUM

Commissario Riccardo Grassa, der jüngste Beamte, der je zum Leiter des römischen Morddezernats berufen wurde, saß in seinem Büro und las einen langweiligen Bericht auf seinem PC. Plötzlich fing der Bildschirm an zu flackern. Der Bericht verschwand, das Bild wurde schwarz, und eine Sekunde später erschien ein neuer Text. Obwohl die Buchstaben groß genug waren, beugte sich Grassa vor und las halblaut mit: „Hier spricht Alpha. Dies ist eine Nachricht für Lukas von Stetten: *Sie* haben mich betrogen und es nicht anders gewollt. Hier kommt meine Antwort. In genau fünfzehn Minuten fliegt Santa Maria in Palmis an der Via Appia in die Luft. Wenn Sie Menschenleben retten wollen, sollten Sie sich sputen!"

Was war das für ein Mist? Grassa drückte wie wild auf der Tastatur herum, aber das Programm reagierte nicht. Der Text ließ sich weder löschen noch konnte er eine andere Anwendung aufrufen. Er riss die Tür zu seinem Büro auf und schrie den nächsten Mitarbeiter an: „Schaff mir einen verdammten IT-ler hier rauf. Irgendein Spinner hat meinen PC gecrasht." Sein Blick fiel auf den nächsten Bildschirm. Er zeigte das gleiche Standbild. Grassa sah sich um. Wohin er sah, jeder Bildschirm zeigte den gleichen Text. „Was ist das für eine verdammte Scheiße?", brüllte er.

Inspektor D´Amico stürzte heran. Kurzatmig rief er schon von Weitem: „Wir wurden gehackt, Commissario."

* * *

„Hast du so etwas schon einmal gesehen?“ Jules und Ryan standen am Rande der Polizeiabsperrung an der Via Appia Antica und betrachteten die traurigen Überreste der Kirche Santa Maria in Palmis, der Welt besser bekannt als Quo-Vadis-Kapelle. Die Trümmer wurden taghell von Scheinwerfern erleuchtet.

Nicht lange, nachdem sie entdeckt hatten, dass Lukas und Rabea verschwunden waren, hatte sie die Nachricht über einen Bombenanschlag erreicht, die sich wie ein Lauffeuer durch Rom verbreitet hatte. Jules, darauf geschult, Verknüpfungen und Muster zu erkennen, hatte den widerstrebenden Ryan überredet hinzufahren, nachdem bekannt wurde, dass es weitere Bombendrohungen gab, sowohl gegen Kirchen wie auch öffentliche Gebäude. Kaum, dass sie im Wagen saßen, hatte sich auf Ryans Handy ein DIA-Kollege gemeldet und Jules Verdacht bestätigt. Director Clayton hatte Ryan Agent Whitman, der in der amerikanischen Botschaft stationiert war, vor Ort zugeteilt. Whitman informierte sie darüber, dass sich Lukas' Erpresser gemeldet hätte und der Bombenanschlag auf sein Konto ginge.

Jules und Ryan waren die sieben Kilometer bis zum Ort des Geschehens gerast. Lucie war in der Via dei Coronari geblieben. Als Stallwache, falls Rabea und Lukas dorthin zurückkehren sollten.

Dutzende italienische Feuerwehrleute, Brandermittler, Polizei, Carabinieri und Personen in Zivil stapften scheinbar ziellos in der Ruine umher. Unzählige Schaulustige hatten sich bereits eingefunden; viele weinten und beteten, und natürlich war längst auch die unvermeidliche Presse eingetroffen. Übertragungswagen rollten heran.

„Sicher“, antwortete Ryan auf Jules' Frage, „unter anderem in Afghanistan, New York und Irak.“

„Nein, das meine ich nicht.“ Jules zeigte auf das schmale, apricotfarbene Nebengebäude links der ehemaligen Kirche. „Siehst du das? Es wurde so gut wie nicht in Mitleidenschaft gezogen, auch die Umschließungsmauer zeigt kaum Risse. Das war eine sehr kontrollierte Explosion. Der Bombenleger kennt sich aus.“

Ein dritter Mann näherte sich ihnen nun von der Absperrung her. Es war Ryans Kollege. Whitman kannte den leitenden Brandermittler von einem früheren Fall und hatte eben mit ihm gesprochen. „Was Neues, Agent Whitman?“, sprach ihn Ryan auf Englisch an.

„Nein, bis dato kein Hinweis auf eine Bombe. Es ist, als hätte jemand ein Streichholz genommen und…bumm. Das sind nicht meine Worte, sondern die des Brandermittlers. Aber wir sind uns fast einig, dass es eine Funkzündung gewesen sein muss."

„Gibt es Opfer?"

„Nein, und das ist die gute Nachricht. Die Behörden haben schnell reagiert und die Umgebung geräumt. Die Kirche war bereits für Besucher geschlossen."

„Was ist mit Zeugen?"

„Bisher hat sich niemand gemeldet. Aber kurz bevor die Kirche in sich zusammenfiel, soll hinter den Fenstern ein blauer Blitz aufgeleuchtet sein. Einige Beamte klagen über ein Brennen in den Augen."

„Ein Brennen? Merkwürdig. Laser vielleicht?"

„Da sind wir schon dran."

Jules entdeckte einen Mann, der in ein ziviles Polizeifahrzeug stieg. „Den kenne ich. Was macht der hier?"

Whitman folgte seinem Blick. „Das ist Riccardo Grassa, der Beamte, der die Hacker-Nachricht erhalten und Capitano Fossili informiert hat. Fossili hat die sofortige Evakuierung angeordnet."

„Warum wurde überhaupt so schnell reagiert?", fragte Ryan.

„Wegen der Feierlichkeiten zur Heiligsprechung der Päpste ist viel Prominenz in Rom. Alle Einsatzkräfte sind in Alarmbereitschaft."

Das Fahrzeug mit Grassa bahnte sich mit Blaulicht einen Weg durch die Schaulustigen. „Wenn Grassa mitmischt, will er mit Sicherheit mit Lukas sprechen. Wir sollten Lucie vorwarnen, falls er in der Coronari auftaucht." Jules rief sie an und informierte sie über den möglichen Besuch.

„Es ist aber nicht sein Fall, oder?", meinte Ryan, sobald Jules aufgelegt hatte.

„Nein, aber die beiden haben eine gemeinsame Geschichte."

„Rabea hat etwas erzählt. Grassa hat Lukas vor zwei Jahren verhaftet?"

„Richtig. Ich frage mich…" Jules Augen schweiften nachdenklich über die Trümmer.

„Was denn?"

„Ob der Erpresser die gemeinsame Geschichte auch kennt. Es sieht fast so aus, als bringe er absichtlich die gleichen Akteure ins Spiel. Grassa hat damals auch die Ermittlungen gegen Carlotta van Kampen geleitet."

„Wer war damals noch alles beteiligt?"

„Außer mir, noch Lukas, Rabea und Grassa sowie Lucie und ein Pater Simone. Letzterer kam dabei ums Leben. Die Kapelle ist eine deutliche Warnung für Lukas. Hoffen wir, dass der Rachehunger des Erpressers mit dem Anschlag auf die Kirche befriedigt ist." Jules checkte einmal mehr sein Smartphone auf eine Nachricht von Lukas oder Rabea. Ryan tat es ihm gleich. Nichts.

Jules spürte Ryans Unruhe und legte ihm eine Hand auf den Arm. „Dieser Erpresser scheint kein Mörder zu sein, Ryan. Er hat die Anwohner rechtzeitig gewarnt. Sobald der Erpresser die Dokumente hat, ist der Spuk vorbei", sagte er fest.

Ryan wirkte nicht überzeugt. „Fahren wir zurück in die Wohnung. Hier können wir sowieso nichts ausrichten", meinte er.

„Nein", hielt ihn Jules zurück. „Ich bin dafür, weiter nach dem Unterschlupf des Erpressers zu fahnden. Er muss irgendwo noch eine Basis haben. Und ich will verdammt sein, wenn sie nicht in der Van-Kampen-Villa liegt. Wir müssen einfach noch gründlicher suchen."

„Wir haben dort bereits den ganzen Tag mit Suchen vergeudet", zweifelte Ryan an Jules Vorhaben.

„Trotzdem, es muss einen Zugang von der Cloaca Maxima aus geben, entweder auf dem Grundstück oder im Haus selbst. Warum sonst hätte der Erpresser den gegenüberliegenden Park wählen sollen? Los, fahren wir."

„Und wie kommen wir hinein? Das Anwesen ist inzwischen von der Polizei abgesperrt."

„Ich weiß wie, über eine Außentreppe. Hat schon einmal geklappt."

„Was ist, wenn wir erwischt werden? Ich bin Amerikaner und kann mir keine Scherereien mit den Italienern erlauben."

„Du wärst der erste Amerikaner, der sich um solche Lappalien schert.

„Sehr witzig."

„Schon gut. Ich sehe da vorne Capitano Fossili. Fragen wir ihn." Jules marschierte auf ihn zu und erklärte ihm, warum sie ihre Suche fortsetzen wollten. Er übertrieb ein wenig und meinte, er hätte noch eine erfolgversprechende Idee. Nach einigem Hin und Her stimmte Fossili zu.

KAPITEL 48

ROM/DIPLOMATENVIERTEL/EX-VAN-KAMPEN-VILLA

Ein Polizist ließ sie in die Villa. Jules strebte den ehemaligen Kontrollraum an, in dem Lukas damals die Holländerin mit der Schere verletzt hatte.

„Unmöglich", zweifelte Ryan, nachdem sie zum x-ten Mal die Wände rundherum abgetastet hatten. Die Monitore waren alle längst abmontiert worden, dahinter lag der blanke Felsen.

„Sieh es ein, Jules. Hier ist keine Geheimtür, auch keine Hohlräume, weder in den Wänden noch unter dem Boden. Das ist massiver Fels. Der Hohlraum-Detektor hätte es angezeigt."

Jules schüttelte stur den Kopf und wechselte in den nächsten Raum, ein kleines Konferenzzimmer. Die Stühle standen aufeinandergestapelt an der Wand, doch der moderne Tisch befand sich noch an Ort und Stelle. Er war mit einem großen quadratischen Metallfuß auf dem Boden festgeschraubt worden. Genau auf diesem Fuß blieb Jules' Blick jetzt hängen. Er kniete sich hin und fuhr mit dem Finger die Schrauben nach.

„Darunter ist ganz sicher kein Hohlraum, Jules. Ich habe es heute Nachmittag selbst nachgemessen."

Jules schien ihm nicht zuzuhören. Er hatte sein Spezialmesser gezogen und einen kleinen Schraubenzieher aufgeklappt. Er setzte ihn an, aber nichts rührte sich. Er versuchte es mehrmals, auch an den anderen Schrauben. Sie rührten sich nicht einen Millimeter von der Stelle. Mehr aus Frust denn aus Absicht setzte er den Schraubenzieher am Spalt unter der Schraube an und dabei platzte das Gewinde ab. Darunter befand sich nichts, kein Loch oder Gewinde. Die Schraube war nutzlos und nur aufgeklebt gewesen! Rasch prüfte Jules die restlichen sieben Schrauben – alles Attrappen. Er tauschte einen vielsagenden Blick mit Ryan und sagte: „Trapano baut Drohnen, hackt sich in das römische Polizeipräsidium und zündet eine kontrollierte Explosion. Was wäre, wenn er auch Hohlraum-Detektoren austricksen kann?“

Ryan musterte die massive Stahlplatte und nickte. „Hebeln wir sie auf. Ich besorg uns einen Wagenheber.“

„Bring auch Hammer und Meißel mit.“ Minuten später war Ryan mit allem zurück. Mit dem Werkzeug sprengten sie etwas Fels ab, damit sie den Wagenheber ansetzen konnten. Jules, die Hand am Hebel, sah zu Ryan auf. „Du wartest besser draußen. Nicht, dass unser Schlaumeier eine Überraschung platziert hat. Falls es mich erwischt, übernimmst du.“

„Okay“, antwortete Ryan ohne Zögern. Für falsches Heldentum war jetzt nicht die Zeit.

Jules hebelte und der Tischfuß löste sich langsam vom Boden, gefolgt von einem Zischlaut und einer Stichflamme. Kurzschluss. Bingo! *Der Geheimzugang*. War der Erpresser anwesend, wäre er spätestens jetzt alarmiert. Jules hielt inne und lauschte. Kein Laut drang zu ihm, bis auf die leisen, glucksenden Wassergeräusche, die von der Cloaca Maxima stammen mussten. Jules stemmte sich gegen die schwere Platte, schwenkte sie zur Seite und sah in ein dunkles Loch. Dann rief er nach Ryan, der sofort zur Stelle war und mit der Taschenlampe hineinleuchtete. Die Röhre führte wenige Meter in die Tiefe und endete auf felsigem Boden. Der Lichtkegel erfasste eine herumliegende Wasserflasche und zusammengeknülltes Papier. Der Rest lag im Dunkeln. Eine stabile Metallleiter diente als Abstieg. Ryan leuchtete alles genau aus. Der obere Rand des Einstiegs war rundherum mit Sensoren bestückt. Jules nahm einen der abgelösten Schraubenköpfe und warf ihn hinunter. Unter ihnen flammte plötzlich Licht auf und der Raum erwachte zu leise surrendem Leben.

„Die Computer fahren hoch, alles voll automatisiert“, bemerkte Jules. „Ich gehe runter und checke die Lage.“ Kurz darauf gab er Entwarnung und Ryan folgte ihm nach.

Zu zweit durchsuchten sie den relativ großen Raum. Der Boden war, wie schon im Transporter, mit Müll übersät: herabgestürzte Monitore, alte Zeitungen, zusammengeknülltes Papier, Plastikflaschen, Essensverpackungen. Neben einer Wohn-Ecke mit Ledersessel und Mini-Küche war ein perfekt bestücktes Chemielabor eingerichtet, das durch eine dicke Glaswand vom restlichen Bereich abgetrennt wurde. Die gegenüberliegende Wand war komplett mit hochmodernen

Computern bestückt. An der Trennwand zum Labor stand noch ein großer Werktisch, auf dem sich neben Kabel, Werkzeug, Elektroteilen und Festplatten auch allerlei Gerätschaften türmten, von denen Jules kaum die Hälfte zuordnen konnte. Eines jedoch erkannte er sofort: ein Kontaminationsnachweisgerät. *Wozu braucht der Mann einen Geigerzähler?*, fragte er sich flüchtig, wurde dann aber durch Ryan abgelenkt, der den Zugang zur Cloaca Maxima gefunden hatte. Der DIA-Agent hatte auf einer Fernbedienung herumgedrückt, um damit den Beamer an der Decke zu aktivieren. Stattdessen fuhr der Kühlschrank zur Seite, und eine als Felswand getarnte Tür kam zum Vorschein. Sie öffnete sich mit einem leisen Surren. Sofort schlug ihnen ein modriger Geruch entgegen.

„Das sehen wir uns gleich an", meinte Jules, „zuerst will ich mir seine Computeranlage vornehmen." Wie nicht anders zu erwarten, war sie mit Passwort geschützt. Jules fluchte, während seine Finger über die Tastatur flogen.

Ryan widmete sich inzwischen dem Inhalt des Kühlschranks. „Massimo Trapano scheint Diabetiker zu sein!", rief er Jules zu. Er hielt das Etui mit den Spritzen hoch. „Und was soll das hier sein?" Er nahm einen silberfarbenen Aluminium-Behälter auf, der aussah wie ein Mini-Samsonite-Koffer. Jules ließ den PC sein und trat zu ihm. Vorsichtig öffnete Ryan den kleinen Koffer. Er enthielt vier kleine silberne Röhrchen. Insgesamt fanden zwölf von ihnen darin Platz, acht fehlten, wie ihnen die leeren Vertiefungen anzeigten.

Ryan entnahm eines und öffnete den Schraubverschluss. Es enthielt ein weißes, kristallines Pulver. Auf den ersten Blick sah es wie Zucker aus. „Rauschgift?", meinte er mehr zu sich selbst. Er schüttete einige Körner auf seine Hand und schnupperte daran. „Riecht nach gar nichts." Er wollte seinen Finger eintippen, um es zu schmecken, aber Jules hinderte ihn daran. „Nein", er zeigte auf das Labor, „wer weiß, was der Typ da alles zusammengemischt hat." Er musterte den weiteren Inhalt des Kühlschranks. Die beiden gläsernen Schubladen, ursprünglich für Gemüse gedacht, waren mit schwärzlichen Bruchstücken angefüllt. Sie sahen aus wie zerstückelte Briketts. Jules zog eine Schublade heraus und stellte sie auf der kleinen Küchenarbeitsfläche ab.

„Was soll das sein? Kohle?", fragte Ryan.

Jules nahm einen Brocken heraus und rieb ihn zwischen den Fingern. „Nein, das ist keine Kohle, ich tippe eher auf Coltan. Ich weiß, dass der van Kampen einige Minen mit dem Mineralgemisch im Kongo gehörten. Ich denke, unser

Mann verarbeitet das Material und baut sich damit seine Kommunikationsgeräte selbst zusammen." Jules deutete auf den mit Gerätschaften überfrachteten Tisch. Plötzlich kam ihm eine Idee. Er holte den Geigerzähler und setzte ihn an dem kohleartigen Material an. Das Gerät schlug sofort aus. „Merde, das Zeug ist radioaktiv", entfuhr es ihm, obwohl er damit gerechnet hatte. „Es muss aus dem Kongo stammen! Nur das dortige Mineralgemisch weist radioaktive Eigenschaften auf", erklärte er.

Ryan hatte unwillkürlich die Luft angehalten, während Jules den Geigerzähler im Raum umherschwenkte. „Der ganze verdammte Raum strahlt", fluchte Jules, während er die Messwerte kontrollierte. „Entwarnung, Ryan. Die einmalige Strahlenexposition ist zu niedrig, unter 10 mSv, keine Gesundheitsgefahr. Wir behalten unsere Haare noch eine Weile." Er überlegte kurz und folgte einer weiteren Eingebung: Er hielt das Gerät an das winzige Häufchen kristalliner Substanz, das Ryan von der Hand ins Waschbecken geschüttet hatte. Wieder schlug das Gerät aus. „Merde!"

„Was soll das heißen? Was ist das für ein Zeug? Meinst du…" Die Erkenntnis stand Ryan ins Gesicht geschrieben, während er reflexartig seine Hände unter dem laufenden Wasserhahn schrubbte.

„Ja, wäre möglich, dass wir den Sprengstoff gefunden haben, mit dem Trapano die Kirche in die Luft gejagt hat. Siehst du die Kabeltrommel auf dem Tisch? Das ist Material wie für einen Kerzendocht. Vermutlich hat er den Funkzünder mit ihm kombiniert."

„Trapano arbeitet mit konventioneller Lunte? Sehr schlau, Kerzendocht hinterlässt kaum nachvollziehbare Spuren und fällt in einer Kirche sowieso null auf", bemerkte Ryan grimmig.

„Ruf deinen DIA-Freund an. Die sollen sofort die Strahlung bei der Kirche messen. Das Pulver nehmen wir mit. Nicht, dass es in falsche Hände gerät." Ryan sah kurz aus, als wollte er protestieren. Jules entnahm dem Koffer bereits die restlichen drei Röhren und maß die Strahlung. „Die Behälter sind strahlungssicher." Er gab zwei davon an Ryan ab und sie verstauten sie mangels anderer Möglichkeiten in ihren Hosentaschen. „Du fährst zu deinem Freund Whitman. Er soll den Stoff genauer unter die Lupe nehmen. Und vergesst nicht, kein offenes Feuer!"

„Logisch. Und du?"

„Ich bleibe hier und warte auf den Erpresser. Irgendwann kommt er zurück."

Ryan verabschiedete sich. Jules holte sein Smartphone hervor, um zu sehen, ob er hier unten Netz hatte. Er vermutete, dass Trapano einen Weg gefunden hatte, es hier unten zu verstärken. Weiterhin keine Nachricht von Rabea oder Lukas. Er versuchte sie nacheinander zu erreichen, ohne Erfolg, wieder nur die Umleitung auf die Mailbox. Lucies Nummer war belegt. Zu ungeduldig, um zu warten, wählte er aus den Kontakten Commissario Grassa an. Vielleicht wusste er etwas Neues. Grassa meldete sich fast sofort. „Hier Jules Lafitte. Wir haben uns vor zwei Jahren…"

„Lafitte? Ich erinnere mich an Sie…", wurde er unwirsch unterbrochen. „Augenblick!" Im Hintergrund wurden einige Worte gewechselt, dann setzte plötzlich ein Martinshorn ein. „Es gibt eine Geiselnahme mit Bombendrohung im Vatikan", schrie Grassa und legte auf.

Jules' Verstand arbeitete längst auf Hochtouren. Wieder dachte er daran, dass die gleichen Akteure wie vor zwei Jahren in Rom versammelt waren. Dahinter lag System. Was plante Trapano? Unwillkürlich wurde sein Blick von einem zusammengeknüllten bunten Papier auf dem Boden angezogen. Er hob es auf und entdeckte, dass es sich um einen simplen Plan des Vatikanstaates handelte, so wie man ihn an jedem Kiosk Roms erwerben konnte. Mit einem Rotstift war darauf eine unregelmäßige Linie eingezeichnet worden, die wie eine Schlange kreuz und quer darüber kroch. Jules starrte sie an. Was hatte die rote Linie zu bedeuten? Warum hatte Trapano sie eingezeichnet? Und warum endete sie am Petersdom? Plötzlich kam ihm ein Verdacht. Jules schnappte sich Plan und Geigerzähler und kletterte die Leiter hinauf.

Oben angekommen informierte er den wartenden Polizisten über den Geheimgang und dass er sofort Verstärkung anfordern solle. Er instruierte ihn zudem, dass mindestens zwei Männer im Labor postiert werden sollten, für den Fall, dass er sich irrte und Massimo Trapano doch hierher zurückkehren sollte.

KAPITEL 49

ROM/PIAZZA SAN PIETRO

Jules raste in Richtung Vatikan. Da Ryan ihren Mietwagen genommen hatte, hatte er kurzerhand einen älteren Fiat ohne Wegfahrsperre geknackt. Je näher er dem Kirchenstaat kam, umso mehr verdichtete sich der Verkehr. Ab der Via della Conciliazione gab es kein Durchkommen mehr.

Jules ließ den Wagen an Ort und Stelle stehen und hastete zu Fuß die paar hundert Meter weiter. Als er sich bis zur Absperrung vor dem Petersplatz durchgekämpft hatte, hatten sich die Ereignisse bereits zugespitzt. Ein enger Polizei-Kordon hatte den Platz umstellt. Jules versuchte vergeblich, Commissario Grassa mobil zu erreichen. Er schaute sich um. Dabei erkannte er einen Mann in Zivil wieder, den er bereits auf dem Trümmerfeld der Kapelle im Gespräch mit Grassa gesehen hatte. Er sprach ihn an, stellte sich vor und bat ihn, ihn zu Riccardo Grassa zu bringen, es ginge um die Geiselnahme. Der Mann entpuppte sich als Mitglied der Schweizer Garde, der sofort einen Kollegen heranwinkte. Jules wurde mehr oder weniger in Gewahrsam genommen, und zu einem der drei Einsatzwägen, die mittig auf dem Petersplatz nebeneinander aufgereiht standen, geführt. Gleich hinter den Fahrzeugen ragte der fünfundzwanzig Meter hohe Obelisk auf. Eine Gruppe von Gardisten war eben dabei, schusssichere Westen überzustreifen. Im ersten Van saß ein etwa vierzigjähriger, kräftiger Mann im Fond. Er telefonierte auf Deutsch mit leichtem Schweizer Akzent und erteilte mit ruhiger Stimme Einsatzbefehle. Er legte auf, ein prüfender Blick streifte Jules, während er zu dessen Begleiter sagte: „Was gibt es, Leutnant Friedegott?"

„Oberst Negli, dieser Mann wollte zu Commissario Grassa. Ich habe ihn bereits an der Quo-Vadis-Kapelle gesehen. Er trug das hier bei sich." Er hielt den Geigerzähler hoch, als fürchte er eine Kontamination. „Und auch das." Er zeigte mit dem Kopf auf den zweiten Gardisten, der Jules' Pistole, Taschenmesser, Smartphone und Brieftasche eingesammelt hatte. „Und er hatte einen Plan des Vatikans einstecken", sagte er bezeichnend. Die Männer legten alles auf dem Sitz hinter dem Oberst ab, außer Reichweite von Jules. Der hatte sich seine Sachen bereitwillig abnehmen lassen, Hauptsache er kam erst einmal hinter die Absperrung. Der Oberst warf nur einen flüchtigen Blick auf Jules' Tascheninhalt. Falls er sich über den Geigerzähler wunderte, ließ er es sich nicht anmerken.

„Sie sind Oberst Negli, der Kommandant der Schweizer Garde? Also handelt es sich um ein Verbrechen auf dem Boden des Vatikanstaats", stellte Jules fest. „Wie lauten die…"

„Immer langsam", bremste ihn der Oberst aus. „Ich dachte, Sie wollten *mir* etwas erzählen. Wie ist Ihr Name?"

„Jules Lafitte."

„Ihr Ausweis?"

„In der Brieftasche."

Der Oberst reichte sie an seinen Kollegen weiter, der den Ausweis herausnahm und in ein mobiles Lesegerät einlegte. Jules zuckte nicht mit der Wimper. Sein Ausweis war fälschungssicher.

„Steigen Sie ein und setzen Sie sich mir gegenüber", befahl er ihm. Der Leutnant und der zweite Gardist blieben wachsam am Van stehen.

„Was wissen Sie über die Geiselnahme?", begann Oberst Negli das Verhör.

„Sagen Sie mir erst, wer die Geiseln sind."

„So läuft das nicht, Herr Lafitte. Vielleicht sind Sie ein Komplize?", sagte der Oberst, während er ein Fernglas aufnahm und den Petersplatz unter die Lupe nahm.

„In dem Fall rufen Sie Commissario Grassa an. Er kennt mich." Jules verspürte Ungeduld. Die Ruhe des Oberst war geradezu enervierend. Er änderte sein Vorgehen. „Handelt es sich bei den Geiseln um meine Freunde Lukas von Stetten und Rabea Rosenthal?"

Der Oberst ließ das Fernglas langsam sinken. Sein klarer Blick traf auf den von Jules und wanderte dann weiter zu Leutnant Friedegott: „Leutnant, treiben Sie diesen Commissario Grassa auf und bringen Sie ihn her." Negli wandte sich wieder Jules zu. „Wir haben keine Zeit für Spielchen. Wenn die Genannten Ihre Freunde sind, sollten Sie mir jetzt sagen, was Sie wissen. Ich höre?“

Jules nickte, schließlich wollte er etwas von dem Oberst: „Ich gehe davon aus, dass es sich bei dem Geiselnehmer um denselben Mann handelt, der heute die Quo-Vadis-Kirche in die Luft gejagt hat. Sein Name lautet Massimo Trapano. Lukas von Stetten wird von ihm erpresst. Die römische Polizei ist im Bilde, ein Capitano Fossili leitet die Ermittlungen. Jetzt sind Sie dran. Womit droht Trapano?“

„Haben Sie ein Foto von dem Mann?“

„Ja, auf meinem Smartphone. Aber er ist kaum erkennbar. Es war dunkel, er trug eine Schirmmütze und ich war nicht nah genug dran.“

Der Oberst gab dem Gardisten trotzdem sofort Anweisung, das Foto herunterzuladen und auswerten zu lassen. „Warum glauben Sie, dass es sich um denselben Mann handelt?“, führte er die Befragung fort.

„Trapanos Motiv ist Rache. Bei der Erpressung geht es um Dokumente, die er vermutlich gegen den Vatikan verwenden will. Ich habe sein Geheimversteck entdeckt. Der Mann ist technisch sehr versiert, das zeigt auch der Hackerangriff auf das Polizeipräsidium. Wenn ich recht habe, verfügt er auch über einen bis dato unbekannten Sprengstoff.“ Jules hatte eines der silbernen Röhrchen aus der Tasche gezogen. Zuvor vergewisserte er sich, mit einem Blick nach draußen, dass niemand in der näheren Umgebung rauchte. Dann schraubte er das Röhrchen auf, zeigte auf den Geigerzähler auf dem hinteren Sitz und fragte: „Darf ich?“ Nach kurzem Zögern reichte ihm Negli diesen. Jules aktivierte ihn und hielt ihn an das offene Röhrchen. Das Gerät schlug sofort aus. Zum ersten Mal zeigte der Oberst eine echte Reaktion: Er zuckte zurück. „Das Zeug ist verstrahlt? Was soll das sein?“

„Keine Sorge, die Strahlung ist zu niedrig, um gesundheitsschädlich zu sein – außer man hebt ein Streichholz dran. In dem Fall fliegt vermutlich alles in die Luft. Ich habe einen Behälter für ein Dutzend dieser Röhren gefunden. Acht fehlten.“

Hinter der Stirn des Oberst arbeitete es. „Gut, nehmen wir an, Ihre These stimmt und es handelt sich um denselben Täter. Worst-Case-Szenario: Der Mann hat den Inhalt aus den übrigen Röhren irgendwo im Vatikan verteilt. Wenn ja, besteht die Chance, dass wir den Sprengstoff mit dem Geigerzähler aufspüren können“, kombinierte er.

„Ja, das müsste möglich sein. Trapano arbeitet mit Lunte. Hier", Jules zog ein dreißig Zentimeter langes Stück aus der Tasche, das er sich von der Trommel in Trapanos Labor abgeschnitten hatte, „so sieht sie aus."

Der Oberst musterte ihn durchdringend. „Wer sind Sie wirklich?"

„Ein enger Freund von Lukas von Stetten und ein früherer Major des libanesischen Geheimdienstes", enttarnte sich Jules, ohne mit der Wimper zu zucken. Falls seine Vermutung zutraf, stand zu viel auf dem Spiel. Er musste den Oberst davon überzeugen, dass er ihm trauen konnte. Negli betrachtete ihn einige Sekunden lang. „Libanon, hm? Bertram!", brüllte er unvermittelt nach dem zweiten Gardisten, der Jules eskortiert hatte.

„Ja, Oberst?"

„Besorgen Sie so viele Geigerzähler, wie Sie auftreiben können. Wir müssten selbst auch welche in der Waffenkammer haben. Dann bestücken Sie jeden einzelnen Mann damit und durchkämmen jeden Winkel im Vatikan. Sind unsere Feuerwehrleute alarmiert worden?"

„Sie sind eingetroffen und bereit."

„Gut, die sollen beim Suchen helfen. Klären Sie sie über die aktuelle Lage auf und sorgen Sie dafür, dass absolutes Rauchverbot eingehalten wird. Wer raucht, der fliegt, und zwar in die Luft. Klar? Und jede Kerze muss sofort gelöscht werden. Offenes Feuer bedeutet Lebensgefahr. Geben Sie das weiter. Dalli, dalli. Ich mache gleich noch eine Funkdurchsage." Während der Oberst seine Leute und die Vatikanische Gendarmerie instruierte, war Commissario Grassa mit Leutnant Friedegott eingetroffen und hatte die letzen Sätze mitgehört. „Gas?", rief er erschrocken und trat sofort seine Zigarette aus.

„Nein, hoch entzündlicher Sprengstoff."

„Nitroglyzerin?"

„Fast. Kommen Sie, Lafitte. Sie auch, Commissario. Ich will mich persönlich davon überzeugen, wie gefährlich das Zeug ist – nicht, dass ich umsonst die Pferde scheu gemacht habe. Im Schweizer Bundesheer habe ich einen Sprengstoffkurs absolviert. Wir nehmen den Docht, ein, zwei Kristalle und zünden sie an."

„Ist das nicht zu riskant?", warf Grassa misstrauisch ein.

„Nein, Mathematik", antwortete der Oberst, der eines der Röhrchen in der Hand wog. „Laut Lafitte fehlen acht Behälter. Ich schätze, jedes enthält maximal 100 Gramm. Ein Zuckerwürfel wiegt 2,5 Gramm und besteht aus circa 4500 Kristallen. Im Behälter befinden sich daher ungefähr 180.000 Kristalle. Selbst wenn dem Attentäter 100 Gramm für die Sprengung der Kapelle ausgereicht haben, sollten ein, zwei Körner trotzdem keinen großen Schaden anrichten. Leutnant Friedegott.. "

„Ja, Kommandant?"

„Sie halten hier die Stellung. Meldung an mich, sobald sich was Neues ergibt."

Negli setzte sich selbst ans Steuer des Vans. Während er in halsbrecherischem Tempo über den abgesperrten Petersplatz und durch das Santa-Anna-Tor in den Hof vor den Kasernen der Schweizer Garde donnerte, telefonierte er gleichzeitig und gab Anweisungen durch. Jules wies ihn darauf hin, dass auch Schutzbrillen benötigt wurden. Negli sprang aus dem Fahrzeug. „Sie warten hier", rief er Lafitte und Grassa zu.

Der Oberst lief auf ein Gebäude zu, von dessen Außentreppe ihm zwei junge Gardisten entgegeneilten. Sie trugen die vom Oberst angeforderten Gegenstände: Feuerlöscher, Hanfseil, eine Flasche Spiritus und Schutzbrillen. Oberst Negli winkte Jules und Grassa, und gemeinsam mit den Gardisten, folgten sie Oberst Negli in die Vatikantischen Gärten. Der Zugang wurde von zwei weiteren Gardisten bewacht. Der Oberst instruierte die beiden, niemanden durchzulassen, bis er zurück wäre.

Auf einer kleinen Rasenfläche zwischen zwei Blumenbeeten ließ Negli die Gruppe anhalten. Der große, derzeit abgeriegelte Park schien ideal für seinen Versuch. Jules schüttete zwei winzige Körner auf seine Handfläche, während der Oberst das Hanfseil ausrollte und mit etwas Spiritus tränkte. „Wir lassen das mit dem Docht", erklärte er. „Wir wissen nicht, ob der Attentäter ihn präpariert hat."

Jules drückte zwei Kristalle in den feuchten Hanf. Er schätzte die Länge des Seils auf ungefähr vierzig Meter. Alle setzten die Schutzbrillen auf und Negli entzündete das Seil. Hinter einem Baum verschanzt, folgten ihre Blicke gebannt dem Feuer, während es sich durchs Seil fraß. Am Ende erlosch es. Alle hielten den Atem an. Mehrere Sekunden passierte gar nichts und einer der jungen Gardisten machte bereits Anstalten, die Deckung zu verlassen. Negli bellte ihn mit einem scharfen Befehl zurück. Jäh entlud sich ein strahlend blauer Blitz, und eine Erdfontäne spritzte in den Himmel. Die Explosion war kaum zu hören gewesen. Dafür war der blaue Blitz für die Männer trotz Schutzbrille schmerzhaft gewesen. Ihre Augen brannten. Halb blind traten sie an den circa einen Quadratmeter großen und dreißig Zentimeter tiefen Krater, den die Explosion in den Boden gerissen hatte. Hier und da hatte sich das trockene Gras entzündet. Der Gardist hantierte bereits mit dem Feuerlöscher.

„Verdammt, das war nur Zuckerstaub", sagte Jules und kickte einen Erdballen weg. „Ein Teufelszeug."

„Stimmt, der Gärtner wird mich umbringen", sagte der Oberst und rieb sich die Augen. Dann wandte er sich direkt an Jules: „Der Geiselnehmer hat nicht nur Ihre Freunde, sondern auch Papst Lorenzo und eine uns noch unbekannte vierte Person in seiner Gewalt. Er droht damit, den gesamten Vatikan in die Luft zu sprengen."

Grassa sog scharf die Luft ein, während Jules fragte: „Wie lautet seine Forderung?" An der Seite des Obersts hastete er zurück zum Van.

„Erstens will er ein öffentliches Schuldbekenntnis des Papstes für pädophile Verbrechen der katholischen Kirche. Als Opferentschädigung verlangt er eine Milliarde Euro. Zweitens will er auf dem Petersplatz ein Experiment vorführen, das weltweit übertragen werden soll. Er hat uns eine Liste mit Equipment übermittelt, das herbeigeschafft werden soll, dazu die Namen einiger Wissenschaftler, die die Maschine vor Ort zusammenbauen sollen."

„Der ist verrückt", sagte Grassa verächtlich und spuckte neben den Van.

„Verrückt genug, um eine Kirche in die Luft zu sprengen", konterte Jules. „Wie ist es ihm gelungen, so viele Personen in seine Gewalt zu bringen? Hat er Komplizen?"

„Das wissen wir nicht. Wir haben vor dem Petersdom einen verletzten Pater gefunden. Er ist noch nicht wieder bei Bewusstsein. Die Videoüberwachung verrät uns, dass er zusammen mit seiner Heiligkeit und der uns noch unbekannten dritten Person den Petersdom durch eine dem Klerus vorbehaltene Pforte betreten hat. Der Pater trug den USB-Stick mit der Forderung bei sich."

Sie parkten wieder auf demselben Platz beim Obelisken, mit guter Sicht auf den Eingang des Petersdoms. Ihre ganze Aktion hatte nur wenige Minuten gedauert.

„Was sagt die Kamera der Sicherheitsschleuse für Besucher des Petersdoms? Wie kam der Geiselnehmer hinein?"

„Die Auswertung der Aufnahmen läuft noch. Sie vergessen, dass wir nicht wissen, wie der Geiselnehmer aussieht. Wir filtern daher nach möglichen Verdächtigen. Im Laufe des Tages haben schätzungsweise fünfzigtausend

Personen den Dom durch die Sicherheitsschleuse betreten. Wenn Sie mich nun entschuldigen, ich muss noch…"

„Und wenn er nicht von außen kam?", unterbrach ihn Jules.

„Was meinen Sie?"

„Was ist mit den Gräbern unter dem Dom, der Nekropole? Der Mann hat die Cloaca Maxima akribisch erforscht. Was ist, wenn er einen direkten Zugang über die Nekropole gefunden hat?"

„Ausgeschlossen. Es gibt keinen Zugang. Hunderte von Wissenschaftlern haben im Laufe der letzten Jahrzehnte die Nekropole untersucht, gerade auch unter dem Petersdom."

„Und wenn doch?" Jules hatte keinen faktischen Anhaltspunkt, wie die roten Linien auf dem Stadtplan zu deuten waren, allein sein Instinkt sagte ihm, dass er richtig lag. Er zeigte auf den aufgeschlagenen Plan auf dem Sitz. „Eine Ahnung, Oberst, was hier markiert wurde? Könnte es sich eventuell um den Verlauf der Cloaca Maxima handeln?"

Der Oberst sah kurz aus, als wäre ihm die Zeit dafür zu schade, sich näher mit dem Plan zu beschäftigen. Schließlich griff er doch danach und fuhr die eingezeichnete Linie mit dem Finger nach. Eine endete kurz vor dem Petersdom. Er rief seinen Leutnant heran. „Friedegott, Sie haben sich doch näher mit der Cloaca Maxima beschäftigt. Erkennen Sie deren Verlauf auf der Karte?"

Der Schweizer studierte die Linien genau. Er nickte. „Ja, die Linien stimmen überein, allerdings sind hier eine Reihe weiterer Nebenarme eingezeichnet und dieser hier", er tippte darauf, „ist auch falsch. Die Cloaca verläuft nicht bis zum Petersdom."

„Lafitte behauptet, unser Erpresser hätte einen Kanal der Cloaca entdeckt, der an die Nekropole grenzt. Von dort aus wäre er in den Petersdom eingedrungen. Was meinen Sie?"

Ohne sich eine Regung anmerken zu lassen, antwortete der Leutnant: „Das hier ist Rom, Kommandant. Alles ist möglich."

Bis auf ein Stirnrunzeln zeigte der Oberst keine Reaktion. „Hm, wenn alles möglich ist, spielen wir auch dieses Szenario durch." Er hielt inne, wie jemand, der seine Worte genau abwägen wollte. Oder er ging allein auf Gedankenreise. Das gefiel Jules logischerweise nicht. Ungeduldig nahm Jules ihm weitere Überlegungen ab: „Die Kernfrage, Oberst, lautet, wie traf der Papst auf seinen Entführer?"

Negli sah ihn scharf an. „Also gut, Herr Lafitte. Was ich gleich sage, ist streng vertraulich und bleibt unter uns: Spätabends betet Papst Lorenzo gern an den Gräbern seiner Vorgänger unter dem Dom."

„Das bedeutet, falls unser Erpresser sich dort unten herumgetrieben hat, könnten ihm Papst Lorenzo und seine Begleiter aus purem Zufall in die Arme gelaufen sein", spann Jules den Faden weiter.

„Das wäre eine Möglichkeit – vorausgesetzt, es gibt diesen Zugang über die Cloaca." Oberst Negli wirkte nachdenklich, aber wenig überzeugt.

Jules versuchte es anders: „Könnte sich der Täter nach der Schließung in der Kirche versteckt haben?"

„Nein, die Kirche schließt um 19:00 Uhr und wird danach gründlich durchsucht. Es gibt genug Spaßvögel, die das schon versucht haben."

„Damit bestätigen Sie meine Theorie, Oberst. Somit bleibt nur die Cloaca. Warum war der Papst eigentlich alleine unterwegs? Was ist mit Ihren Gardisten, die für seinen Schutz zuständig sind?"

Oberst Negli schaffte es, ohne den geringsten Anflug von Missbilligung zu erwidern: „Papst Lorenzo hat die beiden Gardisten mit den Worten *Gott würde ihn schützen* weggeschickt. Seine Heiligkeit liebt es, sich frei bewegen zu können. Außerdem war sein Neffe bei ihm. Und der unbekannte Gast."

„Ich verstehe." Jules verstand tatsächlich, was der Kommandant *nicht* gesagt hatte – dass es schwer war, jemanden zu beschützen, der meinte, nicht beschützt werden zu müssen. „Hören Sie, Oberst, auch wenn Sie Zweifel haben, sollten Sie ein Einsatzkommando zum Suchen in die Nekropole schicken. Wenn jemand den Vatikan in die Luft jagen wollte, wäre das der ideale Ort, um den Sprengstoff anzubringen."

Der Oberst ließ sich mit der Antwort Zeit. „Nein, zu gefährlich. Wir konzentrieren uns zunächst auf die Fläche oberhalb. Eines nach dem anderen." Jules dachte, dass das eigentlich seine Rede war, sah aber ein, dass der bedächtige Oberst vorerst nicht zu überzeugen war, seinen Vorschlag in Erwägung zu ziehen. Darum sagte er jetzt: „Sie sind mir noch eine Antwort schuldig, Oberst. Wie sind meine Freunde in die Gewalt des Geiselnehmers gelangt?"

„Anhand der Videoüberwachung konnten wir Folgendes rekonstruieren: Von Stetten und die Journalistin Rosenthal-Kennedy tauchten kurz vor 20:00 Uhr auf dem Petersplatz auf. Einige Minuten standen sie am Obelisken, als würden sie auf etwas warten. Dann telefonierte von Stetten und die beiden gingen zur Porta S. Anna, wo sie sich bei der Schweizer Garde meldeten. Papst Lorenzo persönlich hatte Ihre Freunde mit einem Anruf in der Zentrale der Garde angekündigt. Er bat, die beiden zur Porta Santa, einem Nebeneingang des Petersdoms, zu begleiten. Laut dem Gardisten hat Papst Lorenzo sie dort selbst eingelassen, ihn weggeschickt und die Tür von innen verriegelt. Das war ungefähr eine knappe Stunde, bevor der Erpresser den verletzten Pater vor der Tür abgelegt hat, beziehungsweise, Herrn von Stetten dazu genötigt hat."

„Also war Papst Lorenzo nicht nur zum Beten im Dom. Es hat eine Art Geheimtreffen stattgefunden", merkte Jules an. „Passiert so etwas öfters?"

„Ich bin nicht befugt, Auskunft hierüber zu erteilen", entgegnete der Oberst zugeknöpft.

„Das heißt ja." Jules ahnte sowieso, worum es bei dem Treffen gegangen war. „Immerhin haben Sie einen Zeugen."

„Nur, wenn der verletzte Pater rechtzeitig aufwacht."

„Wäre Stürmen für Sie eine Option?"

„Mit dem Papst als Geisel? Ausgeschlossen, viel zu gefährlich", lehnte der Oberst kategorisch ab.

„Was planen Sie dann?"

„Wir tun, was wir in einem solchen Fall immer tun. Wir gehen zunächst scheinbar auf die Forderungen ein. Derzeit kontaktieren meine Männer die Namen auf der Liste und schaffen das technische Equipment heran. Wir spielen auf Zeit."

„Vielleicht haben wir die nicht. Unser Geiselnehmer ist Diabetiker. Ich habe Insulin in seinem Kühlschrank gefunden. Sie sollten etwas davon herbeischaffen lassen."

„Herrgott nochmal", sagte Oberst Negli, und brachte dabei das Kunststück fertig, seine Stimme trotzdem ruhig klingen zu lassen. „Was sind Sie, Lafitte? Ein Orakel fortwährend schlechter Nachrichten? Das heißt also, ab einem gewissen Punkt wird der Mann unberechenbar sein. Dann genügt ein Streichholz…"

„Darum sollten wir den Zugang von der Cloaca Maxima zur Nekropole suchen. Vielleicht könnten wir von dort aus unbemerkt in den Dom eindringen?"

„Nein, ich bleibe dabei, das ist zu gefährlich. Was ist, wenn er uns bemerkt? Oder er den Zugang mit Sprengstoff präpariert hat? Nein, ich werde kein Risiko eingehen. Wir verhandeln. Und suchen zunächst alles oberirdisch ab."

„Herr Oberst", ein junger Gardist unterbrach sie aufgeregt. „Da tut sich was am Eingang des Petersdoms!"

Alle stürzten aus dem Van und beobachteten mit gelähmtem Entsetzen die dramatische Szene, die sich vor dem Portal und den Augen der gesamten Welt abspielte. Einzig der Kommandant reagierte auf die Situation, riss ein Funkgerät an sich und rief: „Scharfschützen, Einheit 1 und 2. Haben Sie freie Sicht?"

„Negativ", scholl es doppelt zurück. „Subjekt ist verdeckt."

Sofort nachdem sich das Kirchenportal wieder geschlossen hatte, wurden die Fernsehbilder auf der riesigen Leinwand auf dem Petersplatz wiederholt. Eigentlich diente sie dazu, die wöchentliche Generalaudienz des Papstes zu übertragen. Kurz darauf hielt Leutnant Friedegott seinem Vorgesetzten ein Mobiltelefon entgegen. „Ich habe den Vater einer der Geiseln in der Leitung, Herrn von Stetten. Er möchte Sie sprechen. Er sagt, er weiß, wer der Geiselnehmer ist."

„Der auch?" Der Oberst riss das Telefon an sich. „Oberst Negli hier. Sie haben etwas mitzuteilen?"

Heinrich von Stetten sagte: „Einen Moment, bitte." Oberst Negli hörte, wie er leise mit jemandem sprach, dann erklang eine atemlose, junge Frauenstimme: „Der Mann heißt Massimo Trapano."

„Und mit wem spreche ich *jetzt*?" Oberst Negli verspürte einen Anflug von Ärger. Offenbar kannte mit Ausnahme der zuständigen Behörden die halbe Welt jenen Irren, der sich mit dem Oberhaupt der katholischen Kirche und einer Ladung Sprengstoff im Petersdom verschanzt hatte.

„Mit Magali von Stetten. Lukas von Stetten ist mein Ehemann. Lassen Sie mich mit Massimo sprechen. Vielleicht kann ich ihn zum Aufgeben überreden."

„Ach? Und was genau verleitet Sie zu dieser optimistischen Annahme?"

„Ich kenne ihn von früher – seit meiner Kindheit!" Magalis Stimme stolperte: „Ich…ich fühle mich verantwortlich. Er hat meine Mutter geliebt. Sie ist tot und wie es aussieht, will er ihr Werk vollenden. Möglicherweise geht es nur darum – nicht um seine Überzeugung. Lassen Sie mich mit ihm reden. Vielleicht hört er auf mich, weil ich ihre Tochter bin."

Oberst Negli ließ diese neuen Informationen erst einmal auf sich wirken. Er wog das Für und Wider gegeneinander ab und kam zu dem Schluss, dass es einen dramatischen Mangel an Alternativen gab. „Wo sind Sie?", fragte er.

„In Nürnberg, auf dem Flughafen. Ich komme nach Rom."

„So spät geht meines Wissens keine Maschine mehr."

„Mein Schwiegervater hat ein eigenes Flugzeug. Einen Moment, bitte." Der Oberst hörte, wie im Hintergrund erneut einige schnelle Worte gewechselt wurden, dann war die junge Frau wieder am Apparat. „Der Pilot sagt, wir werden kurz vor 1:00 Uhr in Fiumicino landen. Wir haben gerade die Sondergenehmigung für den Spätstart erhalten."

„Gut, einen Versuch ist es wert. Ich lasse Sie an der General Aviation abholen, Frau von Stetten." Er beendete das Gespräch und wandte sich an Jules. Doch der war verschwunden.

„Wo ist Lafitte?", fuhr er Bertram an, der erschrocken dreinblickte, und dann Grassa, der am Van lehnte und selber telefonierte. Der Commissario unterbrach das Gespräch und sagte: „Eben war er noch da. Soll ich eine Fahndung rausgeben?", fragte er.

„Zeitverschwendung", antwortete der Kommandant.

KAPITEL 50

Magali

Drei Stunden zuvor…

NÜRNBERG/DEUTSCHLAND

„Ich will aber nicht ins Bett, ich bin noch ganz wach", rief Matti eifrig. Er hockte in seinem Zimmer in der Villa inmitten seiner Carrera-Bahn und hackte wild auf eine Fernsteuerung ein. Um ihn herum sausten mit ohrenbetäubendem Lärm zwei Autos im Kreis. Die drei Hunde hatten sich in einer Ecke zu einem undefinierbaren Fellknäuel zusammengeschmiegt. Sie konnten dem Lärm der Rennbahn ebenso wenig abgewinnen wie Magali. Sie seufzte. Jeden Abend die gleiche Diskussion. „Es ist schon nach acht Uhr, und du hast morgen früh Schule, Schatz", rief sie gegen den Krach an. Sie trat über die Rennbahn, beugte sich hinab und versuchte, nach der Fernsteuerung zu greifen. Matti sah seine Mutter empört an. „Menno, Mami."

„Menno, Matti", antwortete Magali und konfiszierte die Fernbedienung mit einer schnellen Bewegung. „Ab ins Bad. Händewaschen, Zähneputzen. Zahnpasta ist schon auf der Bürste."

Matti stapfte missmutig Richtung Tür. Dort drehte er sich um und fragte: „Wann kommt Papa wieder?"

„Weißt du doch. Papa muss noch etwas Wichtiges in Rom klären. Dann kommt er sofort zu uns. Und Tante Lucie auch."

„Yippie, Papa und Tante Lucie kommen!" Matti konzentrierte sich – wie immer – nur auf die guten Seiten, die ihm das Leben bot. Er stürmte hinaus. Magali entnahm einer Kommode einen Spiderman-Schlafanzug und frische Wäsche und folgte ihrem Sohn ins Bad. Er hatte bereits seine Kleider auf dem Boden verstreut und trug nur noch Unterhose und Socken. „Zieh deine Socken aus, die sind ganz schmuddelig. Und hier, eine frische Unterhose."

„Menno, schon wieder?", maulte Matti, streifte aber gehorsam beides ab. Wie sich herausstellte, waren nicht nur die Socken schmuddelig. „Meine Güte, Matti." Magali musste einfach lachen. „Wo hast du dich denn herumgetrieben? Deine Füße sind ja fast schwarz! Ab in die Wanne."

„Ich will aber nicht baden!", protestierte Matti.

„Musst du auch nicht. Ich will dir deine dreckigen Pfoten nur schnell abbrausen."

Eine Viertelstunde später gesellte sich Magali zu ihrer Schwiegermutter ins Wohnzimmer. Evelyn sah sich eine Folge der Serie „Matula" an, in der das ZDF kürzlich ihren dienstältesten Detektiv recycelt hatte. Lukas' Eltern waren, im Gegensatz zu ihrer Schwiegertochter, nicht darüber informiert, dass heute der zweite Übergabeversuch stattfinden würde.

Lukas hatte Magali kurz nach 18:30 Uhr angerufen und ihr versprochen, sich sofort bei ihr zu rühren, wenn der Spuk vorüber war. Er hatte sie extra gebeten, seinem Vater nichts zu erzählen. Er müsse es allein durchziehen, nur so könne er die Sache beenden. Für Magali waren es bange Stunden des Wartens und es fiel ihr schwer, sich ihre Unruhe nicht anmerken zu lassen. Sie fühlte sich wie im Auge des Sturms.

Evelyn von Stetten war wie immer vor dem Fernseher eingedöst. Magali drehte den Ton herab und unterhielt sich leise mit ihrem Schwiegervater, der kurz nach ihr das Wohnzimmer betreten hatte. Heinrich von Stetten wollte noch die Nachrichten sehen.

Die Sendung begann mit den üblichen Beiträgen über Unruhen in Kiew und Kairo. Dazu Anschläge in Afghanistan und Indien und im Irak, wo sich Gotteskrieger, deren Vormarsch zwar gestoppt war, einen ausufernden Guerillakrieg mit allen Parteien lieferte, die keinen islamischen Gottesstaat wollten. Die Kurden hatten ihren eigenen Staat ausgerufen, und in Syrien und

Libyen hielten die Kämpfe unter den Milizen weiter an. Und immer noch oder schon wieder flogen Raketen zwischen Gaza und Israel. Der Mittlere Osten versank in Anarchie. Magali fragte sich nicht zum ersten Mal, warum bloß alle glaubten, dass die Lösung darin läge, sich gegenseitig umzubringen?

Sie dachte an ihren kleinen Sohn, der friedlich in seinem Bett schlief. Und sie würde alles dafür geben, dass es so blieb. Kinder sollten in Frieden aufwachsen. Das sollte Aufgabe und Auftrag aller Eltern sein, ihren Kindern eine glückliche Kindheit zu sichern, ohne Krieg und Gewalt. Plötzlich sehnte sie sich danach, Matti nochmals über den blonden Schopf zu streichen. Sie erhob sich und wünschte ihrem Schwiegervater eine gute Nacht. Sie war schon an der Tür, als das Fernsehprogramm durch eine Sondersendung unterbrochen wurde. Die Moderatorin der Tagesthemen erschien auf dem Bildschirm. Links neben ihr war eine Abbildung des Petersdoms eingeblendet, die Schlagzeile in dramatischem Rot darunter lautete:

BOMBEN-TERROR IN ROM

Mit bedeutungsschwangerer Stimme verkündete die Moderatorin: „*Wir unterbrechen die Sendung für eine Sondermeldung. In Rom hat sich vor weniger als zwei Stunden ein mutmaßlicher Terroranschlag ereignet.*“ Ein kurzer Film wurde eingeblendet. Zu sehen war ein abgesperrtes Trümmerfeld, umringt von Einsatzfahrzeugen mit blinkendem Blaulicht und einer dichtgedrängten Menschenmenge.

Entsetzt lauschten Magali und Heinrich von Stetten dem Bericht. Irgendein Verrückter hatte am frühen Abend die kleine römische Wallfahrtskirche Domine Quo Vadis auf der Via Appia Antica in die Luft gesprengt.

Erneut wurde die Moderatorin gezeigt. Die ansonsten kühl wirkende Blondine zeigte Emotionen, als sie sagte: „*Wie soeben bekannt wurde, gibt es offenbar auch eine Geiselnahme im Vatikan. Ein bisher noch unbekannter Mann soll im Petersdom einen hochrangigen Geistlichen in seine Gewalt gebracht haben. Wir schalten jetzt zu unserem Sonderkorrespondenten in Rom, Henryk Scholl, der live von dort berichtet. Henryk, was können Sie uns sagen? Um wen handelt es sich bei der Geisel? Wurden denn inzwischen Namen genannt?*“

„*Ja, Marietta Wolf, sogar mehrere sind im Umlauf. Derzeit konzentrieren sich die Spekulationen auf Bischof Anton Gänserich, den Privatsekretär des Papstes, der tatsächlich verschwunden scheint. Allerdings konnte ich gerade mit jemandem von der Polizei sprechen, und dieser hat interessanterweise den Namen des Bischofs von Laimburg ins Gespräch gebracht. Die Medien spekulieren ja schon länger über dessen Aufenthaltsort. Der Bischof wurde seit Sonntag nicht mehr öffentlich gesichtet.*“ Der Reporter legte eine kurze Kunstpause ein, dann ließ er die eigentliche Bombe platzen und sagte: *„Es gibt sogar Stimmen, die behaupten, dass es sich bei der Geisel um Papst Lorenzo persönlich handeln könnte."*

Die Moderatorin sprang sofort darauf an. Was für eine Meldung! *„Der Papst als mögliche Geisel? Wie schätzen Sie das Gerücht ein, Henryk?"* Ihre Stimme klang eine Nuance höher als sonst.

„Das ist schwer zu sagen, Marietta. Noch befinden wir uns im Bereich der Spekulation. Bis dato erfolgte keine offizielle Stellungnahme durch den Pressesprecher des Vatikans. Auch die Geiselnahme wurde noch nicht bestätigt. Was ich aber mit Sicherheit sagen kann, ist, dass innerhalb des Vatikans etwas Schwerwiegendes vor sich geht, das bezeugt allein die Masse der Einsatzkräfte vor Ort. Nicht nur die römische Polizei ist in Mannschaftsstärke aufmarschiert, sondern auch die gesamte Schweizer Garde, die Vatikanische Gendarmerie und Feuerwehr wurden aufgeboten. Der Kommandant der Schweizer Garde, Oberst Negli, hat den Oberbefehl über den Einsatz. Das spricht klar für ein Verbrechen innerhalb des Vatikans."

„Henryk, könnte diese massive Polizeipräsenz nicht auch mit dem Terroranschlag auf die Kirche Quo Vadis zusammenhängen? Vielleicht handelt es sich um eine weitere Bombendrohung gegen den Vatikan?"

„Das ist sicher nicht auszuschließen, Marietta. Die Gerüchteküche ist am Brodeln. Aber momentan kristallisiert sich tatsächlich immer mehr das Gerücht heraus, dass es sich um eine mögliche Geiselnahme handelt. Inzwischen wurden auch erste Stimmen laut, es könnte sich bei dem Bombenattentäter, der heute Abend die Quo-Vadis-Kirche dem Erdboden gleichgemacht hat, um den selben Täter handeln."

„Eine Forderung wurde aber noch nicht bekannt?", fragte die Moderatorin weiter.

„Nein, das ist bis jetzt auch noch völlig unklar. Wie Sie sehen, befinde ich mich momentan auf dem Balkon eines Gebäudes, das den Petersplatz überblickt. Der Petersplatz selbst wurde von der Polizei weiträumig abgesperrt und alle Zufahrtsstraßen wurden ebenfalls abgeriegelt."

Die Kamera zoomte den Petersplatz heran, auf dem unzählige Einsatzfahrzeuge mit Blaulicht und eine unüberschaubare Anzahl von Polizisten zu sehen waren. Der Reporter kam wieder ins Bild. Er hielt sich das Ohr: *„Ich empfange gerade eine Nachricht, offenbar tut sich etwas am Eingang zum Petersdom"*, sagte er aufgeregt.

Die Kamera schwenkte auf den Petersdom und das Kirchenportal füllte nun den gesamten Bildschirm aus. Es hatte sich einen Spalt breit geöffnet und schwang nun langsam auf. Eine Hand wurde sichtbar und wieder zurückgezogen. Im nächsten Augenblick wurde eine Gestalt nach vorne geschoben, die erkennbar ein langes weißes Gewand trug. Eine hinter ihr stehende Person hielt ihren Hals mit dem Arm umklammert, war aber selbst nicht auszumachen, sondern verharrte im Dunkel des Eingangs. Die Kamera zoomte das Gesicht der vorderen Person heran.

„*Mein Gott!*“, entfuhr es dem hartgesottenen Reporter. „*Es ist Papst Lorenzo! Papst Lorenzo ist die Geisel! Das ist unfassbar!*“ Die Kamera fuhr so nah es ging an den Papst heran, holte sein Gesicht, das ruhig und gefasst wirkte, auf die Bildschirme in aller Welt, und der Reporter sagte mit bewegter Stimme: „*In diesem Moment halten alle Katholiken dieser Erde den Atem an und beten für den Papst.*“ Die Kamera zoomte wieder auf einen größeren Ausschnitt zurück und blieb auf die Geschehnisse am Eingang des Petersdoms gerichtet. Auch Magali und ihr Schwiegervater hatten unwillkürlich den Atem angehalten. Durch den Körper des Papstes geschützt, war hinter diesem nur für den Bruchteil einer Sekunde der Kopf des Geiselnehmers zu sehen gewesen, wie er neben dem Papst ausspuckte und dann den Arm hob, als wollte er den Papst schlagen – was einen kollektiven Aufschrei durch die bis dahin wie gelähmt wirkende Menge jagte. Doch er riss ihm nur die Kette mit dem Bischofskreuz vom Hals und schleuderte sie von sich. Unmittelbar darauf, offenbar auf Befehl des Geiselnehmers, fingerte der Papst an seiner Hand herum, möglicherweise versuchte er, einen Ring abzuziehen. Der Geiselnehmer entriss ihm den Gegenstand und warf ihn ebenfalls in weitem Bogen von sich. Danach zerrte er Papst Lorenzo rückwärts zurück in die Kirche. Das Portal schloss sich wieder. Die gesamte Szene hatte keine Minute gedauert.

Die Kamera schwenkte nach unten, suchte den Boden ab und blieb schließlich sekundenlang und großformatig auf einem der beiden weggeworfenen Gegenstände haften.

Es war ein überaus bestürzendes Bild: *der Ring des Bischofs von Rom, der Fischerring, im Staub!*

Die Kamera schwenkte weiter und fing die geschockten Gesichter der Menge und der Einsatzkräfte auf dem Petersplatz ein. Danach wurde die Szene sofort wiederholt, dann zurückgespult, bis der Film an genau jener Stelle stoppte, als der Geiselnehmer für den Bruchteil einer Sekunde hinter dem Papst zu sehen war. Großformatig und im Standbild war sein Gesicht gut zu erkennen. Heinrich von Stetten war selbst so sehr auf die Ereignisse auf dem Bildschirm konzentriert, dass ihm jetzt erst auffiel, dass seine Schwiegertochter totenbleich war und am ganzen Körper zitterte. „Grundgütiger, Magali, ist dir nicht gut? Hast du Schmerzen? Ist es das Kind?“

In Magalis Augen schwammen Tränen, als sie sagte. „Nein, dem Baby geht es gut. Aber ich muss sofort nach Rom."

„Wegen Lukas? Kein Grund zur Sorge, meine Liebe. Komm, wir rufen ihn an." Er griff nach seinem Mobiltelefon auf dem Tisch.

„Nein, es ist nicht wegen Lukas. Ich kenne diesen Mann."

„Welchen Mann?"

„Den Geiselnehmer." Magali flüsterte die Worte fast. Sein Name war ihr in dem Moment eingefallen, als sie ihn gesehen hatte. „Er heißt Massimo Trapano. Als Kind nannte ich ihn Onkel Q."

KAPITEL 51

Rom/Palazzo Finzi-Contini/Viale Trinita dei Monti

D*es einen Freud, des anderen Leid…*
Gegen 21:10 Uhr war der Kardinalstaatssekretär Clemente Finzi-Contini vom Kommandanten der Schweizer Garde von der Geiselnahme unterrichtet worden – nur wenige Minuten, nachdem der Neffe des Papstes, Pater Matuschek, bewusstlos vor der Tür des Petersdoms gefunden und der USB-Stick mit der Forderung in seiner Tasche ausgewertet worden war.

Der Kardinal hatte keine Zeit verloren. Sofort hatte er einen Rundruf gestartet, in welchem er zum gemeinsamen Gebet für seine Heiligkeit in die Privatkapelle seiner Residenz bat.

In weniger als einer Stunde hatte sich die halbe römische Kurie bei ihm eingefunden, darunter die drei Präfekten der Glaubenskongregation, der Evangelisierung der Völker und der für ökonomische Angelegenheiten des Heiligen Stuhls.

Als die ersten schockierenden Fernsehbilder des Papstes in der Gewalt des Geiselnehmers über den Bildschirm liefen, hatte sein Sekretär Enzo, der vor dem Fernseher Wache hielt, das Gebet unterbrochen, und die Gruppe war in den Konferenzraum des Palazzos geeilt. Dort starrten sie jetzt wie gebannt auf den Bildschirm, auf dem gerade übergroß der Fischerring auf dem Pflaster des Petersplatzes eingeblendet war.

Finzi-Contini hatte Mühe, seine betroffene Miene aufrechtzuerhalten, während er innerlich jubelte. Was für ein symbolträchtiges Bild!

Endlich war es so weit, die Dinge kamen ins Rollen! Unwillkürlich rieb er sich den nackten Finger. Nicht mehr lange, und *er*, Kardinalstaatssekretär Clemente

Finzi-Contini, würde seinen eigenen Fischerring tragen. *Den Ring des Papstes!* Ein Geistesblitz durchfuhr ihn. *Genial,* dachte er. Genial deshalb, weil er mit diesem Schachzug keinerlei Risiko einging – weil es niemals dazu kommen würde.

„Enzo, verbinden Sie mich mit dem Kommandanten der Schweizer Garde", befahl er seinem Sekretär.

Die Verbindung kam erst nach einigen Minuten zustande. Der Kardinal trommelte ungeduldig mit seinen Fingern auf die Armlehne. Bevor Pater Enzo den Apparat an ihn weiterreichte, verkündete er dem Teilnehmer am anderen Ende mit wichtiger Stimme: „Ich verbinde Sie nun mit seiner Eminenz, Kardinalstaatssekretär Finzi-Contini."

Der Kardinal übernahm. Laut und für alle im Raum deutlich vernehmbar, sprach er in den Apparat: „Guten Abend, Kommandant. Meine Brüder und ich haben eben die erschütternden Fernsehbilder gesehen. Der Gedanke an seine Heiligkeit in den Händen eines solchen Mannes ist mir unerträglich. Darum habe ich beschlossen, mich hiermit als Austauschgeisel für seine Heiligkeit, Papst Lorenzo, anzubieten. Ich bitte Sie, dem Geiselnehmer das entsprechende Angebot zukommen zu lassen." Reihum hatte sich bei seinen Worten bewunderndes Gemurmel erhoben.

Finzi-Contini lächelte siegesgewiss in sich hinein. Diese noble Geste würde ihm endgültig die Mehrheit beim kommenden Konklave sichern. Nur noch kurze Zeit, und er würde nicht mehr am Katzentisch sitzen! Und dann würde abgerechnet werden.

KAPITEL 52

Rom/ Wohnung Via dei Coronari

19:17 Uhr – drei Stunden zuvor…

Zwei Minuten, nachdem Jules und Ryan die Wohnung verlassen hatten, sandte der Erpresser eine weitere Nachricht an Lukas.

„Sie betrügen schon wieder!!! Ich sagte KEINE Kommunikation. Was glauben Sie, mit wem Sie es zu tun haben? Ich habe vollen Zugriff auf Ihre Mobiltelefone und Computer. Bleiben Sie in der Wohnung und FUNKSTILLE!!!"

„Das ist jetzt nicht wahr!" Rabea hatte sofort ihr Mobiltelefon ausprobiert, aber es reagierte genauso wenig wie das von Lukas, der Festnetzanschluss war ebenfalls tot. Sie konnten mit der Außenwelt nicht mehr kommunizieren.

„Der hat mich geknackt", sagte Rabea fassungslos. „Scheiße. Von dem kann Jules noch was lernen." Wütend warf sie ihr Smartphone auf den Tisch, als träfe es die Schuld an ihrer Misere. Kurz schoss es ihr durch den Kopf, wie gut es war, dass Yussuf inzwischen tot war. Die Cyberlist, die Jules und sie ausgeheckt hatten, war gelungen. Jules hatte sich verständlicherweise sehr für Jakes Handy interessiert, und sie hatte es ihm deshalb kurzfristig überlassen – dabei hätte sie es jetzt selbst gebrauchen können.

„Warum will er dich dabei haben?", fragte Lukas angespannt.

„Sieh mich nicht so an, ich habe keine Ahnung." Nicht nur Rabea saß wegen ihres gehackten Handys auf heißen Kohlen, sondern auch Lukas: *Heute um 20:15 Uhr sollte er eigentlich Papst Lorenzo treffen!* Aber wie sollte er den Termin absagen, wenn er weder anrufen noch eine E-Mail senden konnte? Er würde den Papst versetzen müssen, und dieser Gedanke bereitete ihm beinahe so viel Unbehagen wie seine derzeitige Situation. Sicherlich wäre Seine Heiligkeit wenig erbaut davon, auch wenn Lukas einen triftigen Grund dafür anführen konnte. Vorausgesetzt, er überlebte den Tag.

Mit dem typischen Pfeifton kündigte sein Smartphone um 19:25 Uhr die nächste Instant-Message an.

Es war ein zehn Sekunden langer Videoclip, der die Quo-Vadis-Kapelle von außen zeigte. Das Ganze wirkte eher wie ein Standbild, die Straße war wie ausgestorben. Plötzlich gab es hinter den Fenstern einen blauen Blitz, und die Kirche fiel in sich zusammen. Einfach so. Lukas starrte noch immer ungläubig auf sein Handy, als die Sequenz längst vorüber war. Rabea nahm es ihm ab, startete das Video erneut und achtete auf jedes Detail. Als der blaue Blitz erschien, drückte sie die Stopptaste. „Das ist definitiv gefälscht, Lukas. Diesen blauen Blitz kennt man aus Science-Fiction-Filmen. Das ist nur ein simpler Bluff. Aber der Typ ist gut. Durchgeknallt, aber gut."

Das Handy pfiff, die nächste Message. 19:30 Uhr. „Verdammt mitteilsam", meinte Rabea. Lukas hatte ihr das Smartphone aus der Hand genommen und las laut vor: *„Das passiert, wenn Sie nicht tun, was ich Ihnen sage. Sie und die Rothaarige verlassen jetzt mit den Dokumenten durch den Nebeneingang das Haus. Ich warne Sie, ich kenne den Inhalt des Schließfaches. Wehe, Sie unterschlagen mir etwas. Gehen Sie zur Ponte Sant'Angelo. Unterwegs folgen neue Anweisungen. Sie haben vier Minuten Zeit. LOS!!!"*

„Was jetzt?", fragte Lukas nervös.

„Wir rennen, was sonst!", rief Rabea, während sie sich ihre Krokotasche schnappte und den Riemen des Behälters mit den Schriftrollen über die Schulter hängte. Nun drückte sie Lukas die Aktentasche mit den Original-Dokumenten in die Arme.

„Kommt gar nicht in Frage, du bleibst hier!"

„Wie bitte? Das ist jetzt nicht dein Ernst. Wir haben keine vier Minuten mehr, das wird knapp. Außerdem hat der Erpresser verlangt, dass ich mitkomme." Rabea griff nach Lukas und schob ihn energisch in Richtung Haustür. Lukas widerstrebte immer noch. „Ich komme mit bis zur Brücke, dann sehen wir weiter, okay?", bot Rabea schlau an. Lukas sah ein, dass Widerstand zwecklos war. Vorerst.

Mit einigen Sekunden Verspätung erreichten sie die Ponte Sant'Angelo. Die einst schönste Brücke der Antike hatte nichts von ihrem Charme verloren. Die

Fußgängerbrücke verband das östliche Ufer mit dem im westlichen Teil gelegenen Borgo und der Vatikanstadt. Atemlos hielten Rabea und Lukas inne und sahen sich um. Auf der Brücke hatten sich wie an jedem Sommerabend fliegende Händler und Musiker niedergelassen, um sie drängten sich viele Spaziergänger. Direkt vor Rabea und Lukas erhob sich majestätisch das Castel Sant'Angelo in den nächtlichen römischen Himmel. Die abendliche Beleuchtung verlieh der runden Burg ein geradezu mystisch verklärtes Aussehen – das Camelot Roms.

Rabea sah auf die Uhr, die eben auf 19:41 Uhr umsprang. „Sollen wir jetzt hier warten, oder die Brücke überqueren?"

Lukas zuckte nervös mit den Schultern. Er lehnte an der Balustrade und hatte die Aktentasche zwischen seinen Beinen abgestellt. „Wir warten hier."

„Woher wusste Trapano eigentlich von dem Nebeneingang?"

„Keine Ahnung. Ist doch jetzt auch egal."

„Finde ich nicht, falls der uns doch in der Wohnung belauschen kann. Jules sollte sich das später mal ansehen."

„Wenn du meinst." Lukas wirkte, als würde er nur halb hinhören. Verständlich. Rabea sah selbst schon wieder auf ihre Uhr. „Er ist spät dran. Wir hätten gar nicht so zu rennen brauchen."

„Es sind doch nur Minuten." Wie abgerufen, ging die nächste Nachricht ein. 19:45 Uhr.

Gehen Sie zum Petersplatz, bis zum Obelisken. Sie haben vier Minuten.

Sie rannten los. Rücksichtslos kämpften sie sich durch die vielen abendlichen Spaziergänger. Auf der Via della Conciliazione wurde es leichter. Trotzdem benötigten sie wieder mehr als vier Minuten, bis sie völlig abgehetzt vor dem Obelisken ankamen. Hektisch sahen sie sich um. Rundherum hatte sich auf der abgestuften Podestfläche ein buntes Völkchen niedergelassen. Verliebte Paare, Studenten, müde Touristen. Rabea entdeckte sogar zwei ältere Nonnen in langem schwarzen Habit, die gerade dabei waren, ihre selbstgemachten Brote zu verspeisen. Rabea umrundete den Obelisken. Es gab keinen direkten Zugang, das einzige Gatter war abgesperrt. Offenbar waren alle über das halbhohe Gitter gestiegen, das den Obelisken einzäunte. Auch die beiden Nonnen.

Die Minuten vergingen. Die Kirchenglocke schlug achtmal.

„Erst diese Scheißrennerei und dann dieses Nerven zersetzende Warten!", stöhnte Rabea. „Sag mal", sie zeigte auf den Obelisken, „das war doch hier, wo Nero Petrus killen ließ? Meinst du, die Ortswahl hat eine Bedeutung?" Lukas reagierte nicht auf sie. Rabea folgte seinem Blick. „Was ist los, Lukas? Warum starrst du die Tür zum Petersdom an, als verbürge sich dahinter das Gelobte Land?“

Lukas’ Handy klingelte und enthob ihn einer Antwort. Was hätte er auch sagen sollen? Dass er darauf starrte, weil der Papst ihn dort um 20:15 Uhr erwartete? Er meldete sich und ein triumphierendes Lachen drang an sein Ohr. *„Ich habe es mir anders überlegt. Sie brauchen einen Denkzettel, von Stetten!“* Klick, die Verbindung war unterbrochen.

Rabea hatte mitgehört. „Was für ein Denkzettel?“, fragte sie. Der Pfeifton verkündete die nächste Nachricht.

Wieder wurde die Quo-Vadis-Kapelle innen von einem blauen Blitz erhellt und fiel dann wie ein Kartenhaus in sich zusammen. Auf den ersten Blick schien es sich um denselben Film zu handeln, doch dieser hier wirkte irgendwie echter, realer. Lukas’ Hand zitterte leicht. „Bitte sag, dass das auch ein Bluff ist“, flüsterte er. Bevor Rabea etwas erwidern konnte, traf die nächste Nachricht ein. 20:05 Uhr:

Sie beide gehen jetzt zum Santa-Ana-Tor und melden sich bei der Schweizer Garde. Sie werden erwartet und in den Dom begleitet. Kein Wort zu niemandem, sonst fliegt die nächste Kirche in die Luft.

Wie es aussah, würde Lukas doch noch rechtzeitig zu seiner Verabredung mit dem Papst kommen. Der Erpresser hatte die ganze Zeit über nur mit ihnen gespielt.

KAPITEL 53

Papst Lorenzo

PETERSDOM – WAS ZUVOR GESCHAH...

Der Heilige Vater ließ seinen Blick durch die Tiefen der Krypta streichen. Er liebte diesen Ort der Kontemplation. Seit er von Gott auserwählt worden war, den Fischerring zu tragen, kam er beinahe täglich hierher. Hier fühlte er sich Gott am nächsten, konnte seine Gedanken ordnen und fand Ruhe. Aber nicht heute. Zum ersten Mal konnte er die Bürde seines Amtes spüren. So viele Aufgaben harrten seiner, so viele Erwartungen hatte er zu erfüllen. Und immer wieder stand ihm der Teufel in seinen mannigfaltigen Verkleidungen im Weg. Der Teufel war die Gier, die Genusssucht und die Maßlosigkeit. Er war die Missgunst, die Selbstsucht und die Ignoranz. Und er war die Dummheit, der die Leute zu Arroganz und Intoleranz verleitete – und zum Hass. Und dem Hass folgte das Töten. Doch er würde den Kampf aufnehmen, jede Seele war es wert, errettet zu werden. Er würde dem Hass mit Liebe begegnen. Das war sein Auftrag. Gottes Auftrag. Er würde ihn erfüllen. Mit Gottes Hilfe.

Heute war er nicht allein hierhergekommen, sondern in Begleitung. Gemeinsam mit Bischof von Elsterich und seinem Neffen Josef hatte er am Grab des Heiligen Petrus gebetet. In seiner Not hatte sich ihm der Bischof kürzlich anvertraut und nun trug auch der Heilige Vater einen Teil der Last, unter der das Gewissen des Bischofs litt. Für den heutigen Abend hatte er ein gemeinsames Treffen mit Lukas von Stetten und dem Bischof anberaumt, da sein Geständnis teilweise auch die Von-Stetten-Stiftung betraf.

Der Heilige Vater sah unauffällig auf seine schlichte Armbanduhr. So sehr er die Stille dieses Ortes genoss, die Zeit machte auch vor der Abgeschiedenheit der Nekropole nicht halt. Mochte sie für die Toten still stehen, für das Oberhaupt der Katholischen Kirche schritt sie unbarmherzig voran. Es war Zeit zu gehen. Die Dreiergruppe stand eben im Begriff, sich vom Grab zurückzuziehen, als sich unvermittelt wie aus dem Nichts heraus, eine Gestalt vor ihnen manifestierte. Es war ein gedrungener Mann von mittlerem Alter und mittlerer Größe. Auf eine gewisse Art war alles an ihm mittelmäßig, eine jener Menschen, die man in der Menge sah und schnell wieder vergaß. Was aber an ihm auffiel, war sein strenger Geruch. Den Heiligen Vater fröstelte es, als er diesen gewahrte. Er kannte den Geruch, war ihm oft genug begegnet. Es war der Geruch des Todes. *Wie hatte es der Mann geschafft, alle Sicherheitsvorkehrungen zu umgehen?*, fragte er sich fassungslos. Ausgerechnet heute, da es ihm gelungen war, seinen Wächtern der Garde wenigstens für eine Stunde zu entkommen? Noch während der Papst mit seinem Schrecken rang, hatte der Eindringling eine Pistole, die zwar weiß, aber deshalb nicht weniger bedrohlich wirkte, auf sie gerichtet und seinem Neffen Josef befohlen, zuerst den Bischof und dann ihn mit Kabelbinder zu fesseln.

Dabei hatte der Heilige Vater nicht verhindern können, dass sein Neffe plötzlich den Helden spielen musste. In seinem Bemühen, den Mann zu überwältigen, stieß dieser ihn mit einer heftigen Bewegung von sich, sodass Josef das Gleichgewicht verlor und unglücklich mit dem Kopf auf dem marmornen Podest des Petrusgrabs aufschlug. Er war sofort bewusstlos gewesen. Der Eindringling blieb unbeeindruckt von der Bitte des Heiligen Vaters, seinem Neffen beistehen zu dürfen, stattdessen fesselte er Josef selbst die Hände, ließ ihn liegen und scheuchte anschließend den Bischof und ihn die Treppe hinauf. Er befahl ihnen, sich auf die Stufen vor dem Hauptaltar zu setzen, mit Blick auf das Eingangsportal. Dort fesselte er ihnen auch die Füße.

„Was haben Sie vor, mein Sohn?“, versuchte der Heilige Vater mit dem Mann ins Gespräch zu kommen.

“Still, sonst knebele ich Sie. Und ich bin nicht *Ihr* Sohn!“, knurrte der Angesprochene ihn an, während er unruhig am Fuß der Treppe auf- und abmarschierte und dabei unablässig sein Mobiltelefon überprüfte. Offenbar erwartete er irgendetwas. In die Beobachtung des Mannes vertieft, zuckte er zusammen, als der dumpfe Klang der Kirchenuhr die angespannte Stille mit acht Schlägen zerriss. Auf diesen Augenblick schien der Mann gewartet zu haben und begann sofort hastig auf dem Display herumzutippen. Sekunden später grunzte er zufrieden und bearbeitete erneut sein Mobiltelefon.

Papst Lorenzo, in die Rolle des hilflosen Zuschauers gedrängt, stellte eigene Überlegungen an. Man hatte ihn gefangen genommen. Mitten im Vatikan. Einem Bereich, der als sicher galt. Bisher. Wer auch immer dieser Mann war, diese Tat musste von langer Hand geplant worden sein. War der Eindringling ein Einzeltäter oder steckte eine Organisation dahinter? Dieser Frevel konnte nur einen Grund haben: *Die Heilige Kirche sollte erpresst werden!* Aus diesem Grund vermutete er, dass der Unbekannte gerade seine Forderung absetzte. Als hätte er den forschenden Blick seines Gefangenen bemerkt, entfernte sich der Mann ein kleines Stück von ihnen, um zu telefonieren.

„Verstehen Sie irgendetwas?", raunte er von Elsterich zu, der steif neben ihm saß und als Antwort nur stumm den Kopf schüttelte. Der Bischof schien vor Angst wie paralysiert und augenscheinlich keines klaren Gedankens fähig.

Der Geiselnehmer kehrte zurück und baute sich vor dem Heiligen Vater auf: „Sie erwarten gleich einen Gast. Er kommt nicht allein, die Journalistin Rosenthal begleitet ihn." Er bückte sich und durchtrennte die Fußfesseln, während er dem Papst die Anweisung erteilte: „Sie werden jetzt der Schweizer Garde Bescheid geben, dass Sie die beiden erwarten. Sie sollen zur Porta Santa Anna geführt werden, wo Sie sie selbst einlassen werden. Ich warne Sie, Papst, ein falsches Wort, und das war es mit Ihrem Bischof hier. Verstanden?" Als der Papst zögernd verharrte, weniger um den Mann zu provozieren, als im Bemühen, hinter all dem einen Sinn zu ergründen, setzte der die Pistole zur Veranschaulichung am Kopf des Bischofs an. Dieser gab einen erstickten Laut von sich und begann am ganzen Leib zu zittern.

Der Geiselnehmer wartete, bis das Kirchenoberhaupt nickte und wählte die offenbar voreingestellte Nummer der Schweizer Garde. Wortlos hielt er ihm das Telefon hin, welches der Papst mit gefesselten Händen entgegennahm. Ihm blieb keine Wahl. Den Blick auf die Pistole gerichtet, kündigte er dem Wachhabenden in knappen Worten die beiden Besucher an.

Sollte dem Schweizer das Ganze merkwürdig vorkommen, so ließ er es sich nicht anmerken. Anschließend musste der Heilige Vater hilflos zusehen, wie auch die beiden jungen Leute in die Gewalt des Geiselnehmers gerieten.

Die Augen des jungen von Stetten weiteten sich, als er neben dem Papst den bewaffneten Eindringling entdeckte. Mit einer raschen Bewegung hielt er die junge Frau an seiner Seite davon ab, aus einem Reflex heraus etwas zu tun, was womöglich jeder der Anwesenden bereuen würde.

Der Geiselnehmer scheuchte sie mit der Pistole vor sich her. Als sie den Altar erreichten, auf dessen Stufen der gefesselte Bischof wie ein Häuflein Elend hockte, konnte die junge Frau nicht mehr an sich halten: „Heilige Scheiße, der Papst und der Bischof!" Ihr Blick huschte über die Anwesenden und blieb auch kurz auf dem Heiligen Vater haften. Der entdeckte nicht nur Unglauben darin, sondern auch einen Ausdruck, den er nicht deuten konnte. Wäre die Lage nicht so ernst gewesen, hätte er es fast als Belustigung bezeichnet. Als Nächstes tat die Frau etwas völlig Unerwartetes. Sie trat einen Schritt auf den Geiselnehmer zu und zischte: „Verdammt! Was soll der Mist hier? Bist du verrückt geworden? Warum folgst du nicht Carlottas Plan?"

Den Entführer hatte es dabei fast herumgerissen. Mit dieser Form der Konfrontation hatte er nicht gerechnet. Sekundenlang schien er nicht zu wissen, wie er reagieren sollte. Dann wich er zurück, umklammerte die Pistole mit beiden Händen und richtete sie auf die Journalistin. „Wer sind Sie?", fragte er, bemüht, seiner Stimme einen festen Klang zu geben.

„Stell dich nicht dumm. Ich bin eine Freundin Carlottas."

„Sie lügen!"

„Quatsch! Sie sagte mir, du hättest Anweisung, mich zu kontaktieren. Aber nicht so! Warum ziehst du mich in diesen Scheiß rein? Ich hau ab!" Die Frau wandte sich ab, als wollte sie einfach davonspazieren. Der entsetzte Blick des Heiligen Vaters folgte ihr, während sich sein Verstand überschlug. War sie eine Verbündete des Geiselnehmers?

„Stehenbleiben!", brüllte der ihrem Rücken zu. Auch der junge von Stetten war einen Schritt vorgesprungen und rief jetzt panisch: „Mensch, Rabea, tu, was er sagt!"

Die junge Frau hielt inne und drehte sich langsam herum. Nicht im Geringsten beeindruckt, fuhr sie den Fremden an: „Warum willst du mich dabeihaben, wenn du mich angeblich nicht kennst?"

„Es gehört zu meinem Plan!"

„Schöner Plan. Wir werden hier alle verrecken! Warum hast du dich verdammt nochmal nicht an Carlottas Anweisungen gehalten?"

„Ich weiß von keinen Anweisungen!“ Erstmals hatte sich Unsicherheit in die Stimme des Mannes geschlichen.

Die Journalistin taxierte den Fremden, ehe sie halblaut sagte: „Nicht hier, vor den Leuten. Du“, sagte sie zu von Stetten, „setz dich zu den anderen auf die Stufe. Es macht mich nervös, dass du hier so rumstehst.“ Der Angesprochene sandte Rabea einen tödlichen Blick, wehrte sich jedoch nicht dagegen, als sie ihn fesselte. Der Geiselnehmer hatte nicht protestiert, dass sie die Initiative an sich gerissen hatte. Allerdings prüfte er nach, ob sie den jungen Mann auch richtig gefesselt hatte. Er nahm Aktentasche und Schriftrollen an sich und deponierte sie auf dem Altar.

„Jetzt hast du, was du wolltest. Zufrieden?“, fragte sie mit hochgezogenen Brauen und ergänzte. „Ich weiß, wer du bist.“

„Sie bluffen doch bloß!“ Er nötigte sie mit der Waffe, sich neben die anderen auf die Stufen zu setzen.

„Dein Vorname beginnt mit M, dein Nachname mit T. Reicht das als Beweis?“, ließ sie nicht locker.

„Nein. Außerdem weiß ich, dass du Carlottas Gefangene warst“, wehrte der Geiselnehmer schroff ab. „Fessele deine Füße“, forderte er sie auf und hielt ihr den Kabelbinder hin.

Während sie gehorchte, sagte sie: „Das gehörte alles zu unserem Plan. Der Vollstrecker hat mir nichts getan, oder? Ich habe seit Jahren heimlich mit Carlotta zusammengearbeitet. Wer, glaubst du, hat Carlotta informiert, wo sich das Evangelium befindet. Der Heilige Geist?“

„Das erfinden Sie jetzt alles!“

„Ach ja? Und wieso weiß ich alles über deine Forschungen zum Freie-Raumenergie-Konverter? Und dass die Wirtschaftsmafia versucht, deine Erfindung der Öffentlichkeit vorzuenthalten – wenn Carlotta mir nicht selbst davon erzählt hätte? Sie war überzeugt, dafür hättest du längst den Nobelpreis verdient.“

„Das weißt du?“, stieß der Geiselnehmer verblüfft hervor.

Der Heilige Vater war nicht minder verblüfft. Sein Blick pendelte zwischen den beiden, die sich jetzt ein anhaltendes, stummes Augenduell lieferten. Er spürte, dass die Frau gerade einen Nerv getroffen hatte.

Bevor diese antwortete, wandte sie ihr Gesicht kurz dem Heiligen Vater zu, sodass der Geiselnehmer nicht sehen konnte, was sie jetzt tat: *Sie zwinkerte ihm zu!* Ihm blieb nur kurz Zeit, sich darüber zu wundern, weil sich die Geste durch ihre nächsten Worte von selbst erklärte: „Natürlich. Hör zu“, sagte sie jetzt im vertraulichen Ton zu dem Eindringling, „ich habe nichts dagegen, dass du dir den Papst vorknöpfst. Der Fisch stinkt immer vom Kopf. Der Vatikan hat ja nicht einmal das Artenschutzabkommen unterzeichnet. Ich finde, es ist dein gutes Recht, der Welt zu zeigen wie übel sie dir mitgespielt hat. Glaub mir, ich verstehe deine Mission, aber doch nicht so!“

„Aber die Welt muss erfahren, dass sie betrogen wird und meine Maschine funktioniert!“, rief er erbost.

„Und wie stellst du dir das vor?“

„Was glaubst du, warum ich hier bin? Warum ich den Papst als Geisel genommen habe? JETZT werden sie mir zuhören! Ich lasse den Energie-Konverter auf dem Petersplatz von Wissenschaftlern nachbauen. Die Menschen müssen erfahren, dass es möglich ist, die Welt mit unendlicher Energie zu versorgen. Dass daran aber niemand ein Interesse hat! Weil es niemals um das Wohl der Menschen geht, sondern immer nur darum, dich, mich, uns alle bis in alle Ewigkeit auszubeuten!“ Der Fremde war in seiner Erregung immer lauter geworden, dabei wedelte er jetzt mit seiner Waffe von einem zum anderen, was ein kollektives Wegducken zur Folge hatte. Lediglich die junge Frau zuckte mit keiner Wimper. „Aber was geschieht danach?“, fragte sie unbeirrt.

„Ich verstehe nicht…“

„Wenn deine Forderung erfüllt wird und die Maschine aufgebaut ist, wer führt sie vor?“

„Ich, wer sonst?“

„Keine gute Idee. Sobald du dich da draußen blicken lässt, erschießt dich ein Scharfschütze.“

„Ich nehme den Papst als Schutzschild.“ Der Heilige Vater hörte, wie der junge von Stetten, der die Szene bis dahin mehr oder weniger fassungslos verfolgt hatte, einen Laut der Empörung ausstieß und dabei eine Bewegung machte, als wollte er trotz der Fesseln auf die Beine kommen. Der Geiselnehmer richtete seine Waffe sofort auf ihn und gab ihm damit zu verstehen, dass für Heldentum ein schlechter Zeitpunkt war.

„Den Heiligen Vater als Schutzschild?“, fragte die junge Frau inzwischen ungläubig. „Damit verspielst du alle Sympathien.“

„Na und? Mich hat nie jemand gemocht! Niemand, außer Carlotta", rief er verbittert.

Die junge Frau beugte sich ihm entgegen und forderte mit Nachdruck: „Denk nach! Du bringst der Menschheit mit deiner Erfindung etwas Gutes. Das wird sie aber kaum verstehen, wenn du mit dem Leben des Papstes spielst. Die Menschen werden denken, wenn das wahr wäre, müsste dieser Trapano nicht zu diesen Mitteln greifen. Selbst wenn deine Maschine auf Knopfdruck funktioniert, wer soll dir das noch glauben?"

„Was soll ich dann tun?", fragte der Geiselnehmer unsicher.

Jetzt hat sie ihn!, schoss es dem Heiligen Vater durch den Kopf, dem langsam dämmerte, welches Ziel die junge Frau verfolgte. Er hatte Mühe, es sich nicht anmerken zu lassen.

„Du brauchst starke Verbündete", beschwor sie ihn jetzt. „Personen, die die Macht haben, dich zu schützen und deine Erfindung durchsetzen können. Genau *das* war Carlottas Plan. Daran hat sie gearbeitet."

„Und wer soll das sein?", fragte er zweifelnd zurück. Seine Miene spiegelte deutlich den inneren Zwiespalt wieder, in dem er sich befand.

Die nächsten Worte sprach die Frau langsam aus, betonte jede Silbe, damit sie ihre Wirkung nicht verfehlten: „Der vermutlich nächste Präsident der Vereinigten Staaten, Senator Jefferson Delano Whitewolf."

„Was? Soll das ein Witz sein? Du bist ja völlig verrückt!", rief der Geiselnehmer empört.

„Das finde ich nicht", brachte sich der Heilige Vater an dieser Stelle selbst ins Spiel. Lange genug hatte er nur den Statisten gespielt. Nun galt es, der Reporterin beizustehen, die die Situation so geistesgegenwärtig erfasst und ihren Verstand gebraucht hatte, anstatt ihrer Fäuste, wie sein unglücklicher Neffe Josef. „Mich interessiert Ihre Erfindung auch. Für den Menschen da zu sein, Sorge zu tragen, dass es ihm an Leib und Seele gut geht, ist meine Berufung." Bevor Papst Lorenzo weitersprach, bedachte er den Geiselnehmer mit jenem besonderen Blick, den sein Amt mit sich brachte – eine Mischung aus Milde und Nachdruck. „Ich bin erst kurz im Amt. Aber mir ist bewusst, dass in der Vergangenheit Fehler begangen wurden. Priester, Kardinäle und Päpste sind auch nur Menschen. Wir handeln menschlich und tun dabei nicht immer das Richtige. Geben Sie mir die Gelegenheit, in Ihrem Fall das Richtige zu tun. Lassen Sie mich Ihnen helfen." Im Stillen zollte er der Journalistin Beifall. Sie hatte sich die Sucht des

Geiselnehmers nach Anerkennung zunutze gemacht und ihn geschickt in eine bestimmte Richtung gelenkt. Und am Ende ging der Plan der jungen Frau auf.

Sie überredete den Geiselnehmer, sie gehen zu lassen, damit sie mit Senator Whitewolf Kontakt aufnehmen konnte. Der Mann hatte zwar zunächst noch darauf bestanden, es telefonisch zu versuchen, doch die junge Frau hatte ihn überzeugt, dass sie eher Erfolg haben würde, wenn sie persönlich bei ihm vorsprach.

Während dieser Rabea zum Einstieg in die Cloaca begleitete, räusperte sich Lukas verhalten neben Papst Lorenzo, als wollte er etwas sagen.

„Nur keine falsche Zurückhaltung, junger Freund“, forderte der Papst ihn dazu auf, „wir sind alle Gefangene und sitzen im gleichen Boot. Was immer geschieht, wir sind jetzt in Gottes Hand.“

„Ja, Heiligkeit. Trotzdem wollte ich anmerken, dass meine Freundin es nicht so gemeint hat. Sie ist manchmal sehr impulsiv.“

„Warum? Sie hat ja recht. Die Tierschützer bombardieren mich mit Einlassungen. Ich bin froh, dass sie mir nicht die Vatikanische Elfenbeinschnitzerei unter die Nase gerieben hat. Es gibt zu viel Aberglauben. Ich fürchte, ich muss die Schnitzerei schließen, wenn ich glaubhaft bleiben möchte.“

„Ich meinte eigentlich die Bemerkung, dass der Fisch immer vom Kopf stinkt, Heiligkeit“, sagte Lukas verlegen.

„Da kann ich mich nur wiederholen. Damit hat sie auch recht“, erwiderte der Papst bedächtig. Eine Weile schwiegen sie, bis sein Gesprächspartner sagte: „Ich fürchte, wir sind jetzt weniger in Gottes Hand, Heiligkeit, denn in der meiner Freundin.“

„Wohl wahr, junger Freund, und das sage ich als Mensch. Als Papst würde ich doch meinen, dass es der höheren Instanz obliegt. Beten wir.“

Der Geiselnehmer kehrte zurück, und der Heilige Vater nutzte die Gelegenheit: „Bitte, was ist mit meinem Neffen? Würden Sie wohl so freundlich sein, nach ihm zu sehen?“

„Bin ich die Heilsarmee?“, brummte der Mann verdrossen. Doch er stapfte davon, kehrte kurz darauf zurück und sagte zu Lukas, während er dessen Fußfesseln löste: „Sie kommen mit. Wir legen den Mann vor der Kirche ab.“

KAPITEL 54

„*Komm zur Ponte Rotto. Ich warte dort. R.*“ Diese mysteriöse Nachricht ging bei Jules in dem Moment ein, als Magali bei Oberst Negli anrief. Kurz fragte er sich, ob sie echt war oder ein Fake. Er konnte sich beim besten Willen nicht erklären, ob und wie Rabea dem Entführer hatte entkommen können, und warum sie ihn ausgerechnet dort treffen wollte. Aber er hatte gelernt, dass bei seiner Freundin alles möglich war und – wenn er das Rätsel lösen wollte –, er das Risiko eingehen musste.

Jules gab die Adresse in seine Navi-App ein. Sie zeigte ihm, dass der nächste Weg über den Tunnel zu Fuß in fünfzehn Minuten – im Laufschritt also in gut zehn Minuten zu schaffen wäre. Aber der Tunnel war längst von der Polizei gesperrt worden. Er musste zurück, quer durch den Borgo.

Inzwischen war halb Rom auf den Beinen und drängte zum Petersplatz. Jules hatte selten solche Menschenmassen erlebt, er kam sich vor wie an der Kaaba in Mekka. Der Kordon der Herandrängenden wurde schließlich so engmaschig, dass es kaum noch ein Durchkommen gab. Mühsam stemmte er sich gegen die Leiber, nutzte rücksichtslos jede Lücke und half hier und da mit dem Ellenbogen nach. Er mochte nicht daran denken, was passierte, sollte eine Panik ausbrechen.

Erst als er den westlichen Uferweg erreicht hatte, wurde es besser. Wie in einem Parcours schlängelte er sich durch die Passanten hindurch. Er schien der Einzige zu sein, den es in die andere Richtung drängte. An der Ponte Principe Amadeo hastete er die Treppe hinab und lief direkt am Ufer entlang. Hier reihte sich eine Gastronomie an die andere. Noch fünf Brücken lagen vor ihm. Wo sonst um diese Sommerzeit das römische Nachtleben tobte, herrschte eine bedrückende Leere; nur vereinzelt entdeckte Jules noch Menschen, fast ausnahmslos in ihre Smartphones vertieft.

Endlich kam die Tiberinsel in Sicht und danach die Ponte Palatino, vor deren erleuchteter Silhouette die etwas niedrigere Ponte Rotto schemenhaft aus dem Tiber ragte. Fast eine halbe Stunde hatte er gebraucht, bis er die älteste Brücke Roms erreicht hatte. Lediglich ein Bogen war von ihr noch erhalten geblieben – *Ponte Rotto*, die kaputte Brücke. Mit anderen Worten, sie hatte keine Verbindung zum Ufer, sondern stand mitten im Fluss.

Jules inspizierte jetzt – weit über das Geländer der Ponte Palatino gelehnt –, den tieferliegenden Brückenbogen der Ponte Rotto. Er hatte drei Möglichkeiten: Entweder er schwamm, fand ein Boot oder er kletterte über das Geländer und sprang hinüber auf den Brückenbogen. Breit genug wäre er. Er musste dazu höchstens eine Distanz von zwei Metern überwinden; das Hinabklettern würde sowieso kein Hindernis darstellen, die Vorsprünge und Kapitelle an der alten Brücke böten ihm ausreichend Halt. Er entschied sich für die schnellste Variante: springen und klettern. Jules schwang sein Bein gerade über das Geländer, als ihm jemand auf die Schulter tippte. „Du hast dir verdammt lang Zeit gelassen. Wo ist Ryan?"

„Rabea! Du Teufelin!" Jules zog sein Bein zurück und riss sie in seine Arme.

„Schon gut, wirst du jetzt sentimental?", gab sich Rabea cool. Aber sie lachte dabei.

„Wie bist du hierhergekommen?"

„Einmal quer durch die Cloaca Maxima. Unter der Brücke ist ein Ausstieg."

„Und wie bist du ans Ufer gelangt?"

„Mit dem Boot, das Alpha Trapano dort deponiert hatte." Rabea zeigte auf das kleine Ruderboot am östlichen Ufer. Sie hatte es halb aus dem Wasser in den Schatten der Ufermauer gezogen. Es bot gerade Platz für drei Personen.

„Wo ist Ryan? Ich habe ihn auch angesimst."

„Er ist von der Van-Kampen-Villa in die US-Botschaft in der Via Vittorio Veneto gefahren. Schätze, er hat Schwierigkeiten, hierher zu gelangen. Ganz Rom ist ein einziges Chaos. Unser Erpresser hat als Ablenkungsmanöver Bombendrohungen für Kirchen und öffentliche Gebäude versandt."

„Ja, er hat damit geprahlt. Im Grunde ist das aber ein ganz armes Würstchen. Ihr sucht also noch immer nach seinem Versteck?"

„Besser", trumpfte auch Jules auf, „wir haben es gefunden. Und einen Zugang zur Cloaca Maxima! Und du? Wie bist du dem Alphatier entkommen?"

„Gar nicht. Ich habe ihn überredet."

„Du hast was? Wie hast du das angestellt?" Jules Miene schwankte zwischen Misstrauen und Zweifel.

„Ich habe ihm versprochen, bis spätestens 2:00 Uhr wieder zurück zu sein."

Jules' Blick bohrte sich in den von Rabea. „Was hast du vor?"

„Ich werde Trapano helfen, seine Vision zu verwirklichen – seine Erfindung muss an die Öffentlichkeit! Vorrangig müssen wir dafür sorgen, dass der Mann überhaupt so lange am Leben bleibt. Zufällig kenne ich jemanden, der in der Lage wäre, uns hierbei zu unterstützen. Aber ich muss ihn unbedingt heimlich treffen, ohne Polizei- und Medienmeute auf den Fersen."

„Trapanos Erfindung? Was soll das sein?"

„Dafür reicht jetzt die Zeit nicht. Außerdem, du würdest es eh nicht glauben."

„Aha. Und welchen großen Zampano meinst du?

„Senator Whitewolf. Er ist in der Stadt."

„Sieh an, der auch? Alle Wege führen nach Rom." Jules hatte aufgehört, sich zu wundern. „Hast du auch einen Plan?"

„Ja, zunächst sollten wir die Geiseln befreien. Einziger Haken: Wir brauchen ein Ablenkungsmanöver für Trapano."

„*Wir*...?" Jules sah Rabea wie ein nachsichtiger Vater an, dessen Kinder ihm schon des Öfteren Unmögliches abverlangt hatten. Rabea wappnete sich gegen einen Einwand, doch ihr Freund überraschte sie. „Dann erzähl mal, was du dir Verrücktes ausgedacht hast."

„Im Grunde ist es ganz einfach. Von hier führt direkt ein Weg in die..."

„Rabea!" Sie fuhr herum. Zum zweiten Mal innerhalb von Minuten wurde sie von kräftigen Männerarmen umfangen und beinahe erdrückt. „Puh, du stinkst", sagte Ryan lachend und küsste sie gleich noch einmal. „Sorry, dass ich so lange gebraucht habe. Es herrscht Ausnahmezustand. Überall Straßensperren. Was sollen wir hier?" Er sah sich fragend um.

Rabea brachte ihren Freund, der bis zu diesem Moment nicht geahnt hatte, dass sie zwischenzeitlich Geisel im Petersdom gespielt hatte, kurz auf den letzten Stand – inklusive ihres Plans, die Geiseln zu befreien.

Sie erntete pure Fassungslosigkeit. „Moment, du bist ihm entkommen und willst jetzt wieder zurück?"

„Das sagte ich doch gerade. Der Plan ist bombensicher."

„Bombensicher? Bist du verrückt? Das Einzige, was sicher ist, ist, dass der Typ sich dann in die Luft sprengt! Vergiss es. Der Mann ist mit Sprengstoff bewaffnet und unberechenbar. Wir informieren die Schweizer Garde und die Polizei. Es ist ihr Job.“

„Nein, Ryan“, widersprach Rabea bestimmt. „Du verstehst nicht, um was es hier geht. Der Geiselnehmer ist verzweifelt, weil er eine geniale Erfindung gemacht hat. Die Energielobby will ihn tot sehen. Er…“

„Was für eine Erfindung?“, wollte jetzt auch Ryan wissen und unterbrach sie deshalb. Er hatte die Arme verschränkt und sah sie an, als würde sie wirres Zeug von sich geben. Hilfesuchend schaute Rabea zu Jules. Doch von ihrem Freund war keine Hilfe zu erwarten. Er wartete nicht minder gespannt auf eine Erklärung.

Rabea stieß einen ärgerlichen Seufzer aus und sah demonstrativ auf ihre Uhr. „Raus mit der Sprache!“, forderte Ryan. „Die paar Sekunden sollten es dir wert sein.“

„Also gut. Die Kurzform: Massimo hat mit Raumenergie experimentiert und eine Möglichkeit entdeckt, sie zu nutzen. Er hat einen Generator gebaut, der diese unerschöpfliche Energie nutzt und Strom damit erzeugt. Seine Erfindung macht fossile Brennstoffe überflüssig, versteht ihr? Darum wird er von der Energielobby gejagt.“ Rabea hatte ihre gesamte Leidenschaft in die Worte gelegt, sie musste die beiden Männer unbedingt davon überzeugen, ihr zu helfen. Allein konnte sie ihren Plan niemals umsetzen.

„Das glaubst du? Dass dieser Verrückte das Energie-Versorgungsproblem der Menschheit gelöst hat? Und darauf fällst du herein? Ehrlich, ich hätte dich für klüger gehalten.“ Ryan schüttelte entsetzt den Kopf und sah sie an, als hätte sie komplett den Verstand verloren.

„Spar dir deine Überheblichkeit!“, fuhr ihn Rabea an. „Du hast null Ahnung von der Materie. Im Gegensatz zu dir habe ich mich gründlich damit beschäftigt. Glaubt mir, es funktioniert! Trapano wäre nicht der erste Wissenschaftler, den die Energielobby umbringen lässt! Das haben sie mit Nicola Tesla auch versucht, der zum gleichen Ergebnis wie Trapano kam. Ich lasse nicht zu, dass Trapano getötet wird. Ihr wollt mir nicht helfen? Auch gut. Ich rufe jetzt Whitewolf an.“

„Den Senator? Was hat er damit zu tun?“, reagierte Ryan verblüfft.

„Er kennt den Mann. Er war bei einem der Experimente dabei und weiß, dass es funktioniert."

„Das behauptet der Erpresser."

„Trapano hat mir den Film des Experiments vorgeführt. Ich glaube ihm."

Ryan riss endgültig der Geduldsfaden. „Du glaubst einem Terroristen und Mörder, der Kirchen in die Luft sprengt?"

„Soweit ich weiß, hat er bisher niemanden getötet."

„Ach, ihr hattet einen Fernseher in der Kirche?", blaffte Ryan.

„Nein, aber während ich hier gewartet habe, habe ich mir die bisherige Berichterstattung auf meinem Smartphone angesehen. Trapano hat es mir freigeschaltet."

„Die Medien wissen gar nichts. Es gibt eine Nachrichtensperre, um die Bevölkerung nicht zu beunruhigen. Die Lage in Rom ist außer Kontrolle, und du willst einen Verrückten retten?"

„Hast du mir vorhin nicht zugehört? Verstehst du nicht, um was es hier geht?", giftete Rabea zurück. „Auch der Papst will unbedingt, dass Alpha überlebt."

„Pax!", schritt Jules ein, bevor die Diskussion eskalierte. „So kommen wir nicht weiter. Ryan hat recht, es ist verrückt und das Risiko hoch. Ich habe den Kommandanten der Garde, Oberst Negli, kennengelernt. Ein Befreiungsversuch kommt für ihn nicht in Frage, er setzt auf Verhandlung." Rabea sah bereits ihre Felle davonschwimmen, als ihr Jules' nächste Frage wieder etwas Auftrieb gab. „Wie sieht es mit Trapanos Bewaffnung aus?"

„Er hat eine komische weiße Pistole. Er sagt, er hätte sie selbst gebaut. Weitere Waffen habe ich nicht bei ihm entdeckt."

„Hast du kleine silberne Röhren bei ihm gesehen?"

„Nein. Aber vom Altar führt eine Lunte zur Treppe hinunter in die Nekropole und weiter bis zur Grabstätte des Petrus. Was ist in den Röhren?" Ihr war der bezeichnende Blick, den Jules und Ryan getauscht hatten, nicht entgangen.

„In den Röhren befindet sich ein neuartiger Sprengstoff", klärte Jules sie auf. „Er ist latent radioaktiv und seine Sprengkraft enorm. Wenn er Sprengstoff am Ende der Lunte angebracht hat, genügt ein Streichholz und der halbe Dom fliegt in die Luft."

„Dann müssen wir ihn daran hindern, dass er in der Nähe der Lunte ist, wenn wir ihn überwältigen", sagte Rabea forsch – als hätte es nie einen Einwand gegen ihr Vorhaben gegeben. „Damit wären wir wieder am Anfang: Wir benötigen ein Ablenkungsmanöver! Das Kirchenschiff ist gigantisch, es liegen fast zweihundert Meter zwischen Altar und Eingang. Wir müssen Trapano nur dazu bringen, dass er nach vorne zum Eingang kommt, während wir gleichzeitig von unten her eindringen und Sprengstoff und Lunte einkassieren. Ich wünschte, ich könnte den Lockvogel spielen. Aber sobald ich auf dem Petersplatz auftauche, kassiert mich die Garde. Genau das habe ich Alpha erzählt, damit er mich ungesehen durch die Cloaca rausschleust. Er ist so naiv zu glauben, dass die Staatsmacht mich danach wieder hineinspazieren lässt." Rabea pustete sich eine Locke aus der Stirn, als konnte sie ihren Coup selbst noch nicht richtig fassen.

„Wahrlich, ein echtes Genie. Und der soll das Energieproblem gelöst haben...", kommentierte Ryan böse. Jules nachdenkliche Miene hatte sich hingegen aufgehellt: „Mir ist soeben die Idee für das ideale Ablenkungsmanöver gekommen. Das müsste sogar unseren Freund Ryan überzeugen."

„Das glaube ich kaum." Ryans gesamte Haltung drückte Ablehnung aus.

„Ich weiß nicht, warum du dich so sträubst", sagte Rabea hitzig. „Willst du nicht den Papst retten?"

„Natürlich, und ich verstehe auch, dass du deinen Freund Lukas retten willst", presste er schmallippig hervor.

„Ja, und den Bischof", antwortete Rabea spitz. „Drei Menschenleben, vier mit dem Trapanos."

„Und was ist mit deinem Leben?"

„Ryan", mischte sich Jules ein weiteres Mal ein. „Was wäre, wenn Rabea noch eine der Geiseln wäre? Und ich einen Plan hätte, wie wir sie da schnell rausholen? Vergiss nicht, die Zeit läuft uns davon. Der Mann ist Diabetiker und könnte jederzeit durchdrehen. Also, wenn du es in der Hand hättest, Rabea zu retten, was würdest du tun?"

Ryans Wangenmuskeln arbeiteten. Dann straffte er sich. „Okay, Rabea, dann schieß mal los."

Nachdem sie ihren Plan umrissen hatte, meinte er: „Du glaubst wirklich, du könntest den Weg in dem Labyrinth da unten zurückfinden? Einfach so?" Ryan suchte weiter nach dem Haken in Rabeas Befreiungsplan.

„Rabea hat ein fantastisches Gedächtnis", antwortete Jules für sie.

„Und ich habe die Schritte gezählt", ergänzte Rabea. „Heißt das, du bist dabei, Jules?", fragte sie.

„Ja, ich halte das Risiko für kalkulierbar. Außerdem ist Lukas auch mein Freund.“

Ryan selbst war nicht überzeugt, stimmte aber schließlich widerstrebend zu. „Da ich es dir offenbar nicht ausreden kann, Rabea“, stellte er grimmig fest, „komme ich mit, um dich zu beschützen.“

„Dann sind wir uns ja einig. Stellen wir eine Einkaufsliste zusammen“, sagte Jules und zählte die Dinge auf, die sie für ihren Plan brauchen würden.

„Es ist 22:30 Uhr! Jetzt sind alle Geschäfte geschlossen“, stellte Ryan überflüssigerweise fest.

„Nur eine Redewendung! Wir kaufen nicht ein, wir organisieren. Kommt! Wir nehmen deinen Wagen, Ryan. Stadtauswärts dürfte der Verkehr weniger das Problem sein. Jedermann will hinein.“ Jules lief los, Rabea an seiner Seite.

Ryan bewegte sich nicht die Spur.

„Was ist denn noch?“, rief Rabea ihm ungeduldig zu, als sie merkte, dass er ihnen nicht folgte.

„Was ist mit dem Ablenkungsmanöver? Wie soll das aussehen?“

„Erklär ich dir unterwegs. Okay?“ Jules sah Ryan auffordernd an.

„Okay, ich hoffe für dich, es ist überzeugend.“

KAPITEL 55

IM FLUGZEUG

„Frau von Stetten?"

Magali fuhr aus ihren trüben Gedanken hoch. Der Co-Pilot stand mit dem Satellitentelefon neben ihr. „Anruf für Sie, ein Jules Lafitte. Der Mann sagt, er wäre der Pate Ihres Sohnes."

Heinrich von Stetten und James Fonton, die am Tisch rechts von ihr saßen, unterbrachen ihr leise geführtes Gespräch und sahen zu ihr hinüber. „Das stimmt", erwiderte sie in verwundertem Ton, während sie dem fragenden Blick ihres Schwiegervaters begegnete. Sie nahm den Apparat entgegen und sagte vorsichtig: „Hallo?"

„Magali, hier ist Jules."

„Jules, du bist es wirklich? Bist du zurück?", entfuhr es ihr freudig.

„Ja, aber erst seit kurzem."

„Ich kann Lukas schon seit Stunden nicht erreichen." Magali hatte gleich den richtigen Verdacht und fragte sofort bei ihm nach „Weißt du etwas?"

„Ja, er braucht deine Hilfe. Wir haben einen Plan. Dafür müsstest du allerdings ein wenig schauspielern und es dem alten von Stetten beibringen, damit er nicht dazwischenfunkt." Jules blieb absichtlich vage. Er war nicht sicher, wie Magali auf seine Idee reagieren würde.

„Selbstverständlich, wenn es Lukas hilft. Geht es ihm gut? Kann ich ihn sprechen?"

„Gerade geht es nicht. Ich erkläre dir alles, wenn du in Rom gelandet bist, okay?", wich Jules ihr aus. „Zuerst eine Frage und bitte nicht darüber wundern. Was hast du an?"

„Jeans, weiße Bluse und Sneakers."

„Gut, kannst du deine blonden Haare vor dem Aussteigen irgendwie bedecken? Mit einem Tuch oder einer Schirmmütze? Wäre wichtig."

„Äh ja, ich glaube schon, aber wozu? Ich meine, was hat…"

„Es wäre wichtig, Magali. Vertrau mir, okay? Du kannst in Rom immer noch entscheiden, ob du unserem Plan zustimmst."

„Also gut." Magali hatte sich halb von ihrem Schwiegervater und Fonton abgewandt, die das Telefonat aufmerksam verfolgten. Durch das Fenster starrte sie in die dunkle Nacht hinaus, die nur unterbrochen wurde durch das Blinken des Positionslichts auf der Tragfläche.

„Auf dem Vorfeld erwarten dich Männer der Schweizer Garde", erklärte ihr Jules. „Du täuschst im Auto einen leichten Schwächeanfall vor. Du musst den Fahrer unbedingt dazu bringen, dass er beim GAT hält, damit du dort auf die Toilette gehen kannst. Ich warte da auf dich. Bis gleich."

Kurz vor 1:00 Uhr kletterte Magali aus der Luke. Heinrich von Stetten folgte ihr mit versteinerter Miene. Noch kannte sie nicht Jules' ganzen Plan, aber ihr Schwiegervater war von Anfang an strikt dagegen gewesen, dass Magali überhaupt in Erwägung zog, da mitzumachen. *Sie war schwanger!* Magali hatte es James Fonton zu verdanken, dass Heinrich von Stetten wenigstens bereit war, ihre vorläufige Maskerade zu akzeptieren. Magali ginge ja kein Risiko damit ein, wenn sie nur ihr Haar bedeckte. Ob er sich nicht erst einmal anhören wolle, was das genau für ein Plan wäre, hatte Fonton argumentiert.

Kurz darauf traf sie Jules in der Damentoilette und lauschte seinen leisen Worten. Viel Zeit hatten sie nicht. Magali löste das Kopftuch, das sie um ihren Kopf geschlungen hatte, schüttelte ihre blonden Haare und schlüpfte aus ihrer Bluse in das schwarze Top, das Jules mitgebracht hatte. Danach stülpte ihr Jules eine Perücke über und überprüfte mit geübten Griffen den Sitz. „Perfekt, so wird es gehen. Die Bluse zieh wieder an, und nimm das Tuch in die Hand, sonst erkennen dich die Schweizer womöglich nicht mehr."

„Mein Schwiegervater hat recht. Das ist verrückt", sagte Magali, als sie sich im Spiegel betrachtete. „Ich hätte nie gedacht, dass ich mich einmal in Rabea verwandeln müsste."

„Ja, Allahs Wege sind unergründlich." Jules lächelte knapp. „So, und ab mit dir. Alles wie besprochen. Ich fahre mit Fonton."

Magali verließ die Toilette und stieß wieder zu den drei Männern, die im Vorraum auf sie warteten. Heinrich von Stetten warf Magali einen verblüfften Blick zu. Auch die beiden Gardisten stutzten. Magali schwenkte das Tuch und sagte: „Jetzt geht es mir besser. Die Hitze…“

Mit Blaulicht und Sirene ging es weiter in Richtung Innenstadt, ins Centro Storico von Rom. Fonton, der einen Wagen zum Flughafen geordert hatte, folgte dichtauf mit einem seiner Leute und Jules. Er nutzte sein mitgeführtes Blaulicht ebenfalls, um schnell voranzukommen. Jules ließ sich von ihnen am Ostufer bei der Ponte Palatino absetzen. Es war exakt 01:21 Uhr. Rabea und Ryan erwarteten ihn ungeduldig. „Du bist spät!“, rief Rabea ihm zu, während sie hastig die Treppe hinabeilten und in das Boot kletterten. Jules und Ryan griffen nach den Rudern.

Rabea musterte ihre Umgebung. Kein Mensch achtete auf sie. Ganz Rom wankte zwischen Gebet und Sensationslust dahin und hielt seine Augen auf den Petersplatz gerichtet.

Sie legten an der Ponte Rotto an, zogen das Boot ans Ufer und tauchten zu dritt in das Dunkel der Cloaca Maxima ein. Bis auf ein kleines Rinnsal führte sie kein Wasser. Die anhaltende Hitze hatte Rom längst eine Wasserknappheit beschert. Die beiden Männer hatten Rabea in ihre Mitte genommen und sie kamen gut voran. Rabea konzentrierte sich ganz auf den Verlauf des Kanals, zählte in Gedanken die Schritte. Nach elf Minuten stoppte sie. „Hier muss es sein. Der Zugang zur Nekropole.“ Mit ihren Taschenlampen suchten sie die Mauer ab.

„Ich hab's“, sagte Ryan und deutete darauf. Jules bückte sich und leuchtete hinein. „Es ist aber nur eine blinde Nische, kein Loch oder Zugang.“ Er tastete die Rückwand ab. „Ich vermute, es gibt einen verborgenen Mechanismus?“ Er sah Rabea an.

„Ja, das ist der Schwachpunkt meines Plans. Ich weiß, wo er auf der anderen Seite ist. Hier müssen wir ihn erst suchen.“

Es dauerte mehrere Minuten, bis Jules fündig wurde und den Mechanismus in Gang setzte, der die Rückwand der Nische freilegte. Es knirschte laut und Staub rieselte. „Das ist alte Mechanik“, meinte Jules.

„Ein in Vergessenheit geratener Fluchtweg aus dem Vatikan?“, mutmaßte Ryan.

„Ja, für den Klerus und ihre Schätze“, meinte Rabea bissig. „Ich gehe voran. Ab hier sind es 847 Schritte bis zur Treppe, die in den Petersdom führt. Zieht eure

Köpfe ein, von hier aus wird es hübsch niedrig." Sie bückte sich, um durch die Nische zu kriechen, doch Jules hielt sie zurück. „Warte!" Er zog eine Sprühdose aus seinem Rucksack. „Ich möchte zuerst prüfen, ob unser Meister Alpha nicht nachträglich eine Lichtschranke am Einstieg aktiviert hat.

„Was ist das?", fragte Ryan.

„Eine handliche Spezialanfertigung Nebelfluid." Jules sprühte feinen Nebel in das Loch und gab anschließend Entwarnung: „Die Luft ist rein. Ich gehe voran." Er bückte sich und kroch hinein, die beiden anderen folgten ihm.

847 Schritte später, um 1:54 Uhr, hatten sie den Fuß der Treppe erreicht. Sie überwanden eine letzte Lichtschranke, dann war der Weg nach oben frei. Nun mussten sie nur noch darauf warten, dass Magali als Rabea in Erscheinung trat und das geplante Ablenkungsmanöver startete.

Samstag

Tag 6

KAPITEL 56

Massimo

Um Punkt 2:00 Uhr hörte Massimo, wie eine weibliche Stimme, verstärkt durch ein Megaphon, seinen Namen rief.

Die Journalistin! Massimo atmete auf. *Sie hielt tatsächlich Wort!* In den letzten Stunden waren seine Zweifel daran gewachsen, und er hatte sich selbst einen Hornochsen genannt, weil er sich von ihr hatte hereinlegen lassen.

Rasch kontrollierte er auf dem Laptop die Bilder der von ihm angezapften Kameras auf dem Petersplatz. Die Tür und der Platz waren frei, es gab keine Anzeichen von Spezialeinheiten in schwarzen Monturen, die im Schutz der Kolonnaden darauf lauerten, ihm im richtigen Moment eine Kugel in den Schädel zu jagen. Er suchte und entdeckte die kleine Gestalt der Journalistin auf dem ersten Treppenabsatz, der zum Dom führte, knapp hundert Meter entfernt. Sie umklammerte ein Megaphon, rechts und links von ihr standen zwei hochgewachsene Männer. Aus dieser Entfernung konnte er keine Gesichter ausmachen, doch Oberst Negli, den er im Web recherchiert hatte, war an seiner unverwechselbaren, bulligen Statur erkennbar, während ihm der andere Mann unbekannt war. Massimo ärgerte sich über seine Nachlässigkeit, kein Fernglas eingesteckt zu haben.

Bevor er nach vorne ging, um die Journalistin einzulassen, vergewisserte er sich, ob die Fesseln seiner Gefangenen gut saßen und das Feuerzeug in seiner rechten Hosentasche steckte. Er hatte die Zeit genutzt und weitere Lunten verlegt, wobei er sich auf die tragenden Säulen beschränkt hatte. Den Sprengstoff hatte er großzügig angebracht. Er zog seine Pistole aus dem Hosenbund und seine

Schutzbrille fiel dabei zu Boden. Er ließ sie liegen, durchquerte das imposante Kirchenschiff, dessen in Jahrhunderten gewachsene Erhabenheit ihn völlig kalt ließ, und entriegelte das meterhohe Portal.

Vorsichtig schob Massimo den schweren Flügel einen winzigen Spalt auf, gerade so weit, dass sein Arm hindurch passte. Sofort flammten tausende von Blitzlichtern auf. Die Menge, die rund um die Absperrung versammelt war, war in ihren Ausmaßen gigantisch. Menschen, so weit sein Auge reichte. Und sie alle wollten ein Foto des Papst-Geiselnehmers. Nicht nur sie, sondern auch die Teleskope der Medien waren in diesem Moment auf ihn gerichtet, zoomten ihn und die Journalistin heran, um ihre Gesichter in Großaufnahme über die Fernsehschirme der Welt zu senden. Doch er war vorsichtig und verließ seine Deckung nicht. Niemand bekam mehr zu sehen als ganz kurz seine Hand mit der Pistole. Er winkte damit der Rothaarigen zu. Sie machte einen Schritt auf ihn zu, doch er sah, wie der Oberst sofort nach ihrem Arm griff.

Massimo runzelte die Stirn. *Was sollte das?* Warum hielt der Mann sie fest? Der Oberst sagte etwas zu ihr, sie antwortete und schüttelte den Kopf. Der Oberst ließ sie los. Sie hob das Megaphon und rief: „Massimo, bleib in Deckung, die wollen…“ Weiter kam sie nicht. Ein Mann, offenbar ein Polizist, rannte auf den Van zu, fuchtelte mit den Armen und schrie etwas, das für Massimo klang wie: *Das ist sie nicht!*

Der Oberst und der unbekannte Mann wurden durch den Polizisten kurz abgelenkt. Die Journalistin warf das Megaphon hinter sich und sprintete los, auf ihn zu. Massimo war kurz verwirrt, was er tun sollte. Er beobachtete, wie nun der Oberst und der zweite Mann die Verfolgung der Frau aufnahmen, wobei der Oberst über das Megaphon stolperte, strauchelte und der Journalistin damit ungewollt einige wertvolle Sekunden Vorsprung verschaffte. Der Oberst war sofort wieder auf den Beinen und hatte den zweiten Mann bald eingeholt. Immerhin hatte die Frau gut fünfundzwanzig Meter Vorsprung gewonnen, sie war flink, aber der Abstand verringerte sich mit jedem Schritt. Sie hatte die erste Treppe erreicht, nahm die wenigen Stufen und rannte über den breiten Absatz auf die zweite Treppe zu, die den Platz vom Dom trennte. Dort verlor Massimo sie am Ansatz der Treppe kurz aus den Augen. Dann tauchte sie auf den Stufen wieder auf, der Oberst war ihr dicht auf den Fersen, nur noch wenige Stufen trennten die beiden. Er würde sie gleich haben! Was sollte er tun? Er brüllte:

„Halt! Oder ich schieße“, und fuchtelte wild mit seiner Pistole. Der Oberst warf sich sofort auf der Treppe in Deckung, sodass Massimo ihn nicht mehr sah.

Die Frau rannte weiter, hatte die letzte Stufe erreicht, keine zwanzig Meter trennten sie noch von ihm. Massimo wedelte ihr mit der Pistole zu. Ganz plötzlich, ohne dass er es gewollt hätte, löste sich ein Schuss daraus! Er sah, wie die Frau herumgerissen wurde. Verdammt, er hatte sie getroffen! *Das hatte er nicht gewollt!*

Sie taumelte noch ein, zwei Schritte auf ihn zu, streckte die Hände nach ihm aus, und ein großer rosa Stein fiel ihr dabei aus der Hand und rollte langsam auf ihn zu. Bevor sie endgültig zu Boden stürzte, sah sie ihn mit unnatürlich geweiteten Augen an. Und da erst erkannte er sie! *Es war ein Schock.* Carlottas Tochter, die kleine Magali! Was hatte er getan! Gleichzeitig fingen seine Augen zu brennen an, und ein dunkler Schleier legte sich über sie. Seine Beine gaben nach, er schwankte nach vorne, verließ seine Deckung, hörte, wie im gleichen Augenblick eine Kugel so nah an ihm vorbeipfiff, dass er ein Brennen an seiner Schläfe spürte. Eine weitere Kugel schlug unmittelbar über ihm ein. Im selben Moment wurde er von hinten gepackt, auf den Boden geworfen und jemand entriss ihm seine Pistole. Sie waren zu zweit. Ein Mann hielt seine Arme fest, während der andere ihn abtastete. Er nahm ihm sein Feuerzeug und den Spezialgürtel mit den silbernen Röhrchen ab, den er sich unter sein Hemd geschnallt hatte. Es war vorbei. Massimo machte sich bereit zu sterben. In wenigen Sekunden würde es so weit sein und das abgefeuerte Geschoss aus seiner Pistole würde explodieren. Alles Leben im Umkreis von zwanzig Metern würde mit in den sicheren Tod gerissen werden. Er hörte noch die Schreie, nahm durch den Schleier wahr, wie sich jemand auf die Frau am Boden stürzte und eine verzweifelte männliche Stimme schrie: „Magali!“ Eine andere rief laut nach einem Arzt, und plötzlich waren da überall Menschen. Er wurde gepackt und davongezerrt.

KAPITEL 57

„Wer war das? Lucie?“ Rabea hatte beim Betreten des Krankenzimmers gerade noch mitbekommen, wie sich Lukas am Telefon verabschiedete. Sie hielt zwei Becher mit Kaffee in den Händen und schloss mit der Hüfte die Tür des kleinen Raums. Man hatte es ihnen für die Dauer ihres Aufenthalts zur Verfügung gestellt. Ryan und Jules wurden noch untersucht, während sie beide die stundenlangen Tests bereits hinter sich gebracht hatten. Eine gefühlte Stunde waren sie geduscht, abgeschrubbt und desinfiziert worden. Rabea fühlte sich wie gehäutet. Inzwischen hatten die Ärzte Entwarnung gegeben. Die Strahlung war zu geringfügig und sie waren ihr nur kurze Zeit ausgesetzt gewesen.

„Privatsphäre bleibt wohl ein Fremdwort für dich, oder?“ Lukas nahm ihr einen der Becher ab.

„Nein, bloß nicht bei jemandem, mit dem ich schon Körpersäfte ausgetauscht und dem ich geholfen habe, den Papst zu befreien.“

„Einen solchen Satz kannst auch nur du fabrizieren. Körpersäfte und Papst, in einem Atemzug.“ Das klang weniger nach einem Tadel, als einfach nur erschöpft.

„Wenigstens hörst du wieder, was ich sage und sprichst mit mir. Du siehst furchtbar aus.“

Lukas rang sich ein gequältes Lächeln ab. „Ist das ein Wunder?“

„Ich kann ja verstehen, dass du sauer mit uns bist, weil wir Magali…“

„Stopp! Ich werde mit dir nicht darüber diskutieren. Es war unverantwortlich, von euch allen, und ganz besonders von Magali. Danke für den Kaffee.“

„Ist das deine Art mir zu sagen, dass ich gehen soll?"

Als Antwort sah Lukas Rabea nur finster an.

„Streitet ihr etwa schon wieder?" Beide Kontrahenten fuhren zur Tür herum und verschütteten dabei Kaffee. Lucie stand in der offenen Tür, in der Hand Rabeas Reisetasche. „Gut", sagte sie, während sie die Kaffeeflecken auf ihrer Kleidung musterte, „dass ich frische Sachen mitgebracht habe."

„Lucie, du kommst wie gerufen!" Rabea umarmte ihre Freundin und nahm ihr die Tasche ab. „Ich muss raus aus diesen Klamotten, aber die waren immer noch besser als dieses Krankenhausleibchen. Komm, wir warten woanders auf Ryan und Jules. Lukas will mich loswerden."

„Ich will dich nicht loswerden, sondern mir einfach keine weiteren überflüssigen Erklärungen anhören müssen. Wozu auch? Du machst sowieso immer, was du willst, ohne Rücksicht auf die Konsequenzen – selbst wenn dabei jemand draufgehen sollte!", sagte Lukas scharf.

„Das klingt fast, als glaubst du, dass ich das gewollt hätte?" Noch hatte Rabea ihre Stimme unter Kontrolle, aber das Grün ihrer Augen hatte sich gefährlich verdunkelt.

„Jetzt gebt Ruhe, alle beide", ging Lucie bestimmt dazwischen. „Das bringt doch nichts, wenn ihr euch gegenseitig zerfleischt. Komm, Rabea, wir gehen, dann könnt ihr euch jeder für sich beruhigen."

„Wartet!", hielt Lukas sie zurück. „Eben hat Bischof Gänserich angerufen. Er hat uns alle fünf im Namen von Papst Lorenzo zum Mittagessen morgen in den Vatikan eingeladen."

„Mich auch?", fragte Lucie verdattert.

„Ja, dich auch, Lucie."

Sonntag

Tag 7

KAPITEL 58

Es war soweit. Gleich würden sie auf den Papst treffen. Kurienbischof Gänserich hatte die fünfköpfige Gruppe in seinem Büro begrüßt und sich seinerseits ausdrücklich für ihre Hilfe bedankt. „Kommen Sie, der Papst empfängt Sie auf der Dachterrasse des Petersdoms.“

„Der Papst hat eine Dachterrasse?“, wunderte sich Lucie.

„Nicht der Papst, aber der Petersdom“, erklärte sein Privatsekretär lächelnd.

Sie folgten ihm über eine Reihe Treppen und Gänge, hinaus aus dem apostolischen Palast. Durch eine Nebenpforte gelangten sie in einen Hof gleich am Petersdom, wo der Bischof vor einem Aufzug im Turm an der Kuppel innehielt. Zwei Schweizer in traditioneller Uniform standen davor und bewachten den Zutritt. Lucie hatte noch im Apostolischen Palast Rabeas Arm gepackt. „Du, schau mal, da hinten“, sie zeigte in Richtung eines Ganges, der in einer Treppe mündete, „ist das nicht…nee, das kann nicht sein. Vergiss es, Rabea. Ich sehe wohl Gespenster.“

„Was ist? Wen hast du gesehen?“ Rabea war sofort interessiert. Doch bevor sie weiter nachhaken konnte, stieß der Kommandant der Schweizer Garde, Oberst Negli, zu ihnen und begleitete sie die letzten Schritte. Jules begrüßte ihn mit Handschlag. „Sie kommen auch mit, Oberst?“

„Nein, ich wollte nur kurz vorbeischauen und mich bei Herrn von Stetten nach dem Zustand seiner Frau erkundigen.“ Er sah Lukas an, und streckte auch ihm zur Begrüßung die Hand hin.

„Unverändert“, antwortete Lukas. „Ich komme gerade aus dem Krankenhaus. Nach Aussage ihrer Ärzte beschränkt sich die Verletzung tatsächlich auf ihre Augen. Da sie noch nicht wissen, welche Substanz genau die Blendung verursacht hat, möchten sie sich zu diesem frühen Zeitpunkt zu einer Heilung oder Behandlungsmethode nicht äußern. Aber sie sagen, dass meine Frau und das Baby ansonsten in guter physischer Verfassung sind." Lukas beschäftigte noch immer das Gespräch mit seiner Frau vom Morgen. Magali hatte nicht niedergeschlagen geklungen – im Gegenteil, sie hatte versucht, ihn zu trösten, oder vielmehr ihn zu beruhigen, denn noch immer fühlte er eine unbändige Wut darüber, dass seine Freunde Magali diesem Risiko ausgesetzt hatten – und Magali mitgespielt hatte! „Lukas", hatte sie ihm erklärt, „das mit meinen Augen wird sich finden. Das Wichtigste ist doch, dass es dem Baby gutgeht! Die Ärzte sagen es und ich kann es auch spüren. Ich glaube zwar nicht an Gott, so wie du es tust, aber ich glaube an das Schicksal. Nichts von dem, was in den letzten Tagen geschah, war Zufall. Massimo war meiner Mutter bis zur Selbstaufgabe hörig, er war Teil ihres großen Plans. Ihr Leben war ein einziger langer Kreuzzug. Er sollte hier in Rom enden. Jetzt ist es vorbei." Sie tastete nach seiner Hand und lächelte, ehe sie so leise fortfuhr, als galten ihre Worte nur ihr selbst: „Ich habe mit meiner Vergangenheit abgeschlossen – mich mit meinem Schicksal versöhnt. Ich fühle Frieden."

Lukas schluckte. Ein warmes Gefühl durchflutete ihn und ein leises Staunen zeichnete sein Gesicht. Es war wahr, auch er fühlte Frieden, doch da war noch mehr. *Da war Liebe.* Er liebte diese starke, mutige Frau, die sich von dem Monster, das ihre Mutter gewesen war, nicht hatte verleiten lassen. Er umschloss ihre Hände mit sanftem Druck und gab ihr so zu verstehen, was Worte nicht ausdrücken konnten. Für Lukas war es unfassbar, wie tapfer Magali ihr Schicksal hinnahm – kaum minder unglaublich erschienen ihm die Geschehnisse auf dem Petersplatz tags zuvor. Sie glichen einem Wunder. Oberst Negli und Fonton hatten zunächst darauf bestanden, dass Magali eine schusssichere Weste überzog, deren Kevlar-Gewebe die Kugel des Geiselnehmers gestoppt hatte. Und dann war das Geschoss, welches Trapano mit seinem speziellen Sprengstoff präpariert hatte, nicht explodiert! Laut Jules hätte dies alle Personen im näheren Umkreis mit in den Tod gerissen. Sie hatten alle wirklich unfassbares Glück gehabt. Jules, Ryan und der Oberst hatten – bis auf eine leichte Verätzung der Augen – nichts abbekommen. Massimo Trapano hingegen war ebenso erblindet wie Magali. Derzeit wurden beide im gleichen Krankenhaus behandelt, doch von Fonton wusste er, dass Trapano noch heute in ein italienisches Militärkrankenhaus verlegt werden würde.

„Richten Sie Ihrer Frau meine besten Genesungswünsche aus", bat der Oberst ihn jetzt und erkundigte sich weiter: „Wie lange planen Sie, noch in Rom zu bleiben?"

„Wenn keine Komplikationen eintreten, fliegen wir übermorgen nach Hause."

„Alles Gute für Sie und Ihre Familie. Falls ich etwas für Sie tun kann, melden Sie sich." Er reichte Lukas seine Karte. „Wir stehen alle tief in Ihrer Schuld." Er verabschiedete sich militärisch knapp und der Rest der Gruppe stieg in den Aufzug.

Als sich die Aufzugtür nach kurzer Fahrt vor ihnen öffnete, erwartete sie keine geringe Überraschung. Vor ihnen, auf dem weitläufigen Dach, erstreckte sich ein kleines Minidorf, bestehend aus mehreren Gebäuden und einem langgestreckten Bau zu ihrer Linken.

„Was ist das hier?", fragte Jules milde erstaunt.

„Das waren früher Bauhütten. Im sechzehnten Jahrhundert wohnten die Arbeiter darin, die man zur Errichtung der Kuppel beschäftigt hatte", erklärte Lukas. „Es gibt hier oben auch einen Andenkenladen, ein Postamt und vor allem", er deutete darauf, „die einzige öffentliche Bar des Vatikans."

„Prima", raunte Lucie ihrem Bruder zu. „Gibt es hier oben auch Cocktails? Einen Dolce Vita vielleicht?"

„Natürlich, alles, was Sie wünschen", antwortete Bischof Gänserich ihr lächelnd, der hinter sie getreten war. „Kommen Sie", bat er, schritt an den Gebäuden vorbei und zur gegenüberliegenden Seite der Terrasse. Sie befanden sich nun unmittelbar auf der Stirnseite der Kolonnaden; vor ihnen erhoben sich die Rückseiten der imposanten, von Bernini geschaffenen Statuen. Von hier oben hatten sie einen eindrucksvollen Rundumblick über Rom und den Petersplatz. Rechter Hand auf der Terrasse, unter einer Pergola, erwartete sie ein vorbereiteter Tisch. Rabea zählte sieben Gedecke. Sofort tauchte eine Nonne auf und erkundigte sich nach ihren Wünschen. *Natürlich*, dachte Rabea mit einem inneren Schmunzeln, *die Diener Gottes, ließen sich von Frauen bedienen…*

Lucie verzichtete auf ihren Dolce Vita und schloss sich den anderen an, die sich für eine Flasche kühlen Weißwein und Wasser entschieden.

Bischof Gänserich konsultierte sein vibrierendes Smartphone und verkündete ihnen sodann die Ankunft des Papstes.

Alle wandten sich erwartungsvoll dem Aufzug zu. Bis auf Rabea, die nah an Lucies Ohr flüsterte: „Sag, Lucie, wen glaubst du, hast du da unten gesehen?“ Rabea ließ Lucies Beobachtung keine Ruhe.

„Ich dachte erst, es wäre wieder dieser weiße Wolf, wie am Flughafen. Sicher eine Verwechslung, was sollte der hier zu suchen haben?“

„Ganz so abwegig ist deine Beobachtung nicht, Lucie.“ Rabea wirkte nachdenklich, was Lucie auf den Plan brachte.

„Wie, der Häuptling mischt auch mit? Ehrlich, mich wundert gar nix mehr. Und was ist seine Rolle in dem ganzen Plumpaquatsch?“ Bevor ihr Rabea antworten konnte, sagte hinter ihnen eine Stimme:

„Ich sorge dafür, dass Sie alle am Leben bleiben, silberner Schmetterling.“

Ihre Köpfe fuhren herum, alle sprangen auf. Senator Whitewolf hatte unbemerkt die Terrasse betreten, und in seiner Begleitung war der Papst. Offenbar gab es einen weiteren Zugang. Im Gegensatz zu Whitewolfs undurchdringlicher Miene lächelte Papst Lorenzo. Seine Augenbrauen fuhren leicht nach oben. „Silberner Schmetterling? Sehr blumig, mein Bester. Aber es passt in der Tat auf die Signorina von Stetten.“

Lukas, Lucie, Rabea, Jules und Ryan starrten die beiden Neuankömmlinge an. Was sie weit mehr erstaunte als die Anwesenheit Whitewolfs an der Seite des Papstes, war deren offenkundige Vertrautheit. Ohne Zweifel kannten sich die beiden Männer schon länger.

„Um Ihre Frage zu beantworten, Signorina Lucie“, hob der Papst an, während er die wenigen Schritte, die sie noch trennten, überbrückte, „wurde ich von meinem Freund schon vor Monaten über die Machenschaften des Kardinalstaatssekretärs informiert. Es brauchte nur seine Zeit, um alle Beweise zu sichern.“

Lukas trat als Erster vor und küsste den Ring des Bischofs von Rom. Die anderen folgten seinem Beispiel. Jules überlegte noch, was von ihm erwartet wurde, doch der Papst kam ihm zuvor. „Vergessen wir heute das Protokoll“, sagte er munter, „dies ist ein Treffen unter Freunden. Ich freue mich sehr, dass Sie alle meiner Einladung gefolgt sind. Kommen Sie, setzen wir uns.“ Sie folgten seiner Aufforderung, während sich Bischof Gänserich von ihnen verabschiedete.

„Ich möchte mich zunächst für Ihre bisherige Arbeit in der Kommission bedanken, Herr von Stetten“, er nickte Lukas zu, „und auch, dass Sie mir die Schriftrollen und die Aktentasche überlassen haben. Die Dokumente darin sind sehr aufschlussreich. Ich hoffe, Sie sind damit einverstanden, dass ich dem Senator den nicht kirchenrelevanten Teil der Dokumente überlasse.“

„Selbstverständlich, Heiligkeit.“ Es war genau die Lösung, die er angestrebt hatte. Nachdem Jules und Ryan den Geiselnehmer überwältigt hatten, hatte eine Spezialeinheit der Polizei, gefolgt von der Schweizer Garde, den Petersdom gestürmt. Rabea hatte seine Fesseln durchgeschnitten und geistesgegenwärtig hatte er dem Papst die Aktentasche und die Lederhülle in die Hand gedrückt, damit sie in dem folgenden Tohuwabohu nicht verloren gingen. Papst Lorenzo war sofort von der Garde abgeschirmt worden und hatte die Kirche als Einziger ohne Befragung verlassen können.

„Wie geht es Eurem Neffen, Heiligkeit?“, erkundigte er sich nach diesem.

„Ich habe gerade vorhin mit meiner Schwester im Krankenhaus telefoniert. Mein Neffe ist endlich aufgewacht und bei vollem Bewusstsein. Er wird genesen. Ein Glück, ich weiß nicht, was seine Schwester sonst mit mir angestellt hätte.“ Der Papst gestattete sich ein kleines Lächeln, bevor seine Miene wieder ernst wurde. „Vor allem aber möchte ich Ihnen mein tiefes Mitgefühl zum Unglück Ihrer Frau aussprechen. Es tut mir sehr leid, was mit ihr geschehen ist. Ich werde für sie beten.“

„Danke, Heiliger Vater.“

„Ich komme gleich zum eigentlichen Grund, warum ich Sie hergebeten habe.“ Der Papst nahm sich Zeit, jedem Einzelnen kurz in die Augen zu sehen. „Ich weiß, ich bin Ihnen allen sehr zu Dank verpflichtet“, hob der Papst weiter an. „Senator Whitewolf hat mich bereits über die Ereignisse unterrichtet, die vor der Geiselnahme stattfanden. Ich hoffe, Sie erkennen die Ironie darin, dass eine Jüdin, ein Muslim und…“, die wachen Augen des Papstes richteten sich kurz auf Ryan, „ein protestantischer Amerikaner sozusagen zum Retter des Papsttums wurden.“ Der Papst lächelte in die Runde, wie er überhaupt gerne zu lächeln schien.

„Ja, Gottes Wege sind unergründlich.“ Rabea gab ihm das Lächeln zurück. Ihr gefiel der Papst, dieser Mann besaß Charisma. Überrascht musste sie feststellen, dass er, ebenso wie Lukas, die Gabe besaß, dass man in seiner Gegenwart unversehens Zuversicht verspürte. Wie ihren Freund umgab ihn die

Substanz der Anständigkeit; er strahlte Integrität und Aufrichtigkeit aus. Der Gedanke, dass die katholische Kirche bei diesem Mann in guten Händen war, stimmte sie froh. Was sie jedoch nicht einordnen konnte, war seine Freundschaft mit dem Senator. Wie passten diese beiden ungleichen Männer zusammen? Auf Rabea wirkten sie wie die symbolische Paarung von Gut und Böse: Der Papst mit der lebensfrohen Ausstrahlung im weißen Gewand und daneben der Senator mit der dunklen Aura. Sie musste auch an Magali denken, deren Zustand der Wermutstropfen in dieser ganzen Angelegenheit blieb. Natürlich würde Lukas alle Möglichkeiten, seiner Frau zu helfen, ausschöpfen. Sie selbst hatte sich ebenfalls vorgenommen, zu recherchieren und jede Quelle und Literatur dazu zu durchforsten. Sie wollte, dass Lukas glücklich war und dazu gehörte, dass es der Frau, die er liebte, gutging. Denn Lukas liebte Magali. Wenn es noch einer Bestätigung bedurft hätte, dann war es der Ausdruck in seinem Gesicht gewesen, als er mit Oberst Negli über seine Frau gesprochen hatte. Aber für den Moment hatte sie noch mehr Fragen: „Papst Lorenzo, was ist eigentlich aus dem Bischof von Laimburg geworden? Ist er noch hier?“

Erneut huschte ein Lächeln über dessen kluges Gesicht. „Ja, der Bischof sagte mir schon, dass er Ihnen noch ein Exklusiv-Interview schuldet. Ich darf Ihnen ausrichten, dass er zu Ihrer Verfügung steht – sobald er selbst seine Aussagen zu den Vorkommnissen in Laimburg abgeschlossen hat. Auch Prälat Tommaso Buonpane ist geständig. Beide Berichte sind sehr erhellend. Vielen Dank auch für die Empfehlung Ihres Kommissionskollegen, Signore Scarletti, ein fähiger Mann. Ich werde eine separate Kommission einsetzen, um die *Kongregation der Evangelisierung der Völker* neu zu ordnen. Es sind in Jahrzehnten gewachsene Strukturen, ähnlich dem IOR. Diesen Augiasstall auszumisten, geht nicht von einem Tag auf den anderen. Aber es geschieht.“

„Das führt mich zu meiner nächsten Frage, Heiligkeit. Wie geht es mit Kardinal Finzi-Contini weiter? Seine Rolle und sein Beitrag zu den Ereignissen sind Ihnen hinlänglich bekannt, wie Sie vorhin selbst erwähnten.“

Neben ihr sog Lukas scharf die Luft an. Offenbar fand er, dass dies nicht die Art war, wie man mit dem Papst umging. Doch dieser nickte nur ernst. Zu Rabeas Verblüffung wandte er sich Whitewolf zu: „Vielleicht möchten Sie das beantworten, Herr Senator?“

Das kurze Aufblitzen von Whitewolfs zweifarbigen Augen stand für Rabea im Widerspruch zur nachfolgenden Antwort: „Sein Schicksal wird sich erfüllen.“

Rabea musterte ihr Gegenüber scharf. „Danke für diese prophetische Antwort. Für mich ist Schicksal nur ein anderes Wort, damit *Gott* nichts erklären muss – wer immer es ist.“ Sie sah kurz entschuldigend zu Papst Lorenzo, doch dieser zuckte nur ergeben mit den Achseln und Rabea richtete ihren forschenden Blick wieder auf Whitewolf: „Irre ich mich, Senator, oder haben Sie noch ein Eisen im Feuer?“

Whitewolf lächelte darauf nur kryptisch und schwieg auf seine besondere Art. Rabea erinnerte dies an ihre erste Begegnung in London. Wartete der Senator darauf, dass sie ihre eigenen Schlüsse zog? Ihr kam ein Verdacht. „Sie werden dem Schicksal doch hoffentlich nicht nachhelfen?“ Nicht nur Lukas, auch seine Heiligkeit sog nun scharf die Luft ein.

Whitewolf hingegen lachte trocken auf. „Aber nein, wo denken Sie hin! Die Erde ist rund, Litonya Meoquanee. Alles in ihr und auf ihr ist in einem ewigen Kreislauf miteinander verbunden. Das System des Kosmos ist weit weniger komplex, als der Mensch annimmt. Alles hat einen Anfang und ein Ende, und irgendwo schließt sich immer wieder dieser Kreis. Wir können unserem Schicksal nicht entkommen. So sehr wir auch versuchen, unsere Wege selbst zu bestimmen oder davor wegzulaufen – früher oder später holt es uns ein. Warten Sie einfach ab und haben Sie ein wenig Geduld. Auch wenn diese nicht zu Ihrer hervorstechendsten Tugend zählt.“

„Das kann ich unterstreichen“, warf Lukas ein.

„Ich auch“, bestätigte Ryan.

„Schön, dass ihr zwei euch da so einig seid“, erwiderte Rabea aufgeräumt. Sie wandte sich erneut dem Papst zu. „Heiligkeit, was geschieht jetzt mit Massimo Trapano? Können Sie dafür Sorge tragen, dass er keinen *bedauerlichen Unfall* erleidet?“ Sie hoffte, dass die Intervention des Papstes und des Senators genügte, um den Forscher davor zu bewahren, ermordet zu werden. Sie hatte sich selbst bereits bemüht, ihn im Krankenhaus besuchen zu dürfen, aber Trapano wurde strengstens abgeschirmt.

„Ich fürchte, hier sind mir die Hände gebunden, meine Tochter. Massimo Trapano befindet sich in der Obhut der italienischen Justiz. Haben Sie Vertrauen.“

Rabea war dabei das kurze Aufblitzen in seinen Augen nicht entgangen, ähnlich dem des Senators zuvor. Hatte auch der Papst noch ein Eisen im Feuer? Die Nonne, die sie bediente, verhinderte, dass sie ihn danach fragen konnte, da sie just erschien, um ihnen ihre Getränke zu servieren.

„Was ich Ihnen gern noch sagen wollte, Frau Rosenthal", hob Papst Lorenzo an, „bei Ihren Verhandlungen mit dem Geiselnehmer haben Sie großes psychologisches Geschick bewiesen. Anfangs befürchtete ich das Schlimmste."

„Ich auch", sagte Lukas aus tiefstem Herzen. Es klang wie ein Stoßseufzer.

„Ich frage mich noch immer, wie Sie das genau angestellt haben", meinte der Papst mit einem Kopfschütteln.

„Das interessiert mich auch", meinte Ryan. „Du hast es uns noch nicht erzählt, Rabea."

„Och, für Rabea ist das eine leichte Übung. Der eine kann die Saiten einer Geige spielen, Rabea spielt mit den Nerven der Leute. Ein Naturtalent", meldete sich Lucie.

„Wirklich nett, Lucie, Dankeschön." Rabea quittierte die Bemerkung ihrer Freundin mit einer Grimasse. „Aber ich hatte das Glück, nicht völlig unvorbereitet in diese Situation zu geraten." Sie sah kurz zu Ryan, der sie mit hochgezogenen Augenbrauen musterte. Auch der Papst blickte sie nun erwartungsvoll an, und Rabea musste jetzt Farbe bekennen, ohne jedoch Jakes Handy zu nennen: „Aufgrund einer Verkettung von Zufällen hatte ich schon früher Kenntnis von Carlottas Vermächtnis." Rabea vermied es zu Lukas und Ryan zu sehen, deren Blicke sie beinahe körperlich spürte, und räumte weiter ein: „Ich wusste daher, dass Carlotta Vorsorge getroffen hatte, dass ihr Kreuzzug auch nach ihrem Tod fortgeführt werden würde. Als Lukas dann erpresst, und wir in den Dom gelotst wurden, habe ich eins und eins zusammengezählt. Der Rest war Intuition und Improvisation."

Dem Papst war Rabeas Unbehagen während ihrer kurzen Erklärung nicht entgangen. In einer väterlichen Geste legte er ihr seine Hand auf den Arm und sagte feierlich: „Dann lasst uns dem Herrn – und dem *Schicksal* danken, dass beide einen Teil unseres Weges gemeinsam gegangen sind! Erheben wir unser Glas auf das Leben!"

KAPITEL 59

„Litonya Meoquanee, wir sollten uns noch unter vier Augen unterhalten", sprach sie der Senator an, nachdem sich der Papst zurückgezogen hatte, um eine philippinische Gesandtschaft in Empfang zu nehmen.

Whitewolf und sie entfernten sich ein wenig von den anderen. An der Brüstung hielten sie inne. Der Ort erinnerte Rabea an ihr letztes Zusammentreffen in London, als sie im Hotel Savoy auf der Terrasse des Penthouse gestanden hatten und sie nicht wusste, ob Whitewolf sie am Ende töten würde. Inzwischen war sie nahe daran, zu glauben, dass er die ganze Zeit über nur geblufft hatte. „Verraten Sie mir eines, Senator: Hätten Sie mich wirklich getötet, wenn Ihre Mutter Sie nicht davon abgehalten hätte?"

Der Senator lächelte sein rätselhaftes Lächeln, das sie bereits von ihm kannte. „Das treibt Sie um, Litonya? Sie wollen wissen, wie böse der Wolf wirklich ist? Die Antwort erübrigt sich. Sie leben noch. Ich wollte Ihren Mut testen, meine Mutter Ihren Charakter. Sie sagt, wir beide wären uns sehr ähnlich. Der einzige Unterschied besteht darin, dass ich mich jederzeit unter Kontrolle habe. Sie nicht. Sie tragen Ihr Herz auf der Zunge, kleine Frau."

„Darum bin ich auch kein Politiker."

„Gerade deshalb würden wir uns gut ergänzen. Haben Sie über mein Angebot nachgedacht?"

„Ihrem Wahlkampfteam beizutreten? Nein."

„Heißt das, Sie haben nicht darüber nachgedacht oder lehnen es grundsätzlich ab?"

„Beides. Aber danke der erneuten Nachfrage."

„Schade. Doch das ist nicht der eigentliche Grund, warum ich Sie sprechen wollte, Litonya. Es geht um Jonathan Valder."

„Jetzt wird es interessant. Was haben Sie mit ihm zu tun? Arbeitet er für die *Sieben*? Oder arbeitet er für Sie?"

„Das mag ich so an Ihnen, Ihren scharfen Verstand! Immer einen Schritt voraus. Was bringt Sie darauf, er könnte für mich arbeiten?"

„Hogansburg. Sie besitzen dort ein Casino, und Jonathan wurde dort als Kind aufgegriffen. Das ist kein Zufall. Und, arbeitet er für Sie?"

„Nein", antwortete Whitewolf bedächtig. „Jonathan arbeitet nur für sich selbst, aber er ist auf meiner Seite. Er ist mein Ziehsohn. Nachdem ich ihn damals gefunden habe, habe ich dafür gesorgt, dass er zu Sam und Rosa Valder kommt."

„Warum diese Fürsorge für ein verwahrlostes Kind?", hakte Rabea überrascht nach. „Verzeihung, aber bisher haben Sie sich nicht unbedingt als Menschenfreund hervorgetan."

„Der Junge fiel mir auf. Er verfügte über ein besonderes Talent und verschaffte damit seinem heruntergekommenen Vater in meinen Casinos Gewinne. Wie weit seine Fähigkeiten tatsächlich gingen, stellte sich erst im Laufe der Jahre heraus."

„Er erschien Ihnen also *nützlich?* Das erklärt einiges." Rabeas Ton klang abschätzig. „Soll das heißen, es war alles so von Ihnen geplant? Jonathans Studium, die Anstellung bei Comcast? Das Kryptoprogramm?"

„Nein, das kann man nicht planen. Aber vielleicht hat das Schicksal für uns geplant? Die Idee und der Plan wuchsen langsam, vieles entwickelte sich auch aus den nachfolgenden Ereignissen heraus. Ich hatte es Jonathan freigestellt, wie weit er gehen will. Es war seine Entscheidung."

„Wie wir beide wissen, ist er *sehr weit* gegangen. Sicher, dass Sie ihn in dieser Hinsicht nicht ermuntert haben?"

„Sie denken, es würde zu mir passen?" In Whitewolfs zweifarbigen Augen glomm ein Funke.

Rabea blieb ihm die Antwort schuldig. Sie zuckte lediglich mit den Achseln. „Jonathan entwickelte also ESB, und Ihr Plan, der ja anscheinend kein richtiger gewesen sein soll, wurde zum *schicksalhaften* Selbstläufer? Ist *das* Ihre Erklärung?"

„Wenn Sie so wollen…?" Etwas an der Art, wie seine Augen in die ihren eintauchten, vermittelte Rabea, dass Whitewolf nicht die Absicht hatte, das Thema weiter zu vertiefen – was sie erst recht dazu antrieb. „Was mich noch interessieren würde: Haben Sie mit ESB Ihre eigenen Geheimdienste ausspioniert?"

Whitewolf seufzte Sekundenlang taxierte er Rabeas Gesicht und gab ihr damit das Gefühl, ihren Wert abzuwägen. Rabea erwartete, dass er das Gespräch jetzt abbrach, als er ihr überraschend antwortete. „Nein, natürlich nicht. Warum sollte ich das tun?" Whitewolfs rechte Augenbraue hatte sich gehoben und signalisierte ihr, dass er eine Antwort erwartete. Die richtige Antwort. Nur dann würde sie weitere Informationen erhalten.

„Weil Sie Patriot sind und alles nur für *Ihr* Land tun?", sagte Rabea, ohne zu zögern. „Der Zweck heiligt dabei jedes Mittel?"

„Nicht jedes, nein, aber Sie sind auf der richtigen Spur. *Ich bin Patriot.* Mein Motiv und mein Anliegen sind mein Land und zuallererst die Menschen, die dort leben. Darum bekämpfe ich deren Ausbeutung durch Gruppierungen wie die *Sieben*, die, unter anderem, auch Comcast kontrollieren."

„Spannend! Bisher weist alles darauf hin, als würden Sie seit Jahren mit den *Sieben* kollaborieren. Oder sind Sie längst ein Mitglied der geheimen Wirtschaftsmafia geworden, Senator? Van Kampens Nachfolger, vielleicht?" Rabea erwartete keine Antwort. Umso erstaunter war sie, als sie doch eine erhielt.

„Nein!" Whitewolf stieß ein halbes Knurren aus. „Typisch Journalistin, beißt sich sofort fest. Und um eines klarzustellen: Das hier ist kein Interview, kleine Frau."

„Schade, ich kam gerade so richtig in Fahrt." Rabea überspielte ihre Enttäuschung mit einem Lächeln. Whitewolf erwiderte es. „Das habe ich gemerkt."

„Gut, sprechen wir über Jonathan, schließlich haben Sie ihn vorhin selbst ins Spiel gebracht. Warum hat er sich an Lucie herangemacht?"

„Heranmachen ist der falsche Ausdruck. Jonathan hat eine Variante von ESB speziell für meine Freunde von den *Sieben* entwickelt – sie enthält einen Trojaner, ein Tor, durch das er jederzeit schlüpfen konnte. Dadurch erfuhren wir, dass sich die *Sieben* neuerdings sehr für die Familie von Stetten interessierte. Es ging um eine geplante Erpressung und den Nachlass von Carlotta van Kampen."

„Immer wieder Carlotta van Kampen! Das Weib verfolgt mich geradezu! Manche Menschen sollten niemals geboren werden", sagte Rabea düster.

„Sie irren sich, Litonya, ihre Existenz und ihr Tod haben eine Kettenreaktion ausgelöst, die genau das Gegenteil von dem bewirkt hat, was diese Frau zeitlebens anstrebte."

Rabea blinzelte. „Auf diese Erklärung bin ich gespannt."

„Sie hat Beweise gegen die *Sieben* gesammelt, um sie zu erpressen. Diese Beweise sind nun in meiner Hand. Mithilfe Ihres Freundes Lafitte konnten wir zudem Trapanos Inselversteck in der Bretagne ausfindig machen. Dort wurden aufschlussreiche Unterlagen und eine Micro-SD mit Videodateien gefunden, die die *Sieben* bei mehreren Sitzungen zeigen. Und die folgenschwerste von allen: Carlotta van Kampen hat kurz vor ihrem Tod den Papst zum Rücktritt gezwungen. Doch an seine Stelle trat Papst Lorenzo. Er ist vermutlich als Einziger imstande, die katholische Kirche zu reformieren."

„Weil er ihr Freund ist?"

„Nein, weil er stark ist, ehrlich und wahrhaftig. Die Menschen liegen ihm am Herzen. Er hat mir erlaubt, Ihnen zu verraten, dass er in absehbarer Zeit plant, alle geheimen Dokumente der Öffentlichkeit zugänglich zu machen."

„Auch *Das Evangelium der Liebe*?" Rabea nutzte sofort ihre Chance.

„Nein, das Evangelium ist ein Sonderfall. Papst Lorenzo ist hier meiner Meinung: Die Welt ist noch nicht bereit für die ganze Wahrheit. Sie würde eine Eruption auslösen, die der Kirche mehr Schaden zufügen könnte als Nutzen. Zunächst liegt der Fokus von Papst Lorenz darauf, die Kirche zu stärken."

„Damit haben Sie mir immerhin gerade bestätigt, dass das Evangelium im Besitz des Vatikans ist. Wer hat es aus der Wohnung gestohlen? War es Kardinal F-C?"

„Ja. Und damit schließt sich der Kreis, kleine Frau. Carlotta van Kampens Rachefeldzug hat nur eines bewirkt: Die katholische Kirche geht mit diesem neuen Papst an der Spitze gestärkt daraus hervor."

„Trotzdem fällt es mir schwer, nachzuvollziehen, was das mit Jonathans persönlicher Einmischung zu tun haben soll?"

„Uns fehlten zum damaligen Zeitpunkt Einzelheiten. Worum es genau ging und was die *Sieben* planten. Da ich kein Mitglied war, war ich nicht in alle Aktionen eingeweiht. Deren Datenverkehr wies nur Andeutungen aus, nichts Konkretes."

„Es drehte sich also alles um Carlottas Schließfach! Jonathan sollte herausfinden, was darin ist!"

„Ja, ihm ging es dabei primär um das Freie-Raumenergie-Projekt. Code: Orgon. Er war den seit 1943 verschollenen Tesla-Unterlagen auf der Spur."

„Die Papst Lorenzo Ihnen nun überlassen hat?"

„Ja, sie sind Teil meines Vorhabens, Amerikas Zukunft neu zu gestalten."

„Jetzt geht mir ein Licht auf! Jonathan hat die Unterlagen zu seinem Raumenergie-Projekt absichtlich bei sich herumliegen lassen. Lucie sollte sie finden! Unter Jonathans Führung sollte sie Magali darauf ansprechen, ob ihr etwas dazu aus ihrem Erbe bekannt war. Jonathan hat sich als eine Art Heiratsschwindler in die Familie von Stetten eingeschleust – um Magali über Lucie ausspionieren zu können! Netter Charakter."

„Nein, kleine Frau, Sie irren sich. Jonathan liegt wirklich etwas an Lucie von Stetten."

„Ach, daher weht der Wind", sagte Rabea spöttisch. „Der Ziehsohn ein Heiratsschwindler, und Sie selbst betätigen sich als Heiratsvermittler, Senator?"

„Ein altes indianisches Sprichwort sagt: *Der Weg zur Quelle führt immer gegen den Strom.*" Der Senator lächelte sie an und entfaltete dabei seinen ganzen machiavellistischen Charme. Mehr denn je erinnerte er Rabea an den Wolf, dessen Namen er trug.

„Mir persönlich sagt der Spruch, dass *der gute Jäger wartet, bis der Wolf zu ihm kommt*, mehr zu."

„Sind Sie auf der Jagd, Litonya?" Samt hatte sich über seine Stimme gelegt.

„Nur auf der Jagd nach Informationen, Senator." Rabea überkam eine seltene Verunsicherung. Hatte sie den Senator unbewusst animiert, mit ihr zu flirten? Wollte sie das? Das Schweigen dehnte sich sekundenlang zwischen ihnen aus, füllte sich auf Rabeas Seite mit Verlegenheit, während der Senator vollkommen sachlich klang, als er weitersprach. „Ihnen dürfte klar sein, dass nichts von unserem Gespräch nach außen dringen darf."

„Weil Sie mich dann doch noch töten müssten?"

„Vielleicht", der Senator wirkte belustigt, „aber nicht heute Abend."

„Mein Ableben käme mir auch an jedem anderen Abend ungelegen", konterte Rabea.

Der Senator lachte erneut auf, und das Lachen spiegelte sich in seinen Augen wider – den Augen eines Raubtiers. „Ich bitte Sie um Diskretion", sagte er nun wieder ernst. „Mein Engagement bei den *Sieben* ist seit heute Geschichte. Nicht immer heiligt der Zweck die Mittel. Ich kann es nicht länger verantworten, mit dem Feuer zu spielen. Diese Leute provozieren Konflikte rund um den Globus. Sie sind das Synonym für Verschwörung, Machtmissbrauch und Korruption – eine Gefahr für die amerikanische Außenpolitik und für den Frieden. Nach all der Zeit habe ich endlich genug Material gegen dieses Syndikat in der Hand, um es endgültig zu zerstören. Ihrem DIA-Freund, Director Clayton, wird in den nächsten Stunden das entsprechende Material zugespielt werden."

„Ausgerechnet Director Clayton?"

„Sie klingen verwundert..."

„Ich dachte nicht, dass Sie beide so...kompatibel sind."

„Weil er mich für den großen bösen Wolf hält und meinen Pelz an seine Wand nageln will?"

„Sie wissen davon?"

„Natürlich. Ich weiß, was Sie von mir denken. Die Wahrheit hat viele Facetten, Litonya. Als Journalistin müssten Sie das wissen. Schließlich spielen Sie jeden Tag damit, wie Sie den Lesern *Ihre* Wahrheit am besten suggerieren. Aber die Wahrheit ist – wie die Realität – eine Illusion. Sie existiert nicht. Drückte das nicht so ähnlich der deutsche Philosoph Nietzsche aus?"

„Oh bitte, kommen Sie mir jetzt nicht mit *Philosophie*", brauste Rabea auf. „Hier geht es weder um Suggestion oder Facetten. Sie vergessen, dass ich die Wahrheit kenne. Sie haben Ryans Bruder Patrick McKenzie und meine Freundin, die Journalistin Linda Farraday auf dem Gewissen. Nicht zu vergessen, den Zug Soldaten, und, laut Director Clayton, auch den jungen Kennedy. Und da wäre noch der von Ihnen geplante zweite große Börsenchrash, den Sie ja selbst in London zugegeben haben und den der Director rechtzeitig verhindern konnte. Mord ist Mord. Fragen Sie die Angehörigen der Opfer, ob Tod und Trauer für sie eine Illusion sind", schloss sie wütend. Sie machte eine Bewegung, als wolle sie gehen, doch Whitewolf griff nach ihrem Arm und hielt sie fest.

„Ich stelle fest, Director Clayton hat geplaudert", sagte er ruhig und ergänzte: „Kann ich davon ausgehen, dass er Ihnen auch seinen Verdacht, ich wäre an der Planung von 9/11 beteiligt gewesen, mitgeteilt hat?" Rabea biss sich auf die Lippen. Sie hatte sich wieder einmal hinreißen lassen und zu viel verraten. Dabei hatte ihr Clayton in London extra einen Maulkorb verpasst.

Whitewolfs zweifarbige Augen bannten ihren Blick. „Geben Sie es zu, Litonya. Sie mögen mich. Sehr. Ihre Reaktion verrät Sie. Sie sind enttäuscht."

„Enttäuscht trifft es nicht ganz. Sie sind ein Massenmörder", presste sie hervor. Noch immer hielt er sie unerbittlich fest.

„Manchmal muss man mit den Wölfen heulen, um das Rudel zu schlagen, kleine Frau."

„Unfassbar, Sie haben getötet und erklären es mit *Gottes Philosophie*? In meinen Augen existiert kein Handeln jenseits von Gut und Böse! Das Schicksal von Vielen über das Einzelner zu stellen, zeugt von maßloser Selbstüberschätzung. Sie sind nicht Gott, aber sie haben Gott gespielt! Weiß Papst Lorenzo eigentlich, was Sie für ein Mensch sind?", sagte sie mit all der Verachtung, derer sie fähig war.

Whitewolfs Züge zeigten keinerlei Regung, als er sagte: „Gut, machen wir reinen Tisch und erlösen Sie aus Ihren Qualen, Litonya. Der Börsenchrash: schuldig. Damit wollte ich die *Sieben* treffen. Mit den Morden an McKenzie, Farraday und den Soldaten habe ich jedoch nichts zu tun. Clayton hat meine Beteiligung falsch interpretiert. Auch was 9/11 angeht und John Kennedy jr. Im Gegenteil, ich habe noch versucht, den jungen Kennedy zu warnen, aber er hat es ignoriert. Genau diese Warnung hat Clayton erst auf meine Spur gebracht. Ich treffe mich nächste Woche erstmalig mit dem Director der DIA. Es gibt einiges an Missverständnissen auszuräumen. Haben wir unseres ausgeräumt?"

Rabea sah ihn absichtlich nicht an. Neben ihrer Wut fühlte sie Unsicherheit. Konnte sie Whitewolf glauben, ihm trauen? Sie dachte daran, dass er Papst Lorenzos Freund war. Würde ein Mann wie Papst Lorenzo mit einem Mann wie Whitewolf befreundet sein, wenn die Vorwürfe stimmten? Würde der Papst nicht das Böse in ihm fühlen? Dieser Papst war klug. *Vielleicht heulte auch der Papst mit den Wölfen?* Nein, Papst Lorenzo war selbst ein Leitwolf. Sie hatte seine Kraft gespürt. Er war Whitewolf ebenbürtig. Der Gedanke rang ihr fast ein Lächeln ab. Was sie aber verstand, war, dass Whitewolf sie herausgefordert, mit ihr gespielt hatte. „Warum tun Sie das, Senator? Sie manipulieren mich. Ich hasse das!" Sie hatte lauter gesprochen, als beabsichtigt. Es war ihr egal, dass sie damit die Aufmerksamkeit am Tisch erregt hatte. Alle sahen zu ihnen hinüber. Whitewolf winkte beschwichtigend ab und wandte sich wieder Rabea zu. „Vielleicht mag ich das grüne Feuer Ihrer Augen, wenn Sie wütend sind?"

„Ist das jetzt ein Flirt nach Wolfsart? Erst der Nackenbiss und dann ein zweifelhaftes Kompliment?" Sie war noch immer wütend auf ihn. Er hatte sie herausgefordert, jetzt forderte sie ihn heraus.

Whitewolf versenkte seinen Blick in ihren. „Der Nackenbiss ist eine verführerische Vorstellung, Litonya."

„Jetzt wollen Sie mich verlegen machen."

„Auch das ist eine angenehme Vorstellung." Seine Augen schienen direkt in ihre Seele zu blicken. Rabea wurde es zu viel. Sie wechselte das Thema, bevor sie sich zu etwas hinreißen ließ, was sie später vielleicht bereuen würde. „Was haben Sie mit Massimo Trapano vor?"

Whitewolfs rechte Augenbraue hob sich: „Warum fragen Sie mich das? Er wird heute in ein Militärkrankenhaus verlegt."

„Sicher, aber das war nicht meine Frage. Da Ihnen und Ihrem *Ziehsohn* die Freie-Energie-Forschung am Herzen liegt, gehe ich davon aus, dass Sie ihn brauchen. Massimo Trapano mag zwar verrückt sein, aber er ist ein genialer Wissenschaftler."

„Leider kann ich Ihnen Ihre Frage nicht beantworten. Wie mein Freund, Papst Lorenzo, vorhin sagte, haben Sie Vertrauen. Kehren wir zu den anderen zurück. Ihre Freunde vermissen Sie schon."

„Eine letzte Frage hätte ich noch." Seit Whitewolf das *Tor* erwähnt hatte, welches Jonathan in sein ESB-Programm eingebaut hatte, nagte ein Verdacht an Rabea. Die Vorgehensweise erinnerte sie an jemanden. „Kennen Sie zufällig jemanden namens Jake, Senator?" Es war einfach aus ihr herausgeplatzt.

Whitewolf musterte sie einen langen Moment, doch bis auf ein argloses Schulterzucken blieb er ihr eine Antwort schuldig. Er wandte sich mit einer Geste, ihr zu folgen, ab und kehrte zu den anderen zurück. Eigenartigerweise war sich Rabea ihrer Sache fast sicher, dass Whitewolf auch hier seine Hände im Spiel gehabt hatte. Es würde zu ihm passen.

Sie zog das Jake-Handy aus ihrer Tasche, das Jules ihr am Morgen zurückgegeben hatte, und strich über das Display. Das brennende Auge schien ihr zuzuzwinkern. Für sie hatte sich ein weiterer Kreis geschlossen. Sie schaltete das Handy ab und entnahm ihm Sim-Karte und Akku.

Sauron hatte ausgedient.

KAPITEL 60

Rom/Krankenhaus Santa Maria

Nach dem Treffen mit dem Papst und Whitewolf machten sich alle ins Krankenhaus auf, um Magali zu besuchen.

Heinrich von Stetten war noch am Morgen zurück nach Nürnberg geflogen. Er würde die Maschine zurückschicken, sobald Magali die Erlaubnis der Ärzte hatte, zur Weiterbehandlung nach Hause zurückzukehren. Zunächst bat die Stationsschwester ihre Besucher aber zu warten, weil Magali gerade erneut untersucht würde.

Lukas, Lucie, Rabea, Ryan und Jules hatten das Wartezimmer für sich, da Ryan kurzerhand die Tür abgeschlossen hatte. An Jules gewandt, sagte er: „Du bist uns noch eine Erklärung schuldig, wie du Yussuf losgeworden bist. Stichwort *Cyberlist*. Oder war das nur ein Gastspiel, um das römisch-katholische Christentum zu retten?“

„Ja, das würde mich auch brennend interessieren.“ Lukas entging nicht, dass Jules sofort zu Rabea hinsah. Offenbar wollte er ihr den Vortritt lassen.

„Ich verstehe“, sagte Lukas gedehnt, „ihr beide wart das zusammen? Kein Wunder, dass Yussuf den Kürzeren gezogen hat. Und? Wie habt ihr es angestellt?“

„Sagen wir so: Yussuf ist über seine eigene Schlauheit gestolpert“, begann Rabea. „Er hat mich in Berlin besucht und meine Handy-Daten kopiert, vorgeblich, um Hinweise auf Jules darauf zu finden. Sein eigentliches Ziel war es aber, mir eine Software aufzuspielen, die automatisch den Zugriff auf meine Hardware ermöglichte. Laptop, I-Pad, alles. Womit er nicht gerechnet hatte, war, dass ich den Spieß umdrehen würde und er sich damit sozusagen selbst verseucht hat – eine Tür, die nach beiden Seiten aufschwang. Ich hatte fortan Zugriff auf alle seine Daten."

„Das heißt, du konntest Yussuf genauso ausspionieren wie er dich?"

„Ja, mit dem Unterschied, dass ich Bescheid wusste und ihm nur jene Informationen zukommen ließ, von denen ich wollte, dass er sie bekam."

„Und was hat das mit seinem…äh, Ableben, zu tun?"

An dieser Stelle übernahm Jules. „Yussuf hat seine eigenen Leute im großen Stil betrogen. Wir haben lediglich über das Netz einige Informationen an die richtigen Leute weitergeleitet."

„Um was genau ging es dabei?", interessierte sich Ryan plötzlich sehr dafür.

„Sein Hawala-Geschäft. Yussuf hat für eine Reihe einflussreicher Gönner aus der arabischen Welt Gelder transferiert. Meist für die Ausrüstung von Allahs Kriegern."

„Ja, typisch, der Heilige Krieg: gegen den Westen, den Fortschritt, die Freiheit. Aber gleichzeitig unsere Technik nutzen, vom Smartphone bis zum Sturmgewehr – und unsere Autos fahren. Die lieben BMW! Wer soll bitte ihre Luxusgüter produzieren, wenn sie uns alle weggebombt haben?", warf Lucie erregt ein.

„Lucie", schmunzelte Rabea.

„Tschuldigung. Ist doch wahr."

„Das finde ich auch", bestätigte Jules. „Yussuf hat den westlichen Luxus sehr genossen. Dafür hat er sich bereichert und Geld verschwinden lassen – von Leuten, die dafür wenig Verständnis haben. Wir", er sah verschwörerisch zu Rabea hinüber, „haben diese Leute davon in Kenntnis gesetzt, wo sich das Loch befand, durch das ein Teil ihrer Millionen versickerte. Der Rest ergab sich von selbst.

„Wie kam er um?", fragte Ryan.

„Das wissen wir nicht. Es gibt Gerüchte, dass es einer seiner eigenen Söhne war. Sie gelten alle als radikal islamisiert."

„Ich möchte die Beweise sehen", verlangte Ryan forsch.

„War mir klar", antwortete Jules. „„Aber nicht jetzt. Wir reden später. Okay?"

„Okay, ich komme darauf zurück", willigte Ryan ein.

Lucies Interesse galt etwas anderem: „Jules, heißt das im Klartext, dass du frei bist und nach München zurückkehren kannst?" Sie sah ihren Freund erwartungsvoll an.

„Genau das heißt es. Yussuf ist Geschichte."

„Zweimal hurra, ich habe meinen Freund und Friseur zurück!", freute sie sich.

In diesem Moment rüttelte jemand energisch an der Klinke. Sie durften endlich zu Magali.

Lukas und Lucie waren die Ersten. Magali berichtete ihnen, dass die Ärzte mit ihrem Zustand zufrieden waren und sie am nächsten Tag entlassen werden würde. Sie durfte zur weiteren Behandlung nach Hause fliegen.

* * *

„Kommt mal, Rabea und Ryan!", rief Jules am Abend desselben Tages. Er fläzte sich auf der Wohnzimmercouch und zappte durch die Programme, während Rabea und Ryan ihre Mails am Küchentisch checkten. Alle drei warteten darauf, dass Lucie endlich für das gemeinsame Abendessen ausgehfertig wäre. Lukas war noch im Krankenhaus bei Magali. Er würde später zu ihnen stoßen.

„Was ist los?", fragte Rabea. Jules deutete auf den Bildschirm. Darauf war ein Gefangenentransporter zu sehen, eingekreist von blinkenden Einsatzfahrzeugen der Polizei und Carabinieri.

„Wie es aussieht, ist Massimo Trapano auf dem Weg ins Militärkrankenhaus verschwunden", berichtete Jules.

„Wie, verschwunden?", fragte Rabea aufgeregt.

„Offenbar ist er entführt worden, oder befreit. Wie man´s nimmt."

„Einfach so?"

„Ja. Laut Fernsehbericht wurde dabei niemand verletzt. Die begleitenden Beamten wurden betäubt im Transporter gefunden. Von Trapano, heißt es, fehle jede Spur."

Ein Grinsen huschte über Rabeas Gesicht. *Whitewolf, jede Wette!* „Na, das ist doch einmal eine gute Nachricht."

„Was ist eine gute Nachricht?" Lucie kam auf High Heels und einer Wolke Parfüm ins Wohnzimmer geschwebt.

„Dass du endlich fertig bist", sagte Rabea und hakte ihre Freundin unter. „Auf geht's!"

KAPITEL 61

Berlin – zwei Monate später

„Was machst du?" Lucie hatte sich spontan für ein Wochenende bei Rabea einquartiert. Nachdem sie ausgepackt hatte (sie hatte den Inhalt ihrer Reisetasche auf Rabeas Bett gekippt), war sie hinter ihrer Freundin aufgetaucht und starrte auf deren Laptop, auf dem nur eins zu sehen war: Schuhe.

„Ich schrei vor Glück", murmelte Rabea, die weder schrie noch auch nur annähernd glücklich schien. „Ich brauche dringend neue rote Schuhe für mein Papst-Interview. Witzig, oder? Wir beide tragen dann rote Schuhe."

„Du shoppst Schuhe im Internet?" Lucie hörte sich an, als stünde ihre Freundin im Begriff, sich Drogen oder illegales Elfenbein zu beschaffen.

„Ja, warum nicht? Wie du weißt, gehört Geschäfte abklappern nicht gerade zu meinen Lieblingsfreizeitbeschäftigungen."

„Aber man shoppt doch keine Schuhe im Internet!", ereiferte sich Lucie.

„Wieso? Ich dachte, du machst das auch?"

„Ich? Gott bewahre! Ich bestelle grundsätzlich nichts zum Anziehen im Internet. Das ist absolut unsinnlich. Ich muss meine Beute anfassen und fühlen können, sonst weiß ich doch nicht, ob sie zu mir passt", sagte sie im Brustton der Überzeugung. „Außerdem habe ich kürzlich einen Bericht über Internet-Kaufverhalten und seine Folgen gelesen, ehrlich, der war richtig gruselig – wie der Konsument da sofort in seine Berechenbarkeiten zerlegt wird." Lucie schüttelte ihre kurzen blonden Locken. „Ich formuliere es mal drastisch: Stell dir vor, ich kaufe mir Zwölf-Zentimeter-High-Heels. Sofort rattert irgendwo ein Programm, dass ich damit ein Kandidat für mindestens eine oder zwei Hüft-OPs werde

– und die Hüftgelenk-Industrie schraubt ihre Produktion rauf. Gleichzeitig, in einer Art Gegenbewegung, schraubt auch die Hämorrhoidensalben-Industrie ihre Produktion nach oben, weil die sich ausrechnen, dass jemand in solch hohen Schuhen mehr sitzen als laufen wird – ebenso die Hühneraugenpflaster-Industrie, weil solche Schuhe ja drücken müssen. Ich will ganz sicher nicht für eine solch dämliche Kettenreaktion verantwortlich sein."

„Ehrlich, Lucie", kicherte Rabea, „das war wirklich drastisch. Dich sollte man einmal in eine Talkshow einladen. Du wärst die Attraktion zwischen Quoten-Kubicki, Betroffenheits-Renate und der roten Sarah. Die könnten mal so richtig einpacken."

„Nee, danke, das ist wirklich nichts für mich. Das sind doch alles Lohnredner. Da sagt keiner, was er richtig meint, sondern nur, was er oder sie glaubt, was die Leute hören wollen. Darum sitzen da ja auch immer dieselben Gespenster."

„Oh Lucie, du bist wirklich unbezahlbar. Besser hätte ich es auch nicht ausdrücken können. Komm", Rabea stand auf, schnappte sich ihre Tasche und hakte ihre Freundin unter. „Gehen wir also auf eine sinnliche Shopping-Tour. Ich brauche neue Schuhe. Und zwar schicke."

„Hurra!", jubelte Lucie – jetzt schrie sie vor Glück. „Ich warte schon mein ganzes Leben darauf, dass du das einmal zu mir sagst!"

Vier Stunden später chauffierte eine erschöpfte Rabea ihre Freundin zurück zu ihrer Wohnung. „Unfassbar, ich weiß nicht, wie du das machst, Lucie", meinte Rabea, als sie ihren Wagen parkte. „Es gibt nichts, was mich mehr schafft als Shoppen, und du wirkst, als hätte dir jemand eine Ampulle Adrenalin gespritzt."

„Es lenkt mich ab, weißt du", sagte Lucie mit plötzlich kleiner Stimme, und Rabea wusste, dass sie gerade an Jonathan dachte. Sie drückte ihrer Freundin einen Kuss auf die Wange. Beide stiegen aus und Rabea öffnete den Kofferraum, der vollgestopft mit Einkaufstüten war. Lucie hatte die Gunst der Stunde genutzt und Rabea zu einem kompletten Outfit für ihre anstehende Geburtstagsparty überredet – und sich selbst auch gleich eingedeckt. Sie griff nach einer der Taschen, als ihr ein dunkelblauer Mercedes Hybrid auf der gegenüberliegenden Straßenseite auffiel. Lucie kniff die Augen zusammen, als die Fahrertür aufschwang und ein bekanntes Gesicht erschien. Sie konnte nicht verhindern, dass ihr Herz einen Satz machte. *Jonathan!* Der Mann war wirklich hartnäckig, das musste sie ihm lassen…Seit zwei Monaten ignorierte sie seine Anrufe und Mails. Sie wollte nicht mit ihm sprechen. Es war alles gesagt. Er hatte sie belogen und benutzt. Basta. Sie klammerte jenen Teil von sich aus, der lieber stehenbleiben wollte, schnappte sich zwei Tüten und wandte der Straße entschlossen den Rücken zu. Rabea, die zu ihr getreten war, hatte Jonathan ebenfalls entdeckt.

„Sieh an, da ist Jonathan." Sie verfolgte, wie er mehrere Fahrzeuge vorbei ließ und dann die Fahrbahn überquerte. Lucie strebte bereits dem Eingang zu. „Schnell, schließ auf, Rabea, und wimmel ihn ab. Ich will ihn nicht sehen."

„Warum sprichst du nicht wenigstens mit ihm?", meinte Rabea zur Überraschung ihrer Freundin.

„Was? Das sagst ausgerechnet du, die kaltherzige Königin der Verweigerung?"

„Du musst ja nicht meine Fehler wiederholen. Hör dir wenigstens an, was er zu sagen hat."

Lucie geriet in einen Zwiespalt. Einerseits hatte sie sich hoch und heilig geschworen, nie wieder ein Wort mit Jonathan zu wechseln, andererseits konnte sie das verräterische Herzklopfen, das sein Anblick bei ihr ausgelöst hatte, nicht verleugnen. Es war ungerecht. Ihr Verstand sagte nein, ihr Herz ja. „Das muss ich jetzt wohl. Du lässt mir ja keine Wahl", murmelte sie.

Jonathan hatte sie leicht atemlos erreicht und verharrte jetzt einen Moment lang unschlüssig vor ihnen. Rabea registrierte mit Genugtuung, dass Mr. Perfect sein Vorhaben nur bis zu diesem Punkt der Begegnung geplant zu haben schien. All seine frühere Sicherheit war verflogen, jetzt wirkte er einfach nur verlegen und rang um die passenden Worte. Rabea fand es charmant.

„Hallo Rabea", rettete er sich über die ersten Sekunden hinweg und wandte sich dann zögernd Lucie zu. „Hallo du", sagte er befangen. Ein vorsichtiger Seitenblick streifte die Taschen rechts und links in ihrer Hand. Er wirkte fast, als befürchtete er, dass Lucie sie ihm um die Ohren schlagen könnte.

„Was…" Lucie musste sich räuspern und begann von vorne. „Was willst du?" Sie ärgerte sich über sich selbst; ihre Stimme hörte sich nämlich weit weniger unwirsch an, als von ihr beabsichtigt. Es fiel ihr schwer, an ihrer Wut auf Jonathan festzuhalten, jetzt, da sie ihm erstmals seit Hisarlik wieder gegenüberstand.

„Das weißt du. Mit dir über alles reden. Es ist nicht alles schwarz-weiß. Gib mir wenigstens die Chance, es dir zu erklären. Bitte Lucie", fügte er hinzu.

Rabea hatte Mitleid. Dieser Mann litt Liebeskummer. Wer, wenn nicht sie, wusste, wie weh das tat und was er mit einem anstellen konnte, wenn man nicht wenigstens die Gelegenheit bekam, sich auszusprechen. Für sie war es wie ein langer schmerzhafter Schwelbrand gewesen. „Warum geht ihr beiden heute Abend nicht zusammen essen?", schlug sie vor. „Du, Lucie, suchst das Restaurant aus. Neutraler Boden – du kannst gehen, wann immer du möchtest. Im Gegenzug verspricht dir Jonathan, deine Entscheidung – sollte es ein Nein sein –, endgültig zu akzeptieren, und dich künftig nicht mehr zu kontaktieren." Jonathan sah sie für ihre Worte dankbar an, Lucie vernichtend.

„Danke, Freundin", zischte sie. Sie fühlte sich von ihr überrumpelt.

„Jetzt gib dir einen Ruck", sagte Rabea unbeeindruckt. „Wie wäre es mit dem *Tim Raue* hier in Kreuzberg? Du könntest zu Fuß hinlaufen."

„Komm, Lucie. Ein Abendessen ist alles, um was ich dich bitte. Wenn du willst, bring die Taschen mit, du kannst sie mir dann immer noch überziehen." Sein Lächeln und sein Blick waren steinerweichend.

„Also gut", gab Lucie widerwillig nach. „20:00 Uhr, im *Tim Raue.* Du kannst dich bei Rabea dafür bedanken, nachdem ich *ihr* die Taschen übergezogen habe."

KAPITEL 62

Jonathan hatte im *Tim Raue* einen der Tische im hinteren Bereich gewählt und beobachtete, wie Lucie kurz nach 20:00 Uhr das Restaurant betrat und sich verwirrt umsah. Sie wunderte sich sichtlich, warum um diese Zeit keine anderen Gäste anwesend waren. Sie kam auf ihn zu.

„Du hast das ganze Lokal gemietet?", sagte sie anstatt einer Begrüßung. „So war das nicht abgemacht. Ich wollte mich mit dir ganz bewusst an einem öffentlichen Ort treffen."

Oh, oh, das fängt nicht gut an, dachte Jonathan, der aufgesprungen war. „Ich freue mich, dass du gekommen bist, Lucie", begrüßte er sie. „Und so richtig allein sind wir nicht."

Er rückte ihren Stuhl zurecht und winkte den Kellner heran. „Ich dachte auch an dein Temperament. Möchtest du ein Glas Champagner?" Er lächelte zaghaft.

Lucie verstand natürlich die Anspielung. „Nein, mir ist heute nach stillem Wasser", sagte sie. „Das ist deine Party. Du redest, ich höre zu. Mehr nicht."

„Möchtest du gar nichts essen?"

„Nein, danke. Ich weiß nicht, wie lange das hier dauert."

Und es ging nicht gut weiter…

Nachdem Jonathan für sie beide Wasser bestellt hatte, sagte er: „Danke, dass du bereit bist, mich anzuhören."

Lucie nickte knapp.

„Alles, was ich dir über mich erzählt habe, ist wahr. Ich habe nur etwas weggelassen. Es betrifft den Mann, der mir das Leben gerettet hat. Deine Freundin hat es dir sicher gesagt?“

„Ja, ich weiß über Senator Whitewolf und deine Familie Bescheid.“

„Der Senator war nicht der einzige Grund. Du wirst dich nicht daran erinnern, aber wir beide sind uns schon früher einmal begegnet.“

Lucie sah ihn ungläubig an. Es war das, was er bezweckt hatte, ihre Neugier wecken.

„Was erzählst du da? Ich bin sicher, dass wir uns noch nie zuvor gesehen haben“, sagte sie abwehrend.

„Doch, vor zwei Jahren in Rom, im Caffè Greco. Ich saß an der Bar. Du bist mit deiner Freundin Rabea eingekehrt. Damals bist du mir das erste Mal aufgefallen.“

„Und warum hast du mich nicht gleich angesprochen?“

„Es war nicht der richtige Moment.“

„Ach, und der richtige Moment war gekommen, als du mich im Namen deines Gönners ausspionieren solltest?“

„Nein, natürlich nicht. Aber um eines klarzustellen: Senator Whitewolf hat mich nicht darum gebeten.“

„Es war also deine eigene Idee? Umso schlimmer. Das reicht, ein Gespräch hat keinen Sinn. Leb wohl.“ Lucie stand auf.

Jonathan war sofort auch auf den Beinen und griff nach ihrer Hand. „Nein, bleib, ich bitte dich. Hör mich nur noch einen Augenblick an“, beschwor er sie.

Lucie ließ sich langsam auf den Stuhl zurücksinken. Sie konnte nicht verleugnen, dass die Berührung seiner Hand ihre Herzfrequenz nach oben hatte schnellen lassen. Es ärgerte sie, dass Jonathan noch so viel Macht über sie hatte. Warum waren Gefühle nur so verdammt hinterhältig? Eine Pause entstand, weil der Kellner eben mit einem Tablett erschien. Er stellte einen Brotkorb, Butter und ein Schälchen mit Kräuterquark auf dem Tisch ab, schenkte ihnen ein und verschwand zurück in die Küche.

Jonathan war dem Mann mit den Augen gefolgt, bis die Tür sich hinter ihm geschlossen hatte, erst dann fuhr er fort: „Nachdem wir erfahren hatten, dass eure Familie ins Visier der *Sieben* geraten war, war für uns klar, dass wir handeln mussten. Wir benötigten unbedingt mehr Informationen.“

„Blöderweise hatten die Chinesen, oder vielmehr ihr Handlanger, dieser Kardinal Finzi-Contini, die gleiche Idee. Du und Andrea, ihr habt mich wie eine Ware an der Spionagebörse gehandelt. Was glaubst du, wie ich mich dabei gefühlt habe?", konterte Lucie.

„Bei Andrea di Fulvio mag es so gewesen sein. Ich hingegen wollte…"

„Verkauf mich nicht für dumm", fuhr ihm Lucie in die Parade. Sie hatte keine Lust auf weitere Lügen. „Von Rabea weiß ich, dass es dir und deinem feinen Senator nur um Carlotta van Kampens Nachlass ging. Du hast meine Gefühle für ein paar Patente eingetauscht."

Wieder warf Jonathan einen Blick auf die Tür zur Küche. Er rang ein paar Sekunden mit sich, ob er Lucie die ganze Wahrheit offenbaren sollte, und entschied sich dafür. Jetzt konnte ihn nur noch Offenheit retten. Mit gesenkter Stimme sagte er: „Es ging uns nicht nur um die Patente, Lucie, sondern auch um die Beweise, die Carlotta van Kampen gegen die *Sieben* gesammelt hatte."

„Ich dachte, dein Senator und Magalis Mutter gehörten selbst zu diesem Verein?"

„Der Senator war niemals Mitglied, sondern hielt sich nur in deren Dunstkreis auf, um ihnen irgendwann das Handwerk legen zu können."

„Mir kommen gleich die Tränen", sagte Lucie böse. „Komm mir jetzt nicht mit hehren Motiven. Das entschuldigt nicht eure Tat. Spionage bleibt Spionage. Und du hast mich ausspioniert."

„Mag sein, aber nachdem wir erfahren hatten, dass deine Schwägerin bereits in Zürich überfallen worden war, mussten wir damit rechnen, dass der Gegner im zweiten Anlauf ein Mitglied der Familie als Druckmittel benutzen würde."

„Du dachtest, man könnte mich entführen?" *Nicht schon wieder*, ergänzte sie im Stillen.

„*Sie* wollten den Inhalt des Schließfachs. Und wer wäre – außer Magali und seinem Sohn – die Person, für die Lukas *alles* tun würde?"

Lucie schwieg betreten. Aus dieser Sicht hatte sie die Dinge bislang nicht betrachtet.

Jonathan sprach hastig weiter: „Diese Verbrecher-Organisation geht seit Jahrzehnten über Leichen. Sie sind das Synonym für den militärisch-industriellen Komplex vor dem bereits Präsident Roosevelt gewarnt hat. Carlotta hat die *Sieben* erpresst, den Kirchenstaat zu stürzen."

Lucie schüttelte den Kopf. „Den Vatikan stürzen? Unfassbar, wie verrückt diese Frau war."

Jonathan nickte. „Eine Fanatikerin und blind vor Rache. Der Senator hatte sich seitdem an ihre Fersen geheftet."

Lucie sah Jonathan mit schmalen Augen an. „Ach, und du hast beschlossen, dem Senator behilflich zu sein, Carlottas Kreuzzug ein Ende zu bereiten? Indem du mit meiner Hilfe an Carlottas Erbin herankommst, weil du davon ausgehen konntest, dass mein Bruder, genau wie seine Frau, alle Einzelheiten kannte? Ich sag dir was, Jonathan, ob Patente oder Kirchenmachenschaften, das ist mir piepegal. Was mir nicht piepegal sein kann, ist dein Verhalten. Warum hast du nichts gesagt?"

Jonathan verunsicherte ihr Blick und Ton. Er redete weiter, darauf bedacht, Lucie seine Motive irgendwie nahezubringen. „Lucie, so einfach ist das nicht. Zu viel Wissen kann gefährlich sein. Carlotta van Kampen war nicht nur eine verrückte Kirchenhasserin, sie hatte Informationen über geheime Konten, mit denen die *Sieben* Terroranschläge gegen unser Land finanzierten – nur um dann an den Waffenlieferungen der folgenden Militäreinsätze zu verdienen. Mit ihren Machenschaften beuten sie nicht nur Amerika, sondern die gesamte Welt aus."

„Und das soll dich und alles entschuldigen? Ihr Amerikaner", stieß Lucie, wie Rabea in ihren besten Zeiten, verächtlich aus. „Immerzu spielt ihr euch als Kindermädchen dieser Welt auf. Wann kapiert ihr endlich, dass ihr sie mit euren Methoden erst zugrunde richtet? Lasst die Welt einfach in Frieden. Dann findet diese Welt auch irgendwann selbst zum Frieden. Ganz ohne amerikanische Hilfe."

Jonathan lehnte sich zurück. So kam er nicht weiter. Dabei konnte er Lucie verstehen. Er würde an ihrer Stelle vermutlich genauso argumentieren. Er hatte sich unter einem falschen Vorwand in ihr Leben geschlichen und ihre Reaktion war nur natürlich. Er setzte alles auf eine Karte. „Ja, ich gebe es zu, ich bin ein Mistkerl. Aber ein Mistkerl, der dich liebt! Meine Motive mögen nicht ganz ehrlich gewesen sein, aber meine Gefühle für dich sind es! Ich kann dich nur um Verzeihung bitten, Lucie. Und darauf hoffen, dass du mir mein Handeln irgendwann vergibst. Meinst du, du kannst das? Denn ich werde auf dich warten, so lange es dauert."

Lucie sah ihn lange an, versuchte, sich an ihrer Wut festzuhalten, die sie bisher wie auf einer Welle getragen hatte. Jonathans Geständnis hatte ehrlich geklungen. Was sollte sie tun? Wie reagieren? Ein Teil von ihr wünschte sich, dass alles wieder gut war, aber ihr Stolz hielt sie davon ab, ihm so einfach in die Arme zu sinken, nur weil er die berühmten drei Worte gesagt hatte. Sie flüchtete sich daher in Sarkasmus, etwas, das sie sich bei Rabea abgeschaut hatte. „Meine Güte, ich hoffe, du hast das nicht aus einer Telenovela geklaut."

Ein Ausdruck von Betroffenheit zeigte sich auf Jonathans Gesicht ab. „Anscheinend bin ich gut im Täuschen, versage aber, wenn es darum geht, echte Gefühle zu zeigen."

„Nein, das war gut. Du weißt, wie man ein Frauenherz zum Schmelzen bringt." *Oder Wut…*

„Heißt das, ich kann hoffen? Ein klein wenig?" Er klang kleinlaut, eine Facette, die sie bisher nicht an ihm vermutet hätte. Lucies Wille geriet ins Wanken. Um standhaft zu bleiben, rief sie sich mit Gewalt das Geschehene ins Gedächtnis.

„Du verstehst nicht, oder willst es nicht verstehen, Jonathan", sagte sie fest. „Ich weiß, dass ich bei meiner Geburt Glück hatte, mir hat es nie an etwas gefehlt. Liebe, Geborgenheit, Wohlstand, ich hatte alles. Dann starb mein älterer Bruder Alexander, und ich lernte die Schattenseiten des Lebens kennen. Seitdem ist viel passiert. Ich habe mich nie richtig verliebt, auch wenn ich das manchmal geglaubt habe. Und das war gut so, denn die Männer, die vorgaben mich zu lieben, waren entweder nur an Sex interessiert oder wollten mein Geld. Sie haben mich ausgenutzt. So wie du. Ich bin kein junges Mädchen mehr, nächste Woche werde ich dreißig. Ich bin es einfach leid, ausgenutzt zu werden. Ja, ich gebe zu, ich hatte starke Gefühle für dich und ich war nahe daran, zu glauben, du wärst der Eine. Und dann stellt sich heraus, dass auch du mich nur ausgenutzt hast. Du hast es kaputtgemacht, Jonathan. Bitte erwarte nicht, dass nach allem, was geschehen ist, ich das einfach so vergessen kann und in deine Arme sinke. Die Fallhöhe war einfach zu hoch. Und das Leben ist nun einmal keine Telenovela." Eine einzelne Träne hatte sich aus Lucies Auge gelöst. Sie wischte sich beinahe trotzig über ihre Wange.

Jonathan griff nach ihrer Hand und drückte ihr einen zärtlichen Kuss darauf. „Es ist gut, Lucie, ich verstehe dich. Und ich verspreche dir, dass ich dich nicht weiter drängen werde. Trotzdem sollst du wissen, wann immer du mich brauchen solltest, werde ich für dich da sein. Ich kann mein Herz nur einmal verschenken, und es gehört dir. Und nein, das habe ich auch nicht aus einer Telenovela", fügte er mit einem hinreißenden Lächeln hinzu, das gleichzeitig Liebe und Traurigkeit ausdrückte.

„Ach, du Verrückter", sagte Lucie, und starrte verwundert auf den Berg Krümel vor sich. Sie konnte sich nicht erinnern, wie das Brot in ihre Hände gelangt war.

„Freunde?", setzte Jonathan vorsichtig nach.

Lucie suchte in seinen Augen nach ihrer Antwort. Ihr Groll war noch da, er füllte sie aus wie ein Ballon, in dem sich noch immer die Enttäuschung über seinen Verrat ausdehnte. Sie hatte ihm freigiebig geschenkt, was den Menschen Lucie ausmachte: Ihre Liebe und ihr Vertrauen; beides hatte er sich unter falschen Voraussetzungen genommen. Sie dachte an ihren Bruder, der die wundervolle Gabe besaß, verzeihen zu können. Er hatte ihr einmal erklärt, dass Verzeihen der Nährboden der Menschlichkeit war. Aus ihm erwuchs das Gute und schenkte einem inneren Frieden. Sie wollte ihren inneren Frieden zurück, und heute konnte sie den ersten Schritt dafür tun.

„Freunde", antwortete sie.

„Gut", antwortete Jonathan, und in diesem kleinen Wort lagen so viel ehrliche Erleichterung und Gefühl, dass es Lucie mehr als alle seine Worte zuvor davon überzeugte, dass er es ernst mit ihr meinte. Er hielt weiter ihre Hand. „Meinst du, wir zwei Freunde könnten in dieser angenehmen Umgebung ein gutes Abendessen genießen?"

Lucie sah ihn noch immer an. Nahm sein Gesicht in sich auf, seine beredten Augen, die von Liebe sprachen, spürte ihre Hand in seiner und die Wärme, die von ihr ausging. Und ganz plötzlich war die Leichtigkeit zurück, und auf ihrem Fuße folgte Zuversicht. Sie konnten vielleicht nicht von vorne beginnen, aber vielleicht war es ihnen möglich, auf dieser Basis eine echte Freundschaft aufzubauen. Und wer wusste schon, was die Zukunft für sie beide noch bereithielt?

Sie entzog ihm ihre Hand, bevor seine Berührung sie noch mehr verwirren konnte und fragte munter: „Wo ist die Karte?"

* * *

Lucie kehrte weit nach Mitternacht in Rabeas Wohnung zurück. Rabea war aufgeblieben und freute sich, als sie in Lucies Augen sah. Das Leuchten darin war zurückgekehrt! Lucie warf sich in die Arme ihrer Freundin und flüsterte ihr nur ein Wort ins Ohr: „Danke."

Wenig später kündigte Rabeas Handy eine WhatsApp-Nachricht an. Es war Jakes Smiley! Sie tippte es an. Es war das zweite Danke dieses Tages. Unterschrieben war es nicht mit Jake, sondern mit…Jonathan!

Rabea lächelte. Sie hatte es gewusst!

EPILOG I

Kardinal Finzi-Contini saß in seinem Lieblingsrestaurant, allein im hinteren Teil der Trattoria und an seinem angestammten Platz. Das ihm gegenüberliegende Fenster zeigte einen Ausschnitt der belebten Piazza del Popolo. Doch er sah durch die vielen Menschen ebenso hindurch wie durch die Scheibe. Er ließ die Ereignisse der letzten Tage vor seinem inneren Auge Revue passieren. Es war zwar nichts so gelaufen, wie er sich das vorgestellt oder geplant hatte, aber das Wichtigste war, er war noch im Spiel!

Sein Freund Tommaso hatte ihn zwar zutiefst enttäuscht, und Saul Kaschinski hatte es erwischt, aber es gab andere. Das Pontifikat des Papstes war nur eine Frage der Zeit, und dann endlich würde er den Fischerring tragen, der ihm seit Beginn seiner Priesterzeit vorbestimmt war. Dann würde seine Ära beginnen, die Ära von Papst Petrus I. Ja, er würde sich Petrus I. nennen, denn er war der Fels, auf den die Kirche ihre Zukunft bauen konnte.

Er nahm sein Glas auf, betrachtete kurz, wie sich der blutrote Inhalt im Gegenlicht spiegelte, und prostete sich dann selbst damit zu. Auch wenn der neue Papst noch so sehr über Armut und Schlichtheit predigte, er würde sich seinen Genuss ganz sicher nicht von diesem Spanier verbieten lassen.

Er gönnte sich einen langen Schluck seines bevorzugten Rotweins, rollte ihn in seinem Mund und kostete die volle Süße aus, die seinen Gaumen umschmeichelte. Wahrlich ein guter Tropfen, aber das konnte er für den stattlichen Preis, die ihn die Flasche kostete, auch erwarten. Leise murmelte er vor sich hin: „Fisch muss dreimal schwimmen, im Wasser, im Öl, im Wein." Es klang fast wie ein Gebet.

Der Kellner näherte sich ihm nun mit dem Hauptgang, einem Loup de Mer, in Salzkruste gebacken, auf einem Bett von Spinat und kleinen, in Butter und Petersilie geschwenkten Kartoffeln. Der Kardinal hatte Hunger, ihm lief schon beim Anblick des appetitlich arrangierten Tellers das Wasser im Mund zusammen.

„Eure Eminenz, buon appetito“, sagte der Kellner und zog den Vorhang zu, der den hinteren Teil des Lokals vom vorderen trennte. Er wusste, der Kardinal zog es vor, unbeobachtet zu speisen.

Der Kardinal ergriff sein Besteck, der Fisch war seinen Wünschen gemäß schon tranchiert worden. Er schnitt ein tüchtiges Stück ab und schob es sich gierig in den Mund. Er kaute kurz und schluckte das zarte Fleisch hinunter. Und da spürte er die Gräte in seinem Hals.

Er schluckte, er hustete, er schluckte wieder und sie rutschte schmerzhaft ein kleines Stück tiefer. Er griff nach dem Rotwein und leerte das Glas in einem Zug, um die Gräte ganz hinunterzubefördern – doch sie steckte hartnäckig fest. Er bemühte sich zu atmen, er bekam keine Luft mehr und die Leere in seiner Brust wurde unerträglich! Er schob den Finger in den Mund und würgte. Die Gräte steckte weiter fest. Er versuchte, um Hilfe zu rufen, doch aus seiner Kehle drang nur ein leises Krächzen. Wieder versuchte er, Luft zu holen. Schiere Panik überkam ihn nun. Hilfe, er brauchte Hilfe!

Er stemmte sich hoch, bunte Blitze tanzten vor seinen Augen. Er schwankte auf den Vorhang zu, versuchte nach diesem zu greifen, doch er war nicht nah genug, er griff daneben, verlor den Halt und stürzte schwer zu Boden. Während die Welt um ihn herum in tiefer Schwärze versank, hörte er ein letztes Mal die melodische Stimme der Schamanin, wie sie in ihrem französisch gefärbten Englisch zu ihm sagte:

„Your ring with the fish…

Und sein letzter Gedanke war, dass er einem simplen Irrtum aufgesessen war. Oder vielmehr der Wunsch Vater des Gedankens gewesen war. Die Frau hatte nicht von einem Ring gesprochen, sondern dass er mit einer Gräte ringen würde. „You´ll wring with the fish“. Und er starb.

Sein Schicksal hatte sich erfüllt.

EPILOG II

WASHINGTON/D.C./USA VERSUS BERLIN/DEUTSCHLAND

„*I, Jefferson Delano Whitewolf, do solemnly swear that I will faithfully execute the Office of President of the United States, and will to the best of my ability, preserve, protect and defend the Constitution of the United States. So help me god – whoever it is.*"

„Ich, Jefferson Delano Whitewolf, schwöre, dass ich das Amt des Präsidenten der Vereinigten Staaten getreulich ausführen und die Verfassung der Vereinigten Staaten nach besten Kräften wahren, schützen und verteidigen werde. So wahr mir Gott helfe – wer immer es ist."

Gemeinsam mit ihren Kollegen verfolgte Rabea im großen Konferenzraum der BBCo. live den Amtseid des neuen, 45. Präsidenten der Vereinigten Staaten von Amerika, dem ersten aus dem Urvolk Amerikas, vom Stamme der Mohawk.

Sofort nach dem letzten Wort schoss Hans Stickler aus seinem Sessel hoch. „Leute, hat *er* das gerade tatsächlich gesagt?", rief er völlig aus dem Häuschen. „Los, los, spult das sofort zurück."

Gebannt lauschten alle der Wiederholung. „Er hat es gesagt, Winnetou hat es wirklich gesagt!", rief Stickler aufgeregt. „*Wer immer Gott ist!* Na, der weiße Wolf traut sich was. Jetzt fällt die religiöse Meute über ihn her. Ich danke Gott für seine Wahl!" Er klatschte in die Hände: „Hurra, und wir haben unseren morgigen Leitartikel. „Rosenthal", sagte er zu ihr, „das ist Ihre Show. Überschrift: *Wer ist Gott?*"

Was für eine Steilvorlage! Rabea eröffnete ihren Leitartikel mit einem Zitat, das dem französischen Politiker und Schriftsteller André Malraux zugeschrieben wurde, der Präsident de Gaulle zehn Jahre als Kulturminister gedient hatte und mit Jacqueline Kennedy befreundet gewesen war:

Das 21. Jahrhundert wird religiös sein, oder es wird gar nicht sein.

Die korrekte Übersetzung aus dem Französischen lautete zwar „mystisch“ anstatt „religiös“, aber in diesem Fall umging Rabea diese Zimperlichkeit.

Sie stellte in ihrem Artikel eine dritte These auf: *Wäre die Welt ohne Religion ein friedlicher Ort?*

Sie hatte mit Stickler zäh um jedes Komma gerungen, bis sich Chefredakteurin-Marlboro-Oma-Marquardt eingemischt und ihren Segen mit den Worten: „Ich will verdammt sein, wenn ich mich nicht traue, das zu drucken“, erteilt hatte.

Gleich nach der Veröffentlichung stiegen die Online-Klicks ins Astronomische und Rabeas Telefon stand nicht mehr still. Sie stellte es nach kurzer Zeit ab, um sich auf ihre nächste Arbeit zu konzentrieren: einen Artikel, in dem sie das Freihandelsabkommen TTIP zwischen USA und EU durch den Fleischwolf drehte und Amerika und ihren Lobbyisten Betrug an der eigenen Demokratie vorwarf. Ihre These war, dass sich Amerikas Politik ausschließlich von der Wirtschaft gängeln und bezahlen ließ. Sie sah erneut Kämpfe mit Stickler voraus. Und freute sich darauf.

Wie heraufbeschworen stand der Chef vom Dienst plötzlich vor ihr. „Sind wir uns inzwischen zu fein, um ans Telefon zu gehen, Rosenthal?“

„Haben Sie inzwischen anschleichen geübt, Stickler?“

„Nein, aber Ihren Telefondienst übernommen. Hier, Anruf.“ Er streckte ihr das Telefon entgegen, Rabea nahm es widerstrebend. Sie hielt die Hand vor den Hörer. „Wer? Die Marquardt?“ Stickler schüttelte den Kopf und lächelte rätselhaft.

„Rosenthal, hallo?“, rief sie hinein. Eine weibliche Stimme sagte: „One moment, please“, es klickte und eine männliche Stimme sagte auf Englisch: „Ihr Artikel gefällt mir, Litonya Meoquanee. Besonders der Satz, dass die Erfindung der Religion ein Geniestreich der Menschheit war – das ideale Instrument für Machtmissbrauch.“

„Senator Whitewolf? Äh, Mister President?“, korrigierte sie sich. „Gratuliere zur Wahl, Sie haben es geschafft!“ Derweil suchte sie mit Grimassen und Gestik, die rasch anwachsende Traube von Kollegen um sich herum zu verscheuchen. Ohne Erfolg. Sie stand auf und schlenderte in Richtung Sticklers Büro, die Truppe, angeführt von Stickler selbst, trippelte ihr hinterher. Bevor Stickler sichs versah, war Rabea mit einem Satz in seinem Büro, hatte die Tür abgesperrt und die Jalousien herabgelassen. In Entgegnung auf Whitewolfs Ergänzung des Amtseids fügte sie jetzt noch hinzu: „Dankeschön. Sie haben mich dazu inspiriert.“

„Im Gegenteil, Sie haben mich in Rom inspiriert, als Sie sagten, Schicksal wäre nur ein anderes Wort dafür, dass Gott nichts erklären muss…"

„…wer immer es ist", ergänzte Rabea.

„Ja, vielleicht ist es an der Zeit, dass der Mensch begreift, dass es mehrere Wahrheiten gibt. Dass sie alle miteinander koexistieren können. Friedlich. Alles, was es dazu braucht, ist der menschliche Wille – nicht Gottes Wille."

„Ihr Freund, Papst Lorenzo, würde Ihnen da sicher widersprechen."

„Immerhin haben beide Parteien bisher versagt. Kläglich. Die Welt versinkt in Krieg und Chaos."

„Dazu hat Amerika einen nicht unerheblichen Beitrag geleistet."

„Diese Antwort habe ich vorausgeahnt. Sie könnten einen Beitrag leisten, unser Außenbild zu korrigieren, Litonya Meoquanee. Sie träumen von einer heilen Welt? Dann tun Sie was dafür!"

„Oh, ich steigere mich! Erst der Vatikanstaat und jetzt die Vereinigten Staaten? Planen Sie etwa auch eine Ethik-Kommission, Mister President? Oder manipulieren Sie mich etwa schon wieder?"

„Nennen Sie mich Jeff, Litonya. Wie sieht es aus, haben Sie über mein Angebot nachgedacht?"

„Helfen Sie mir! Welches Angebot meinen Sie genau?"

„In London hatte ich Sie gebeten, in meinen Stab einzutreten, in Rom habe ich das wiederholt. Ich könnte Sie mir gut als Botschafterin vorstellen, entweder in der UNO oder zum Beispiel auch in Israel. Suchen Sie es sich aus."

„Eine politische Karriere? Sie vergessen, dass ich es unter Bush jr. bereits in ein amerikanisches Militärgefängnis geschafft habe. Und, ich bin noch nicht einmal Amerikanerin!"

„Das eine spricht längst für Sie und was das andere betrifft: Ich bin sicher, ein gewisser Ryan McKenzie würde Sie gern dazu machen."

Rabea stieß ein raues Lachen aus. „Abgesehen davon, dass ich bisher keine Ambitionen in dieser Hinsicht verspüre, dürfte Ihnen mein größtes Manko für eine diplomatische Karriere hinreichend bekannt sein."

„Als da wäre?"

„Mangelnde Impulskontrolle. Hat Papst Lorenzo Sie nicht gewarnt?"

Jetzt lachte Whitewolf. „Im Gegenteil, mein Freund, der Papst ist der gleichen Meinung wie ich. Gerade das gefällt uns so an Ihnen. Die Politik braucht wieder Menschen, die ihre Meinung ehrlich vertreten, keine weichgespülten

Diplomaten, die sich ergebnislos im Kreis drehen. Es gibt zu viele Politiker, die politische Arbeit mit einem Spektakel verwechseln. Der Bürger erkennt, wer die Wahrheit sagt. Ich brauche Menschen wie Sie, Litonya. Kommen Sie an Bord. Ich bin überzeugt, gemeinsam können wir viel erreichen."

Rabea überlegte nur kurz, tatsächlich verspürte sie den Reiz, ein neues Kapitel in ihrem Leben aufzuschlagen. „Ich sage Ihnen etwas, Jeff. In London sagten Sie zu mir, Sie wollen den Konflikt im Mittleren Osten entschärfen. Tun Sie das! Stoppen Sie die Gewalt in Palästina. Dieser Konflikt ist militärisch nicht zu lösen. Bertha von Suttner sagte einst: *Krieg ist die Folge menschlichen Irrwahns*. Beenden Sie diesen Irrwahn, Mister President, Jeff. Sorgen Sie dafür, dass wieder verhandelt wird. Ernsthaft. Und ich denke über Ihr Angebot nach – vorausgesetzt, ich muss deshalb nicht gleich heiraten…"

„Sie sind eine harte Verhandlungspartnerin, Rabea. Gut, diese Angelegenheit steht längst auf meiner Agenda."

„Der Konflikt oder dass ich ohne eine Hochzeit davonkomme?" Rabea musste es unbedingt nochmals hören. Sie wollte, dass Whitewolf Wort hielt.

„Beides. Versprochen. Sie hören von mir. Ich soll Ihnen übrigens auch Grüße von unserem gemeinsamen Freund, Director Clayton, ausrichten."

„Ach, Sie sind jetzt Freunde?"

„Allianzen wechseln, Litonya."

„So nennt man das in der Politik. Immerhin muss ich mich bei Ihnen beiden bedanken. Sie haben meinen Freund Ryan wieder auf Kurs gebracht."

„Sie meinen, seine Ambitionen beizulegen, die Mörder seines Bruders eigenhändig zur Strecke bringen zu wollen? Dieser Verdienst gebührt Clayton. Er hat unserem Heißsporn klar gemacht, dass die *Sieben* nicht seine Kragenweite sind, sondern er die Sache uns überlassen muss. Und es sind nicht die *Sieben* allein. Es ist eine Hydra. Wir haben viel Arbeit vor uns. So, und jetzt warten Vertreter des jüdischen Weltkongresses auf mich, danach eine erzkatholische Delegation. Es geht los."

„Ich verstehe. Beide wollen Sie wegen Ihres Amtseids in die Mangel nehmen?"

„Ja, sie haben ein neues Feindbild. Endlich sind die sich einmal einig", sagte Whitewolf aufgeräumt. „Sie denken über mein Angebot nach?"

„Das werde ich. Jeff?", setzte sie nach.

„Ja?"

„Richten Sie Massimo Trapano einen schönen Gruß von mir aus."

Ein Lachen antwortete ihr. Whitewolf stritt es nicht ab. Ganz im Gegenteil, er sagte: „Und Sie richten Ihrem Freund von Stetten aus, es gäbe einen Netzhaut-Spezialisten an der Johns Hopkins. Professor Samuel Schnyder. Er hat gute Ergebnisse erzielt."

„Bei wem? Trapano?"

„Bis bald, Litonya!" Er legte auf.

ENDE

NACHBEMERKUNG

Liebe Leser,

Wer meine bisherigen Bücher gelesen hat, weiß, am Ende wird es immer intim. Das Buch ist der Autor, das Buch bin ich. Und manchmal treibt es mich in den Wahnsinn. Immer dann, wenn ich um das perfekte Wort, den perfekten Satz ringe. Ich weiß genau, es muss sie für diese Szene geben und ich habe keine Ruhe, bis ich sie gefunden habe. Natürlich kann es nur die Perfektion sein, wie ich sie als Autor empfinde. Die Idee zu einer Geschichte hat viele Wurzeln, sie wächst mit den Gedanken, Erlebnissen und Begegnungen, Gefühlen, Emotionen und in der Zwiesprache mit den Protagonisten. Mit Rabea habe ich wieder intensiv diskutiert, und Lukas musste ich ab und zu in den Hintern treten. Ich weiß, pädagogisch wenig sinnvoll, aber es hat genutzt – ich finde, er hat sich gut geschlagen. (Wenn nicht, schlagt mich.) Jules ist sowieso ein Selbstläufer und Magali ist und bleibt Lukas' Frau. (Ja, schlagt mich.) Dafür, dass ich Lucie auf eine Achterbahnfahrt der Gefühle, mehrere unkontrollierte Loopings inklusive, geschickt habe, habe ich so oder so schon Prügel von meinen Testlesern bezogen. Und Ihr habt es sicher gemerkt, in diesem Buch dominieren die Frauen. Und, was Euch auch aufgefallen sein dürfte, erweise ich, wie in jedem Band der Tetralogie, J.R.R. Tolkiens „Herr der Ringe", meine Reverenz.

Meine Lieblingsstelle, entnommen *Sam und Frodo auf ihrer gefährlichen Reise durch Osgiliath*.

Frodo: „Woran sollen wir glauben, Sam?"

Sam: „Es gibt etwas Gutes in der Welt, Herr Frodo, und dafür lohnt es sich zu kämpfen!"

Damit ist die Tetralogie abgeschlossen, jetzt heißt es Abschied nehmen von Rabea, Lucie, Lukas und Jules. Ich sage es gleich, ich werde nicht schwach werden und es wird keinen fünften Band geben! Aber sicherlich irgendwann ein Spin-off. Wer weiß? Vielleicht bekommt Lucie eine eigene Geschichte?

Noch ein Wort zu den Rezensionen. Mittlerweile darf ich mich über mehr als zweitausend Rezensionen und nochmals doppelt so viele Mails, Postings und FB-Nachrichten freuen, die bisher zu meinen Büchern eingegangen sind. Ich habe sie alle beantwortet. Sollte ich welche übersehen habe, bitte ich an dieser Stelle vielmals um Entschuldigung und um künftige Absolution – denn ich kann diese Flut nicht mehr bewältigen, außer ich verzichte aufs Bücherschreiben. Aber das werdet Ihr nicht wollen (bis auf einige Ausnahmen, hüstel). Darum habe ich einen schweren Entschluss gefasst. Ich werde die Beantwortung der Rezensionen und der Postings auf der Webpage einschränken und nur noch vereinzelt darauf eingehen. Ich bitte Euch, meine Leser, um Verständnis für diese Entscheidung, mit der ich lange gerungen habe. Es ist wirklich so, einen Tod muss man sterben.

IN EIGENER SACHE, DANKSAGUNG

Zum Schluss folgt das Dankeschön an alle Geburtshelfer. Wie immer hoffe ich, dabei niemanden zu vergessen.

Meinem Mann danke ich weiterhin für seine Geduld, Unterstützung und die unzähligen Cappuccini und Dickmanns, die den Weg zu mir in den Keller fanden. Ja, ich schreibe im Keller! Immerhin mit dem Schreibtisch zum Fenster, mit Blick auf eine mit Blumen bepflanzte Abböschung. Ab dem Frühjahr summt es in den Blüten und ich bekomme häufig Besuch von einem Eichhörnchen. Ich weiß, dass es männlich ist, denn da ich ja sozusagen unter ihm sitze, während er auf dem Fensterbrett spazieren geht, kann ich seine kleinen…Aber ich drifte ab. Schon gut.

Zurück zu meinem Mann. Am Beginn meiner Autoren-Laufbahn begann er mit Schach. Inzwischen ist er ein Meister und trägt den schwarzen Dan. Könnte aber sein, dass ich hier etwas verwechsele.

Dann muss ich mich natürlich bei meinen Kampfleserinnen und -lesern, den „Seelenfischer-Jünger(innen)", bedanken: Meiner Mami und meinen Freundinnen und Freunden Christine, Ro, Ramona, Ludwig, Andreas, Tine, Eva, Caroline, Daphne, Schneeflöckchen, Sandra, Juliane und Stephie. Eure permanente Unterstützung, Aufmunterung und Kritik bedeutet mir alles.

Besonders konnte ich mich auch wieder auf Myriam und Heike stützen. Die Seelenfischer-Jünger sind die Zutaten, Myriam und Heike sind das Gewürz. Die beiden wissen genau, was dem Leser schmeckt. Eine Miniatur-Duden-Myriam sitzt beim Schreiben auf meiner rechten Schulter und flüstert mir zu: „Plusquamperfekt, Hanni, Apposition, Hanni, KREISCH, das ist jetzt nicht dein Ernst, Hanni? Komma hier hin, Komma hier weg…"

Und Heike? Oje. Sie hat sich wieder als unentbehrliche Textdomina erwiesen und die Kommentar-Peitsche geschwungen. Autsch! Nach unseren fulminanten „Katzenklo“-Diskussionen in Teil 1 der „Akte Rosenthal“, über Osman, der Heike im „Honigtot“ aufstieß (und den ich dann gründlich aufgerüscht habe), ist ihr auch in Teil 4 ein „Katzenklo“ aufgestoßen. Ratet mal! Ich habe also erst einmal gründlich gereinigt, aufgeräumt und gelüftet und „es“ danach wieder im Buch eingesetzt. Myriam und Heike, ich kann es Euch nicht oft genug sagen, Ihr seid genial!

Ein riesiges Dankschön gebührt Karla, die wirklich im allerletzten Moment als Korrektorin eingesprungen ist.

Auch mein grundanständiger Freund Johannes Zum Winkel von XTME stand mir wieder treu zur Seite. Ohne seine Unterstützung, sei es marketingtechnisch oder beim Übersetzen des E-Book-Chinesischen, wäre auch dieses Buch nicht möglich gewesen.

Bei meinem technischen Berater, Prof. Dr. rer. nat. Claus W. Turtur, bedanke ich mich, dass er jede meiner Fragen mit unendlicher Geduld und Ausdauer beantwortet hat, mögen sie ihm noch so abstrus und laienhaft erschienen sein. Mein Dank gilt auch Peter Lindemann, D.Sc. und CEO Clear Tech, Inc., der mir seine Gedanken zum Thema *Freie Raumenergie* im Vorwort freundlicherweise zur Verfügung gestellt hat. Bei Dottore Alberto Spinetti, Storico dell´Arte, bedanke ich mich für die Führung durch die Vatikanischen Museen und fachlichen Beistand bei Fragen rund um den Vatikan. Alle in diesem Buch enthaltenen Fehler gehen natürlich auf meine Kappe.

Und natürlich DANKE ich vor allem meinen Lesern, die mich durch die Tetralogie begleitet haben. Ihr seid zauberhaft! Ich schreibe und brenne für Euch.

Eure Honey Münzer, im November 2014

P.S. Wie immer habe ich das letzte Wort: Wort.

ÜBER DAS BUCH

Showdown!

Die Journalistin Rabea ist einer heißen Story auf der Spur und gerät erneut in tödliche Gefahr.

Lukas erhält völlig unerwartet ein Angebot aus dem Vatikan. Während er über seine Rückkehr nach Rom nachdenkt, treten gleich zwei interessante Männer in das Leben seiner Zwillingsschwester Lucie. Bald muss sie sich fragen, ob einer von ihnen ein falsches Spiel mit ihr treibt.

Lukas' Frau Magali verstrickt sich durch das Erbe ihrer Mutter in dunkle Machenschaften, aus denen es scheinbar kein Entkommen gibt.

Jules Lafitte ist gezwungen, vor dem Terroristen Yussuf unterzutauchen. Quer durch Europa jagt er Beweisen nach, um sich endgültig von seiner Vergangenheit zu befreien.

Keiner der Fünf ahnt, dass sie ins Visier eines gefährlichen Gegners geraten sind – denn alle Ereignisse sind miteinander verknüpft. Und am Ende führen alle Wege nach ROM.

LITERATURNACHWEISE/ LINKS

Betrifft alle Bücher der Tetralogie

Stefan Kiechle: *Ignazio von Loyola – Leben – Werk – Spiritualität*, Echer Verlag, 2001
Hartmann, Peter C.: *Die Jesuiten*, C.H. Beck, 2001
Hans-Christian Huf: *Das Bibelrätsel, Geheimnisse der Heiligen Schrift*, Econ Verlag (Ullstein-Gruppe), 2005
Alfred Mechtersheimer: *Handbuch Deutsche Wirtschaft*, Unser Land – Wissenschaftliche Stiftung für Deutschland e.V., 2003/2004
Christoph Hennig: *Wilde Wege, stille Dörfer – Wanderungen in den Abruzzen*, Rotpunktverlag, 2007
Ekkehart Rotter, Roger Willemsen: *Abruzzen – Molise, Romanische Abteien, trutzige Kastelle und Barockkirchen zwischen Hochgebirge und Adriaküste*, Dumont Kunstreiseführer, 2. aktualisierte Auflage, 2006
Giacomo Casanova: *Liebe und Abenteuer – Aus der Geschichte meines Lebens*, Parkland Verlag, 2004
Wolfgang Behringer: *Hexen – Glaube, Verfolgung, Vermarktung*, C.H. Beck, 2002
Gabriele Amorth: *Ein Exorzist erzählt*, Christiana Verlag, 2001
Evelyn Lever: *Madame de Pompadour*, Piper Verlag, 2008 (mein absolutes Lieblingswerk. Jeanne Antoinette Poisson, Madame de Pompadour, war eine ganz außergewöhnliche Frau – sehr empfehlenswert!)
Olivier Bernier: *Ludwig XIV. – Eine Biographie*, Droemersche Verlagsanstalt Th. Knaur Nachf., 1993
Olivier Bernier: *Ludwig XV. – Eine Biographie*, Benzinger Verlag 1986
Robert Dallek: *John F. Kennedy – Ein unvollendetes Leben, Fischer TB, 2005*

Donald Spoto: *Das Leben der Jacqueline Bouvier-Kennedy-Onassis*, Europa Verlag, 2000
Bob Woodward: *Geheimcode Veil: Reagan und die geheimen Kriege der CIA*, Droemer-Knaur, 1987
Rainer Stephan: *Gebrauchsanweisung für den Vatikan,* Piper 2009
Hannes Hintermeier: *Ein Dorf wird Papst*, Carl Hanser Verlag, 2006
Gianluigi Nuzzi: *Vatikan* AG *(Vaticano S.p.A.)* Chiarelettere editore srl, 2009 *(= italienische Ausgabe)*
Avro Manhattan: *Vatican Billions*, Chick Publications Inc., U.S., 1983 (= englische Ausgabe)
Claus W. Turtur: *Freie Energie für alle Menschen*, Kopp Verlag, 2014

Film:

„*Thelma & Louise*", mit Susan Sarandon, Geena Davis, Brad Pitt, USA 1991
„*Thrive: What on Earth will it take*" von Foster Gamble, Erbe von Procter & Gamble:
http://www.youtube.com/watch?v=lEV5AFFcZ-s

LINKS***:

http://www.buergerstimme.com/Design2/2013-03/raumenergie-als-forschungs-und-buergeraufgabe-interview-mit-professor-dr-claus-turtur/

Webpage von Peter Lindemann, D.Sc., CEO Clear Tech, Inc.:
http://www.free-energy.ws

http://www.rockefeller-news.com/30898/groses-interesse-an-anfrage-i-s-freie-raumenergie-an-bundeskanzlerin-merkel/
http://www.gaia-energy.org/gaia_
http://info.kopp-verlag.de/neueweltbilder/neuewissenschaften/claus-w-turtur/die-angst-vieler-physiker-vor-der-raumenergieeinnachtrag.html;jsessionid=E322937459CCD95D5B5AC1349A095937
http://info.kopp-verlag.de/neue-weltbilder/neue-wissenschaften/peter-lindemann/die-welt-der-billigen-und-praktisch-unerschoepflichen-energie.html

http://www.tagesspiegel.de/politik/stromabwaerts-altmaier-schwimmt-die-energiewende-davon/7960464.html
http://peswiki.com/index.php/Special:Search?search=hidden+patent&go=Go
Achtung: http://www.lutec.com.au/
Diese Website verschwindet von Zeit zu Zeit und taucht irgendwann wieder auf. Rekonstruktion möglich über Wayback-Maschine (das Internetarchiv), zum Beispiel:
http://archive.org/web/web.php

*Zitate Vorwort entnommen mit freundlicher Genehmigung des Kopp-Verlages und Peter Lindemann
http://info.kopp-verlag.de/neue-weltbilder/neue-wissenschaften/peter-lindemann/die-welt-der-billigen-und-praktisch-unerschoepflichen-energie.html

**teilweise inspiriert durch http://derhonigmannsagt.wordpress.com

***Diese Liste enthält Links zu externen Webseiten Dritter, auf deren Inhalte ich keinen Einfluss habe. Für diese fremden Inhalte wird daher keine Gewähr übernommen. Für die Inhalte der verlinkten Seiten ist stets der jeweilige Anbieter oder Betreiber der Seiten verantwortlich. Eine permanente inhaltliche Kontrolle der verlinkten Seiten ist jedoch ohne konkrete Anhaltspunkte einer Rechtsverletzung nicht zumutbar. Bei Bekanntwerden von Rechtsverletzungen wird der betreffende Link umgehend entfernt.

ZUM THEMA „FREIE ENERGIE/RAUMENERGIE“

„Eine neue wissenschaftliche Wahrheit pflegt sich nicht in der Weise durchzusetzen, dass ihre Gegner überzeugt werden und sich als belehrt erklären, sondern vielmehr dadurch, dass ihre Gegner allmählich aussterben, und dass die heranwachsende Generation von vornherein mit der Wahrheit vertraut gemacht ist.“

Zitat aus:
Max Planck: „Wissenschaftliche Selbstbiographie“,
Johann Ambrosius Barth Verlag, Leipzig, 1948, S.22.

Dazu Professor C. T., einer der führenden Forscher der Raumenergie:

„Ich stelle fest, diese Wahrheit gilt bis heute: Professorenkollegen schreiben mir fast nie, aber ich erhalte zunehmend Post von Studenten und Doktoranden.

Bereits Werner Heisenberg sagte, dass es möglich sein sollte, den Magnetismus als Energiequelle zu nutzen, und fügte hinzu: Aber wir Wissenschaftsidioten schaffen es nicht; das muss von Außenseitern kommen.“

Die Außenseiter, das sind wir. **Die vierte Macht.**

HANNI EMPFIEHLT

Bücher bereichern unsere Welt. Und meine. Sie begleiten mich schon mein ganzes Leben. Meine Mutter hat mir erzählt, dass ich, als die ersten Zähnchen sprossen, am liebsten auf ihren Büchern rumgekaut habe. (Bei ihr zuhause stehen noch ein paar von mir angenagte Bücher.) Ihr seht, ich habe schon sehr früh eine Leidenschaft für Bücher entwickelt und sie hat mich inzwischen durch alle Genres geführt. Da ich oft gefragt werde, was ich selbst gerne lese, hier ein paar Empfehlungen – zunächst von einigen Kollegen, die wie ich, selbst verlegen, oder aber schon bei Verlagen veröffentlicht haben. Und da Geschmäcker bekanntlich verschieden sind, empfehle ich vor der Kaufentscheidung gerne, die Leseprobe zuerst zu laden.

Wenn Sie Krimis mögen, empfehle ich
Elke Bergsma – sie schreibt tolle Ostfrieslandkrimis mit viel Lokalkolorit
Belá Bolten – seine „Berg-und-Tal-Krimis“ spielen am Bodensee
Nika Lubitsch – Ihre Krimis spielen in Berlin, oder auch in Florida.
B.C. Schiller – schreibt Psychothriller wie „Die Schwester“ oder, wer es blutiger mag, die „Toni-Braun-Serie“.
Catherine Shepherd – schreibt Thriller mit einem Touch Mystik und historischen Bezügen.
Matthias Matting ist der Doyen der Selbstverleger-Bibel. Alles, was Sie über das Selbstverlegen wissen müssen, erfahren Sie auf seiner Website: http://www.selfpublisherbibel.de/
Wer es romantisch mag, mit einem Touch Erotik (mein Mann nickt gerade sehr stark), dem empfehle ich Katelyn Faith, Hannah Kaiser, Izabelle Jardin und Petra Röder.

Wer pure Romantik mit einem Schuss Humor mag, dem empfehle ich Poppy J. Anderson, Ella Wünsche, Katrin Koppold, Kirstie Papers, Alice Golding und Adriana Popescu.
All Age Fantasy lese ich gerne von Marah Woolf, Daphne Unruh, Kira Gembri, Katja Piel und Emily Bold. Emily schreibt aber auch gefühlvolle Liebesromane, ebenso wie Hannah Siebern.
Science Fiction Fantasy gepaart mit Erotik – gibt es von Inka Loreen Minden.
Vanessa Mansini empfehle ich, wenn Sie es entweder etwas verrückt mögen („Nicht von dieser Welt“) oder Spannung mit Humor („Im falschen Film“).

Und dann lese ich natürlich zur Entspannung selbst gern Fantasy.
„Der Herr der Ringe“ von J.R.R. Tolkien (unerreicht und schon mehrmals gelesen)
Bitte dazu auch sein „Das Silmarillion“ lesen, die Schöpfungsgeschichte zur „Ring-Trilogie“.
„Watership down“ – dt. „Unten am Fluss“ von Richard Adams. Es ist magisch.
„Der Schwarm“ von Frank Schätzing – habe ich schon zweimal gelesen. Es lohnt sich!
Besonders gerne lese ich Biographien von Personen der Zeitgeschichte, querbeet.

Sehr lehrreich und wahnsinnig witzig ist auch:
„Darm mit Charme“ von Giulia Enders.

Dito die beiden Bücher von Hape Kerkeling: „Ich bin dann mal weg“ und „Der Junge muss an die frische Luft.“
Und das muss ich jetzt auch…Hanni Ende.

Achtung, es folgt: WERBUNG!

Lesen Sie auch von Hanni Münzer

„HONIGTOT“

XXL-Leseprobe:

Anfangs ist der böse Trieb wie ein Vorübergehender, dann wie ein Gast und zuletzt wie ein Hausherr.
Talmud Bavli Sukka 52

PROLOG

Es heißt, dass die Last der Wahrheit mehr wiegt, als Gott selbst je zu tragen vermag.

Dabei folgt die Wahrheit stets ihrer eigenen Physik. Wenn man es am allerwenigsten erwartet, steigt sie wie eine Wasserblase an die Oberfläche und klagt uns an.

Meiner Familie widerfuhr dies, als meine Großmutter starb und meine Mutter am selben Tag spurlos verschwand.

Ausgelöst wurden die Geschehnisse durch den vergilbten Inhalt einer vergessenen Schachtel.

Die Vergangenheit hatte uns eingeholt.

TEIL 1

GEGENWART

Felicity

KAPITEL 1

SEATTLE, WASHINGTON, USA, MAI 2012

„Und du bist dir wirklich sicher, dass du das Richtige tust?", fragte Olivia ihre Freundin. Es war das gefühlt hundertste Mal innerhalb der letzten Stunde. Inzwischen hatte sich der Ton ihrer Entrüstung etwas abgenutzt. Ebenso wie das Interesse ihrer Freundin Felicity, darauf zu reagieren.

Felicity konzentrierte sich stattdessen, einen Koffer von biblischen Ausmaßen – ein Geschenk ihrer so weltfremden wie unpraktischen Mutter – mit ihren Habseligkeiten zu füllen.

Olivia lag bäuchlings auf dem Bett und knabberte an einem Apfel, während sie das Tun ihrer Freundin mit finsterer Miene verfolgte.

Felicity ahnte, dass Olivia nicht lockerlassen würde. Und richtig: „Ich kann es einfach nicht fassen, dass du mir das antust. Und das Ganze auch noch heimlich hinter meinem Rücken einzufädeln! Was hast du dir bloß dabei gedacht?"

Das also war der eigentliche Knackpunkt. Felicity unterdrückte ein Lächeln. Nicht, *was* sie tat, ärgerte Olivia, sondern dass sie es geschafft hatte, es vor ihr, ihrer besten Freundin und nebenbei dem neugierigsten Menschen auf diesem Planeten, geheim zu halten.

Felicity ignorierte den Einwand wie alle anderen zuvor und rief: „Fertig!" Schwungvoll schloss sie den Koffer. Das Geräusch des zufallenden Deckels hatte etwas Endgültiges. Ende der Diskussion.

Nicht für Olivia. „Hast du eigentlich auch nur eine Minute lang an Richard gedacht?", holte sie nun ihren Trumpf hervor.

Felicity fuhr herum. Damit hatte Olivia tatsächlich an ihren wunden Punkt gerührt. *Richard.* Verlässlich, begabt, mit glänzenden Aussichten und auch noch gutaussehend. Olivias Bruder war zehn Jahre älter als sie und bereits ein anerkannter Chirurg, während die Tinte auf dem Diplom der beiden frischgebackenen Ärztinnen noch kaum getrocknet war.

Die gesamte weibliche Belegschaft des Seattle Children´s Hospital lag ihm zu Füßen. Und sie, Felicity, war gerade dabei, ihn zu verlassen und einen ganzen Kontinent zwischen ihn und sich zu bringen.

„Er liebt dich wirklich, weißt du?“ Olivia klang jetzt ganz sanft.

„Ich weiß.“ Er hatte es ihr gesagt. Gestern, als sie sich von ihm verabschiedet hatte. Richard wollte nicht, dass sie ging. Er hatte alles versucht, sie zum Bleiben zu bewegen, hatte ihr sogar einen Antrag gemacht. Sie konnte und wollte jetzt nicht an sein trauriges Gesicht denken, an die Enttäuschung in seinen Augen, als sie abgelehnt hatte. Die Trennung von ihm zerriss ihr beinahe das Herz. Es fühlte sich an, als schlüge seit gestern ein unförmiger Klumpen in ihrer Brust. Sie verstand sich selbst nicht, und doch konnte sie nicht anders.

So war es schon immer gewesen. Eine innere Rastlosigkeit trieb sie stetig weiter. Mittlerweile zweifelte sie daran, dass sich das je ändern würde. Sie hatte gehofft, diesem inneren Zwang zu entkommen, wenn sie ihr großes Ziel, Ärztin zu werden, erst einmal erreicht hatte. Doch je näher das Ende des Studiums und die Prüfungen gerückt waren, umso stärker war der Drang geworden, wieder eine neue Richtung einzuschlagen, auszubrechen aus ihrem geregelten Leben.

Dabei wünschte sie sich nichts sehnlicher, als irgendwo anzukommen und sich einen festen Platz im Leben zu erobern. Und doch agierte sie stets entgegengesetzt, einer zwanghaften Unruhe unterworfen, die direkt aus ihrer Seele zu kommen schien. Es war, als wünsche sie sich zwar das eine Leben, müsse aber ein anderes führen, gefangen in der ewigen Zwiesprache mit sich selbst. Sie hatte versucht, es Richard zu erklären. Aber wie konnte man etwas erklären, das man selbst nicht richtig verstand? Sie war kläglich gescheitert und Richard schließlich gegangen.

Ohne ergründen zu können, woher der melancholische Satz kam, dachte sie: *Ich werde das Land der Liebe niemals betreten.* Er hinterließ in ihr ein Gefühl der Verlorenheit und den schalen Geschmack von Angst.

„Was hast du gerade gesagt?“ Olivia sah ihre Freundin verblüfft an.

Felicity war nicht klar gewesen, dass sie die Worte offenbar laut ausgesprochen hatte. Plötzlich wusste sie, was, oder besser, *wer* sie ihr eingegeben hatte. Ihre Großmutter hatte sie vor vielen Jahren zu ihr gesagt, kurz bevor sie an Alzheimer erkrankt war. Eigenartig, dass der Satz ihr gerade jetzt in den Sinn gekommen war. Andererseits auch wieder nicht: Ihre Großmutter war vor sechs Tagen im Alter von 87 Jahren gestorben. Ihr Tod war nicht nur für die Erkrankte, sondern auch für die ganze Familie eine Erlösung gewesen.

Wegen der Beerdigung hatte Felicity ihren Flug nach Kabul verschoben, wo sie für die Hilfsorganisation `Doctors for the World´ arbeiten würde.

Felicitys Handy klingelte. Das musste ihre Mutter Martha sein. Eigentlich hätte sie schon längst hier sein müssen. Ihre Mutter hatte darauf bestanden, ihre Tochter persönlich zum Flughafen zu fahren.

Felicity seufzte. Ihr graute bereits vor der knapp einstündigen Fahrt, die ihre Mutter garantiert für einen neuerlichen Versuch nutzen würde, ihr das Vorhaben auszureden. *„Lieber Gott, ausgerechnet Afghanistan! Du musst verrückt sein, Felicity, wirklich. Hast du so lange studiert, nur um anschließend am Ende der Welt mit einem Schleier herumzulaufen? Wie kannst du nur! Ganz zu schweigen davon, dass sich die Taliban da ständig in die Luft sprengen. Furchtbar!"*

Am Telefon war nicht ihre Mutter, sondern ihr Vater. Seit einem Schlaganfall vor einem Jahr saß er im Rollstuhl. Doch er hatte sich inzwischen gut erholt und würde bald nicht mehr darauf angewiesen sein. „Hallo, Kleines", begrüßte er sie. „Sag, ist Mom bei dir?"

„Hi, Dad. Nein, eigentlich wollte ich gerade bei euch anrufen und fragen, wo Mom so lange bleibt. Wann ist sie denn losgefahren?"

„Das ist ja das Merkwürdige. Sie scheint heute Nacht gar nicht nach Hause gekommen zu sein. Das hat sie noch nie gemacht. Ich hatte eigentlich gehofft, dass sie bei dir wäre."

„Wie bitte? Mom ist nicht nach Hause gekommen?" Felicity konnte es nicht glauben. Ihre Mutter mochte ihre Schwächen haben, aber sie war die Zuverlässigkeit in Person und würde ihren Vater ganz sicher nicht über Nacht allein lassen, erst recht nicht seit seinem Schlaganfall.

„Könnte sie dich angerufen haben, und du hast es vielleicht nicht gehört?"

„Nein, ich habe den Anrufbeantworter abgehört. Kein Anruf, keine Nachricht. Und ihr Mobiltelefon hat sie auch ausgeschaltet. Wo kann sie nur sein?"

„Wo wollte sie denn gestern hin? Vielleicht zu einer Komitee-Sitzung? Dort kann man doch sicher anrufen?" Ihre Mutter war in mehreren

Wohltätigkeitsvereinen aktiv, es war ihr Lebensinhalt, sich um andere zu kümmern. Nur nicht um ihre eigene Familie, schoss es Felicity durch den Kopf. *Halt, sei nicht ungerecht*, schalt sie sich sofort. In den letzten Jahren war es sehr viel besser mit ihr geworden.

„Nein, sie war auf keiner Sitzung. Deine Mutter hat gestern Mittag einen Anruf aus dem Pflegeheim erhalten. Sie haben sie gebeten zu kommen, um das Zimmer deiner Großmutter zu räumen. Es würde dringend für den nächsten Patienten gebraucht werden, hieß es."

„Hast du dort schon angerufen?"

„Natürlich. Sie sagten mir, sie wäre höchstens eine halbe Stunde am Nachmittag da gewesen und dann wieder gegangen. Ein Pfleger will sie dabei beobachtet haben, wie sie mit einer Schachtel unter dem Arm davongestürmt ist."

„Davongestürmt? Mom? Ehrlich, das klingt nicht nach ihr."

„Nein, und es sieht ihr auch gar nicht ähnlich, dass sie sich nicht meldet. Meinst du, es ist ihr etwas passiert? Ein Autounfall vielleicht?"

Felicity hörte die Ängstlichkeit in der Stimme ihres Vaters.

„Dann hätten wir ganz sicher schon davon erfahren. Weißt du was, Dad? Ich komme zu dir rüber. Dann rufen wir erst mal die Mitglieder der verschiedenen Komitees an. Sicher gibt es eine harmlose Erklärung. Vielleicht ist sie wieder einmal in einem ihrer Buß- und Bet-Marathons versunken und hat dabei alles um sich herum vergessen." *Oder das ist Moms neuester Trick, um mich vom Abflug nach Kabul abzuhalten…*

„Aber was ist mit deinem Flug?", fragte ihr Vater prompt.

„Kein Problem, den kann ich noch mal verschieben. Mein Dienst beginnt erst in einer Woche. In einer halben Stunde bin ich da. Du kannst inzwischen ja weiter versuchen, Mom mobil zu erreichen. Bis gleich, Dad."

„Habe ich das gerade richtig verstanden? Deine Mutter ist verschwunden?", fragte Olivia ungläubig.

„Ja, anscheinend schon seit gestern Nachmittag. Jedenfalls hat sie sich seitdem nicht mehr bei Vater gemeldet. Die beiden schlafen seit seinem Schlaganfall in getrennten Zimmern. Mein Vater geht oft sehr früh ins Bett. Die vielen Medikamente, die er nehmen muss, machen ihn müde. Darum hat er ihre Abwesenheit wohl erst heute Morgen bemerkt."

Olivia sprang vom Bett auf und entsorgte den angebissenen Apfel. „Komm, ich fahre dich rüber. Jetzt bin ich auch neugierig geworden, was mit deiner Mutter los ist.“

Unterwegs sagte Olivia nachdenklich: „Du hast vorhin Marthas Buß-Marathons erwähnt. Fürchtest du, es geht wieder los?“ Die beiden Freundinnen kannten sich seit dem Kindergarten, daher wusste Olivia schon seit vielen Jahren, was es mit den eigenartigen Frömmigkeitsanfällen von Felicitys Mutter auf sich hatte. „Sag, wann genau war denn das letzte Mal? Das ist doch schon länger her, oder?“, erkundigte sich Olivia weiter.

Felicity überlegte, dass es ungefähr acht Jahre her sein musste, dass sich die ehemalige Ordensschwester Martha Benedict zuletzt tagelang eingesperrt hatte, um Gott um Vergebung anzuflehen, weil sie ihn enttäuscht hatte. Zuvor war dies in regelmäßigen Abständen ungefähr alle sechs Monate geschehen. Zum ersten Mal kam ihr so richtig zu Bewusstsein, dass die früher geradezu fanatische Frömmigkeit ihrer Mutter von Jahr zu Jahr abgenommen hatte. Felicity runzelte die Stirn. Tatsächlich hatte die positive Entwicklung ihrer Mutter eingesetzt, als ihre Großmutter Maria wegen der fortschreitenden Alzheimer-Erkrankung ins Pflegeheim gemusst hatte. Das sagte sie Olivia jetzt und ergänzte: „Es wäre möglich, dass Großmutters Tod einen Rückfall bei ihr ausgelöst hat. Ich hoffe aber inständig, dass es nichts damit zu tun hat. Für Vater wäre das schlimm und würde nur wieder alte Wunden aufreißen. Er kommt sich dann immer vor, als hätte er Mom um ihr Leben betrogen.“

„Na ja, eigentlich hat eure Mutter doch euch um euer Leben betrogen. Mal ehrlich, ich habe dich und deinen Dad immer dafür bewundert, wie ihr ihre Marotten ausgehalten habt. Mir summt jetzt noch ihr *mea culpa, mea maxima culpa* im Ohr. Martha ist doch mindestens doppelt so fromm wie mein Bruder Fred. Und der ist immerhin Jesuit.“ Olivia hatte noch nie ein Blatt vor den Mund genommen.

Felicity verzog das Gesicht. Es war nicht das erste Mal, dass ihre Freundin dieses Thema anschnitt. Es stimmte, ihr Vater sah ihrer Mutter alles nach, weil er sie abgöttisch liebte. Er war fünfzehn Jahre älter als sie und die beiden hatten spät geheiratet. Felicity war ihr einziges Kind geblieben. Ihre Mutter hatte die vierzig bereits überschritten, als sich ein Baby angekündigt hatte. Mutter und Kind wären bei der Geburt beinahe gestorben, und Felicity hatte monatelang im Krankenhaus aufgepäppelt werden müssen. Auch das hatte Martha Benedict als Strafe Gottes dafür angesehen, dass sie damals aus dem Franziskanerinnen-Orden ausgetreten war, um ihren Vater Arthur zu heiraten. Felicity hoffte so sehr, dass es einen anderen Grund für das Verschwinden ihrer Mutter gab als einen Rückfall in alte Reuemuster.

Olivias betagter Peugeot bog nun in den Richmond Beach Drive ein und hielt vor dem Backsteinhaus von Felicitys Eltern. Felicity entdeckte ihren Vater in der offenen Haustür stehend. Schwer auf zwei Krücken gestützt, lehnte er am Türrahmen. Er trug keine Jacke, obwohl ein kühler Wind von der Küste her wehte und ihm durch das weiße Haar fuhr. Das Haus lag direkt am Puget Sound, den nur ein schmaler Streifen Land vom Pazifik trennte. Felicity sparte sich die Ermahnung, dass er sich so nur erkälten würde, als sie in sein sorgenvolles Gesicht sah.

Sie führte ihn ins Haus zurück, und ihr Vater brachte die beiden jungen Frauen auf den neuesten Stand, der keiner war. Felicitys Mutter hatte sich immer noch nicht gemeldet, ihr Mobiltelefon war weiter abgeschaltet, und auch die Anrufe bei den verschiedenen Komitee-Mitgliedern, die ihr Vater zwischenzeitlich unternommen hatte, hatten nichts ergeben. Felicity checkte den Anrufbeantworter ein weiteres Mal, auch er hatte nichts aufgezeichnet. Ihr Vater besaß kein Mobiltelefon.

Sie erkundigte sich selbst noch einmal im Pflegeheim Woodhill und erhielt dieselbe Auskunft wie ihr Vater: Ihre Mutter sei höchstens eine halbe Stunde da gewesen und dann gegangen, ohne sich zu verabschieden. „Dieser Pfleger, der meine Mutter gesehen hat...Könnte ich vielleicht kurz mit ihm sprechen? Vielleicht hat sie ja doch etwas zu ihm gesagt?"

„Nein", antwortete die stellvertretende Leiterin des Heims kurz angebunden. „Mr Gonzalez ist unabkömmlich. Aber ich weiß, dass er Ihre Mutter nur deshalb bemerkt hat, weil sie ihn fast umrannte und er dabei sein Tablett fallen ließ. Was ist jetzt bitte mit dem Zimmer Ihrer Großmutter? Wenn Sie es nicht bis morgen Mittag geräumt haben, müssen wir Ihnen einen weiteren Monat berechnen." Felicity verdrehte die Augen und bemühte sich um einen ruhigen Ton: „Es ist gut, ich kümmere mich darum." Nachdenklich legte sie auf.

„Und jetzt? Irgendwo muss deine Mutter doch sein. Und wenn ihr doch etwas passiert ist?", fragte ihr Vater, dessen Sorgenfalten sich immer tiefer in sein Gesicht gruben. Felicity nahm seine Hand und drückte sie.

„Ich kontaktiere jetzt die Notaufnahmen der Krankenhäuser im Umkreis. Dann haben wir Gewissheit, okay, Dad?“

„Das kann ich doch machen, Felicity. Ruf du lieber bei der Telefongesellschaft an. Die können dir sicher sagen, wo das Mobiltelefon deiner Mutter zuletzt geortet wurde“, schlug Olivia vor und machte sich sofort an die Arbeit. Olivias Nachforschungen in den diversen Krankenhäusern ergaben zum Glück, dass keine Martha Benedict eingeliefert worden war.

Felicitys Anruf bei der Telefongesellschaft war ebenfalls aufschlussreich. Nachdem sie sich mit einigem Hin und Her ausreichend legitimiert hatte, teilte man ihr zu ihrer großen Überraschung mit, dass das Handy ihrer Mutter zuletzt am Vortag am Seattle/Tacoma-Flughafen eingeloggt gewesen war. „Was macht Mom am Flughafen?“, wunderte sich Felicity und sah von Olivia zu ihrem Vater.

„Vielleicht hat sie etwas verwechselt und dachte, du wärst schon gestern geflogen?“, meinte ihr Vater. Dabei schüttelte er den Kopf, als wollte er selbst nicht daran glauben.

„Das kann ich mir kaum vorstellen. Außerdem ergibt das keinen Sinn. Sie wollte mich ja abholen und hinbringen.“

„Vielleicht hat sie sich zu einer spontanen Reise entschlossen?“ Das kam von Olivia.

„Aber sie hat doch nur ihre Handtasche mitgenommen. Wer verreist denn ohne Gepäck?“, warf Felicitys Vater ein.

„Du würdest dich wundern, Onkel Arthur“, erwiderte Olivia, die ihn seit jeher Onkel nannte. „Aber ich habe eine Idee: Wie wäre es mit der Kreditkartenabrechnung? *Follow the money*!“

„Wie bitte? Was heißt das?“ Er sah sie verwirrt an.

„Das heißt, dass Olivia zu viele Krimis im Fernsehen gesehen hat“, sagte Felicity. „Aber sie hat recht. Einen Versuch ist es wert. Ich rufe die Kreditkartengesellschaft an. Vielleicht hat Mutter ihre Karte kürzlich benutzt.“ Es folgte neuerliches Legitimierungs-Hickhack, aber da Felicitys Vater die Antwort auf die Sicherheitsfrage wusste, erhielt Felicity schließlich die gewünschte Information. Ihre Mutter hatte doch tatsächlich gestern am späten Nachmittag einen Flug nach Rom Fiumicino gebucht.

„Na also. Wen kennt deine Mutter in Italien?“, fragte Olivia.

„Niemanden“, antworteten Felicity und ihr Vater wie aus einem Mund. Sie sahen sich erstaunt an.

„Dann doch ein Rückfall?"

„Wie kommst du darauf?"

„Rom, Papst, Oberhaupt der katholischen Kirche. Na, klingelt es bei dir? *Mea culpa*? Hatte das deine Mutter nicht schon mal vor, direkt vor der höchsten irdischen Instanz um Vergebung zu bitten?"

„Oh, mein Gott", entfuhr es Felicity und ihrem Vater wieder gleichzeitig.

„Amen", ergänzte Olivia trocken.

Am nächsten Mittag stand Felicity in der Abflughalle des Flughafens Seattle/ Tacoma. Statt eines Tickets nach Kabul hielt sie nun eins nach Rom in der Hand.

Inzwischen wusste sie, dass ihre Mutter keinen Reue-Rückfall gehabt hatte. Nein, Martha Benedict hatte eine Reise in die Vergangenheit ihrer verstorbenen Mutter angetreten.

Felicity war nach dem Besuch bei ihrem Vater mit Olivia nach Woodhill gefahren. Irgendetwas hatte sie dorthin gezogen und ihr gesagt, dass sie dort Antworten finden würde.

Olivia und sie hatten das Zimmer ihrer Großmutter nochmals gründlich durchsucht und nichts gefunden. Mehr und mehr kreisten Felicitys Gedanken um die geheimnisvolle Schachtel, mit der ihre Mutter das Pflegeheim angeblich so überstürzt verlassen hatte. Hatte der Inhalt der Schachtel etwas mit dem rätselhaften Verschwinden ihrer Mutter zu tun? Später hatte sie auch noch kurz mit dem Pfleger sprechen können, einem älteren Mexikaner.

Seine Schilderung hatte nicht zur ihrer Beruhigung beigetragen. Ihre Mutter habe ausgesehen, als sei der Leibhaftige persönlich hinter ihr her gewesen, erzählte der Pfleger und zog ein zerknülltes Stück Papier aus seinem Kittel. „Hier, das hat Ihre Großmutter in der Hand gehalten, als sie starb. Ich wollte es gestern schon Ihrer Mutter geben, aber es war ja keine Gelegenheit mehr dazu."

Felicity strich das Papier glatt, das sich als Zeitungsausschnitt entpuppte. Es zeigte eine Szene in einem Gerichtssaal, offenbar den Angeklagten. Leider war das Foto ohne die Bildunterschrift ausgeschnitten worden. Dabei war es weniger der Mann, der Felicity interessierte, als vielmehr die Frau im Hintergrund des Fotos. Sie hatte in ihr ihre Großmutter erkannt. Sie saß in der ersten Zuschauerreihe und hielt den Blick starr auf den Angeklagten gerichtet. Felicity hatte noch nie so viel tödlichen Hass in einem Gesicht gesehen. Der Kleidung des Mannes und dem Alter ihrer Großmutter nach zu urteilen, musste der Ausschnitt aus den 60er-Jahren stammen. Wer war der Mann? Warum hatte sich ihre Großmutter für ihn interessiert? Aus der Rückseite der Abbildung wurde sie auch nicht schlau. Der Zeitungsausschnitt schien Teil einer Todesanzeige zu sein. Allerdings verfasst in einer Sprache aus Zeichen, die sie nicht kannte. Sie vermutete, dass es Hebräisch war. Wenn das stimmte, wie war ihre Großmutter dann auf ein Bild in einer israelischen Zeitung geraten?

Felicity wusste, dass es wenig Sinn hatte, sich an die Polizei zu wenden. Ihre Mutter war eine erwachsene Frau und konnte reisen, wohin sie wollte und wann sie wollte. Ohne lange zu zögern, hatte sie daher beschlossen, ihr zu folgen und sie selbst zu suchen. Natürlich sorgte sie sich um ihre Mutter, aber ebenso grollte sie ihr, weil sie ihren Vater einfach im Stich gelassen hatte und ohne ein Wort verschwunden war. Ihr Vater würde keine ruhige Minute mehr haben, bis er nicht von ihr oder ihrer Mutter gehört hatte. Olivia hatte Felicity versprochen, sich während ihrer Abwesenheit um ihn zu kümmern. Die Reise nach Kabul um einige Tage zu verschieben war kein Problem gewesen.

„Warte, Felicity!“, hörte sie jetzt jemanden nach ihr rufen. Sie drehte sich um und sah, wie Richard, ihr Beinahe-Verlobter, mit schnellen Schritten auf sie zukam.

„Wie schön, dass ich dich noch erwische, Felicity.“ Er umarmte und küsste sie ausgiebig zur Begrüßung, als hätten sie sich gestern nicht getrennt. Dann ließ er sie los und bedachte sie mit dem Lächeln, das sie so sehr an ihm liebte. „Entschuldige, alte Gewohnheit.“ Richard schien wegen des Kusses nicht im Geringsten verlegen, im Gegensatz zu Felicity. Sie hatte ihn spontan erwidert. Dabei hatte sie sich doch fest vorgenommen, ihm keine weiteren Hoffnungen zu machen! Richard sollte frei sein für eine neue Liebe. Wie es schien, war ihr Herz weit weniger konsequent als ihr Verstand. Warum war er hier? Sie fühlte sich nicht stark genug für eine Wiederholung der Szene vom Abend zuvor.

Richards Anwesenheit erklärte sich mit dem nächsten Satz: „Olivia hat mir gestern Abend noch alles erzählt. Sie meinte, deine Mutter hätte eine Art Midlife-Crisis und wäre tatsächlich ohne ein Wort nach Rom verschwunden? Einfach so? Merkwürdig, Spontaneität ist nichts, was ich mit Martha Benedict je in Verbindung gebracht hätte. Und du hast beschlossen, ihr hinterherzureisen?“

Gott sei Dank, dachte Felicity erleichtert. Richard war hier wegen ihrer Mutter, nicht, um sie zurückzuhalten, weil er dachte, sie flöge nach Kabul. „Ja, ich mache mir Sorgen um sie. Du weißt ja, wie sie sein kann. Sie war noch nie in Europa, spricht kein Italienisch, höchstens ein wenig Latein, und soviel ich weiß, kennt sie dort auch keine Menschenseele."

„Und was hast du jetzt vor? Wie willst du sie finden? Rom ist groß."

„Ehrlich gesagt habe ich keinen blassen Schimmer. Obwohl es wahrscheinlich wenig nutzen wird, werde ich mich zuerst einmal an die italienische Polizei wenden. Mehr Hoffnungen setze ich aber auf die Bank und die Kreditkartengesellschaft meiner Mutter. Die haben sich nämlich bisher als sehr entgegenkommend erwiesen. Daher weiß ich, dass Mutter noch am Flughafen in Rom Geld abgehoben hat. Das ist wenigstens eine Spur. Es bedeutet ja vor allem, dass sie sicher dort angekommen ist. Sobald sie das nächste Mal ihre Kreditkarte benutzt, werde ich informiert."

„Hier, ich habe etwas für dich, einen Namen und eine Telefonnummer in Rom!" Richard drückte ihr einen Zettel in die Hand. „Ich habe heute früh mit meinem Bruder Fred gesprochen, und er hat mir einen Pater namens Lukas von Stetten genannt. Fred hat vier Semester mit dem Mann in München studiert. Pater Lukas ist Jesuit und lebt seit einigen Monaten in Rom. Ich habe gestern Abend mit ihm telefoniert."

„Gestern Abend? Dann hast du den armen Mann mitten in der Nacht aus dem Bett geholt?" Wie um sich zu vergewissern, sah Felicity auf ihre Uhr.

Richard lächelte wieder sein unwiderstehliches Lächeln. „Bruder Fred sagte, das sei schon in Ordnung. Priester seien 24 Stunden im Gottes-Einsatz. Und Pater von Stetten hat tatsächlich zugesagt, dich in Rom vom Flughafen abzuholen. Er wird dich bei deiner Suche unterstützen."

„Danke, ich weiß gar nicht, was ich dazu sagen soll. Du beschämst mich. Du bist so ein Schatz, und ich..." Sie führte den Satz nicht zu Ende. Im Grunde war alles gesagt, und es gab nichts, was sie noch hätte hinzufügen können, was es einfacher für sie beide machen würde. Stattdessen hob sie sich auf die Zehenspitzen und küsste ihn auf die Wange. „Grüß Fred von mir."

Richard hielt sie einen Moment fest und drückte sie an sich. Dann ließ er sie abrupt los. „Viel Glück, und melde dich, ja?"

„Natürlich." Sie ging. Dann drehte sie sich noch einmal um. „Wie erkenne ich Pater von Stetten?"

„Ganz einfach", Richard grinste. „Halte einfach nach dem attraktivsten Mann weit und breit Ausschau."

KAPITEL 2

Rom, Italien

Dreizehn Stunden später landete das Flugzeug in Fiumicino.

Es war später Vormittag und Italien zeigte sich von seiner besten Seite: Die Sonne strahlte, der Himmel leuchtete postkartenblau.

Da Felicity nur mit Handgepäck reiste, verließ sie die Gepäckhalle als eine der Ersten. Der Airbus war ausgebucht gewesen, und eine große Menschenmenge erwartete die Passagiere hinter der Absperrung im Ankunftsterminal. Felicity suchte die Gesichter der männlichen Wartenden ab. Die einzig gut Aussehenden waren zu jung, und eine Soutane trug auch niemand. Ihr fiel ein, dass sie Richards Bruder Fred selten in seiner Soutane gesehen hatten. Trugen Jesuiten in Rom Soutane? Sie wusste es nicht. Warum hatte sie nicht gefragt?

Dann sah sie doch noch einen sehr gut aussehenden jungen Mann, der sich durch die Menge nach vorn drängte. Doch dann entdeckte sie, dass er rechts und links jeweils ein kleines Kind an der Hand hielt. Ihm auf dem Fuße folgte ein dicker Mann in schreiend bunter Kleidung. Felicity musste beim Anblick seiner grünen Shorts und des rosa Hemdes spontan an Richards letztes Halloween-Kostüm denken. Er hatte sich als Wassermelone verkleidet. *Hör endlich auf, ständig an Richard zu denken!,* ermahnte sie sich selbst.

Sie angelte nach dem Zettel mit der Telefonnummer, den er ihr gegeben hatte. Sie würde noch ein wenig warten und Pater von Stetten dann anrufen. Sicher war er aufgehalten worden. Plötzlich bemerkte sie, dass der Wassermelonen-Mann versuchte, ihre Aufmerksamkeit zu erregen. Er winkte mit einem Taschentuch, mit dem er sich eben noch über die Stirn gewischt hatte. Felicity sah sich um, ob er auch wirklich sie meinte. Er winkte wieder. Ohne Zweifel, er meinte sie. Sie ging auf ihn zu.

„Sind Sie Signora Felicity Benedict?“, fragte er in etwas unsicherem Englisch.

„Äh, ja? Sind Sie Pater von Stetten?“ Sie starrte in sein rotes Gesicht. *Da hatte sich Richard aber einen netten Scherz mit ihr erlaubt.*

„Leider nein. Pater von Stetten wurde heute Morgen in einer dringenden Angelegenheit vom Bischof nach Bamberg beordert. Er hat mich stattdessen geschickt. Ich bin Pater Simone Olivieri. Willkommen in Rom, Signora Benedict.“ Er streckte ihr die Hand entgegen.

Felicity ergriff verwirrt seine verschwitzte Rechte. „Vielen Dank. Aber woher wussten Sie, dass ich es bin?“

„Pater Lukas meinte, Ihr Verlobter habe Sie ihm sehr eindeutig beschrieben: Ich solle nach der schönsten Frau am Flughafen Ausschau halten. Sie sehen, kein Hexenwerk.“ Pater Simone lächelte sie verschmitzt an.

Felicity lächelte zurück. Ihr gefiel der dicke Pater. „Das ist wirklich nett von Ihnen, dass Sie mich abholen.“

„Aber gerne. Ist das alles an Gepäck, was Sie haben?“ Er sah erstaunt auf ihren kleinen Rollkoffer. Offenbar hatte er noch nie eine reisende Frau mit so wenig Gepäck gesehen. Felicity konnte nicht ahnen, dass der Pater mit fünf Schwestern gesegnet war, deren Gepäckumfang bei ihren Besuchen in Rom dem eines mittleren Umzugs gleichkam.

„Ja, ich hoffe darauf, meine Mutter bald zu finden. Wenn ich mehr Zeit benötigen sollte, kann ich immer noch etwas besorgen.“

„Gut, dann fahren wir zunächst zu Ihrem Hotel und checken Sie ein. Haben Sie sich schon überlegt, was Sie als Erstes unternehmen möchten?“, fragte er, während sie das Terminal verließen und in die warme Maisonne hinaustraten.

„Ja, ich dachte, ich könnte bei der Polizei vorsprechen. Vielleicht gibt es eine Möglichkeit, eine Anfrage in den römischen Hotels zu starten. Irgendwo muss meine Mutter ja heute Nacht geschlafen haben. Sie ist gestern Mittag hier angekommen.“

„Gut, wie heißt Ihr Hotel?“

„Hotel Visconti.“ Felicity wollte ihre Hotelbuchung hervorziehen, aber Pater Simone meinte: „Lassen Sie ruhig, ich kenne es. Es befindet sich im Centro Storico, in der Nähe der Piazza del Popolo.“

Nachdem Felicity eingecheckt hatte, fuhr Pater Simone sie zur nächsten Polizeistation auf der Piazza Trinità dei Pellegrini.

Der Polizist war sehr verständnisvoll und freundlich, sah sich aber außerstande, eine Anfrage an alle römischen Hotels zu stellen. „Tut mir leid, Signora", übersetzte ihr Pater Simone, „aber Ihre Mutter gilt nicht als vermisst. Eine Anzeige liegt auch nicht vor, und Sie sagten ja selbst, dass Sie keinen Grund hätten, von einem Verbrechen auszugehen. Warten Sie doch einfach, bis Ihre Mutter sich von selbst bei Ihnen meldet, Signora. Ansonsten würde ich Ihnen raten, sich an die amerikanische Botschaft in der Via Veneto zu wenden. Arrivederci."

„So habe ich mir das gedacht", kommentierte Pater Simone und fuhr sich erneut mit dem Taschentuch über die Stirn. „Römische Beamte. Bloß keine Verantwortung übernehmen und die Arbeit möglichst delegieren. So wird das nichts mit *Forza Italia.*"

„Und was machen wir jetzt?" Felicity verharrte unschlüssig auf der Treppe der Polizeistation.

„Jetzt gehen wir erst einmal etwas essen und dann besprechen wir unser weiteres Vorgehen. Ich habe da eine Idee. Aber kommen Sie, wir gehen in die Trattoria da Gino. Es ist zu Fuß nicht weit."

Felicity verspürte wenig Appetit, aber der Pater hatte das Essen derart enthusiastisch angekündigt, dass sie nicht das Herz hatte, es ihm abzuschlagen. Der Wirt, Gino, hatte Pater Simone wie einen alten Freund begrüßt und sich vor Freude fast überschlagen, dass Pater Simone eine *bella signorina* mitgebracht hatte. Gefühlt alle fünf Minuten tänzelte er um ihren Tisch herum und fragte Felicity, ob es ihr schmecke.

Felicity bemühte sich, von allem wenigstens die Hälfte zu essen, während Pater Simone mit gutem Appetit zugriff und auch der Flasche Rotwein reichlich zusprach. Felicity nippte nur an ihrem Glas. Sie spürte, dass sich eine Migräne ankündigte, Rotwein am Mittag würde es sicher verschlimmern. Bereits bei der *Pasta e fagioli*, die als *Primo* serviert wurde, konnte Felicity ihre Ungeduld nicht mehr zügeln und fragte Pater Simone nach seiner Idee. Der stopfte sich eben umständlich die Serviette in den Hemdausschnitt. Nun sah er sie an. „Pater von Stetten hat mich darüber informiert, dass Ihre Mutter sehr fromm ist und viel Zeit im Gebet verbringt. Falls sie dazu eine Kirche aufsucht, habe ich mir Folgendes ausgedacht: Wenn Sie ein Foto Ihrer Mutter hätten, könnte ich es vervielfältigen lassen und an meine Brüder in den Kirchen verteilen, damit sie nach Ihrer Mutter Ausschau halten."

„Das ist eine hervorragende Idee. Natürlich habe ich ein Foto."

Pater Simone griff nach seinem Löffel. „Und jetzt probieren Sie. Gino macht die beste *Pasta e fagioli* von Rom. Und machen Sie sich keine Sorgen, Signorina Benedict. Wir finden Ihre Mutter."

KAPITEL 3

Das Foto zu vervielfältigen war dann gar nicht mehr nötig.

Noch während Gino die Espressi servierte, meldete sich die Kreditkartengesellschaft bei Felicity und gab ihr den Namen des Hotels durch, in dem ihre Mutter abgestiegen war. Pater Simone und Felicity machten sich sofort auf den Weg zur genannten Adresse in die Via della Conciliazione.

Am Empfang wies sich Felicity als Tochter von Martha Benedict aus. Laut Rezeptionistin befand sich ihre Mutter auf ihrem Zimmer, denn die Schlüsselkarte, die für die elektrische Versorgung benötigt wurde, war aktiviert. Allerdings reagierte Martha nicht auf den Anruf. „Es könnte sein, dass Signora Benedict gerade duscht oder sich die Haare föhnt und das Klingeln nicht hört“, meinte die Hotelangestellte dazu.

Felicity zügelte ihre Ungeduld. „Gut, dann warten wir zehn Minuten und versuchen es noch einmal. Wenn sich meine Mutter dann immer noch nicht meldet, könnten wir dann vielleicht nachsehen? Nur um sicher zu gehen, dass alles in Ordnung ist?“

„Natürlich.“

In diesem Moment öffnete sich die Aufzugstür, und eine ältere Asiatin im Reinigungskittel schob ihren Servicewagen zur Rezeption. Sie sprach mit der jungen Frau, und es entspann sich eine kurze Diskussion, aus der Felicity nur den Namen ihrer Mutter heraushörte. Fragend sah sie Pater Simone an.

„Wie es scheint, hängt das Schild `Bitte nicht stören´ schon seit gestern Abend an der Zimmertür Ihrer Mutter.“ Er wandte sich an die Dame am

Empfang und sagte bestimmt: „Ich denke doch, dass wir gleich nachsehen sollten. Vielleicht ist die Dame krank und benötigt einen Arzt?"

Die Hotelangestellte nickte, rief eine Kollegin aus dem Büro, damit sie für sie übernähme, und führte sie zum Fahrstuhl.

Kurz darauf standen sie vor der Tür mit der Nummer 212 und klopften. Keine Reaktion. Felicity rief nach ihr. Nichts. „Bitte, machen Sie uns die Tür auf?" Felicity wurde ungeduldig.

Die Angestellte zögerte nun nicht mehr, sondern öffnete mit der Generalschlüsselkarte die Tür. Felicity betrat das Zimmer als Erste und starrte auf das unerwartete Chaos, das sich ihren Augen bot. Jede erdenkliche Fläche des Zimmers war mit Zeitungsartikeln und Papierschnipseln übersät. Das meiste war zerrissen und einiges auch wieder zusammenklebt worden. Es sah aus wie ein riesiges Puzzle. Ihre Mutter kniete auf dem Bett, das ebenfalls mit Papierschnipseln bedeckt war, und blätterte in einem kleinen Notizbuch. Die Haare hingen ihr wirr ins Gesicht, sie wirkte völlig abwesend. Sie hatte nicht einmal bemerkt, dass jemand ihr Zimmer betreten hatte, und reagierte erst, als ihre Tochter sie am Arm berührte. Sie stieß einen erschrockenen Schrei aus.

„Mom! Ich bin es, Felicity!"

Martha starrte ihre Tochter an, als wäre sie eine Fremde. Dann seufzte sie und fuhr sich mit beiden Händen müde durchs Gesicht. Schließlich sagte sie leise: „Was machst du hier, Felicity?"

„Dich suchen. Dad und ich haben uns furchtbare Sorgen um dich gemacht. Du bist einfach so verschwunden. Was hast du dir nur dabei gedacht? Warum hast du Vater nicht wenigstens angerufen? Und was machst du hier überhaupt? Was sind das für Papiere?" Obwohl Felicity erleichtert war, ihre Mutter so schnell gefunden zu haben, schlich sich bereits ein Vorwurf in ihre Stimme.

Ihre Mutter sah sich um, als würde sie das Chaos um sich herum erst jetzt wahrnehmen. Statt Felicitys Frage zu beantworten, strich sie sich durch ihr unordentliches Haar: „Ich muss furchtbar aussehen."

„Das ist doch jetzt nicht wichtig. Hauptsache, es geht dir gut. Es geht dir doch gut?"

„Natürlich." Felicitys Mutter schwang sich schwerfällig vom Bett. Sie machte ein, zwei unsichere Schritte, schwankte und wäre beinahe gestürzt. Pater Simone fing sie auf und half ihr, sich wieder auf das Bett zu setzen. Felicity griff nach der Hand ihrer Mutter, fühlte den Puls und meinte dann: „Er ist viel zu niedrig. Wann hast du das letzte Mal etwas gegessen, Mom?"

„Ich weiß nicht", kam die unsichere Antwort. „Gestern Morgen vielleicht?"

Pater Simone hatte bereits fürsorglich ein Glas mit Wasser gefüllt und reichte es Felicitys Mutter.

Die Rezeptionistin stand unschlüssig im Raum.

„Wäre es möglich, meiner Mutter eine leichte Mahlzeit aufs Zimmer zu bringen? Eine Suppe oder ein Omelette?", wandte sich Felicity nun an sie. Die Hotelangestellte nickte und ging eilig hinaus.

Pater Simone überflog inzwischen die im Raum verteilten Zeitungsausschnitte. Auf die Schnelle konnte er nicht viel erkennen, aber sie schienen ihm zum Teil sehr alt zu sein. Der Kleidung auf einem der zusammengeklebten Bilder nach zu urteilen, stammte es eventuell aus den 20er-Jahren. Auf einem Sessel entdeckte er noch eine grüne Papiermappe mit einem Aktenzeichen darauf. Prozessakten? Dann fiel sein Blick auf das Notizbuch, in dem die Signora geblättert hatte, als sie den Raum betreten hatten. Es war auf den Boden gerutscht, als sie vorhin versucht hatte aufzustehen. Es lag nun auf der letzten Seite aufgeschlagen auf dem Teppich. Er hob es auf und erkannte die Schrift. *Hebräisch?*, wunderte er sich. Am Ende stand nur ein Wort. *MET*. Das hebräische Wort für *tot*. Was hatte das zu bedeuten?

„Können Sie das lesen?" Felicitys Mutter fixierte ihn. Plötzlich war wieder Leben in ihren Augen.

„Äh, ja. Es ist Hebräisch."

„Können Sie Hebräisch?"

„Ja, ich habe es studiert."

„Können Sie es für mich übersetzen, bitte?"

„Es ist ein wenig viel auf einmal." Pater Simone blätterte das Buch rasch durch.

„Bitte, es ist sehr wichtig. Ich muss wissen, was da drin steht."

„Wer hat das geschrieben?", wollte Felicity wissen, die dem Wortwechsel gefolgt war.

„Ich vermute, dass es von deiner Großmutter stammt."

„Großmutter konnte Hebräisch?"

„Offensichtlich."

„Hast du das gewusst?"

„Nein, sie hat es nie erwähnt. Außerdem war sie keine Italienerin, sondern Deutsche, und ist erst nach dem Krieg nach Rom gekommen. Darum bin ich hier. Sie hat mich und Vater ihr Leben lang belogen und betrogen. Sie hat ihn damit in den Tod getrieben. Ich weiß es."

„Was?" Entsetzt sah Felicity ihre Mutter an. „Bist du verrückt geworden? Was erzählst du denn da?"

„Weil es wahr ist. Mutter ist schuld am Tod deines Großvaters."

„Aber es hieß doch immer, Großvater hätte 1960 einen Autounfall gehabt!"

„Ja, aber nur, weil sie sich kurz vorher mit ihm gestritten und ihn dann aus dem Haus geworfen hat. Er ist in sein Auto gestiegen und gegen einen Baum gefahren. Ich glaube, er hat es mit Absicht getan."

„Wie kannst du nur so etwas sagen, Mutter! Und woher willst du das wissen? Du warst doch damals noch ein Kind!"

„Ich war vierzehn, alt genug! Ich habe mich erst wieder richtig an die Geschehnisse am Todestag deines Großvaters erinnert, als ich die Schachtel mit dem Gedicht in Großmutters Zimmer fand. Vermutlich hatte ich das alles verdrängt. Aber in dem Moment, als ich sein Gedicht für sie gelesen habe, war plötzlich alles wieder da. Hier", ihre Mutter kramte ein kleingefaltetes Stück Papier aus ihrer Handtasche, „lies das. Es ist auf der Rückseite datiert. Dein Großvater hat es zwei Tage vor seinem Tod geschrieben."

„*Honigtot*", murmelte Felicity, nachdem sie das Gedicht zu Ende gelesen hatte. „Es klingt melancholisch und sehr traurig."

„Das ist es auch. Dieser Streit damals war nicht ihr erster, das ging schon seit mehreren Tagen so. Dabei hat dein Großvater nie geschrien. Er war ein sanfter Mann, und bis dahin hatte ich nie erlebt, dass er seine Stimme gegen Mutter erhoben hätte. Er hat sie angebetet und wie eine Königin behandelt, so nannte er sie auch, `meine Bienenkönigin´. Es ging damals immer wieder um dieselbe Sache. Sie schrie ihn an, er habe sie belogen und der Mann sei damals gar nicht gestorben und er habe sie um ihre Rache betrogen. Sie war völlig hysterisch deshalb. Vater wehrte sich, sagte immer wieder, er habe damals zuerst an das Kind denken müssen. Vor allem wollte er partout nicht, dass Mutter nach Israel flog. Ich erinnere mich noch, dass es um einen Prozess ging, bei dem sie unbedingt dabei sein und aussagen wollte. Vater hingegen hat behauptet, dass es ihr nicht um eine Aussage ginge, sondern nur darum, den Mann zu töten."

„Welchen Mann?"

„Ich weiß es nicht. Aber ich bin hier, um es herauszufinden."

Erschüttert sank Felicity neben ihrer Mutter aufs Bett. *Ihre Großmutter hatte vorgehabt, jemanden zu töten, und ihr Großvater hatte sie daran hindern wollen?* Das alles ergab für sie keinen Sinn. „Und was macht dich so sicher, dass du gerade hier in Italien Antworten auf deine Fragen bekommst?"

„Weil in Rom alles angefangen hat. Hier haben sich dein Großvater und deine Großmutter kurz nach dem Krieg kennengelernt. Nicht in Seattle, wie sie immer behauptet haben. Eine weitere Lüge."

Felicity sah ihre Mutter ungläubig an. „Woher weißt du das? Und warum hätten sie uns deshalb anlügen sollen?"

„In der Schachtel lag auch meine italienische Geburtsurkunde! So viel Latein kann ich, dass ich verstehe, was ein *Certificato di nascita* ist. Entgegen Mutters Behauptung wurde ich nicht in den Staaten geboren, sondern in Rom, in einem Gefängnis! Sie muss sich den amerikanischen Taufschein in den Nachkriegswirren erschlichen haben."

„Großmutter soll dich in einem italienischen Gefängnis geboren haben?" Es wurde immer verrückter. Hilfesuchend blickte Felicity zu Pater Simone. Der hatte die Augenbrauen hochgezogen und sah genauso ratlos aus wie sie.

„Allerdings", beteuerte Felicitys Mutter. „Ich bin gleich gestern zu der Adresse gefahren, die auf der Urkunde vermerkt ist, aber da steht jetzt ein Wohnblock. Das Gefängnis wurde längst abgerissen. Mutter muss Großvater dort begegnet sein, er hat da gearbeitet, jedenfalls taucht sein Name auf einer Angestellten-Liste im Stadtarchiv von 1944 auf. Und er war offenbar nicht nur Arzt, sondern auch Priester." Martha Benedict klang erschüttert, als könne sie vor allem Letzteres noch immer nicht fassen.

„Woher in Gottes Namen willst du dies denn alles so genau wissen, Mom?"

„Von einer eifrigen Studentin, die sehr gut englisch spricht und im Stadtarchiv ein Praktikum macht. Leider konnte sie mir nicht sagen, warum Mutter im Gefängnis war, nur, dass sie ein Verbrechen innerhalb der Vatikanischen Mauern verübt haben soll. Darum hatte sie auch keine Akten hierzu, weil die sich im Vatikanischen Archiv befinden. Man muss einen Antrag stellen, um sie einzusehen. Das habe ich gleich morgen vor. Die junge Frau hat aber herausfinden können, dass der richtige Name deines Großvaters Raffael Valeriani lautete und nicht Ralph Valerian. Auf meiner italienischen Geburtsurkunde steht \`Vater unbekannt´. Das bedeutet, dass der Mann, den ich bisher als meinen Vater angesehen habe, gar nicht mein Vater gewesen ist. Sie haben mich beide belogen.

Ich muss herausfinden, wer mein richtiger Vater ist. Er ist der Grund, warum meine Mutter mich nie geliebt hat, ich weiß es. Mir ist natürlich klar, dass ich nicht so überstürzt hätte abreisen dürfen. Aber ich war völlig durcheinander und konnte nicht mehr klar denken."

Felicity sah ihre Mutter fassungslos an. Plötzlich fiel ihr der Zeitungsausschnitt ein, den ihr der Pfleger gegeben hatte und den sie in ihrer Handtasche verwahrte. Handelte es sich bei dem Angeklagten auf dem Bild um den Mann, den ihre Großmutter 1960 laut ihrem Großvater hatte töten wollen? Hatte sie es womöglich sogar vorher schon einmal versucht? Ein furchtbarer Verdacht ergriff Besitz von ihr, und Felicity überlegte, ob sie den Ausschnitt hervorholen und ihrer Mutter zeigen sollte.

Diese aber hatte sich bereits wieder von ihr abgewandt und sah nun Pater Simone durchdringend an. „Und, können Sie diesen Text für mich übersetzen?" Es lag kein Flehen in ihrem Blick, vielmehr eine Aufforderung. Als sei es seine Pflicht, es zu tun. Sie brachte ihn damit in die Bredouille. Pater Simone überlegte, wie viele eigene Pflichten seiner die nächsten Tage harrten. Er hatte Prüfungen abzunehmen und eine wissenschaftliche Arbeit einzureichen, und das Jesuiten-Theater, dessen Leitung er innehatte, plante in Kürze eine Aufführung von Shakespeares *Sommernachtstraum*. Die Kulissen waren noch längst nicht fertig, in der Inszenierung gab es Unstimmigkeiten, sein Hauptdarsteller hatte sich eine böse Sommergrippe eingefangen, und er hatte bisher noch keinen Ersatz für ihn gefunden. Er konnte keine freie Minute für die Übersetzung erübrigen. Schon die wenigen Stunden, die er sich heute abgerungen hatte, drohten seinen gesamten Zeitplan zu sprengen. Nein, ausgeschlossen, er konnte wirklich keine Zeit für eine weitere gute Tat erübrigen. Er hörte sich antworten: „Sehr gerne, Signora Benedict. Aber ich werde ein paar Tage dazu brauchen. Inzwischen könnten Sie und Ihre Tochter sich ein wenig Rom ansehen? Ich werde mich bei Ihnen melden, sobald ich fertig bin. *Va bene*?" Innerlich verfluchte er sich selbst. Neugier war wirklich sein größtes Laster. Die achte Todsünde. Aber da war noch etwas, was ihn hatte zustimmen lassen. Etwas, das über pure Neugierde hinausging.

Er war Seelsorger und hatte längst erfasst, dass das Verhältnis zwischen Mutter und Tochter brüchig war. Es stand sehr viel Ungesagtes zwischen ihnen, als befänden sie sich auf den gegenüberliegenden Seiten eines Abgrundes. Falls das Rätsel ihres Konflikts in der Vergangenheit der Großmutter begründet lag, so würde er versuchen, ihnen eine Brücke zu bauen, indem er ihnen half, es zu lösen.

KAPITEL 4

Fünf Tage später meldete sich ein völlig übernächtigter Pater Simone telefonisch bei Felicity. Er hatte für die Übersetzung alles andere stehen und liegen lassen und fast ununterbrochen daran gearbeitet. „Ist Ihre Mutter in der Nähe?“ Er flüsterte beinahe.

„Nein, sie ist kurz nach unten gegangen. Sie wollte ein paar Besorgungen machen.“ Felicity wunderte sich über seine Frage.

„Sehr gut. Ich bin mit der Übersetzung fertig. Und ich muss gestehen, die Zeilen haben mich tief erschüttert. Auf etwas Derartiges war ich nicht gefasst gewesen, Signorina Felicity. Aber ich kann und will der Geschichte nicht vorgreifen. Sie müssen das unbedingt selbst lesen, dann werden Sie verstehen, was ich meine. Die Aufzeichnungen stammen tatsächlich von Ihrer Großmutter, wie Ihre Mutter vermutet hatte. Haben Sie einen Laptop dabei?“

„Ja.“

„Gut, dann geben Sie mir bitte Ihre Mail-Adresse. Ich schicke Ihnen die Übersetzung als Dokument zu. Wenn ich Ihnen etwas raten darf: Lesen Sie es noch vor Ihrer Mutter und geben Sie mir Bescheid, sobald Sie damit fertig sind. Dann komme ich mit der Übersetzung vorbei und wir übergeben sie Ihrer Mutter gemeinsam. *Va bene*?“

Felicity stimmte allem zu, ohne weitere Fragen zu stellen, obwohl sie sich ein wenig über Pater Simones kryptisches Benehmen wunderte. Auch fürchtete sie sich jetzt eher vor der Geschichte ihrer Großmutter. Was mochte sie enthalten, das den Pater so verstört hatte?

In den letzten Tagen waren sie und ihre Mutter mit den Unterlagen aus der Schachtel so gut wie keinen Schritt weitergekommen. Sie hatten abgesehen von ein paar kurzen Spaziergängen, zu denen Felicity ihre Mutter mehr oder weniger hatte zwingen müssen, nicht einmal Zeit gefunden, Rom zu erkunden, sondern stattdessen fast ununterbrochen über den Zeitungsschnipseln gebrütet.

„Eines verstehe ich nicht, Mom", hatte Felicity ihre Mutter gleich zu Anfang gefragt. „Warum hat Großmutter alles zerrissen, nur um es dann doch in einer Schachtel aufzubewahren? Warum hat sie die Sachen nicht gleich weggeworfen?"

Ihre Mutter hatte verlegen eingeräumt, dass sie es gewesen war, die im ersten Schock den Inhalt der Schachtel zerrissen hatte. Seufzend war Felicity zunächst daran gegangen, die zahllosen Schnipsel zu sortieren. Es waren ausschließlich Zeitungsausschnitte, keine Briefe oder anderen Dokumente. Alle waren auf Deutsch oder auf Italienisch verfasst, einige wenige in Hebräisch – Sprachen, die weder Mutter noch Tochter beherrschten.

Felicitys Versuch, einzelne Texte mit Hilfe einer Übersetzungssoftware im Internet zu übersetzen, hatte nur wirren Wortsalat hervorgebracht, was daran liegen mochte, dass die Texte zum Teil älter als siebzig Jahre waren. Weitere Stunden kostete es sie, einzelne Worte mit einem Wörterbuch zu übersetzen. Das Ergebnis war ebenso dürftig. Am Ende waren sie nicht schlauer als zuvor.

Das positive Ergebnis der gemeinsam verbrachten Tage war, dass sich Mutter und Tochter tatsächlich ein wenig nähergekommen waren. Weniger durch Worte, sondern vielmehr durch eine subtile atmosphärische Veränderung. Noch immer war für Felicity die Wandlung in ihrem Verhältnis nicht richtig greifbar. Es war eine schüchterne und vorsichtige Annäherung, als wären ihre Gefühle füreinander zerbrechlich wie feinstes Porzellan.

Mehrmals in diesen Tagen war Felicity versucht gewesen, das Schweigen, das ihre Kindheit überschattet hatte, zu brechen. Doch was hätte sie zu ihrer Mutter sagen sollen? Sie fragen, warum sie das Gefühl hatte, dass es zwischen ihnen beiden eine Distanz gab, die sie sich nicht erklären konnte? Eine Distanz, wie es sie zwischen Mutter und Tochter nicht geben sollte? Als Kind hatte sie es hingenommen, weil sie es nicht anders kannte; sie nahm ihre Mutter als Mutter wahr, nicht als Mensch.

Als sie aber erwachsen wurde, hatte sie allmählich begriffen, dass ihr immer etwas gefehlt hatte. Gleichzeitig regte sich auch ein stiller Vorwurf gegen sich selbst in ihr. Warum hatte sie nicht längst versucht, diese unsichtbare Mauer von sich aus zu überwinden? Sie dachte daran, wie Richard ihr beim Abschied vorgehalten hatte, dass sie Angst vor zu tiefen Gefühlen habe und regelrecht davor floh. Sie hatte den Vorwurf für einen Gemeinplatz gehalten, er war ihr zu pauschal erschienen. Jetzt fragte sie sich, ob Richard damit nicht doch Recht hatte.

War sie feige? Machte sie es sich zu einfach und verletzte lieber ihn, statt sich ihren eigenen Unzulänglichkeiten zu stellen? Aber wenn ihr rücksichtloses Verhalten ein Symptom war, was war dann die Ursache? Und wenn der Schlüssel dazu ihre verstorbene Großmutter war? Erstmalig war Felicity der Gedanke gekommen, dass sie drei, Großmutter, Mutter und Enkelin, die gleiche zwanghafte Unrast teilten, Getriebene im Meer des Lebens.

Felicity konnte spüren, dass es ihrer Mutter erging wie ihr, trotzdem zögerten sie beide, den letzten Schritt zu tun. Und so blieben sie die gemeinsam verbrachten Tage in einer seltsamen Stimmung gefangen, steckten irgendwo auf halbem Weg fest, zwischen Abwarten und Erwartung.

Immerhin hatte ihre Mutter eines ihrer Ziele erreicht. Felicity war nicht nach Kabul geflogen. Heute hätte sie dort ihren Dienst antreten müssen. Stattdessen fuhr sie ihren Laptop hoch. Pater Simones Mail war bereits im Posteingang.

Felicity öffnete das Dokument der Anlage und begann zu lesen.

BRIEF DER MUTTER MARIA AN IHRE TOCHTER MARTHA

Liebe Martha, meine Tochter,

heute erfuhr ich von meinem Arzt, dass ich Alzheimer in einem frühen Stadium habe. Eine scheußliche Ironie des Schicksals, wie ich finde, denn mein ganzes Leben habe ich alles daran gesetzt, meine Vergangenheit zu vergessen. Das werde ich jetzt, Stück für Stück.

Bevor dies geschieht, will ich nachholen, was ich schon längst hätte tun sollen: Dir die Geschichte unserer Familie zu erzählen. Wer wir sind und woher du stammst.

Wir Menschen sind alle Teil einer gemeinsamen Kette, wir sind miteinander verbunden, weil wir ein Stück des Lebens und der Gedanken von jenen in uns tragen, die vor uns waren. Wenn die Liebe das Herz ist, dann ist die Erinnerung die Seele. Beide sind unsterblich. Doch manchmal geschehen Dinge, schlimme Erlebnisse, die ein Glied aus dieser Kette reißen und Herz und Seele verdunkeln. Mein Glied riss vor langer Zeit.

Ich weiß, als Deine Mutter habe ich versagt, Martha. Zeitlebens blieb ich für Dich eine Fremde, schloss Dich bewusst aus meinem Leben aus und verwehrte Dir, ein Glied in der Kette Deiner Vorfahren zu sein. Ich bitte Dich deshalb nicht um Verzeihung. Das kann man nicht verzeihen.

Aber vielleicht kannst Du mich ein wenig besser verstehen, wenn Du meine, unsere Geschichte, erfahren hast. Vieles habe ich schon früher aufgeschrieben, auf Hebräisch, der Sprache, die mich mein Vater gelehrt hat. Dies zu tun war die Idee Deines Stiefvaters Raffael. Er hoffte, dass ich meine Erlebnisse auf diese Weise besser verarbeiten könnte.

Dein Stiefvater war ein wunderbarer Mann, Martha. Er hat Dir das gegeben, was ich Dir nicht geben konnte. Als ich Raffael in Rom begegnete, war er ein junger Priester, ein Beseelter, dessen Inbrunst im Gebet nur übertroffen wurde durch den Wunsch, Barmherzigkeit und Nächstenliebe in die Welt zu tragen. Er glaubte felsenfest daran, dass Gott mich zu ihm gesandt hätte, um mich zu retten. So wurde ich zum Verhängnis seines Lebens. Raffael gab alles für mich auf – seine Berufung und seine Heimat Italien. Ich habe seine Liebe weder verdient, noch habe ich sie ihm gedankt. Viele Jahre später, kurz vor seinem Tod, sagte er mir, dass er endlich begriffen habe, dass Liebe nicht nur ein Auftrag sei, sondern auch eine Tat.

Seither lässt mich dieser Satz nicht mehr los. Zuerst verstand ich nicht, was er damit gemeint hat. Irgendwann aber wurde mir klar, dass er seine Liebe zu mir als Tat gegen sich selbst empfand. Die Liebe zu mir hat ihn zerstört. Ich habe ihn zerstört. Du denkst, dass ich Dich niemals geliebt habe, nicht wahr? Die Wahrheit ist, dass ich Dich nie lieben wollte. Ich wollte kein Kind. Erst hasste ich meinen Körper, weil er mir das antat, dann hasste ich mich selbst, weil ich es nicht verhindern konnte.

Als Du geboren wurdest und ich Dich zum ersten Mal in meinen Armen hielt, da gab es diesen einen überwältigenden Moment, in dem ich glaubte, dass alles gut werden könnte. Dieses unfassbare Gefühl der Liebe. Und plötzlich übernahm doch wieder Hass die Regie – nicht gegen Dich, Martha, sondern gegen mich selbst. Weil ich Dich liebte! Es verstörte mich, ich wollte diese Liebe nicht fühlen, ich wollte nie wieder irgendetwas fühlen. Liebe war Vergangenheit, sie sollte nie wieder Teil meines Lebens sein, und deshalb tötete ich die guten Gefühle in mir ab. Der Hass ist der Teufel, und er hielt mich fest in seiner Hand.

Dabei wünsche ich Dir sehnlichst ein glückliches Leben voller Liebe, Martha. Du hast mit Felicity eine wundervolle Tochter. Gib ihr all die Liebe, die ich Dir immer verwehrt habe, und findet gemeinsam Euren Platz im Glied der Kette Eurer Vorfahren. Mit meiner Geschichte, die auch die Deine und Felicitys ist, lege ich Zeugnis ab wider das Vergessen.

Und nun schreibe ich es doch: Verzeih mir, Martha…Leb wohl…

Deine Mutter

TEIL 2

VERGANGENHEIT

Gustav und Elisabeth

KAPITEL 5

Der weiße Rabe
München, 9. November 1923

Elisabeth hatte ein schlechtes Gewissen. Sie war viel zu spät dran. Ihr Gatte würde sich längst Sorgen machen. Zu ihrem Ärgernis hatte sie bei ihrer Rückkehr aus Dießen zusätzlich feststellen müssen, dass die Straßen Münchens zwischenzeitlich fast vollständig gesperrt worden waren.

Das Dienstmädchen hatte die Tür kaum geöffnet, da eilte ihr Mann ihr bereits im Flur ihrer weitläufigen Wohnung am Prinzregentenplatz mit langen Schritten entgegen, dicht gefolgt von Dackel Felix.

„Servus, Gustav!", begrüßte sie ihn betont lebhaft. „Verzeih, ich bin spät dran, aber auf den Straßen ist vielleicht etwas los, die Männer spielen wieder Militär. Und was glaubst du, wem ich heute begegnet bin! Diesem Mann, um den alle so ein Spektakel machen. Wie hieß er noch gleich? Hudler?"

Sie kam gerade noch dazu, Ottilie, dem Mädchen, Schirm und Handschuhe zu überlassen, als ihr Mann sie bereits an den Schultern packte und heftig in seine Arme riss. Erschüttert verharrte Elisabeth in seiner Umklammerung. Ihr Mann war ja völlig außer Fassung! So hatte sie ihn noch nie erlebt.

Der angesehene Arzt und die junge, aufstrebende Opernsängerin, gebürtig aus Wien, waren freilich auch erst seit wenigen Monaten verheiratet. Zwischen ihrer ersten Begegnung und der Hochzeit hatte kein

Monat gelegen. In den Salons der feinen Gesellschaft hatte es deshalb einiges Gerede gegeben – eine so kurze Verlobungszeit bot reichlich Stoff für Spekulationen.

ENDE DER LESEPROBE

Inhaltsverzeichnis

4615201R00290

Printed in Germany
by Amazon Distribution
GmbH, Leipzig